GAEA

GAEA

魔印人

彼得．布雷特 Peter V. Brett —— 著
戚建邦 —— 譯

THE WARDED MAN

獻給奧茲
最初的魔印人

致謝

特別感謝所有曾試閱本書的人：丹尼、麥克、艾蜜莉亞、尼爾、麥特、喬書亞、史帝夫、老媽、老爸、崔夏、奈塔，以及科比。你們的建議與鼓勵督促我將嗜好發展為更進一步的成果。感謝我的編輯莉絲和艾瑪願意給新人機會，並激勵我精益求精。少了你們，我絕對無法完成這一切。

公爵的礦坑
密爾恩堡
哈爾登園
陽光牧地
提貝溪鎮
安吉爾斯堡
河橋鎮
分界河
安吉爾斯河
蟋蟀坡
林盡鎮
農墩鎮
牧羊谷
伐木窪地
來森堡
雷克頓
安納克桑廢墟
黎明綠洲
克拉西亞堡

THE WARDED MAN

魔印人

目錄

第一部
提貝溪鎮

318-319 AR（回歸後紀元）

第一章 劫後 319 AR

大號角聲響起。

亞倫暫停手邊的工作，抬頭望向破曉時分的淡紫色天空。晨霧依然濃密，潮濕的空氣中瀰漫著一股熟悉的刺鼻味。他在晨間的寂靜中等待，心中的恐懼越來越甚，只希望一切都是出於自己的想像。他今年十一歲。

不久後，遠方傳來一連兩次號角聲，一長聲加兩短聲，表示南方和東方。聲音來自森林邊緣的聚落。卡特家有不少人是他父親的朋友。亞倫身後的家門開啓，他知道開門的必定是以雙手摀住嘴的母親。

亞倫繼續工作，不須大人催促。有些日常瑣事可以慢慢來，但餵食家畜和擠牛奶等事則怠慢不得。他將家畜關在畜棚裡，打開飼料倉，倒飼料給豬吃，然後跑去拿牛奶桶。這時他母親已經坐在第一頭牛底下了。他抄起另一張板凳，兩人以熟練的節奏開始工作，牛奶噴灑在木桶上的聲音聽起來如同送葬曲。

當他們來到下兩頭牛身旁時，亞倫看到父親開始將家裡最壯健的馬套上馬車，那是名叫蜜希的五歲母馬。過程中父親的神色一直十分陰沉。

這次他們會面對什麼景象？

不久，他們坐上馬車，朝森林邊緣的聚落前進。那裡非常危險，距離擁有魔印守護的建物至少要一小時的路程，但是他們需要森林裡的木材。亞倫的母親裹著舊披巾，一路上一直緊緊抱著他。

「我長大了，媽。」亞倫抱怨道。「妳不用像抱嬰兒一樣抱著我，我不怕。」這雖非實話，但他不能讓其他小孩看到自己黏著母親不放；他們已經夠愛嘲弄他了。

「我會怕。」他母親說道。「需要擁抱的是我。」

亞倫內心生起一股驕傲，再度挨近自己的母親。她其實騙不了他，但她總是知道該說什麼話來哄他。

早在抵達目的地前，一股油膩的濃煙已透露他們不願面對的訊息。人們正在焚燒屍體；這麼早就開始生火，不等所有人前來祈禱，意味死者眾多。想要在黃昏前處理完一切，就不能讓太多人逐一為亡者祈禱。

亞倫父親的農場和森林聚落之間的距離超過五哩。當他們抵達時，木屋的殘餘火苗已被撲滅，其實是因為也沒剩下多少東西可燒。十五間房子，全部淪為廢墟與灰燼。

「木材同樣付之一炬。」亞倫的父親朝馬車側面啐道。他揚起下巴，比向一堆焦黑的木材，那是伐木場本季工作的成果。想到自家畜棚那搖搖欲墜的籬笆還要再撐一年，亞倫不禁皺眉，接著生起罪惡感。畢竟，他們損失的只是一堆木材。

鎮長在他們停車時迎上前。西莉雅是嚴肅的婦人，身形高瘦，皮膚如同堅韌的皮革；亞倫的母親有時喚她不孕的西莉雅。長長的灰髮盤在腦後，披著披肩的方式彷彿那是鎮長的識別證。她不允許任何人胡鬧，這點亞倫曾在她的拐杖下學到幾次教訓。然而今天，他很高興她在場。就像亞倫的父親一樣，西莉雅讓他感到安全。儘管沒有自己的小孩，西莉雅卻表現得像是全提貝溪鎮的大家長。沒有多少人像她一樣睿智，和她一樣固執的人更少。和西莉雅站在同一陣線，感覺像是站在全世界最安全的地方。

「很高興你來了，傑夫。」西莉雅對亞倫的父親道。「還有希兒維和小亞倫。」她說著對他們點頭。「我們需要所有幫手，就連這孩子也能幫忙。」

亞倫的父親咕噥一聲，步下馬車。「我帶了工具來。」他說。「告訴我們該上哪去幫忙。」

亞倫自馬車後方取出寶貴的工具。金屬在提貝溪鎮十分稀有，他父親對自己擁有的兩把鏟子、十字鎬和鋸子非常自豪；今天它們會派上很大的用場。

「損失多少人？」傑夫問，儘管他並不真想要知道。

「二十七個。」西莉雅說。希兒維嗚咽一聲、摀住嘴，眼中盈滿淚光。傑夫又吐了一口口水。

到我家。」

「有倖存者嗎？」他問。

「有幾個。」西莉雅說。「曼尼，」她舉起拐杖指向站在一旁凝望火葬堆的男孩，「在黑暗中一路跑到我家。」

希兒維倒抽一口涼氣。從來沒有人能在夜晚跑這麼一大段路而不死的。「布林．卡特家的魔印力場撐了大半夜。」西莉雅續道。「他和他的家人親眼目睹一切發生。還有一些人逃出地心魔物的魔爪，跑到他們家求助，直到火勢蔓延，燒掉他們家屋頂。他們躲在燃燒的屋內，直到屋梁開始崩裂，然後冒險在黎明前衝出屋外。地心魔物殺死了布林的妻子米娜和他們的兒子保羅，不過其他人都逃出生天。燒傷會隨時間痊癒，小孩也都不會有事，但其他人……」

她不須把話說完。惡魔襲擊的倖存者常會在事後不久死去。不是全部，甚至不是大多數，但是夠多了。有些人自殺，有些人只是茫然地凝望前方，不吃不喝，最後衰竭而亡。除非能夠撐過一年零一天，不然不能算是惡魔襲擊的倖存者。

「還有十幾人下落不明。」西莉雅說，語氣中並不抱有多大期望。

「我們會把他們挖出來的。」傑夫嚴肅地說，看著眼前一片崩塌的房屋，其中好幾間都還在悶燒。爲了防止火災，卡特家的屋子大部分採用石材，但只要有足夠的火惡魔聚在一起，加上魔印失效，就連石頭也會起火燃燒。

傑夫加入其他男人和幾個較強壯的女人，一起清埋廢墟、將屍體搬上推車，運往火葬堆。屍體必須火化，沒有人想要被埋在每晚都有惡魔爬出來的地底下。哈洛牧師捲起衣袖，露出粗壯的胳臂，將屍體逐一置入火堆，在火焰吞噬他們的同時唸誦禱文，伸手在空中比劃魔印。

希兒維和其他女人一起召集孩童，並在本鎮藥師——可琳．崔格的指示下看顧傷患。但是藥草無法紓解倖存者的痛楚。布林．卡特，綽號布林．厚肩，是個笑口常開的彪形大漢，以前會在亞倫他們來交易木材的時候將他拋入空中。而現在，布林坐在自家廢墟旁的灰燼中，垂頭緩緩撞擊焦黑的牆壁。他喃喃自語，雙手緊抱胸前，似乎很冷。

亞倫和其他孩子的任務是搬水，以及在焦黑柴堆中揀出可用的木材。在冬天到來前還有幾個月溫暖，但時間不足以砍伐夠全鎮過冬的木材。他們今年又得焚燒牲畜的糞便取暖，到時候屋內將會瀰漫著臭氣。

罪惡感再度朝亞倫襲來。他沒有成爲火葬堆裡的屍體，沒有在失去一切的震驚中撞牆。世上有很多事比住在充斥糞便氣味的屋裡還要淒慘。

天色越來越亮，前來幫忙的鎮民越來越多。他們來自魚洞和鎮中廣場，來自博金丘以及潮濕沼澤，有些甚至遠從南哨而來，帶著家人和家中可提供的物資。西莉雅一一招呼他們，告知壞消息，然後指派工作。

如今有超過五十人來幫忙，男人們加倍努力，一半的人繼續挖屍，另一半則進入整個聚落唯一還能挽救的屋子：布林·卡特的家。西莉雅扶起布林，攙扶大漢蹣跚地離開現場，人們則清理屋內的瓦礫，搬入新的石塊。其中幾個人拿出魔印工具，開始重新繪製魔印，小孩則幫忙重鋪茅草屋頂。夜晚降臨前，這間屋子就能恢復舊觀。

亞倫被安排和科比·費雪一起搬運木材。孩子們已經揀出了不少堪用的木材，但和損失相比只是冰山一角。科比身材高壯，有著鬈曲的黑髮和毛茸茸的手臂。他在小孩間很受歡迎，不過付出代價的是其他小孩。沒有幾個孩子能忍受他的辱罵，更少人能夠承受他的拳頭。

科比折磨亞倫好多年了，而其他孩子都坐視不管。傑夫的農場位於提貝溪鎮最北邊，距離孩童習慣聚集的鎮中廣場很遠，所以亞倫大部分的休閒時間都是一人在鎮上閒晃。對大多數小孩而言，犧牲他讓科比欺負似乎是理所當然的。

每當亞倫跑去釣魚，或在前往鎮中廣場途中路過魚洞時，科比和他的朋友就像有心電感應，總在他回家途中的某個定點等他。有時他們只是罵髒話或推他，但有時他會鼻青臉腫地回家，然後他媽媽會因爲他和別人打架而教訓他。

終於有一天，亞倫受夠了。他在他們堵他的地方藏了一根粗棍子，當科比和他的同夥動手時，亞倫假裝逃跑，接著彷彿平空取出木棍，回過頭來大打出手。

第一個被打的就是科比。他被打得淒聲慘叫，倒地不起，耳朵不斷淌出鮮血。威盧折斷一根手指，加特足足瘸了一個禮拜。這件事完全沒有改善亞倫在小孩間受歡迎的程度，亞倫的父親也為此毒打他一頓，但其他男孩從此都不敢來找他麻煩了。雖然科比的身材比亞倫要壯碩許多，但至今仍和他保持距離，只要亞倫動作稍大，他就會嚇得閃向一旁。

「還有人生還！」位於聚落邊緣某棟廢墟前的比爾．貝克突然叫道。「我聽見有人困在地窖裡。」

所有人立刻放下手邊工作，急急忙忙地衝了過來。清走瓦礫太耗時，所以男人開始挖掘，悶不吭聲地弓身出力。不久，他們挖開了地窖側牆，開始拖出倖存者。他們衣衫破爛、飽受驚嚇，但是全活著：三個女人、六個孩童，以及一個男人。

「科利舅舅！」亞倫叫道，他母親隨即上前，摟住自己步履蹣跚的弟弟。亞倫跑上前去，頂在他另一條胳臂下方，助他站穩腳步。

「科利，你在這裡幹什麼？」希兒維問。科利鮮少離開位於鎮中廣場的店鋪。亞倫的母親常常提起自己以前怎麼和弟弟一同經營蹄鐵工坊，直到傑夫開始故意弄壞馬蹄、藉口去她家修蹄的故事。

「找安娜．卡特。」科利口齒不清地道。他拉扯自己的頭髮，已有一整撮頭髮被他扯下。「我們才剛打開地窖大門，它們就突破魔印力場……」他膝蓋一軟，體重壓在亞倫和希兒維身上，最後跪倒在塵土中失聲痛哭。

亞倫看向其他倖存者，安娜．卡特不在其中。當小孩路過身邊時，他突然感到喉嚨一緊。他認識他們、他們的家人、他們家的裡裡外外，也知道他們家畜的名字。他們路過時和他短暫目光交會，就在那短短的一瞬間，他自他們眼中看見攻擊時的景象。他看見自己被推入某個狹窄的地洞，而其他擠不進來的人只得回頭面對惡魔以及大火。他突然開始喘氣，無法抑止，直到傑夫在他背上使勁一拍，讓他回過神來。

在他們吃完冰冷的午餐時，小鎮的另一端傳來號角聲。

「不會一天來兩次吧？」希兒維倒抽一口涼氣，伸手摀住嘴。

「呿！」西莉雅咕噥一聲。「中午？用用腦子吧，女孩！」

「那是……？」

西莉雅不去理她，起身找尋有帶號角的人回應對方的訊號。凱文·馬許已拿出隨身攜帶的號角，潮濕沼澤的居民都會攜帶號角，在沼澤中十分容易迷路，沒有人希望當沼澤惡魔出現時還待在沼澤裡。凱文吹出一連串音調，臉頰鼓得像青蛙下巴。

「信使的號角。」蓄著灰鬍子的可倫·馬許告訴希兒維。這長者是潮濕沼澤的村長，也是凱文的父親。「他們大概注意到這裡的濃煙。凱文正在告訴他們發生了什麼事，以及我們的位置。」

「春天的信使？」亞倫問。「我以爲他們都在秋收後才來。我們上個月才播完種而已！」

「去年秋天信使沒來。」可倫說著，自缺了牙的牙縫中吐出嚼樹根剩下的褐色泡沫汁液。「我們都很擔心是不是出了什麼事，以爲今年秋天前信使都不會再帶鹽來了。或許地心魔物已攻陷自由城邦，切斷了我們之間的聯繫道路。」

「地心魔物絕不可能攻陷自由城邦。」亞倫說。

「亞倫，閉嘴。」希兒維低聲道。「他是長輩！」

「讓他說。」可倫道。「去過自由城邦嗎，孩子？」他問道。

「沒有。」亞倫承認。

「認識任何去過的人嗎？」

「沒有。」亞倫又說。

「那你憑啥說這種話？」可倫問。「除了信使，從來沒有人到過自由城邦的任一座城市。他們是唯一有勇氣穿越黑夜四下旅行的人。誰敢說自由城邦和提貝溪鎮有多大不同？如果地心魔物有辦法攻陷我們，自然也可以攻陷他們。」

「老霍格就是來自自由城邦，」亞倫說。洛斯可．霍格是鎮上最有錢的男人。他是鎮上雜貨鋪的老闆，而雜貨鋪是整座提貝溪鎮的貿易中心。

「是呀，」可倫說。「老霍格幾年前告訴過我，對他而言一趟旅程就夠了。他本來打算待個幾年就回去，後來覺得不值得冒險。所以你可以問問他自由城邦是否比其他地方來得安全。」

亞倫不願相信這種說法，世上一定有安全的地方。但剛剛那個被丟入地窖的畫面再度閃過腦海，他明白一旦夜晚降臨，世上就沒有絕對安全的地方。

信使於一個小時後抵達。他是三十出頭的高個子，留著一頭棕色短髮，以及短而濃密的鬍鬚。寬厚的肩膀上披著金屬鎖鏈編造而成的上衣，外罩一襲黑色長斗篷，加上皮褲和靴子。他的坐騎是匹氣勢非凡的棕色駿馬。他接近時神情嚴肅，但抬頭挺胸、傲氣十足。他環顧眾人，毫無困難地認出正在發號施令的鎮長。他掉轉馬頭，朝她前進。

他身後跟著由兩頭深棕色騾子拉的騾車，駕車的是位吟遊詩人。詩人的衣服是由色彩明亮的拼布拼湊而成，椅子旁放著一把魯特琴。亞倫從沒見過那種像是淺紅蘿蔔的髮色，而他的皮膚蒼白得彷彿不曾照過太陽。他的肩膀下垂，無精打采。

一年來訪一次的信使總會帶個吟遊詩人同行。對小孩以及某些大人而言，吟遊詩人比信使還重要。就亞倫印象所及，每年來的都是同一位吟遊詩人，頭髮花白，但個性開朗，活力十足。眼前這個新人比較年輕，而且看來有點陰鬱。小孩立刻圍上去，年輕的吟遊詩人精神一振，疲態瞬間消失，亞倫不禁懷疑自己是否看走眼。轉眼間，吟遊詩人已跳下馬車，在小孩的歡呼聲中拋擲彩球。

包括亞倫在內的其他人都忘了手上的工作，紛紛朝剛來的兩人走去。西莉雅衝到他們面前，顯然毫不讓步。「信使來訪不會讓白晝變長！」她大叫。「回去忙！」

人們低聲抱怨，但所有人都回去工作。「你別走，亞倫。」西莉雅說。「過來。」亞倫將目光自吟遊詩人身上移開，和信使同時來到她的面前。

「西莉雅．貝倫【註】？」信使問。

「叫我西莉雅就好。」西莉雅冷冷回應。信使瞪大雙眼，臉色一紅，鬍子上方蒼白的臉頰逐漸漲成深紅色。他躍下馬背，深深鞠躬。

「我很抱歉。」他說。「我沒有多想，之前的信使葛雷格告訴我人們是這樣稱呼妳的。」

「很高興得知多年來葛雷格私下如何看待我。」西莉雅說，不過聽來一點也不高興。

「曾經如何看待妳。」信使糾正道。「他過世了，女士。」

「過世了？」西莉雅問，臉上浮現哀傷之情。「是因爲……？」

信使搖頭。「病死，不是地心魔物。我是瑞根，你們今年的信使，此行算是幫他遺孀的忙。明年秋天開始，公會將指派新的信使給你們。」

「距離下次信使來訪還要一年半的時間？」西莉雅問，聽起來一副快要罵人的樣子。「少了去年秋天的食鹽，我們差點過不了冬。」她說。「這在你們密爾恩或許不算什麼，但我們有半數的魚肉都因爲保存不當而腐敗，還有我們的信怎麼辦？」

「抱歉，女士。」瑞根道。「你們的鎮遠離大道，而付錢雇用信使每年來回一個多月的旅程太昂貴。葛雷格生病後，信使公會的人力一直十分匱乏。」他輕笑一聲，搖搖頭，接著發現西莉雅的臉色很難看。

「我沒有不敬的意思，女士。」瑞根道。「他也是我的朋友。只不過……我們幹信使的沒有多少人會死在床鋪上、屋梁下，還有年輕妻子隨侍在側。通常我們都是死在黑夜的魔爪下，妳了解嗎？」

「我了解。」西莉雅說。「你有妻子嗎，瑞根？」她問。

「有，」信使說。「不過我和我的母馬在一起的時間比和妻子相處的時間要長，這對她來說是好事，對我來說卻很痛苦。」他笑，亞倫聽得一頭霧水，覺得有個不會思念你的老婆可不是什麼好笑的事。

西莉雅似乎沒注意到這點。「如果你永遠都沒機會和她見面呢？」她問。「如果你和她僅存的聯繫就是一年一封的書信往來呢？當有人告訴你這封信要遲到一年半的時候，你會有什麼感覺？這個鎮上有些人的親戚住在自由城邦，他們隨信使一道離開，有些甚至已離開兩代之久。這些人永遠都不會回來了，瑞根。對我們而言，書信就是一切，對他們來說也一樣。」

「我完全同意，女士。」瑞根說。「但是下決定的人不是我。公爵……」

「你回去後會向公爵提出此事，是嗎？」西莉雅問。

「我會的。」他說。

「須要我寫下來提醒你嗎？」西莉雅問。

瑞根微笑。「我想我會記得，女士。」

【註】西莉雅・貝倫（Selia Barren），人們在背後稱西莉雅為不孕的西莉雅（Selia the Barren），信使以為Barren是她的姓。

「不要忘了。」

瑞根再度鞠躬，態度恭敬。「抱歉，在這樣一個哀傷的日子來訪。」他說著，目光飄向火葬堆。

「我們不能要求什麼時候下雨、颳風，或是寒流來襲。」西莉雅說。「也不知道地心魔物什麼時候會突破魔印力場。儘管如此，還是得繼續過日子。」

「還是得繼續過日子。」瑞根同意。「有什麼我和我的吟遊詩人幫得上忙的地方儘管開口；我身強體壯，也曾多次治療地心魔物造成的傷口。」

「你的吟遊詩人已經開始幫忙了。」西莉雅道，朝一面唱歌一面變戲法的年輕人點頭。「在大人忙碌的時候以歌聲和戲法吸引小朋友的注意。至於你，接下來幾天我必須忙著收拾這次攻擊事件的殘局，我沒有時間發放郵件並唸信給不識字的人聽。」

「我可以幫忙唸信，女士。」瑞根道。「但我不熟悉貴鎮，無法獨自發信。」

「不用。」西莉雅說著，將亞倫拉到身邊。「亞倫會帶你前往廣場的雜貨鋪。送鹽過去時順便將信件和包裹交給洛斯可．霍格。現在食鹽到貨了，所有人都會趕去雜貨鋪，而洛斯可是鎮上少數幾個識字的人之一。那個老騙子會抱怨、試圖要求酬勞，你就告訴他如今時局不好，全鎮應該要共體時艱。教他發放郵件，並且唸信給不識字的人聽，不然下次鎮民想要吊死他的時候別指望我會幫忙。」

瑞根仔細打量西莉雅，或許是想分辨她是不是在開玩笑，但是她冷漠的表情沒有透露絲毫情緒。他再度鞠躬。

「快點去吧。」西莉雅說。「現在就走，你們還可以趕在大家準備解散前回來。如果你和你的吟遊詩人不打算付錢向洛斯可租房間，這裡的人都很樂意讓兩位留宿。」她催促兩人離開，然後轉身斥責那些放下手邊工作、打量信使和吟遊詩人的人。

「她總是如此……強勢嗎？」瑞根一面詢問亞倫，一面朝正在向最年幼的小孩們表演默劇的吟遊詩人走去。其他小孩都被抓回去忙了。

亞倫哼了一聲。「你該聽聽她和老人們說話是什麼口氣。你能在叫她『貝倫』後全身而退已經算是非常幸運了。」

「葛雷格說大家都這樣叫她。」瑞根道。

「是沒錯。」亞倫同意道。「但是沒人當面叫，除非他們活得不耐煩了。西莉雅說話的時候，所有人都會嚇得跳起來。」

瑞根輕笑。「而且她還是老『女兒』。」他喃喃說道。「在我的家鄉，只有『母親』們才會期待所有人聽到她們的聲音立刻跳起來。」

「這有什麼差別？」

瑞根聳肩。「不知道。」他承認。「這是密爾恩的傳統。世界因爲人類而運轉，而人類又是母親生出來的，所以她們有權主導一切。」

「這裡不一樣。」亞倫道。

「小鎮當然不一樣。」瑞根道。「你們沒有多餘的人力，但是自由城邦不同。除了密爾恩之外，其他城市都不太給女人說話的權力。」

「聽起來很愚蠢。」亞倫說道。

「確實愚蠢。」瑞根同意。

信使停下腳步，將馬轡交給亞倫。「在這裡等我一下，」他說，然後朝吟遊詩人走去。兩人走到一旁交談，亞倫看到吟遊詩人臉色大變，一開始是憤怒，接著變成好像在鬧脾氣，最後終於吵不過瑞根而一臉認命，瑞根則維持冷漠的表情。

信使的目光停留在吟遊詩人臉上，揮手朝亞倫招呼。亞倫牽著馬來到他們身邊。

「……我不在乎你有多累。」瑞根說道，壓低音量，語氣嚴峻。「這些人有很多事情要忙，就算你一整個下午都必須跳舞變戲法才能幫他們看好小孩，你也給我去做！現在換上你的笑臉，立刻開始工作！」他自亞倫手中抓起韁繩，塞到吟遊詩人手裡。

亞倫趁年輕的吟遊詩人注意到自己前仔細打量他的表情，只見對方的臉上滿是憤怒及恐懼。但當吟遊詩人察覺有人在看時，表情立刻轉變，瞬間又恢復成剛剛那個活潑開朗、跳舞娛樂小孩的男人。

瑞根帶亞倫來到小騾車旁，一起上車。瑞根輕甩韁繩，掉轉車頭，駛向通往大路的泥濘小道。

「你們在吵什麼？」亞倫在顛簸的路途中問道。

信使看看他，接著聳肩。「這是奇林第一次離城遠行。」他說。「在有一整隊人馬和可以好好睡覺的大馬車同行時，他表現得還算勇敢。但當我們在安吉爾斯和車隊分道揚鑣後，他就開始適應不良了。夜晚出沒的地心魔物讓他在白天也緊張不安，這讓他成爲很糟糕的旅伴。」

「看不出來。」亞倫說著，回頭看向正在原地轉圈的男人。

「演戲是吟遊詩人的專長。」瑞根道。「他們可以假裝自己是其他人，假裝到自己都深信不疑。奇林假裝自己是勇敢的人。公會要他接受旅行測驗，他通過了；但除非眞的上路，不然你絕對無法得知人們在曠野的道路上度過兩星期後會變成什麼樣子。」

「你們晚上如何露宿大道上？」亞倫問。「我爸說在土地上繪製魔印只是自找麻煩。」

「你爸說得沒錯。」瑞根道。「翻翻你腳下的雜物箱。」

亞倫照做，隨即拿出一個以軟皮革製成的大袋子。裡面放著一條打有許多繩結的繩子，上面綁了許多比他手掌還大一點的亮面木牌。他瞪大雙眼，看著木牌上刻劃的魔印。

亞倫立刻了解這是什麼東西：攜帶式魔印圈，長度足以圍繞整輛馬車且綽綽有餘。「我從來沒見過這種東西。」亞倫道。

「這種東西不好製作。」信使說道。「大多數信使擔任學徒期間就是在加強製作這種東西的技巧，再大的風雨都無法抹除這上面的魔印。儘管如此，它們還是不比畫在牆上或門上的魔印可靠。」

「曾和地心魔物面對面接觸過嗎，孩子？」他說，轉頭凝視亞倫的雙眼。「眼睜睜地看著它們對你張牙舞爪，而你和它們之間只隔著一道你根本看不見的魔法力場？」他搖搖頭。「或許我對待奇林太嚴苛。他接受測驗時表現得不錯，尖叫了幾聲，不過那是意料中的事。然而夜復一夜地面對惡魔又是另一回事。有些人飽受心魔荼毒，總是擔心會有落葉覆蓋魔印，接著……」他突然發出嘶嘶聲，朝亞倫揮出一爪，看到男孩嚇得跳起來後哈哈大笑。

亞倫伸出大拇指撫摸木牌上光滑明亮的魔印，感受它們的魔力。每個繩結上都綁有一塊木牌，看起來就和其他形式的魔印沒什麼兩樣。他算了算，總數超過四十塊。「風惡魔沒辦法飛進這麼大的魔印力場裡嗎？」他問。「我爸在田裡架設魔印樁，防止它們降落其中。」

信使訝異地打量著他。「你爸可能只是在浪費時間。」他說。「風惡魔是強壯的猛禽，但它們需要助跑的空間或可供攀爬跳躍的物體才能起飛。玉米田裡沒有這兩樣東西，所以它們不會輕易降落，除非看見什麼難以抗拒的誘惑，比如某個膽大包天、露宿田地的小男孩之類的。」他看亞倫的目光很像傑夫在警告亞倫不要小看地心魔物時的模樣，好像他不知道這種事一樣。

「風惡魔轉彎的弧度很大，」瑞根繼續道。「而且大多數風惡魔雙翼全開的長度都超過魔印圈的直徑。風惡魔想要闖入魔印圈是有可能的，但我從來沒見過這種事；不過如果它真的闖入了……」他比向身旁的一根長矛。

「用長矛可以殺死地心魔物？」亞倫問？

「大概不行，」瑞根回道。「但我聽說只要用矛將它們頂在魔印上，就可以令它們四肢癱瘓。」他輕笑。「希望我永遠不必驗證這種說法。」

亞倫看著他，睜大雙眼。

瑞根直視他的目光，表情突然轉為嚴肅。「信使是危險的職業，孩子。」他說。

亞倫凝視著他良久。「只要能夠親眼見識自由城邦，一切都會値得。」最後他開口說道。「說眞的，密爾恩堡是什麼樣子？」

「它是世界上最富有也最美麗的城市。」瑞根一面回答，一面拉起鎖甲的袖子，露出手臂上的刺青，上面刺的是位於兩座高山之間的城市。「公爵的礦坑裡富藏食鹽、金屬以及煤塊。城牆和屋頂都繪製了頂級魔印，幾乎沒有機會測試屋子本身的魔印。當陽光灑落在城牆上，兩側的高山都相形失色。」

「我從來沒有見過高山。」亞倫說，讚歎地伸手撫摸刺青。「我爸說高山只是比較大的山丘而已。」

「看到那座山丘了嗎？」瑞根指著道路北方的山丘問道。

亞倫點頭。「博金丘，爬上那裡就可以俯瞰整座提貝溪鎮。」

瑞根點頭。「你知道『百』這個數量單位嗎，亞倫？」他問。

亞倫點頭。「十雙手的手指數量。」

「就算只是一座小山也比你們的博金丘高上百倍，而密爾恩附近的山可不是什麼小山。」

亞倫雙眼圓睜，試圖想像這種高度是什麼景象。「它們想必碰到天空了。」他說。

「有些比天還高。」瑞根誇耀道。「站在上面，你可以俯瞰白雲。」

「有一天我想要親眼看看高山。」亞倫說。

「等你長大後，可以加入信使公會。」瑞根說道。

亞倫搖頭。「爸說離開家鄉的都是叛徒。」他說。「他會邊吐口水邊這麼說。」

「你爸不知道自己在說些什麼。」瑞根道。「光靠吐口水不能讓事情變成事實。沒有信使，就連自由城邦也會分崩離析。」

「我以為自由城邦都很安全？」亞倫問。

「世界上沒有安全的地方，亞倫，沒有真正安全的地方。密爾恩人口眾多，對抗死亡的能力遠遠高於提貝溪鎮這種地方，但每年還是會有一定人數葬身地心魔物手中。」

「密爾恩到底有多少人？」亞倫問。「提貝溪鎮一共有九百來人，北方的陽光牧地聽說也差不多。」

「密爾恩的人口超過三萬。」瑞根驕傲地說道。

亞倫看著他，一臉困惑。

「一萬是一百的一百倍。」信使解釋道。

亞倫想了想，然後搖頭。「全世界都沒有那麼多人。」他說。

「有，而且還更多。」瑞根說。「外面的世界很大，只要你有膽量面對黑夜。」

亞倫沒有回答，他們在沉默中緩緩前進。

小騾車行駛了一個半小時才抵達鎮中廣場。身為提貝溪鎮的中心，鎮中廣場四周有數十間繪有魔印的房舍，居民都是不須在牧場或田裡工作，也不須捕魚或伐木的人。想找裁縫或是麵包老師、蹄鐵匠、修桶匠之類的技藝工匠，來鎮中廣場就對了。

鎮中廣場區中央為供人集會的廣場，矗立著提貝溪鎮最大的建築——雜貨鋪。這間店鋪內有擺著桌椅和吧檯的寬敞前廳，後方還有比前廳更大的倉庫，加上地窖，全提貝溪鎮所有值錢的物品幾乎都在這裡。

霍格的女兒黛西和卡特琳掌管廚房。兩個買賣點數可以讓你飽餐一頓，但希兒維說霍格是個大騙子，因爲兩個買賣點數足以交換一整個禮拜的穀物。儘管如此，還是有一大堆未婚男性願意付錢，而並非所有人都是爲了飽餐一頓而來。黛西相貌平平，卡特琳是個胖子，但科利舅舅說只要娶了她們就可以一輩子不愁吃穿。

提貝溪鎮的所有居民都會把貨物帶來交給霍格，不管是玉米、肉或是毛皮，陶器或是布匹，家具或是工具。霍格收下物品，仔細檢查，然後付給客戶買賣點數，以購買店內其他物品。

只不過，要買的東西似乎永遠比霍格收購的價格還高。亞倫有足夠的數字觀念看出這點。人們前來販賣物品時常常會引發爭執，但價格都是霍格說了算，而且他通常都能稱心如意。鎮上幾乎所有人都痛恨霍格，但他們需要他，當他路過的時候，他們會幫他拍掉外套上的灰塵，或爲他開門，而不會朝他吐口水。

提貝溪鎮的其他人都賣力工作，卻僅能餬口，而霍格和他的女兒總是油光滿面、腦滿腸肥，還穿著乾淨的新衣。相較下，每當亞倫的母親拿他的衣服去洗的時候，他就得拿塊毯子裹在身上。

瑞根和亞倫將騾子綁在雜貨鋪前，然後步入店內。酒吧裡沒人。通常空氣中會瀰漫一股濃濃的培根香氣，但今天廚房裡沒有任何煮東西的味道。

亞倫趕在信使前來到吧檯。洛斯可在吧檯上放了一個小銅鈴，從自由城邦搬來時一起帶來的。亞倫喜歡玩那個銅鈴。他一掌用力拍下，在清脆的鈴聲中露齒而笑。

後方傳來一陣撞擊聲，洛斯可隨即走出吧檯後的簾幕。他是個胖子，年約六十幾，體格依然壯健，背部挺直，但肚子鬆垮下垂，額頭上鐵灰色髮線也開始後退。他身穿輕便長褲、皮鞋，以及乾淨的白色棉布襯衫，衣袖捲到粗壯的胳臂上。白色工作裙上沒有任何污垢，一如往常。

「亞倫．貝爾斯。」他看著男孩，露出親切的笑容。「你只是來玩銅鈴，還是有生意要和我談？」

「要和你談生意的是我。」瑞根說著，迎上前去。「你是洛斯可．霍格？」

「叫我洛斯可就好了。」男人說道。「『霍格【註】』是鎮民在叫的，當然不是當面叫，他們就是看不得別人成功。」

「第二次了。」瑞根埋怨道。

「說什你麼？」洛斯可問。

「我被葛雷格的旅誌騙了兩次。」瑞根說。「今天早上我才當著西莉雅的面叫她『貝倫』。」

「哈！」洛斯可大笑。「真的嗎？如果有任何事值得請大家免費喝一杯，肯定就是這件事。你叫什麼名字？」

「瑞根。」信使說，放下沉重的背包，在吧檯旁坐了下來。洛斯可拍拍一個小酒桶，自鐵鉤上拔下木製酒杯。

麥酒很濃，呈蜂蜜色，表面還浮著一層泡沫。洛斯可倒了一杯給瑞根，一杯給自己。接著他看了亞倫一眼，再倒一小杯。「拿這杯酒找張桌子坐下，讓大人安安靜靜地在吧檯說話。」他說。「如果你夠聰明，就不會告訴你媽我給你酒喝。」

亞倫眉開眼笑，趁洛斯可改變心意前抓起酒杯就跑。他曾在節慶時偷喝幾口他父親的酒，但從來沒有喝過一整杯屬於自己的酒。

「我已經開始擔心永遠不會有信使來了。」他聽見洛斯可對瑞根說。

「葛雷格去年秋天出發前罹患重病。」瑞根說完，喝了一大口酒。「藥草師建議他在身體好轉前暫時

【註】霍格（Hog），就是豬的意思。

不要遠行，接著冬天到了，他的病情逐漸惡化。後來他請我在公會另行指派信使前接管他的路線。正好我得率領一支鹽隊前往安吉爾斯，所以就多加了一騾車的貨物，在轉道向北前過來一趟。」

洛斯可取過他的酒杯，重新斟滿麥酒。「敬葛雷格。」他說。「一名好信使，以及很會討價還價的生意人。」瑞根微笑，兩人輕碰酒杯，一飲而盡。

「再來一杯？」洛斯可在瑞根重重放下酒杯時問道。

「葛雷格在遊誌裡註明你也是很會討價還價的生意人。」瑞根微笑說道。「還有你會試圖灌醉我。」

洛斯可竊笑，接著將酒杯注滿。「談完生意後，我就不必免費請客啦。」他說著將酒杯推給瑞根。

「想要你的郵件安然抵達密爾恩，你就必須繼續請客。」瑞根笑著接過酒杯。

「看來你和葛雷格一樣難纏。」洛斯可一邊嘀咕一邊注滿自己的酒杯。「來吧，」泡沫消退後，他說。「我們可以一起醉醺醺地討價還價。」他們哈哈大笑，然後再度碰杯。

「自由城邦有什麼新消息？」洛斯可問。「克拉西亞人依然執意自取滅亡嗎？」

瑞根聳肩。「聽說是這樣。自從幾年前我結婚後，就沒再去過克拉西亞。太遠，而且太危險了。」

「所以和他們用毯子把女人包得密不透風沒有關係？」洛斯可笑嘻嘻地問道。

瑞根大笑。「這是一點，」他說。「但主要問題在於他們認爲所有北方人，包括信使在內，都是懦夫，因爲我們不願意每晚出門送死。」

「如果他們多看看他們的女人，或許就不會老是想要戰鬥。」洛斯可開玩笑道。「安吉爾斯和密爾恩的關係呢？公爵們依然爭吵不休嗎？」

「一如往常。」瑞根說。「歐可需要安吉爾斯的木材提供精煉廠燃料，也需要安吉爾斯的穀物來餵飽人們。林白克需要密爾恩的金屬和食鹽。他們必須依賴彼此才能生存，偏偏就是不肯老老實實，總是要想辦法佔對方便宜，特別是當貨物運送途中遭地心魔物襲擊時。去年夏天，地心魔物攻擊一列運送鋼鐵和食鹽的車隊。他們殺死馬伕，但大部分貨物留在原地。林白克接收了貨物，但拒絕付款，表示那些貨物是他們搶救來的。」

「歐可公爵必定勃然大怒。」洛斯可道。

「大發雷霆。」瑞根點頭。「這個訊息是由我轉達給他的。他氣得滿臉通紅，宣稱在林白克付錢前，安吉爾斯不會拿到任何食鹽。」

「林白克有付錢嗎？」洛斯可問，熱切地湊上前來。

瑞根搖頭。「接下來的幾個月裡他們竭力試圖餓死對方，最後還是商業公會出面付錢，為了在冬天來臨前盡快出貨，以免貨物在倉庫中爛光。如今林白克看商業公會很不順眼，因為他們竟向歐可妥協，但他挽回了顏面，物流也都恢復暢通。除了他們兩隻老狗之外，對所有人來說這才是唯一的重點。」

「最好留意一下你對公爵們的稱謂。」洛斯可警告道。「雖然距離這麼遠。」

「誰會告訴他們？」瑞根問。「你嗎？這個孩子？」他比向亞倫，兩個男人大笑。

「現在我得將河橋鎮的消息帶給歐可，這只會讓情況更加惡化。」瑞根說。

「那是密爾恩邊境的小鎮，」洛斯可道。「距離安吉爾斯將近一天路程，我在那裡有認識的人。」

「現在沒有了。」瑞根的意思十分明白，兩人陷入沉默。

「說夠壞消息了。」瑞根說著，將背包抬到吧檯上，洛斯可懷疑地打量著它。

「這看起來不像鹽。」他說。「但我想我沒有那麼多信。」

「你有六封信，還有十幾個包裹。」瑞根說著交給洛斯可一張清單。「全列在裡面，包括背包裡所有鎮民的信件以及騾車上的包裹，西莉雅有一份副本。」他警告道。

「我要這清單還有你的郵件包幹嘛？」洛斯可問。

「鎮長在忙，沒時間派信和讀信給不識字的人聽，她要我來找你。」

「我犧牲做生意的時間讀信給鎮民聽，能獲得什麼補償？」洛斯可問。

「爲公眾服務而獲得的滿足感？」瑞根問。

洛斯可大哼一聲。「我不是來提貝溪鎮交朋友的。」他說。「我是生意人，而且我爲這個鎮貢獻不少心力。」

「有嗎？」瑞根問。

「當然有。」洛斯可說。「在我來到鎮上前，他們只懂得以物易物。」他把「以物易物」說得好像什麼詛咒，並朝地板吐了口口水。「他們積攢勞動的心血，每到第七日就聚集在廣場，爲了多少豆子該換多少玉米，或要給修桶匠多少米才能教他幫你做個米桶而爭吵不休；如果你不能在第七日換到你需要的東西，就必須再等七天，或挨家挨戶地去找人交易。現在所有人都可以來我這裡，不管是哪一天，從日出到日落，隨時都能和我交易買賣點數，換取他們想要的東西。」

「好個小鎮救星。」瑞根挖苦道。「你不求任何回報？」

「除了可觀的利潤以外。」洛斯可笑道。

「鎮民是不是常常想要以詐欺的罪名吊死你？」瑞根問。

洛斯可雙眼一瞇。「的確，特別是當鎮上一半的人只懂得用手指數數，另一半也不過就會加上腳趾一起數。」他說。

「西莉雅說下一次發生這種事的時候，她會袖手旁觀。」瑞根友善的語氣突然轉爲嚴峻。「除非你爲鎮上盡一份心力，鎮上另一邊有很多人此刻的處境都比被迫讀信要淒慘多了。」

洛斯可皺眉，但還是收下名單，將沉重的郵包抬入倉庫。

「情況有多糟，說眞的？」他回來後問道。

「很糟，」瑞根道。「至今已有二十七人死亡，還有幾人失蹤。」

「造物主呀，」洛斯可說道，在身前半空比劃魔印。「我以爲最多不過是某個家庭罹難。」

「是這樣就好了。」瑞根說。

兩人好一陣子沒有說話，彷彿在默哀，接著同時抬頭看向彼此。

「今年的食鹽你帶來了嗎？」洛斯可問。

「公爵的米你準備好了嗎？」瑞根回道。

「擺了一整個冬天，你遲到太久了。」洛斯可說。

瑞根臉色一沉。

「喔，米都沒壞！」洛斯可說，雙手懇求似地舉起。「我有仔細封裝，保持乾燥，地窖裡也沒有害蟲！」

「我必須確認，你了解的。」瑞根說。

「當然，當然。」洛斯可道。「亞倫，去拿那盞油燈！」他命令道，對男孩比了比吧檯角落。

亞倫快步走到油燈旁，拿起打火石。他點燃燈芯，小心翼翼地放上玻璃罩；從來沒有人放心讓他拿任何玻璃製品。玻璃的觸感比他想像中還要冰冷，不過很快就被火焰烘熱了。

「拿著它隨我們一起下地窖。」洛斯可命令道。亞倫努力壓抑臉上的興奮之情。他一直很想參觀酒吧後方，聽說就算所有提貝溪鎮居民把家當統統堆在一起，也沒辦法與霍格地窖中囤積的貨物相提並論。

他看著洛斯可拉起地板上的銅環，打開一扇大暗門。亞倫連忙迎上前，深怕老霍格改變心意。他走下嘎吱作響的台階，高舉油燈來照明。油燈的光照亮層層疊起的木箱和木桶，這些木箱和木桶從地板一路堆到天花板，一排排地深入地窖，直至光線盡頭之後。地板是木製的，以免地心魔物直接從地心魔域爬入地窖，不過沿著牆邊而立的貨架上仍刻有魔印；老霍格十分用心守護他的寶藏。

雜貨店老闆帶頭行過貨架間的走道，走到後方幾個封裝木桶前。「看起來狀況不錯。」瑞根一邊檢視木桶一邊說道。他仔細打量了一會兒，然後隨機挑選。「那個。」他指著一個木桶說道。

洛斯可咕噥一聲，拖出瑞根指定的木桶。有些人認爲他的工作十分輕鬆，但他的手臂就和其他整天揮舞斧頭或鐮刀的人一樣粗壯。他撕下封條，打開桶蓋，舀出一勺米，置入淺盤中讓瑞根檢視。

「上好的沼澤米。」他對信使說道。「保證沒有象鼻蟲，也沒有腐敗跡象。這些米在密爾恩可以賣到好價錢，特別是已經缺貨這麼久了。」瑞根嘟噥一聲，點了點頭。木桶重新封上，大家一起回到樓上。

他們針對騾車上的食鹽值多少桶米爭辯了好一會兒。最後，雙方似乎都不太滿意，但他們握手談定。洛斯可喚來他的女兒，所有人一起走到店外，搬運騾車上的食鹽。亞倫試著幫忙抬鹽，但實在太重了，他重心不穩，摔倒在地，鹽袋隨即落地。

「小心點！」黛西一邊責罵，一邊揮手甩了他一腦袋。

「你搬不動的話就去開門！」卡特琳叫道。她肩膀上扛著一袋鹽，粗壯的手臂上還夾著一袋。亞倫連忙爬起，跑過去幫她開門。

「去找費德·米勒，告訴他我們願意支付一袋五個……四個買賣點數，請他幫忙磨鹽。」洛斯可對亞倫說道。鎮上幾乎所有人都幫霍格做事，不管是透過什麼形式，但最常幫他做事的還是住在廣場區的居民。

「如果他把鹽放入摻米的木桶中以維持乾燥，我們就付五個買賣點數。」

「費德在森林聚落那裡。」亞倫說。「幾乎所有人都在那裡。」

洛斯可咕噥一聲，沒有回話。不久騾車已卸貨完畢，剩下幾個不是裝鹽的盒子和袋子。洛斯可的女兒們渴望地看著那些東西，但什麼也沒說。

「我們今晚會將米抬出地窖，放在後面的倉庫，等你要回密爾恩的時候再過來載。」最後一袋鹽抬入店內後，洛斯可說道。

「謝謝你。」瑞根說。

「這樣公爵的事就辦完了？」洛斯可笑著問道，目光刻意移向騾車上剩下的物品。

「公爵的事辦完了，沒錯。」瑞根說著也報以一笑。亞倫希望他們討價還價時可以再給他倒杯麥酒。麥酒讓他有種輕飄飄的感覺，有點像感冒，但又沒有咳嗽、打噴嚏以及痠痛等症狀。他喜歡這種感覺，很想再來一次。

他幫忙將剩下的東西搬入倉庫，接著卜特琳端出一盤夾滿肉的三明治。他們還給了他第二杯麥酒配三明治吃，最後老霍格又為了獎勵他的辛勞而送他兩個買賣點數。「我不會告訴你的父母。」霍格說。「但如果你把點數拿來買麥酒，然後被抓到，我一定會把你媽讓我吃的苦頭發洩在你身上。」亞倫連忙點頭，他從來沒有自己的買賣點數。

午餐過後，洛斯可和瑞根走到吧檯，打開信使帶來的其他物品，每樣都讓亞倫眼睛一亮；有亞倫見過最華麗的服飾、金屬工具鋼釘、精緻的陶瓷，以及異國香料；甚至還有幾只鮮艷的玻璃杯。

霍格似乎不太滿意。「比不上葛霈格去年帶來的貨色。」他說。「我出……一百個買賣點數。」亞倫聽得連下巴都快掉下來了。一百個買賣點數！瑞根可以買下半座提貝溪鎮了。

然而，瑞根完全不把這個價錢看在眼裡，臉色再度一沉，一手重重往桌上一拍。正在洗碗的黛西和卡特琳忍不住抬頭看看是怎麼回事。

「誰要你的買賣點數？」他吼道。「我可不是什麼鄉巴佬，除非你想讓公會知道你佔人便宜，不然最好不要再把我當作鄉巴佬。」

「別生氣！」洛斯可笑道，以慣用的安撫手勢揮舞雙手。「我總得試試……你了解的。密爾恩人還是喜歡金子嗎？」他狡獪地問道。

「全世界的人都喜歡金子。」瑞根說。他還皺著眉頭，但語氣中的怒意已收斂不少。

「這裡的人不喜歡。」洛斯可說。他走向簾幕後，傳來翻箱倒櫃的聲音，同時提高音量說道：「在這裡，如果不能吃、不能穿、不能在上面畫魔印，或是用來耕田的，就不是什麼值錢的東西。」他帶著一個大布袋回來，放在吧檯上時發出一陣叮噹聲。

「這裡的人已經忘記黃金才是世界運作的基礎。」他說著，伸手自袋裡取出兩枚沉重的金色硬幣，拿到瑞根的臉前搖晃。「米勒家的小孩拿這玩意當棋子！當棋子！我告訴他們我願意用一套木製棋盤組與他們交換金幣，他們還以為我幫了他們大忙！隔天費德甚至親自跑來道謝！」他笑到肚子抖動。亞倫感覺這陣笑聲應該冒犯了自己，但不確定為什麼。他和米勒家的小孩下過很多次棋，不管那兩枚金屬圓盤有多閃亮，那套棋盤組絕對比它們值錢多了。

「我帶來的東西價值可不只兩枚金陽幣。」瑞根邊說邊點頭，接著轉向吧檯上的袋子。

洛斯可微笑。「不必擔心。」他說著將袋子打開。布袋在檯面上攤平，露出更多亮晶晶的金幣、項鏈、戒指，以及串有閃亮石頭的繩子。這些東西都很美麗，亞倫心想，但他沒想到瑞根會為這些東西瞪大雙眼，露出垂涎欲滴的模樣。

他們再度討價還價，瑞根將石頭拿到亮處觀看，並輕咬硬幣，洛斯可則撫摸衣服的質料，試試香料的味道。亞倫的視線模糊，腦中天旋地轉。吧檯後方的卡特琳一杯接著一杯端酒給兩個男人，但他們似乎完全沒有亞倫這種反應。

「兩百二十枚金陽幣，兩枚銀月幣，加上繩鏈以及三只銀戒指。」洛斯可終於說道。「一枚銅幣都不能多。」

「難怪你要躲到這種偏遠地區，」瑞根道。「他們一定是因為你詐欺而把你趕出城市。」

「侮辱人不會讓你更富有。」霍格說，肯定自己已佔了上風。

「這趟我沒賺頭。」瑞根道。「扣掉旅途花費，所有的盈餘都會交給葛雷格的遺孀。」

「啊，珍雅。」洛斯可感傷地道。「她以前常幫密爾恩一些不識字的人寫信，包括我那個白痴外甥。

她接下來要怎麼過日子?」

瑞根搖頭。「葛雷格死在家裡，所以公會不給付死亡津貼。」他說。「她沒有小孩，所以很多工作都不會用她。」

「很遺憾聽到這些。」洛斯可道。

「葛雷格留給她一筆錢，」瑞根道。「雖然沒多少，另外公會仍會雇用她代筆寫信，加上這趟旅程的盈餘，應該夠她生活一陣子了。但她還年輕，除非改嫁或找個更好的工作，不然這筆錢遲早會花完。」

「到時候呢?」洛斯可問。

瑞根聳肩。「她結過婚又沒生小孩，所以想改嫁並不容易，但她不會變成乞丐;我的公會同事和我都曾發誓，在她淪爲乞丐前，我們之中會有人帶她回家作僕人。」

洛斯可搖頭。「儘管如此，從商人階級淪落到僕役……」他把手探入已變輕許多的袋子裡，取出一枚鑲著晶瑩石頭的戒指。「把這個交給她。」他說著遞出戒指。

但當瑞根收手去接時，洛斯可突然把手縮了回去。「我會要她捎回訊息，你了解的。」他說。「我知道她寫信的風格。」瑞根凝視他一會兒，他立刻補充。『沒有侮辱你的意思。」

瑞根微笑。「既然你如此慷慨，我也不在意這點侮辱。」他說著接過戒指。「這枚戒指夠她溫飽好幾個月了。」

「就這樣了。」洛斯可僵硬地說，隨即拿起袋子。「不要讓鎮民知道這件事，不然我這個騙徒可就名不符實了。」

「我不會洩露你的祕密。」瑞根笑道。

「或許你還可以多幫她一點。」洛斯可說。

「怎麼說?」

「我們手頭上的信都是早在六個月前就應該送到密爾恩的。只要你願意在鎮上多待幾天，讓我們有時間多寫一點信，甚至幫忙大家寫信，我會提供額外報酬，不是金幣。」他補充道。「不過珍雅肯定用得上一桶米，或是魚乾肉乾之類的東西。」

「她的確用得上。」瑞根說。

「我也可以幫你的吟遊詩人找點工作。」洛斯可繼續道。「他待在廣場表演會比挨家挨戶地去找客人要好賺多了。」

「同意。」瑞根說。「不過奇林只收金幣。」

洛斯可不悅地瞪了他一眼，瑞根大笑。「總得試試你的底線……你了解的！」他說。「那就收銀幣吧。」

洛斯可點頭。「每場表演我抽一枚銀月幣，每賺一枚銀月幣，我抽一枚銅星幣，他留三枚。」

「你不是說鎮民沒錢？」瑞根提問。

「大多數人沒有。」洛斯可說。「我會販售銀月幣……大概五個買賣點數換一枚銀月幣。」

「所以洛斯可．霍格向鎮民兩面剝皮？」瑞根問。

霍格微笑。

回程途中亞倫尤爲興奮。老霍格說只要他幫忙宣傳吟遊詩人第二天早晨會在廣場表演，票價五個買賣點數或是一枚密爾恩銀月幣，他就可以免費欣賞奇林的表演。他沒多少時間做這件事；他和瑞根一回去，父母就會準備離開，但他肯定自己有辦法在被拉上馬車前散布消息。

「告訴我自由城邦的事。」亞倫在途中懇求道。「你去過幾座城市？」

「五座，」瑞根說。「密爾恩、安吉爾斯、雷克頓、來森，以及克拉西亞。或許越過高山或沙漠還有其他城市，但是我沒有認識任何去過那些地方的人。」

「這些城市是什麼樣子？」亞倫問。

「安吉爾斯堡是座森林堡壘，位於密爾恩南方，分界河對岸。」瑞根說。「安吉爾斯提供其他城市木材。更南方有一座大湖，雷克頓城位於湖心。」

「湖和池塘有差別嗎？」亞倫問。

「湖和池塘的差別就像高山和山丘的差別。」瑞根說完，給了亞倫一段時間思考。「由於位於湖心，雷克頓人不會被火惡魔、石惡魔，以及木惡魔騷擾。他們的魔印網足以對抗風惡魔，而世上沒有人比他們更熟悉對付水惡魔的魔印。他們以捕魚維生，數千名南方城市的居民都仰賴他們的漁獲過活。」

「雷克頓西方就是來森堡，不過基本上算不上堡壘，因為它的城牆矮到你可以一腳跨越，但這座城牆仍守護著世上最遼闊的農地。沒有來森，其他自由城邦的人民就會餓肚子。」

「克拉西亞呢？」亞倫問。

「我只去過一次克拉西亞堡。」瑞根說。「克拉西亞人不歡迎外來者，而且你必須在沙漠中旅行數星期才能抵達。」

「沙漠？」

「到處是沙子，」瑞根解釋。「舉目所及除了沙還是沙。沒有食物，除了你隨身攜帶的補給，沒有飲水，而且沒有任何陰影可以遮蔽炎熱的陽光。」

「這種地方也有人住？」亞倫問。

「是的。」瑞根說。「克拉西亞的人口曾比密爾恩還多，但現在越來越少了。」

「為什麼？」亞倫問。

「因為他們在與地心魔物作戰。」瑞根說。

亞倫瞪大雙眼。「人可以與地心魔物作戰？」他問。

「人可以與任何東西作戰，亞倫。」瑞根說。「問題在於與地心魔物作戰的贏面不大。克拉西亞人除掉不少地心魔物，但死去的人更多；克拉西亞的人口一直在逐年減少。」

「我爸說地心魔物會吞噬你的靈魂。」亞倫說。

「呿！」瑞根朝旁邊吐了口口水。「毫無根據的迷信說法。」

當他們在距離森林聚落不遠處轉彎時，亞倫注意到前方的樹上垂吊著某樣東西。「那是什麼？」他指向前方問道。

「黑夜呀。」瑞根咒道，接著甩動韁繩，驅趕騾子加速前進；亞倫摔回椅背上，片刻後才坐直身體。回神後，他看向剛剛那棵樹，發現他們正迅速逼近。

「科利舅舅！」他失聲叫道，眼見對方雙腳亂蹬，伸手拉扯脖子上的繩索。

「救命！救命！」亞倫驚叫。他跳下行駛中的騾車，重重摔在地上，但立刻翻身而起，朝科利狂奔而去。他衝到對方腳下，但科利一腳踹中他的嘴，將他踢倒。他嘴裡嚐到血腥味，奇怪的是一點也不覺得疼痛。他再度起身，緊抓科利的雙腳，試圖抬起對方、鬆開繩索，但他太矮，科利又太重，他只能任由對方窒息地抽搐。

「救救他！」亞倫對瑞根叫道。「他不能呼吸！快來人幫忙呀！」

他抬起頭，看見瑞根自騾車後方取出一根長矛。信使後退一步，幾乎沒有瞄準就擲出長矛，但他的準頭極佳，一下就割斷繩索，可憐的科利隨即摔在亞倫身上，兩人同時倒地。

瑞根立刻來到他們身邊，扯開科利喉嚨上的繩子；這並沒有多大作用，科利仍猛抓脖子、無法呼吸。

他的眼珠暴突，彷彿要跳出眼眶，臉孔漲紅得發紫。他在亞倫的尖叫聲中猛抖一下，然後就再也沒有任何動靜了。

瑞根捶打科利的胸口，嘴對嘴吹入大量空氣，但一點效果也沒有。最後他終於放棄，頹然倒地，低聲咒罵。

亞倫並不是沒有見過死人，死神是提貝溪鎮的常客。但死於地心魔物或疾病是一回事，眼前這種死法是另一回事。

「為什麼？」他問瑞根。「他昨晚竭盡所能地對抗地心魔物，現在為什麼會想要尋死？」

「他有對抗惡魔嗎？」瑞根問。「昨晚真有人挺身對抗地心魔物嗎？還是只是逃命、找地方躲？」

「我不……」亞倫開口道。

「你不能老是逃避，亞倫。」瑞根道。「有時候，逃避會扼殺你體內的某種東西，就算你自地心魔物手中逃過一劫，仍沒有辦法活命。」

「他還能怎麼做？」亞倫問。「人沒辦法對抗惡魔。」

「或許在熊的巢穴與熊搏鬥的勝算還比較高，」瑞根道。「但這並不表示我們無法對抗惡魔。」

「但是你說克拉西亞人為了對抗惡魔而死傷慘重。」亞倫辯道。

「沒錯。」瑞根說。「但他們依循自己的內心行事。我知道這聽起來十分瘋狂，亞倫，但在內心深處，男人渴望像遠古傳說中那樣挺身戰鬥，想要像個男人一樣保護自己的女人和小孩。但是他們辦不到，因為偉大的魔印已經消失了，於是他們只能將自己鎖在家裡，像是受困牢籠的野兔，驚慌失措地度過黑夜。但是有時候，特別是當你看見深愛的人在眼前死去時，緊繃的情緒會擊垮你的心防，令你徹底崩潰。」

他伸手輕拍亞倫的肩。「很抱歉讓你面對這一幕，孩子。」他說。「我知道此刻的你很難理解這一切……」

「不，」亞倫說。「我理解。」

這是眞的，亞倫了解。他了解戰鬥的渴望。在他動手對付科比和他的爪牙那天，他其實沒想過自己會贏。眞要說起來，他本以爲自己會被打得很慘。但抓起棍子的那瞬間，他完全不在乎。他只知道自己對他們的騷擾厭倦透頂，不管是以什麼方式，他只想結束一切。

知道自己並不是唯一有這種想法的人，讓他備受鼓舞。

亞倫看著自己的舅舅躺在塵土中，雙眼圓睜、滿是恐懼。他跪在他身旁，以指尖闔上他的雙眼。科利已毋須再害怕了。

「你殺過任何地心魔物嗎？」他問瑞根。

「沒有。」瑞根搖頭答道。「但我曾與它們交手幾次，在身上留下幾道傷疤。不過我不是爲了殺死它們，而是想要逃生，或是逼它們離開其他人。」

他們將科利包在油布中，放上騾車，趕回森林聚落，途中亞倫一直在思考瑞根的話。傑夫和希兒維已經收拾好馬車，不耐地等著要離開，但看見屍體後，對亞倫遲歸的怒氣立刻消散。

希兒維號啕大哭，奔向自己的弟弟；但如果想要趕在天黑前回到農場，他們不能浪費時間。傑夫拉開妻子，哈洛牧師在油布上畫下一道魔印，然後一邊帶領眾人唸誦禱告文，一邊將科利的屍體置入火堆。

不打算待在布林．卡特家過夜的倖存者分別隨其他人回家過夜。傑夫和希兒維留宿兩名女子。諾莉安．卡特是年過五十的老婦。她的丈夫於幾年前去世，女兒和孫子又在昨晚的攻擊中喪生。瑪莉雅．貝爾斯也有點年紀，將近四十歲。當眾人撤入地窖時，她的丈夫來不及躲進去。兩名女子癱坐在傑夫的馬車後方，和希兒維一樣盯著自己的膝蓋。亞倫在父親揮鞭策馬的同時朝瑞根揮手道別。

直到森林聚落消失在視線中，亞倫才想起自己沒有叫任何人去看吟遊詩人表演。

第二章　如果和惡魔在外面的人是你

319 AR

在地心魔物出現前，他們只來得及卸下馬車以及檢查魔印。希兒維沒有力氣煮飯，所以他們就吃冰冷的麵包、起司和香腸，而且都沒什麼食慾。太陽一下山，地心魔物就開始測試魔印力場，每當魔光閃爍，驅退地心魔物時，諾莉安就忍不住大叫。瑪莉雅什麼也沒吃，她坐在草墊上，雙手緊抱雙腳，一面前後搖晃身子，一面哽咽啜泣。希兒維收拾碗盤，但進了廚房就沒再出來，亞倫可以聽見她的哭聲。

亞倫想去陪她，但是傑夫抓住他的手。「來和我聊聊，亞倫。」他說。

他們進入擺著亞倫的草墊、從溪邊蒐集來的圓石、羽毛和骨頭的小房間。傑夫拿起一根約十吋長的鮮艷羽毛，一邊說話一邊觸摸羽毛，一直沒和亞倫目光相對。

亞倫了解這種肢體語言。父親對他說話卻不看他的時候，就表示他對於談話內容感到很不自在。

「你和信使在路上看到的——」傑夫開口。

「瑞根向我解釋過了。」亞倫道。「科利舅舅早就死了，只是自己沒有發現。有時候人們逃過魔爪，但仍無法活命。」

傑夫皺眉。「和我本來想講的不太一樣，」他說。「但沒錯，科利……」

「是個懦夫。」亞倫接道。

傑夫訝異地看著他。「你怎麼會這麼說？」他問。

「他躲在地窖裡，因爲他怕死；後來他自殺，因爲他怕活。」亞倫說。「如果他拿起斧頭奮戰至死還比較好。」

「我不要聽到這種話。」傑夫道。「你無法對抗惡魔，亞倫。沒有人可以，害死自己沒任何好處。」

亞倫搖頭。「它們就像惡霸。」他說。「它們攻擊我們，因為我們恐懼得不敢反擊。我拿棍子把科比和其他人打了一頓，從此他們再也不敢惹我。」

「科比不是石惡魔。」傑夫說。「棍子沒有辦法嚇跑它們。」

「一定有辦法。」亞倫說。「人們以前可以殺死惡魔，所有古老傳說都是這麼說的。」

「傳說中有魔印可以傷害地心魔物。」傑夫道。「但是那些攻擊魔印都已經遺失了。」

「瑞根說有些地方仍在對抗惡魔，他說我們有辦法殺死惡魔。」

「我要和這個信使好好談談。」傑夫喃喃說道。「他不應該灌輸你這種想法。」

「為什麼不？」亞倫問。「如果所有男人都拿起斧頭和長矛，或許昨晚就不會死那麼多人了……」

「他們一樣會死。」傑夫接話道。「還有其他方法可以保護你自己以及你的家人，亞倫。這需要智慧、忍辱負重並量力而為。打贏不了的仗並不是勇敢的表現。」

「如果男人都為了殺不死的地心魔物而枉送性命，那誰來照顧女人和小孩呢？」他繼續說道。「誰來砍木材、建房子？誰去打獵、放牧、種穀物、屠宰牲畜？誰來讓女人懷孕？如果男人死光，地心魔物就贏了。」

「地心魔物已經贏了。」亞倫嘀咕道。「你一直說鎮上的人口逐年減少。我們打不還手，惡霸自然會欺上門來。」

他抬頭看向父親。「難道你沒有那種感覺嗎？難道你從來都不想還手嗎？」

「我當然想，亞倫。」傑夫說。「但不能無端還手。在重要時刻，真正重要的時刻，所有男人都會挺身戰鬥。動物會在有機會逃跑時逃跑，在必要時反抗，人類也一樣。但這種精神只該用在必要的時候。」

「如果你在外面，而且地心魔物就在身旁。」他說，「又或是你母親，我發誓我一定會奮戰到底，不讓它們傷害你們分毫，你了解其中的不同嗎？」

亞倫點頭。「我想我了解。」

「好孩子。」傑夫說著，捏了捏他的肩膀。

當晚亞倫夢到了高聳入雲的大山，以及大到可以容納一座城鎮的池塘。他看見一望無際的黃沙，以及隱藏在樹林中的堅固堡壘。

但在看著這一切的同時，他的眼前一直有兩條腿緩慢地擺動。他抬起頭來，發現自己臉色發青地吊死在樹上。

他突然驚醒，汗水浸濕了草墊。天色依然昏暗，但地平線上已浮現曙光，靛青色天空染上一絲紅光。他點燃蠟燭，穿上外套，搖搖晃晃地步入客廳。他找出一些麵包皮，一面嚼著，一面拿出蛋籃和牛奶罐放在門邊。

「你起得眞早。」身後傳來聲音。他嚇了一跳，隨即轉身，諾莉安正在看他。瑪莉雅還躺在草墊上，不過睡得並不安穩。

「白晝不會在你睡覺的時候變長。」亞倫道。

諾莉安點頭。「我丈夫以前也常這麼說。」她同意道。「他會說：『貝爾斯和卡特家不能像廣場那些人靠著燭光工作。』」

「我有很多事要做。」亞倫道，透過窗葉瞧著還要多久自己才能跨越魔印。「今天中午有吟遊詩人的表演。」

「當然了，」諾莉安同意道。「我在你這個年紀的時候，吟遊詩人的表演是世界上最重要的事。我來幫你幹活。」

「妳不必幫忙。」亞倫說。「爸說妳應該多休息。」

諾莉安搖頭。「休息只會讓我去想那些不該多想的事。」她說。「如果我要住你們家，我就應該做點事。我砍樹砍了大半輩子，餵豬和種玉米能有多難？」

亞倫聳肩，將蛋籃交給她。

在諾莉安的幫助下，早上的工作很快就做完了。她學得很快，而且非常擅長費力的工作和搬重物。當屋內傳來煎蛋和培根的香氣時，所有牲畜都已餵好，蛋已經收齊，牛奶也擠了。

「不要在椅子上扭來扭去。」吃飯時，希兒維對亞倫說道。

「小亞倫等不及要去看吟遊詩人表演了。」諾莉安說道。

「或許明天吧。」傑夫說，亞倫臉色大變。

「什麼！」亞倫叫道。「可是——」

「沒有可是，」傑夫說。「昨天有很多工作沒做，而且我還答應西莉雅下午要去森林聚落那邊幫忙。」

亞倫推開餐盤，氣呼呼地跑進自己房間。

「讓這孩子去吧。」諾莉安等他回房後說道。「瑪莉雅和我會在家裡幫忙。」瑪莉雅聽到自己的名字，抬頭看了一眼，接著繼續撥弄盤中的食物。

「昨天對亞倫來說肯定是難熬的一天。」希兒維說。她咬了咬唇。「對我們來說也是。就讓吟遊詩人為他帶來一點歡樂吧，家裡沒有什麼不能等的工作。」

片刻後，傑夫點頭。「亞倫！」他叫。男孩繃著一張臉走出來時，他問：「老霍格說看吟遊詩人表演要多少錢？」

「免費。」亞倫立刻說道，不想給父親任何拒絕的理由。「因爲我幫忙搬信使車上的貨。」這不算實話，而且霍格也可能會因爲他忘記告訴大家表演的事而生氣，但是只要他在趕往廣場的路上呼朋引伴，還是有可能找到一些人，再加上兩個買賣點數，或許他就可以入場看表演。

「每當信使來到鎮上，老霍格就會變得特別大方。」諾莉安說。

「應該的，他已經剝削我們一整個冬天了。」希兒維回應道。

「好吧，亞倫，你可以去。」傑夫說。「看完後到森林聚落和我會合。」

如果沿著道路走，到鎮中廣場得走上兩小時。傑夫和其他本地人平時維護的硬土小徑僅容一輛馬車通過，而爲了取道溪水最淺處搭建的橋梁繞了不少路。亞倫手腳俐落，可以直接跳過水面上的濕滑石頭過河，省去一半的時間。

今天，他比往常更需要節省時間，這樣才能沿路宣傳吟遊詩人表演的消息。他以最快的速度沿著泥濘的溪岸而走，一路閃避危險的樹根，自信滿滿地穿越這條早已走過無數次的捷徑。

每當路過其他農場時，他就會跑出樹林，但一直沒有見到任何人影。所有人不是下田工作，就是回到森林聚落幫忙去了。

抵達魚洞時，已經接近正午了。幾個漁夫撐船在小池塘裡捕魚，但是亞倫認爲向他們大叫沒有什麼意義。除此之外，魚洞空無一人。

來到鎮中廣場時，他感到十分鬱悶。昨天霍格或許比平常還要和善，但亞倫見過他對待令他蒙受損失的人的嘴臉，他絕不可能讓亞倫用兩個買賣點數欣賞吟遊詩人演出，沒把他痛罵一頓就已經不錯了。

但他抵達時，發現廣場上聚集了超過三百個提貝溪鎮居民，分別來自魚洞的沼澤博金丘及貝爾。當然還有廣場區的居民，裁縫、磨坊工人、麵包老師等全來了。南哨的人都沒來，那裡的人討厭吟遊詩人。

「亞倫，好孩子！」霍格一看到他就大叫。「我在前排幫你留了位置，還準備了一袋鹽讓你帶回家！幹得好！」

亞倫好奇地打量他，直到看見站在霍格身邊的瑞根。信使對他眨了眨眼。

「謝謝你。」亞倫等霍格跑去招呼其他人後說道。黛西和卡特琳忙著販售食物和麥酒。

「這裡的人應該要看場好表演。」瑞根聳肩說道。「但是似乎得先與你們的牧師討論內容。」他指向奇林，只見他正與哈洛牧師大聲爭辯。

「還有不准像上次那個吟遊詩人那樣宣揚什麼大瘟疫的鬼話！」哈洛說著用力戳了戳奇林的胸口。他的體重比吟遊詩人重上兩倍，而且全身上下一點脂肪都沒有。

「鬼話？」奇林一臉蒼白地說道。「在密爾恩，牧師會吊死任何不肯宣揚大瘟疫的吟遊詩人！」

「我才不管自由城邦是什麼規矩，」哈洛說。「這些都是好人，他們的生活已經夠苦了，不用你來告訴他們大家之所以受苦都是因爲不夠虔誠！」

「什麼……？」亞倫開口想問，但奇林已轉身走向廣場中央。

「你最好快點找個位置。」瑞根建議道。

果然如霍格所說，他在前排爲亞倫預留了位置，就在通常留給小朋友的座位區。其他人都羨慕地看他，亞倫覺得自己非常特別，他很少有機會讓人羨慕。

吟遊詩人就像所有的密爾恩人一樣高大，身穿鮮艷的拼布服裝，看來像是從染布老師的碎布桶裡偷出來的。他蓄著一小撮山羊鬍，和他的頭髮一樣是紅蘿蔔色，但山羊鬍和眞正的鬍鬚相比還是差了一大截，而且似乎只要隨手一抹就可以輕鬆抹掉。所有人，特別是女人，都在討論他亮眼的髮色和翠綠眼珠。

趁著人們入座的空檔，奇林在台上走來走去，拋擲彩色木球，講講笑話，暖暖場子。霍格向他打個信號，他隨即取出魯特琴開始演奏，以嘹亮的聲音引吭高歌。觀眾和著他們不曾聽過的歌曲拍打節奏，但只要他奏起曾在提貝溪鎮演出過的曲子，所有觀眾就會齊聲合唱，蓋過吟遊詩人的聲音也絲毫不以爲意。亞倫也不在意，和其他人一樣大聲歌唱。

音樂會結束後，接著是雜耍及魔術表演。演出途中，奇林偶爾會穿插一些有關丈夫的笑話，讓女人邊笑邊叫，男人微微皺眉，以及一些有關妻子的笑話，讓男人拍打大腿，女人怒目而視。

最後，吟遊詩人暫停表演，高舉雙手要求觀眾安靜。觀眾開始竊竊私語，父母將小孩推向前方，想讓他們仔細聽聽吟遊詩人的故事。五歲大的小潔西．博金爲了看清楚表演而爬到亞倫大腿上。幾個星期前亞倫把傑夫的狗生下的幾隻幼犬送給她，現在她只要一看到亞倫就會纏著不放。他抱起她，聽著奇林開始講述「回歸傳奇」，他高亢的語調轉爲低沉，傳入所有觀眾耳中。

「從前的世界與你們認知的大不相同。」吟遊詩人對小孩們說道。「喔，不。曾有那麼一段人類與地心魔物勢均力敵的年代，我們稱那個古早的年代爲『無知年代』。有人知道原因嗎？」他看著坐在前排的小朋友，幾個小孩立刻舉手。

「因爲當時沒有魔印？」一個女孩在被奇林點到時說道。

「沒錯！」吟遊詩人說著翻了個觔斗，小朋友們立刻興奮地尖叫。「無知年代對人類而言是一個恐怖的年代，但是當時惡魔還不多，沒有辦法殺死所有人。人類會在白天努力建設，惡魔則在晚上摧毀我們的成果，就和現在一樣。」

「在掙扎求生的過程中，」奇林繼續說道。「我們適應現狀，學會藏匿食物和牲畜不讓惡魔發現，以及躲避它們的方法。」他環顧四周，故作驚恐，接著跑到一個小孩身後，一臉畏縮。「為了不被惡魔發現，我們住在地洞裡。」

「像兔子？」潔西笑著問道。

「沒錯！」奇林叫道，兩手各伸一指，放在兩耳後方，一邊學兔子跳，一邊扭動鼻子。

「我們艱苦過活，」他繼續說道，「直到我們發明文字。文字出現後，不久我們就發現有些文字可以抵擋地心魔物，那是什麼文字呀？」他問，一手放在耳旁作聆聽狀。

「魔印！」所有人同聲叫道。

「答對了！」吟遊詩人以一個翻身獎勵大家。「有了魔印，我們就可以抵抗地心魔物，於是我們不斷繪製魔印，加強技巧。人們發現越來越多的魔印，直到有人找出不只能阻擋惡魔，還可以傷害它們的魔印。」小孩子都深吸了一口氣。雖然亞倫自有印象以來每年都聽過類似的演出，還是發現自己也情不自禁地深吸口氣；他願意拿自己的一切去換取這樣的魔印。

「惡魔並不樂見這樣的發展。」奇林咧嘴而笑。「它們習慣看到我們逃避躲藏，當我們轉身進攻時，它們也不甘示弱，展開猛烈反擊；第一次惡魔戰爭便如此展開，人類因而進入第二個年代，解放者年代。」

「解放者是因應造物主召喚而降臨世間、領導人類大軍的男人。在他的領導下，我們屢屢獲勝！」他一拳比向天空，小朋友齊聲歡呼。這種情緒是會傳染的，亞倫笑嘻嘻地搔潔西癢。

「隨著我們的魔法和戰術逐漸改進，」奇林說，「人類的整體壽命開始延長，人口也開始膨脹。我們的軍隊聲勢浩大，惡魔則持續減少。我們有機會一舉消滅地心魔物。」

吟遊詩人暫停片刻，換上嚴肅的神情。「接著，」他說，「在毫無預警的情況下，惡魔不再出現了。歷史上從來沒有惡魔不曾出沒的夜晚。現在，夜復一夜，人們一直沒有看見惡魔的蹤跡，我們困惑了。」他迷惘地抓抓腦袋。「很多人相信惡魔在戰爭中元氣大傷，於是放棄戰鬥，落荒而逃，滾回地心去了。」他畏畏縮縮地遠離小朋友，嘴中發出貓咪般的哀鳴，渾身發抖，彷彿受到驚嚇。有些小朋友入戲較深，開始朝他發出威脅的吼叫。

「解放者，」奇林說，「每晚都看到惡魔毫無畏懼地勇猛作戰，對於這種說法表示懷疑，但是幾個月過去了，惡魔仍毫無蹤影，大軍開始瓦解。」

「人類在勝利的歡愉中過了幾年，」奇林繼續。他拿起魯特琴，彈奏活潑的曲調，在觀眾之間手舞足蹈。「在缺乏共同敵人的情況下歲月緩緩流逝，人類組成的聯盟逐漸潰散，最後完全消失。於是有史以來第一次，我們自相殘殺。」吟遊詩人的聲音轉為低沉。「戰火四起，所有勢力都要求解放者出面領導，但是他昭告天下：『只要地心還有惡魔，我就不會與人類作戰！』他轉身離去，留下戰火不斷的大地，世界隨即陷入混亂。」

「幾場大戰後，形成了幾個強盛的國家。」他說，奏起較振奮人心的曲調。「人類開疆闢土，足跡遍布全世界。解放者年代到了盡頭，人類進入科學年代。」

「科學年代。」吟遊詩人說道。「是人類史上最輝煌的年代，但在這個偉大的年代中，人類犯下最可怕的錯誤。有人可以告訴我那是什麼嗎？」年紀稍長的孩子知道答案，但奇林暗示他們別說，讓年幼的孩子回答。

「因為我們遺忘了魔法，」吉姆．卡特說著，伸出手背擦拭自己的鼻子。

「你說得沒錯！」奇林說著彈了一下手指。「我們學到很多世界運作的原理、醫藥及機械的知識，但我們遺忘了魔法。更糟糕的是，我們遺忘了地心魔物。沉寂三千年後，已沒有人相信它們真的存在過了。」

「這就是為什麼，」他嚴肅地說。「當它們回來時，人類會毫無防備。」

「在被世界遺忘的幾個世紀中，惡魔一直不停繁衍。接著，三百年前的某個晚上，它們自地心中爬出，以難以估計的數量優勢奪回世界。」

「好幾座城市在地心魔物慶祝它們回來的第一夜就被摧毀。人們奮力抵抗，但就連科學年代最強大的武器都沒有辦法抵擋惡魔。科學年代結束了，毀滅年代取而代之。」

「第二次惡魔戰爭開始了。」

亞倫內心目睹那天晚上的景象，看見城市燃燒，人們驚慌逃難，結果卻被久候的地心魔物血腥屠殺。他看見男人犧牲自己，爲家人爭取逃命的時間，看見女人代替孩子承受地心魔物的利爪。最重要的是，他看見地心魔物雀躍地沉浸在嘴角及利爪上鮮血帶來的歡愉。

孩子們驚恐地向後退，奇林卻向前逼進。「這場戰爭持續數年，人類一再慘遭屠殺。沒有解放者領導人類，他們根本不是地心魔物的對手。偉大的國度在一夜之間淪爲廢墟，科學年代累積的知識在火惡魔的嬉鬧中付之一炬。」

「學者絕望地在圖書館的殘骸中尋找答案。古老的科學幫不上忙，最後在曾被視爲幻想與迷信的傳說中找到救贖。人們開始在地上繪製複雜的符號，阻止地心魔物接近。魔印的效果仍在，但是繪製的魔印卻常常有錯，而一旦犯錯就必須付出慘痛的代價。」

「倖存的學者開始聚眾而居，在漫長的黑夜中保護人們。這些人後來成爲第一代魔印師，至今仍守護著我們。」吟遊詩人指著觀眾。「所以下次遇見魔印師的時候，記得要謝謝他，因爲你們欠他一命。」

這部分亞倫倒是第一次聽說。魔印師？在提貝溪鎮，所有人到了能夠拿樹枝畫圖的年紀就要學習繪製魔印。許多人沒有繪製魔印的天賦，但是亞倫實在無法想像，怎麼會有人不願花時間學習對付石惡魔、火惡魔、風惡魔、水惡魔，以及木惡魔的基本禁制魔印。

「所以現在我們能夠安然無恙地待在魔印力場中，將惡魔擋在外面。」奇林道，指向瑞根。「信使們是世上最勇敢的男人，爲我們在城市之間奔走、護送旅人及商品，並帶來遠方的消息。」

他四下走動，目光銳利地凝望一臉恐懼的孩童。「但是我們很堅強，」他說。「對不對？」

小孩子們點點頭，不過眼中仍充滿恐懼。

「什麼？」他問，伸出一手放在耳邊。

「對！」觀眾叫道。

「解放者重臨大地的時候，我們是否已準備好了？」他問。「惡魔會不會再次學會懼怕我們？」

「會！」群眾吼道。

「它們聽不見你們的聲音！」吟遊詩人大叫。

「會！」人們齊聲吶喊，舉起拳頭在空中揮舞；亞倫叫得最起勁。潔西模仿他，把自己當作惡魔般揮手叫囂。吟遊詩人鞠躬，等待觀眾安靜下來，接著拿起魯特琴，帶領他們進入另一首旋律。

霍格說話算話，讓亞倫帶著一袋鹽離開廣場。即使家裡多了諾莉安和瑪莉雅，這袋鹽也夠他們吃好幾個禮拜了。鹽還沒有磨過，但亞倫知道父母寧願親自磨鹽，也不想多付錢讓霍格去磨。人們大多是這種想法，但老霍格從來不給他們選擇的機會，總是　拿到鹽就趕快拿去磨，好向鎮民索取額外費用。

前往森林聚落的途中，亞倫的步伐像是雙腿裝了彈簧似地輕快。一直到路過科利上吊的大樹時，他的心情才沉重起來。他再度想起瑞根口中那些與地心魔物作戰的事，以及父親忍辱負重的說法。

他認爲父親的說法或許沒錯：可以的時候就躲藏，必要的時候就戰鬥，就連瑞根似乎也同意這種論調。但亞倫一直無法拋開躲藏也會使人受傷，而且是傷在看不見之處的想法。

他在森林聚落和父親會合，看到鹽袋後，父親在他背上拍了一下以茲鼓勵。下午他四處奔跑，協助大人重建聚落。他們已經修好了第二棟房屋，在黑夜降臨前就會畫好魔印。幾個星期內，森林聚落將恢復原狀，這對所有人都有好處，他們希望能有足夠的木材過冬。

「我答應西莉雅接下來幾天都會過來幫忙。」下午傑夫在收拾工具上車時說道。「我不在時，你就是家裡的男人。你必須檢查魔印樁，還要去田裡拔草。早上我看到你和諾莉安一起幹活，她可以處理畜棚裡的雜務，瑪莉雅可以在屋裡幫你母親的忙。」

「好。」亞倫說。拔草和檢查魔印樁都很辛苦，但父親的信任令他感到驕傲。

「交給你了，亞倫。」傑夫道。

「我不會讓你失望。」亞倫承諾道。

接下來幾天都沒有發生什麼事。希兒維偶爾還會哭泣，不過她有事要忙，而且從沒抱怨家裡多了兩個人吃飯。諾莉安很自然地肩負起照顧牲畜的責任，就連瑪莉雅也開始走出自己的世界，幫忙掃地和煮飯；晚餐過後就坐在織布機前織布。不久後她開始和諾莉亞輪流處理畜棚裡的事。兩個女人似乎都執意要分擔家務，不過閒下來時，她們就會露出黯然傷心的神情。

亞倫的雙掌因爲拔草而起滿水泡，每天傍晚他的背和肩膀都十分疼痛，但他沒有抱怨。這些新責任中唯一讓他樂在其中的就是檢查魔印樁。亞倫一直很喜歡繪製魔印，在大多數小孩還沒開始學習魔印前就已經熟悉各種基本防禦符號，之後又學會更多複雜的魔印；傑夫甚至不再檢查他繪製的魔印了。亞倫的手掌比他父親的還要穩健。繪製魔印和拿長矛攻擊地心魔物雖不一樣，但至少也是對抗地心魔物的方式。

每天晚上，傑夫都在黃昏時到家，希兒維已自水井中打好水等著幫他清洗。亞倫幫助諾莉安和瑪莉雅鎖起牲畜，然後大家一起享用晚餐。

到了第五日，下午時開始起風，院子裡塵土飛揚，畜棚的大門不斷砰砰作響。亞倫聞到雨水的氣息，陰暗的天空也證明了這點。他希望傑夫也有看到這些徵兆，早點回家，或是待在森林聚落。烏雲代表早來的黃昏，早來的黃昏有時意味地心魔物會在太陽完全下山前現身。

亞倫離開田地，開始幫女人們將受驚的牲畜趕回畜棚。希兒維也跑了出來，用木板封住地窖的門，並且確認畜欄附近的魔印樁有綁緊。傑夫駕駛馬車回來時，他們已沒有多少時間。天色迅速變暗，已經沒有任何直射的陽光。地心魔物隨時都會出現。

「沒時間幫馬車解套了。」傑夫大叫，猛甩馬鞭指示蜜希加速衝往畜棚。「明天早上再說。所有人都進屋子去，立刻！」希兒維和其他女人遵從指示，轉身奔向屋子。

「動作快點就來得及。」亞倫衝向父親，在呼嘯的風聲中叫道。如果一整晚都背著馬具，接下來幾天蜜希都會無精打采。

傑夫搖頭。「天色已經太暗了！一晚不卸馬具要不了牠的命。」

「那就把我鎖在畜棚裡。」亞倫說。「我幫牠卸除馬具，然後和牲畜一起等待風暴過去。」

「照我的話做，亞倫。」傑夫大叫。他跳下馬車，一把抓起男孩的手臂，半拖半拉地強迫他離開畜棚。

兩人關上畜棚的門，架上木板。一道閃電劃破天際，短暫照亮畫在畜棚門上的魔印，提醒他們惡魔即將出現；空氣中滿是雨水的氣息。

他們朝屋子狂奔，隨時注意前方有沒有代表地心魔物出現前兆的霧氣。暫時而言，前方的路還算通暢。瑪莉雅打開房門，他們衝了進去，第一顆斗大的雨滴正好落在院子的泥土上。

瑪莉雅正要關門，院子裡卻傳來一聲嚎叫。所有人僵在原地。

「是狗！」瑪莉雅大叫，隨即伸手摀嘴。「我把牠綁在籬笆上！」

「別管牠了。」傑夫道。「關門。」

「什麼？」亞倫難以置信地叫道。他立刻轉身面對父親。

「外面還沒有地心魔物！」瑪莉雅叫道，隨即衝出屋子。

「瑪莉雅，不！」希兒維大叫，接著也衝了出去。

亞倫一樣衝向門口，但傑夫一把抓住他外套上的肩帶，把他拉了回去。「待在屋裡！」他命令道，接著移動到門邊。

亞倫向後跌開數步，隨即再度向前。傑夫和諾莉安站在屋外前廊，但待在外圍魔印的範圍內。亞倫抵達前廊時，狗已經衝過他身邊，進入屋內，脖子上還繫著繩子。

院子裡狂風大作，雨滴如昆蟲般刺人。他看見瑪莉雅和母親朝屋子跑來，同時地心魔物也已開始凝聚形體。一如往常，火惡魔率先現身，它們薄霧般的形體自地面噴灑而出。火惡魔是體型最小的地心魔物，現身時四肢著地，肩膀離地不過十八吋。它們的眼睛、鼻孔及嘴中綻放著霧光。

「快跑，希兒維！」傑夫大叫。「跑！」

看來她們似乎可以及時趕到，偏偏瑪莉雅絆了一跤。希兒維轉身幫忙，就在那一刻，第一頭地心魔物已凝聚而成。亞倫想要趕往母親身邊，但諾莉安的手緊緊握住他的手臂，強迫他待在原地。

「不要做傻事。」女人低聲說道。

「起來！」希兒維拉起瑪莉雅的手臂叫道。

「我的腳踝！」瑪莉雅道。「我跑不動了！不要管我！」

「我不會棄妳不顧！」希兒維吼道。「傑夫！」她叫。「來幫忙！」

這時整座院子裡到處都有地心魔物現形。傑夫呆立原地，眼睜睜地看著惡魔發現兩個女人，並發出歡愉的叫聲，逼近她們。

「放手！」亞倫大吼，對準諾莉安的腳狠狠踏下。她慘叫一聲，亞倫隨即掙脫。他順手抄起手邊的擠奶木桶，衝入院子中。

「亞倫，不要！」傑夫大叫，但亞倫已經聽夠他的話了。

一頭體型只比大貓大一點的火惡魔跳上希兒維的背，一爪劃破她的皮膚，在她的尖叫聲中將她背上的衣服扯成血淋淋的碎片。接著火惡魔自希兒維的背上朝瑪莉雅的臉吐出一口火焰唾液。女人尖聲慘叫，皮膚熔化，頭髮燃燒。

亞倫隨即趕到，使盡吃奶的力氣揮出木桶。木桶在撞擊聲中化為碎片，不過惡魔也從他母親背上跌落。希兒維頹然癱倒，亞倫立刻上前扶她。更多火惡魔逼近他們，就連風惡魔也開始伸展翅膀，接著，十幾碼外，一頭石惡魔開始凝聚形體。

希兒維呻吟一聲，不過還是掙扎起身。亞倫拉著她遠離瑪莉雅和她痛苦的哀鳴，但他們的回程上到處都是火惡魔。石惡魔也發現他們，開始舉步狂奔。幾隻止要起飛的風惡魔擋住這頭巨大怪物的去路，它揮舞利爪，如同鐮刀切割稻稈般輕易地將它們甩向一旁。風惡魔自空中跌落，火惡魔立刻一擁而上，將它們撕成碎片。

趁著惡魔分神之際，亞倫把握機會拖著母親遠離屋子。畜棚的路一樣不通，但他們和日間畜欄之間暫時沒有阻礙，只要能在地心魔物前抵達就行了。希兒維不停尖叫，不知道是出於恐懼還是痛苦，但她還是跌跌撞撞地隨著他跑，雖然穿著寬大的裙子仍沒有落後。

就在他拔腿狂奔的同時，四面八方的火惡魔也追了上來。雨越下越大，風越吹越急。閃電劃破天際，照亮他們的追兵以及日間畜欄，彷彿近在眼前，偏偏又遠在天邊。

院子裡的泥土因為下雨而逐漸泥濘，但是恐懼令他們四肢靈活，隨時保持備戰狀態。石惡魔衝鋒的腳步聲有如雷鳴，迅速逼近，整個地面都開始震動。

亞倫在畜欄前停步，手忙腳亂地試圖開門。火惡魔在那一瞬間追上他們，進入足以使用致命武器的距離。它們口吐火焰，擊中亞倫和他母親。由於距離太遠，衝擊力道不大，但是他仍感覺到衣服著火，聞到頭髮的焦味。一陣劇痛襲來，但他不加理會，終於打開通往日間畜欄的大門。當他拉母親進入畜欄時，另一頭火惡魔撲到她身上，利爪深深嵌入她的胸口。亞倫猛力一扯，將母親拉入畜欄。希兒維順利穿越魔印力場，地心魔物則被耀眼的魔光擋在門外。深陷她體內的利爪隨著鮮血和肉塊抽離。

他們的衣服還在燃燒。亞倫雙手環抱希兒維，帶著母親撲向地面，以自己的身體承受撞擊力道，並開始在泥巴中翻滾以撲滅火苗。

他們沒有機會關門。惡魔包圍在畜欄外，猛烈攻擊魔印網，激起陣陣魔光。但是關不關門並不重要，有沒有籬笆也不重要。只要魔印樁沒倒，地心魔物就無法傷害他們。

但風雨可以。冰涼的大雨傾盆而下，狂風像鞭子般抽打他們。希兒維倒地後再也無力起身，身上沾滿鮮血和泥巴，亞倫不知道她有沒有辦法撐過這樣的傷勢和風雨。

他跌跌撞撞地走到飼料槽前，將它一腳踢翻，倒出豬隻晚餐吃剩的菜渣，留在泥巴中腐爛。亞倫看見石惡魔攻擊魔印網，但魔法不為所動，惡魔無法通過。透過閃電耀眼的光芒及惡魔噴出的火光，他看見一群火惡魔圍住瑪莉雅，每頭惡魔都咬下她身上一塊肉，然後歡天喜地跑到一旁大快朵頤。

不久後，石惡魔放棄攻擊，大步回頭，伸出巨爪，以凶殘之人抓貓的姿態拎起瑪莉雅的腳。火惡魔四下流竄，任由石惡魔將女人甩入空中。她發出沙啞的呻吟，亞倫難以相信她竟然還活著。他尖聲大叫，考慮穿越魔印網出去救她。然而就在此時，一陣可怕的骨碎聲傳來，惡魔已將她狠狠摔落地面。

亞倫在惡魔開始享用大餐前移開目光，任由大雨洗去眼中的淚水。他拖著飼料槽來到希兒維身邊，撕下她裙子的內襯，在雨水中浸濕。他盡可能地擦乾淨母親傷口附近的泥巴，然後在傷口中塞入更多內襯。這樣做絕對稱不上乾淨，但總比豬泥巴要乾淨多了。

希兒維渾身顫抖，於是他躺在她身邊，試圖爲她取暖，然後將散發惡臭的飼料槽翻過來蓋在他們身上，以抵擋傾盆大雨及地心魔物飢渴的目光。

蓋下飼料槽時，天上打落最後一道閃電。他最後看見的景象是他的父親，仍一動也不動地僵立在前廊。

*如果和惡魔一起在外面的人是你……或是你母親……*亞倫想起他的話。但不管他承諾過什麼，世上似乎沒有任何事能迫使傑夫·貝爾斯挺身作戰。

黑夜彷彿永無止盡般漫長，亞倫根本無法入眠。大雨在飼料槽上敲出穩定的節奏。他們躺的泥巴地十分冰冷，散發著豬糞的臭氣。希兒維神智不清，渾身顫抖，亞倫緊緊擁抱著她，試圖將自己的體溫傳遞到她身上，他的手腳已經麻到沒有感覺了。

絕望感襲來，他靠在母親的肩上哭泣。但她在呻吟聲中輕拍他的手背，如此簡單的本能反應立刻驅走他的恐懼、絕望及痛苦。

他對抗一頭惡魔，而且活了下來。他站在處處是惡魔的院子中，最後逃了出來。惡魔或許有不死的能力，但並非不能智取，要跑贏它們也不是不可能。

而從石惡魔將其他地心魔物摔到一旁的情況來看，它們也不是不會受傷。

但是當世上充滿傑夫這種不肯挺身而出對抗地心魔物，甚至爲了家人也不願意的人，這一切又有什麼意義？他們能有什麼希望？

他凝望著四下的黑暗數小時，但腦海中只有父親的臉，站在安全的魔印力場中遙望著他們。

雨勢在黎明前開始轉小。亞倫趁著雨小推開飼料槽，但是立刻後悔，因爲槽內凝聚的熱氣立刻逸散。他再度蓋上飼料槽，偶爾偷看外面一眼，直到天色開始轉亮。

等天色亮到可以看清楚東西，地心魔物大多已經消失，天空由靛青轉爲淡紫，只剩下幾頭惡魔還死撐著不走。他爬起身來，徒勞無功地試圖拍掉沾在身上的泥漿和糞便。

他手臂僵硬，稍微伸展就感到刺痛。他低下頭去，看見被火焰噴中的皮膚呈亮紅色。*在泥巴裡躺一夜起碼還有這個好處*，他想，心知如果不是一整晚躺在冰冷的泥巴裡，他和母親的灼傷必定會更加嚴重。

當最後一頭火惡魔的身體開始變透明時，亞倫走出畜欄，朝畜棚前進。

「亞倫，不要！」前廊上傳來一聲呼喊。亞倫抬頭，看見傑夫裹在一條毯子裡，站在前廊的魔印力場後觀看。「天還沒完全亮！再等一下！」

亞倫不去理他，走到畜棚，打開大門。蜜希依然套在車上，看起來很不高興，但應該還能去廣場。當他領著馬走出畜棚時，手臂突然被人抓住。「你找死嗎？」傑夫大叫道。「你讓我憂心，孩子！」

亞倫甩開他的手，拒絕面對父親的目光。「媽需要去找可琳·特利格。」他說。

「她還活著？」傑夫難以置信地問道，腦袋連忙轉向妻子所躺的泥堆。

「拜你所賜。」亞倫說。「我要帶她去鎮中廣場。」

「我們一起帶她去。」傑夫糾正他，衝過去抬起妻子、扶上馬車。他們要去鎮上，留下諾莉安一個人照顧牲畜，並收拾可憐的瑪莉雅的殘骸。

希兒維全身冒汗，灼傷傷勢不比亞倫嚴重，但被火惡魔抓傷的地方還在滲血，傷口呈噁心的紫紅色。

「亞倫，我……」傑夫在途中開口說道，朝兒子伸出顫抖的手掌。亞倫向旁一側，偏過頭去，傑夫好像被火灼到般趕緊縮手。

亞倫知道父親十分羞愧。一如瑞根所說，或許傑夫甚至像科利那樣痛恨自己。儘管如此，亞倫沒辦法同情他，他母親因為傑夫的懦弱而付出代價。

一路上他們再也沒有交談。

可琳．特利格位於廣場的雙層房舍是提貝溪鎮最大的建築之一，屋內擺滿了床鋪。除了住在樓上的家人，可琳至少會收留一名病患。

可琳個子矮小，鼻子很大，沒有下巴。還沒三十歲就生了六個孩子，她的腰圍很寬，衣服上總是有股燒焦的煙草味，她開的藥常常離不開一種味道很糟的茶。提貝溪鎮的居民喜歡拿那種茶來開玩笑，但是所有人生病時都會心懷感激地乖乖喝茶。

藥草師一看到希兒維，立刻要求亞倫和他父親帶她進屋。她沒有問問題，這樣也好，因為亞倫和傑夫都不知道該如何交代事發經過。她割開每道傷口，擠出噁心的膿汁，空氣隨即瀰漫腐敗的臭味。她以清水和藥草清理處理過的傷口，接著動手縫合。傑夫臉色發青，突然伸手摀住嘴。

「要吐出去吐！」可琳吼道，伸出一指要傑夫離開房間。傑夫奪門而出，她轉向亞倫。

「你也要吐？」她問，亞倫搖頭。可琳凝視他片刻，然後認同地點點頭。「你比你父親勇敢。」她說。「把那個研缽和碾杵給我，我教你製作灼傷軟膏。」

可琳一邊治療希兒維，一邊向亞倫講解藥櫃裡各式各樣藥罐和藥袋的名稱，引導他找到所需藥材，解釋混合它們的方式。當亞倫在母親灼傷處塗抹軟膏時，她還在處理噁心的傷口。

最後，希兒維的傷口全部縫合完，她轉而檢視亞倫的傷勢。一開始他有點抗拒，但是軟膏確實發揮功效，當冰涼感沿著手臂蔓延開後，他才發現灼傷處有多刺痛。

「她會好起來嗎？」亞倫看著自己母親問道。她的呼吸穩定了，但是傷口附近的膚色很難看，空氣中仍瀰漫著腐爛的氣味。

「我不知道。」可琳道，她不是說話委婉的人。「我從沒見過傷勢如此嚴重的人。正常來講，如果惡魔接近到這種距離……」

「你就死定了，」傑夫站在門口說。「要不是因爲亞倫，希兒維本來也難逃一死。」他步入屋內，視線垂向地面。「昨晚亞倫給我上了一課，可琳。」傑夫說。「他讓我了解恐懼是我們的敵人，比惡魔更可怕的敵人。」

傑夫伸手搭上兒子的肩。「我不會再讓你失望了。」他保證道。亞倫點點頭，偏過目光。他很想相信父親，但是他腦中不斷浮現父親站在前廊上，害怕到無法動彈的畫面。

傑夫走到希兒維身邊，握起她濕黏的手掌。她還在冒汗，不時會在睡夢中顫抖。

「她會死嗎？」傑夫問。

藥草師長長嘆了口氣。「我是接骨好手。」她說。「也是接生專家。我可以讓病人退燒、治療感冒，只要沒有受傷太久，甚至有辦法清理惡魔造成的傷口。」她搖一搖頭。「但這是惡魔感染。我已經開藥爲她減輕疼痛、幫助睡眠，然而想要解藥，你必須去找比我高明的藥草師。」

「還可以找誰？」傑夫問。「妳是提貝溪鎮唯一的藥草師。」

「去找我的老師。」可琳說。「老梅．弗利曼。她住在陽光牧地的郊外，距離這裡兩天的路程。如果有人能夠治療這種感染，那一定就是老梅了，但是你們動作要快，感染擴散的速度很快，如果拖太久，就連老梅也幫不了你們。」

「我們要怎麼找她？」傑夫問道。

「你們不太可能迷路。」可琳說。「只有一條路通往那裡。只要別在岔路那裡轉往森林就行了，除非你想耗上幾個星期前往密爾恩。信使幾個小時前才往陽光牧地出發，但是他還要先在鎮上幾個地方停留。如果你們腳程夠快，或許還能趕上他。信使隨身攜帶魔印圈，只要趕上他，你們就可以全程趕路直到太陽下山，而不用停在半路找地方借宿；信使能夠幫你們大幅縮短行程。」

「我們會找到他。」傑夫說。「不惜任何代價。」他的語氣十分堅定，亞倫心中燃起一絲希望。

亞倫眼看著提貝溪鎮慢慢消失在馬車後方，心中突然浮現奇特的感覺。這是第一次，他要前往離家超過一天路程的地方。他將看見另一座城鎮！一個禮拜前，像這樣的冒險是他夢寐以求的事。但現在，他只希望一切能夠恢復原狀。

回到農場安全的時候。

回到母親沒有受傷的時候。

回到他不知道父親是懦夫的時候。

可琳承諾會派她的兒子去農場，告知諾莉安他們會離開約一個禮拜，並在他們不在家時幫忙照顧牲畜、檢查魔印。鄰居都會主動幫忙，不過諾莉安承受的打擊太大，不該獨自面對黑夜。

藥草師還提供他們一張粗略的地圖，她謹慎地捲起地圖，放入皮筒中。紙張在提貝溪鎮是稀有物品，絕對不會輕易送人。亞倫對這張地圖深感興趣，一直研究了好幾個小時，雖然他根本看不懂標示地名的文字；亞倫和他父親都不識字。

地圖上標示出通往陽光牧地的道路，以及路上會遇到的地標，但沒有詳細標明距離。路上有幾座農場可供他們借宿，但是卻完全看不出農場之間相隔多遠。

他母親斷斷續續地昏睡，全身不停冒汗。有時候她會說話或大叫，但是聽不懂她在說些什麼。亞倫拿濕布幫她擦臉，然後又強迫她喝了一點藥草師給他的刺鼻藥茶，但似乎沒有多大幫助。

下午稍晚，他們來到豪爾．譚納的房子，他是住在提貝溪鎮郊外的農夫。豪爾的農場距離森林聚落不過兩個小時的路程，但是當亞倫和父親抵達時已是下午了。

亞倫記得每年都會在夏至慶典看到豪爾和他的三個女兒，不過兩年前豪爾妻子死在地心魔物手中後，他們就不再出現了。豪爾離群索居，他的女兒也隨他一起深居簡出；就連發生森林聚落的慘劇也沒來幫忙。

譚納家的田地有四分之三化為焦土；只有最接近他們家房子的田地才有魔印守護並有播種。一頭瘦弱的乳牛立在泥濘的院裡咀嚼反芻的食物，綁在雞籠旁邊的山羊瘦得肋骨清晰可見。

譚納家是一棟以石塊拼湊的平房，以泥巴和黏土固定而成。較大的石塊上繪有斑剝的魔印。亞倫認為這些魔印畫得很糟，不過怎麼說也已經撐這麼久了。屋頂是斜的，腐敗的茅草屋頂上突出幾根短短寬寬的魔印樁。屋子的一面連接一座小畜棚，窗戶釘滿木板，門片半垂在門框中。院子對面還有一座大畜棚，但是狀況看起來更糟。魔印或許還能維持有效狀態，但是畜棚本身似乎隨時都會崩塌。

「我從來沒有到過豪爾家。」傑夫說。

「我也沒有。」亞倫說謊。除了信使之外，沒幾個人有理由前往森林聚落以北的地方，對鎮中廣場的人而言，住在這附近的人只是茶餘飯後的話題。亞倫曾不只一次溜來偷看瘋子譚納的農場。這裡就是他這輩子離家最遠的地方。想要在日落前回家，他必須以最快的速度奔跑好幾個小時才行。

有一次，就在幾個月前，他差點沒能趕回家。他一直想要看看豪爾的大女兒伊蓮。其他男孩都說她有提貝溪鎮最大的胸脯，他想親眼見識見識。他等了一天，最後看見她哭哭啼啼地跑出屋外。她哀傷的樣子十分美麗，雖然她比他大上八歲，亞倫很想過去安慰她；他沒有那個膽，但是仍然偷看了很久，結果差點為此在太陽下山時付出慘痛的代價。

當他們接近農場時，一隻髒兮兮的狗開始大叫，接著一名年輕女孩開門來到前廊，哀傷地看著他們。

「我們可能得在這裡借宿。」傑夫道。

「還有幾個小時天才會黑。」亞倫搖頭說道。「如果到時沒有趕上瑞根，地圖上指示在通往自由城邦的岔路附近還有一座農場。」

傑夫自亞倫的肩膀後方看著地圖。「那很遠。」他說。

「媽不能等。」亞倫說。「我們今天不可能抵達目的地，但是每多走一小時就表示我們可以早一小時拿到解藥。」

傑夫回頭看向浸在汗水中的希兒維，然後抬頭看太陽，點了點頭。他們對前廊上的女孩揮手，不過沒有停留。

接下來幾個小時，他們又走了很遠，但都沒發現信使或其他農場的蹤影。傑夫抬頭望向橘色天空。

「再過不到兩小時，天就會全黑了。」他說。「我們得回頭。如果趕一點，還可以及時回到豪爾家。」

「那座農場可能再轉一個彎就到了。」亞倫爭辯。「我們會找到它。」

「我們不能確定。」傑夫說著，朝一邊吐口口水。「地圖標示不清，我們要趁還有機會時回頭，沒得商量。」

亞倫難以置信地瞪大雙眼。「這樣我們會少掉半天的路程，更別提一整晚無法趕路，媽或許撐不過這段時間！」他叫道。

傑夫回頭看向妻子，裹在毯子裡不停冒汗，呼吸急促虛弱。他哀傷地看著地上逐漸拉長的影子，壓抑著想打哆嗦的衝動。「如果入夜後還在外面，」他小聲回應。「我們都會死。」

話還沒說完，亞倫已經使勁搖頭，拒絕接受他的決定。「我們可以……」他微帶遲疑道。「我們可以在地上繪製魔印。」他終於說道。「畫滿馬車外圍。」

「如果颳來一陣風吹散魔印呢？」他父親問。「到時候該怎麼辦？」

「那座農場可能就在下一座山丘！」亞倫堅持道。

「也有可能還在二十哩外。」他父親吼回去。「甚至一年前就毀於大火，誰知道這幅地圖畫好後出過什麼事？」

「你是說媽不值得你冒險嗎？」亞倫譴責道。

「不用你告訴我她值不值得冒險！」他父親大叫，差點把男孩撞出車外。「我愛她一輩子了！我比你還清楚她值不值得我冒險！但是我不打算賭上我們三人的性命！她可以撐過今晚，她非撐過今晚不可！」

就這樣，他猛扯韁繩，停下馬車，然後掉轉方向。他對著蜜希的側腹狠狠抽了一鞭，命令牠沿著原路快速奔馳。馬兒恐懼即將到來的黑夜，發狂似地急速前進。

亞倫回頭看向希兒維，將滿腔怒火吞入腹中。他看著母親隨車輪駛過凹凸不平的路面而猛晃，但無論路途有多顛簸，她一直沒有任何反應。不管父親怎麼想，亞倫曉得她存活的機會已經減少一半。

抵達遺世獨立的農場時，太陽差不多完全下山了。傑夫和蜜希似乎有著共同的恐懼，同時張嘴大叫。亞倫跳入後座，試圖在劇烈震動的車內扶穩母親的身體。他緊緊抱著她，爲她擋下多次猛烈的震撞。

但是他沒有辦法全部代她承受。他感覺得出來，可琳的縫線綻開，傷口再度裂開。就算希兒維沒有死於惡魔感染，也很可能死於旅途奔波。

傑夫直接駕馬車衝到前廊邊，高叫：「豪爾！我們要借宿！」

他們還沒跳下馬車，屋門已經開啓。一個身穿舊外套的男人手握乾草叉衝出屋子。豪爾很瘦，但肌肉結實，如同肉乾。緊跟而來的是伊蓮，這名健美的年輕女子手握金屬頭的短鏟。亞倫上次見到她的時候，她哭哭啼啼，一臉驚恐，但現在她的眼中沒有絲毫恐慌。她無視蠢蠢欲動的黑影，大步來到馬車前。

豪爾朝正在抬希兒維下車的傑夫點頭。「帶她進屋。」他命令道，傑夫立刻照做，通過魔印時吁了一大口氣。

「打開大畜棚門。」他對伊蓮道。「小畜棚停不下馬車。」伊蓮拉起裙子，拔腿就跑。他轉向亞倫。「駕車前往畜棚，孩子！趕快！」

亞倫照做。「沒時間卸除馬具了，」農夫道。「牠必須撐一個晚上。」這已經是連續第二個晚上了。亞倫懷疑蜜希還有沒有機會卸除馬具。

豪爾和伊蓮迅速關上畜棚大門，並且檢查魔印。「你在等什麼？」男人對亞倫吼道。「到屋裡去！惡魔馬上就要現身了！」

話才說完，惡魔就已經開始凝聚形體。他們死命奔向農舍，看著彷彿自地面上長出來的魔爪以及有著尖角的腦袋。

他們左右閃避逐漸成形的死神，恐懼和腎上腺素大幅提升他們的敏捷和速度。第一批地心魔物完全現形，一群動作迅速的火惡魔展開追逐，迅速逼近。亞倫和伊蓮繼續奔跑，豪爾轉身將乾草叉朝惡魔擲去。武器擊中領頭惡魔的胸口，它摔入夥伴之間。儘管體型瘦小，火惡魔的皮膚還是堅韌得區區一根乾草叉無法穿透。怪物撿起乾草叉，張口噴火，燒爛木柄，隨手丟棄。

儘管地心魔物沒有受傷，這一擲還是爭取了一點時間。惡魔窮追不捨，但是在豪爾跳上前廊的同時，它們的衝勢立刻受阻，彷彿撞上磚牆般撞上魔印力場。一時之間魔光大作，所有惡魔全都摔回院子，豪爾迅速進屋。他甩上大門，閂上門閂，轉身背靠門上。

「讚美造物主。」他無力地說道，氣息急促，臉色發白。

豪爾農舍內的空氣又悶又熱，充滿發霉和排泄物的味道。地上長蟲的蘆桿吸收了部分自屋頂滲下的積水，但是室內的濕氣依然很重。兩隻狗和幾隻貓與他們一同住在屋內，所有人走路時都必須留意腳下。火爐上吊著石鍋，爲空氣中混合的酸味摻入些許燉肉味；不過味道越來越淡。一個角落懸著一塊綴滿補丁的布簾，隱約遮掩後方的尿壺。

亞倫盡可能幫希兒維重新包紮，接著伊蓮和妹妹班妮將她抬入她們房間，而豪爾最小的女兒瑞娜，則幫亞倫和他父親拿了兩個滿是裂痕的木碗放在桌上。

農舍中只有三個房間，一間女孩們共用，一間是豪爾的臥房，剩下的就是供他們煮飯、進食、工作用的客廳。客廳中一塊破破爛爛的布簾區隔煮飯和吃飯的地方，一扇繪有魔印的木門通往小畜棚。

「瑞娜，趁大人講話時帶亞倫去檢查魔印，我和班妮準備晚餐。」伊蓮道。

瑞娜點頭，牽著亞倫的手拉他離開。她將近十歲，和十一歲的亞倫差不多大，儘管臉上滿是髒污，依然難掩秀麗。瑞娜身穿一件樸素的連身裙，破洞不少，但是都有仔細修補，棕色頭髮以一條破布綁在腦後，不過有許多未綁住的髮絲垂落在她的圓臉旁。

「這個魔印花掉了。」女孩說著指向一道窗沿上的魔印。「一定是被哪隻貓踩花的。」她自魔印工具中取出一根炭棒，小心翼翼描繪糊掉的線條。

「這樣不行，」亞倫說。「線條不夠圓滑，這會削弱魔印的威力，妳應該全部重畫。」

「他們不准我重畫魔印。」瑞娜低聲道。「如果發現無法修補的魔印，我應該去找父親或伊蓮。」

「讓我來。」亞倫說著接過炭棒。他仔細抹除之前的魔印，然後重畫新的，動作迅速，自信滿滿。畫完後，他後退一步，打量窗戶外圍，然後又將其他幾個魔印抹掉重畫。

豪爾一看見他在做什麼，立刻緊張兮兮地想要起身阻止，但是傑夫比了個手勢，很有把握地說了幾句話，說服他再度坐回椅子上。

亞倫好整以暇地欣賞自己的作品。「就算是石惡魔也無法突破這道魔印。」他驕傲地說道，接著轉過身來，發現瑞娜瞪大眼睛在看他。「幹嘛？」他問。

「你比我印象中來得高。」女孩說完帶著羞怯的微笑低下頭去。

「是呀，已經兩年不見了。」亞倫回答，不知道還能說些什麼。所有魔印都檢查一遍後，豪爾把他女兒叫過去。他和瑞娜低聲交談，亞倫發現她不時偷看自己，但是聽不見他們在說什麼。

晚餐是牛蒡、玉米以及一種不明肉類燉成的雜燴湯，不過至少足以塡飽肚子。吃飯時，傑夫和亞倫說出了他們的遭遇。

「你們應該先來找我們的，」豪爾聽他們講完後說道。「我們常去老梅・弗利曼那裡看病。比大老遠跑到廣場去找特利格要近多了。如果你們快馬加鞭走了兩小時才趕回我們這裡，那麼距離馬克・佩斯特爾的農場已經不遠了。老梅她家距離那裡不到一個小時，她向來不喜歡城鎭生活。眞要趕起路來，說不定今晚就可以趕到。」

亞倫重重放下湯匙。桌上所有目光都集中在他身上，但是他根本沒有注意，因爲他眼中只看得到自己的父親。

傑夫無法忍受這道目光，他垂頭喪氣。「當時我們無從得知。」他悽苦地說。

伊蓮輕拍他的肩。「不要怪自己太謹愼。」她說。接著轉向亞倫，一臉責備。「等你大一點就會了解。」

亞倫突然起身，跺步離開餐桌。他穿過布簾，靠上窗沿，透過破損的窗葉看著外面的惡魔。它們一次次地試圖穿越魔印力場，一直不得其門而入，但魔法卻不能爲亞倫提供任何安全感。他覺得自己被魔法禁錮。

「帶亞倫去畜棚玩。」眾人用完晚餐後，豪爾命令兩個年幼女兒道。「伊蓮會洗碗，不要打擾大人談話。」

班妮和瑞娜同時起身，蹦蹦跳跳地步出布簾。亞倫沒心情玩耍，但女孩們不給他拒絕的機會，一把拉他起身，穿越木門進入畜棚。

班妮點燃一盞破爛的油燈，畜棚籠罩在昏暗的光線中。豪爾養了兩頭乳牛、四隻山羊、一隻母豬、八隻小豬以及六隻雞，全都骨瘦如柴、營養不良，就連豬的肋骨都隱約可見。家裡的糧食幾乎不夠養活豪爾和他的女兒們。

畜棚本身的狀況也好不到哪裡去。半數的窗葉都已損毀，地板上的乾草也都爛光。山羊咬穿了羊欄的木板，正在搶奪乳牛的乾草。豬欄裡積滿了淤泥、餿水，以及糞便。

瑞娜拖著亞倫逐一參觀畜欄。「爸不喜歡我們幫動物取名。」她坦承道。「所以我們只能私底下叫，這是胡妃，」她指向一頭牛道。「牠的奶是酸的，但爸說沒有問題。牠旁邊的是葛朗琪，會踢人，但是只有在你擠奶太用力，或是不夠快的時候。這些山羊……」

「亞倫對這些動物沒興趣。」班妮教訓妹妹道。她抓起他的手臂，把他拉開。班妮比她妹妹高，年紀也大一點，但是亞倫覺得瑞娜比較漂亮。他們爬上乾草棚，一屁股坐在乾淨的乾草堆上。

「來玩骰子吧。」班妮說。她自口袋中拿出一個小皮囊，在乾草棚的地板上倒出四顆木頭骰子。骰子六面繪有符號：火、石、水、風、木，以及魔印。骰子的玩法有很多種，但是大多數規則是要先擲出三面魔印，然後再比最後一顆的大小。

他們玩了一會兒骰子。瑞娜和班妮有一套自己的玩法，其中不少規則都讓亞倫懷疑是專門爲了讓她們贏才編出來的。

「連續三次擲出兩面魔印就算三面魔印。」班妮在連續三次擲出兩面魔印後如此宣稱。「我們贏了。」亞倫不服，但是他看不出有什麼好爭論的。

「既然我們贏了，你必須按照我們的話做。」班妮宣稱。

「沒這回事。」亞倫說。

「有這回事！」班妮堅持。再一次，亞倫覺得沒什麼好爭的。

「我要做什麼？」他懷疑地問。

「叫他玩親親！」瑞娜鼓掌道。

班妮拍了妹妹的腦袋一下。「我知道，笨蛋！」

「什麼是親親？」亞倫問，雖然他心裡已經有個底了。

「喔，你等著瞧，」班妮說，兩個女孩同聲大笑。「那是大人的遊戲。爸有時候會和伊蓮玩，可以拿來練習結婚。」

「什麼，像是唸誦婚禮誓言嗎？」亞倫戰戰兢兢地問道。

「不，笨蛋，像是這樣，」班妮說。她雙手環繞亞倫的肩膀，唇壓在他的嘴上。

亞倫從來沒有親過女孩子。她張開嘴，於是他也跟著張開。他們的牙齒撞在一起，兩人同時向後一縮。「噢！」亞倫說。

「妳太用力了，班妮，」瑞娜抱怨道。「該我了。」

的確，瑞娜親得溫柔許多。亞倫覺得親吻的感覺還算不錯，像是寒冷時待在火堆附近。

「好了。」兩人嘴唇分開後，瑞娜說道。「就是這樣親。」

「我們今晚要睡一張床。」班妮說。「可以晚點再來練習。」

「很抱歉妳們必須把床讓出來給我媽睡。」亞倫說。

「沒關係。」瑞娜說。「在媽去世前，我們每天都睡一張床，只是現在伊蓮去和爸睡了。」

「爲什麼？」亞倫問。

「這件事不該提。」班妮低聲提醒瑞娜。

瑞娜不理她，但壓低音量。「伊蓮說現在媽去世了，爸說她應該要頂替妻子的地位讓他開心。」

「像是煮飯、縫衣服之類的事？」亞倫問。

「不，是指類似親親的遊戲。」班妮說。「但是得要有個男孩才能玩。」她扯扯他的外套。「如果你讓我們看你的小東西，我們就教你。」

「我才不會給妳們看呢！」亞倫說著連忙後退。

「爲什麼不？」瑞娜問。「班妮教過路席克·博金，他常常想來找她玩。」

「爸對路席克的父親說我們已有婚約了，」班妮炫耀道。「所以沒有關係。既然你就要和瑞娜訂婚，你也應該讓她看看你的。」瑞娜輕咬手指，偏過頭去，但還是透過眼角偷看亞倫。

「沒這回事！」亞倫說。「我才沒有和任何人訂婚！」

「你以爲大人們在裡面談什麼，笨蛋？」班妮問。

「不是談這個！」亞倫說。

「不信你去看呀！」班妮挑釁道。

亞倫看著兩個女孩，接著爬下樓梯，躡手躡腳地溜入屋內。他聽見布簾後方傳來人聲，於是偷偷走近。

「我想要路席克立刻就過來幫忙。」豪爾說道。「但是費南要再留他一季幫忙打穀。缺少人手下田，我們想要三餐溫飽都不容易，特別是在母雞不再下蛋，而一頭乳牛只能擠出酸牛奶的情況下。」

「我們從老梅那邊回來時就帶瑞娜走。」傑夫說。

「婚約的事要告訴他嗎？」豪爾問。亞倫突然覺得喘不過氣。

「沒理由不說。」傑夫道。

豪爾咕噥一聲。「我想你該等明天再說。」他說。「等你們獨自上路後。有時男孩聽見這種消息會大發雷霆，這樣可能會傷到女孩。」

「你說得沒錯。」傑夫說。亞倫很想大叫。

「我知道。」豪爾說。「相信有女兒的男人，任何事都會傷到她們的心，對不對，伊蓮？」接著是一下拍打聲，伴隨伊蓮的尖叫聲。「儘管如此，」豪爾繼續說道。「再怎麼傷害她們，只要任她們哭上幾個小時就沒事了。」

一段漫長的沉默過後，亞倫開始退向畜棚的門。

「我要上床了。」豪爾嘟噥道。亞倫當場僵在原地。「好好地將希兒維安置在妳床上，伊蓮，」他續道。「洗完碗，叫妹妹上床後就來我這邊睡。」

亞倫低身躲到工作檯後方，等待豪爾走到廁所小便，然後進入自己房間，關上房門。正當他準備溜回畜棚時，伊蓮說話了。

「我也想要離開。」她在豪爾關上房門後立刻說道。

「什麼？」傑夫問。

亞倫蹲在地上，透過布簾看著兩人的腳。伊蓮繞過餐桌，坐在他父親身邊。

「帶我一起走。」伊蓮重複道。「拜託。等路席克來了以後，班妮就不會有問題了。我必須離開這裡。」

「爲什麼？」傑夫問。「家裡的糧食肯定夠三個人吃。」

「與那個無關。」伊蓮說。「原因不重要。你來接瑞娜時，我可以告訴爸我出去下田。我會沿著路走，在外面與你會合。等爸發現我去哪了，我們之間已經相隔一個晚上路程的距離，他絕對不會追來。」

「這點我可不敢肯定。」傑夫說。

「你的農場距離這裡很遠。」伊蓮懇求道。亞倫看到她伸手撫摸傑夫的膝。「我可以工作。」她保證道。「我不會在你家白吃白喝。」

「我不能就這樣從豪爾手中偷走妳，」傑夫說。「我和他沒有過節，也不打算惹是生非。」

伊蓮氣急敗壞。「那個老渾蛋讓你以爲我是因爲希兒維才要去和他睡。」她低聲說道。「事實上，每晚如果我不在瑞娜和班妮上床後去陪他睡，他就會動手打我。」

傑夫沉默了一段時間。「我知道了。」他終於說道。他緊握拳頭，站起身來。

「不要，拜託。」伊蓮說。「你不知道他是什麼人，他會殺死你的。」

「難道我該坐視不理？」傑夫問。亞倫不了解他父親在氣什麼，就算伊蓮去豪爾房間睡覺又怎樣？

亞倫看見伊蓮湊到父親身邊。「你需要人照顧希兒維，」她低聲道。「萬一她有三長兩短……」她繼續湊近，雙手放上傑夫大腿，就像班妮試圖對他做的那樣。「……我可以成爲你的妻子，我會幫你生一大堆小孩。」她保證道，傑夫呻吟。

亞倫面紅耳赤，感到一陣反胃；他深吸口氣，滿腔憤怒。他很想大聲尖叫，向豪爾揭露他們的陰謀。

這個男人爲他的女兒與地心魔物交手，這是傑夫絕不會做的事。他想像豪爾毆打自己父親的樣子，他並不排斥那個畫面。

傑夫遲疑片刻，隨即推開伊蓮。「不，」他說。「我們明天要帶希兒維去找藥草師，她不會有事。」

「那還是請你帶我一起走。」伊蓮哀求地跪倒。

「我會……考慮考慮。」他父親回答道。就在這個時候，班妮和瑞娜衝出畜棚。亞倫立刻起身，在伊蓮連忙站起的同時假裝與她們一起進來。他覺得向他們攤牌的時機已經過去了。

伊蓮哄兩個妹妹上床睡覺，並拿出兩條髒兮兮的毯子幫亞倫和傑夫在客廳打好地鋪。之後她深吸口氣，走進父親的房間。不久，亞倫聽見豪爾低聲喘息，偶爾伊蓮也會發出沉悶的呻吟。他假裝沒聽見這些聲音，轉而看向傑夫，只見他緊緊握拳，咬牙切齒。

第二天早上天還沒亮，亞倫就已經起床，其他人都還在沉睡。黎明到來的前一刻，他打開房門，不耐地凝望著僅存幾隻地心魔物站在魔印另一邊對他張牙舞爪。當院子裡的最後一頭惡魔化爲煙霧時，他走出農舍，前往大畜棚，打水給蜜希及豪爾的其他馬喝。母馬的脾氣很差，張嘴想要咬他。「再一天就好了。」亞倫放下飼料說道。

當他回到農舍，去敲瑞娜和班妮的門時，他父親還在打呼。班妮拉開布簾，亞倫立刻注意到兩姊妹憂慮的神情。

「她醒不過來，」蹲在亞倫母親身旁的瑞娜哽咽地道。「我知道你想要在天一亮時立刻出發，但是當我叫她的時候……」她比向床鋪，眼眶濕潤。「她的臉色好蒼白。」

亞倫衝到母親身邊，握起她的手。她的手指冰冷濕黏，額頭卻異常滾燙。她呼吸急促，身上那股惡魔感染的腐臭味十分濃烈，繃帶完全被棕黃色膿汁浸濕。

「爸！」亞倫叫道。不久後，傑夫趕來，伊蓮和豪爾緊跟在後。

「不能浪費時間了。」傑夫說。

「拉匹我的馬一起去。」豪爾道。「累了就換馬。快馬加鞭，下午前應該可以抵達老梅家。」

「我們欠你一次。」傑夫說，但豪爾只是揮一揮手。

「快去吧。」他說。「伊蓮會拿點食物給你們在路上吃。」

瑞娜在亞倫轉身離開時抓起他的手臂。「我們現在訂婚了。」她低語道。「我每天傍晚都會在前廊等你回來。」她在他臉頰上一吻。她的嘴唇柔軟，儘管已經放手，那一吻的感覺卻在亞倫心中縈繞不去。

馬車在泥土路上瘋狂奔馳，一路搖晃顛簸，只有在換馬時才稍作停留。亞倫看著伊蓮準備的食物，彷彿那是什麼毒藥；傑夫倒是狼吞虎嚥地吃了起來。

當他拿起粗糙的麵包和又硬又難聞的起司時，他開始懷疑或許一切都是誤會。或許他偷聽到的對話並不是自己想的那樣，或許傑夫推開伊蓮時並沒有任何遲疑。

那是令亞倫心安的念頭，但傑夫很快就粉碎了他的幻想。「你覺得豪爾的小女兒怎樣？」他問。「你和她相處了一段時間。」亞倫覺得父親好像在自己的肚子上捶了一拳。

「瑞娜？」亞倫故作純眞地問道。「還不錯，問這幹嘛？」

「我和豪爾談過。」他父親道。「等我們回去後，她要搬來和我們住。」

「爲什麼？」亞倫問。

「照顧你媽，在農場裡幫忙，以及……其他理由。」

「什麼其他理由？」亞倫逼問。

「豪爾和我想要看看你們倆處不處得來。」傑夫說。

「處不來又怎麼樣？」亞倫問。「萬一我不想要有個女孩整天跟在身後，纏著我和她玩親親呢？」

「有一天，」傑夫說。「你或許不會介意常玩親親。」

「那就讓她搬來。」亞倫說完聳聳肩，假裝聽不懂父親在說什麼。「豪爾爲什麼這麼急著要擺脫她？」

「你看到他們農場的狀況了，他們沒有辦法養活一家人。」傑夫說。「豪爾深愛他的女兒，他希望爲她們安排最好的出路。而最好的出路就是趁年輕時把她們嫁出去，這樣他就會有女婿可以幫忙農務，也可以在死前含飴弄孫。伊蓮已經比大多數已婚女子年長了。路席克．博金今年秋天就會去豪爾的農場幫忙，他們希望他和班妮可以好好相處。」

「我想路席克同樣也沒得選擇。」亞倫嘟噥道。

「他很高興可以過去，也很幸運！」亞倫的父親失去耐心，大聲說道。「你必須學著面對生命中某些嚴峻的課題，亞倫。提貝溪鎮的男孩比女孩多，我們沒有時間揮霍生命。每年有不少人死於年老、疾病及地心魔物手中。如果不持續生育，提貝溪鎮會像其他數百座小村落那樣徹底消失。我們不能任由這種情況發生！」

亞倫看著平常沉著冷靜的父親如此激動，明智地決定什麼都不要說。

一個小時後，希兒維開始尖叫。他們轉過身去，發現她試圖在馬車中站起，雙手緊抱胸口，口中發出恐怖的呼吸聲。亞倫跳入車內，她以驚人的力道抓住他，在他身上咳出一口膿痰。她雙眼血紅，突出眼眶，迷亂地凝視他，但顯然已經不認得他。她開始猛烈抽搐，亞倫失聲尖叫，盡可能地抱住她的身體。

傑夫停下馬車，兩人一起將她壓在車上。她繼續抽搐，尖叫嘶吼。接著，就像科利，她猛抖一下，然後再也不動了。

傑夫看著妻子，接著抬起頭來，放聲大叫。亞倫強忍淚水，幾乎咬破嘴唇，但是到最後，他終於按捺不住，他們一起在希兒維的屍體旁哭泣。

情緒稍緩後，亞倫了無生氣地環顧四周。他試圖集中焦點，但世界模糊不清，彷彿一切都不是眞的。

「我們現在怎麼辦？」他終於問道。

「回頭。」他父親說，他的話像利刃般刺入亞倫心中。「帶她回家好好安葬，繼續過日子。我們還有田地和牲畜要照顧，就算有瑞娜和諾莉安幫忙，眼前還是有段苦日子要面對。」

「瑞娜？」亞倫難以置信地問道。「我們還要帶她回家？在現在這種情況下？」

「日子還要繼續，亞倫。」他父親道。「你已經快要長大成人了，男人需要妻子。」

「你幫我們兩個都安排好了是嗎？」亞倫脫口而出。

「什麼？」傑夫問。

「我聽見你和伊蓮昨晚的談話！」亞倫吼道。「你已經找好另一個妻子了！你到底關不關心媽媽？你已經找了另一個女人來照顧你的小東西！至少，在她也被惡魔殺死前，因爲你根本沒膽幫助她！」

亞倫的父親動手打他，響亮的巴掌聲劃破早晨的寧靜。他打完後怒氣立刻消了，連忙伸手摸向兒子。

「亞倫，我很抱歉……！」他語帶哽咽，但是男孩甩開他的手，隨即跳下馬車。

「亞倫！」傑夫大叫，但是男孩充耳不聞，以最快的速度衝入路旁的樹林。

第三章　獨自過夜　319 AR

亞倫以最快的速度穿越樹林，不時突然轉彎，隨機變換方向。他想要確保父親沒有辦法追上他，但是隨著傑夫的叫聲逐漸遠去，他開始了解父親根本沒有追來。

*他幹嘛要追？*他心想。*他知道我必須在夜晚降臨前回去。不然我還能去哪呢？*

*去哪都行。*答案自動浮現，而他心裡十分清楚這是正確答案。

他沒有辦法回去農場，假裝一切都沒問題。他不能眼看伊蓮佔據母親的床鋪。就連美麗的瑞娜，擅於接吻的瑞娜，也只會提醒自己失去了什麼以及爲什麼失去。

但是他能上哪去呢？有件事他父親可沒想錯，他沒有辦法永遠逃避，他總得在天黑前找地方借宿，不然今晚會是他的最後一夜。

他絕對不能回提貝溪鎮。不管找誰借宿，第二天對方都會揪著他的耳朵拉他回家，然後他會爲這件事挨一頓打，最後什麼都沒有得到。

那就去陽光牧地吧。若非霍格付錢找人帶貨，除了信使幾乎沒有提貝溪鎮的人會去那裡。

可琳說瑞根在回自由城邦前會路過陽光牧地。亞倫喜歡瑞根，他是他認識唯一以平輩態度對待自己的大人。信使和奇林與他相距約一天多的路程，而且還騎馬，但是如果他動作夠快，或許可以及時趕上他們，求他們帶他一起前往自由城邦。

他脖子上還掛著可琳的地圖。地圖上有標示通往陽光牧場的道路，以及沿路經過的農莊。即使身處樹林中，他仍十分肯定北方在哪裡。

中午時分，他找到路了，或說路找到了他，橫跨樹林，就在他面前；他必定是在樹林中迷失方向了。

他沿路走了幾個小時，但完全沒有發現任何農場，或老藥草師的住所。看著太陽的方位，他開始擔憂。如果他是朝北方前進，太陽應該位於他的左側，然而事實並非如此；太陽在他前面。

他停下腳步，研究地圖，終於證實了自己的恐懼。他並不在通往陽光牧地的路上，這是通往自由城邦的道路。更糟糕的是，過了通往陽光牧地的岔路後，這條路就不在地圖上了。

回頭似乎不是什麼好主意，尤其是在無法確定自己有沒有辦法及時找到地方借宿的情況下；他朝來時的方向後退一步。

他做了決定。回頭是爸做的事。不管發生什麼事，我都要勇往直前。

亞倫再度前進，把提貝溪鎮和陽光牧地拋到腦後。每踏出一步都比前更輕鬆、更容易。

他又走了幾個小時，最後終於離開樹林，進入一片草原；一望無際的草地，沒有耕作以及放牧的痕跡。他爬上一座山丘，深深吸了一口清新自然的空氣。地上突起一塊巨大的圓石，亞倫爬到石頭上，看著這片從前完全無法接觸的廣袤世界。舉目所及杳無人煙，沒有可供借宿的地方。他害怕即將到來的夜晚，但是那種感覺彷彿十分遙遠，就像是知道自己終有衰老而死的那一天。

隨著下午轉爲傍晚，亞倫開始尋找過夜地點。幾棵枯死的老樹附近看起來不錯；地上沒有多少雜草，他可以在地上繪製魔印，但木惡魔可以爬上枯樹，然後從上方跳入他的力場。

一座石頭堆積而成的山丘上沒有長草，但是當亞倫爬上山丘，立刻發現風勢強勁，他怕強風會吹散魔印，導致力場失效。

最後，亞倫來到一塊不久前曾遭火惡魔蹂躪的焦土。新芽還沒有破土而出，他踢開腳下的灰燼，發現底下是硬土。他清空一片焦土上的灰燼，開始在地上繪製魔印圈。時間不多，所以圈子沒畫多大，他不希望爲了趕工而犯下任何錯誤。

亞倫利用一根尖銳的樹枝在地上刻劃魔印，輕輕吹開被他撥起的廢土。他專心畫了一個多小時，一個魔印接著一個魔印，不時退到後方確保魔印的位置無誤。如同以往，他的雙手動作迅速，毫不遲疑。

畫完後，地上多了一道直徑六呎的魔印圈。他反覆檢查三次，沒有發現任何錯誤。他將樹枝放回口袋，然後坐在魔印圈中央，看著影子隨太陽西下而拉長，黃昏的色彩逐漸蔓延天際。

或許今晚他就會死去，或許不會，亞倫告訴自己死活都無所謂。但是隨著天色漸趨黯淡，他的膽子也越來越小。他感到心臟狂跳，所有本能都在教他起身逃跑。但是他根本無處可逃，最接近的房舍距離此地都有數哩之遙。他微微顫抖，但是並非出於寒冷。

這是個餿主意，心中一個聲音小聲說道。他對它吼了回去，但是當最後一絲日光消失，黑暗完全籠罩大地時，這勇敢的舉動並沒有讓他緊繃的肌肉放鬆下來。

它們來了，恐懼的聲音在他腦海中警告道，一絲絲的霧氣隨即自地表浮現。

霧氣緩緩凝聚，惡魔的身體浮出地面，逐漸成形。亞倫看著它們一同起身，緊握小小的拳頭。一如往常，火惡魔首先現身，拖著閃亮的火焰，輕快地四下奔走。緊接而來的是風惡魔，成形後拔腿助跑，展開翅翼，一飛沖天。最後出現的是石惡魔，費力地拖著沉重的身軀自地心魔域爬入人間。

接著地心魔物發現亞倫，興奮呼嘯，朝無助的男孩直衝而去。

一隻俯衝而來的風惡魔率先攻擊，揮出翅膀上的利爪試圖撕裂亞倫的喉嚨。亞倫尖叫，但是利爪與魔印力場接觸時爆出一道魔光，擋下這下攻擊。惡魔衝勢不止，整個身體撞上力場，接著在閃爍的能量中反彈而出。風惡魔墜地時大聲怒吼，但是隨即起身，肌肉抽動，鱗片上魔光流竄。

緊接而來的是動作靈活的火惡魔，體型最大的也不比狗大。它們衝向前，尖聲怪叫，開始以利爪攻擊力場。每一下攻擊都令亞倫心驚膽跳，但魔法力場屹立不搖。在發現亞倫編織了一道威力強大的魔力網時，它們立刻開始對他噴火。

亞倫早有因應之道。他自從有能力握持炭棒以來就不斷繪製魔印，因此他懂得抵禦火焰唾液的魔印。

火焰和利爪一樣一接觸力場立刻轉向，他甚至沒有感到火焰的高溫。

地心魔物齊聚在力場四周，每道力場啓動的魔光照亮越來越多的惡魔：它們徒勞無功，但是依然試圖將血肉扯離他的骨頭。

更多風惡魔俯衝而下，隨即又遭力場彈開。火惡魔也一樣，開始對他發出沮喪的吼叫，一方面承受著魔法的刺痛，一方面希望憑蠻力突破力場。它們一次又一次被彈回去。亞倫不再畏縮，他開始朝它們大聲咒罵，將恐懼之情拋到腦後。

這種藐視它們的行爲進一步激怒眾惡魔，因爲它們不習慣被獵物挑釁。它們加倍進攻，試圖穿越力場，亞倫則揮舞拳頭，對它們做出大人們在霍格背後所比的粗魯手勢。

這就是他害怕的東西？這就是令人類生存在恐懼中的東西？這些可悲挫敗的野獸？太荒謬了。他張口一吐，唾液在一頭火惡魔的鱗片上滋滋作響，令對方怒不可抑。

這時所有惡魔突然安靜下來。在火惡魔搖曳不定的火光中，他看見眾地心魔物分道兩旁，清出一條路讓逐漸逼近的石惡魔通過，對方每一步如同地震。

亞倫一輩子都躲在門窗後遠遠觀察惡魔。過去幾天的恐怖事件發生前，他從來沒有與任何完全現形的惡魔同時身處室外，更別說要堅守陣地。他知道惡魔體型各有不同，但從來沒有仔細觀察究竟有什麼不同。

這頭石惡魔足足有十五呎高，體型巨大。

亞倫抬起頭來，看著迅速逼近的怪物。儘管距離尙遠，石惡魔看起來仍巨大無比，如同一座由結實肌肉和銳利石塊組成的高塔。它厚重的黑殼上突起許多尖骨，長刺的尾巴前後甩動，與寬厚的肩膀維持平衡。怪物身體前傾，雙腳站立，隨著每一下震耳欲聾的腳步聲，腳上的利爪都在地上留下極深的抓痕。凹凸不平的長手臂末端長有屠刀大小的爪子，口水自血盆大口中流下，嘴裡滿是一排排利刃般的獠牙。一條黑舌頭急竄而出，淺嚐著亞倫的恐懼。

一頭火惡魔走避不及，石惡魔順手一揮，火惡魔當場血肉模糊，遠遠飛了出去。

亞倫驚慌失措，在巨型地心魔物逼近下後退一步，接著又是一步。直到最後關頭他才恢復理智，在跨越保護力場前停下腳步。

想起魔印圈，他心中浮現短暫的寬慰。亞倫懷疑自己的魔印能否通過這場測試，他懷疑世上是否有任何魔印足以對抗這頭惡魔。

惡魔打量了他很久，享受著他的恐懼。石惡魔通常行動很緩慢，但若有必要，它們的動作也可以十分迅捷。

當惡魔攻擊時，亞倫簡直嚇破膽了。他大聲尖叫，摔倒在地，全身蜷成一團，雙手抱住腦袋。

這一下撞擊震耳欲聾。儘管雙眼緊閉，亞倫仍看見猛烈的魔光，彷彿黑夜化為白天。他聽見惡魔沮喪吼叫，睜眼偷看，發現地心魔物反身急旋，甩動沉重的尾巴攻擊力場。

再一次，魔印閃爍，再一次，惡魔受阻。

亞倫強迫自己呼出憋住許久的一口氣。他眼睜睜地看著惡魔一而再、再而三地捶打自己的力場，嘴裡不斷發出憤怒的吼叫；一股熱呼呼的液體沿著他的大腿流下。

亞倫為自己的懦弱感到羞愧，於是站起身來，直視惡魔的雙眼。他大聲吼叫，一聲發自內心的原始呼喊，拒絕在地心魔物以及它代表的一切前低頭。

他撿起一顆石頭擲向石惡魔。「滾回你的地心魔域老家去！」他叫。「回去死一死！」

惡魔似乎完全沒有感覺到石頭自身上彈開，但是由於無法突破力場，所以越來越憤怒。亞倫對惡魔罵出自己有限的字彙能想出的所有髒話，在地上找尋任何可以拋擲的東西。

當圈內的石頭都丟完後，他開始上下跳躍，狂揮雙臂，大聲宣告自己永不妥協的決心。

接著他滑了一跤，踩到一個魔印。

時間彷彿在亞倫和巨型惡魔那漫長的沉默中靜止了，他們過了好一會兒才慢慢了解剛剛發生的事代表的意義。時間再度運行，他們同時展開行動，亞倫抽出畫魔印的樹枝，俯身撲倒在踩亂的魔印前，惡魔則對他揮出巨大無比的利爪。

亞倫思緒飛奔，瞬間釐清狀況，只見該魔印上有一條線被抹除。在出手修補魔印的同時，他很清楚一切已經太遲了；惡魔的利爪已經劃開他的血肉。

但接著魔法再度生效，惡魔又被彈開，發出痛苦的叫聲。亞倫同樣痛苦慘叫，翻過身來拔開背上的利爪；在了解發生什麼事前將它丟到一旁。

接著他看見了它，躺在魔印圈中，不斷抽搐冒煙。

惡魔的手臂。

亞倫驚訝地看著斷臂，轉頭發現石惡魔正在慘叫發狂，以殘肢屠殺任何蠢到進入攻擊範圍內的惡魔。他轉向手臂，斷口處焦黑平整，滲出一股惡臭濃煙。亞倫鼓起勇氣，拾起粗壯的手臂，試圖丟到魔印圈外，但力場作用是雙向的。屬於地心魔物的東西不能出去也不能進來。手臂自力場上彈開，摔回亞倫腳下。

接著他才開始感到傷口疼痛。亞倫觸摸背上的傷口，掌心登時染滿鮮血。他心裡一驚，全身癱軟地跪倒，因爲疼痛而哽咽，因爲害怕移動身體會抹花另一道魔印而啜泣，不過最主要的是他還在爲母親而哭泣；現在他知道那天晚上她承受的痛苦是什麼滋味了。

這晚接下來的時間，亞倫都在恐懼中度過。他聽見惡魔四下走動，耐心等待，期望力場出現可突破的漏洞。儘管有機會睡覺，他還是不敢睡，深怕自己在睡眠中翻身而讓惡魔有機可趁。

黎明彷彿隔了好幾年才到來。亞倫不時抬頭望向天空，但只看見高大而殘廢的石惡魔，緊按著焦黑化膿的傷口繞圈而行，雙眼中充滿仇恨。

許久許久後，地平線上微微泛紅，接著轉爲橘色，黃色，然後是亮眼的白光。早在天色轉黃時，其他地心魔物就已經遁回地心魔域，但巨型石惡魔一直等到最後一刻，並露出滿嘴利齒對他嘶吼。

但是就連獨臂惡魔的恨意也不敵對陽光的恐懼。當最後一絲陰影消失時，它頂著尖角的巨大頭部沉入地面。亞倫站起身來，走出魔印圈，痛得緊緊皺眉；他的背彷彿著火了。傷口的血晚上就已經止住了，但是稍微拉扯一下似乎就又裂開。

背上的疼痛令他的目光飄回躺在旁邊的惡魔手臂。手臂看起來像根樹幹，包在堅硬冰冷的外殼中。亞倫撿起沉重的手臂，抬到自己面前。

至少弄到了戰利品，他心想，努力表現出勇敢的模樣，雖然看到自己的血染在黑色爪子上令他心裡一陣發毛。

就在此時，一道白光灑落在他身上，太陽終於完全升起。惡魔的斷臂滋滋作響，濃煙四溢，如同丟入火堆的濕木頭發出劈里啪啦的聲音。不久後，它起火燃燒，亞倫連忙放手。他瞪大雙眼，入迷地看著手臂越燒越亮，在陽光的照射下化爲焦黑的殘骸。他走上前，謹慎地以指尖輕觸，殘骸隨即灰飛煙滅。

亞倫撿起一根樹枝當作拐杖，一拐一拐地繼續前進。他知道自己有多幸運以及多愚蠢。把魔印畫在地上是非常冒險的事，就連瑞根也這麼說。如果像他父親恐嚇的那樣被風吹散該怎麼辦？

造物主呀，要是下雨了怎麼辦？

他可以撐幾個晚上？亞倫不知道下座山丘後有些什麼東西，不過他沒理由假設在這裡和自由城邦之間會遇上任何人，根據大家的說法，自由城邦離此還有幾個禮拜的路程。

他感覺眼眶湧出淚水，他用力抹去淚，不認命地大聲吼叫。向恐懼低頭是他父親的處世之道，而亞倫已經知道這樣做不會帶來任何好處。

「我不害怕！」他對自己說道。「不害怕！」

亞倫繼續前進，心知自己是在自欺。

約正午時分，他找到一條遍布岩石的小溪。溪水冰涼清澈，他蹲下身去喝水。這個動作讓他的背部傳來一陣刺痛。

他沒有處理傷口，他沒有能力像可琳一樣縫合它們。他想到母親，想到自己每次帶傷回家，她第一件事就是清洗傷口。

他脫下上衣，發現背面破破爛爛，染滿鮮血，如今血液凝結成一塊又脆又硬的血塊。他將衣服泡在水裡，看著塵土和血塊隨著溪水流去。他將衣服放在岩石上晾乾，然後傾身泡入冰水中。

冰冷的感覺讓他皺眉，但是背上的痛楚也因此麻痹。他盡力清洗血塊，輕輕地拂過刺痛的傷口，直到痛得無法忍受。他渾身發抖，爬出小溪，躺在衣服旁的岩石上。

靜躺一段時間後亞倫突然驚醒。眼看太陽已經移動到天際另一邊，白晝即將結束，他忍不住破口大罵。他可以繼續前進一段時間，但是他知道如此冒險是愚蠢的行爲，最好把多餘的時間花在強化防禦上。

溪岸不遠處有片潮濕的土地，他輕鬆拔下草皮，清理出一片空地。他踏實鬆土，壓平表面，然後開始繪製魔印。這次他設了更大的魔印圈，接著，反覆檢查三遍後，又在第一個魔印圈中繪製另一個較小型的魔印圈，提供進一步防禦。潮濕的土地可以抵禦風吹，天色看來也沒有下雨的跡象。

心滿意足後，亞倫挖了一個坑，撿了一些乾樹枝，生了一堆營火。他坐在內圈中央，眼看日落西山，試圖忽略自己的飢腸轆轆。在紅色天際轉爲淡紫色時，他澆熄了火堆，接著天色轉爲深紫，他大口吸氣以緩和劇烈的心跳。最後，天色全暗，地心魔物現身。

亞倫屏息以待。終於，一頭火惡魔聞到他的氣味，吼叫一聲對他衝來。那一瞬間，昨晚的恐懼席捲而來，亞倫感覺全身的血液彷彿都凝止了。

地心魔物在撞上力場前完全沒有發現力場的存在。隨著第一道魔光閃爍，亞倫終於鬆了一口氣。惡魔不斷攻擊力場，但是它們無法通過。

一頭風惡魔飛入天際，自力場最薄弱的上空俯衝而下，穿過第一道魔印圈，但是在衝向亞倫的時候撞上第二道力場，重重墜落兩道力場之間。亞倫竭力保持冷靜，看著它翻身爬起。

風惡魔兩足站立，身形細長，纖細的四肢末端有六吋長的鉤爪。上臂下方以及雙腳外側都有一層薄薄的皮膜，由身側延伸而出的骨骼支撐。身高只比正常成人高上一點，但雙翼展開卻比身長還要寬上兩倍，使得它在天上看來十分巨大。它的頭上隆起一根向後彎的獸角，四肢一樣布滿皮膜，在背後形成一道脊梁。長長的口中隆起一排一吋長的牙齒，在月光下呈泛黃色。

地心魔物笨拙地在地上行走，與在天上時不可一世的優雅姿態大不相同。近看下，風惡魔和其他惡魔相形見絀。木惡魔和石惡魔擁有堅硬無比的護甲及難以想像的力量，火惡魔擁有超乎常人的速度，還會噴出能夠燃燒任何東西的火焰唾液。風惡魔……亞倫認爲瑞根的長矛就可以刺穿它們的翅膀，令它就此殘廢。

黑夜呀，他心想，我敢肯定就連我自己也做得到。

但他手邊沒有長矛，而且不管看起來有多弱，這頭地心魔物一樣殺得了他，如果內圈魔印失效就慘了。他全身緊繃，看著惡魔逼近。

它朝亞倫揮出翅膀末端的鉤爪，亞倫膽戰心驚，但魔光沿著魔印網外圍大放光明，將惡魔反彈出去。幾番徒勞無功後，地心魔物試圖再度起飛。它舉步奔跑，展開雙翼迎風鼓脹，但在取得足以起飛的速度前就已撞上外圈力場。魔法把它彈回泥地上。

亞倫忍不住哈哈大笑，看著地心魔物努力自泥濘中爬起。它巨大的翅膀在天上看起來或許十分恐怖，但是在地上只會導致它重心不穩。惡魔缺乏手掌撐起身軀，而它纖細的手臂被自己的體重壓彎。它無助地掙扎片刻，終於勉強站起身來。

受困於力場之間，它一次又一次地試圖起飛，但兩道魔印圈之間的空間不足，導致它每次都起飛失敗。火惡魔感應到表親的窘境，發出歡喜的叫聲，在魔印圈外隨風惡魔蹦蹦跳跳，嘲笑它的不幸。

亞倫心裡生起驕傲。昨晚他犯了一些錯誤，但絕不會再犯。他開始覺得或許有機會抵達自由城邦。

火惡魔很快就厭倦嘲弄風惡魔，四下散去獵捕較容易得手的獵物，噴火逼迫小動物逃出藏身處。一隻驚慌失措的小野兔跳入亞倫的外魔印圈，將追逐而來的惡魔擋在圈外。風惡魔笨手笨腳地動手抓牠，但野兔輕易閃開，跑過魔印圈，自另一端竄出，卻發現那邊也有地心魔物在等牠。牠轉身跳回圈內，但又跑過頭。

亞倫希望自己有辦法與這個可憐的小動物溝通，讓牠知道在內圈中會很安全，但他只能眼睜睜地看著牠在魔印圈間跳進跳出。

接著難以想像的事發生了。野兔在跳回魔印圈時踩花了一個魔印。火惡魔齊聲吶喊，闖入缺口，追殺野兔。孤獨的風惡魔逃出力場，躍入空中，振翅而去。

亞倫咒罵野兔，見牠朝自己跳來時更是破口大罵。要是連內圈魔印都被牠踩花，他們兩個就死定了。亞倫使出農場生涯鍛鍊出來的靈活身手，一手伸出魔印圈，抓起野兔的耳朵。牠竭力掙扎，就算扯斷耳朵也要逃脫，但亞倫在父親的農場有豐富的抓野兔經驗。他將野兔摟在懷中，撫摸牠的背及後腦。不久後，野兔停止掙扎，茫然地看著他。

他很想把野兔丟給惡魔。這樣比較安全，因為野兔可能會掙脫他的掌控，然後踩花另一個魔印。為什麼不？他心想。*如果白天讓我抓到牠，我會把牠給吃了。*

儘管如此，他還是沒有辦法這麼做。惡魔從世上奪走太多東西，從他身上奪走太多東西。他發誓絕不自願交給它們任何東西，現在不會，永遠都不會。

就連這種情況下也不會。

長夜漫漫，亞倫緊緊抱著嚇壞的小動物，輕聲安慰牠，撫摸柔軟的毛髮。惡魔在四面八方吶喊，但亞倫對它們視而不見，全神貫注地撫摸野兔。

這種類似冥想的作法起初頗有效，直到一聲怒吼將他帶回現實。他抬頭一看，只見巨大的獨臂石惡魔聳立在面前，口水滴在魔印力場上滋滋作響。它的傷口已癒合成手肘末端的疙瘩，它似乎比昨晚還要憤怒。地心魔物捶打力場，完全不在乎被魔光刺痛。石惡魔不斷攻擊，發出震耳欲聾的撞擊聲，試圖以蠻力突破力場，展開復仇。亞倫緊緊抱著野兔，瞪大雙眼看著一切。他知道力場不會因為反覆撞擊而減弱，但是這種想法並沒有紓解惡魔或許真有辦法闖入的恐懼。

當晨曦再度驅走惡魔時，亞倫終於放開野兔，牠立刻跳開。他眼看著野兔離去，肚子一陣咕嚕咕嚕作響，但在共患難一整晚後，他實在沒有辦法把牠當作食物。

亞倫試圖起身，但突如其來的作嘔感讓他差點跌倒；背上的傷口就像火燒。他反手輕摸腫脹疼痛的皮膚，手上立刻沾了之前可琳自希兒維傷口中擠出來的棕色膿汁。傷口發燙、頭昏眼花，他再度浸入冰涼的溪水中，但溪水的涼意無法驅散體內的熱氣。

這下亞倫知道自己離死不遠了。老梅．弗利曼如果真的存在，距離這裡還有兩天的路程。如果他真的罹患惡魔感染，距離多遠都無關緊要；他絕對無法撐過兩天。

儘管如此，亞倫還是不願放棄。他跌跌撞撞地上路，隨著地上馬車的痕跡朝它們來時的方向前進。如果非死不可，他寧願死在接近自由城邦的地方，也不願葬身在身後那座監獄。

第四章　黎莎　319 AR

黎莎整晚都在哭泣。

這件事本身沒什麼特別，但今晚不是被她媽弄哭的，而是因爲慘叫聲。某家的魔印失效了，她無法分辨是誰家，恐懼和痛苦的叫聲迴盪在黑暗中，天上瀰漫著濃密的煙霧。煙霧折射地心魔物之火，整座村子籠罩在朦朧的橘光中。

伐木窪地的居民暫時還不能出門搜救，甚至不敢出門救火。除了向造物主祈禱火勢不要隨風蔓延，他們什麼也不能做。爲防止火勢延燒，伐木窪地的房舍彼此相隔一段距離，但強風還是有可能帶來火苗。就算火勢沒有蔓延，空氣中的灰燼與濃煙也可能形成油膩的污垢遮蔽魔印，打開地心魔物拚命尋找的缺口。

沒有地心魔物在黎莎家旁測試魔印。這不是好現象，表示惡魔已經在黑暗中找到更容易得手的獵物。

黎莎感到無助與害怕，而她只有一件事可做：哭泣。爲死者哭泣、爲傷者哭泣、爲自己哭泣。在人口少於四百的村莊裡，任何人的死亡都會令她傷心。

黎莎今年十三歲，擁有出色的美貌、烏黑亮麗的鬈髮及淡藍眼眸。她的初經還沒來，所以不能結婚，但她已經與全村最英俊的加爾德．卡特締結婚約。加爾德大她兩歲，身材高大魁梧。其他女孩會在他路過時尖叫，但他是黎莎的，這點大家都很清楚；他會讓她生下強壯的小孩。

只要今晚他能逃過一劫。

她的房門被打開，她媽從不敲門。

不論相貌或身材，伊羅娜都和女兒極為相似。年過三十依然美艷，黑髮披在高傲的肩上。她姣好的身材羨煞所有女人；這是黎莎唯一希望從她身上繼承的東西。她的胸部才剛開始發育，與她的母親相比，顯然還有很大的差距。

「夠了，妳這個一無是處的小女孩。」伊羅娜邊罵邊丟給黎莎一塊破布拭淚。「獨自哭泣對妳沒有半點好處。如果想要弄點好處，就去男人面前哭，但哭濕妳的枕頭不會讓死者復生。」她關上房門，再度將黎莎留在自窗葉縫隙灑落的邪惡橘光中。

妳到底有沒有一點人性？黎莎心中懷疑。

她母親說眼淚無法讓死者復生並沒有錯，但說哭泣沒有任何好處就不對了。對黎莎而言，哭泣一直都是面對困境的出路。其他女孩或許認為黎莎的人生十分完美，但那是因為她們不曾見過伊羅娜和獨生女獨處時的嘴臉。大家都知道伊羅娜想生兒子，黎莎和她父親都因為黎莎不是兒子而得忍受她的鄙夷。

但她還是一邊生氣一邊拭去淚水。她期待初經來臨，期待加爾德帶自己離開這個家。村民將建造一間房子當作結婚賀禮，加爾德會帶著她穿越魔印，在眾人的喝采聲中讓她成為女人。她會生下自己的子女，並且絕不會以她母親對待她的方式對待他們。

她母親用力敲門的時候，黎莎已著裝完畢，她徹夜未眠。

「我要妳在晨鐘響起時出門。」伊羅娜說。「我不要聽妳抱怨什麼累不累的鬼話！我不要任何人看見我們救災不力。」

黎莎深知她媽的個性，知道「看見」兩字才是關鍵。除了自己，伊羅娜根本不想幫助任何人。

在伊羅娜嚴峻的目光下，黎莎的父親厄尼已等在門口。他的身材並不高大，甚至稱不上結實。他的意志也不比體格強韌，是從不大聲說話的老實人。厄尼比伊羅娜年長十來歲，頭頂的棕髮已稀疏，戴著幾年前向信使購買的細框眼鏡；全村只有他有這種東西。

簡單說來，他不是伊羅娜理想中的丈夫，但由於自由城邦對於他製造的上等紙張需求量很大，她看上了他的財富。

與她媽不同，黎莎眞心想要幫助鄰居。地心魔物一走，晨鐘根本還沒敲響，她就跑出家門，朝失火的地方奔去。

「黎莎！不要亂跑！」伊羅娜叫道，但黎莎充耳不聞。到處瀰漫著令人窒息的濃煙，她撩起圍裙摀住嘴，並未放慢腳步。

當她趕到起火地點時，已有幾個鎮民抵達了。三棟房舍付之一炬，兩棟還在燃燒，火勢隨時可能蔓延到隔壁鄰居家中。當她發現其中一間房子是加爾德家時，黎莎忍不住驚聲尖叫。

鎮上旅館和雜貨鋪的老闆史密特正在主持大局。自從黎莎有記憶以來，史密特一直都是他們的鎮長。他一向不喜歡發號施令，喜歡讓人們處理自己的問題，但所有人都知道他很擅長主導一切。

「……從井裡打水的速度不夠快，」黎莎上前時，史密特正說道。「我們必須在小溪和其他房舍之間排隊傳遞水桶，不然天黑前整座村都會化爲灰燼！」

加爾德和史帝夫這時衝了過來，模樣狼狽，滿臉煙垢，但沒有受傷。年僅十五的加爾德已經比大多數村裡的男人還要高大。他的父親史帝夫是村裡最高的人，堪稱巨人。看見他們後，黎莎心中沉重的大石才放了下來。

但在她有機會跑到加爾德身邊前，史密特已經指著他道：「加爾德，把推車推到溪邊！」他看向其他人。「黎莎！」他道。「和他一起去，開始裝水！」

黎莎全速奔跑，但加爾德即使推著沉重的推車，還是比她先抵達源自北方數哩外安吉爾斯河的支流。在他停好車的同時，她已衝入他的懷中。她本來以為看見他還活著可以抹除腦海中那些可怕的景象，結果卻讓那些景象更清晰。她不知道如果失去加爾德，日子要怎麼過。

「我好怕你死了。」她嗚咽道，在他胸口哭泣。

「我沒事。」他輕聲道，緊緊擁抱著她。「我沒事。」

很快地，兩人卸下推車上的水桶，開始去溪邊裝水，一等其他人來就開始傳遞水桶。不久，一百多個村民在小溪和火場之間形成密集的隊伍，來回傳遞滿滿的水桶及空桶。加爾德奉命把推車推回火場，那裡需要他強壯的手臂灑水。

不久，推車回來了，這次推車的是米歐爾牧師，車上躺著幾名傷者；這個景象令黎莎內心百感交集。看著熟悉的村民身上滿是傷口和焦痕著實讓她心痛，他們都是她的朋友；但留下活口的攻擊事件十分少見，她感謝造物主守護這些人的性命。

牧師和他的隨從約拿輔祭將傷者放在西邊。米歐爾留下年輕的輔祭安撫他們，自己推車回去運送更多傷者。

黎莎偏過目光，專心裝水。她的腳在冰冷的水中麻痹，雙手逐漸沉重，但是她全心投入工作，直到一陣低語吸引她的注意。

「老巫婆布魯娜來了。」有人說，黎莎立刻抬起頭來。一點也沒錯，年老的藥草師正自另一頭走來，在前領路的是她的學徒，妲西。

沒人知道布魯娜到底有多老了。傳說現在鎮上的老人都還很年輕時她就已經很老了，那些老人大多都是她親手接生的。她比她的丈夫、孩子及孫子都還長壽，她在世上已沒有親人。

現在，她猶如風中殘燭，骨瘦如柴得彷彿是骷髏外包覆一層皺巴巴的皮膚。她雙目半盲，行走速度十分緩慢，但布魯娜的叫聲仍洪亮得能讓村子另一頭的人聽見，而且當她發火時還能以驚人的力道和準頭揮舞拐杖。

黎莎就和村裡大多數的人一樣非常怕她。

布魯娜的學徒是個貌不驚人的二十歲女子，手腳粗壯，臉頰寬大。在布魯娜的上一名學徒去世後，人們派了許多年輕女子去向她學藝。在老太婆長期的凌虐下，除了妲西之外所有人都跑光了。

「她和牛一樣醜，也和牛一樣壯。」伊羅娜曾如此嘲笑妲西。「她怎麼會怕那個尖酸刻薄的老巫婆？布魯娜又不會趕跑上門向她求婚的男人。」

布魯娜蹲在傷者身旁，伸出穩健的雙手檢視他們的傷勢，妲西則攤開一塊沉重的布，裡面縫滿小布袋，每個布袋上都繪有符號，放著工具、藥水瓶或藥囊。受傷的村民在她治療時呻吟哀號，但布魯娜絲毫不理會。她觸摸傷口，然後將手指放到鼻子前聞，儘管視力不佳，透過觸覺和嗅覺照樣能夠精確診斷。布魯娜並未低頭，雙手在布上的口袋中摸索，以研缽和碾杵混合藥草。

妲西開始生火，然後抬頭看向站在溪中呆望的黎莎。「黎莎！拿水來，快一點！」她叫道。

黎莎連忙提水過去，同時布魯娜站起身來，聞了聞她剛剛碾好的藥草。

「笨女孩！」布魯娜尖叫。黎莎嚇了一跳，還以為她在說自己，但布魯娜將研缽和碾杵扔向妲西，重重擊中她的肩膀，弄得她滿身藥草。

布魯娜在布上摸索，取出每個口袋中的藥草，如動物般猛嗅。

「妳把臭草放到豬根的口袋裡，還把所有天英草和潭普草混在一起！」老太婆揮起滿是木瘤的拐杖，對準妲西的肩膀狠狠敲下。「妳是打算害死這些人，還是蠢到看不懂符號？」

黎莎曾見過自己母親盛怒的樣子，如果說伊羅娜和地心魔物一樣可怕，那老巫婆布魯娜簡直就是惡魔之母。她開始遠離她們兩人，深怕吸引她的注意。

「我不會永遠任妳如此羞辱，妳這個邪惡的老巫婆！」妲西叫道。

「那就給我滾！」布魯娜說。「我死的時候寧願把鎮上所有魔印統統抹除，也不要把我的藥袋留給妳！這樣鎮民還能少吃一點苦！」

妲西大笑。「滾？」她問。「誰來幫妳拿那些藥罐和腳架，老太婆？誰幫妳生火、幫妳煮飯，咳嗽時幫妳擦掉臉上的口水？當妳受不了風寒的時候，誰推著妳這把老骨頭東奔西跑？我不需要妳，妳需要我！」

布魯娜揮動拐杖，妲西十分明智地快步跑開，結果卻撞上想盡辦法不惹人注意的黎莎；兩人同時摔倒。

布魯娜趁機再度揮動拐杖。黎莎在塵土中滾向一旁，閃避攻擊，但布魯娜下手十分精準。妲西吃痛大叫，伸手擋在頭上。

「給我滾！」布魯娜再度叫道。「我還要照料傷者！」

妲西大聲怒吼，爬起身來。黎莎很怕她要攻擊老女人，但她轉身跑走。布魯娜對著妲西的背影罵出一連串髒話。

黎莎屏住呼吸，壓低身體，慢慢向旁移動。正當她以為自己有機會逃過一劫時，布魯娜注意到她了。

「妳，伊羅娜的女兒！」她伸出拐杖指著黎莎說道。「繼續生火，把我的腳架架在火堆上。」

布魯娜隨即回過頭去診斷傷者，黎莎沒得選擇，只能按照吩咐去做。

接下來幾個小時，布魯娜對這個女孩大聲下達各式各樣的命令，在黎莎東奔西跑的同時抱怨她的動作太慢。她打水、煮水、磨藥、煎藥，然後混合藥膏。每次她完成任何事前就會被年邁的藥草師叫去做下一件事，於是她被迫加快速度才能達成任務。被火灼傷及被坍塌房屋壓斷骨頭的傷患一個接著一個抵達現場，她深怕村子裡半數的房屋都在燃燒。

布魯娜熬煮藥茶助某些傷患減輕痛楚，並且用藥讓某些人沉睡，好讓她拿尖銳的器具劃開他們的傷處。她全心工作，毫不疲憊；縫合傷口、塗抹藥物並包紮傷處。

一直到了下午稍晚，黎莎才突然察覺傷患都已診療完了，連傳遞水桶的隊伍也解散了；只剩下自己、布魯娜及一些傷患，在布魯娜的藥草作用下，情況危急的傷患恍惚地凝望前方。

一陣壓抑許久的疲憊感突然來襲，黎莎跪倒，深深吸了一大口氣。她全身疼痛，但這陣痛楚給她帶來強烈的滿足感。有些傷患本來可能會死，現在保住一命，部分是因為她的緣故。

但她承認眞正的英雄是布魯娜。她突然發現老女人已有好幾分鐘沒有命令她去做任何事了。她轉過頭去，發現布魯娜癱在地上，奄奄一息。

「救命！救命！」黎莎大叫。「布魯娜病倒了！」她體內燃起一股全新的力量，衝到老女人身邊，扶她坐起身來。老巫婆布魯娜出奇地輕，黎莎覺得厚披肩和羊毛裙底下除了骨頭似乎什麼都沒有。

布魯娜全身痙攣，口中緩緩流下唾液。漆黑的雙眼中有一層乳白色薄膜，迷亂地凝望自己不斷顫抖的雙手。

黎莎驚慌失措地環顧四周，但附近沒人可以幫忙。她繼續扶著布魯娜，抓起老婦人顫抖的手掌，搓揉糾結的肌肉。「喔，布魯娜！」她哀求道。「我該怎麼辦？拜託，我不知道該怎麼幫妳！妳必須告訴我該怎麼做！」無助感如同刀割，黎莎忍不住放聲哭泣。

布魯娜突然抽手，嚇得黎莎大聲尖叫，深怕對方再度痙攣。但是老藥草師在她的幫助下恢復一點力氣，伸手到披肩中，取出一個小布袋，推到黎莎面前。劇烈的咳嗽讓她虛弱的身軀猛顫，使她掙脫黎莎的手臂，整個人仆倒，每咳一下都像是在地上彈跳的大魚。黎莎手握布袋，驚恐萬分。

她低頭看向布袋，輕輕捏一捏，感覺裡面放著一堆碾碎的藥草。她聞了一聞，一陣混合香料的味道撲鼻而來。

她感謝造物主。如果裡面只有一種草藥，她絕不可能猜出劑量，但是當天她已經幫布魯娜煮過很多藥和茶，她很清楚裡面裝的是什麼。

她衝到在腳架上冒煙的藥壺前，在杯子上擺一片薄布，然後自布袋中取出藥草，鋪上厚厚一層。她慢慢將開水淋上藥草，過濾藥水的濃度，接著熟練地綁起薄布，將藥包丟入水中。

她跑回布魯娜身邊，用力吹了幾下。現在喝會很燙，但是她沒時間等藥涼。她一手扶起布魯娜，將杯子放到她滿是唾液的嘴唇邊。

藥草師全身大震，吐出一點藥水，但黎莎強迫她喝下，黃色液體自嘴角淌下。她不停抽搐、不停咳嗽，但症狀開始減輕。當她不再顫抖時，黎莎心中一寬，忍不住啜泣。

「黎莎！」她聽見一聲叫喚。她將目光自布魯娜身上移開，看見她母親衝向前來，身後跟著一群鎮民。

「妳幹了什麼，妳這個一無是處的廢物？」伊羅娜喝斥道。她在其他人跑近前衝到黎莎身邊。「我沒有兒子救火，只有一點用處都沒有的女兒已經夠糟糕了，這下妳竟然還動手害死了這個死老太婆？」她舉起手來，作勢欲打，但布魯娜揚起骷髏般的枯手，一把抓住伊羅娜的手腕。

「死老太婆是因爲她的關係才活了下來，妳這個白痴！」布魯娜沙啞地說道。伊羅娜臉色發白，連忙抽手，彷彿布魯娜突然間化身地心魔物。黎莎看在眼中，心裡十分痛快。

這時其他鎮民已經團團圍上，七嘴八舌地詢問發生什麼事。

「我女兒救了布魯娜一命！」伊羅娜搶在黎莎和布魯娜前大聲叫道。

遺骸被拋入最後一棟燃燒房舍的過程中，米歐爾牧師一直高舉書皮繪有魔印的卡農經，讓所有人都能看見這本聖典。鎮民脫帽圍觀，低頭不語。約拿朝火堆投入焚香，試圖驅散臭味。

「在解放者回來帶領人們擺脫惡魔瘟疫的糾纏前，我們要牢記最初惡魔就是因爲人類的罪孽而降臨人間。」米歇爾大叫。「姦夫淫婦的罪孽！騙徒、竊賊和高利貸的罪孽！」

「夾緊屁眼的人們的罪孽。」伊羅娜低聲道。旁邊有人偷笑。

「離開人世的人們會接受審判。」米歇爾繼續道。「遵循造物主意志的人會進入天堂，違背祂的信任的人，被物質或情慾的罪孽玷污的人，會在地心魔域中永遠燃燒！」他闔上聖典，圍觀群眾低頭默哀。

「儘管我們應該要爲死者哀悼，」米歇爾道。「我們也不該忘記在造物主眷顧下倖存的人們。讓我打開酒桶，敬死者一杯。讓我們傳誦深愛之人的故事，然後報以一笑，因爲生命是可貴的，不該蹉跎浪費；我們把眼淚留到今晚回家後再流。」

「這就是我們的牧師，」伊羅娜嘀咕道。「一有機會就要開酒。」

「親愛的，」厄尼說著輕拍她的手背。「他也是一片好意。」

「懦夫當然要幫酒鬼出頭。」伊羅娜說著抽回手。「史帝夫會衝入燃燒的房舍救人，而我的丈夫卻只會龜縮在女人身邊。」

「我在傳水救火！」厄尼抗議道。他和史帝夫一直是情敵，人人都說他靠著錢包贏得伊羅娜的人，卻沒有贏得她的心。

「像個女人。」伊羅娜說著看向位於人群另一邊，體格壯碩的史帝夫。

一直以來就是這樣，黎莎眞希望自己可以不用目睹這種畫面。她希望被地心魔物害死的是她母親，而不是那七個好人。她希望父親可以挺身反抗一次，就算不是爲了女兒，也該爲他自己。她希望自己初經已經來潮，這樣她就可以隨加爾德離開，不會再看到他們兩個。

因爲年紀太大或太小而沒有參與救火的人們，爲其他鎮民準備了豐盛的餐點，並在眾人疲憊不堪地坐上餐桌、目光沉重地凝望悶燒的廢墟時，將餐點端上桌。

大火已經撲滅，傷患都已包紮治療，距離日落還有好幾個小時。牧師的話爲慶幸自己沒死的人們抹去心中的罪惡，史密特的窪地麥酒將剩下的陰霾一掃而空。有人說史密特的麥酒可以治療任何傷痛，而此刻鎮上有太多傷痛須治療。不久，人們開始談論死者生平事蹟，長桌上逐漸出現笑聲。

加爾德和他的朋友，倫、弗林及他們的妻子坐在隔壁幾桌，還有另一個朋友艾文。這些男孩全是伐木工，全比加爾德年長，但除了倫之外，其他人都比加爾德瘦小，而且等他長大成人後肯定會比倫還壯。這群人裡只有艾文還沒訂婚，儘管他的脾氣暴躁，還是有很多女孩對他有意思。

年長的男孩很喜歡揶揄加爾德，特別是關於黎莎的話題。她不喜歡被迫坐在父母身旁，但更討厭坐在男孩桌聽倫和弗林的猥褻笑話，並且看艾文到處找人打架。

用完餐後，米歇爾牧師和約拿輔祭站起身來，帶著一人盤食物前往聖堂，妲西在那裡照顧布魯娜和其他傷患。黎莎主動離席，過去幫忙。加爾德察覺她的舉動，起身前去找她，但她才剛站起，立刻就被她的閨中好友布莉安娜、賽拉和麥莉圍了上去。

「是眞的嗎？」賽拉拉著她的左臂問道。

「大家都說妳打昏妲西，救了老巫婆布魯娜一命！」麥莉拉著她的右臂說。黎莎無助地回頭看向加爾德，然後就被她們拉走了。

「讓那頭大灰熊慢慢等。」布莉安娜對她說道。

「就算等到婚後，你的地位還是不如那些女孩，加爾德！」倫叫道，同桌朋友立刻哈哈大笑，用力敲打桌面。女孩們不理他們，撩起裙襬坐在草地上，遠離越喝越多的大人們逐漸喧鬧的噪音。

「這陣子加爾德會常常聽見這句嘲笑話。」布莉安娜笑道。「倫賭五卡拉說他在日落前都親不到妳，更別說想上下其手。」她今年十六歲，已經當了兩年寡婦，不過身邊不乏追求者。她說這是因爲她很懂得身為人婦的技巧。她與父親及兩個哥哥同住，一家人都是伐木工，在家中扮演所有男人的母親。

「我和某人不一樣，不會讓每個路過的男人上下其手。」黎莎說，布莉安娜臉色一沉。

「如果我和加爾德訂婚，我一定讓他上下其手。」賽拉說。她十五歲，留著一頭棕色短髮，花栗鼠般的臉上滿是雀斑。她去年曾與一個男孩訂婚，但對方和他父親都在某天夜晚慘遭地心魔物毒手。

「眞希望我已經訂婚了。」麥莉抱怨道。她今年十四歲，身材瘦弱、臉頰凹陷、鼻子很挺。她已經發育完全了，但不管父母如何努力，就是沒辦法幫她找到對象。伊羅娜叫她稻草人。「沒有男人會想在那麼乾癟的大腿間塞個小孩進去，」她說著譏笑一聲。「怕小孩出生時稻草人就會裂成兩半。」

「妳很快就會訂婚的。」黎莎對她道。十三歲的她是這群死黨中最年幼的，但其他人似乎都以她爲中心。伊羅娜說這是因爲她比較漂亮，家裡也比較富有，但黎莎絕不相信自己的朋友會如此膚淺。

「妳眞的有拿木棍打妲西嗎？」麥莉問。

「不是這麼回事。」黎莎說。「妲西犯了錯，布魯娜就用拐杖打她。妲西試圖後退，結果撞到我。我們一起摔在地上，布魯娜繼續打她，直到她逃走。」

「如果她用拐杖打我，我一定會立刻還手。」布莉安娜說。「爸說布魯娜是女巫，晚上會在她的小屋中和惡魔交合。」

「胡說八道！」黎莎大聲道。

「那她幹嘛住在離鎭上那麼遠的地方？」賽拉問道。「又怎麼可能在孫子都去世後仍活得好好的？」

「因爲她是藥草師。」黎莎說。「藥草可不會生長在鎭上的鬧區。我今天幫了她一天忙，她眞的很了不起。我以爲一半以上的傷患必死無疑，但她救活了每個人。」

「你有看見她對他們施法嗎？」麥莉興奮地問道。

「她不是女巫！」黎莎說。「她救人全靠藥草、小刀和縫線。」

「她拿刀砍人？」麥莉一臉作嘔地問。

「女巫。」布莉安娜說，賽拉點頭。

黎莎不悅地瞪了他們一眼，大家立刻安靜下來。「她不是亂砍人。」黎莎說。「她是治療他們，那是……我不會解釋。她很老了，但還是盡心盡力地治好每一個人，好像完全靠意志力支撐。她治療完最後一個病人後就立刻暈倒了。」

「然後妳救了她？」麥莉問。

黎莎點頭。「她在開始狂咳前把解藥交給我。真的，我只是幫忙煮藥。我抱著她，直到她不再咳嗽，然後大家就出現了。」

「妳有碰她？」布莉安娜做個鬼臉。「我敢說她身上一定是酸牛奶和雜草的味道。」

「造物主呀！」黎莎叫道。「布魯娜今天救了十幾人，而妳們竟然就只會嘲諷她！」

「老天呀，」布莉安娜繼續嘲諷。「黎莎救了老巫婆，胸部突然就大到擠不進馬甲了。」黎莎臉色大變。身為朋友中最晚發育的人，平坦的胸部一直是她最大的痛處。

「以前妳也會這樣說布魯娜，黎莎。」賽拉說。

「或許吧，但是再也不會了。」黎莎說。「她或許是尖酸刻薄的老太婆，但我們不該這樣說她。」

此時，約拿輔祭來到她們面前。他十七歲，但身材矮小，體重太輕，既揮不動斧頭也拉不動鋸子。約拿大多數時間都在寫信及讀信給不識字的鎮民聽，而幾乎所有鎮民都不識字。黎莎是少數幾名識字的小孩，常常跑去向他借閱米歐爾牧師的藏書。

「布魯娜叫我傳訊，」他對黎莎說。「她希望……」

他突然被人從後面一扯，話都沒說完。儘管約拿長他兩歲，加爾德還是把他當成紙娃娃般轉了半圈，一把拉起他的布袍，使勁地扯到兩人的鼻子幾乎碰上。

「我告訴過你不准搭訕與你沒有婚約的女人。」加爾德吼道。

「我又沒有！」約拿抗議，雙腳已經離地近一吋。「我只是——」

「加爾德！」黎莎大叫。「立刻放下他！」

加爾德看看黎莎，接著看看約拿，目光飄向自己的朋友，接著又飄回黎莎臉上。他放手，約拿一屁股摔在地上，狼狽地爬起身，然後匆忙離開。布莉安娜和賽拉咯咯嬌笑，隨即在黎莎嚴峻的目光下噤聲；黎莎轉身面對加爾德。

「你到底是在發什麼瘋？」黎莎問道。

加爾德低下頭去。「我很抱歉，」他說。「我只是……我一整天都沒機會和妳說話，所以一看到妳和他說話我就受不了。」

「喔，加爾德，」黎莎輕撫他的臉頰。「你沒有必要忌妒，我心裡只有你一個人。」

「妳是說眞的？」加爾德問。

「你會向約拿道歉嗎？」黎莎問。

「會。」加爾德保證。

「好吧，我相信你。」黎莎說。「現在回餐桌去坐著，我過一會兒就去找你。」她親他一下，加爾德立刻笑容滿面地離開。

「我想這就和訓練一頭熊沒有什麼兩樣。」布莉安娜一臉正經地道。

「一頭坐在荊棘地裡的熊。」賽拉說。

「妳們不要說他壞話。」黎莎說。「加爾德沒有惡意。他只是太壯，還有一點……」

「笨重？」布莉安娜幫她說完。

「遲鈍？」賽拉補充。

「愚蠢？」麥莉建議。

黎莎打了她們每人一下，然後一起哈哈大笑。

加爾德像是護花使者般地坐在黎莎身旁，他和史帝夫跑來與黎莎一家人坐在一起。她很希望他能夠摟著自己，他們已訂婚，但在她到適婚年齡並經過牧師正式承認婚約前，這樣做還是很不得體。即使到了那時，理論上他們在新婚之夜前還是只能牽手和接吻。

儘管如此，黎莎還是會在獨處時讓加爾德親吻自己，而不管布莉安娜怎麼想，她一直堅守親吻的界限。她希望維持傳統，讓新婚之夜成爲他們永生難忘的特別回憶。

當然，克拉莉莎的前例也是原因之一。她愛好跳舞和調情，教過黎莎和她朋友將頭髮盤在頭上並別花上去的技巧。她的相貌出眾，身邊從不乏追求者。

她的兒子三歲了，但至今沒有任何伐木窪地的男人出面承認是他的父親。一般認爲，此人必定是有婦之夫，而在她的肚子逐漸變大的幾個月內，米歇爾牧師在每場布道會上都不忘提醒她及像她一樣的女人，就是這樣的罪惡使得造物主降下的瘟疫惡化。

「外界的惡魔就是人心惡魔的寫照。」他說。

人人都愛克拉莉莎，但在懷孕事件曝光後，全鎮的人態度丕變。女人迴避她，在她路過時交頭接耳，男人在妻子身旁時都不願正視她，不在妻子身旁時則會對她發表淫穢的評論。

孩子一出生，克拉莉莎立刻隨一名前往來森堡的信使離開，從此再也沒有回來；黎莎想念她。

「不知道布魯娜叫約拿來有什麼事。」黎莎說。

「我討厭那個小矮子。」加爾德大聲道。「他每次看妳的樣子都像在幻想妳是他妻子。」

「既然他只是想像，」黎莎問，「你管他幹嘛？」

「我不會與別人分享妳，就算是在其他男人的夢裡也不行。」加爾德道，在桌底下將大手放在她的手上。黎莎輕嘆一聲，靠在他的身上；讓布魯娜等等吧。

此時，史密特突然起身，雙腿因酒醉而顫抖，將酒杯重重放在桌上。「所有人！聽我說，拜託！」他的妻子史黛芙妮扶著他站上板凳，隨時注意不讓他摔下來。鎮民安靜下來，史密特清清喉嚨。他或許不喜歡下達命令，但是他很喜歡演講。

「困境最能激發人類良善的一面。」他開始說道。「就是這些時刻讓我們有機會在造物主面前證明我們的價值。證明我們已走向正途，有資格讓祂派遣解放者降世結束苦難，證明夜晚的邪惡無法奪走我們守護家族的決心。」

「因為這就是伐木窪地，」史密特繼續。「一個大家族。喔，我們彼此爭吵、毆鬥、選邊對立，但是當地心魔物出現時，我們將家族之間的糾葛視為紡紗機上的絲線，將我們全部繫在一起。不管彼此有多少成見，我們絕不在惡魔面前放棄任何人。」

「昨晚有四棟房舍失去魔印守護。」史密特對鎮民道。「拜地心魔物無情的摧殘所賜。但在人們英勇抵抗下，只有七人葬身魔爪。」

「尼可拉斯！」史密特大叫，指著坐在他對面的淡褐髮男子。「衝入燃燒的房舍中救出他的母親！」

「喬！」他指向另一名男子，對方跳了起來。「兩天前，他還和戴夫跑來找我，兩人吵得不可開交。但昨晚，喬拿斧頭攻擊木惡魔——一頭木惡魔——爭取時間讓戴夫一家人進入他家的魔印力場！」

史密特跳上桌面，儘管喝醉了，亢奮的情緒仍讓他身手矯健。他在桌上走來走去，大叫鎮民的名字，公開他們昨晚的英勇事蹟。「白晝也有不少英雄。」他繼續道。「加爾德和史帝夫！」他指著他們大叫。

「不顧自己家中大火，忙著幫比較有機會止住火勢的房舍滅火！因爲他們和其他人的努力，只有八間房舍著火，而火勢本來有可能蔓延到全鎮所有房舍！」

史密特轉身，突然將目光集中在黎莎身上。他舉起手，一根手指指向她，她感覺像被一拳擊中。「黎莎！」他叫。「年僅十三，她救了藥草師布魯娜的性命！」

「伐木窪地的每個居民都有一顆英雄的心！」史密特說著揮手掃過所有人。「地心魔物測試我們，悲劇作弄我們，但伐木窪地就像密爾恩的鋼鐵，永遠不會屈服！」

群眾高聲歡呼。失去親友的人們叫得最大聲，淚水濡濕臉頰。

史密特站在群眾的喧鬧中，沉浸在興奮的情緒裡。不久後，他拍了拍手，鎮民隨即安靜。

「米歇爾牧師，」他說著比向對方。「已經爲傷患打開聖堂大門，史黛芙妮和妲西今晚自願留在那裡照顧他們。米歇爾同時爲無家可歸的人提供造物主的魔印。」

史密特揚起拳頭。「但是英雄不該躺在聖堂的木板凳上！在家人圍繞他們時不行。我的酒館可以留宿十人，有必要還可以收留更多。還有誰願意與英雄們分享家裡的魔印和床鋪？」

所有人再度高聲喧譁，這次比先前還要大聲，史密特笑容滿面。他再度拍手。「造物主對所有人微笑。」他說。「天色已晚，我就指定……」

伊羅娜站起身來。她也喝了幾杯，講話含糊不清。「厄尼和我會收留加爾德和史帝夫。」她說。厄尼立刻轉頭看她。「我們有空房，而且加爾德和黎莎已經訂婚了，我們基本上可以算是親戚。」

「妳眞大方，伊羅娜。」史密特難掩驚訝地說道。伊羅娜鮮少這麼大方，而且通常在有利可圖時才會大方。

「妳認爲這樣妥當嗎？」史黛芙妮大聲問道，所有人立刻將目光集中在她身上。沒在丈夫的酒館工作時，她就會到聖堂去當義工，或是研讀可農經。她討厭伊羅娜——這在黎莎心中留下不錯的印象，但她同時也是克拉莉莎懷孕後第一個公開指責她的人。

「兩個訂有婚約的孩子住在同一個屋簷下？」史黛芙妮問，但是她的目光直視史帝夫，而非加爾德。「天知道會發生什麼不恰當的事？或許你們還是收留其他人比較好，讓加爾德和史帝夫待在酒館裡。」

伊羅娜瞇起雙眼。「我認爲三個父母管得住兩個小孩，史黛芙妮。」她冷冷說道。她轉向加爾德，捏捏他寬厚的肩膀。「我未來的女婿今天一人抵五人用。」她說。「還有史帝夫，」她伸手戳戳醉漢魁梧的胸口。「抵十個人。」

她轉頭面對黎莎，但是小小絆了一跤。史帝夫哈哈大笑，在她跌倒前一把扶住她的腰。他的手掌在她的纖腰前顯得格外巨大。「就連我……」她吞下「一無是處」這幾個字，但黎莎還是聽見了。「女兒今天的表現都十分英勇，我不會讓我心目中的英雄在其他人家裡過夜。」

史黛芙妮皺起眉，但其他鎮民都認爲這件事已講定了，於是繼續出面收留有需要的人。

伊羅娜再度絆跤，整個人笑嘻嘻地坐在史帝夫大腿上。「你可以睡在黎莎房間。」她對他說道。「就在我房間隔壁。」她最後一句話是壓低音量說的，但她喝醉了，因此所有人都聽到了。加爾德臉色一紅，史帝夫哈哈大笑，厄尼則垂頭喪氣；黎莎很同情父親。

「我希望地心魔物昨晚就抓走她。」她喃喃說道。

她父親抬頭看她。「不要說這種話。」他說。「對任何人都不能說這種話。」他嚴峻地瞪著黎莎，直到她點頭。

「再說，」他哀傷地補充道。「它們或許會立刻把她還給我們。」

在分配好住宿事宜，大家都準備回家時，人群突然騷動，眾人紛紛讓道兩旁。老巫婆布魯娜一拐一拐地走了過來。

約拿輔祭扶著老婦人的手臂一同走來。黎莎連忙起身，扶起她另一隻手臂。「布魯娜，妳不該起床，」她勸道。「妳需要休息！」

「這都是妳的錯，孩子。」布魯娜大聲道。「有些人比我更嚴重，而我需要我家裡的藥草才能治療他們。如果妳的保鏢，」她瞪向加爾德，他嚇得立刻退開。「讓約拿傳遞訊息，我就可以給妳一份清單。但現在天色已晚，所以我必須和妳一起跑這趟。我們可以在我家過夜，明天一早再趕回來。」

「為什麼找我？」黎莎問。

「因為鎮上其他蠢女孩都不識字！」布魯娜叫道。「她們會把藥瓶上的標籤搞得比那頭母牛妲西還亂！」

「約拿識字。」黎莎說。

「我願意去。」輔祭才剛開口，布魯娜立刻一拐杖戳在他的腳上，他痛得叫出聲來。

「藥草師是女人的工作，女孩。」布魯娜道。「聖徒在我們工作時只能站在旁邊禱告。」

「我……」黎莎開口，回頭看向父母，試圖找藉口脫身。

「我認為這是好主意。」伊羅娜說，終於離開史帝夫的大腿。「在布魯娜家過夜。」她將黎莎往前一推。

「我女兒很樂意幫忙。」她笑容滿面地說。

「或許加爾德也該一起去？」史帝夫說著踢了他兒子一腳。

「明早你們需要壯丁幫忙把藥草和藥水抬回鎮上。」伊羅娜同意，拉起加爾德。

年邁的藥草師看看他，看了看史帝夫，最後終於點頭。

前往布魯娜家的旅程十分緩慢，老巫婆步履蹣跚，如同爬行。他們直到日落時分才抵達小屋。

「去檢查魔印，小子。」布魯娜對加爾德道。他奉命離開，黎莎領她進屋，帶她坐在鋪著椅墊的椅子上，然後拉了塊有襯裡的毯子給她蓋。布魯娜大口喘氣，黎莎很怕她隨時又要開始咳嗽。她在壺裡裝滿清水，在壁爐中添加木柴和火絨，四下找尋火石和鐵片。

「在布幔上的盒子裡。」布魯娜說，黎莎隨即注意到一個小木盒。她打開盒子，但裡面沒有火石和鐵片，只有末端裹著某種黏土的短木棒；她拿起兩根木棒摩擦。

「不是那樣，女孩！」布魯娜大聲道。「妳從沒見過火焰棒嗎？」

黎莎搖頭。「爸在店裡混合化學原料的地方放了一些，」黎莎說。「但我不能進去。」

老藥草師輕嘆一聲，指示女孩來到她面前。她拿起一根火焰棒，抵在乾癟的大拇指上。她輕彈拇指，火焰棒的末端立刻起火燃燒；黎莎驚訝得眼睛都快掉出來了。

「藥草學可不只與植物有關，女孩。」布魯娜邊說邊在火焰棒燒完前點燃一張紙媒，並以紙媒點燃油燈，然後將紙媒交給黎莎。她高舉油燈，照亮積滿灰塵的書櫃，以及滿滿的書籍。

「哇！老天！」黎莎驚呼道。「妳的書比米歇爾牧師的還多！」

「這些可不是聖徒杜撰出來的愚蠢故事，女孩。藥草師是古老世界知識的守護者，來自大回歸年代惡魔焚燒大圖書館前的古老知識。」

「科學？」黎莎問。「不正是科學的傲慢導致大瘟疫的嗎？」

「那是米歇爾的說法。」布魯娜道。「如果我知道那個男孩長大後會變成這種傲慢的渾蛋，我就會把他留在他媽的兩腿之間。第一次驅逐地心魔物的是科學，同時也是魔法。傳說中偉大的藥草師能夠治癒沉重的傷勢，並且混合出威力強大的藥劑，以火焰和劇毒擊斃惡魔。」

黎莎還想發問，但加爾德剛好進屋。布魯娜指向壁爐，黎莎點燃爐中的柴火，將水壺掛在火堆上。不久水煮開了，布魯娜在長袍內許多口袋中摸索，在自己的杯中加入特別的配方，然後在黎莎和加爾德的杯中加入茶葉。她的動作十分迅速，但黎莎仍注意到老婦人在加爾德杯中添加了別的東西。

她在杯中注入開水，接著他們一起在尷尬的沉默中啜飲。加爾德很快就喝光一杯茶，接著就開始揉眼睛。不久後，他頹然傾倒，沉沉睡去。

「妳在他茶裡下藥。」黎莎指控道。

老女人呵呵大笑。「潭普樹脂和天英草粉。」她說。「兩樣藥草分別有很多用途，但混在一起，只要一點就能讓一頭公牛昏睡。」

「爲什麼要這麼做？」黎莎問。

布魯娜微笑，不過笑容十分嚇人。「當作保護措施。」她說。「不管有沒有婚約，妳都不能相信十五歲的少年會安分地與年輕女孩共度一宿。」

「那爲什麼要讓他跟來？」黎莎問。

布魯娜搖頭。「我告訴過妳父親不要娶那個潑婦，但是她不過晃晃胸部就把他迷得神魂顛倒。」她嘆氣。「醉成那個樣子，史帝夫和妳媽不管家裡有什麼人在都會亂來。」她說。「但加爾德不該聽到那些聲音，這個年紀的男孩不須聽到那種聲音就夠糟糕了。」

黎莎瞠目。「我媽才不會……」

「話可不能亂說，女孩，」布魯娜打斷她道。「造物主不喜歡說謊的人。」

黎莎垂頭喪氣，她知道伊羅娜是什麼樣的人。「加爾德不是那種人。」她說。

布魯娜嗤之以鼻。「等妳當了村子的接生婆再看看說不說得出這種話。」

「只要我月經來了，這一切就毫不重要。」黎莎說。「到時候加爾德就可以和我結婚，我就可以和他做所有妻子該做的事。」

「躍躍欲試，是吧？」布魯娜似笑非笑地問道。「我承認那不是壞事。男人除了揮動斧頭、搬運重物之外還有其他用處。」

「爲什麼我的月經還沒來？」黎莎問。「賽拉和麥莉十二歲時就已經染紅她們的床單，而我今年已經十三歲了！到底出了什麼問題？」

「什麼問題也沒有。」布魯娜說。「每個女孩初經的時間都不一樣。妳或許還要再等一年，甚至更久。」

「一年！」黎莎驚呼。

「不要急著擺脫童年，女孩。」布魯娜道。「長大成人後，妳會懷念童年；人生不是只有躺在男人下面幫他生孩子而已。」

「還有什麼事可以和生孩子相提並論？」黎莎問。

布魯娜比向書櫃。「挑一本書。」她說。「隨便一本。拿過來，我讓妳見識見識世界有多大。」

第五章　擁擠的家　319 AR

黎莎在布魯娜家老公雞的啼聲中驚醒。她搓揉臉頰，發現書本在自己臉上印出痕跡，加爾德和布魯娜還在沉睡；藥草師很早就睡著了。儘管疲憊不堪，黎莎還是看書看到很晚才睡。她本來以爲藥草師不過就是幫人接骨接生，現在她知道這門學問博大精深。藥草師研究自然界的一切，找出各種混合造物主創造之物的方法，爲祂的子民謀福利。

黎莎解下綁頭髮的絲帶，放在書頁之間，然後不捨地闔上書本，彷彿那是本可農經。她站起身來，伸展四肢，在火爐中添加木柴，然後攪動餘火，重燃火苗。她架上水壺，接著走過去搖醒加爾德。

「起床，懶骨頭。」她壓低音量說道。加爾德只發出低吟聲，未見動靜。不管布魯娜給他下了什麼藥，總之藥效都很強，她用力搖晃，他揮手趕她，眼睛依然不肯睜開。

「再不起床就沒早飯吃。」黎莎笑著踢他一腳。

加爾德再度低吟，眼睛終於睜開一條縫。當黎莎再度仲腿要踢時，他出手抓住她的腳，一把將她拉到自己身上。

他翻身壓在她的身上，把她摟在強壯的手臂中，黎莎在他的親吻下咯咯嬌笑。

「停下來，」她說，不太認眞地拍打他。「你會吵醒布魯娜。」

「吵醒又怎樣？」加爾德問。「那個老巫婆已經一白多歲，眼睛瞎得像蝙蝠。」

「老巫婆的耳力依然敏銳。」布魯娜說著睜開一隻泛白的眼睛。

加爾德驚叫一聲，跳起身來，迅速遠離黎莎和布魯娜。

「在我家裡給我規矩一點，小鬼，不然我就煮一鍋能讓你一年不舉的藥。」布魯娜說。黎莎看著加爾德臉上的血色盡褪，咬緊雙唇忍住笑意。不知道爲什麼，她已經不怕布魯娜了，而且她很喜歡欣賞老婦人威脅人的模樣。

「你聽懂了嗎？」布魯娜問。

「是的，女士。」加爾德立刻說道。

「很好。」布魯娜說。「現在用你那強壯的臂膀出去砍點木柴回來。」加爾德在她說完前已經奪門而出。黎莎笑嘻嘻地看著房門關上。

「很有趣的畫面，對吧？」布魯娜問。

「我從來沒見過任何人能讓加爾德跑那麼快。」黎莎說。

「走近一點，讓我看看妳。」布魯娜說。黎莎照做，她繼續說下去。「要當鎮上的醫療師不能只會煎藥，一句強而有力的恐嚇就足以制伏鎮上最高大的男孩；讓他在傷人前三思而後行。」

「加爾德不會傷害任何人。」黎莎說。

「妳說是就是。」布魯娜道，但語氣聽起來很敷衍。

「妳眞的能夠製造讓他不舉的藥嗎？」黎莎問。

布魯娜大笑。「沒辦法不舉一年。」她說。「至少光靠一劑辦不到。但是不舉幾天可以，甚至一個星期？就跟在他茶中下藥一般輕而易舉。」

黎莎若有所思。

「怎麼了，女孩？」布魯娜問。「擔心他會在婚前對妳亂來？」

「我比較想對史帝夫下藥。」黎莎說。

布魯娜點頭。「這樣想是應該的。」她建議道。「但是別擔心，妳母親很清楚這種把戲。她年輕時常常來找我，想要藉由藥草師的幫助控制經期，以免在亂來時懷下孽種。當年我沒有看出她的本性，很遺憾地說，我教了她很多不該教的知識。」

「當爸抱媽步入家門時，媽就已經不是處女了？」黎莎震驚地問道。

布魯娜大哼一聲。「鎮上有一半以上的男人都和她睡過，直到史帝夫趕跑所有人。」

黎莎相當震驚。「媽在克拉莉莎懷孕時還公開指責她。」她說。

布魯娜對著地上吐口水。「所有人都指責那個可憐的女孩。偽善者，全都是！史密特說什麼全鎮都是一家人，但當他老婆率領全鎮鎮民抨擊那個女孩，好像她是火惡魔時，他完全沒有出面阻止。半數以上指著她高喊『罪孽！』的女人其實都犯了同樣的罪，她們只是運氣好、結婚得早，或是夠聰明，懂得事先防備。」

「事先防備？」黎莎問。

布魯娜搖頭。「伊羅娜一心只想抱孫了，什麼都沒有對妳說，是不是？」她問。「告訴我，女孩，小孩是怎麼來的？」

黎莎臉色一紅。「男人，我是說，妳丈夫……他……」

「大聲說出來，女孩。」布魯娜大聲道。「我老到沒有時間等妳害羞了。」

「他在妳的體內播種。」黎莎說，臉頰比前還紅。

布魯娜大笑。「你有辦法治療灼傷和惡魔傷口，但面對創造生命的話題卻忸忸怩怩？」

黎莎開口欲言，但是布魯娜打斷她。

「妳的男人把種子播在妳肚子上，然後妳就可以心滿意足地躺在他的身邊。」布魯娜道。「但就像克拉莉莎學到的教訓，男人未必會及時自妳體內拔出，聰明的女孩就知道要來找我要茶。」

「茶？」黎莎問，一字一句都不肯放過。

「龐姆葉，以一定比例混合其他藥草，就會是一種不讓男人種子在妳體內扎根的藥茶。」

「但米歐爾牧師說……」黎莎開口道。

「別背誦可農經給我聽。」布魯娜打斷她。「那是男人寫的書，完全沒有考慮到女人的困境。」

黎莎立刻閉嘴。

「妳母親常來找我。」布魯娜繼續道。「問問題、在小屋附近幫忙、為我磨藥。我本來打算收她為學徒，但她唯一想學的只有龐姆茶的祕密。當我教會她後，她立刻離開，再也沒有回來。」

「聽起來確實像她會做的事。」黎莎說。

「龐姆茶少量飲用不會有問題。」布魯娜說。「但史帝夫性慾很強，妳媽喝太多了。在他們兩個做了上千次後，你父親的生意開始興隆，於是她看上他的荷包。當時，妳母親的子宮已經被搾乾了。」

黎莎好奇地打量她。

「與妳父親結婚後，伊羅娜努力了兩年想要懷胎，都失敗了。」布魯娜說。「史帝夫娶了年輕女子，一夜之間就讓對方懷孕，這件事讓妳媽更加心急。最後，她又回來找我，哀求我幫忙。」

黎莎湊上前去，心知自己的一生與布魯娜接下來要說的事有關。

「龐姆茶必須少量飲用。」布魯娜重複道。「而且最好一個月要停用一段時間，讓妳的月經來潮。不這麼做，妳有可能不孕。我警告過伊羅娜，但她是自己下半身的奴隸，根本聽不進去。我用了好幾個月的藥，觀察她的月經，又拿藥讓她添加在妳父親的飲食裡。最後，她終於懷孕了。」

「我，」黎莎道。「她懷了我。」

布魯娜點頭。「我很為妳擔心。妳媽的子宮十分虛弱，我們都知道她沒有機會再度懷孕。她每天都來找我，要我檢查她的兒子。」

「兒子？」黎莎問。

「我警告過她可能不是兒子。」布魯娜說。「但是伊羅娜十分固執。『造物主不會如此殘忍。』她說，完全忘記地心魔物也是同一個造物主創造出來的產物。」

「所以我只是造物主的殘忍玩笑？」黎莎問。

布魯娜伸出枯瘦的手指抬起黎莎的下巴，將她拉到眼前。黎莎在老婦人講話的同時默默看著她嘴邊貓鬚般的灰色長毛。

「我們是什麼樣子都是自己選擇的，女孩。」她說。「讓其他人決定妳的價値，妳就輸定了，因爲沒有人希望其他人比自己更有價値。伊羅娜一生無數錯誤的決定都只能怪自己，怨不得別人，但她太驕傲，不敢承認，把氣出在妳和可憐的厄尼身上總是比較容易。」

「我希望有人揭發她淫蕩的行爲，逼她遠走他鄉。」黎莎說。

「妳爲了私怨寧願出賣自己的性別？」布魯娜問。

「我不懂。」黎莎說。

「女人想要男人而張開雙腿並不是罪，黎莎。」布魯娜道。「藥草師不會因爲人們年輕氣盛時順應本性所做的事去評斷他人，我不能忍受的是背棄誓約者。誓約一出口，女孩，妳最好遵守妳的誓言。」

黎莎點頭。

加爾德正好在這時回來。「妲西前來接妳回鎭上。」他對布魯娜道。

「我發誓我已經開除了那頭愚蠢的母豬。」布魯娜咕噥說道。

「鎭議會昨天開會決議將我復職。」妲西說著推門進屋。她沒有加爾德那麼高，但也差不多，而且體重比他重多了。「這是妳自己的錯，沒人有能力接下這份工作。」

「他們無權這麼做！」布魯娜叫道。

「他們有權這麼做。」妲西道。「我也不喜歡這種情況，但妳隨時都有可能死掉，鎭上需要人照顧病患。」

「妳死了我都還沒死。」布魯娜冷笑一聲。「我會自己選擇學徒。」

「那我就待到妳選好爲止。」妲西說著轉向黎莎，露出一口白森森的牙齒。

「那就發揮一點用處，下去煮粥。」布魯娜道。「加爾德正在發育，需要補充體力。」

妲西皺起眉，但還是捲起衣袖，朝沸騰的水壺走去。

「回到鎭上後，我要去找史密特好好談談。」布魯娜喃喃說道。

「妲西眞的這麼糟糕嗎？」黎莎問。

布魯娜微弱的目光轉向加爾德。「我知道你比公牛還要強壯，小子，但我想外面還有木柴沒劈完？」

加爾德一聽就懂，轉眼間已經衝出大門，不久她們就聽見外面傳來砍柴聲。

「妲西在小屋附近打雜是很夠用了。」布魯娜承認道。「她砍柴的速度幾乎和妳的男孩一樣快，煮的粥也很香。但那雙肥大的手掌太笨拙，不適合治療傷，而且她在藥草學方面的天賦也有限。她當接生婆沒有問題——任何蠢材都有辦法把小孩拉出母親體內——接骨她也是絕佳人選，但比較複雜的疾病她就束手無策了。如果她成爲本鎭的藥草師，我會爲本鎭感到悲哀。」

「如果妳連晚餐都煮不好，就別妄想當好加爾德的妻子！」伊羅娜大叫。

黎莎皺眉。據她所知，她母親從來沒有做過晚餐。她已經好幾個晚上沒睡好了，但是造物主還是不讓她媽出手幫忙。

這幾天白天她都在幫忙布魯娜和妲西照料傷患。她學得很快，使得布魯娜拿她當作指導妲西的典範。妲西並不喜歡這種情形。

黎莎知道布魯娜想要收她當學徒。老婦人沒有強迫，但她的意圖十分明顯。可是她也必須顧慮到她父親的造紙事業。她很小的時候就在與她家相連的店裡幫忙，爲鎮民撰寫訊息，製作單據。厄尼說她很有這方面的天賦。她裝幀的技巧比他更高明，而黎莎也很喜歡在紙張四周鑲花瓣，雷克頓和來森堡的貴婦願意支付比她們丈夫購買白紙更高的代價來買這種紙張。

厄尼希望能在黎莎掌管店面、加爾德製作紙漿並扛下粗活的情況下退休。但黎莎對造紙一直提不起多大興趣。她願意幫忙，最主要的原因是爲了增加與父親相處的機會，遠離母親尖酸刻薄的言語。

伊羅娜喜歡店裡賺來的錢，但她痛恨這間店，抱怨紙漿缸裡鹼水的氣味及碾磨機的噪音。店裡是黎莎和厄尼常用的避難所；一個他們家永遠無法成爲的歡樂之地。

史帝夫豪邁的笑聲令她將目光自正在切的青菜上移開。他在客廳裡，坐在她父親的椅子上，喝著父親的麥酒。伊羅娜坐在椅臂上，笑嘻嘻地靠向史帝夫，手掌搭在他的肩上。

黎莎希望自己是火惡魔，這樣就可以對他們吐火焰唾液。她一輩子都因爲和伊羅娜困在同個屋簷下而悶悶不樂，現在布魯娜的故事在她腦中揮之不去。她母親不愛她父親，或許從來不曾愛過。她將女兒視爲造物主的殘忍玩笑，而且當厄尼抱著她跨越家中魔印時，她就已經不是處女了。

不知道爲什麼，最後這個事實傷她最深。布魯娜說女人享受男人帶來的歡愉並非罪孽，但她母親的虛僞依然令她作嘔。爲了掩飾自己的放浪形骸，她還幫助眾人趕跑克拉莉莎。

「我不會像妳一樣。」黎莎發誓。她一定會遵循造物主之道完婚，要在自己的新房裡成爲眞正的女人。

史帝夫說了些話讓伊羅娜尖聲嬌笑，黎莎開始自顧自地唱歌，試圖蓋過他們的聲音。她的嗓音清脆悅耳，米歐爾牧師一直想請她在講道時歌唱。

「黎莎！」不久後，她母親大叫。「閉上妳的鳥嘴！我們連思考的聲音都聽不清楚啦！」

「聽起來不像有人在思考。」黎莎嘟噥道。

「妳說什麼？」伊羅娜質問道。

「什麼也沒說！」黎莎用最無辜的聲音回道。

日落過後，他們用餐，黎莎驕傲地看著加爾德用她做的麵包刮淨第三盤她煮的菜。

「她菜煮得不好，加爾德。」伊羅娜道歉道。「但是只要捏著鼻子還是吃得飽。」

史帝夫當時正在大口喝酒，笑到把酒從鼻子裡噴出來。加爾德嘲笑自己父親，伊羅娜則抽走厄尼大腿上的餐巾去擦史帝夫的臉。黎莎轉向父親尋求支持，但他一直低頭看著碗；從店裡回家後他就沒有說話。

黎莎實在受不了了。她收拾餐桌，回到自己房內，但是那裡也不是什麼避難所。她忘了史帝夫和加爾德暫住期間她媽把房間讓給史帝夫了。身材壯碩的伐木工把她一塵不染的地板弄得滿是泥巴，又把髒兮兮的靴子放在她的床邊，墊在她最喜歡的書上。

她大叫一聲，衝向自己的寶物，但封面已經沾滿泥巴。她軟綿綿的來森羊毛床單沾滿不知道是什麼玩意的東西，聞起來像是汗水和她媽最愛的安吉爾斯昂貴香水混雜出來的味道。

黎莎感到一陣噁心。她緊緊抱著寶貴的書本，逃往她父親的紙店，一邊哭泣一邊徒勞無功地擦拭書上的泥巴。加爾德在那裡找到了她。

「原來這裡就是妳逃避的地方。」他說著伸出壯碩的手臂將她擁入懷中。

黎莎推開他，拭去眼淚，盡力讓自己平靜下來。「我需要一點時間獨處。」她說。

加爾德抓住她的手臂。「是因爲妳媽說的那個笑話嗎？」他問。

黎莎搖頭，試圖走開，但加爾德緊握著她的手不放。

「我只是在笑我爸。」他說。「我愛吃妳做的菜。」

「眞的嗎？」黎莎哽咽問道。

「眞的，」他保證，將她拉到身前，深深一吻。「那樣的茶可以餵飽一整隊兒子軍團。」

黎莎輕笑。「我或許沒辦法擠出一整隊小加爾德軍團。」她說。

他抱緊黎莎，將嘴唇湊到她耳邊。「現在，我只想要擠一個小加爾德進去。」他說。

黎莎呻吟一聲，但仍輕輕推開他。「我們很快就會結婚。」她說。

「就算昨天結婚都太慢了。」加爾德說，但不爲難她。

黎莎蜷縮在客廳爐火旁的毯子底下。史帝夫霸佔了她的房間，加爾德睡在店裡的吊床上。地板在夜裡十分冰涼，羊毛地毯表面粗糙，躺起來很不舒服。她很想爬回自己床上，但除非放火燒床，不然絕對無法除去史帝夫和她媽在床上犯的罪孽。

她甚至不了解伊羅娜幹嘛還要費心找這麼多藉口，又不是說大家看不出來她在幹什麼勾當。她乾脆叫厄尼去客廳睡，然後把史帝夫拉上床算了。

黎莎實在等不及要和加爾德一起離開這個家了。

她睡不著，躺在地上聽著惡魔測試魔印，幻想和加爾德一起經營造紙店的情景；她父親退休，母親和史帝夫不幸去世。她的肚子又大又圓，在店裡記帳，加爾德則自碾磨機那邊滿身大汗地進入店內。他親吻她，而他們的孩子在店裡跑來跑去。

這個畫面爲她帶來暖意，但她想起布魯娜的話，懷疑自己會不會因爲將一生奉獻給小孩和造紙生意而錯過什麼。她再度闔起雙眼，幻想自己成爲伐木窪地的藥草師，所有人都仰賴她爲大家治病，爲大家接生，爲大家療傷。這是一個美好的幻想，但是卻容不下加爾德和孩子的存在。藥草師必須出門看診，而她很難想像加爾德幫她扛著藥草和工具挨家挨戶出診的模樣，也不認爲他會在她工作時待在家顧小孩。

「我只是來上廁所。」加爾德輕聲細語，來到她的身邊蹲下。

「店裡就有廁所。」黎莎提醒他道。

「那我是來親妳道晚安。」他說著湊上前去噘起嘴。

「你上床時已經親過三次了。」黎莎說，開玩笑似地推開他。

「再來一次有什麼不好嗎？」加爾德問。

「我想沒有。」黎莎說著伸手摟住他的肩。

不久後，另一扇房門傳來開啓的聲音。加爾德身體一僵，四下找尋躲藏的地方。黎莎指向一張椅子。他太壯，不可能完全遮住，但是在火爐昏暗的照明下或許不會被人發現。

不久，門後射進一道黯淡的光線，粉碎了他們的希望。黎莎才剛躺回地上，閉上雙眼，光線就已經灑入客廳。

黎莎睜大雙眼，看見母親正在打量客廳。她手中的油燈燈葉幾乎完全闔起，投射出大片陰影，只要不細看，加爾德還是有可能不被發現。

他們根本沒有必要擔心。在認定黎莎已經熟睡後，伊羅娜打開史帝夫的房門，消失在門後。

黎莎望著房門很長一段時間。伊羅娜對丈夫不忠並非什麼出人意表的事，但直到此刻之前，黎莎都還心存懷疑，不願相信母親會自願拋棄婚姻誓言。

她感到加爾德的手放在自己肩上。「黎莎，我很抱歉。」他說，她把臉埋入他的胸口，低聲哭泣。他緊緊擁抱著她，壓抑她的啜泣聲，不停搖晃安慰。遠方傳來一聲惡魔的怒吼，黎莎很想和它一同大叫。她壓抑衝動，只希望父親還在沉睡，沒有聽見伊羅娜的呻吟，但除非她餵父親吃了布魯娜的安眠藥，不然實在不太可能。

「我會帶妳遠離這一切。」加爾德道。「我們不要浪費時間計畫未來，就算我必須親手扛回足夠的木頭，我也要在婚禮前蓋好我們的房子。」

「喔，加爾德。」她說著吻了上去。他回應她的熱吻，撲倒她。史帝夫房裡的撞擊聲和屋外的惡魔吼叫聲全消失在她耳內激盪的熱情中。

加爾德的手肆意撫摸她的身體，黎莎任由他接觸只有丈夫才能觸碰的地方。她重重喘息，在一陣強烈的快感中弓起背脊，加爾德趁機卡位到她兩腿中間。她感覺到他在脫褲子，心裡清楚他想幹什麼。她知道自己應該推開他，但她的內心極爲空虛，而加爾德似乎是世上唯一有能力填補這份空虛的人。

正當他要向前挺入的關鍵時刻，黎莎聽見自己母親的淫蕩呻吟，身體隨即僵硬。如果她如此輕易放棄自己的誓言，那又比伊羅娜好到哪裡去呢？她曾發誓要在婚禮之日以處女之身跨越自家魔印。她發誓絕不要像伊羅娜。此時此刻，她卻將那一切全拋到腦後，企圖在如此接近母親出軌的地方與一個男孩胡來。

「我不能忍受的是背棄誓約者。」腦海中再度傳來布魯娜的聲音，黎莎雙手用力抵住加爾德的胸膛。

「加爾德，不，拜託。」她低聲說道。加爾德僵了很久。最後，他自她身上翻開，重新綁好褲帶。

「我很抱歉。」黎莎無力地說道。

「不，我才抱歉。」加爾德說。他親吻她的額頭。「我可以等。」

黎莎緊緊抱他一下，接著加爾德起身離開。她很希望他留下來睡在自己身邊，但剛剛情況夠危急了。如果伊羅娜發現他們在一起，一定會嚴厲懲罰她，而不想想自己做過什麼事。或許正是因爲她自己做過的事而更要懲罰她。

通往店裡的門關起時，黎莎躺回地上，心裡想著加爾德。不管母親爲她帶來多少痛苦，只要有加爾德在，她就有辦法承受。

早餐在眾人的尷尬中度過，咀嚼和吞嚥的聲音在安靜的餐桌上顯得格外響亮。大家都識相地閉上嘴。黎莎默默地清理餐桌，加爾德和史帝夫則去拿斧頭準備上工。

「妳今天會在店裡幫忙嗎？」加爾德問道，終於打破沉默。厄尼一整個早上首度抬頭，對這個問題的答案深感興趣。

「我答應布魯娜要去幫忙照顧傷患。」黎莎說話的同時帶著歉意地望向自己的父親。厄尼理解地點頭，無力地笑了一笑。

「妳要去幫忙多久？」伊羅娜問。

黎莎聳肩。「等他們傷勢痊癒。」她說。

「妳太常和那個老巫婆混在一起了。」伊羅娜道。

「我是應妳要求去的。」黎莎提醒她道。

伊羅娜皺眉。「別對我耍嘴皮子，女孩。」

黎莎感到一股怒氣湧上心頭，但她揚起最迷人的微笑，將斗篷披在肩上。「別擔心，媽媽，」她說。「我不會喝太多她的藥茶。」

史帝夫輕哼一聲，伊羅娜雙眼圓睜，但黎莎在她自震驚中恢復過來前走出家門。

加爾德陪她走了一段路，但當他們走到與其他伐木工會合的地方時，加爾德的朋友們已經等在那裡。

「你遲到了，加爾。」艾文埋怨道。

「現在有個女人幫他做飯了。」弗林說。「是男人都會遲到。」

「如果他昨晚有睡的話。」倫邊哼邊道。「我猜她可不只是幫他做飯，竟然在她父親面前這麼幹。」

「倫猜的對嗎，加爾？」弗林問。「昨晚有找到新窩攏你的斧頭嗎？」

黎莎勃然大怒，正要回嘴，加爾德已經伸手拉住她的肩。「別理他們。」他說。「他們只是想要惹妳發火。」

「你可以維護我的清白。」黎莎說。天知道，男孩們會爲了莫名其妙的事大打出手。

「我會的。」加爾德保證。「我只是不想讓妳看到，我希望在妳心中維持溫柔的形象。」

「你很溫柔。」黎莎說著踮起腳尖親吻他的臉頰。男孩們放聲怪叫，黎莎對他們吐了吐舌頭，然後離開。

「傻孩子。」當黎莎告訴布魯娜自己對伊羅娜說了什麼後，布魯娜喃喃說道，「只有笨蛋才會在牌局剛開始時亮出底牌。」

「這又不是牌局，這是我的人生。」黎沙說。

布魯娜抓起她的臉頰，狠狠捏了一把，痛到她嘴巴都噘了起來。「那就更有理由謹愼行事。」她瞪大乳白色雙眼吼道。

黎莎感覺體內燃起一股怒火。這個女人以爲自己是誰，竟然這樣和她說話？布魯娜似乎鄙視鎭上每個人，只要一個不順眼就會抓人打人，語出恫嚇。她眞的有比伊羅娜好到哪裡去嗎？告訴黎莎自己母親的所作所爲時，她眞的是爲了黎莎著想，抑或只是爲了要讓她成爲她的學徒，就像伊羅娜逼她盡快嫁給加爾德，好幫他生個孩子？內心深處，黎莎很樂意去做這兩件事，但她實在不想繼續被逼迫。

「好哇，好哇，看看是誰來了。」門外傳來一個聲音。「年輕的天才。」

黎莎抬頭看見妲西站在聖堂大門口，手裡抱著一堆木柴。這個女人毫不掩飾對黎莎的厭惡之情，而只要她高興，她隨時可以變得像布魯娜一樣可怕。黎莎一直試圖向她保證自己不會構成威脅，但這種友好姿態只讓情況變得更糟；妲西打定主意就是不喜歡她。

「不要因爲黎莎兩天內就把妳一年所學全學會而責怪她。」布魯娜在妲西丟下木柴、舉起沉重的撥火棍撥火時說道。

黎莎很肯定只要布魯娜持續挑釁，自己就不可能和妲西好好相處，於是她埋首磨藥的工作中。數名在攻擊事件中灼傷的人皮膚受到感染，需要持續照料。其他人的情況仍十分糟糕。布魯娜昨晚被人搖醒兩次進行急救，截至目前，她的藥草和醫療技巧還沒有令任何人失望。

布魯娜完全接管了聖堂，把米歇爾牧師和其他人當作密爾恩僕役使喚。她讓黎莎待在身邊，不停以喉嚨都是黏痰的難聽聲音解說傷口的情形，以及用來治病的藥草藥性。黎莎看著她割開傷口、縫合皮膚、發覺自己已經習慣這種景象了。

早晨過去，已屆午後，黎莎必須強迫布魯娜擱下工作，休息吃飯。其他人或許沒注意到老婦人急促的呼吸或顫抖的手，但黎莎看在眼裡。

「夠了。」她終於說道，自藥草師手中奪走研缽和碾杵；布魯娜立刻抬頭看她。

「去休息。」黎莎說。

「妳以爲自己是誰，女孩，竟然……」布魯娜破口大罵，伸手就要去拿拐杖。

黎莎眼明手快，一把抓起拐杖，指向布魯娜的鷹鉤鼻。「妳再不休息就會發作。」她喝斥道。「我要帶妳出去，沒得商量！史黛芙妮和妲西可以接手一個小時。」

「勉強可以。」布魯娜嘟噥道，但還是任由黎莎扶起自己，領她離開聖堂。

太陽高掛天際，聖堂附近草木茂盛，綠意盎然，只有部分地面有著火惡魔焚燒過後的痕跡。黎莎鋪了一塊毯子，扶著布魯娜坐下，拿出她的特製藥茶和不會影響老婦人僅存幾顆牙齒的軟麵包。

她們安靜舒適地坐了一段時間，享受著溫暖的春日氣息。黎莎覺得自己有點過分，竟然拿布魯娜與自己母親相比。她有多久沒和伊羅娜一起在陽光下享受寧靜了？有過這種事嗎？

她聽見一陣刺耳的聲響，轉頭發現是布魯娜在打呼。她微微一笑，將老婦人的披肩蓋在她的身上。她伸展雙腳，發現賽拉和麥莉在不遠處的草地上縫衣服。她們對她揮手招呼，在毯子上騰出一點空間讓黎莎坐。

「藥草師的生活怎麼樣？」麥莉問。

「很累。」黎莎說。「布莉安娜呢？」

兩個女孩互看一眼，咯咯嬌笑。「和艾文在樹林裡。」賽拉說。

黎莎嘖了一聲。「那女孩遲早會有和克拉莉莎一樣的下場。」她說。

賽拉聳肩。「布莉安娜說妳不該貶低自己沒有嘗試過的事物。」

「妳打算嘗試嗎？」黎莎問。

「妳以爲自己沒有理由不等到婚後再做。」賽拉說。「我以前也是這麼想，直到傑克死在惡魔手中。現在我願意放棄一切，換取在他死前和他做一次的機會，甚至爲他懷個孩子也無所謂。」

「我很抱歉。」黎莎說。

「沒有關係。」賽拉哀傷地回應。黎莎擁抱她，麥莉也加入。

「喔，眞是甜蜜。」她們身後傳來叫聲。「我也想抱抱！」她們抬頭，剛好趕上布莉安娜直撲而來，笑哈哈地將她們撞倒在草地上。

「妳今天心情不錯。」黎莎說。

「在樹林裡快活一下心情自然不錯。」布莉安娜說著眨眨眼，以手肘輕頂她的肋骨。「再說，」她話鋒一轉，「艾文對我說了個祕密！」

「快告訴我們！」三個女孩同時叫道。

布莉安娜大笑，目光飄向黎莎。「或許晚點，」她說。「老太婆的新學徒今天過得如何？」

「我不是她的學徒，不管布魯娜怎麼想。」黎莎說。「等加爾德和我結婚後，我還是要經營我父親的造紙店，我只是在幫忙照顧傷患。」

「是妳總比是我好。」布莉安娜說。「採藥似乎是件苦差事。妳看起來很糟，咋晚有睡夠嗎？」

黎莎搖頭。「火爐旁的地板沒有床那麼舒服。」她說。

「如果可以躺在加爾德身上，我並不在乎睡地板。」布莉安娜說。

「這話是什麼意思？」黎莎問。

「別裝傻，黎莎。」布莉安娜不耐煩地說道。「我們是妳朋友。」

黎莎發怒。「如果妳是在暗示……」

「不要裝了，黎莎。」布莉安娜說。「我知道加爾德咋晚和妳做了，我只是希望妳對我們老實說。」

賽拉和麥莉倒抽一口涼氣，黎莎瞪大雙眼，面紅耳赤。「他才沒有和我做！」她大叫。「誰對妳說的？」

「艾文，」布莉安娜微笑。「他說加爾德一整天都在吹噓。」

「那加爾德就是大騙子！」黎莎吼道。「我又不是什麼人盡可夫的蕩婦……」

布莉安娜臉色一沉，黎莎倒吸一口氣，趕緊摀住嘴。「喔，布莉安娜，」她說。「我很抱歉！我不是那個意思……」

「不，我認爲妳就是這個意思。」布莉安娜說。「我認爲這是妳今天說過最眞誠的一句話。」

她站起身來，拍拍裙子，一貫的好心情消失殆盡。「來吧，女孩們，」她說。「我們換個空氣清新的地方。」

賽拉和麥莉互看一眼，然後轉向黎莎，但布莉安娜已經邁步離開，她們趕緊起身跟上。黎莎開口欲言，但一時愣住，不知能說什麼。

「黎莎！」她聽見布魯娜叫喚，轉身看見老婦人拄著拐杖掙扎起身。黎莎哀傷地看了離去的朋友一眼，然後跑過去扶她。

當加爾德和史帝夫出現在她父親屋外的小徑上時，黎莎已經等在門口。他們有說有笑，臉上愉快的神情更令黎莎怒火中燒。她抓起裙襬，指節泛白，邁開大步來到他們面前。

「黎莎！」史帝夫嘲弄似地笑道。「我未來的女兒今天過得如何？」他張開雙臂，似乎打算來個熱情擁抱。

黎莎忽視他的存在，直接走到加爾德面前，狠狠甩了他一巴掌。

「嘿！」加爾德大叫。

「糟了！」史帝夫大笑。黎莎以她母親瞪人的目光瞪他一眼，他揚起雙掌作安撫狀。

「看來你們需要談談。」他說。「我就先走啦。」他看著加爾德眨眼。「快感都是要付出代價的。」他離開前忠告道。

黎莎轉身面對加爾德，再度出手要打。他抓住她的手腕，用力一擰。「黎莎，住手！」他大聲道。

黎莎不顧手腕疼痛，抬起膝蓋重重頂上他雙腿之間。她厚重的裙子減緩了衝擊的力道，但是這一下還是足以令他放開手掌，頹然倒地，雙手緊緊握住胯下。黎莎出腳踢他，但是加爾德渾身都是肌肉，而雙手又已護住憑她的力量唯一可以傷害他的要害。

「黎莎，妳到底有什麼毛病？」加爾德大口吸氣，但是才吸到一半嘴巴又中了一腳。

加爾德怒吼一聲，當她再度抬腳時，他立刻出手抓住，隨即使勁，將她向後推。她背部著地，肺裡的空氣逸出，在她呼吸恢復正常前，加爾德已經撲了上來，抓起她的手臂，將她按倒。

「妳瘋了嗎？」他大叫，她則不斷在底下掙扎。他面紅耳赤，眼中淚水直流。

「你怎麼可以？」黎莎叫道。「惡魔養的，你怎麼可以如此殘忍？」

「黑夜呀，黎莎，妳到底在說什麼？」加爾德啞著嗓子問，加在她身上的力道越來越重。

「你怎麼可以？」她又問。「你怎麼可以說謊，告訴大家你昨晚把我破身了？」

加爾德大吃一驚。「誰告訴妳的？」他問道，黎莎心裡燃起一絲希望，或許說謊的人不是加爾德。

「艾文對布莉安娜說的。」她說。

「我要殺了那個惡魔養的，」加爾德大叫，向後退開。「他保證不會說出去。」

「所以是眞的？」黎莎尖叫。她用力頂起膝蓋，加爾德在慘叫聲中滾向一旁。她爬起身來，在他有力氣再度撲上前遠離他。

「爲什麼？」她大聲質問。「你爲什麼要撒這種謊？」

「只是砍樹時閒聊，」加爾德呻吟道。「沒有任何意義。」

黎莎一輩子沒有對人吐過口水，但是她對他吐了一口口水。「沒有任何意義？」她大叫。「你爲了沒有任何意義的事摧毀我的人生？」

加爾德爬起身來，黎莎立刻後退。他舉起雙手，沒有逼近。

「妳的人生沒被摧毀。」他說。

「布莉安娜知道了！」黎莎高聲回應。「賽拉和麥莉也知道了！明天全鎭的人都會知道！」

「黎莎……」加爾德開口。

「還有多少人？」她打斷他。

「什麼？」

「你還告訴多少人，白痴？」她尖叫。

他將雙手插入口袋中，低下頭去。「只有其他伐木工。」他說。

「黑夜呀！所有伐木工？」黎莎衝向他，雙手朝他臉上抓去；他抓住她的手腕。

「冷靜下來！」加爾德大叫。他的手掌如同火腿般粗，使勁握緊，一股痛楚立刻沿著手臂襲來，疼得黎莎恢復理智。

「你弄痛我了。」她盡量以最冷靜的口吻說道。

「這樣好多了。」他說著減輕力道，但是沒有放手。「這點痛還不能與妳的一腳相提並論。」

「你活該。」黎莎說。

「就算我活該吧。」加爾德說。「現在我們可以靜下心來談嗎？」

「如果你放手的話。」她說。

加爾德皺起眉，然後迅速放手，跳出黎莎踢人的距離之外。

「你願意告訴大家你說謊嗎？」黎莎問。

加爾德搖頭。「不可能，黎莎，那樣會讓我看起來像個白痴。」

「比我看起來像個妓女好？」黎莎反駁。

「妳不是妓女，黎莎，我們有婚約；這不會讓妳變成布莉安娜。」

「很好，」黎莎說。「或許我也可以撒點小謊。如果你朋友先前已經在嘲笑你了，你想要是我告訴他們你硬不起來，辦不了事，他們會怎麼講？」

加爾德一手握拳，微微揚起。「妳不會想那樣做的，黎莎。我一直對妳很有耐心，但是如果妳散播那種謊言，我保證……」

「而你就可以散播我的謊言？」黎莎問。

「這一切等我們結婚後都不重要了。」加爾德道。「所有人都會忘記這件事。」

「我不要嫁給你。」黎莎說完，突然感到卸下肩頭的重擔。

加爾德皺起眉。「妳沒得選擇。」他說。「就算有人還想要妳，無論是那個書蟲約拿或其他人，我都會出面把他痛扁一頓，伐木窪地不會有人膽敢搶奪我的東西。」

「好好享受說謊的後果。」黎莎說，在眼淚滴落前轉過頭。「我寧願葬身黑夜，也不會讓你得逞。」

✻

當天晚上，黎莎竭盡所能克制自己不在準備晚餐時哭泣。加爾德和史帝夫發出的每個聲音都像匕首般刺痛她的內心。前一天晚上她還差點受不了加爾德的誘惑，她在完全了解後果的情況下幾乎讓他得逞。拒絕他令她心痛，但是她當時認爲自己有權決定要不要付出自己的貞操。她從來沒有想過他單憑片面之詞就能奪走它，更沒有想過他會這麼做。

「幸好妳最近和布魯娜走得很近。」她的耳後傳來一陣低語。黎莎迅速轉身，發現伊羅娜站在面前，笑嘻嘻地看著她。

「我們可不想看到妳挺個大肚子結婚。」伊羅娜說。

黎莎後悔早上脫口說出藥茶的事。她開口想要回嘴，但她母親竊笑兩聲，在她想出該說什麼前轉身離開。

黎莎在她的碗裡吐口水，也在加爾德和史帝夫的碗裡吐口水。他們吃飯時，她感到一股空洞的滿足。

晚餐時間十分難熬，史帝夫在她母親的耳旁低語，伊羅娜不停咯咯嬌笑。加爾德從頭到尾都在看她，但黎莎拒絕回應他的目光。她將視線保持在碗內，和身旁的父親一樣愣愣地攪拌碗中的食物。

似乎只有厄尼沒有聽說加爾德的謊言。黎莎對此心存感激，但是她也很清楚這種情況不可能維持多久，似乎有太多人企圖利用這個謊言摧毀她的人生。

她盡快離開餐桌。加爾德待在座位上，但是黎莎感覺到他的目光如影隨形。當他回到店內休息後，她立刻將門堵起，才終於稍微鬆了一口氣。

就和先前許多夜晚一樣，黎莎在哭泣中入眠。

黎莎起床時還在懷疑自己是否一夜沒睡。她母親昨晚又在深夜拜訪史帝夫了，但在惡魔的喧鬧聲中聽著他們的喘息，黎莎心中卻只感到麻痺。

加爾德在深夜時分也發出了聲響，因爲他發現通往屋內的門被堵起來了。她冷冷一笑，聽著他又拉了幾次門閂，最後終於放棄。

當她生火煮粥時，厄尼過來親吻她的額頭。這是幾天以來他們兩人第一次獨處。她懷疑早已傷痕累累的父親在聽說加爾德的謊言時會有什麼反應，以前他或許會相信她，但在妻子的持續背叛下，黎莎懷疑他心中還能保有多少對人的信任。

「今天又要去照顧病患了？」厄尼問。看到黎莎點頭，他微笑說道：「那很好。」

「很抱歉我沒時間幫忙看店。」黎莎說。

他握起她的手臂，湊上前來，注視她的雙眼。「人永遠都比紙張重要，黎莎。」

「就連壞人也是？」她問。

「就連壞人也是。」他肯定地回答。他的笑容中有著痛苦，但回答時卻沒有半點遲疑。「不管遇上多壞的人，每天晚上妳還是能在窗外看見更糟糕的東西。」

黎莎開始哭泣，父親將她拉到身前，輕輕搖晃，撥弄她的髮絲。「我爲妳驕傲，黎莎。」他低聲道。「造紙是我的夢想，魔印不會因爲妳選擇另一條道路而失效。」

她緊緊擁抱他，眼淚濡濕他的衣服。「我愛你，爸。」她說。「不管發生什麼事，永遠不要懷疑這點。」

「我不會懷疑的，我的小太陽。」他說。「我也一樣，永遠愛妳。」

她繼續擁抱父親良久，她父親是她在世上僅存的朋友。

她趁加爾德和史帝夫還在穿鞋時離開家門。她希望前往聖堂的路上不要碰到任何人，但加爾德的朋友已經等在門外，以口哨和噓聲迎接她。

「我們只是來確保妳和妳媽沒把加爾德和史帝夫留在床上！」倫大叫。黎莎氣得滿臉通紅，但一言不發地推開眾人，快步離去。他們在她身後哈哈大笑。

她覺得自己不是在胡思亂想，路上的人都以異樣的眼光瞪她，並在她路過後交頭接耳。她快步衝往安全的聖堂，但當她抵達時，史黛芙妮擋住門口，鼻孔大張，彷彿黎莎全身散發出她父親造紙用的鹼水氣味。

「妳在幹嘛？」黎莎問。「讓我過去，我來幫布魯娜的忙。」

史黛芙妮搖頭。「我不會讓妳的罪孽玷污這個神聖的地方。」她輕蔑地說道。

黎莎抬頭挺胸，整個人比史黛芙妮還要高上幾吋，但她仍覺得自己像是面對貓的老鼠。「我沒有犯罪。」她說。

「哈！」史黛芙妮大笑。「全鎮的人都知道妳和加爾德夜裡在搞什麼勾當。我本來對妳期望很高，但看來妳終究還是妳母親的女兒。」

「這是幹嘛？」在黎莎有機會回應前，布魯娜沙啞的聲音已自門後傳來。

史黛芙妮轉身，氣焰囂張地低頭看向年邁的藥草師。「這女孩是妓女，我不准她進入造物主的聖堂。」

「妳不准？」布魯娜問。「妳是造物主嗎？」

「不要在這個地方褻瀆造物主，老太婆。」史黛芙妮說。「祂的訓示清清楚楚地寫在經書中。」她拿起隨身攜帶的皮質封面可農經。「姦夫淫婦為世人帶來瘟疫，就是在指這個小蕩婦和她媽媽。」

「妳有她犯罪的證據嗎？」布魯娜問。

史黛芙妮微笑。「加爾德已和很多人吹噓他們的罪孽。」她說。

布魯娜吼叫一聲，突然發難，一枴杖打中史黛芙妮的腦袋，將她擊倒。「只聽男孩大放厥詞就認定一個女孩犯罪？」她叫道。「男孩子吹噓的鬼話根本不能信，這種事妳最清楚！」

「所有人都知道她媽是鎮上的婊子。」史黛芙妮輕蔑說道，太陽穴淌下一條血痕。「這頭小狗有什麼理由與母狗不同？」

布魯娜一拐杖刺中史黛芙妮的肩，令她失聲慘叫。

「嘿！」史密特大叫，連忙迎上。「妳打夠了！」

米歐爾牧師氣急敗壞地趕來。「這裡是聖堂，不是什麼安吉爾斯的旅店……」

「女人的問題留給女人解決，你們如果識相，就統統不要插手！」布魯娜大聲說道，兩個男人頓時氣勢銳減。她回過頭去看向史黛芙妮。「教他們退下，還是要我公開妳的罪行？」她語帶恫嚇。

「我沒有犯罪，老巫婆！」史黛芙妮說。

「這個鎮上所有小孩都是我接生的。」布魯娜壓低音量不讓男人聽見。「不管外面怎麼說，我的視力還沒差到看不清楚手中的嬰兒。」

史黛芙妮臉色發白，轉身面對丈夫和牧師。「不要插手！」她叫道。

「我非插手不可！」史密特大叫。他抓起布魯娜的拐杖，自妻子身上移開。「聽清楚了，老女人，」他對布魯娜道。「不管是不是藥草師，妳不能肆無忌憚地毆打任何人！」

「喔，那你太太就可以肆無忌憚地指控任何人嗎？」布魯娜大聲問道。她自他手中抽回拐杖，對著他的腦袋又是一下。

史密特向後跌開，用力揉腦袋。「夠了。」他說。「我已經對妳很客氣了。」

一般說來，史密特只有在捲起衣袖把人丟出酒館前才會說這種話。他身材不高，但體型壯碩，而且多年以來累積了不少對付酒醉伐木工的經驗。

布魯娜不是什麼虎背熊腰的伐木工，但她看起來一點也不懼怕。她站在原地，等著史密特如同狂風暴雨般直撲而來。

「很好！」她叫。「把我丟出去！自己去調藥！你和史黛芙妮想辦法治好那些不停吐血的惡魔感染病患！順便幫其他人接生小孩！自己煮藥！自己做火焰棒！你們何必在一個老巫婆面前忍氣吞聲？」

「哦，說真的？」妲西問。所有人都轉頭看她闊步走到史密特面前。

「我調藥和接生的本事不比她差。」妲西道。

「哈！」布魯娜說。就連史密特也懷疑地看著她。

妲西不理會她。「我想是換人的時候了。」她道。「我或許沒有布魯娜那種超過百年的診療經驗，但我不會在鎮上作威作福。」

史密特輕搔下巴，看了布魯娜一眼，後者只是冷笑。

「好哇，」她挑釁道。「我正好休息休息。但是等她縫了不該縫的，割了不該割的傷口後，可別跑到我的屋外搖尾乞憐。」

「或許該給妲西一個機會。」史密特說。

「那就這麼辦了！」布魯娜說著舉起拐杖重重敲擊地板。「確保鎮上所有人都知道該上哪去找藥吃，感謝你為我的小屋帶來寧靜。」

她轉向黎莎。「來，女孩，扶老太婆回家。」她牽起黎莎的手臂，兩人轉身走向門外。路過史黛芙妮身邊時，布魯娜停下腳步，揚起拐杖指著她，以只有她們三人才能聽見的音量說道：「再敢誣衊這個女孩半個字，或是指控其他人，我就讓全鎮的人都知道妳的醜事。」

史黛芙妮恐懼地看著黎莎回到布魯娜的小屋。

進屋後，布魯娜立刻轉身面對她。

「好了，女孩？是真的嗎？」她問。

「不是！」黎莎叫道。「我是說，我們差點……但是我叫他停，他也停了！」

這說法聽起來軟弱無力，難以令人信服，她自己也很清楚，且十分驚恐。布魯娜是唯一願意為她挺身而出的人，如果連這個老婦人都認為她在說謊，她還不如去死算了。

「如果想要的話，妳……可以檢查看看。」她滿臉通紅地說道。她低頭看向地板，忍住淚水。

布魯娜咕噥一聲，搖搖頭。「我相信妳，女孩。」

「為什麼？」黎莎問，近乎懇求地尋求解答。「加爾德為什麼要那樣說謊？」

「因為同一件事女孩子做了就會被趕出鎮上，男孩子做了卻會傳為佳話。」布魯娜說。「因為男人會以他人如何看待自己那條擺盪的小蟲來界定自己的價值。因為他是一坨心胸狹窄、感情脆弱、人生沒有任何意義的木腦大便。」

黎莎再度開始哭泣。她覺得自己彷彿一輩子都在哭泣，一個人怎麼會有這麼多眼淚。

布魯娜張開雙臂，將黎莎擁入懷中。「好了，就是這樣，女孩。」她說。「徹底發洩出來，然後我們再來決定接下來該怎麼辦。」

黎莎泡茶時，布魯娜小屋裡安靜無聲。這時天色還早，但她已經感到筋疲力竭。她要如何在伐木窪地中度過餘生？

來森堡距此只有一個星期的路程，她心想。那裡有數千人，而且沒有人聽說過加爾德的謊言。我可以找到克拉莉莎，然後……

然後怎樣？她知道那不過是遙不可及的幻想。就算她可以找到願意帶她離開的信使，光是想到要在空蕩蕩的野外度過一整個星期就令她血液凝結，而且來森人都是農民，用不到閱讀以及造紙的技能。或許她可以找到新的丈夫，但把自己的命運繫在另一個男人身上的想法不能為她帶來多少慰藉。

她端茶給布魯娜喝，希望老婦人能夠提供答案，但藥草師什麼也沒說，只是安安靜靜地喝茶；黎莎蹲在她的椅子旁。

「我該怎麼辦？」她問。「我不能永遠躲在這裡。」

「妳可以。」布魯娜道。「不管妲西多會吹噓，她根本沒有學會多少我教她的本事，而且我沒教過她多少本事。鎮民很快就會回來找我，乞求我出手幫忙。留下來，只要跟著我一年，伐木窪地的人將永遠離不開妳。」

「我媽不會允許我留下來。」黎莎說。「她仍堅持要我嫁給加爾德。」

布魯娜點頭。「她會堅持，她一直無法原諒自己沒幫史帝夫生個兒子。她一心指望妳來幫她糾正錯誤。」

「我不幹。」黎莎說。「我寧願葬身黑夜也不讓加爾德碰。」她很驚訝地發現自己字字認真。

「這種說法非常勇敢，親愛的。」布魯娜說，但是語氣中充滿鄙夷。「為了一個男孩的謊言及對母親的恐懼就想結束自己的性命。」

「我才不怕她！」黎莎說。

「妳只是害怕告訴她自己不願意嫁給摧毀妳清白的男孩？」

黎莎沉默半晌，接著點了點頭。「妳說得對。」她說。布魯娜咕噥一聲。

黎莎站起身來。「我想我最好速戰速決。」她說。布魯娜什麼也沒說。

來到門前，黎莎停步，回過頭來。

「布魯娜？」她道。老婦人又咕噥了一聲。「史黛芙妮到底犯了什麼罪？」

布魯娜輕啜一口茶。「史密特有三個美麗的孩子。」她說。

「四個。」黎莎糾正。

布魯娜搖頭。「史黛芙妮有四個。」她說。「史密特只有三個。」

黎莎瞪大雙眼。「怎麼可能？」她問。「史黛芙妮從來沒有離開過酒館，除了前往聖堂……」她倒抽一口涼氣。

「聖徒也是男人。」布魯娜說。

黎莎慢慢走回家中，仔細斟酌用字遣詞，但到最後她知道修飾辭彙沒有意義。重點在於她絕不要嫁給加爾德，以及她母親會如何反應。

到家時已經接近傍晚了。加爾德和史帝夫很快就會從樹林回來。她必須在他們回家前把架吵完。

「好了，這下妳眞的把事情鬧大了。」她母親在她進門時刻薄地道。「我的女兒，鎮上的蕩婦。」

「我不是蕩婦。」黎莎說。「加爾德在散播謊言。」

「妳自己闔不攏大腿，休想把事情怪到他頭上！」伊羅娜道。

「我沒和他睡覺。」黎莎道。

「哈！」伊羅娜叫道。「別把我當傻子，黎莎，我也曾年輕過。」

「這個禮拜妳每晚都很『年輕』。」黎莎說。「而加爾德是個騙子。」

伊羅娜一巴掌將她打倒。「不准妳這樣對我說話，妳這個小妓女！」她高聲叫道。

黎莎躺在地上，心知只要自己一動，她母親就會繼續動手；她的臉頰燙到像在發燒。

眼看女兒示弱，伊羅娜深吸一口氣，彷彿冷靜了一點。「無所謂。」她說。「我一直都知道妳需要當頭棒喝才能從妳父親高捧的掌心裡摔下來。妳很快就會嫁給加爾德，鎮民遲早會厭倦說妳閒話。」

黎莎語氣堅定。「我不要嫁給他。」她說。「他是個騙子，我不嫁。」

「妳非嫁不可。」伊羅娜說。

「不嫁。」黎莎說，這話在她爬起時給予她力量。「我不會唸誦誓約，妳沒有辦法逼我。」

「我們走著瞧。」伊羅娜說著抽下身上的皮帶。那是綁著金屬釦環的粗皮條，隨時都寬鬆地繫在她的腰上。黎莎覺得她之所以繫這條皮帶純粹是爲了隨時可以拿來打自己。

她迎向黎莎，黎莎驚叫一聲，退入廚房，接著發現這是她最不該進入的地方；廚房只有一個出入口。

她在釦環劃破衣服、割傷背部時大聲慘叫。伊羅娜再度出手，黎莎不顧一切地撞向母親。兩人摔倒的同時，她聽見房門打開以及史帝夫的聲音。同一時間，紙店的方向也傳出詢問的叫喚。

伊羅娜把握黎莎分心的時機，一拳捶在女兒臉上。她轉眼間已經爬起身來，皮帶再度抽向黎莎，再度令她發出慘叫。

「到底出了什麼事？」一聲喝問自門邊傳來。黎莎抬頭看見父親試圖擠入廚房，卻被史帝夫強壯的手臂擋在門外。

「不要擋路！」厄尼叫道。

「這是她們母女之間的事。」史帝夫笑著說道。

「這裡是我家，你只是客人！」厄尼叫道。「給我讓開！」

史帝夫不讓，厄尼動手打他。

所有人都停下動作。沒有人看得出來這拳是否打痛史帝夫。史帝夫哈哈大笑，打破突如其來的沉默，隨手一推，將厄尼甩入客廳。

「請兩位女士私下解決妳們的歧見。」史帝夫說著眨眨眼，在黎莎的母親再度動手前關上廚房大門。

黎莎躲在父親紙店後面的小房間裡無聲哭泣，輕輕擦拭身上的傷痕和瘀青。如果手邊有足夠的藥材，她可以好好治療自己，但此刻冷水和布巾是她僅有的一切。

被打完後，她立刻逃入紙店，從店中反鎖房門，就連父親溫柔的叩門聲也不理會。清理傷口、包紮較深的創口後，黎莎蜷曲在地，於痛苦和羞愧中不斷顫抖。

「初經來那天，妳就嫁給加爾德。」伊羅娜保證道。「不然我就每天打妳一頓，直到妳嫁給他。」

黎莎知道她是認眞的，也知道加爾德的謊言可以讓很多人站在她母親那邊，贊成他們結婚，完全不理會黎莎身上的瘀傷，一如往常。

我不嫁。黎莎對自己承諾道，就算葬身黑暗也不嫁。

就在此時，她的腹部傳來一陣抽痛。黎莎哀號一聲，隨即察覺大腿內側一片濕潤。她嚇壞了，拿起一塊乾淨的布擦拭，激動地禱告，但在她眼前，如同造物主的殘忍玩笑，布上滿是鮮血。

黎莎尖叫，她聽見屋內有人回應她的叫聲。

門上傳來敲門聲。「黎莎，妳沒事吧？」她父親問道。

黎莎沒有回答，驚恐地看著經血。兩天前她不是還在盼望初經趕快來臨嗎？現在她看著經血，彷彿那是什麼來自地心魔域的東西。

「黎莎，現在就打開門，不然今晚有妳好受的！」她母親尖聲叫道。

黎莎不理她。

「如果妳不在我數到十前照妳媽的話做，黎莎，我保證我會破門而入。」史帝夫沉聲說道。

史帝夫開始倒數，黎莎感到恐懼萬分。她毫不懷疑他有能力且樂意一拳打爛沉重的木門。她衝向外門，將門拉開。

天已經快要黑了。天空一片深紫，最後一絲餘暉會在幾分鐘內沉入地平面。

「五！」史帝夫叫道。「四！三！」

黎莎深吸口氣，跑出家門。

第六章　火焰的祕密　319 AR

黎莎撩起裙襬，死命奔跑，但布魯娜小屋距離她家超過一哩，她心裡十分清楚自己絕不可能及時趕到。她的家人在她身後大叫，但他們的聲音都被淹沒在自己的心跳和腳步聲中。

她的身側傳來一陣刺痛，背部和大腿上被伊羅娜的皮帶抽出來的傷痕灼痛萬分。她絆了一跤，爬起來時擦傷了手掌。她掙扎起身，忽視全身的痛楚，憑藉意志力繼續前進。

趕了近一半的路程，陽光終於徹底消失，全新的夜晚召喚來自地心的惡魔。黑暗的迷霧開始浮現，凝聚成醜陋恐怖的形狀。

黎莎並不想死。她終於認清這點，但為時已晚。就算這時想要回頭，她家比布魯娜家更遠，而且中間沒有其他人家。由於鎮民抱怨化學藥劑的味道，厄尼刻意把房子蓋在遠離人群的地方。她沒得選擇，只能繼續朝位於樹林邊緣的布魯娜小屋前進，那裡是木惡魔的聚集地。

幾頭地心魔物在她路過時攻擊她，但它們尚未完全成形，根本碰不到她。當惡魔的手掌穿越她的胸口時，她感覺到一陣涼意，彷彿鬼魂觸摸自己，不過不會痛，沒有影響到她奔跑的速度。

在如此接近樹林的地方不會有火惡魔出沒。木惡魔一看見火惡魔就會動手攻擊。普通火焰燒不著木惡魔，但火焰唾液可以。一頭風惡魔在她面前成形，不過黎莎繞道閃過，對方纖細的雙腳沒有能力徒步追逐。它在她路過時尖聲怪叫。

前方出現一道光源，是掛在布魯娜前門旁的油燈。她開始加速衝刺，大聲喊道：「布魯娜！布魯娜，求妳開開門！」

沒有回應，屋門保持緊閉，但是前方的路暢通無阻，她開始認為自己有可能活命。

接著，一頭八呎高的木惡魔來到她面前。

希望落空了。

木惡魔張嘴吼叫，露出滿口菜刀般的利齒。史帝夫和它比起來簡直弱不禁風，它全身肌肉賁起，其外覆蓋一層樹皮般的厚重外殼。

黎莎在身前比劃魔印，默默乞求造物主賜給自己乾淨俐落的死亡。傳說惡魔不但會吞噬肉體，還會吞噬靈魂。她想自己很快就會知道這種說法是否正確了。

惡魔逐步逼近，緩緩拉近距離，等著看她打算從哪個方向逃命。黎莎知道自己應該拔腿就跑，但就算沒有因爲恐懼而四肢僵硬，她還是看不出自己能往哪跑。這頭地心魔物就擋在她和唯一的庇護所之間。

布魯娜的屋門在一陣嘎吱聲中開啓，光線灑入前院中。惡魔在老太婆步入視線的同時轉過身去。

「布魯娜！」黎莎大叫。「待在魔印後面！前院有頭木惡魔！」

「我的視力大不如前，親愛的。」布魯娜回答。「但還不至於看不見醜成這樣的怪物。」

她又向前踏出一步，穿越自己的魔印力場。在黎莎的尖叫聲中，惡魔朝老婦人直撲而去。

布魯娜站在原地，眼睜睜地看著惡魔四肢著地，以極度恐怖的速度直撲而來。她伸手到披肩中，取出一個小東西，觸碰門旁油燈中的火苗；黎莎看到那個東西起火燃燒。

惡魔近在眼前，布魯娜舉起手，用力一拋。那個東西突然爆開，將木惡魔籠罩在一團液態火焰中。火勢照亮夜空，儘管位於數碼之外，黎莎仍可以感受到一股迎面而來的熱風。

惡魔尖叫，衝勢受阻、摔倒在地並瘋狂打滾，試圖撲滅身上的火焰。火焰頑強地附著在它身上，地心魔物只能在地上掙扎慘叫。

「妳最好進屋裡來，黎莎。」布魯娜在惡魔燃燒的同時說道。「不然會著涼。」

黎莎裹著布魯娜的披肩，坐在椅子上，凝視著手中的茶杯冒出來的蒸氣，一點都不想喝。木惡魔的慘叫聲持續很久，最後終於轉爲哀鳴，然後完全消失。她想像著在前院中悶燒的殘骸，感覺自己噁心想吐。

布魯娜坐在她的搖椅上，一邊熟練地轉動手中的織針，一邊輕輕哼著小調。黎莎不懂她爲什麼能如此冷靜，她覺得自己一輩子再也無法冷靜下來。

布魯娜剛剛沉默地檢視她的傷口，在塗藥包紮時偶爾嘟噥幾句；很顯然地，其中有幾道傷痕是在趕路途中弄傷的。她同時也指導黎莎如何折疊以及填塞布塊，以堵住兩腿之間的經血，並且告誡她要經常更換。

但現在布魯娜又坐回搖椅上，彷彿什麼異常的事都沒發生過，屋裡只聽得到織針的交錯聲以及木柴燃燒的啪啦聲。

「妳對那頭惡魔做了什麼？」黎莎按捺不住，終於開口問道。

「液態惡魔火。」布魯娜說。「製作困難、非常危險，但那是我知道唯一可以阻止木惡魔的東西。木惡魔對普通火焰免疫，但液態惡魔火的溫度幾可比擬火焰唾液。」

「我不知道有東西可以殺死惡魔。」黎莎說。

「我以前就告訴妳了，女孩，藥草師是古老科學的守護者。」布魯娜說。她咕噥一聲，在地板上吐了口痰。「至少有少數藥草師是，我或許是唯一還保有惡魔火配方的人。」

「爲什麼不和眾人分享？」黎莎問。「我們從此就能自對惡魔的恐懼中解放。」

布魯娜大笑。「解放？」她說。「這玩意可能會燒燬村落，或燒掉樹林。但沒有火焰可以影響火惡魔，也不可能阻擋石惡魔的去路。沒有火焰可以抵達風惡魔飛翔的高空，或是令湖面以及池塘燃燒，而傷害水惡魔。」

「儘管如此，」黎莎繼續。「妳今晚做的事彰顯了這東西多有用處，妳救了我一命。」

布魯娜點頭。「我們保存古老知識，是爲了有朝一日我們會再次需要它們，但隨著這些知識而來的則是沉重的負擔。如果男人自相殘殺的遠古歷史有給我們帶來任何教訓，那就是男人會濫用火焰的祕密。」

「這就是藥草師一直都是女子的原因。」她繼續道。「一旦男人獲得這種力量，他們就會使用它。我願意高價出售閃電棒和慶典爆竹給史密特，但我絕不會告訴他這些東西是怎麼製造的。」

「妲西是女人。」黎莎說。「可是妳也沒有教過她。」

布魯娜哼了一聲。「就算那頭母牛聰明到不會在混合化學藥劑的時候燒死自己，基本上她的思考模式還是像個男人。就像我不會教史帝夫製作惡魔火或火焰粉，我不會教她。」

「他們明天會來找我。」黎莎說。

布魯娜指著黎莎半涼的茶。「喝下，」她命令道。「明天的事等明天再說。」

黎莎照做，一陣昏眩感伴隨茶中潭普草的酸味和天英草的苦味襲來。朦朧中，她依稀記得茶杯自手中掉落。

疼痛隨早晨一同到來。布魯娜在黎莎的茶中添加薑根，以抑止傷口的疼痛以及腹部痙攣，但這種配方導致她知覺錯亂。她覺得自己好像飄浮在床上，偏偏其實四肢沉重。

天亮不久厄尼就趕來了。他一看到她立刻熱淚盈眶，跪在她的床邊，緊緊擁抱著她。「我以為我失去妳了。」他哽咽道。

黎莎無力伸手，輕撫他稀疏的頭髮。「不是你的錯。」她低聲道。

「我早就該挺身對抗妳母親了。」他說。

「眞是廢話。」布魯娜一邊織毛線一邊說道。「男人不該讓妻子騎到自己頭上。」

厄尼點頭，並不辯駁。他的五官糾結，眼鏡後方湧出更多淚水。

門外傳來敲門聲。布魯娜看向厄尼，厄尼過去開門。

「她在這裡嗎？」黎莎聽見她母親的聲音，腹中痙攣立刻加劇。她虛弱到沒有力氣繼續抵抗了。她甚至沒有力氣自床上站起。

不久後，伊羅娜出現，加爾德和史帝夫如同一對獵犬般跟在她的身後。

「在這裡，妳這個一無是處的女孩！」伊羅娜叫道。「妳知道晚上跑出去讓我有多害怕嗎？全村有一半的人都出來找妳了！我應該把妳打死才對！」

「不准打人，伊羅娜。」厄尼道。「眞要怪起來，這一切都是妳的錯。」

「閉嘴，厄尼。」伊羅娜道。「就是因為你太寵她，才讓她變得如此任性。」

「我不會閉嘴。」厄尼說著走到她妻子面前。

「識相的話就給我閉嘴。」史帝夫握拳警告。

厄尼看看他，吞下一口口水。「我不怕你。」他說，但聽起來有氣無力；加爾德低聲竊笑。

史帝夫抓起厄尼的上衣，一手將他舉離地面，另一手高舉握拳。

「你給我停止這些愚蠢的舉動。」伊羅娜對他說道。「而妳，」她轉向黎莎。「立刻隨我們回家。」

「她哪都不去。」布魯娜說著放下織針，拄著拐杖站起身來。「要離開的是你們三個。」

「閉嘴，妳這個老巫婆。」伊羅娜說。「我不會讓妳像摧毀我的人生一樣毀掉我女兒的一生。」

布魯娜大哼一聲。「我有在妳喉嚨裡強灌龐姆茶，然後逼妳向全鎮的男人張開雙腿嗎？」她問。「妳的問題是自己造成的，現在滾出我家。」

伊羅娜迎上前去。「不然怎樣？」她挑釁道。

布魯娜冷冷一笑，拐杖對準伊羅娜的腳背狠狠戳下，讓對方尖聲慘叫。接著她又在伊羅娜肚子上補了一杖，痛得她捧腹彎腰，叫聲戛然而止。

「好了，動手！」史帝夫大叫，拋下可憐的厄尼，和加爾德一同衝向老婦人。

布魯娜就像面對木惡魔時一樣毫不緊張。她把手探入披肩，拿出一把粉末，往兩個男人的臉上灑去。加爾德和史帝夫一起摔倒，雙手抓臉，放聲大叫。

「我這裡還有更多藥粉，伊羅娜。」布魯娜說。「繼續在我家裡亂來，我就把你們全弄瞎。」

伊羅娜連滾帶爬地衝向門口，邊爬邊伸手護臉。布魯娜哈哈大笑，在她屁股上狠狠敲上一杖，讓她滾出小屋。

「你們兩個也給我滾。」她對加爾德和史帝夫叫道。「出去，不然我一把火把你們燒了！」兩個男人盲目摸索、痛苦呻吟、臉頰漲紅且淚流滿面。布魯娜以拐杖毆打他們，像趕走在她家地板上撒尿的小狗似地把他們趕出家門。

「有種就再回來找我！」布魯娜哈哈大笑，看著他們逃出她家前院。

當天稍晚，門外又傳來敲門聲。當時黎莎已經可以起床，但身體仍然虛弱。「又怎麼了？」布魯娜叫道。「自從我胸部下垂後，就沒有在一天內接待這麼多訪客了！」

她步伐沉重地走到門邊，打開門，看見史密特站在門外，緊張地搓揉雙掌。布魯娜瞇起雙眼打量他。

「我退休了。」她說。「去找妲西。」她說完就要關門。

「等等，拜託。」史密特懇求道，伸手擋在門上。布魯娜眉頭一皺，他立刻縮手，好像門是燙的。

「我在等。」布魯娜不耐煩地說道。

「是安迪。」史密特說。安迪是當週攻擊事件中的傷患之一。「他腹部的傷口開始腐爛，於是妲西割開傷口，結果現在他肚子兩側都在流血。」

布魯娜張嘴在史密特的鞋子上吐了一口口水。「我告訴過你會發生這種事。」她道。

「我知道。」史密特說。「妳說得沒錯，我該聽妳的，請妳回來，妳要我做什麼我都答應。」

布魯娜咕噥一聲。「我不會讓安迪為了你的愚蠢付出代價。」她說。「但你既然做了承諾就要遵守，不要以為我會忘記。」

「什麼我都答應。」史密特再度承諾。

「厄尼！」布魯娜叫道。「去拿我的藥草毯！史密特幫我揹，你扶你女兒，我們要去鎮上一趟。」

黎莎攙著父親的手上路。她很怕自己會拖慢他們的速度；儘管身體虛弱，她仍跟得上布魯娜緩慢的步伐。

「我應該叫你揹我。」布魯娜對史密特發牢騷道。「我這雙老腿不比從前了。」

「要的話我可以揹妳。」史密特說。

「別傻了。」布魯娜道。

半數鎮民聚集在聖堂外。看到布魯娜出現，所有人似乎都鬆了一口氣；而在看到衣衫破爛、渾身是傷的黎莎時，所有人都忍不住竊竊私語。

老太婆忽視所有人，以拐杖推開擋路的群眾，直接步入聖堂。黎莎看到加爾德和史帝夫躺在病床上，眼前蓋著濕毛巾，差點忍不住笑出聲來。布魯娜解釋過灑在他們臉上的胡椒粉和臭草不會造成永久性傷害，但她希望妲西的醫療知識沒有好到可以告訴他們這點；伊羅娜的目光如同尖刀般從旁刺來。

布魯娜筆直走到安迪床前。他滿身大汗、臭氣沖天。他的皮膚泛黃，裹在肚子上的布塊染滿鮮血、尿液及糞便。布魯娜看著他，接著吐口口水。妲西坐在附近，顯然剛哭過。

「黎莎，攤開藥草毯。」布魯娜命令道。「我們有得忙了。」

妲西連忙趕來，自黎莎手中接過裝藥草的布毯。「我來就好了。」她說。「妳看起來都快要不支倒地了。」

黎莎扯回藥草毯，搖搖頭。「這是我該做的。」她回答，說著解開藥草毯，攤在地上，露出許多裝有藥草的布袋。

「從今以後黎莎就是我的學徒！」布魯娜對所有人高聲宣布。她環顧四周，刻意直視伊羅娜的目光。「她和加爾德的婚約已經取消，見習期限是七年零一天！任何對於此事，或是對她有意見的人，以後都請自己想辦法治病！」

伊羅娜張嘴欲言，但厄尼伸手指著她。「閉嘴！」他吼道。伊羅娜雙眼圓睜，在一陣咳嗽聲中將嘴邊的話吞回肚裡去。厄尼點點頭，然後去找史密特。兩個男人走到角落低聲交談。

黎莎和布魯娜專心工作，完全忘了時間。妲西在嘗試切除惡魔感染的腐肉時不小心割到安迪的腸子，害他被自己體內的穢物感染。布魯娜一邊療傷，一邊不住咒罵、使喚黎莎清理用具、拿取藥草並混合藥水。她邊治邊教，解釋妲西犯的錯誤，以及如何彌補這些錯誤，黎莎聚精會神地聽她講解。

最後，在能做的都做完後，她們縫合傷口，然後以乾淨的繃帶包紮。安迪仍在藥物的影響下沉睡，但是看起來似乎呼吸比較順暢，膚色也比較正常了。

「他會沒事嗎?」史密特在黎莎扶起布魯娜時問道。

「因爲你和妲西的關係，不會。」布魯娜大聲道。「但只要他乖乖躺在這裡，一切全照我的吩咐去做，那麼這就不會是他的死因。」

在他們朝門口走去的途中，布魯娜來到加爾德和史帝夫的病床前。「把那些愚蠢的繃帶從眼睛上拿下來，然後停止大呼小叫。」她說道。

加爾德先取下繃帶，瞇著眼睛看向四周。「我看得到!」他大叫。

「你當然看得到，木腦白痴。」布魯娜說。「鎮上需要有人搬運重物，你總不能瞎著眼睛去做。」她舉起拐杖在他眼前搖晃。「但要是再冒犯我，你要擔心的就不光是眼睛瞎掉這種小事了。」

加爾德臉色發白，連忙點頭。

「很好。」布魯娜說。「現在老實說，你到底有沒有奪走黎莎的貞操?」

加爾德環顧四周，一臉驚恐。最後，他垂下眼。「沒有。」他說。「我說謊。」

「大聲點，小鬼。」布魯娜大聲道。「我是個老太婆，聽力不比從前。大聲點，讓所有人都聽到，」她要求。「你有沒有奪走黎莎的貞操?」

「沒有!」加爾德大叫，臉紅得比之前被藥粉灑到還紅。人們的竊竊私語如同星火燎原般迅速擴散。這時史帝夫已經解下繃帶，狠狠在兒子後腦上用了一巴掌。「等我們回家就有你好受了。」他大吼道。

「不准回我家。」厄尼道。伊羅娜立刻抬頭看她，但厄尼毫不理會，揚起大拇指指向史密特。「酒館已經幫你們兩個準備好房間。」他說。

「你們必須以勞力換取房租。」史密特補充。「而且只能住一個月，到時就算只搭好棚子都給我搬回去住。」

「太荒謬了！」伊羅娜道。「他們不可能同時工作支付租金又搭建房屋。」

「我認爲妳有自己的問題要擔心。」史密特說。

「什麼意思？」伊羅娜問。

「意思是妳必須做決定。」厄尼說。「看妳是要遵守婚姻誓約，還是要我請牧師解除妳的誓約，讓妳搬去史帝夫和加爾德的棚子裡住。」

「你不是認眞的。」伊羅娜說。

「從來沒有這麼認眞過。」厄尼回答。

「不要管他。」史帝夫道。「跟我走。」

伊羅娜側眼看他。「去住小棚子裡？」她問。「不可能。」

「那妳最好快點回家。」厄尼道。「妳得花點時間才能學會做飯。」

伊羅娜皺眉，黎莎心知父親的抗爭才剛開始，但從母親乖乖離開這點來看，他獲勝的機會並不小。

厄尼親吻女兒。「我爲妳感到驕傲。」他說。「希望有一天妳也能爲我感到驕傲。」

「喔，爸，」黎莎說著抱緊他。「我已經以你爲傲了。」

「那妳要回家嗎？」他滿懷期望地問道。

黎莎轉頭看向布魯娜，接著又看他，搖搖頭。

厄尼點頭，再度擁抱她。「我了解。」

第七章　羅傑　318 AR

母親打掃旅店時，羅傑一直跟在後面，不停揮動手中的小掃把，模仿母親大幅度的動作。她低頭對他微笑，摸摸他亮眼的紅髮，他則以燦爛的笑容回應；他今年三歲。

「去掃掃火箱後面，羅傑。」她說，他連忙遵照母親的吩咐，將掃把上的刷毛塞入火箱和牆壁之間的縫隙，掃出一堆木屑和樹皮。她母親將他掃出來的東西集中成一堆。

旅店大門開啟，羅傑的父親走了進來，雙臂下夾滿木柴。他穿越房間時在地上留下一些樹皮和泥土。

「傑桑！」他母親叫道。「我才剛掃過那裡！」

「我有幫忙。」羅傑大聲宣告。

「沒錯。」她母親同意道，「而你父親又把地板弄髒了。」

「難道妳希望公爵和他的隨從住在樓上時發現晚上木柴不夠用嗎？」傑桑問。

「公爵閣下至少還要一個星期才會來。」他母親回應道。

「最好趁著旅店不忙時準備，卡莉。」傑桑說。「天知道公爵會帶多少侍從，將我們使喚來使喚去，把河橋鎮當成安吉爾斯。」

「如果你想做點有用的事，」卡莉說。「外面的魔印已經開始剝落了。」

傑桑點頭。「我有看到。」他說。「上次寒流來襲導致木板變形。」

「皮特大師一個禮拜前就應該要過來重畫了。」卡莉說。

「昨天去找過他。」傑桑說。「他把所有人力都投入橋上的工作，他說在公爵抵達前就會完工。」

「我擔心的不是公爵。」卡莉說。「皮特一心只想取悅林白克，進而承包王室工程，但是我擔心的事就簡單多了，比方說不要讓我的家人晚上被惡魔吃掉。」

「好啦、好啦，」傑桑說著舉起雙手。「我再去找他談談。」

「你以爲皮特不會這麼傻才對。」卡莉繼續說道。「林白克甚至不是我們的公爵。」

「他是唯一在我們需要緊急幫助時有能力伸出援手的公爵。」傑桑說。「只要信使可以把事情辦好，稅收都不遲交，歐可根本不在乎河橋鎮。」

「這就對了。」卡莉說。「如果林白克會來幫忙，唯一的原因就是他也想要分點稅收。在羅傑看見明年夏天前，我們就要開始兩邊納稅了。」

「那妳要我們怎麼做？」傑桑問。「爲了位於我們北邊兩週路程的公爵，去得罪距離我們一天之遙的公爵？」

「我又不是說要對他的眼睛吐口水。」卡莉道。「我只是不懂爲什麼取悅公爵會比重畫我們自己家的魔印還要重要。」

「我說過我會去找他。」傑森說。

「那就去呀。」卡莉說。「已經過中午了。帶羅傑一起去，或許這樣能提醒你什麼才是眞正重要的事。」

傑桑壓抑心裡的不悅，在兒子身旁蹲下。「想要去看大橋嗎，羅傑？」他問。

「釣魚？」羅傑問。他很喜歡和父親一起在橋邊釣魚。

傑桑大笑，一把將羅傑抱在手上。「今天不釣魚。」他說。「妳媽要我們去找皮特。」

他讓羅傑坐在自己肩膀上。「現在抓緊了。」他說，羅傑抱緊父親的腦袋，低頭穿越門框。他爸的脖子上長滿刺刺的鬍碴。

大橋離他們家不遠。即使以小村落的角度來看，河橋鎮的規模也算很小；鎮上只有幾間住戶和店家，一座收取過橋費的守衛軍營以及他父母的旅店。羅傑在路過收費哨時朝守衛揮手招呼，他們也對他揮揮手。

大橋橫跨分界河最狹窄的河道上。這座橋是在好幾代前建立的，有兩道拱門架構，橋長超過三百呎，橋寬足供兩輛大馬車雙向會車。密爾恩工程團每天都會檢查繩子和支架的強度。信使大道——唯一的一條大道——從橋的兩邊延伸到看不見之處。

皮特大師站在橋的對面，對著橋側的人人聲下達指令。羅傑順著他的目光，看見他的學徒們用繩子垂在橋下，繪製橋底的魔印。

「皮特！」傑桑走到大橋中央時叫道。

「啊，傑桑！」魔印師叫道。傑桑放下羅傑，和皮特握了握手。

「大橋的狀況看起來不錯。」傑桑注意到皮特將大多數簡單的漆印都改成複雜的金屬刻版印，並且上漆磨光。

皮特微笑。「公爵看到我的魔印一定會非常滿意。」他大聲宣告。

傑桑大笑。「卡莉正在打掃旅店。」他說。

「只要能夠取悅公爵，你的前途就一片光明。」皮特說。「只要找到正確的人美言幾句，我們就可以離開這個鬼地方，去安吉爾斯做生意啦。」

「這個『鬼地方』是我家。」傑桑說著臉色一沉。「我祖父就是在河橋鎮出生，照我的意思，我的孫子也會在這裡出生。」

皮特點頭。「沒有不敬的意思。」他說。「我只是懷念安吉爾斯。」

「那就回去呀。」傑桑說。「道路通暢無阻，而且在人路上露宿一夜對魔印師而言不是什麼大不了的事情，想回安吉爾斯不需要公爵幫忙。」

皮特搖頭。「安吉爾斯多的是魔印師。」他說。「我在那裡不過是樹林裡的一片樹葉。但是只要能夠贏得公爵青睞，我的門外將大排長龍。」

「是呀，但是今天我只擔心我家的門。」傑桑說。「魔印開始剝落了，卡莉認爲它們撐不過今晚。你可以過來看看嗎？」

皮特長嘆一聲。「我昨天就告訴過你了……」他開口，但是傑桑打斷他。

「我知道你告訴過我什麼，皮特，但是我要告訴你那樣不夠好。」他說。「我不會讓我兒子睡在不牢靠的魔印力場中，只因爲你要把大橋弄得更有藝術氣息。你難道不能先來補強一下，讓我們度過今晚嗎？」

皮特吐口水。「那你自己來就行了，傑桑。只要沿著線條重畫，我可以提供油漆。」

「羅傑畫的魔印都比我畫得好，而且好很多，」傑桑說。「我一定會搞砸，到時候就算沒有死在地心魔物手上，卡莉也會把我殺了。」

皮特皺起眉。他正打算回話時，大道的另一邊突然傳來人聲。

「啊，河橋鎮！」

「傑若！」傑桑叫道。羅傑突然興奮地抬起頭來，認出信使壯碩的身影。他一看到對方立刻口水直流，傑若每次來訪都會給他糖吃。

還有一個陌生人與他並騎而行，但他身上那套鮮艷的吟遊詩人服裝讓小男孩感到十分開心。他想到之前那個吟遊詩人唱歌、跳舞，以及倒立行走的景象，忍不住興奮地蹦跳；吟遊詩人是羅傑的最愛。

「小羅傑，這麼快又長高六吋啦！」傑若叫道，拉韁下馬，抱起羅傑。他個子很高，身材好似水桶，有張圓臉以及花白的大鬍子。羅傑曾經非常怕他，因爲他都穿金屬上衣，嘴唇還因爲一道惡魔留下的傷痕而永久噘起，但現在他不怕了；他在傑若搔癢時哈哈大叫。

「哪個口袋？」傑若問，將男孩舉在身前。羅傑立刻伸手去指，傑若每次都把糖放在同個地方。壯碩的信使哈哈大笑，取出一顆包在玉米皮裡的來森糖果。羅傑高聲歡呼，撲通一聲跳下草地，開始剁糖。

「你這次來河橋鎮有什麼事？」傑桑問信使道。

吟遊詩人踏前一步，以誇張的動作將斗篷甩到身後，主動回應這個問題。他個子很高，一頭長髮在太陽下金光閃閃，臉上還留著棕色鬍子。他的下巴方正，皮膚讓日光曬成漂亮的古銅色。鮮艷的表演服外搭配上好的粗布大衣，上面繪有棕色田野上點綴綠葉的圖形。

「艾利克．甜蜜歌。」他自我介紹，「我是吟遊詩人大師，是林白克三世公爵，森林碉堡守護者、木冠持有人、安吉爾斯之王的使者，我是為了公爵閣下週蒞臨一事事先巡查而來。」

「公爵的使者是吟遊詩人？」皮特揚起一邊眉毛，對傑若問道。

「對小村落而言是最佳人選。」傑若眨眼說道。「鄉民不太可能因為他宣布提高稅金，而去吊死為小朋友表演雜耍的人。」

艾利克狠狠瞪他一眼，但傑若只是人笑。

「當個好人，去找旅店老闆來幫我們牽馬。」艾利克對傑桑道。

「我就是旅店老闆。」羅傑的父親說著伸出手掌。「傑桑旅店。這是我兒子，羅傑。」他對羅傑點了點頭。

艾利克忽略他的手掌以及小男孩，憑空取出一枚銀月幣向他拋去。傑桑接下硬幣，好奇地打量著。

「馬。」艾利克指示道。傑桑皺眉，但還是將硬幣放入口袋，然後朝馬匹走去。傑若拉起自己的韁繩，揮手請他離開。

「我仍需要你檢查我的魔印，皮特。」傑桑說。「等我讓卡莉來向你大吼大叫時你就知道厲害了。」

「看來大橋的魔印在公爵閣下抵達前還有待加強。」艾利克注意道。皮特一聽立刻站直身體，接著神色不善地瞪了傑桑一眼。

「你今晚想要睡在斑剝的魔印中嗎，吟遊詩人大師？」傑桑問。艾利克古銅色的皮膚立刻發白。

「如果你願意，我可以幫忙看看。」傑若說。「只要情況沒有太糟，我就自行補強，不行的話我會親自來找皮特。」他用力將長矛往地上一蹬，然後冷冷瞪了魔印師一眼。皮特瞪大雙眼，點頭表示理解。

傑若抱起羅傑，將他放在自己的馬背上。「抓緊，孩子。」他說。「我們去騎馬！」羅傑大笑，拉扯戰馬的鬃毛，傑若和他父親牽著馬前往旅店。艾利克走在眾人前方，彷彿身後的人都是他的隨從。

卡莉等在旅店門口。「傑若！」她叫道。「眞是太意外了！」

「這位是？」艾利克問，隨即伸手整理頭髮和衣服。

「這是卡莉。」傑桑道，在看到艾利克眼中的光芒沒有因此消失後又補了一句。「我妻子。」

艾利克似乎沒有聽見最後那句，大搖大擺地走到她面前，將五顏六色的斗篷甩到身後，鞠躬行禮。

「我的榮幸，女士。」他說著親吻她的手背。「我是艾利克．甜蜜歌，吟遊詩人大師以及林白克三世公爵、森林碉堡守護者、木冠持有人、安吉爾斯之王的使者。公爵閣下抵達貴旅社時一定會很高興看見如此美麗動人的女主人。」

卡莉摀住嘴，蒼白的臉頰紅到可以與她滿頭紅髮比美。她手忙腳亂地屈膝回禮。

「你和傑若必定累了。」她說。「請進來，我準備晚餐時先幫兩位上些熱湯。」

「那眞是太好了，善心的女士。」艾利克說完再度鞠躬。

「傑若答應在天黑前幫我們檢查魔印，卡莉。」傑桑說道。

「什麼？」卡莉問，將目光自艾利克英俊的笑容上移開。「喔，那你們兩個先把馬拴好，然後去檢查魔印，我帶艾利克大師去房間休息，再去準備晚餐。」她說。

「眞是個好主意。」艾利克說著弓起手臂讓她勾著，兩人一起步入旅店。

「不要讓你老婆和艾利克走得太近。」傑若喃喃說道。「他們叫他『甜蜜歌』，是因爲他的歌聲能讓所有女人兩腿間淌下蜜汁，而我從來不曾看他因爲有夫之婦而裹足不前。」

傑森皺眉。「羅傑，」他說著把兒子抱下馬背，「進去陪媽媽。」

羅傑點頭，落地後立刻跑向屋內。

「上次的吟遊詩人會吞火，」羅傑道。「你會吞火嗎？」

「我會，」艾利克說。「還會像火惡魔一樣把火吐出來。」羅傑鼓掌叫好，艾利克轉回頭去凝望卡莉，只見她正彎腰站在吧檯後方，幫他倒麥酒；她把頭髮放下來了。

羅傑再度拉扯他的斗篷。吟遊詩人揩起斗篷不讓他扯，但羅傑就改扯他的褲管。

「什麼事？」艾利克問，不悅地回頭看他。

「你也會唱歌嗎？」羅傑問。「我喜歡聽歌。」

「或許我晚點會唱給你聽。」艾利克說著又轉過頭去。

「喔，爲他唱首歌。」卡莉一邊哀求，一邊在他面前擺上滿是泡沫的麥酒。「他會非常開心。」她微笑，但艾利克的目光已經移到她上衣最上方的釦子，只見這顆釦子在她倒酒時不知道爲什麼自動解開了。

「當然。」艾利克說著露出燦爛的微笑。「只要來口你們最好的麥酒沖掉我喉嚨裡的塵埃。」

他一口氣喝光麥酒，目光一直沒有離開她的領口，接著伸手到地上一個鮮艷的袋子裡摸索。卡莉在他取出魯特琴的同時幫他重新斟滿一杯酒。

艾利克輕輕撥弄魯特琴，嘹亮的男中音迴盪酒館中，歌聲嘹亮而美妙；傾訴著鄉村女子錯過在心愛的男人離鄉前往自由城邦前表白的機會，然後一輩子在悔恨中度過。卡莉和羅傑讚歎地凝望著他，沉迷在動人的歌聲中。當他唱完後，兩人大聲鼓掌。

「還要！」羅傑叫道。

「現在不行，孩子。」艾利克說著輕撫頭髮。「或許等晚餐過後，這裡，」他說著又伸手到彩袋裡。「要不要試著自己彈點音樂？」他拿出一把玩具木琴，幾塊長短不一的花梨木板釘在一塊亮面木框上。一條粗繩將琴身和琴棒綁在一起，琴棒是一根六吋長的木條，末端鑲有木球。

「拿這個去玩，我有話對你美麗的母親說。」他說。

羅傑高聲歡呼，拿起玩具跑到一旁，坐在木地板上，以不同的順序敲擊琴板，開開心心地聽著自己敲出每個清澈的音階。

卡莉笑呵呵地看著他。「將來他會成為吟遊詩人。」她說。

「顧客不多？」艾利克問，伸手比向前廳幾張空蕩蕩的桌椅。

「喔，午餐時間人很多。」卡莉說。「但是每年的這個時候，除了偶爾路過的信使，我們沒有多少住宿的客人。」

「打點一間沒人光顧的旅店一定很寂寞。」艾利克說。

「有時候，」卡莉道。「但羅傑就夠我忙了。就算在淡季時要看好他都很難，遇上商隊往來的旺季更是可怕，醉醺醺的車夫徹夜高歌，他一興奮起來晚上就不睡覺了。」

「我可以想像在那種情況下妳也一定很難入眠。」艾利克說。

「我不好睡。」卡莉承認道。「但傑桑不管在什麼情況下都睡得著。」

「真的嗎？」艾利克問，手掌滑動到她的手背上。她瞪大雙眼、呼吸僵凝，但並沒有縮手。

前門突然開啟。「魔印都補好了！」傑桑叫道。卡莉倒抽一口涼氣，連忙將手抽離艾利克的掌心，一不小心打翻他的麥酒。她抓起抹布擦拭吧檯。

「補強就好了？」她懷疑地問道，垂下目光掩飾潮紅的臉頰。

「沒這麼好的事。」傑若說。「老實講，魔印還沒失效算你們走運。我補強了最糟糕的部分，明天早上我會去和皮特談談。就算拿矛頭抵著他，我也要確保他在明天黃昏前重畫旅店的所有魔印。」

「謝謝你，傑若。」卡莉說著朝傑桑瞪了一眼。

「我還在清理畜棚，」傑桑說。「所以我把馬拴在前院，用傑若的攜帶式魔印圈圍起來。」

「那很好，」卡莉說。「所有人都去洗手，晚餐快好了。」

「太美味了。」艾利克大聲說道，一邊享用晚餐，一邊暢飲麥酒。卡莉烤了一隻香草羔羊腿，把最好吃的部位放在公爵使者的盤中。

「我想妳應該沒有像妳一樣貌美的姊妹？」艾利克趁著吃飯空檔問。「公爵閣下正在物色新娘。」

「我以為公爵已經結婚了。」卡莉問，紅著臉湊上去幫他倒酒。

「他結了，」傑若嘟噥道。「這是第四個了。」

艾利克哼了一聲。「如果宮廷傳言屬實，第四任妻子也會和前幾任一樣生不出兒子。林白克會持續物色新娘，直到有人幫他生個兒子。」

「這點你或許沒有說錯。」傑若承認道。

「牧師會允許他在造物主面前承諾『永恆』幾次？」傑桑問道。

「他想要幾次就有幾次。」艾利克保證道。「所有聖徒都受總管大臣詹森管轄。」

傑若啐了一聲。「這樣不對，造物主的僕人為了這種事敗壞自己的聲譽……」

艾利克舉起手指警告。「聽說就連樹木都是總管大臣的眼線。」

傑若一臉不悅，但是沒有繼續說下去。

「好吧，他不太可能在河橋鎮找到新娘，」傑桑道。「這裡的女人連本地男人都不夠分了。我還得大老遠跑到蟋蟀坡才娶到卡莉呢。」

「妳是安吉爾斯人，親愛的？」艾利克問。

「是的，在那裡出生。」卡莉說。「但結婚時牧師要我宣誓成爲密爾恩人，所有河橋鎮的鎮民都必須宣誓向歐可效忠。」

「暫時而言。」艾利克道。

「所以謠言是眞的。」傑桑說。「林白克打算接管河橋鎮。」

「沒有那麼戲劇化。」艾利克說。「公爵閣下只是認爲既然這裡有半數鎮民來自安吉爾斯，大橋又是用安吉爾斯的木材建造並且維修，我們當然應該維持……」他看著卡莉，背靠座椅，「更親密的關係。」

「我不認爲歐可願意分享河橋鎮。」傑桑道。「千年以來他們的領土都是以分界河劃分，放棄自己的疆土就像放棄他的王座。」

艾利克聳肩，再度微笑。「那就是公爵和總管大臣之間的問題了，」他說著舉起酒杯。「像我們這種小人物不須擔心這種問題。」

太陽很快就下山了，屋外開始傳來爆裂聲，窗葉之間隨著魔印閃動而不斷瀉入魔光。羅傑討厭這些可怕的聲音，以及伴隨而來的吼叫聲。他坐在地上，越來越使勁地敲打他的吵雜樂器，試圖蓋過外面的聲音。

「今晚地心魔物格外飢餓。」傑桑嚴肅地道。

「它們嚇到羅傑了。」卡莉說著起身走向他。

「不必害怕。」艾利克說著擦了擦嘴。他走到彩袋前，拿出細長的小提琴盒。「我們來趕走惡魔。」

他將琴弓搭上琴弦，音樂的旋律立刻迴盪在屋內。羅傑一邊歡笑一邊拍手，恐懼之情煙消雲散。他們很快就抓到艾利克的節奏，他的母親和他一起拍手，連傑若和傑桑也跟著打起節拍。

「和我跳舞，羅傑！」卡莉笑道，抓起他的手，拉他起身。

她翩翩起舞，羅傑試圖跟上節拍，但是絆了一跤，她立刻抱起他，一邊在屋內轉圈，一邊親吻兒子。羅傑開心大笑。

門上突然傳來一下猛烈的撞擊聲。艾利克的琴弓自琴弦上滑開，所有人都轉頭看向在門框中猛震的沉重大門。塵埃被無形的力道震下，緩緩地飄落至地面。

傑若率先反應，壯碩的他以難以想像的速度衝向放在門邊的長矛和盾牌。接下來很長的時間，其他人只是呆呆地看著他，不懂他爲什麼會有這種反應。接著又是一下撞擊，黑色的利爪擊穿門板；卡莉尖叫。

傑桑跳向壁爐，拔出沉重的撥火棒。「帶羅傑去廚房的避難門！」他大叫，說話時門外傳來吼叫聲。

這時傑若已經拿起長矛，將盾牌丟給艾利克。「帶卡莉和男孩逃生！」他大叫的同時大門已經粉碎，一頭七呎高的石惡魔破門而入。傑若和傑桑轉身面對它。惡魔停下腳步，腦袋後仰，發出勝利的吼叫，小而靈活的火惡魔則趁機自它腳邊和胯下竄入屋內。

艾利克接下盾牌，但當卡莉抱著羅傑跑來向他尋求庇護時，他卻把她推到一旁，拿起自己的彩袋，朝廚房的方向衝去。

「卡莉！」傑桑大叫，眼看卡莉摔倒在地，扭動身體護著兒子。

「詛咒你下地心魔域，艾利克！」傑若對著吟遊詩人的背影叫道。「願你所有夢想全化爲泡影！」石惡魔反手將他擊飛，遠遠摔在前廳另一邊。

一頭火惡魔朝掙扎起身的卡莉衝去，但傑桑狠狠揮出撥火棒，將它打到一旁。它落地時咳出一口火焰，地板立刻起火燃燒。

「快跑！」他在她爬起身來的同時叫道。羅傑的視線越過她的肩，看見惡魔在他們逃出前廳的同時朝

父親噴火。傑桑衣衫著火，大聲慘叫。

他母親將他緊緊抱在胸口，一邊哽咽一邊沿著走廊奔跑。前廳中，傑若發出痛苦的吼叫。

衝入廚房時，艾利克剛好拉開地板上的暗門，跳入地底下。他伸出一手，四下摸索用來關閉魔印暗門的鐵環。

「艾利克大師！」卡莉大叫。「等等我們！」

「惡魔！」羅傑尖叫，看著一頭火惡魔跳入廚房，但太遲了。地心魔物撞擊的力道將母親肺中的空氣全擠出，但即使惡魔的利爪插入體內，她仍抱著他不肯放手。她在火惡魔竄上背部時大聲尖叫，對方的尖牙狠狠咬入她的肩，同時劃過羅傑的右手；他痛得大叫。

「羅傑！」他母親叫道，跌跌撞撞地朝碗槽前進，最後跪倒。她痛苦尖叫，伸手向後，緊緊抓住地心魔物頭上的一根魔角。

「你……別想……傷害……我……兒子！」她叫道，接著向前撲倒，使盡全力拉扯惡魔角。卡莉將惡魔角連根拔起，連同惡魔一起丟入碗槽。

髒碗在撞擊中化爲碎片，火惡魔口中發出溺水聲，身體激烈扭動，碗槽裡的水頓時沸騰，空氣中隨即瀰漫蒸氣。卡莉雙手灼燒，失聲慘叫，但說什麼也不肯放手，將惡魔壓在水中，直到它不再抽搐。

「媽！」羅傑大叫，她轉過身去，又看見兩頭火惡魔跳入廚房。她抓起羅傑，衝向地窖，一手拉開沉重的大門。艾利克雙眼圓睜，仰頭凝望著她。

一頭火惡魔撲到卡莉腳上，在大腿內側咬下一大塊肉，讓她摔倒。「帶他走！求求你！」她苦苦哀求，將兒子塞入艾利克手中。

「我愛你！」她對羅傑叫道，使勁關上暗門，將他們留在黑暗中。

由於鄰近分界河的關係，河橋鎮的居民爲了抵擋洪水而將房舍建造在繪有魔印的巨石上。他們在黑暗中等待，只要地基不垮，地心魔物就動不了他們，但現在到處都是濃煙。

「不是死在惡魔手中，就是死在濃煙下。」艾利克喃喃說道。他開始離開暗門，但羅傑緊緊抱著他的腳。

「放手，孩子。」艾利克說著踢了踢腳，試圖甩開這個小鬼。

「不要丟下我！」羅傑無法抑制地哭喊道。

艾利克皺眉。他環顧四周的濃煙，吐了一口口水。

「抓緊了，孩子。」他說著將羅傑抬到背上。他撩起斗篷，當成臨時吊帶，讓小男孩坐在上面，然後將斗篷一角綁在腰間。他舉起傑若的盾牌，沿著地基前進，壓低身體爬入夜色中。

「天上的造物主呀，」他輕聲說道，看著整座河橋鎮陷入一片火海。惡魔在夜色裡手舞足蹈，拖出尖叫的人們大快朵頤。

「看來你父母不是唯一被皮特忽視的人。」艾利克說。「我希望它們把那個渾蛋拖入地心魔域。」

艾利克蹲在盾牌後，藉著濃煙和混亂的掩護緩緩繞過旅店，抵達前院。在那裡，他們看見兩匹馬安安穩穩地站在傑若的攜帶式魔印圈中；在恐怖景象中形成安全的島嶼。

艾利克朝魔印圈奔去時，一頭火惡魔發現了他們，但傑若的盾牌將它的火焰唾液化爲一道魔法閃光。進入魔印圈後，艾利克放下羅傑，跪倒並大口喘氣。恢復力氣後，他開始在馬鞍袋裡瘋狂摸索。

「肯定在這裡。」他喃喃說道。「我知道我把它……啊！」他拿出酒袋，扯下塞子，灌下一大口酒。

羅傑低聲啜泣，抱著自己血淋淋的右手。

「呃？」艾利克問。「你受傷了，孩子？」他走過去檢視羅傑，在看到男孩的右手時倒抽一口涼氣。羅傑的中指和食指都被惡魔咬掉，剩下的手指仍緊緊握著一撮紅髮；他母親的頭髮，被惡魔咬斷的。

「不！」當艾利克試圖取走他手中的頭髮時，羅傑大叫。「那是我的！」

「我不會拿走，孩子。」艾利克說。「我只是要看看你的傷口。」他將頭髮放到羅傑的另一隻手中，男孩立刻緊緊握拳。

傷口沒有流太多血，不過部分傷口被火惡魔唾液灼燒而腐爛，且不斷滲出濃汁，發出惡臭。

「我不是藥草師。」艾利克聳肩說道，接著將酒袋裡的紅酒灑在傷口上。羅傑尖叫，艾利克自上好的斗篷上扯下一塊布幫他包紮傷口。

這時羅傑已經放聲哭泣，艾利克緊緊將他包在斗篷中。「好了，好了，孩子，」他抱緊羅傑，在他背上輕拍。「我們會活下來傳誦今晚的故事。這很了不起，不是嗎？」

羅傑繼續哭泣，艾利克開始吟唱搖籃曲。他在燃燒的河橋鎮中輕聲歌唱，在惡魔大快朵頤的同時輕聲歌唱。他的歌聲如同盾牌般圍繞著他們，在歌聲的守護下，羅傑筋疲力竭，沉沉睡去。

第八章　前往自由城邦　319 AR

隨著感染日益嚴重，亞倫越來越依賴拐杖行走。他彎腰駝背，噁心想吐，但空蕩蕩的胃只吐得出膽汁。他感到頭昏眼花，試圖爲目光找尋焦點。

他看見一縷白煙。

遠方的路旁有棟建築物，一道石牆，上頭爬滿藤蔓，幾乎看不出牆後的建築。白煙就是從那裡升上的。

找到地方借宿的希望爲他軟弱的四肢帶來力量，於是他繼續蹣跚前進。他來到牆邊，靠在牆上，拖著自己沿牆而行，試圖找尋入口。石牆到處都是裂痕和凹洞，蔓延的藤蔓深入所有角落和縫隙。如果沒有藤蔓支撐，這道古老的石牆早就垮了；如果不是依賴石牆支撐，亞倫也一樣。

最後他終於來到一道拱門前。兩扇金屬柵門鏽蝕斑剝地躺在雜草叢生的地上。歲月已將它們侵蝕殆盡。拱門通往一座寬廣的庭院，同樣爬滿藤蔓和雜草。院中有一座積滿泥濘和雨水的殘破噴泉，以及一間藤蔓密佈的低矮建築，不仔細看根本看不出來。

亞倫敬畏地沿著庭院行走。在雜草下，地面都是碎裂的石板；大樹傾倒在長滿苔蘚的巨大石板上。亞倫可以在這些石板上看出深深的爪痕。

他驚訝地發現沒有魔印，這個地方建造於惡魔回來前。若真是如此，這裡已經荒廢三百多年了。

低矮建築的大門和柵門一樣腐蝕殆盡。一個小小的石造入口通往寬廣的房間。牆上垂下許多雜亂的金屬絲線，原先掛在上面的藝術品早已瓦解腐爛。牆面上黏液般的物體是厚重掛毯的殘骸。牆壁和家具上刻劃著遠古遺留下來的爪痕，到處是崩塌的殘骸。

「哈囉?」亞倫叫道。「有人在嗎?」

沒有回應。

他臉頰滾燙，即使氣溫十分暖和，身體卻冷得發抖。他覺得自己沒有力氣繼續搜索，但剛剛這裡出現白煙，有煙就表示有人。這個想法給了他力量，帶領他找到一座殘破不堪的樓梯井，他舉步上樓。

建築頂樓大部分都有陽光照射，屋頂破裂坍塌；斷垣殘瓦中突起許多鏽蝕的鋼條。

「有人在嗎?」亞倫叫道。他將頂樓搜過一遍，但只找到一片廢墟。

正當開始失去希望的時候，他透過大廳另一邊的窗口看見了那縷白煙。他衝向窗口，結果發現那只是後院的一根樹枝。樹枝滿是爪痕，一片焦黑，幾處火苗尚未熄滅，持續冒出白煙。

他心灰意冷，面孔扭曲，但不願哭泣。他想過坐在原地等待惡魔出現，希望它們在感染發作前賞他一個痛快。但他發過誓，絕不自願交給惡魔任何東西；再說，瑪莉雅的死法顯然一點也不痛快。他低頭望向窗外，看著底下的石板庭院。

從這裡摔下去肯定會沒命，他慎重考慮。一陣暈眩感襲來，就這麼跌出窗外似乎是簡單且正確的選擇。

就像科利?他腦中的聲音問道。

那條吊索再度浮現在他腦中，亞倫回到現實，穩住身子，自窗口退開。

不，他心想，科利的作法和爸一樣糟糕。就算要死，也要是被殺而喪命，而不是因為我自己放棄。

透過頂樓的窗戶，他可以看見遠方，石牆之外，道路上。他看見遠方有人走在路上，而且是朝自己的方向而來。

瑞根。

亞倫擠出連他自己都不知道還擠得出來的力氣，以近乎正常的矯健身手跳下樓梯，迅速穿越庭院。

但才剛跑到路上，他就已經筋疲力竭、不支倒地，他氣喘吁吁地緊緊抱著身側的傷。那種感覺就像是胸腔裡突然多了一千多塊木屑。

他抬起頭來，看見對方的距離仍然遙遠，但已經近到可以看見自己。他聽見一聲叫喊，世界隨即陷入一片漆黑。

亞倫在陽光下醒來，發現自己趴在地上。他吸了一口氣，感覺身上緊緊纏了一圈繃帶。他的背仍然很痛，但灼燒感已經消失，數天以來第一次，他覺得臉頰一片清涼。他雙手撐地，試圖起身，但一陣劇痛隨即襲來。

「別急著起身。」瑞根建議道。「你能活下來已經很幸運了。」

「出了什麼事？」亞倫問，抬頭看著坐在附近的男人。

「你躺在路上昏迷不醒。」男人道。「你背上的傷口出現惡魔腐肉。我必須切開傷口，抽出毒液，然後再度縫合。」

「奇林呢？」亞倫問。

瑞根大笑。「在裡面。」他說。「過去兩天奇林都和你保持距離。他怕血，剛發現你時吐得一塌糊塗。」

「過去兩天？」亞倫問。他環顧四周，發現自己人在之前那座古老庭院。瑞根在這裡紮營，他的攜帶式魔印圈守護著他們的鋪蓋和牲口。

「我們大約是在第三日正午時發現你的。」瑞根道。「今天已經是第五日了。期間你一直神智不清，在對抗病魔的過程中汗如雨下、不停抽搐。」

「你治好了我的惡魔感染？」亞倫驚訝地問道。

「提貝溪鎮的人是這麼稱呼它的？」瑞根問。他聳了聳肩。「好名稱。但這並不是什麼魔法疾病，孩子，只是一種感染。我在路旁不遠處找到一些豬根，製成藥膏抹在傷口上。晚點我再用它煮點藥茶，只要喝上幾天，你很快就會沒事了。」

「豬根？」亞倫問。

瑞根舉起一把隨處可見的小草。「每名信使的藥草袋裡都會準備的藥草，不過還是新鮮的藥性最強。它會讓你有點頭暈，但神奇的是，惡魔腐肉無法對抗它的藥性。」

亞倫開始哭泣。他母親的病只要用這種自己常常在傑夫農場裡拔除的雜草就可以治好？這個事實實在太難承受了。

瑞根靜靜等待，給亞倫時間盡情發洩。在彷彿永遠的時間過後，淚水開始停歇，哽咽聲也逐漸減弱。瑞根一言不發地遞給他一塊布，亞倫擦乾臉上的淚。

「亞倫，」信使終於問道。「你跑到這麼遠的地方做什麼？」

亞倫凝視他良久，無法決定該從何說起。當他終於開口後，過去幾天的事如同潮水般湧出。他將一切統統告訴信使，從他母親受傷那天開始，一直到逃離父親身邊。

瑞根默默聽著亞倫的故事。「我為你母親感到非常遺憾，亞倫。」他終於說道。亞倫哽咽一聲，點了點頭。

亞倫開始敘述如何在前往陽光牧地的途中不小心踏上通往自由城邦的道路時，奇林走了進來。他全神貫注地聽著亞倫描述第一天獨自在外過夜、那隻石惡魔以及踏花魔印的經過。當亞倫講到自己在惡魔殺死自己前搶先修復魔印時，吟遊詩人嚇得臉色發白。

「你就是砍斷那頭惡魔手臂的人？」片刻後，瑞根懷疑地問道；奇林看起來似乎又要去吐了。

「我不會再這麼做了。」亞倫說。

「不，我想也是。」瑞根輕笑。「儘管如此，把一頭十五呎高的石惡魔打成殘廢，絕對是值得歌頌的英勇事蹟，嗯，奇林？」他以手肘輕頂吟遊詩人，但這似乎挑起奇林的嘔吐感，他摀起嘴衝了出去；瑞根搖頭嘆息。

「自從我們找到你後，每天晚上都被一頭巨大的獨臂石惡魔騷擾。」他解釋道。「我從沒見過任何地心魔物像它那樣死命地攻擊魔印力場。」

「他不會有事吧？」亞倫問，看著奇林回來後又衝出去一次。

「沒事。」瑞根咕噥道。「我們先弄點東西給你吃。」他扶起亞倫靠著馬鞍而坐。這個動作令他全身刺痛，瑞根察覺他一臉痛楚。

「嚼這個。」他建議道，遞給亞倫一根硬草根。「你會有點頭重腳輕，但可以減緩疼痛。」

「你是藥草師嗎？」亞倫問。

瑞根大笑。「不，但如果想要活命，信差什麼都得會一點。」他伸手在鞍袋中摸索，拿出金屬鍋及一些器皿。

「我希望你曾教可琳豬根的效用。」亞倫悼念母親道。

「早知道她不知道，」瑞根道。「我一定教。」他在鍋裡倒滿水，然後掛在火堆上方的三腳架上。「很難想像人們怎會遺忘這麼多知識。」

他撥弄火堆時，奇林走了回來，臉色依然蒼白，但嘔吐症狀已經減緩。「帶你回去後，我一定會提起這件事。」

「回去？」亞倫問。

「回去？」奇林重複。

「當然是『回去』。」瑞根說。「你爸一定會找你，亞倫。」

「但我不想回去。」亞倫說。「我想和你一起前往自由城邦。」

「你不能逃避問題，亞倫。」瑞根說。

「我不回去。」亞倫說。「你可以把我拖回去，但只要你一放手，我立刻會再度逃家。」

瑞根凝望著他良久。最後，他看向奇林。

「我的想法是，」奇林說。「我一點也不希望在回家的旅程中多耗五天的時間，至少需要五天。」

瑞根皺眉轉向亞倫。「抵達密爾恩後，我會寫信給你父親。」他警告道。

「你只是在浪費時間。」亞倫說。「他不會來找我。」

當晚庭院的石板地和外圍的高牆爲他們提供理想的庇護。馬車停在大型攜帶式魔印圈中，牲口則拴在另一道魔印圈裡。他們人在兩道同心魔印圈的內圈之中，火堆位於正中央。

奇林縮成一團，躺在鋪蓋上，毛毯蓋到頭頂。他渾身顫抖，但不是因爲寒冷；每當地心魔物測試魔印時，他就會隨之抽搐。

「爲什麼明知無法突破，它們還是不斷攻擊？」亞倫問。

「它們在找尋魔印網的瑕疵。」瑞根道。「你絕不會看見地心魔物重複攻擊同一個點。」他輕叩自己腦側。「它們記得。地心魔物沒有聰明到足以研究魔印網，進而推斷出弱點，所以它們直接攻擊力場，藉由這種方法來找出弱點。它們很少突破力場，但機會還是高到值得不斷嘗試。」

一頭風惡魔越過高牆，撞上魔印力場。奇林立刻在毯子底下發出哀鳴。

瑞根看著吟遊詩人的鋪蓋，搖了搖頭。「他好像以為只要自己看不見地心魔物，它們就看不見他。」他喃喃說道。

「他一直都是這個樣子嗎？」亞倫問。

「獨臂惡魔讓他比平常更恐懼。」瑞根說。「但本來他在魔印圈裡就已經站不直了。」他聳肩。「我臨時需要吟遊詩人同行，公會指派奇林給我，通常我不會跟這麼菜的人合作。」

「為什麼要帶吟遊詩人同行？」亞倫問。

「喔，當你前往偏遠村莊時一定要帶吟遊詩人。」瑞根說。「沒帶的話村民的態度會很冷淡。」

「偏遠村莊？」

「小村落，像提貝溪鎮。」瑞根解釋。「地處偏遠、公爵難以輕易掌控，而且居民大多不識字的地方。」

「識不識字有什麼差別？」亞倫問。

「不識字的人不太需要信使。」瑞根解釋道。「他們會需要食鹽以及任何短缺的物品，但是大多數的人都不會出門找你或提供傳聞，而蒐集傳聞就是信使的主要任務。只要帶著吟遊詩人同行，人們就會拋下所有工作前來欣賞演出。我會散布奇林演出的消息並不光是為了幫你。」

「有些人，」他繼續，「可以同時身兼商人、吟遊詩人、藥草師以及信使，但這種人就和友善的地心魔物一樣稀有；大多跑村莊路線的信使都會雇用吟遊詩人。」

「而你平常不跑村莊路線。」亞倫說，想起他之前說過的話。

瑞根眨了眨眼。「吟遊詩人可以吸引村民，但是在公爵面前只會扯你後腿。公爵和富商都有私人的吟遊詩人。他們唯一感興趣的只有交易和傳聞，而他們支付的代價遠遠高出老霍格所能負擔的一切。」

第二天早上天還沒亮瑞根已經起床。亞倫早就醒了，瑞根向他點頭表示嘉許。「信使沒有晚起的權利，」他邊說邊用鍋子發出的噪音吵醒奇林。「我們連一絲陽光都不能錯過。」

亞倫上車坐在奇林旁邊時，感覺已經好多了。馬車朝地平線上幾個瑞根稱爲高山的隆起輪廓前進。爲了打發時間，瑞根向亞倫說些旅行生涯中的趣事，並且介紹路旁的藥草，告訴他哪些可以吃，哪些不要碰，哪些可以療傷，哪些又會導致傷勢惡化。他指出最適合用來過夜的防禦地點，並且解釋原因，同時警告他其他野外掠食者。

「地心魔物會殺害動作最慢也最弱小的動物。」瑞根說道。「所以能夠存活下來的都是最大、最強壯，或最會躲藏的動物。在戶外，地心魔物不是唯一將你視爲獵物的掠食者。」

奇林緊張地環顧四周。

「我們前幾個晚上是在什麼地方過夜？」亞倫問。

瑞根聳肩。「某個小地主的堡壘。」他說。「這裡和密爾恩之間，起碼有一百多座被無數信使洗劫一空的古老廢墟。」

「信使？」亞倫問。

「當然，」瑞根說。「有些信使會花幾個禮拜搜尋廢墟。能夠找到不知名廢墟的幸運兒就可以帶著各式各樣的戰利品回家。黃金、珠寶、雕像，有時甚至還會發現古老的魔印。但是他們真正想要尋找的是傳說中的古老魔印、攻擊魔印，如果這種魔印真的存在的話。」

「你認爲它們存在嗎？」亞倫問。

瑞根點頭。「但是我不打算爲了找尋它們而冒生命危險離開道路。」

兩個小時後，瑞根帶領他們離開道路，來到一座小山洞。「只要有機會，最好在所有可以用來過夜的遮蔽處外繪製魔印。」他對亞倫道。「這個洞穴是葛雷格遊誌裡記載的避難所之一。」

瑞根和奇林開始紮營，餵牲口水和飼料，然後將補給品搬到山洞裡。解套的馬車留在洞口外的魔印圈中。趁他們紮營時，亞倫研究這道攜帶式魔印圈。「這裡有些我沒見過的魔印。」他注意道，伸出手指沿著魔印勾勒線條。

「我在提貝溪鎮也看到幾個沒見過的。」瑞根承認道。「我把它們抄在我的遊誌裡，或許今晚你可以告訴我它們的功用？」亞倫微笑，很高興自己有機會回報瑞根的慷慨相助。

吃飯時，奇林開始不安扭動，不時看向陰暗的人空，但瑞根似乎不太在意逐漸加深的黑影。

「最好開始帶驢子進洞。」瑞根終於說道。奇林立刻遵命行事。「馱獸討厭洞穴，」瑞根對亞倫說道。「所以盡可能等到最後一刻再趕牠們進洞，馬一定要最後進去。」

「這匹馬沒有名字嗎？」亞倫問。

瑞根搖頭。「我的馬必須努力贏得自己的名字。」他說。「公會曾特別訓練牠們，但有些馬還是害怕被拴在攜帶式魔印圈裡過夜。只有我確認不曾驚慌失措的馬，才有資格擁有名字。這匹馬是我在安吉爾斯買的，因爲我原先的佳倫馬跑出去被惡魔吃了。如果牠能平安抵達密爾恩，我就會幫牠取名字。」

「牠會抵達密爾恩的。」亞倫說著輕撫這匹駿馬的頸部。當奇林把驢子都趕入洞內後，他抓起牠的馬勒，領著牠步入洞中。

趁大家進洞準備休息，亞倫打量山洞入口。魔印刻在石頭上，但入口的地面卻沒刻。「這道魔印不完整。」他指著地面說道。

「當然不完整。」瑞根回應。「不能在地上繪製魔印，是不是？」他好奇地看著亞倫。「要完成這道魔印的話，你會怎麼做？」他問。

亞倫思索這道謎題。洞口並非正圓，比較像是倒過來的U字形。這種形狀不容易繪印，但也不算太難，而刻在石塊上的魔印都是很常見的魔印。他拿起樹枝，在地上描繪魔印，線條順暢無礙地和兩邊石塊上的魔印連在一起。他再三檢視它們，然後退開一步，轉向瑞根，等他發表意見。

信使一言不發地研究亞倫的魔印，接著點了點頭。

「做得好。」瑞根說，亞倫臉上露出笑容。「你取頂點的技巧十分成熟。我都沒有辦法畫出更密的魔印網，而你居然還能完全在腦中計算算式。」

「呃，謝謝。」亞倫說，儘管他完全不懂瑞根在說些什麼。

瑞根察覺男孩的遲疑。「你有計算算式，對吧？」他問。

「什麼算式？」亞倫問。「那條線，」指向最接近的魔印。「接到那邊那個魔印，」他指向牆面。「和這幾條線交叉，」他指向其他魔印。「而這些線又和那些線交叉，」他指向剩下的魔印。「就這麼簡單。」

瑞根一臉駭然。「你是說你是用目測的？」他大聲問道。

亞倫在瑞根的目光下聳了聳肩。「大多數人都用直木棍測量線條。」他承認。「雖然我從不這麼幹。」

「我眞想不透提貝溪鎭怎麼能撐到現在還沒被黑夜吞噬。」瑞根說。他自鞍袋中取出一個布袋，蹲在洞口前，抹除亞倫的魔印。

「不管畫得多好，在地上繪製魔印都是有勇無謀的表現。」他說。

瑞根在布袋中挑出一個亮面魔印木牌，利用標有線條的直木棍測量距離，迅速排開木牌，重新封住魔印網。

天黑不過一小時，獨臂石惡魔就已經來到洞外。它發出怒吼、衝向洞口，揮手甩開擋路的小型惡魔，發出挑釁的叫聲。奇林哽咽哀鳴，退到洞穴深處。

「這頭惡魔已經記住你的氣味了。」瑞根警告道。「它會永遠跟著你，等待你失去防備。」

亞倫凝視怪物良久，思索著信使的話。惡魔不停咆哮，拚命攻擊力場，但是魔印閃動，將它彈回。奇林不住嗚咽，但亞倫站起身來，走到洞口。他直視地心魔物的雙眼，緩緩舉起雙手，突然間雙掌交擊，以自己完好的手臂嘲笑殘廢的惡魔。

「讓它去浪費時間。」他在惡魔無能爲力的吼叫聲中說道。「它動不了我。」

他們繼續趕了將近一個禮拜的路。瑞根轉道向北，穿越山脈外圍的山丘，漸行漸高。瑞根不時會停下來狩獵，從很遠的距離外拋擲短矛刺穿小動物。

晚上，他們大部分時間都待在葛雷格遊誌中記載的洞穴，不過有兩晚他們直接在道路上紮營。就和所有動物一樣，瑞根的馬被四周的惡魔嚇得驚恐萬分，但牠沒有試圖掙脫拴在身上的繩索。

「牠夠資格擁有名字。」亞倫指著穩健的馬兒，再次提出此事。

「好啦，好啦！」瑞根終於讓步，伸手在亞倫的頭上亂抓一通。「你幫牠取名字。」

亞倫微笑。「夜眼。」他說。

瑞根看著馬，點點頭。「好名字。」他同意道。

第九章　密爾恩堡　319 AR

隨著地平線上的隆起地貌越變越高，地表逐漸轉爲岩石地形。瑞根說一百座博金丘才能疊成一座高山並非誇大其詞，此刻亞倫舉目所及都是高山。他們爬得越高，空氣就越寒冷；強風如同長鞭竄來。亞倫回過頭去，發現世界彷彿地圖般攤平在自己面前。他幻想著單靠長矛和信使袋橫跨大地。

當密爾恩堡終於映入眼簾時，亞倫簡直無法相信自己的眼睛。不管瑞根說過多少故事，他一直認定密爾恩和提貝溪鎮差不了多少，只是比較大。但當這座堡壘城市出現在他們面前，聳立在道路上時，他差點從馬車上摔了下來。

密爾恩堡依山而建，俯瞰一座寬闊的山谷。緊鄰密爾恩所在的這座高山，於山谷對面與城市遙遙相對。一道三十呎高的圓形城牆環繞城市而建，不過城中有不少建築物超出城牆，直達天際。距離城市越近，城牆看起來就越長，朝左右兩方延伸數哩之遙。

城牆上繪有亞倫一輩子見過最大的魔印。他的目光隨著魔印之間的無形線條轉動，將整座城牆組成一張能將地心魔物阻擋在外的魔印網。

儘管壯麗非凡，這道城牆仍然令亞倫十分失望。所謂的「自由」城邦根本毫無自由可言。阻止地心魔物進入的城牆同時也阻擋人們出去。至少在提貝溪鎮，囚禁人們的牆壁是隱形的。

「如何阻止風惡魔飛越城牆？」亞倫問。

「城牆頂端架設許多魔印樁，在城市上空形成魔印天頂。」瑞根說。

亞倫覺得這個問題根本不需要瑞根回答就可以想出答案。他還有更多問題，但他將它們放在心裡，以自己敏銳的心智尋求可能的答案。

終於抵達城門口時，已過了正午。瑞根指向城市上方數哩外的山間冒出的濃煙。

「公爵的礦坑。」他說。「那裡本身就是一座城鎮，比你們提貝溪鎮更大。他們無法自給自足，但是公爵也不想讓他們自給自足。每個禮拜都有車隊往返。送食物上去，帶鹽、金屬以及煤塊下來。」

一道比較低矮的城牆自主城延伸而出，順著山谷圍出一大塊狹長農地。亞倫在一片整齊的綠色果樹上方看到許多魔印樁。「大花園以及公爵果園。」瑞根講解道。

城門大開，許多工人進進出出，守衛在他們接近時揮手招呼。他們身材高大，就和瑞根一樣，頭戴帶有凹痕的金屬頭盔，厚重的羊毛衫外加穿一層硬皮護甲。兩名守衛都攜帶長矛，但握持的方式比較像是在拿展示品，而非武器。

「啊，信使！」其中之一叫道。「歡迎回來！」

「蓋恩斯。沃倫。」瑞根對他們點頭。

「公爵已經等你好幾天了。」蓋恩斯說。「你沒有準時回來讓我們非常擔心。」

「以爲我被惡魔吃了？」瑞根笑道。「不可能！我從安吉爾斯回來途中造訪的偏遠村莊遭地心魔物攻擊。我們在那裡逗留了一段時間幫忙。」

「順便帶了個迷路小孩回來？」沃倫笑著問道。「作爲禮物送給留在家裡等你回來，讓她成爲母親的妻子？」

瑞根臉色一沉，守衛立刻退縮。「我沒有不敬的意思。」他立刻說道。

「那我建議你避免說出任何帶有不敬意圖的言語，僕役。」瑞根神色不善地說道。沃倫臉色發白，迅速點頭。

「事實上，我是在路上遇到他的。」瑞根說著摸摸亞倫的頭髮，面露微笑，彷彿剛剛什麼事都沒有。

亞倫就喜歡瑞根這種個性。他隨時保持笑容，不會心存怨懟，但要求他人尊重，並且確保人人清楚自己的身分。亞倫希望有朝一日可以變成像他一樣的人。

「在路上？」蓋恩斯懷疑地問道。

「在杳無人煙的荒野中！」瑞根大聲說道。「這個男孩繪製魔印的技巧比我認識的某些信使還要高明。」亞倫在他的稱讚下驕傲地抬頭挺胸。

「你呢，吟遊詩人？」沃倫向奇林問道。「第一次嘗試赤裸黑夜的感覺如何？」

奇林滿臉怒容，守衛哈哈大笑。「可見還不錯，呃？」沃倫問。

「時候不早了。」瑞根說。「傳話給瓊恩主母，等我送完米，回家洗澡用餐過後就會前往宮殿。」守衛行禮，讓他們穿越城門。

儘管剛開始有點失望，亞倫很快就沉迷在密爾恩壯麗的景象中。建築物聳入天際，印象所及的一切事物都在它們面前相形失色，街道上鋪滿石板，而非硬土塊。地心魔物沒有辦法自人工切割過的石塊下現形，但亞倫實在無法想像要切割出數千塊可以緊密契合的石塊需要花費多少人力。

在提貝溪鎮，幾乎所有建築都是木製，以堆疊在一起的石塊作爲地基，茅草屋頂上架設魔印木牌。這裡，幾乎所有東西都是石材切割，有一定的年代。除了魔印森嚴的外牆，城內所有建築都有個別架設魔印，有些簡直堪稱藝術，有些則以實用爲主。

城內的空氣很臭，充滿垃圾、糞便燃燒物，以及汗水的味道。亞倫試圖屏住呼吸，但是隨即放棄，開始改用嘴巴呼吸。話說回來，奇林則是第一次露出終於呼吸到新鮮空氣的樣子。

瑞根領頭來到一座市集，在那裡亞倫看到這輩子見過最多人聚集的場面。數百名洛斯可·霍格同時自四面八方對他兜售商品，「買這個！」「試試那個！」「人特價，是你才有！」他們都很高，和提貝溪人比起來堪稱巨人。

他們經過亞倫前所未見的水果和蔬菜的推車，而賣衣服的攤子多到讓他以爲密爾恩人整天就只想著要穿新衣。這裡也有人在賣油畫和雕塑品，作工細緻到他不懂怎麼會有人有時間去弄那種東西。

瑞根帶他們來到位於市集另一邊的一個攤位上，那攤位的帳篷繪有盾牌的標誌。「公爵的手下。」瑞根在他們接近推車時說道。

「瑞根！」老闆叫道。「今天帶了什麼來呀？」

「沼澤米。」瑞根道。「提貝溪鎮支付公爵食鹽的稅金。」

「去找洛斯可．霍格了？」老闆比較像在陳述事實，而非提問。「那個騙子還在搶奪鄉民的財物？」

「你認識霍格？」瑞根問。

老闆大笑。「十年前我在主母議會中作證吊銷他的商人執照，因爲他試圖拿一批爬滿老鼠的穀物矇混過關。」他說。「沒多久他就離開密爾恩，然後出現在世界的另一端。聽說他在安吉爾斯就已經幹過一次這種事了，所以才會跑來密爾恩混。」

「幸好我們檢查過這些米。」瑞根喃喃說道。

他們針對米和鹽的現行價格討價還價了好一陣子。最後，老闆終於讓步，承認瑞根沒有在霍格手上吃虧。他給了信使一袋硬幣，補足鹽米之間的價差。

「亞倫可以接手駕車嗎？」奇林問。瑞根看他一眼，點了點頭。他丟給奇林一袋硬幣，奇林輕快地接下錢袋，跳下馬車。

瑞根看著奇林的背影消失在人群中。「算不上最差勁的吟遊詩人。」他說。「可惜沒有出外行走的膽量。」他再度上馬，帶著亞倫穿越繁忙的街道。當他們路過一條人潮洶湧的街道時，亞倫幾乎被擠到喘不過氣。他注意到有人在高山的冷風中依然衣衫破爛。

「他們在幹嘛？」亞倫問，看著那些人對著路人高舉空碗。

「乞討。」瑞根說。「不是所有密爾恩的居民都有錢購買食物。」

「我們不能給他們一點錢嗎？」亞倫問。

瑞根嘆氣。「不是那麼簡單的，亞倫。」他說。「這裡的土壤貧瘠，食物產量不足以養活半數人口。我們需要從來森堡進口穀物，從雷克頓進口魚類，從安吉爾斯進口水果和牲畜。其他城市不會平白無故提供我們這些東西。這些東西都會流入有工作、能夠賺錢支付食物的人手裡，也就是商人。商人會自掏腰包雇用僕役幫忙做事，然後提供他們食物、衣物，以及住所。」

他比向一個披著骯髒、破爛衣服的男人，手裡拿著木碗向路過行人乞討，但是人們視而不見，拒絕和他目光接觸。「所以除非你是貴族或是聖徒，不然只要沒工作，就會淪落到這種下場。」

亞倫點頭，像是他了解，但他並不眞的懂。提貝溪鎮的居民常常都會花光雜貨店裡的買賣點數，但就連霍格都不會任由他們挨餓。

他們來到一間房子前，瑞根指示亞倫停下馬車。與亞倫在密爾恩所見的房舍相比，這間房子並不算大，但以提貝溪鎮的標準來看，這棟完全石造的雙層房舍已經十分氣派了。

「這裡是你家嗎？」亞倫問。

瑞根搖頭。他翻身下馬，來到門前，大力敲擊。不久後，一名綁著棕色辮子的年輕女子前來應門。她的身材修長、體魄健美，一如所有密爾恩人。她身穿高領洋裝，裙長直達腳踝，胸口繃得很緊。亞倫看不出她的相貌是否美麗，正當他覺得她長相平凡時，她突然展顏歡笑，感覺立刻變了。

「瑞根！」她叫道，張開雙手擁抱他。「你來了！感謝造物主！」

「我當然會來，珍雅，」瑞根說。「我們信使一定會照顧自己人。」

「我不是信使。」珍雅說。

「妳嫁給信使，那是一樣的。我不管公會如何裁決，葛雷格到死都是信使。」

珍雅一臉哀傷，瑞根立刻改變話題，大步來到馬車旁，卸下剩下的貨物。「我幫妳帶了點頂級沼澤米、食鹽、肉和魚。」他說著將東西打來，放在她的房門內。亞倫連忙跑去幫忙。

「還有這個。」瑞根補充，取出一袋白霍格那裡弄來的金幣和銀幣。另外他還將公爵手下商人支付的小錢袋一併奉上。

珍雅打開錢袋，瞪大雙眼。「喔，瑞根，」她說。「太多了。我不可以……」

「妳可以，快收下。」瑞根以命令的口吻打斷她。「這是我至少能做到的。」

珍雅眼中泛淚。「我不知道該怎麼感謝你，」她說。「我最近很害怕。幫公會書寫的酬勞不足以支付家用，少了葛雷格……我以為我會再度淪落到乞討維生。」

「好了，好了，」瑞根輕拍她的肩膀說道。「我的兄弟和我絕對不會讓事情走到這個地步，就算要帶妳回家幫傭我也不會讓妳流落街頭。」

「喔，瑞根，你真的願意這樣幫我？」她問。

「還有另一件事。」瑞根說。「來自洛斯可．霍格的禮物。」他取出那枚戒指。「他要妳寫信給他，讓他知道妳收到了。」

看著美麗的戒指，珍雅再度流下眼淚。

「葛雷格的人緣很好。」瑞根說著將戒指套入她的手指。「讓這枚戒指成為回憶他的象徵。這些食物和錢夠妳養家活口一陣子。或許，在這段時間中，妳可以找到另一個丈夫，成為一名母親。但如果情況真的糟到必須變賣這枚戒指，妳一定要先來找我，聽懂了嗎？」

珍雅點頭，但她的目光低垂，一邊流淚一邊撫摸戒指。

「答應我。」瑞根命令道。

「我答應你。」珍雅說。

瑞根點頭，接著最後一次擁抱她。「我有機會就會來看妳。」他說。他們離開時，她仍在哭；亞倫邊走邊回頭看她。

「搞不清楚剛才的狀況？」瑞根問。

「是的。」亞倫同意道。

「珍雅來自乞丐家族。」瑞根解釋道。「她的父親雙眼失明，母親體弱多病。不過幸運的是，他們生下健康美麗的女兒。嫁給葛雷格後，她和父母的社會階層提升了兩個層次。他帶著他們三人進入他的家庭，儘管一直分配不到最好的信使路線，但他賺的錢還是夠一家人開心過活。」

他搖頭。「但是現在，她必須支付租金，還要養活三個人。她還不能離家太遠，因爲他的父母沒有能力照顧自己。」

「你願意幫她眞好。」亞倫說，感覺好過一點。「她笑起來很美。」

「你幫不了所有人，亞倫。」瑞根說。「但你應該盡力幫助你能夠幫助的人。」亞倫點頭。

他們沿著蜿蜒的道路爬上一座山丘，最後抵達某個宅院前。一面六呎高的高牆沿著寬敞的庭院而建，宅邸本身有三層樓高，有數十扇窗戶，全都是會反射陽光的玻璃窗。光是這棟宅邸就已經比博金丘的大殿還大，而博金丘大殿足以在冬至慶典時容納提貝溪鎭所有鎭民。宅邸和圍牆上都漆有亮眼的魔印。亞倫心想，如此富麗堂皇的地方必定是公爵的家。

「我媽有個魔印加持的玻璃杯，和鋼鐵一樣硬。」他說著抬頭看向窗戶，這時一個瘦子快步跑上前來開啓柵門。「她平常都把它收好，偶爾有客人來時才會拿出來，讓人看看它有多亮。」他們穿越不曾被地心魔物蹂躪的菜圃，好幾個人在裡面挖菜。

「這是密爾恩城裡唯一一棟完全採用玻璃窗的建築。」瑞根驕傲地說。「我重金聘人繪製魔印，確保它們不會破碎。」

「我懂得那種技巧，」亞倫說。「但是你需要惡魔接觸玻璃才能提供魔力。」

瑞根輕笑搖頭。「或許不需要。」

庭院中還有比較小型的建築，有煙囪的石造房舍，人們來來去去，就像一座小村莊。髒兮兮的小孩蹦蹦跳跳，女人一邊忙著家事，一邊注意他們。他們一路來到馬廄，一名馬伕立刻上來接過夜眼的韁繩。他對瑞根卑躬屈膝，彷彿他是故事中的國王。

「我以為我們要先回你家再去拜訪公爵。」亞倫問。

瑞根大笑。「這裡就是我家，亞倫！你以為我會無條件冒著生命危險在曠野中旅行嗎？」

亞倫看著豪宅，雙眼圓睜。「這一切都是你的？」他問。

「全都是。」瑞根確認道。「公爵對於不畏懼地心魔物的人們出手向來大方。」

「但葛雷格家好小。」亞倫質疑。

「葛雷格是個好人。」瑞根說。「但他只是還算合格的信使。他只要每年跑一趟提貝溪鎮，並且在路過的偏遠村落稍事停留就心滿意足了。像那樣的信使或許可以養家活口，但是不可能累積財富。珍雅之所以能夠得到那麼多利潤，完全是因為我自掏腰包買東西轉賣給霍格。以前葛雷格必須向公會借貸進貨，而公會抽成抽得很重。」

某個高個子男人鞠躬並打開豪宅大門。他面無表情，身穿褪色的藍色羊毛外套。他的臉和衣服都很乾淨，與那些在庭院裡的人形成強烈的對比。他們進屋後，一名比亞倫大不了多少的男孩立刻跳起身來。他跑到大理石台階下拉扯一條鈴繩，屋內頓時鈴聲大作。

「看來你的好運還沒用光。」不久後，一名女子大聲說道。她有一頭黑髮，以及一雙目光銳利的藍眼睛。她身穿一襲深藍長袍，比亞倫這輩子見過的所有衣服都還要華麗，腰和頸部戴滿閃閃發光的珠寶。她站在大廳上方的大理石陽台上凝望他們，臉上帶著冰冷的微笑；亞倫從來不曾見過如此高雅美麗的女人。

「我妻子，伊莉莎。」瑞根低聲說道。「一個回家的理由……同時也是離家的理由。」亞倫不確定他是不是在開玩笑；女人似乎不是很高興見到他們。

「總有一天，你會死在地心魔物的手裡。」伊莉莎一邊下樓一邊說道。「到時候我就可以隨心所欲地嫁給我年輕的情夫了。」

「不可能。」瑞根微笑說道，將她拉到身前輕輕一吻。他轉向亞倫，解釋道：「伊莉莎總是夢想有一天可以繼承我的財產。我對抗地心魔物不單是為了保護自己，同時也是為了不讓她稱心如意。」

伊莉莎大笑，亞倫這才放鬆。「這位是？」她問。「一個讓你不必在我的肚子裡孕育我們自己孩子的孤兒嗎？」

「我只須融化妳那條結冰的襯裙，親愛的。」瑞根反脣相譏。「這位是提貝溪鎮的亞倫，我在路上遇到他的。」

「在路上？」伊莉莎問。「他只是個小孩！」

「我才不是小孩！」亞倫大叫，隨即自覺愚蠢。瑞根冷冷看他一眼，他連忙低下頭去。

伊莉莎彷彿沒有聽見他的吼叫。「脫掉你的護具，快去洗澡。」她命令丈夫道，「你滿身都是汗水和塵土的味道，我來招呼客人。」

瑞根離開，伊莉莎喚來僕役幫亞倫準備點心。瑞根家的僕役似乎比全提貝溪鎮的人加起來還多。他們為他切了一大塊冷火腿以及一片厚厚的酥皮麵包，搭配奶油塊和牛奶。伊莉莎看著他吃，亞倫想不出要說什麼，只好全神貫注在餐盤上。

吃完奶油後，一名身穿和男僕役外套同色服裝的女僕進入屋內，朝伊莉莎鞠躬。「瑞根老爺在樓上等妳。」她說。

「謝謝妳，母親。」伊莉莎回應道，露出古怪的表情，手指有意無意地在肚子上輕撫。接著她面帶微笑，轉向亞倫。「帶我們的客人去洗澡。」她命令道。「等妳可以看出他皮膚的顏色後再讓他出來。」

亞倫習慣站在水槽裡往身上潑冷水，一看到瑞根又深又寬的石製澡盆就感到渾身不自在。他默默等待女僕瑪格莉特在澡盆中添加熱水，爲他驅逐寒意。她和所有的密爾恩人一樣個子很高、目光友善、髮色猶如蜂蜜，帽子底下只露出幾綹灰髮。她轉身背對亞倫，讓他脫光衣服進入澡盆。在看見他背上以針線縫合的傷口時，她忍不住倒抽一口涼氣，趕緊走過去察看他的傷勢。

「噢！」亞倫在她輕戳最上面的傷口時叫道。

「別像個孩子。」她責備道，搓揉食指和大拇指，然後放到鼻子前方聞了聞。亞倫咬緊牙關，任由她在所有傷口上重複這個動作。「你比你想像中還要幸運。」她終於說道。「當瑞根說你受傷的時候，我以爲只是一點擦傷，但是這個……」她嘖嘖說道。「你媽沒教過你晚上不要在外逗留嗎？」

亞倫想要回嘴，但卻忍不住哽咽。他緊咬嘴唇，打定主意不哭。瑪格莉特注意到他的反應，立刻改變語氣。「這些傷口癒合得很好。」她指著他的傷口道，接著拿出肥皂，開始輕輕清洗傷口。亞倫咬緊牙關。「等你洗好澡後，我會幫你準備藥膏和乾淨的繃帶。」

亞倫點頭。「妳是伊莉莎的母親嗎？」他問。

女人大笑。「造物主呀，孩子，你爲什麼會這麼想呢？」

「她稱呼妳爲『母親』。」亞倫說。

「因爲我是母親。」瑪格莉特驕傲地說道。「有兩個兒子、三個女兒，其中一個很快也會成爲母親。」她哀傷地搖頭。「可憐的伊莉莎，儘管擁有這麼多財富，仍只是個女兒，而她已經三十多歲了！想起來就讓人傷心。」

「身為母親這麼重要嗎？」亞倫問。

女人看他的樣子彷彿他剛剛問的是空氣重不重要。「有什麼能比身為母親更重要？」她問。「女人的義務就是誕育小孩，維持本城的壯大。這就是母親之所以擁有最好的配給、可以在晨間市場中優先選購商品，而且所有公爵的議會顧問都是母親的原因。男人擅長打爛東西以及建造東西，但是政治和文書最好還是交給上過母親學校的女人處理。還有，在公爵過世後，有權選舉新公爵的人也是母親。」

「那為什麼伊莉莎不是母親？」亞倫問。

「不是嘗試不夠的問題。」瑪格莉特承認道。「我敢說她此刻正在嘗試。出門六個星期可以讓任何男人猛得像頭公牛，而且我還煮了受孕藥茶放在她的床頭櫃上。或許這樣會有幫助，不過再蠢的人都知道最佳的受孕時機是黎明破曉前。」

「那他們為什麼還沒生孩子？」亞倫問。他知道生孩子與瑞娜和班妮想玩的遊戲有關，但是他對完整的程序還是不太了解。

「只有造物主才知道。」瑪格莉特說。「或許伊莉莎不孕，或許不孕的是瑞根，這眞的很可惜。像他這樣的好男人眞的不多，密爾恩需要他的子嗣。」

她嘆氣。「伊莉莎十分幸運，因為他到現在還沒離開她，或是去找年輕女僕生小孩。看在造物主的份上，她們都很樂意幫他生小孩。」

「他可以離開他的妻子？」亞倫語氣駭然。

「不要這麼驚訝，孩子。」瑪格莉特說。「男人需要子嗣，他們會不擇手段取得子嗣。歐可公爵已經娶了三個女人，但至今還沒有一個兒子！」

她搖頭。「但瑞根不會。有時候他們會像地心魔物一樣吵架，但是他愛伊莉莎就像喜愛陽光，他永遠不會離開。伊莉莎也不會，不管她為此放棄了什麼。」

「放棄？」亞倫問。

「她是貴族。」瑪格莉特說。「她母親是公爵議會的成員。只要伊莉莎嫁給另一名貴族，並且懷孕生子，她也可以爲公爵服務。但是她爲了和瑞根在一起而自貶身分，違逆她母親的意願。她們在婚後就沒再交談過了。現在伊莉莎成爲商人階級，是很有錢的商人。在母親學校拒收的情況下，她永遠無法於城內取得任何地位，更別提要在公爵議會中服務。」

瑪格莉特爲沉默的亞倫清理傷口，然後自地上撿起他的衣服。她在嘖嘖聲中檢視上面的污點和破洞。「我趁你洗澡的時候盡量幫你補補。」她承諾道，然後把他一個人留在澡盆裡。她離開後，亞倫試圖搞清楚她剛剛告訴他的一切，但實在有太多難以理解的地方。

瑪格莉特讓亞倫聯想到卡特琳．霍格，洛斯可的女兒。「她會告訴你世界上所有的祕密，因爲這樣可以讓她多聽一會兒自己的聲音。」希兒維總是這麼說。

不久後，女人帶著一套乾淨但不太合身的衣服回來。她幫他包紮傷口，並且在他的抗議聲中幫他穿衣。他必須捲起衣袖才能看見自己的手掌，捲起褲管才不至於被自己絆倒，但是亞倫已經好幾個星期沒有這種乾淨清爽的感覺了。

他和瑞根、伊莉莎提前共進晚餐。瑞根修好鬍子，綁起頭髮，換了質料絕佳的白襯衫、深藍色絨布夾克和褲子。

爲了慶祝瑞根回來，廚房宰了一頭豬，餐桌很快就放滿豬排、豬肋、培根薄片，以及鮮嫩多汁的香腸，僕人端上大壺冷凍麥酒及乾淨清涼的冷水。伊莉莎在瑞根指示僕役爲亞倫倒杯麥酒時皺起眉，但是沒說什麼。她輕啜杯中的紅酒，那只玻璃杯精緻到亞倫深怕會被她纖細的手指捏碎。晚餐還有比他曾經見過的麵包都白的硬皮麵包，以及大碗水煮蕪菁和馬鈴薯，上面塗滿一層厚厚的奶油。

雖然看著這些食物直流口水，亞倫還是忍不住想起外面街道上乞討的人們。儘管如此，罪惡感還是迅速被飢餓征服，他嘗試每道菜，盛滿自己的餐盤。

「造物主呀，你哪有那麼大的肚子吃這麼多東西？」伊莉莎問，一邊拍手一邊饒富興味地看著亞倫清空眼前的餐盤。「你的肚子有洞嗎？」

「不要理她，亞倫。」瑞根建議道。「女人可以在廚房裡挑剔一整天，吃飯時卻只吃一點點，以免顯示自己缺乏教養；男人才懂得怎樣享受食物。」

「他說得沒錯。」伊莉莎兩眼一翻說道。「女人不能像男人一樣享受人生。」瑞根身體一震，杯中的麥酒濺了出來，亞倫這才發現她在桌下踢了他一腳；亞倫覺得自己喜歡她。

晚餐過後，一名身穿胸口繪有公爵盾牌的灰色大衣的侍從前來報信。他提醒瑞根要去晉見公爵，瑞根嘆了口氣，但還是向侍從保證他們會立刻赴約。

「亞倫的打扮不適合去見公爵。」伊莉莎憂心道。「見公爵不能打扮得像個乞丐。」

「這可沒有辦法，我的愛人。」瑞根回道。「離天黑只剩幾個小時，我們不可能有時間去找裁縫。」

伊莉莎不願接受這種說法。她凝視男孩一段時間，接著輕彈手指，步出房間。不久後，她帶著藍色緊身上衣和一雙亮皮靴回來。

「我們有一名侍從的年紀和你差不多。」她一邊幫亞倫穿衣一邊說道。上衣的衣袖很短，靴子窄得他腳痛，但伊莉莎女士似乎十分滿意。她拿梳子幫他梳了梳頭髮，然後後退一步。

「可以了。」她微笑說道。「在公爵面前要注意禮貌，亞倫。」她囑咐道。亞倫由於衣服不合身而渾身不自在，但仍對她微笑點頭。

公爵的碉堡是魔印守護下的密爾恩堡中一座有魔印守護的堡壘。外牆由密合石塊建成，超過二十呎高，繪有密密麻麻的魔印，有全副武裝的槍兵巡邏。他們騎馬穿越城門，進入一座寬廣的庭院，宮殿就位於庭院中央。這座宮殿令瑞根的宅邸相形見絀，它有四層樓高，還有幾座高出兩倍的高塔。每個石塊上都繪有鮮明的魔印，窗戶上反射著玻璃光。

武裝守衛在內庭中巡邏，身負公爵標誌的侍從忙進忙出。一百名男子在內庭幹活：木匠、石匠、鐵匠以及屠夫。亞倫看見庭中囤積許多穀物和牲畜，還有比瑞根家的菜圃還大的菜園。在亞倫看來，就算緊閉大門，公爵也可以在這座堡壘中生存到永遠。

宮殿沉重的大門關閉後，內庭的噪音和氣味隨即被隔絕在外。入口大廳地上鋪有寬厚的地毯，冰冷的石牆上垂著美麗的繡帷。除了幾名守衛，他們看不見任何男人。數十名女子忙進忙出，寬鬆的裙襬飄逸生風。有些在石板上計算數字，其他人則將計算結果填入沉重的書冊。少數幾名服飾較其他人華麗的女子傲慢地四下巡視，監督他人工作。

「公爵在接見廳。」其中一名女子說道。「他已經等你很久了。」

接見廳外大排長龍，大多數是手裡拿著鵝毛筆和成綑文件的女人，不過還是有幾名身穿華服的男子。

「低階請願人。」瑞根解釋道。「全希望能在晚鐘響起、被迫離開前覲見公爵一面。」

低階請願人似乎都意識到天色已晚，於是開始大聲爭論下個換誰進去。但是一看到瑞根出現，交談聲立刻變小。當瑞根走過眾人身旁，直接跳過整條隊伍時，請願人全一聲不吭，然後在他走過後如同爭食的狗群般緊跟而上。他們一路跟到接見廳入口，隨即在守衛的目光前停下腳步。他們擠在入口外，看著瑞根與亞倫走入接見廳。

密爾恩歐可公爵的接見廳讓亞倫感覺自己十分渺小。圓型屋頂離地好幾層樓高，火把架設在圍繞歐可王座四周的大理石柱上。每根石柱都刻有魔印。

「高階請願人，」瑞根指著在接見廳裡走來走去的男男女女低聲說道。「他們喜歡組成小團體。」他對著聚集在門旁的一大群男人點一點頭。「富商。」他說。「四下花錢疏通，購買在宮殿中閒晃的權利，藉以探聽消息，或是看看可不可以把女兒嫁給哪個貴族。」

「那裡——」他面朝一群站在富商前方的年邁女子——「主母議會，等著向公爵報告今日的事務。」王座附近有一群身穿涼鞋和棕色素袍的男人，沉默而穩重地站在原地。少數幾名低聲說話，其他人則默默傾聽。「每個宮廷都須有聖徒駐守。」

最後，他指向圍在公爵身邊喋喋不休的華服男子，這些男人身邊另有一群端著食物和飲料的僕役在忙碌服侍。「貴族。」瑞根道。「公爵的外甥、表親、二等表親、三等表親，全在他面前諂媚示好，幻想著萬一歐可在沒有繼承人的情況下離開王座會發生什麼事。公爵痛恨他們。」

「那為什麼不趕走他們？」亞倫問。

「因為他們是貴族。」瑞根說，彷彿這句話就足以解釋一切。

走到通往王座的半路上時，一名高個子女人迎上來攔下他們。她的頭髮以布條紮在腦後，臉上皺紋深刻到好像有魔印刻在上面。她身形微弓，神態莊嚴，但垂在下巴下的肉塊不停抖動。她有種類似西莉雅的氣勢；一個習慣下達命令，並且沒人膽敢質疑她的女人。她不屑地看著亞倫，嗤之以鼻，彷彿聞到糞堆的味道。她揚起目光，望向瑞根。

「歐可的宮廷總管，瓊恩。」瑞根在對方還聽不見他們說話時喃喃說道。「母親、貴族，有八分之一的地心魔物血統。等我停步你才停步，不然她會叫你去馬廄裡等我覲見公爵。」

「你的侍從必須在大廳等候，信使。」瓊恩走到他們面前說道。

「他不是我的侍從。」瑞根說著繼續前進。亞倫維持原速，瓊恩被迫必須放下威嚴，快步讓道一旁。

「公爵閣下沒有時間接見所有流落街頭的孤兒，瑞根！」她低聲叫道，加快腳步跟上瑞根。「他是什麼人？」

瑞根停下腳步，亞倫跟著停步。他轉身凝視女人，身體湊向前去。瓊恩主母或許很高，但是瑞根比她更高，而且體重比她重上三倍。光是這股氣勢就讓她情不自禁地後退一步。

「他是我選擇要帶的人。」他透過齒縫冷冷說道。他把一袋裝滿信件的包裹丟給她，她則反射性地接下包裹。包裹一入手，富商和主母議會成員立刻將她圍起，牧師也派遣輔祭湊了上去。

貴族注意到底下的騷動，向隔壁的人比手畫腳。突然間，他們身邊有半數的人迎了上來，亞倫這才知道那些只是身穿華服的僕役。貴族們表現出漠不關心的模樣，但是他們的僕役就和其他人一樣拚命擠向那個包裹。

瓊恩將信件交給自己的僕役，然後迅速奔向王座，宣告瑞根的到來，雖然她根本沒有必要這麼做。瑞根造成的騷動早已引起公爵本人的注意，歐可看著他們走向王座。

公爵年近六十，身材魁梧，頭髮花白，鬍鬚濃密。他身穿綠色短袖上衣，衣服沾到手指上的油漬，不僅繡有華麗的金邊，外面還加穿了一襲毛邊披風。他手上戴滿閃閃發光的戒指，額頭上戴著金色頭箍。

「你終於決定大駕光臨了。」公爵大聲說道，不過聽起來比較像是說給其他人聽，而不是給瑞根聽的。這句話確實發揮功效，貴族們紛紛點頭，交頭接耳，而搶奪郵件的人群中也有好幾個人抬起頭來。「難道我的事還不夠急嗎？」他問。

瑞根來到王座前，以冰冷的目光直視公爵的雙眼。「四十五天的路程，先去安吉爾斯，然後取道提貝溪鎮回來！」他大聲說道。「三十七個晚上在地心魔物持續的攻擊下露宿野外！」他的雙眼不曾離開公爵臉上，亞倫知道，他也一樣，是在說給廳內所有人聽。大多數人聽到他的話都忍不住臉色發白，渾身顫抖。

「離家六個星期，公爵閣下，」瑞根說，壓低一半音量，但仍讓所有人都聽到他的聲音。「你難道不願讓我先回家盥洗，與妻子一同用餐嗎？」

公爵遲疑片刻，目光在大廳中游移。最後，他發出豪邁的笑聲。「當然不會！」他大聲道。「冒犯公爵會讓你的日子十分難受，但是冒犯老婆的話你就吃不了兜著走啦！」

眾人哈哈大笑，緊張的氣氛立刻化解了。「我要私下和我的信使談！」笑完後，公爵立刻下令。急著想要探聽消息的人們發出一陣不滿的聲浪，但瓊恩指示自己的僕人帶著信件離開，大多數人立刻跟了上去。貴族們死賴著不走，直到瓊恩用力拍擊手掌。這個動作把他們嚇了一跳，隨即以最有尊嚴的速度魚貫而出。

「待著。」瑞根低聲對停在一定距離之外的亞倫說道。瓊恩指示守衛，守衛隨即拉上沉重的大門，然後待在門內。與城門外的守衛不同，這些守衛神色戒備且訓練有素。瓊恩走到自己的主人身邊站定。

「以後不准在我的朝臣面前來這一套！」清場完畢後，歐可隨即吼道。

瑞根微微鞠躬，表示收到命令，但連亞倫都看得出來毫無誠意。男孩滿心敬畏，瑞根簡直無所畏懼。

「提貝溪鎮有消息傳來，公爵閣下。」瑞根開口道。

「提貝溪鎮？」歐可大聲道。「我管提貝溪鎮幹嘛？林白克怎麼說？」

「他們在缺乏食鹽的情況下度過一個嚴冬。」瑞根繼續說道，好像公爵剛剛沒有說話。「而且還發生了一次惡魔攻擊事件……」

「黑夜呀！瑞根！」歐可吼道。「林白克的答覆可能影響密爾恩全體居民好幾年的生活，不要向我提什麼落後地區貧困小鎮的出生清單和收成數量！」

亞倫嚇得倒抽一口涼氣，退到瑞根身後。瑞根安撫地輕捏他的手臂。

歐可繼續進逼。「他們在提貝溪鎮發現黃金嗎？」他問道。

「沒有，閣下。」瑞根回覆。「但是……」

「陽光牧地新開了一座煤礦？」歐可打斷他。

「沒有，閣下。」

「他們發現失傳許久的戰鬥魔印？」

瑞根搖頭。「當然沒有……」

「你至少有帶回足以支付你這趟來回開支的沼澤米吧？」歐可問。

「沒有。」瑞根不悅。

「很好。」歐可說著搓揉雙掌，彷彿拍掉手上的灰塵。「那麼接下來的一年半中我們都不須關心提貝溪鎮。」

「一年半太久了。」瑞根態度堅決。「鎮民需要……」

「那就免費前往。」公爵打斷他。「這樣我就負擔得起了。」

眼看瑞根沒有立刻回應，歐可面露微笑，心知自己已經贏得這場爭論。「安吉爾斯有什麼消息？」他問道。

「林白克公爵託我帶信。」瑞根嘆氣，手伸進外套，取出　根上有蜜蠟封住的管狀容器，但公爵不耐地揮了揮手。

「直接說答案，瑞根，願意還是不願意？」

瑞根兩眼一瞇。「不願意，閣下。」他說。「他的答案是不願意。前兩批貨物都遺失了，所有隨隊人員也消失。林白克公爵不打算繼續派遣商隊。他的人民伐木的速度有限，而對他而言，木材比食鹽重要。」

公爵滿臉漲紅，亞倫以為他會立刻爆炸。「可惡，瑞根！」他大聲怒吼，重重甩拳。「我需要那些木材！」

「公爵閣下認為他更需要那些木材來重建大河橋。」瑞根沉穩地道。「位於分界河南岸。」

歐可公爵嘶嘶作響，目露凶光。

「這是林白克的總管大臣的主意。」瓊恩發表意見。「多年來，詹森一直試圖幫林白克染指部分過橋費。」

「既然有辦法全拿，又何必只拿一部分？」歐可同意。「關於我在收到這種答覆時會有什麼反應，你是怎麼向他說的？」

瑞根聳肩。「身為信使不該揣測上意。你認為我該怎麼說？」

「說躲在木頭堡壘裡的人不該在別人家後院裡放火。」歐可怒道。「我不須提醒你，瑞根，那些木材對密爾恩有多重要。我們的煤逐漸減少，沒有燃料，所有礦坑裡的礦砂統統無法提煉，半座城市將會結冰！如果事情走到這個地步，我一定會親自放火燒掉他的新大河橋！」

瑞根鞠躬，表示自己了解這些事實。「林白克公爵知道這點，」他說。「他授權我提出還價。」

「什麼還價？」歐可問，揚起一邊眉毛。

「重建大河橋的建材，以及半數過路費。」瓊恩在瑞根開口前已經猜到。「而且河橋鎮要搭建在鄰近安吉爾斯的分界河岸。」

瑞根點頭。

「黑夜呀！」歐可詛咒。「造物主呀，瑞根，你到底站在哪邊？」

「我是信使。」瑞根驕傲地回應。「我不站在任何一邊，我只是回報他人要求我傳達的信息。」

歐可公爵猛然起身。「那就以深夜的黑暗之名告訴我，我付你這麼多錢到底是為了什麼！」他大聲問。

瑞根將腦袋側向一旁。「你想要親自跑一趟嗎，公爵閣下？」他和善地問。

公爵臉色發白，不作回應。亞倫可以感受到蘊含在瑞根簡短回應中的力量。如果可能，他想要成為信使的慾望比之前還要強烈。

公爵終於認命地點點頭。「我會考慮考慮。」他終於說道。「天色已晚，你可以回去了。」

「還有一件事，公爵閣下。」瑞根補充，指示亞倫迎向前來，但是瓊恩指示守衛打開大門，高階請願人隨即湧入接見廳。公爵的心思已經不在信使身上。

瑞根在瓊恩離開歐可身旁時擋住她的去路。「上丹，」他說。「關於這個男孩……」

「我很忙，信使，」瓊恩語氣不屑。「或許你該等我不忙的時候再『選擇』帶他前來。」她偏過頭去，迅速越過他們身旁。

一名商人來到他們面前。此人壯得像頭大熊，而且只有一隻眼，另一個眼眶中是滿是傷疤的肉塊。他的胸口繪有手持長矛和背袋的騎士標誌。「很高興看到你身體無恙，瑞根。」男人道。「明天早上你會前往公會遞交報告？」

「馬爾坎公會長，」瑞根鞠躬說道。「很高興見到你。我在路上遇到這個男孩，亞倫……」

「在城市之間的野外？」公會長語氣驚訝。「你不該這樣做的，孩子！」

「距離城市好幾天的路程。」瑞根強調道。「這個孩子繪製魔印的技巧強過很多信使。」馬爾坎聽完這話，揚起一邊眉毛。

「他想要成為信使。」瑞根繼續說道。

「你找不到比信使更光榮的職業。」馬爾坎對亞倫說道。

「他在密爾恩無親無故。」瑞根說。「我在想他或許可以在公會擔任學徒……」

「瑞根，」馬爾坎說道。「你和我一樣清楚，只有合格的魔印師才能成為公會學徒。去找文辛公會長試試。」

「這個孩子已經會繪製魔印了。」瑞根爭辯，不過他的語氣比和歐可公爵說話時明顯恭敬許多。馬爾坎公會長的體型比瑞根還要壯碩，看來也不像是會被在野外過夜之類的言語嚇到的樣子。

「那他要在魔印師公會取得資格應該不是難事。」馬爾坎說著轉過身去。「明天早上再見。」他頭也不回地說道。

瑞根環顧四周，在富商群中找到另一個男人。「跟我來，亞倫。」他低吼一聲，邁步穿越接見廳。

「文辛公會長！」他邊走邊叫。

對方在他們走近時抬起頭，然後離開自己那群人，走過來向他們招呼。他對瑞根鞠躬，是出於尊敬，而不是因爲身分高低。文辛蓄了油亮的黑色山羊鬍，頭髮光滑後梳。肥胖的手指戴滿閃閃發光的戒指。他胸口的標誌是一個關鍵魔印，是魔印網中所有功效魔印的基礎。

「我能爲你效勞嗎，瑞根？」公會長問道。

「這個孩子叫亞倫，來自提貝溪鎮。」瑞根說著比向亞倫。「於一次地心魔物攻擊事件中淪爲孤兒，他在密爾恩無親無故，而他希望成爲信使公會的學徒。」

「這樣很好，瑞根，但是和我有什麼關係？」文辛問道，一直沒有看亞倫一眼。

「除非登記成爲魔印師，不然馬爾坎不肯收他入會。」瑞根說。

「是呀，這是一個問題。」文辛同意。

「這孩子懂得繪製魔印。」瑞根說。「如果你願意幫忙……」

文辛搖頭。「很抱歉，瑞根，你不能指望我相信，來自偏遠小鎮的鄉巴佬擁有夠格登記成爲魔印師的繪印技巧。」

「這個孩子的魔印切斷了石惡魔的一條手臂。」瑞根說。

文辛大笑。「除非你還帶著那條手臂，瑞根，不然這種鬼話還是說給吟遊詩人聽吧。」

「那你可以幫他安排學徒身分嗎？」信使問。

「他有錢支付學徒費用嗎？」文辛問。

「他是流落街頭的孤兒。」瑞根抗議道。

「或許我可以找個魔印師收留他當僕役。」公會長提議道。

瑞根一臉不悅。「謝謝，不用了。」他說完帶著亞倫離開。

他們加速趕往瑞根的住所，太陽再過不久就會下山。亞倫看著密爾恩繁忙的街道逐漸冷清，人們小心翼翼地檢查魔印，緊閉家門。即使擁有石板街道以及厚重的魔印城牆，所有人在夜晚來臨時，依然把自己關在家裡。

「我不敢相信你竟然那樣和公爵講話。」亞倫一邊趕路一邊說道。

瑞根竊笑。「身爲信使的第一要件，亞倫，」他說。「商人和貴族或許會付錢給你，但是只要你容許他們，他們就會騎到你的頭上。你在他們面前必須表現得像個國王，永遠不要忘記出城冒險的人是誰。」

「這套對付歐可十分有效。」亞倫同意。

瑞根聽到這名字，眉頭立刻皺起。「自私的豬玀。」他啐道。「除了自己的口袋什麼都不在乎。」

「沒關係。」亞倫說。「去年秋天提貝溪鎮在缺乏食鹽的情況下還不是撐過來了，再撐一次也不會有問題。」

「或許。」瑞根火氣稍緩。「但他們本來沒必要這樣。還有你！一個好公爵一定會問我爲什麼要帶孩子前往接見廳。一個好公爵會讓你接受土室庇佑，不會讓你流落街頭乞討度日。馬爾坎也沒有好到哪裡去！測試一下你的技巧難道會要了他的老命嗎？還有文辛！只要你付得出學費，那個貪婪的渾蛋會在太陽下山前找個魔印大師來收你當學徒！僕役，他說得出口！」

「學徒不是僕役嗎？」亞倫問。

「完全不是。」瑞根說。「學徒是商人階級。他們學習技能，然後自行出來闖蕩，或是和另一名大師共同創業。僕役一輩子就是僕役，除非透過婚姻關係提升階級，我就算死也不會讓他們把你當成僕役。」

他說完陷入沉默，而亞倫，儘管仍搞不清楚其中差別，認爲這個時候最好不要繼續追問。

穿越瑞根家的魔印後沒多久，天就已經完全黑了。瑪格莉特帶領亞倫前往一間幾乎有傑夫整棟房子一半大的客房。客房中央擺有一張高到亞倫必須用跳的才能上床的床鋪，而由於他一輩子只睡過地板和草墊，所以在沉入柔軟的床墊裡時，他感到十分驚訝。

他很快就陷入沉睡，但在聽見爭吵聲時立刻驚醒。他溜下床鋪，離開客房，朝聲音來源移動。宅邸走廊空無一人，僕役都已經回房就寢。亞倫來到樓梯最上方，爭吵的聲音逐漸清楚。是瑞根和伊莉莎在吵架。

「……收留他，這就是最後的決定。」他聽見伊莉莎說。「反正信使也不是小孩子的工作！」

「他想當信使。」瑞根堅持。

伊莉莎哼了一聲。「把亞倫丟給其他人，不能減輕你在明知該帶他回家的情況下仍帶他前來密爾恩的罪惡感。」

「惡魔糞，」瑞根大聲說道。「妳只是想要找個可以從早到晚讓妳照顧的孩子。」

「我不准你把這件事算到我的頭上！」伊莉莎惡狠狠地說。「當你決定不帶亞倫回提貝溪鎮時，你就必須肩負起照顧他的責任！此刻你應該扛起這個責任，而不是到處找人照顧他。」

亞倫豎耳傾聽，但是瑞根好一陣子沒有說話。他想要下樓參與討論。他知道伊莉莎是一片好意，但是他已經厭倦了讓大人幫他計畫自己的人生。

「好吧。」瑞根終於說道。「我把他交給卡伯怎麼樣？他不會鼓勵那孩子成爲信使。我會支付所有費用，我們可以常常去店裡看他，注意他的生活狀況。」

「我認爲這是好主意。」伊莉莎同意，聲音中的怒意已然平息。「但是亞倫可以住在這裡，沒有理由去睡某間凌亂工坊的硬板凳。」

「學徒生涯本來就不好過。」瑞根說。「想要掌握繪製魔印的技巧，他必須從日出到日落一直待在那裡，而如果他打算依照計畫成爲信使，他就得接受各式各樣的訓練。」

「好吧。」伊莉莎氣沖沖地說，但不久語氣便轉柔。「現在過來在我肚子裡放個孩子。」她輕聲說。

亞倫快步跑回客房。

亞倫一如往常在天亮前睜開雙眼，但一時之間，他以爲自己還在沉睡，飄浮在白雲上。接著他想起自己身在何處，隨即伸展四肢，感受塞滿羽毛的床墊和枕頭的柔軟舒適，以及羽絨被帶來的溫暖。壁爐中的爐火現在剩下一堆黯淡的餘燼。

他有一股想要待在床上的強烈慾望，但尿意迫使他離開床鋪溫柔的擁抱。他滑到冰冷的地板上，依照瑪格莉特的指示，自床下拉出兩個夜壺。他在一個壺裡小便，另一個壺裡大便，然後將夜壺放在門邊，等人取走用作花園的肥料。密爾恩的土壤貧瘠，居民不會浪費任何東西。

亞倫走到窗邊。昨晚他一直凝望窗戶，直到眼皮垂下，但是窗上的玻璃依然令他著迷。看起來似乎空無一物，實際上卻堅硬異常，宛如一張魔印網。他伸指觸摸玻璃，在晨霜上畫下一道直線。他想起瑞根攜帶式魔印圈上的魔印，於是將直線轉化爲其中一個印記。他繼續畫出好幾個魔印，在玻璃上吹氣以消除他的傑作，然後重新描繪。

心滿意足後，他穿上衣服，走到樓下，發現瑞根站在窗邊一面喝茶，一面欣賞太陽自群山之間緩緩升起的景色。

「你起得很早。」瑞根微笑說道。「有朝一日，你一定會成爲信使。」他說，亞倫感到萬分驕傲。

「今天我會帶你去找我一個朋友。」瑞根說。「一名魔印師。我在你這麼大的時候，就是他教導我繪製魔印的，他現在想收學徒。」

「我不能向你學嗎？」亞倫滿懷期望地問。「我會努力用功。」

瑞根輕笑。「我毫不懷疑。」他說。「但我不是好老師，而且我待在城外的時間比待在城內還多。你可以向卡伯學到很多東西。早在我出生前，他就已經是信使了。」

亞倫眼睛一亮。「我什麼時候可以見他？」他問。

「太陽出來了。」瑞根回答。「沒有理由不吃完早飯就出門。」

不久後，伊莉莎步入餐廳和他們一起用餐。瑞根的僕役做了滿滿一桌菜，有培根、火腿、塗了蜂蜜的麵包、蛋、馬鈴薯以及大顆烤蘋果。亞倫狼吞虎嚥，迫不及待地想要出門。吃完後，他枯坐原位，看著瑞根吃飯。瑞根不理他，在坐立難安的亞倫面前以出奇緩慢的動作享用早餐。

最後，信使放下叉子，擦拭嘴角。「眞美味，」他說著站起身來。「我們可以出發了。」亞倫眉開眼笑，跳下椅子。

「先等等。」伊莉莎叫道，兩人立刻停下腳步。亞倫想不到這句話會在他心中激起如此巨大的波濤，簡直如同聽見母親在說話，他強行壓下內心的波濤。

「在裁縫來家裡幫亞倫測量尺寸前，你們哪兒都不能去。」她說。

「爲什麼？」亞倫問。「瑪格莉特洗好了我的衣服，還補好了所有破洞。」

「我了解妳的苦心，我的愛人，」瑞根幫亞倫說話。「但我們已經覲見公爵了，沒有必要急著做新衣。」

「這件事沒得商量。」伊莉莎站起身來說道。「我不能讓我們家的客人打扮得像個乞丐在外面跑。」

信使凝視妻子緊蹙的眉頭，輕嘆一聲。「認了吧，亞倫。」他低聲勸道。「在她滿意前，我們哪兒都不能去。」

裁縫不久便抵達。此人身材矮小，十指靈活，以打結的長線測量亞倫身上所有部位，仔細在石板上用粉筆記下各式數據。量完後，他和伊莉莎女士交談片刻，隨即鞠躬離去。

伊莉莎走到亞倫身邊，彎腰面對他的臉。「不算太糟，是吧？」她問，拉直他的上衣，拂開臉上的頭髮。「現在你可以和瑞根一起去找卡伯人師。」她撫摸他的臉頰，手掌冰冷柔軟，令他一時沉溺在這種熟悉的感覺中，接著他突然後退，瞪大雙眼看著伊莉莎。

瑞根察覺到這一幕，並注意到亞倫緩緩後退彷彿看到惡魔時，妻子臉上受傷的神情。

「我想你剛剛傷到伊莉莎了，亞倫。」瑞根在他們離家後說道。

「她不是我媽。」亞倫壓抑自己的罪惡感說道。

「你想念她嗎？」瑞根問。「我是指你母親。」

「想。」亞倫靜靜回答。

瑞根點頭，不再說話，亞倫十分感激他這種反應。他們沉默地繼續行走，不久亞倫的心思就被密爾恩的奇特現象吸引而去。到處都瀰漫著糞車的臭味，收糞人挨家挨戶地收集昨晚的糞便。

「啊！」亞倫捏著鼻子說道。「整座城市的味道比畜棚還要難聞！你怎麼受得了？」

「基本上只有早上才會這樣，收糞人收完就好了。」瑞根回應。「你會習慣的。我們曾經建立過下水道系統，貫穿所有房舍地底的通道，藉以處理民眾的糞便，但是下水道早在幾個世紀前就封閉了，因爲地心魔物會利用它們進入城內。」

「你們難道不能自己挖個糞坑嗎？」亞倫問。

「密爾恩城的土壤貧瘠。」瑞根說道。「沒有私人菜園需要施肥的人家就必須交出他們的糞便，讓收糞人收去公爵的菜園運用，法律有明文規定。」

「很臭的一條法規。」亞倫說。

瑞根大笑。「或許吧。」他說。「但是這樣做可以供我們溫飽，並且促進經濟。收糞公會長的豪宅讓我家看起來像是茅草小屋。」

「我肯定你家比較香。」亞倫說，瑞根再度大笑。

最後他們轉過街角，來到一間堅固小巧的店家，該店窗戶四周、門梁和門框上都刻有細緻的魔印。亞倫懂得欣賞這些魔印，刻得出這種魔印的人肯定擁有一雙巧手。

他們在一陣鈴鐺聲中進入店內，裡面的景象令亞倫大開眼界。整間店裡擺滿了各式形狀、尺寸與材質的魔印。

「在這裡等。」瑞根說著，走到另一邊和坐在工作檯邊的男人交談。亞倫在店內閒晃，幾乎沒注意到他已離開。他敬畏地伸手輕觸繡在掛毯上的魔印，刻在光滑石頭表面的魔印及以金屬鑄模而成的魔印。這裡有專為農場打造的魔印樁，還有瑞根用的那種攜帶式魔印圈。他試圖記憶眼前的魔印，但數量實在太多了。

「亞倫，過來！」不久後，瑞根叫道。亞倫嚇了一跳，連忙跑過去。

「這位是卡伯大師。」瑞根指著一名年近六十的老人介紹道。以密爾恩人的標準來看，此人並不算高，身材給人強壯的男人發福後的感覺。濃密的灰鬍中只剩下一些黑鬍摻雜在內，他的臉深埋其中，腦袋上留著整整齊齊的短髮。皮膚上滿是皮革般的皺摺，拳頭可將亞倫的手掌完全包覆。

「瑞根告訴我你想當魔印師。」卡伯說著重重坐回板凳上。

「不，先生。」亞倫說。「我想當信使。」

「所有你這個年紀的男孩都想當信使。」卡伯說。「聰明的人會在害死自己前搶先醒悟。」

「你不也曾是個信使？」亞倫問，對方的態度令他十分困惑。

「我是。」卡伯承認，捲起衣袖露出一個刺青，與瑞根的刺青十分類似。「我的足跡踏遍五大自由城邦以及十幾座偏遠村落，並且賺到了我自以爲永遠花不完的財富。」他稍停片刻，讓亞倫心中的迷惑持續醞釀。「我同時也賺到了這個，」他說著撩起上衣，露出滿是疤痕的腹部。「還有這個。」他說著踢開一只鞋子，原先四個腳趾的位置，現在只剩下已癒合的半月形傷疤。

「時至今日，」卡伯說。「我只要睡一個小時一定會驚醒，伸手摸索我的長矛。是的，我曾是信使。技巧高超、幸運無比，但我仍不期待任何人走上這條道路。擔任信使或許看起來十分光榮，但兩打信使裡只有一個能像瑞根這樣居住豪宅，受人尊敬，其他的統統慘死路邊。」

「我不在乎。」亞倫說。「這是我的志向。」

「那我和你來個約定。」卡伯說。「要當信使，最重要的就是要先成爲魔印師，所以我會收你作學徒，教導你成爲魔印師。有時間的話，我會額外教你一些野外生存之道。學徒階段爲期七年。到時候如果你依然打算成爲信使……好吧，那是你自己的人生。」

「七年？」亞倫愣了愣。

卡伯哼了一聲。「繪製魔印不是一蹴可幾的，孩子。」

「我已經懂得繪製魔印了。」亞倫爭辯。

「瑞根告訴過我。」卡伯說。「他也告訴我你是在完全不懂幾何學和魔印論的情況下繪製魔印。以目測方式繪製魔印或許不會讓你明天就死，孩子，甚至可以撐上一個星期，但我敢保證你一定會死。」

亞倫跺了跺腳。七年聽起來就像永恆那樣久，但是內心深處，他很清楚大師說得沒錯。背上的痛楚隨時提醒自己他還沒準備好再度去面對地心魔物。他需要這個男人懂的技巧。他毫不懷疑有無數信使死在惡魔手中，而他發誓自己絕不要因爲固執到不願自錯誤中學習教訓，而成爲其中之一。

「好吧。」他終於同意。「七年。」

第二部

密爾恩

320-325 AR

第十章 學徒 320 AR

「我們的朋友又來了。」蓋恩斯說著，自城牆上的哨站指向城外的黑影。

「十分準時。」沃倫說，走上來站在他身旁。「你認爲它想要什麼？」

「就算清空我的口袋，」蓋恩斯說。「你也找不到答案。」

兩名守衛挨著守望塔的魔印護欄，看著獨臂石惡魔自城門外凝聚成形。即使在看慣石惡魔的密爾恩守衛眼中，它的體型仍堪稱巨大。

當其他惡魔還沒分清方向時，獨臂惡魔已經展開有目的的行動，在城牆附近大聞特聞，尋找某樣東西。接著它站直身軀、攻擊城門並測試魔印力場。魔光閃爍、擊退惡魔，但它毫不氣餒。惡魔慢慢地沿著城牆移動，一再出手攻擊，搜尋城牆的弱點，最後離開守衛的視線範圍。

數小時後，一道魔光顯示獨臂惡魔又從另一個方向回來。其他哨所的守衛宣稱該惡魔每晚都會繞行城牆一圈，攻擊所有魔印。再度回到城門後，它會席地而坐，耐心地凝視密爾恩城。

由於過去一年中每晚都會看見這種景象，蓋恩斯和沃倫已習以爲常。他們甚至開始期待它出現，每次值班就會打賭獨臂魔會花多久時間繞行城牆，或一開始會選擇往東還是往西走。

「我還眞想放它進來，看看它到底在找什麼。」沃倫嚴肅說道。

「不要開這種玩笑。」蓋恩斯警告。「要是讓守衛長聽到這種話，他會把我們兩個鎖上鐐銬，送去挖石場勞動一年。」

他的夥伴咕噥一聲。「儘管如此，」他說，「還是讓人十分好奇……」

待在密爾恩的第一年，也就是亞倫十二歲那年，就在學徒生涯中迅速度過。卡伯的首要任務就是教他識字。亞倫知道一些從來不曾在密爾恩出現的魔印，而卡伯希望盡快將這些魔印載入書冊。

亞倫對於閱讀有種強烈的渴望，他不了解從前那些不識字的歲月是如何度過的。他常常一看起書來就是好幾個小時，一開始還會唸誦書中的內容，但不久他就越翻越快，幾乎是一目十行。

卡伯沒有什麼好抱怨，亞倫工作時比過去所有學徒還要勤快，晚上會鐫刻魔印到很晚才睡。卡伯常常會在掛念第二天諸多工作的情況下入眠，但第二天早上太陽才剛出來就發現所有工作都做完了。

學會閱讀後，亞倫開始將他私有的魔印分門別類，並加入詳細的敘述，全寫入大師買給他的一本書冊。密爾恩樹木稀少，紙張十分昂貴，普通人很少有機會見到一整本冊子，但卡伯完全不在乎它的高價。

「就算是最糟糕的魔印寶典，也比用來撰寫它的書冊要值錢百倍。」他說。

「魔印寶典？」亞倫問。

「記載魔印的書。」卡伯說。「每個魔印師都有一本，而他們都小心守護自己的祕密。」亞倫十分珍惜這份珍貴的禮物，緩慢而持續地填滿其中的書頁。

當亞倫將記憶中的魔印全數抄錄出來後，卡伯驚訝莫名地研究這本書。「造物主呀，孩子，你知道這本書有多值錢嗎？」他問道。

亞倫將目光從自己正在雕刻魔印的石椿上移開，聳了聳肩。「提貝溪鎮隨便一個老人都能教你這些魔印。」他說。

「或許吧，」卡伯回道。「提貝溪鎮司空見慣的東西在密爾恩卻是稀世珍寶。這個魔印，」他指著一頁說道。「眞的可以將火焰唾液化為涼爽的微風？」

亞倫大笑。「我媽以前超愛這個魔印。」他說。「她希望火惡魔能在炎熱的夏夜裡直接跑到窗口往屋裡吹風。」

「太驚人了。」卡伯說著搖了搖頭。「我要你多謄幾份這本魔印書，亞倫。這本魔印書會讓你成為非常有錢的人。」

「什麼意思？」亞倫問。

「人們會願意支付一大筆錢購買這本魔印書的謄本。」卡伯說。「或許我們甚至不該出售。只要保有這些祕密，我們或許可以成為全城最吃香的魔印師。」

亞倫皺眉。「藏私是不對的。」他說。「我父親總說魔印屬於所有人。」

「每個魔印師都有自己的祕密，亞倫。」卡伯說。「我們就是靠這個維生。」

「我們是靠雕刻魔印樁以及在門框上描繪魔印維生。」亞倫不同意。「不是靠私藏可以拯救他人性命的魔印維生。難道我們要拒絕庇護付不出錢的人們嗎？」

「當然不是。」卡伯說。「但這不一樣。」

「不一樣？」亞倫問。「提貝溪鎮沒有魔印師。我們都自行繪製魔印守護家園，而技巧好的人會免費幫助技巧差的人。為什麼不免費？我們要對抗的不是彼此，我們要對抗的是惡魔！」

「密爾恩堡和提貝溪鎮不同，孩子。」卡伯語氣不悅。「在這裡，幹什麼都要花錢。如果沒錢，你就會淪為乞丐。我擁有一種技能，就像麵包老師或石匠，我為什麼不能利用自己的技能賺錢？」

亞倫沉默片刻。「卡伯，你為什麼會沒錢？」他終於問道。

「什麼？」

「像瑞根那樣。」亞倫解釋道。「你說你曾是公爵的信使。你為什麼沒有住在宅院中，招攬一大堆僕役幫你做事？你為什麼還要做這些？」

卡伯深深吐了一口長氣。「錢財是反覆無常的東西，亞倫。」他說。「前一刻你還擁有怎麼花都花不完的財富，而下一刻……你可能發現自己淪落街頭、乞討維生。」

亞倫想起第一天進城時看見的那些乞丐。後來他又見過更多乞丐，看到他們竊取糞便焚燒取暖，睡在有魔印守護的公共收容所，向行人乞討食物。

「你的錢花到哪裡去了，卡伯？」他問。

「我遇上某個自稱有能力鋪設道路的人。」卡伯說。「他想鋪設一條魔印大道，從這裡一路通往安吉爾斯。」亞倫走過去坐在板凳上，專心聽他說話。

「以前就有人嘗試鋪路，」卡伯續道。「通往山區的公爵礦坑，或是南方的哈爾登園。短距離，少於一天的路途，但足夠為造路者帶來可觀的利潤；從來沒人成功。只要魔印網中存在任何漏洞，不管多麼微不足道，遲早都會被地心魔物找出來。而一旦它們進入道路中……」他搖頭。「我向對方解釋這些，但他的心意十分堅定。他都計畫好了，他認為一定會成功，只需要資金。」

卡伯看著亞倫。「每座城市都有欠缺的物資。」他說。「也有過剩的物資。密爾恩出產金屬和石塊，但缺乏木材。安吉爾斯則完全相反。這兩座城市都缺乏穀物和牲畜，來森則是多到吃不完，卻沒有上等木材，也沒有製作工具所需的金屬。雷克頓擁有豐富的漁獲，但其他東西一概不足。」

「我知道你一定會覺得我很愚蠢，」他搖頭說道。「竟然會考慮自公爵以下所有人都認定絕不可能的事，但這個想法在我腦中揮之不去。我一直在想，要是他辦得到呢？難道不值得拚一拚嗎？」

「我覺得你並不愚蠢。」亞倫說。

「就是因為這樣，我才扣留你的工資，」卡伯輕笑。「你會把錢送人，就像我一樣。」

「那條路後來怎麼了？」亞倫繼續問道。

「地心魔物出現了。」卡伯說。「它們屠殺了那個人，以及我幫他雇用的所有工人，燒掉魔印樁和設計圖……整條路都被它們摧毀了。我把所有家當統統投資在那條路上，亞倫。我遣散了所有僕役，還不夠償還債務。我出售宅邸，籌了一點錢清償借款並購置這間小店，之後我就一直待在這裡了。」

他們坐了一會兒，兩人都迷失在事發當晚的景象中，兩人眼前都出現地心魔物在大火和屠殺現場手舞足蹈的模樣。

「你還是認為你的夢想值得冒險嗎？」亞倫問。「所有城市相互交流？」

「至今深信不疑。」卡伯回答。「即使當我刻木椅刻到背痛，又受不了自己煮的菜時也一樣。」

「這兩件事沒什麼差別。」亞倫說著，拍拍他的魔印寶典。「如果所有魔印師彼此分享所知的一切，人們可以獲得多大的好處？難道一座更安全的城市不值得我們犧牲一點利益嗎？」

卡伯凝望著他一段時間，接著走過去拍拍他的肩。「你說得對，亞倫。我很抱歉。我們抄寫魔印書，然後出售給其他魔印師。」

亞倫意有所指地微笑。

「怎麼了？」卡伯懷疑地問道。

「何不和他們交換祕密？」亞倫問。

門鈴響了，伊莉莎帶著愉快的笑容步入魔印商店。她朝卡伯微笑，將一個大籃子交給亞倫，親吻他的臉頰。亞倫尷尬地做個鬼臉，擦拭臉頰，但她絲毫不以為意。

「我帶了些水果來給你們，還有新鮮的麵包和乳酪。」她說著自籃子裡拿出東西。「我想自從我上次來訪後，你們就沒吃過什麼好東西了。」

「肉乾和硬麵包是信使的主食，女士。」卡伯微笑說道，目光保持在正在雕刻的拱心石上。

「胡說。」伊莉莎斥道。「你退休了，卡伯，但亞倫還沒成為信使，別因為你懶得去市集買菜而找尋冠冕堂皇的藉口。亞倫正在發育，得吃好一點。」她邊說邊撫摸亞倫的頭髮，即使他刻意閃避仍不住微笑。

「今晚回家用餐，亞倫。」伊莉莎道。「瑞根不在，少了他家裡十分冷清。我幫你弄點會讓你長肉的菜，你可以睡在你的房裡。」

「我……可能沒空。」亞倫迴避她的目光說道。「卡伯需要我幫忙刻完公爵菜園要用的魔印樁……」

「胡說八道。」卡伯說。「魔印樁不急，亞倫。它們一個禮拜後才要交貨。」他笑著抬頭看向伊莉莎，完全忽略亞倫的尷尬。「晚鐘一響我就讓他過去，女士。」

伊莉莎輕輕一笑。「那就這麼說定了。」她說。「今晚見，亞倫。」她親吻男孩，然後走出店門。

卡伯看了亞倫一眼，只見他皺起眉埋首工作。「我不明白在有溫暖的羽絨被和伊莉莎這種女人寵愛的情況下，你為什麼想要在店後的草墊上過夜。」他說，目光仍沒有離開自己的工作。

「她老把自己當成我媽。」亞倫抱怨。「但她不是我媽。」

「沒錯，她不是。」卡伯同意。「但她很明顯想要扛起當媽媽的責任，就讓她扛有什麼不好呢？」

亞倫沒有回話，卡伯看到男孩眼中悲傷的情緒後，決定不再繼續談論這個話題。

「你花太多時間待在室內埋首書堆了。」卡伯說著，奪走亞倫正在閱讀的書。「你上次曬太陽是什麼時候？」

亞倫瞪大雙眼看著卡伯。在提貝溪鎮時，只要有機會他絕不待在室內，但在密爾恩住了一年後，他幾乎想不起來上次出門是什麼時候。

「出門惡作劇！」卡伯命令道。「交點同年齡的朋友又不會要了你的命！」

一年以來，亞倫首度步出密爾恩的城門，陽光如同老朋友般撫慰著他。遠離糞車、腐爛的垃圾，以及汗臭薰天的人潮後，空氣中瀰漫著他早已遺忘的清新氣息。他找到一座俯瞰孩童嬉戲的小山丘，自袋子裡取出一本書，坐下來閱讀。

「嘿，書蟲！」有人叫道。

亞倫抬頭，看到一群男孩帶著球靠近。「來吧！」其中之一叫道。「我們還差一人才能均分隊員！」

「我不會玩。」亞倫說。卡伯唯一的要求就是教他去和其他男孩玩耍，但他認爲自己的書有趣多了。

「有什麼不會的？」另一名男孩問道。「你幫助隊友把球弄到得分區去，並且試著阻止敵隊得分。」

亞倫皺眉。「好吧。」他說著走到剛剛說話的男孩身旁。

「我叫傑克。」男孩道。他很瘦，有著一頭凌亂的黑髮和細長鼻子，髒兮兮的衣服上都是補丁。他看起來差不多十三歲，和亞倫相當。「你叫什麼名字？」

「亞倫。」

「你幫魔印師卡伯做事，是吧？」傑克問。「信使瑞根在路上撿到的小孩？」亞倫點頭，傑克眼睛一亮，彷彿他本來還不太相信。他帶亞倫來到場地，指出爲標示得分區位置而漆成白色的石頭。

亞倫很快就弄清楚遊戲規則。不久，他就把書本拋到腦後，將注意力集中在敵隊隊員身上。他幻想自己是信使，而他們就是試圖阻止他進入魔印圈的惡魔。幾個小時過去了，不知不覺晚鐘已然響起。所有人都迅速收拾自己的物品，一臉擔憂地看著逐漸黯淡的天色。

亞倫好整以暇地撿起書本。傑克跑到他的身邊。「你最好快點。」他說。

亞倫聳肩。「我們還有很多時間。」他回道。

傑克看著陰暗的天空，微微顫抖。「你打得很好。」他說。「明天再來。我們通常都在下午玩球，第六日就去廣場看吟遊詩人表演。」亞倫不置可否地點了點頭，傑克笑笑，快步離開。

亞倫往回走，穿越城門，城內熟悉的臭味立刻撲鼻而來。他朝通往瑞根宅邸的山頭前進。信使再度出城，這次的目的地是遙遠的雷克頓，而亞倫這個月都要和伊莉莎住。她會拿一堆問題煩他，並且挑剔他的打扮，但他答應瑞根要「趕跑她年輕的愛人」。

瑪格莉特向亞倫保證伊莉莎沒有愛人。事實上，每當瑞根出門遠行時，她就會像個遊魂似地在家中走廊遊蕩，或在臥房中哭好幾個小時。

但僕役說，當亞倫住在家裡時，她整個人就變了。瑪格莉特不只一次懇求他搬回宅邸來住，他拒絕了，但他承認自己開始喜歡讓伊莉莎女士管東管西。

「他來了。」蓋恩斯當晚說道，看著巨大的石惡魔自地底浮現。沃倫走到他身邊，兩人在守望塔上看惡魔嗅著城門附近的地面。它大聲嗥叫，自城門前退開，跳到一座山丘上。那裡本來有一隻火惡魔，但是被它狠狠甩到一旁，石惡魔壓低身軀，尋找某種東西。

「老獨臂魔今晚特別興奮。」蓋恩斯說道，看著惡魔再度嗥叫，跳下山丘，衝向一片草地，弓身四下亂跑。

「你認爲是什麼讓它這麼興奮？」沃倫問。他的夥伴聳肩。

惡魔離開草地，跳回山丘。它的嗥叫聲幾乎帶著痛楚，回到城門時，它對著魔印瘋狂吼叫，利爪在被守護力場彈開時激射出大片閃亮的火星。

「今天晚上較不尋常。」沃倫評論道。「要回報上去嗎？」

「回報什麼？」蓋恩斯說。「沒有人會在乎一頭瘋狂惡魔的愚蠢行徑，就算在乎，他們又能怎樣？」

「面對這個惡魔？」沃倫問。「大概就是嚇得拉屎吧。」

亞倫從工作檯前離開，伸展四肢，站起身來。太陽早已西沉，肚子咕嚕咕嚕地叫，但麵包師出雙倍價錢要他連夜趕修魔印，儘管只有造物主知道已經多久沒有任何惡魔現身密爾恩街道了；他希望卡伯有幫他留點飯菜在鍋裡。

亞倫推開魔印店後門，探出頭去，身體安然處於門前的半圓形魔印圈內。他左顧右盼，確定沒有惡魔，然後踏上小路，小心不去踩到地上的魔印。

魔印店後門通往卡伯住所的小路，由許多獨立四方形魔印石板組成，比密爾恩大多數房舍要來得安全。這種卡伯稱之爲克里特的石板是舊世界遺留下來的科技遺產，在提貝溪鎮不曾聽過，但在密爾恩卻是很常見的奇觀。用矽酸鹽粉末和石灰混合清水和碎石，形成一種黏稠物質，塑形並且硬化後就會形成任何想要的形狀。

製作方式是灌注克里特，然後在它開始硬化時，仔細在柔軟的表面上刻劃魔印，等硬了以後就會形成近乎永恆的防禦力場。卡伯採取這種方式製作出一塊塊石板，終於鋪出一條連接他家到魔印店之間的小路。就算有一塊石板被破壞，行人還是可以輕易移動到前後的石板中，不會被地心魔物騷擾。

如果能夠建立這樣一條大道，亞倫心想，我們就可以掌控全世界了。

進入小屋後，他發現卡伯彎腰站在桌前審視一疊繪有粉筆痕跡的石板。

稠燉菜。

「飯菜還溫著。」大師咕噥道，沒有抬頭。亞倫走到小屋唯一一個房間的火爐旁，盛了一碗卡伯的濃稠燉菜。

「造物主呀，孩子，你的提議眞是把情況弄得一團亂。」卡伯低聲吼道，站直身，指向石板。「密爾恩有半數的魔印師只想保守他們的祕密，就算得不到我們的祕密也無所謂，剩下的人又有一半只想用錢買，但最後那四分之一還是在我的桌上堆滿了他們願意用來交易的魔印。光是分門別類就要花上好幾個禮拜！」

「這樣做比較好。」亞倫說著席地而坐，拿一塊硬麵包充當湯匙，狼吞虎嚥地吃了起來。玉米和豆子都是硬的，馬鈴薯又因爲煮太久而糊成一團，但他沒有抱怨。他已經吃慣密爾恩又生又硬的蔬菜，而卡伯從不費事把它們分開來煮。

「我想你說得沒錯。」卡伯承認。「但是黑夜呀！誰想得到光是我們城內就有這麼多不同的魔印！其中有一半我從沒見過，而我可以向你保證，我曾仔細察看密爾恩裡每一根魔印樁！」

他舉起一塊粉筆石板。「這個人願意用能讓惡魔忘掉正在做的事、立刻轉身離開的魔印，來換你母親那個可以讓玻璃硬得和鋼鐵一樣的魔印。」他搖頭。「他們都想得到你那些神祕魔印的祕密，孩子。那些可以在不須直木棍和量角器的情況下輕易繪製而成的魔印。」

「畫不出直線的人才需要輔助工具。」亞倫嘲笑道。

「不是每個人都像你一樣天賦異稟。」卡伯咕噥道。

「天賦異稟？」亞倫問。

「別太得意了，孩子。」卡伯說。「但我從沒見過任何像你這麼快就學會繪製魔印的人。擔任學徒不過十八個月，你的技巧已經可以媲美出師五年的魔印師。」

「我一直在想我們之前的協議。」亞倫說。

卡伯一臉好奇地抬頭看他。

「你答應過只要我努力工作，」亞倫說。「你就會教我野外求生之道。」

他們互望良久。「我有信守承諾。」亞倫提醒道。

卡伯長嘆一聲。「我想你確實有。」他說。「你有練習騎術嗎？」他問。

亞倫點頭。「瑞根的馬夫讓我幫忙鍛鍊馬匹。」

「加強練習。」卡伯說。「信使的馬就是他的生命。每當你的坐騎帶你抵達庇護所，就等於幫你免去了一個晚上的危機。」老魔印師移動腳步，打開一個櫥櫃，拉出一大綑布。「六天後，等我們打烊，」他說，「我就教你騎術，再教你使用這些東西。」

他將布放在地板上攤開，裡面是幾把保養良好的長矛；亞倫渴望地打量它們。

卡伯順著鈴聲抬頭，看到一個小男孩走入店內。對方約十三歲，頭髮蓬亂，嘴角有著看似污垢的稀疏山羊鬍。

「你是傑克嗎？」魔印師說。「你家人在東城牆附近的磨坊工作，對吧？我們向你們報價過一次，但磨坊主人決定找別人幫忙翻新魔印。」

「沒錯。」男孩點頭說道。

「有什麼我能效勞的嗎？」卡伯問。「你家主人要我再報一次價錢嗎？」

傑克搖頭。「我只是來看看亞倫今天要不要一起去看吟遊詩人表演。」

卡伯幾乎不敢相信自己的耳朵。他從沒見過亞倫和同年齡的孩童交談，亞倫老是把時間花在工作和閱讀上，或是拿一大堆問題去騷擾來店裡光顧的信使及魔印師。這眞是令人意想不到的事，而且值得鼓勵。

「亞倫！」他叫。

亞倫走出店後的房間，手裡拿著一本書，直到快要撞上傑克時才注意到對方的存在，並停下腳步。

「傑克來找你去看吟遊詩人表演。」卡伯告訴他道。

「我很想去，」亞倫滿懷歉意地對傑克道，「但是我還要……」

「沒什麼不能等，」卡伯打斷他。「去找點樂子。」他丟給亞倫一小袋錢幣，把兩個男孩推出門外。

不久，兩個男孩就走在環繞密爾恩主廣場的擁擠市集中。亞倫花了一枚銀星幣向小販購買肉派，接著，在臉上被燻得油膩膩後，他又付了幾枚銅光幣給小販，買了一口袋的糖果。

「有朝一日我會成爲吟遊詩人。」傑克一邊吃糖一邊說道，朝其他孩童聚集的地方走去。

「眞的？」亞倫問。

傑克點頭。「看好了。」他說著，自口袋中取出三顆木球，拋入空中。不久後，其中一顆球砸中傑克腦袋，另兩顆也在一片混亂中落地，亞倫哈哈大笑。

「因爲我手指油膩膩的。」傑克一邊和亞倫追球一邊說道。

「應該是。」亞倫同意。「等我在卡伯這邊學徒期滿，我立刻就去信使公會註冊。」

「我可以當你的吟遊詩人！」傑克叫道。「我們可以一起上路！」

亞倫看著他。「你見過惡魔嗎？」他問。

「什麼？你以爲我沒那個膽嗎？」傑克說著推了他一把。

「也沒那個腦。」亞倫說著推了回去。片刻後，他們在地上扭成一團。亞倫因爲年紀的關係身材較瘦弱，傑克很快就把他撂倒。

「好啦，好啦！」亞倫笑道。「我就讓你當我的吟遊詩人！」

「你的吟遊詩人？」傑克問，沒有鬆手。「是我讓你當我的信使才對！」

「好夥伴？」亞倫提議。傑克微微一笑，伸手扶起亞倫。不久，他們就坐在廣場的大石塊上，欣賞吟遊詩人公會的學徒翻觔斗、表演默劇，爲早晨的主秀炒熱氣氛。

在看到奇林步入廣場時，亞倫的下巴差點掉了下來。眼前此人身材高瘦，如同一根紅頂燈柱，毫無疑問就是他認識的吟遊詩人。觀眾爆出一陣熱烈的歡呼。

「是奇林！」傑克說，興奮無比地搖著亞倫的肩膀。「他是我的最愛！」

「眞的嗎？」亞倫十分驚訝地問道。

「怎樣，你喜歡誰？」傑克問。「馬里？可伊？他們可不像奇林這般英勇！」

「我認識他的時候，他可一點也不英勇。」亞倫懷疑地說道。

「你認識奇林？」傑克瞪大雙眼問道。

「他去過提貝溪鎭一次。」亞倫說。「他和瑞根在路上遇上我，帶我來到密爾恩。」

「奇林救了你？」

「瑞根救了我。」亞倫糾正道。「奇林只要一有風吹草動就會大驚小怪。」

「他才不會。」傑克說。「你認爲他還記得你嗎？」他問。「你可以在表演結束後幫我介紹嗎？」

「或許吧。」亞倫聳肩。

奇林的演出一開始和在提貝溪鎭時很像。他先雜耍跳舞，弄熱場子，然後開始對孩童講述大回歸的故事，不時穿插一些耍寶、前滾翻和後空翻等動作。

「唱那首歌！」傑克叫道。觀眾隨即鼓譟，懇求奇林唱歌。他本來似乎沒有注意到這陣騷動，直到觀眾的吶喊震耳欲聾，同時還不住跺腳。最後，他哈哈大笑，鞠了個躬，在如雷的掌聲中取出他的魯特琴。

他比了手勢，亞倫看到學徒們拿出帽子走到觀眾間收錢。人們出手大方，迫不及待地想聽奇林唱歌。

最後，他終於開唱：

夜幕低垂
地面堅硬
放眼望去求助無門

寒風冷冽
刺痛心扉
唯有魔印阻隔地心魔物

「救命呀！」我們聽見
求救的聲音
發自一個驚慌失措的孩子口中

「快過來！」我叫道
「進入我們的魔印守護，
數哩內唯一的庇護所！」

男孩叫道
「我辦不到，我跌倒了！」
叫聲在黑暗中迴盪

聽見他的叫聲
我決定出手相助
但信使不讓我去

「送死有什麼好處？」
他嚴肅地問道。
「去了只是送死。」

「在地心魔物的利爪下
你根本幫不了他
只會淪爲爪下碎肉。」

我狠狠捶他一拳
抓起他的長矛
跳出魔印圈外

在恐懼的驅使下
我發足狂奔
要在男孩身亡前趕到

「鼓起勇氣！」我叫道
竭力奔跑
「堅定信心，不屈不撓！」

「如果你無法抵達
安全的所在
我就把魔印帶往你身旁！」

我迅速趕到
但不夠快
惡魔已經包圍而上

地心魔物數量眾多
我手忙腳亂
在地上繪製魔印

一聲震耳欲聾吼叫
撼動黑夜
來自二十呎高的惡魔

它聳立在前
面對如此龐然巨物
我的長矛微不足道

頭上的角好比尖槍
利爪長如我的手臂
黑色的甲殼堅硬無比

如同雪崩
來勢洶洶
怪物展開攻擊

男孩驚恐尖叫
緊抱我小腿
惡魔在我畫下最後一道魔印前揮爪襲來

魔光閃爍
造物主的恩賜
惡魔唯一憎恨的力量

有人會說
只有陽光
能夠傷害惡魔

那晚我發現
惡魔並非刀槍不入
獨臂魔是個好例子！

他以誇張的動作收尾，亞倫在觀眾報以熱烈掌聲時震驚得說不出話。奇林朝觀眾鞠躬，學徒收下一大堆錢幣。

「是不是很棒呀？」傑克問。

「當時的情況不是這樣！」亞倫大叫。

「我爸說守衛告訴他有頭獨臂惡魔每晚都會攻擊城牆的魔印。」傑克說。「它在尋找奇林。」

「奇林根本不在現場！」亞倫叫道。「惡魔的手臂是我砍的！」

傑克嗤之以鼻。「黑夜呀，亞倫！你不會以為有人相信這種話吧？」

亞倫臉色一變，站起身來大叫：「說謊！騙徒！」所有人轉頭去看說話的人，只見亞倫跳下大石塊，朝奇林走去。吟遊詩人抬頭，認出對方後瞪大雙眼。「亞倫？」他問，嚇得臉色發白。

傑克緊追亞倫而來，隨即停下腳步。「你真的認識他。」他低聲說道。

奇林緊張兮兮地打量觀眾。「亞倫，好孩子，」他說著張開雙臂，「來吧，我們私底下談談。」

亞倫不去理會。「惡魔的手不是你砍的！」他讓所有人聽見他的話。「事發當時你根本不在現場！」

觀眾中發出憤怒的鼓譟。奇林恐懼地環顧四周，直到有人說道：「把那個男孩趕出去！」其他人隨即歡呼。

奇林面露微笑。「沒有人會相信你而不信我。」他冷笑道。

「我在現場！」亞倫大叫。「我身上有傷痕可以證明！」他伸手想要拉開上衣，但奇林一彈手指，亞倫和傑克身邊隨即圍滿學徒。

他們被困住了，束手無策，只能眼睜睜看著奇林離開，拿起魯特琴，彈奏另一首歌曲，迅速攫取觀眾的注意。

「你何不閉嘴，嘿？」一名身材魁梧的學徒吼道。對方比亞倫高一倍，所有學徒都比他和傑克年長。

「奇林是騙子。」亞倫說。

「還是個傻子呢。」學徒同意道，揚起裝錢幣的帽子。「你以為我在乎嗎？」

傑克跳出來打圓場。「不要生氣。」他說。「他沒有什麼意思……」

但話還沒說完，亞倫已經衝向前，一拳擊中對方的肚子。對方癱倒在地，亞倫隨即轉身面對其他學徒。有一、兩個學徒被亞倫打得鼻血直流，但他很快就被壓在地上拳打腳踢。他隱約察覺傑克也在旁邊和他一起挨揍，直到兩名守衛出面制止。

「你知道，」傑克在他們鼻青臉腫、一拐一拐地回家時說道。「就一個書蟲來說，你打架的技術還不太糟，只要你挑一下對手……」

「我曾面對更可怕的敵人。」亞倫說著想到至今仍糾纏不休的獨臂惡魔。

「那甚至不是首好歌，」亞倫說。「他怎麼可能在黑暗中繪製魔印？」

「好到足以讓你跳出來爭功了。」卡伯評論，輕輕擦拭亞倫臉上的血跡。

「他說謊。」亞倫回答，痛得皺起眉。

卡伯聳肩。「他只是在做吟遊詩人做的事，編故事娛樂大眾。」

「在提貝溪鎮，全鎮的人都會出門欣賞吟遊詩人演出。」亞倫說。「西莉雅說他們保留古老世界的傳說，一代一代傳承下去。」

「確實如此。」卡伯道。「但就連最好的吟遊詩人也會刻意誇大事實，亞倫。還是你真的相信第一代解放者能夠一拳打死一百頭石惡魔？」

「我曾經相信，」亞倫嘆氣說道。「現在我不知道該相信什麼。」

「歡迎來到成人的世界。」卡伯說。「每個小孩都會在某天突然發現成人和所有人一樣也有弱點，會犯錯。那天過後，你就長大成人了，不管你喜不喜歡。」

「我從來沒有想過這件事。」亞倫說，發現自己的這一天早就已經過去。他的腦海中浮現傑夫躲在前廊的魔印後，眼睜睜看著他媽飽受惡魔摧殘的模樣。

「奇林的謊言真的如此罪大惡極嗎？」卡伯問。「他的故事讓人們快樂、給他們希望。這年頭，希望和快樂都很稀少，偏偏人們迫切需要這兩樣東西。」

「他不說謊也能達到這個目的。」亞倫說。「但他搶走我的榮耀，以賺取更多金錢。」

「你在追求眞相，還是榮耀？」卡伯問。「榮耀眞的重要嗎？重要的不該是你傳遞的訊息嗎？」

「人們需要的不只是歌曲。」亞倫說。「他們需要地心魔物也會受傷的證據。」

「你聽起來像是個克拉西亞烈士。」卡伯說。「爲了在另一個世界尋找造物主的天堂而拋棄性命。」

「書上說他們的來生世界裡充滿了裸體女子和美酒大河。」亞倫笑道。

「而想要前往那裡只須在死前拉頭惡魔陪葬就行了。」卡伯同意道。「但我還是打算待在這個世界比較保險。無論你躲到何處，來生都會找上門；我們沒有理由主動追逐它。」

第十一章　侵入　321 AR

「我賭三枚銀月幣，它今晚會朝東走。」蓋恩斯在獨臂魔現形時玩弄手中的銀幣說道。

「賭了。」沃倫說。「它已經連續三晚向東，今晚應該會換個方向。」

一如往常，石惡魔在城門附近聞來聞去，然後開始測試魔印。它有條不紊地轉移陣地，從不錯過任何地點。確定城門沒有漏洞後，地心魔物轉而向東。

「黑夜呀，」沃倫咒罵。「我以爲它今天要來點不同的。」正當他伸手到口袋中掏錢時，惡魔的吼叫和魔印的閃光突然消失。

兩名守衛透過護欄往下看，完全將賭金拋到腦後，只見獨臂魔好奇地凝視城牆。其他地心魔物在它身邊聚集，不過都與巨型惡魔保持一段距離。

突然間，惡魔伸出兩指，向前揮爪。魔印力場沒有發出任何閃光，石頭崩裂聲清清楚楚地傳入守衛耳中；他們全身的血液彷彿凝結成冰。

在一陣勝利的吼叫聲中，石惡魔再度出擊，這次整個拳頭直揮而出。即使透過星光，守衛依然看見石頭碎屑隨著它的利爪四濺。

「號角，」蓋恩斯說，雙手顫抖地緊握護欄。他的腳下突然傳來一股熱氣，過了好一會兒他才了解是因爲自己尿褲子。「去吹號角。」

他身邊沒有動靜。他轉頭看向沃倫，只見夥伴目瞪口呆地看著石惡魔，臉頰上滑落一滴淚。

「去吹那個救命的號角！」蓋恩斯大叫，沃倫自恍惚中回神，衝向檯座上的號角。他吹了好幾下，終於吹出單音。此時惡魔已轉身，甩著尾巴扯下更多石塊。

卡伯搖醒亞倫。

「誰……什麼聲音？」亞倫揉著眼睛問道。「已經天亮了嗎？」

「還沒。」卡伯說。「號角響起，有惡魔突破城牆。」

亞倫倏地坐起，仍未清醒。「突破？城裡有地心魔物？」

「有。」卡伯點頭。「或是快要有了，快起床！」

兩人手忙腳亂地點燃油燈，收拾工具，穿上厚重的披風，並戴上能在不影響動作的情況下禦寒的無指手套。

號角再度響起。「兩聲號角，」卡伯說。「一短，一長。城牆缺口位於城門以東第一和第二座守望塔之間。」

門外石板地上傳來馬蹄聲，緊接而來的是一陣敲門聲。他們打開大門，發現瑞根全副武裝站在門外，手裡握著一根長矛。他的魔印盾牌掛在重裝戰馬的馬鞍旁。這匹馬不是夜眼那般優雅的駿馬，這頭猛獸精壯剽悍、脾氣暴躁，屬於稀有的戰馬品種。

「伊莉莎很擔心。」他解釋道。「她派我來保護你們。」

亞倫皺起眉，但自從醒來後就如影隨形的恐懼感隨著瑞根的出現而消失。他們將健壯的佳倫馬套上馬車，然後出發，隨著吶喊聲、撞擊聲以及閃爍的魔光，朝城牆缺口的方向趕去。

街上空無一人，門窗全部緊閉，但亞倫看見門縫底下傳來燈火。密爾恩的人民自睡夢中醒來，緊張地咬著指甲，祈禱他們的魔印不會失效。他聽見哭泣聲，突然了解密爾恩人有多依賴他們的城牆。

他們抵達一片混亂的現場，石板街道上躺著許多已死亡或奄奄一息的守衛以及魔印師，長矛折斷、木柄燃燒。三名渾身是血的守衛在和一頭風惡魔搏鬥，試圖壓制它，好讓兩名魔印師學徒將它困在一道攜帶式魔印圈內。其他人拿著水桶四下奔走，試圖澆熄手舞足蹈、到處放火的火惡魔引發的火勢。

亞倫看著城牆缺口，難以想像一頭地心魔物居然能夠挖穿二十呎厚的石牆。許多惡魔卡在洞口，爲了擠入城內大打出手。

一頭風惡魔擠出洞口，揚起雙翼拔足狂奔。一名守衛對它拋出長矛，但沒有射中，惡魔隨即在不受阻礙的情況下飛入城內。不久後，一頭火惡魔撲倒這名手無寸鐵的守衛，撕開他的喉嚨。

「動作快，孩子！」卡伯叫道。「守衛在爲我們爭取時間，但是在缺口這麼大的情況下撐不了多久。我們必須盡快封閉缺口！」他身手矯健地跳下馬車，自車後取下兩道攜帶式魔印圈，將其中之一交給亞倫。

在瑞根駕車守護下，他們衝向標有魔印師公會的關鍵魔印旗幟所在地，那裡是魔印師架設的臨時陣地。手無寸鐵的藥草師在那裡照顧傷患，毫無畏懼地衝出魔印圈，幫助跌跌撞撞朝陣地走來的人們。和傷患人數相比，藥草師人數十分稀少。

公爵的顧問瓊恩主母以及魔印師公會會長文辛大師都過來向他們打招呼。「卡伯大師，很高興你能……」瓊恩開口道。

「哪裡需要我們幫忙？」卡伯詢問文辛，完全不理會瓊恩。

「主缺口。」文辛說。「架設十五度和三十度方位的魔印樁。」他說著指向一堆魔印樁。「看在造物主的份上，小心點！那裡有一頭可怕的石惡魔——就是挖開缺口的那個傢伙。他們困住它，不讓它繼續闖入城中，但是你們必須穿越魔印力場才能抵達定位。它已經殺掉三名魔印師，只有造物主知道還有多少守衛命喪它手中。」

卡伯點頭，立刻和亞倫朝魔印樁走去。「傍晚是誰値勤？」他一邊扛起魔印樁，一邊問道。

「馬克斯魔印師和他的學徒。」瓊恩答道。「公爵一定會吊死他們。」

「那麼公爵就是笨蛋。」文辛說。「誰也不知道此事起因為何，而密爾恩需要所有魔印師投入戰局。」他長嘆一聲。「照這種情況來看，今晚過後，魔印師的人數會大幅減少。」

「先設置魔印圈。」卡伯第三次說道。「等你安全後，將魔印樁插入檯座中，等待鎂光訊號。到時候會有一陣白晝般的強光，所以務必遮住雙眼。接著將魔印樁對準主樁刻盤上的角度，不要試圖和其他魔印樁連接，你必須信任其他魔印師。架設完畢後，將檯座釘入石板間的縫隙加以固定。」

「然後呢？」亞倫問。

「待在魔印圈裡直到有人叫你出來。」卡伯命令道。「不管看到什麼都不能出來，就算你必須整夜待在裡面！清楚了嗎？」

亞倫點頭。

「很好。」卡伯說。他環顧混亂場面，等著、等著、等著，接著大叫：「現在！」然後兩人拔腿就跑，沿路閃開火焰、屍體，以及磚瓦，朝各自的定位前進。數秒後，他們跑出一排建築物的掩蔽範圍，看見獨臂石惡魔聳立在一整隊守衛和十幾具屍體前。它的利爪和尖牙在街燈的照耀下閃爍著血色。

亞倫全身的血液凝結。他停下腳步，轉向瑞根，信使和他互看片刻。「一定是來找奇林的。」瑞根揶揄道。

亞倫張嘴欲言，但是還沒出聲，瑞根已經叫道：「小心！」接著朝亞倫拋出長矛。

亞倫撲倒著地，鬆開魔印樁，雙膝重重撞在石板地上。他聽見瑞根的長矛擊中俯衝而來的風惡魔面部時發出的碎裂聲，接著及時翻身，看見地心魔物自瑞根的盾牌上彈開，隨即墜落。

瑞根策馬狂奔，以戰馬的馬蹄踐踏惡魔，在亞倫撿起魔印樁的同時一把抓起他，半拖半拉地帶他前往那定點。卡伯已經設置好自己的攜帶式魔印圈，在準備魔印樁的檯座。

亞倫毫不浪費時間，立刻著手架設魔印圈，但他的目光一再飄回獨臂魔身上。惡魔正在攻擊面前緊急趕搭出來的魔印力場，試圖以蠻力闖關。每當魔光閃動，亞倫就能看見魔印網中的弱點，心知那道力場絕對撐不了多久。

石惡魔四處嗅聞，突然抬頭，接觸亞倫的視線，兩者瞪視片刻，直到亞倫無法承受，率先偏開目光。獨臂魔嘶聲怒吼，加倍使勁，試圖突破逐漸削弱的魔印力場。

「亞倫，不要發呆，做好你的工作！」卡伯喊道，亞倫隨即回神。他盡可能忽略地心魔物和守衛的叫聲，展開折疊式鋼座，置入魔印樁。他就著昏暗的光線調整角度，然後伸手遮蔽雙眼，等待鎂光訊號。

片刻後，強光乍現，將黑夜照亮得如同白晝。魔印師們迅速調整魔印樁，將檯座釘入地面。他們揮舞白布表示完工。

工作結束後，亞倫開始打量四周。數名魔印師和學徒還在努力架設魔印樁。其中一根魔印樁在惡魔火焰中大放光明。地心魔物在鎂光前尖叫閃避，深怕它們憎恨的太陽突然出現。守衛手持長矛奮勇進攻，試圖在魔印樁啓動前將惡魔趕出力場外。瑞根與守衛並肩作戰，騎著戰馬來回奔馳，舉起閃亮的盾牌反射光線，藉以逼退面露恐懼的地心魔物。

但這些假造的陽光無法傷害地心魔物。一隊守衛在鎂光的照耀下猛刺長矛，但獨臂魔絲毫沒有退縮。許多矛頭在接觸石惡魔的硬殼後立刻折斷或滑開，剩下的被惡魔一把抓住，猛力拉扯，如同孩童甩動布娃娃般將持槍的守衛拉出力場。

亞倫驚恐地看著眼前這場屠殺。惡魔咬下一名守衛的腦袋，將屍體拋回其他守衛中，撞倒好幾個人。

它一腳踩扁另一名守衛，然後甩開長刺的尾巴擊飛第二人。此人重重落地，再也爬不起來。

阻擋石惡魔的魔印現已深埋在屍體和鮮血下，獨臂魔闖出力場，肆意殺戮。守衛開始撤退，有些甚至拔腿就跑，他們才剛退下，獨臂魔已經將他們拋到腦後，朝亞倫所在的魔印圈直奔而去。

「亞倫！」瑞根驚叫，掉轉馬頭。信使驚慌失措地看著惡魔疾衝而去，似乎忘了亞倫身處攜帶式魔印圈中。他舉起長矛，策馬飛奔，衝向獨臂魔的背後。

石惡魔聽見他的聲音，在最後關頭轉過身去，站穩腳步，以胸口承受長矛的攻擊。武器粉碎，惡魔輕蔑地伸出利爪，擊碎戰馬的腦袋。

戰馬的頭偏向一側，向後退入卡伯的魔印圈中，將卡伯撞向後方，魔印樁隨即傾斜。瑞根沒有時間解開扣環，隨著戰馬一同倒地，小腿壓在馬下，一時無法起身。獨臂魔迎上前去，企圖了結他的性命。

亞倫驚叫，四下尋求援助，但是附近沒人能夠幫忙。卡伯扶著魔印樁，努力掙扎起身。所有缺口附近的魔印師都在發送完工訊號。他們已經撤換燒掉的那根魔印樁，只剩下卡伯的魔印樁沒就定位，但沒人出面幫助他；守衛們在獨臂魔上一波攻擊中元氣大傷。就算卡伯有辦法迅速修復魔印樁，瑞根也肯定難逃一劫；獨臂魔位於魔印網內側。

「嘿！」他大叫，步出魔印圈，大力揮舞雙手。「嘿！醜八怪！」

「亞倫，快回你的魔印圈！」卡伯大叫，但是已經遲了。石惡魔一聽見亞倫的聲音立刻轉過頭去。

「喔，沒錯，你聽到了。」亞倫喃喃說道，他臉上一熱，隨即轉為冰冷。他看向魔印樁的另一邊，鎂光逐漸消退，眾地心魔物已經蠢蠢欲動，朝那個方向退卻形同自殺。

但是亞倫記得自己上次和石惡魔交手時的情況，知道它把自己視為私有獵物。想到這點，他轉身跑過魔印樁，隨即吸引一頭嘶嘶作響的火惡魔注意。地心魔物疾撲而來，雙眼綻放火光，但獨臂魔也同時行動，衝過來撞開低等惡魔。

當它回過頭來時，亞倫已經跑回魔印樁的另一側。獨臂魔狠狠揮爪，只看到魔光一閃，將它震開。此時卡伯已經扶正魔印樁，啓動魔印網。獨臂魔憤怒吼叫，不斷捶打力場，但力場屹立不搖。

他跑到瑞根身邊。卡伯一把將他抱住，接著輕拍他的耳。「你下次再那樣亂來，」大師警告道。「我就折斷你的細脖子。」

「本來應該是我保護你的……」瑞根虛弱地說，嘴角揚起一絲笑意。

文辛和瓊恩解散魔印師時，城內還有零星的地心魔物肆虐。剩下的守衛幫助藥草師運送傷患前往城中的診所。

「不派人獵捕逃脫的惡魔嗎？」亞倫邊扶瑞根上車邊問。他的腳上了夾板，藥草師還給他喝了減緩痛楚的藥茶，現在他已經陷入昏睡。

「幹嘛這麼做？」卡伯問。「那樣只會害死追捕的人，而且天亮後就沒差了。最好還是進屋去，太陽會解決留在密爾恩中的地心魔物。」

「太陽還要好幾個小時才會出來。」亞倫爬上馬車時抗議道。

「你有什麼提議？」卡伯問，謹慎地駕車看路。「今晚公爵已經投入所有武力，數百名手持長矛和盾牌的守衛，還有訓練有術的魔印師。你有看到他們殺死任何一頭惡魔嗎？當然沒有。惡魔是殺不死的。」

亞倫搖頭。「惡魔可以殺死惡魔，我見過。」

「它們是魔法產物，亞倫。它們可以做到凡人的武器做不到的事。」

「太陽就可以殺死它們。」亞倫說。

「太陽的力量並非你我可以望其項背。」卡伯說。「我們只是魔印師。」

他們轉過路口，隨即倒抽一口涼氣。他們面前的街道上躺著開膛剖肚的屍體，鮮血染紅附近的石板。有些屍塊仍在悶燒，空氣中瀰漫著刺鼻的烤肉味。

「是一個乞丐。」亞倫說，注意到屍體上破爛的衣衫。「他爲什麼深夜在外遊蕩？」

「是兩個乞丐。」卡伯糾正他，以布摀住口鼻，比向稍遠處的另一具屍體。「一定是收容所不收他們。」

「收容所可以這樣做？」亞倫問。「我以爲公共收容所不能拒收任何人。」

「沒住滿前不會拒收。」卡伯說。「反正收容所也不是什麼好地方。一旦守衛鎖上大門，他們就會開始搶奪彼此的食物和衣服，還會對女人做出可怕的事。很多乞丐都寧願露宿街頭。」

「爲什麼沒有人管？」亞倫問。

「所有人都同意這是問題。」卡伯說。「但市民認爲這是公爵的問題，而公爵認爲他沒必要保護那些對本城沒有貢獻的人。」

「所以最好的作法就是教守衛回家，讓地心魔物出面解決這個問題。」亞倫怒道。卡伯沒有回應，甩開韁繩，一心想盡快離開街道。

兩天後，整座城的人都聚集在大廣場上。廣場中央架設了絞刑台，上面站著魔印師馬克斯，事發當晚輪值的人。

歐可本人並未出席，由瓊恩到場宣告判決：「以歐可公爵、群山之光、密爾恩領主之名，你因怠忽職守導致城牆魔印出現漏洞而被判有罪。八名魔印師、兩名信使、三名藥草師、三十七名守衛，以及十八名市民因你的無能而付出代價。」

「難道把魔印師的死亡人數增加到九人會對事情有幫助？」卡伯喃喃說道。群眾發出鼓譟，拿出垃圾丟擲一直垂頭站在原地的魔印師。

「判決為死刑。」瓊恩說，戴頭巾的行刑人拉起馬克斯的手臂，帶他走向繩索，將繩圈套上他的脖子。

一名高大寬肩、蓄有濃密黑鬍、身穿厚重長袍的牧師走到他的面前，在他額頭上比劃魔印。「願造物主寬恕你的失職，」聖徒唸誦道。「並恩賜我們純潔的內心與善舉，以結束祂的瘟疫、獲得解放。」

他後退一步，暗門隨即開啓。群眾在絞繩扯緊的同時鼓掌叫好。

「笨蛋，」卡伯啐道。「這下下次惡魔入侵又少一個人來對抗了。」

「他剛才的話是什麼意思？」亞倫問。「什麼瘟疫還有解放？」

「只是一堆用來控制群眾的鬼話。」卡伯說。「你最好不要去聽那種東西。」

第十二章　圖書館　321 AR

亞倫雀躍地跟在卡伯身後，朝雄偉高聳的石造建築走去。當天是第七日，正常來講他絕不想跳過長矛練習和騎術課程，但今天實在是千載難逢的機會：這是他第一次前往公爵圖書館。

自從他和卡伯開始交易魔印後，他老師的生意就蒸蒸日上，成爲城內炙手可熱的魔印師。他們收藏的魔印寶典很快就成爲全密爾恩第一，甚至可能是世界第一。同時，他們封閉城牆缺口的功績迅速傳開，而向來喜歡追逐潮流的貴族們自然也注意到他們的名號。

貴族的生意可不好做，因爲他們老是提出荒謬至極的要求，喜歡在不該設魔印的地方設魔印。卡伯把價錢翻倍，甚至提高三倍，但沒有嚇阻效果。請魔印大師卡伯來規劃自家的魔印力場已成爲身分的象徵。

但是今天，應邀前來爲城內最有價值的建築繪製魔印，亞倫認爲之前幫貴族繪印終於獲得回報了。很少市民有機會進入圖書館內部。歐可細心守護他的館藏，只有高階請願人和他們的助手才能獲准入內。

圖書館由造物主的牧師建造而成，之後由王室接收，不過一直都由一名牧師管理。通常該牧師除了這些寶貴的典籍外不須煩惱其他雜務。事實上，除了大聖堂及公爵的私人神廟外，這個職位的責任比管理大部分聖堂還要重大。

一名輔祭出來招呼他們，隨即帶領他們前往首席圖書館員朗奈爾牧師的辦公室。亞倫在行進間東張西望，欣賞著發霉的書櫃和漫步書堆間的沉默學者。不算魔印寶典的話，卡伯的藏書超過三十本，而亞倫原先以爲那堪稱寶庫，但公爵的圖書館藏書數千冊，他讀一輩子都讀不完。他認爲公爵不該將這麼多書鎖在圖書館內。

就首席圖書館員而言，朗奈爾牧師還算年輕，棕色頭髮比灰色多。他親切地招呼他們，請他們就座，派遣僕役去倒茶。

「你聲名遠播，卡伯大師。」朗奈爾說，取下他的細框眼鏡，在棕色長袍上擦拭。「我希望你願意接受這份工作。」

「在我看來，圖書館的魔印狀況都很良好。」卡伯評論道。

朗奈爾再度戴上眼鏡，不太自在地清了清喉嚨。「上次惡魔入侵事件過後，公爵就一直不放心他的館藏。」他說。「公爵閣下想要……某些額外防護措施。」

「什麼樣的額外防護？」卡伯懷疑道。朗奈爾侷促不安，亞倫看出他對自己將提出的要求感到難堪。最後，朗奈爾嘆了口氣。「所有桌椅及書櫃都要繪製防禦火焰唾液的魔印。」他平淡地說道。

卡伯眼睛都凸了出來。「那要做好幾個月！」他氣急敗壞地道。「再說這樣做有什麼好處？就算火惡魔能如此深入本城，也不可能通過圖書館外的魔印，如果它通過了，那你會有比書櫃更重要的事要擔心。」

朗奈爾神情嚴峻。「沒有更重要的事要擔心，卡伯大師。」他說。「公爵和我在這件事上有共識。你絕對無法想像地心魔物燒燬老圖書館時我們的損失有多慘重，這裡守護的是人類數千年來累積的知識。」

「我道歉。」卡伯說。「我沒有輕蔑的意思。」

圖書館員點頭。「我了解。你說的也沒錯，發生這種事的機率很低。無論如何，公爵閣下想做的事就一定會去做。我可以支付一千枚金陽幣。」

亞倫在腦中計算這個數字。一千枚金陽幣可是一大筆錢，算是他們接過最大筆的生意，但這個工作須耗費好幾個月，再加上放棄正常生意蒙受的損失……

「我恐怕幫不上忙。」卡伯說。「這會佔用我太多正常做生意的時間。」

「這樣做會獲得公爵賞識。」朗奈爾說。

卡伯聳肩。「我曾擔任他父親的信使，當年我獲得足夠的賞識了，我不需要更多。去找個年輕的魔印師試試。」他建議。「某個需要證明自己的人。」

「公爵閣下指名要你。」朗奈爾堅持道。

卡伯無奈地攤了攤手。

「我來接。」亞倫脫口而出。兩個男人同時轉頭看他，沒想到他有勇氣說這種話。

「我不認爲公爵願意接受學徒的服務。」朗奈爾說。

亞倫聳肩。「沒必要告訴他。」他說。「我老師可以規劃書櫃和書桌的魔印，然後交給我來刻就好了。」他一邊說一邊看向卡伯。「反正就算你接了這份工作，一樣會有一半以上的魔印是我刻的。」

「很有趣的折衷辦法。」朗奈爾嚴肅地道。「你覺得呢，卡伯大師？」

卡伯懷疑地看著亞倫。「這是你向來最討厭的單調乏味的工作。」他說。「你這麼做有什麼好處，小子？」

亞倫微笑。「公爵可以宣稱卡伯魔印大師打造了圖書館的魔印，」他開口道，「你可以得到一千枚金陽幣，而我——」他轉向朗奈爾。「——可以任意使用圖書館。」

朗奈爾大笑。「眞是討我歡心的孩子！」他道。「就這麼說定了嗎？」他問卡伯。

卡伯微笑，兩人握手。

朗奈爾牧師帶著卡伯和亞倫參觀圖書館。走著走著，亞倫逐漸了解自己剛剛接下了何等浩大的工程。就算跳過計算，直接目測繪印，大概也得在這裡耗上大半年。

儘管如此，在參觀過整座圖書館，看盡各式各樣的書籍後，他知道一切都將值得。朗奈爾承諾他隨時可以進出圖書館，不管白晝還是黑夜，直到他老死。

朗奈爾注意到孩子臉上的熱忱，露出會心一笑。他心裡突然有個想法，於是趁亞倫沉浸在自己的世界時把卡伯拉到一邊。

「這孩子是學徒還是僕役？」他問魔印師道。

「他是商人階級，如果你是在問這個的話。」卡伯說。

朗奈爾點頭。「他的父母是誰？」

卡伯搖頭。「沒有父母，至少在密爾恩沒有。」

「你能代表他說話？」朗奈爾問。

「那孩子代表自己說話。」卡伯回答道。

「他訂婚了嗎？」牧師問。

果然不出所料。「自從我的生意扶搖直上以來，你不是第一個問我這問題的人了。」卡伯說。「就連某些貴族也派美麗的女兒來探訪他，但我不認為任何造物主創造出的女孩有辦法讓他放下書本注意到她。」

「我知道那種感覺。」朗奈爾說，指向一名坐在書桌上的女孩，她的面前擺著十幾本翻開的書本。

「玫莉，過來一下！」他叫道。女孩抬頭，接著熟練地標示書頁，把書疊好，這才走過來。她看起來和十四歲的亞倫差不多大，有著棕色大眼及一頭亮眼的棕色長髮。她的臉型圓潤，線條柔和，笑容燦爛。身著實穿的連身裙，在圖書館裡沾上不少灰塵。她撩起裙襬，迅速行個屈膝禮。

「卡伯魔印大師，這位是我的女兒，玫莉。」朗奈爾道。

女孩抬起頭來，突然深感興趣。「那個卡伯魔印大師？」她問。

「啊，妳知道我的作品？」卡伯問。

「不，」玫莉搖頭，「但我聽說你珍藏的魔印寶典是世界之最。」

卡伯大笑。「這下說不定有點機會，牧師。」他說。

朗奈爾牧師彎腰到女兒臉前，指向亞倫。「那位年輕的亞倫是卡伯大師的學徒，他會幫我們圖書館繪製魔印，妳何不帶他參觀參觀？」

玫莉看著亞倫東張西望，完全忽視她的存在。他的棕髮骯髒雜亂，而且過長，身上昂貴的服飾又髒又縐，但眼中綻放智慧的光芒。他的五官工整對稱，看起來並不討厭。她撫平裙襬，朝他走去，卡伯聽見朗奈爾喃喃祈禱。

亞倫似乎沒有注意到玫莉接近。「哈囉。」她說。

「哈囉。」亞倫說道，瞇眼辨識一本放在高處的書，想知道書背上的文字。

玫莉皺眉。「我叫玫莉。」她說。「朗奈爾牧師是我父親。」

「亞倫。」亞倫說著自書櫃上取下一本書，開始慢慢翻閱。

「我父親要我帶你參觀圖書館。」玫莉說。

「謝謝。」亞倫說著把書放回原位，然後走過一排書櫃，來到一塊用繩子圍起來的區域。玫莉被迫跟在他的身後，臉上浮現惱怒的神情。

「她習慣忽視他人，而不是被忽視。」朗奈爾饒富興味地說道。

「BR。」亞倫唸出繩子圍住的拱門上方的標示。「BR是什麼意思？」他喃喃問道。

「大回歸前。」玫莉說。「那些是古世界遺留下來的書籍正本。」

亞倫轉向她，彷彿這才注意到她的存在。「真的？」他問。

「除非公爵允許，不然禁止進入。」玫莉說，欣賞亞倫的臉垮下來的模樣。「不過，」她微笑。「因爲我父親的關係，我可以自由進出。」

「妳父親？」亞倫問。

「我是朗奈爾牧師的女兒。」她不悅地提醒道。

亞倫瞪大雙眼，尷尬地鞠了個躬。「亞倫，來自提貝溪鎮。」他說。

在大廳的另一邊，卡伯輕聲竊笑。「男孩在女孩面前就是比較吃虧。」他說。

✿

接下來的幾個月裡，亞倫逐漸養成了規律的生活作息。瑞根的宅邸比較接近圖書館，所以大部分的晚上他都睡在那裡。信使的腳復元得很快，不久就又出門遠行了。伊莉莎鼓勵亞倫把他的房間當成自己家，而且似乎看到裡面堆滿亞倫的工具和書籍就有種莫名的喜悅。僕役們也很喜歡他住在家裡，宣稱只要有他在，伊莉莎女士就不會無精打采。

亞倫日出前一個小時就會起床，前往天花板高聳的前廳就著油燈的光線練習拋槍。當太陽自地平線上升起時，他就溜出屋外，投擲長矛，訓練騎術。接下來是和伊莉莎一起共進簡短的早餐——如果瑞根在家也會加入——然後他就出門前往圖書館。

抵達圖書館時，時間還很早，圖書館裡除了睡在地下室的輔祭之外空無一人。他們刻意保持距離，對亞倫心懷懼意，因爲他可以任意跑去找他們的主人並發表言論。

圖書館分配了一間獨立的小房間作爲他的工作室。空間只能容納兩個書架、他的工作檯，以及他正在處理的家具。其中一個書架上放滿油漆、刷子及雕刻工具，另一個書架放滿借來的書。地上積了一層捲曲的木屑，到處都有灑出來的油漆和亮光漆的污漬。

亞倫每天早晨都會抽出一小時閱讀，然後才不捨地放下書本，開始工作。剛開始幾個禮拜，他都在幫椅子雕刻魔印。接著他開始處理長凳。這份工作比預期中還花時間，但亞倫毫不在意。

幾個月下來，玫莉的倩影已成爲令他心情愉快的景象，她不時就會探頭進來對他微笑或閒聊幾句，然後才快步回去繼續她的工作。亞倫本來以爲她這樣打斷自己的工作和閱讀會令他心煩，然而事實剛好相反。他期待她的到來，甚至發現自己會在她較少路過的日子裡心浮氣躁。他們會在圖書館的屋頂共進午餐，俯瞰整座城市以及城外的高山。

玫莉和亞倫見過的女孩大不相同。身爲公爵圖書館員兼首席歷史學家的女兒，她或許可以算是城內知識程度最高的女孩，亞倫發現自己從她身上學到的東西不比從書裡來得少。但她的處境相當孤單，輔祭們怕她更甚於亞倫，而圖書館中又沒有其他和她年齡相當的人。玫莉可以面不改色地和灰鬍子學者辯論，但在亞倫面前她似乎有點害羞，不像平常那般自信。

他在她面前也是如此。

「造物主呀，傑克，你簡直完全沒有練習嘛。」亞倫摀起雙耳說道。

「別這麼殘忍，亞倫。」玫莉斥道。「你唱的歌很好聽，傑克。」她說。

傑克皺眉。「那妳爲什麼也摀住耳朵？」他問。

「這個嘛，」她說著笑嘻嘻地放開雙手。「我父親說音樂和舞蹈會導致罪惡，所以我不能聽，但是我敢肯定你的歌聲非常美妙。」

亞倫哈哈大笑，傑克眉頭深鎖，收起自己的魯特琴。

「試試雜耍。」玫莉建議道。

「你確定看雜耍表演不是一種罪？」傑克問。

「除非耍得很好。」玫莉低聲道，亞倫再次大笑。

傑克的魯特琴十分老舊，琴弦並不完整。他放下琴，自存放吟遊詩人道具的布袋中取出彩色木球。油漆剝落，球面也滿是裂痕。他將一顆球拋入空中，接著是第二顆、第三顆，如此耍了數秒，玫莉隨即拍手。

「好多了！」她說。

傑克微笑。「看好了！」他說著伸手要拿第四顆球。

當所有木球統統摔落地面時，亞倫和玫莉同時露出吃痛的神情。

傑克臉紅。「或許我應該多練一下三顆球。」他說。

「你是該多練一下。」亞倫同意。

「我爸不喜歡。」傑克說。「他說：『如果你閒到在那雜耍特技，孩子，我就幫你多找點雜務。』」

「我爸抓到我偷跳舞時也會這麼說。」玫莉說。

他們同時期待地轉向亞倫。「我爸以前也會這麼說。」他說。

「卡伯大師不會嗎？」傑克問。

亞倫搖頭。「他何必這麼做？他的要求我都做到了。」

「那你哪有時間練習信使的技能？」傑克問。

「找時間。」亞倫說。

「怎麼找？」傑克問。

亞倫聳肩。「早點起床、晚點睡覺、吃完飯偷偷出去。能怎麼找就怎麼找，除非你想要一輩子都當磨坊工？」

「當磨坊工沒什麼不好，亞倫。」玫莉說。

傑克搖頭。「不，他說得對。」他說。「既然想當吟遊詩人，我就必須更加努力。」他轉向亞倫。

「我會多多練習。」他承諾道。

「別擔心，」亞倫說。「如果你沒辦法娛樂村民，至少也可以幫忙用你的歌聲嚇跑路上的惡魔。」

傑克瞇起眼。玫莉哈哈大笑，旁觀他拿木球丟亞倫。

「厲害的吟遊詩人就能丟中我！」亞倫挑釁，身手靈巧地閃過每顆木球。

「你刺得太遠了。」卡伯叫道。爲了說明這點，瑞根放開一隻持盾的手，在亞倫收矛前抓住他的長矛矛頭下方的位置。他猛力一扯，失去重心的男孩摔在雪地上。

「瑞根，小心點。」伊莉莎警告道，在寒冷的晨風中緊抓自己的披肩。「你會弄傷他的。」

「他出手比地心魔物輕多了，女士。」卡伯說，聲音大到讓亞倫聽見。「使用長矛的目的在於撤退時和惡魔保持距離，這是防禦性武器。像亞倫那樣攻擊性太強的信使，結果就是死路一條。我見過這種事，有次在前往雷克頓的路上……」

亞倫臉色一沉。卡伯是個好老師，但他喜歡在課堂上穿插一些發生在其他信使身上的不幸事件。他的本意是要亞倫打退堂鼓，但效果正好相反，這些話只會強化亞倫想在其他人失敗的地方爬起來的決心。他站起身來，再度站穩腳步，將重心擺在腳跟。

「長矛練夠了。」卡伯說。「我們來試試短矛。」

伊莉莎皺起眉，看著亞倫將八呎長的長矛放回武器架，然後與瑞根一起選擇短矛，矛身近三呎長，矛頭就佔矛身的三分之一。這些矛專門設計用以近距離作戰，出矛戳刺的方式與長矛大不相同。他同時也挑選了一面盾牌，兩人再度於雪地中對峙。現在亞倫身材比較高，肩膀也比以前寬厚，就十五歲來講，算得上十分強壯。他身穿瑞根的舊皮甲，對他而言略大，但再過不久就會合身了。

「練短矛有什麼意義？」伊莉莎不悅地問道。「難道是要他與惡魔近距離搏鬥，然後向人炫耀他的英勇事蹟？」

「我見過這種事。」卡伯持反面意見，看著亞倫和瑞根練習。「而且城市間的道路上並非只有惡魔，女士。還有野生動物，甚至還有強盜。」

「誰會攻擊信使？」伊莉莎訝異地問道。

瑞根狠狠地瞪了卡伯一眼，但卡伯不理他。「信使都是有錢人。」他說。「而他們運送的都是價值不菲的物品以及書信，足以影響商人和貴族的命運。大部分的人沒膽子攻擊信使，但這種事還是可能發生。至於動物……弱小的動物都被地心魔物殺光了，只有最強壯的掠食者才會存活下來。」

「亞倫！」魔印師叫道。「如果被熊襲擊要怎麼處理？」

亞倫的目光保持在瑞根臉上，繼續舞動短矛，回道：「以長矛刺穿喉嚨，趁牠流血時撤退，然後在牠失去警覺後攻擊要害。」

「你還能怎麼做？」卡伯叫。

「躺著不動。」亞倫語帶反感地說道。「熊鮮少攻擊死者。」

「獅子呢？」卡伯問。

「使用中矛，」亞倫邊叫邊以盾牌架開瑞根的攻勢，並順勢反擊。「瞄準肩關節，站穩腳步藉獅子的衝勢令牠穿透矛頭，如果手邊有短矛，刺穿牠的胸口或腹側。」

「狼呢？」

「我聽不下去了。」伊莉莎說著奔向宅邸。

亞倫不理她。「以中矛重擊口鼻通常就能趕跑孤狼。」他說。「失手的話，採用對付獅子同樣的策略。」

「萬一有一整群狼呢？」

「狼怕火。」亞倫說。

「遇上野豬怎麼辦？」卡伯想知道。

亞倫大笑。「我應該『當作全世界的惡魔都在追我一樣拔腿就跑。』」他引述老師的話道。

亞倫在一堆書上醒來。一時間，他弄不清楚自己身在何處，最後才曉得自己又在圖書館中睡著了。他看向窗外，發現已經天黑許久。他抬起頭來，隱約看見風惡魔的輪廓飛越天際；伊莉莎一定會生氣的。

他最近在閱讀記載科學年代事蹟的古代歷史。這些史料提到古世界的國度，阿爾賓恩、提沙、大林姆以及洛斯克，並且提到海洋，一望無際的巨大湖泊，而海的另一邊還有其他國度；一切都太難以想像了。如果相信這些書，世界是比他想像中還要大上許多的地方。

他翻閱自己昨晚睡在上面的書籍，十分驚訝地在其中找到一幅地圖。隨著目光掃過地圖上的地名，他的雙眼越睜越大。就在那裡，十分顯眼的地方，他看見了公爵領地密爾恩。他湊上去細看，發現提供密爾恩堡水源的河流，以及位於後方的山脈。那裡繪製了一顆小星星，標明首都的位置。

他又翻了幾頁，閱讀關於古密爾恩的記載。當時就和現在一樣，密爾恩是一座採礦和採石城市，領土橫跨數十哩，直到安吉爾斯公爵領地邊境的分界河。

亞倫回想自己的旅途，他往西走時在路上發現的廢墟，是紐寇克伯爵的領地。亞倫興奮得微微顫抖，繼續沿著地圖看下去，發現了他在找的東西，一條小水道匯流到一座寬闊池塘的溪口。

提貝男爵的領地。

提貝、紐寇克以及其他領主都向密爾恩納貢，而密爾恩則和安吉爾斯公爵一樣對提沙國王效忠。

「提沙人。」亞倫喃喃低語，試圖熟悉這個字帶來的感覺。「我們都是提沙人。」

他拿出一支筆，開始複製地圖。

「你們兩個從此不准提起那個名字。」朗奈爾斥責亞倫和他女兒。

「但是……」亞倫開口。

「你以為沒人知道這件事？」圖書館員打斷他。「公爵閣下下令逮捕任何提起這個名字的人，你們想要去他的礦坑敲幾年石頭嗎？」

「為什麼？」亞倫問。「這個名字能造成什麼傷害？」

「在公爵關閉圖書館前，」朗奈爾說。「有些人對提沙十分著迷，不斷籌募經費雇用信使去聯繫地圖上失落的地點。」

「這有什麼不好？」亞倫問。

「國王已經死亡三世紀了，亞倫。」朗奈爾說。「而公爵們絕不會在不大戰一場的情況下臣服於任何人腳下，談論重新統一的言論將會提醒人們一些不該記得的東西。」

「最好的方法就是假裝密爾恩的城牆就是全世界？」亞倫問。

「直到造物主寬恕我們，派遣解放者降世結束大瘟疫。」朗奈爾道。

「什麼大瘟疫？」

朗奈爾看著亞倫，眼中摻雜了震驚和憤怒的情緒。有那麼一瞬間，亞倫以為牧師要動手打他。他做好應付攻擊的準備。

結果朗奈爾轉頭面對女兒。「他真的不知道？」他難以置信地問道。

玫莉點頭。「提貝溪鎮的牧師……不是傳統教派的。」她說。

朗奈爾點頭。「我想起來了。」他說。「他擔任輔祭時老師被惡魔殺了，後來一直沒有完成牧師訓練。我們一直想要另外派人過去……」他走到他的桌前，開始寫信。「這樣可不行，」他說。「竟然問我什麼大瘟疫，真是！」

他繼續咕噥，亞倫認為該往門外退了。

「先別走，你們兩個。」朗奈爾說道。「我對你們非常失望。我知道卡伯不是個忠實信徒，亞倫，但是無知到這個程度實在無可原諒。」他看向玫莉。「還有妳，年輕的小姐！」他叫道。「妳知道這件事，竟然什麼也沒做？」

玫莉低頭看腳。「對不起，父親。」她說。

「妳真該感到慚愧。」朗奈爾說。他自桌上拿出一本厚重的書，交給他的女兒。「教他。」他命令道，「把卡農經給她。「如果一個月內亞倫沒有唸熟這本經書，我就把你們兩個都抓來鞭打一頓。」

「輕鬆脫身。」亞倫說。

「太輕鬆了。」玫莉同意。「父親說得沒錯，我應該早點提起這件事。」

「別擔心。」亞倫說。「那只是一本書，我明早前就可以看完。」

「這不只是一本書！」玫莉大聲道，亞倫好奇地打量她。

「這是造物主的寶訓，由第一任解放者親筆記載。」玫莉說。

亞倫揚起一邊眉毛。「眞的？」他問。

玫莉點頭。「光是讀還不夠。你得每天身體力行。這是自導致大瘟疫的罪孽中拯救人類的指導方針。」

「什麼大瘟疫？」亞倫覺得自己已經問了不下十次。

「當然是惡魔。」玫莉說。「地心魔物。」

幾天後，亞倫坐在圖書館屋頂，閉上雙眼，背誦道：

於是人類再度驕傲自大
忤逆造物主與解放者
他選擇不再崇拜賜與萬物生命的造物主
背棄世間道德

人類的科學成爲新的信仰
利用機械和化學取代禱告
醫治理應死亡之人

自認能與造物主平起平坐

兄弟鬩牆，兩敗俱傷
邪惡隱忍不發，於內在滋長
在人類的內心和靈魂中播種
玷污曾經純淨潔白的事物

於是造物主，以其大智慧
降下大瘟疫懲罰迷失的子民
再度開啓地心魔域
讓人們明白自己的錯

世界將持續如此
直到造物主再度派遣解放者降世
當解放者淨化人類後
地心魔物將會失去食物來源

看呀，你會認得解放者
他的身上有印記
惡魔無法逼視

「非常好！」玫莉微笑稱讚。

亞倫皺眉。「我可以問妳問題嗎？」他問。

「當然。」玫莉說。

「妳眞的相信這裡面寫的東西嗎？」他問。「哈洛牧師說解放者只是人類。這名偉大的戰將，不過是凡人，卡伯和瑞根也這麼說。」

玫莉瞪大雙眼。「你最好不要讓我父親聽到這種話。」她警告道。

「妳相信地心魔物的存在是因爲我們自作自受嗎？」亞倫問。「我們活該？」

「我當然相信。」她說。「這是造物主寶訓。」

「不。」亞倫說。「這只是一本書，書都是人寫出來的。如果造物主想要傳達什麼訊息，祂何必透過書，何不用大火書寫在天上？」

「有時候眞的很難相信天上有個造物主在看顧我們。」玫莉說著抬頭看天。「不然事情的眞相是什麼？世界不是平空出現的。如果不是造物主創造這個世界，該怎麼解釋魔印的力量呢？」

「那大瘟疫呢？」亞倫問。

玫莉聳肩。「歷史記載了恐怖的戰亂。」她說。「或許我們眞的活該。」

「活該？」亞倫問道。「我媽不會因爲幾百年前某場愚蠢的戰爭就活該要死！」

「你母親死在惡魔手上？」玫莉問，撫摸他的手臂。「亞倫，我不知道……」

亞倫抽回手臂。「我無所謂。」他說著衝向門口。「我還有魔印要刻，雖然我看不出有什麼意義，既然我們都活該要死在惡魔手上。」

第十三章　抉擇　326 AR

黎莎蹲在花園裡，挑選當天的藥草。她自土壤中拔出某些植物的根莖。其他的她只是摘下幾片樹葉或花蕾。

她對布魯娜屋後的花園感到十分自豪。老太婆太老了，沒辦法照顧這些藥草，而妲西又不懂如何灌溉硬土，只有黎莎成功地種植藥草。現在很多之前她和布魯娜必須在野外花好幾個小時尋找的藥草，都已種在家門外，位於魔印樁的守護中。

「妳擁有敏銳的心思以及園藝的天分。」布魯娜在花園裡長出第一株嫩芽時說道。「過不了多久，妳就會成爲醫術比我更高明的藥草師。」

這些話爲黎莎帶來的驕傲又是一番全新感受。她或許永遠比不上布魯娜，但這個老太婆可不是喜歡說好聽話或恭維言語的人。她在黎莎身上看見別人看不出來的特質，黎莎不希望讓她失望。

籃子滿了，黎莎拍拍衣衫站起身來，朝小屋走去——其實已不算是一間小屋了。厄尼不願看到女兒住在簡陋的地方，於是雇用木匠和屋頂匠來補強搖搖欲墜的牆壁，並且重鋪殘破的屋頂。不久，小屋中多數東西都翻新了，而新搭建的部分幾乎讓小屋變大一倍有餘。

布魯娜抱怨工匠們發出的噪音，但現在濕冷的空氣都被阻隔在外，她的氣喘也開始好轉。在黎莎的照顧下，老女人在數年間似乎變得更健壯，而非日漸虛弱。

黎莎很高興改建房舍的事終於落幕。因爲到後來，那些男人已開始以奇怪的眼光打量她。

隨著年歲增長，黎莎擁有母親的豐滿身材。她從前一直想要擁有那樣的身材，但現在看來這似乎算不上什麼優勢。鎮上的男人飢渴地打量她，而她和加爾德調情的謠言，儘管事隔多年，至今還是埋藏在許多人心中，他們幻想她或許會接受某些見不得光的粗鄙提議。大多數這樣想的人黎莎都能以皺眉打發，只有少數人需要甩幾個巴掌。而為了提醒艾文家裡有個懷孕的新娘，她還賞了他一劑胡椒粉加臭草。盲眼藥粉已成為黎莎隨時放在自己圍裙和裙子中眾多口袋裡的物品之一。

當然，就算她對鎮上任何男人表示興趣，加爾德也會確保除了厄尼之外沒人可以接近她。壯碩魁梧的伐木工會嚴厲地提醒任何和黎莎聊起與藥草學無關話題的男人，她還是他的人。即使是約拿輔祭，也會在黎莎和他打招呼時嚇得冷汗直流。

她的學徒生涯即將屆滿。當布魯娜說出七年零一天的時候，這個時限聽起來如永恆般長久。但歲月飛逝，轉眼七年的時間已經走到盡頭。現在黎莎每天都會前往鎮上詢問有誰需要藥草師的服務，只有在情況危急時才會諮詢布魯娜的建議；布魯娜需要休息。

「公爵是以每年的出生率和死亡率來評斷當地藥草師的技術，」布魯娜在第一天就說過。「但只要著重介於出生和死亡間的人們，那麼一年內伐木窪地的人就會再也離不開妳。」事後證明她的話一點也沒錯。從那一刻開始，布魯娜到哪裡都帶她同去，完全不管任何保持隱私的要求。在她為大多數孕婦悉心照料未出世的嬰兒，並為其他半數女子熬煮龐姆茶後，鎮上女人紛紛開始敬重她，大大小小的病痛都不會隱瞞她。

儘管如此，她還是外人。女人會好像當她完全不存在般交談，毫不避諱地聊起鎮上一切祕密，彷彿她不過是晚上睡覺用的枕頭。

「妳本來就是。」當黎莎抱怨此事時，布魯娜說道。「妳的職責並非評論她們的生活，而是她們的健康。當妳穿上那件藥袋圍裙時，妳就必須發誓不管聽見什麼都不要出去亂說。藥草師必須贏得病人的信賴才能做好自己的工作。妳不能洩露任何祕密，除非保守祕密會阻礙妳治療他人。」

於是黎莎嚴守祕密，女人們漸漸開始信任她。一旦女人站在她那邊，男人立刻跟進，通常是被他們的女人拖來的。但是藥草圍裙同樣令他們保持距離。黎莎幾乎見過鎮上所有男人裸體的模樣，但從來沒有和任何一個男人親密接觸；雖然女人們會讚揚她，送她禮物，但她沒有辦法對任一個女人傾吐心事。

儘管如此，過去七年的日子還是比她前十三年的生活快樂許多。布魯娜的世界比在她母親陰影下的世界遼闊許多。在這期間有悲傷：當她必須闔上某人的雙眼時；同時也有喜悅：當她將嬰兒拖出母體外，拍打出生命的第一聲呼喊。

再過不久，她的學徒生涯會結束，而布魯娜會完全退休。聽她談起這件事時的語氣，顯然她退休後不久就會辭世；這個想法令黎莎感到萬分恐懼。

布魯娜是她的盾牌，也是她的長矛，是她與全鎮鎮民間一道無可穿越的魔印力場。少了這道魔印，她該怎麼辦？黎莎天性不像布魯娜那樣高傲強勢，沒辦法大聲下令、毆打愚民。少了布魯娜，她還能和誰以普通人的身分說話，而非藥草師的身分？誰能擦拭她的淚水，見證她的疑惑？遲疑會破壞信任，人們需要充滿自信的藥草師。

在她內心深處，還有更不為人知的想法。伐木窪地在她眼中已經變小了。布魯娜為她開啟的大門難以輕易關閉——它隨時提醒她的不是自己學到了多少東西，而是還有多少沒有學到。少了布魯娜，她的旅程將會在此結束。

她步入屋內，看見布魯娜坐在桌旁。「早安。」她說。「我以為妳不會這麼早起，不然去花園前我會先煮好茶。」她放下藥籃，望向火爐，水壺在冒煙，已經快滾了。

「我雖老，」布魯娜咕噥道。「但沒瞎沒跛，還能自己煮茶。」

「當然可以。」黎莎說著親吻老女人的臉頰。「妳的身體好到可以和伐木工一起揮斧砍樹。」她在布魯娜皺眉時大笑，接著走去端麥片粥。

共同生活的這幾年並沒有改變布魯娜尖酸刻薄的語氣，但黎莎早已學會忽略她的語氣，只聽得到老女人隱藏在牢騷後的關愛，並且會以親切的態度回應。

「你今天比較早出去採藥。」布魯娜在早餐時說道。「空氣中仍瀰漫著惡魔的氣味。」

「只有妳會在鮮花堆中抱怨惡魔的氣味。」黎莎回應道。的確，小屋裡到處放滿鮮花，充滿花香。

「不要轉移話題。」布魯娜說。

「咋晚有信使來到鎮上。」黎莎說。「我聽見號角聲了。」

「剛好趕在天黑前。」布魯娜咕噥道。「魯莽的傢伙。」她對著地板吐口水道。

「布魯娜！」黎莎責備道。「關於在屋裡吐口水的事我是怎麼對妳說的？」

老太婆看著她，瞇起濕黏的雙眼。「妳說這裡是我家，我想怎麼吐就怎麼吐。」她說。

黎莎皺眉。「我肯定自己不是這麼說的。」她嚴肅地說。

「除非妳比妳的胸脯給人的印象還要聰明。」布魯娜邊喝茶邊說道。

黎莎氣到下巴差點掉下來，但她早已習慣老太婆的粗言粗語。布魯娜想說什麼就說什麼，想做什麼就做什麼，沒有人管得了她。

「所以讓妳這麼早起的是那個信使。」布魯娜說。「是長相英俊的那個？他叫什麼名字？用無辜的小狗眼神看妳的那個？」

黎莎苦笑。「比較像大野狼。」她說。

「那也未嘗不是一件好事！」老女人竊笑，拍打黎莎的膝蓋。黎莎搖了搖頭，起身整理桌面。

「叫什麼名字？」布魯娜繼續問道。

「不是妳想的那樣。」黎莎說。

「我老到沒時間和妳來這套了，女孩。」布魯娜說。「他的名字。」

「馬力克。」黎莎兩眼一翻說道。

「年輕的馬力克來訪時，我該幫妳煮鍋龐姆茶嗎？」布魯娜問。

「大家滿腦子只有這件事嗎？」黎莎問。「我喜歡和他聊天，就這樣。」

「我還沒有瞎到看不出來那個男孩不只是想要聊天。」布魯娜說。

「喔？」黎莎雙手環抱胸前問道。「我現在舉起幾根手指頭？」

布魯娜大哼一聲。「一根也沒有。」她說，甚至沒有轉向黎莎。「妳這點把戲我一清二楚，」她說。

「就像我很清楚信使馬弗力克在和妳講話時從來不曾正視妳的雙眼。」

「他叫馬力克。」黎莎再度說道。「而且他有正眼看我。」

「只有在他看不到妳的領口時。」老太婆道。

「我眞受不了妳。」黎莎怒道。

「沒必要感到羞恥。」布魯娜說。「如果我有像妳那樣的胸部，我也會拿出來炫耀。」

「我沒有拿出來炫耀！」黎莎大叫，但布魯娜只是竊笑。

號角聲響起，距離她們不遠。

「是年輕的馬力克大師來了。」布魯娜說道。「妳最好快點打扮打扮。」

「不是那麼回事！」黎莎再度說道，但布魯娜只是揮了揮手。

「我去煮龐姆茶。」她說。黎莎拿塊抹布丟在老太婆身上，然後吐了吐舌頭，朝門口走去。

來到前廊，她一邊等待信使到來，一邊忍不住微笑。布魯娜幾乎和她母親一樣喜歡逼她出去找男人，但是老太婆這麼做是出於關愛。她只希望黎莎開心，而黎莎為此心存感激。但不管老太婆如何逗她，黎莎還是對馬力克帶來的郵件比較感興趣，而非他的野狼眼神。

從很小的時候開始，她就很喜歡信使來訪的日子。伐木窪地是個小地方，但位處三座大城和十幾座偏遠村落的要道上，加上盛產木材以及厄尼的紙張，它在鄰近區域的經濟上扮演重要的角色。

伐木窪地一個月至少會有兩次信使來訪，大部分的郵件都留在史密特那裡，但厄尼和布魯娜的郵件會由信使親自送達，而且通常還會留在鎮上等待他們回信。布魯娜與來森堡和安吉爾斯、雷克頓以及數個偏遠村落的藥草師互通聲息。由於老太婆的視力日漸衰弱，讀信以及回信的責任自然落在黎莎身上。

即使距離遙遠，布魯娜仍受人尊重。事實上，鄰近地區大部分的藥草師都曾是布魯娜的學生。遇上解決不了的疑難雜症，各地藥草師經常會寫信諮詢她的意見，並且常常提出派遣學徒來向她學習的要求。沒有人願意見到她的知識隨她一同離開人世。

「我老到沒力氣再收學生了！」布魯娜會大聲抱怨，輕蔑地擺擺手，然後黎莎會寫禮貌性的拒絕回函，這件事她已駕輕就熟。

這一切都讓黎莎有很多機會和信使交談。事實是大多數信使都以色迷迷的眼光看著她，或是試圖以自由城邦的故事吸引她的注意，馬力克就是這些人之一。

信使的故事確實打動了黎莎。他們的本意或許是為了迷倒黎莎進而掀開她的裙襬，但是他們的故事勾勒出的畫面卻深深印在黎莎的腦海中。她想要行走在雷克頓的碼頭上，去見識來森堡壯觀的魔印田野，或看看傳說中的森林堡壘安吉爾斯；她想要閱讀它們的藏書，與那兒的藥草師交流。如果她有膽量出門找尋，世上還有其他古老知識的守護者。

她微笑看著馬力克步入視線範圍。儘管距離遙遠，她依然認出他走路的模樣，因為一輩子待在馬上導致雙腳微微彎曲。這位信使來自安吉爾斯，與五呎七吋的黎莎差不多高，但身上有種剛毅的氣質，而且黎莎一點也沒誇大他的狼眼。它們以一種掠食者的冷峻目光打量四周，搜尋潛伏的威脅……以及獵物。

「啊，黎莎！」他叫道，舉起長矛指向她。

黎莎舉手招呼。「大白天的有必要攜帶那玩意來嗎？」她指著長矛問道。

「要是有狼怎麼辦？」馬力克笑著回答。「我要怎麼保護妳？」

「伐木窪地很少見到狼。」黎莎在他接近時說道。他擁有一頭棕色長髮，樹皮般的深青褐色眼眸，她無法否認他是英俊的男人。

「那就當有熊吧。」馬力克抵達小屋時說道。「或獅子，世上有許多種類的掠食動物。」他說著目光移動到她的乳溝上。

「這點我十分清楚。」黎莎說著調整披肩，遮住胸口。

馬力克大笑，將信使包放在前廊上。「披肩已經退流行了。」他建議道。「安吉爾斯或來森已經沒有女人在披披肩了。」

「那我敢說她們一定是穿高領洋裝，不然就是那裡的男人不會亂看。」黎莎回道。

「高領。」馬力克笑著點頭，深深鞠躬。「我可以送妳一件安吉爾斯高領禮服。」他低聲說道，越走越近。

「我什麼時候會有機會穿那種衣服？」黎莎問，什對方有機會將自己逼到角落前溜開。

「去安吉爾斯，」信使提議。「在那裡穿。」

黎莎嘆氣。「我很想去。」她哀怨地道。

「或許妳會有機會。」信使狡獪地說，點頭抬手，示意黎莎先行進屋。黎莎微笑入內，但是這麼做的同時，她可以感覺到他的視線緊盯著自己背影。

他們進門時，布魯娜已經回到椅子上坐好。馬力克走到她的面前，深深鞠躬。

「年輕的馬力克大師！」布魯娜愉快地說道。「眞是意想不到呀！」

「安吉爾斯的吉賽兒女士向妳問好。」馬力克說。「她遇上棘手的病例，懇求妳伸出援手。」他伸手到袋子裡，取出以繩子綑綁的紙卷。

布魯娜指示黎莎接信，然後靠上椅背，閉上雙眼，聽自己的學徒唸信。

「尊貴的布魯娜，回歸後紀元三二六年，來自安吉爾斯堡的問候。」

「吉賽兒當我學徒時老是像小狗一樣喋喋不休，她寫信也是一個樣子。」布魯娜打斷她。「我沒有那麼多時間好活，直接跳到病例。」

黎莎瀏覽內容，然後翻到背面繼續閱讀，一直讀到第二張信紙才找到要找的部分。

「一個男孩，」黎莎說。「十歲大。由母親帶往診所，主訴反胃和無力。沒有其他症狀或病史。服用淒根、清水、臥床休息。三日間症狀日益嚴重，另外手腳和胸口起了疹子。數日中淒根用量增加到三盎斯。」

「症狀惡化、開始發燒、疹子上出現白色膿腫。藥膏沒有效果。緊接而來的症狀是嘔吐。服用心葉和罌粟減輕痛楚，淡牛奶保護腸胃。沒有胃口，看來沒有傳染性。」

布魯娜沉默一段時間，消化這件病例。她轉向馬力克。「你見過那個孩子嗎？」

信使點頭。

「有發汗嗎？」布魯娜問。

「有。」馬力克確定道。「也有發抖，好像他同時承受冷熱煎熬。」

布魯娜咕噥一聲。「他的指甲是什麼顏色？」她問。

「就是指甲的顏色。」馬力克笑著回答。

「放聰明點，和我耍嘴皮子會後悔的。」布魯娜警告道。

馬力克臉色發白地猛點頭。老女人又問了他幾分鐘，偶爾在他回答後嘟噥幾聲。信使都擁有過人的記憶力和觀察力，布魯娜似乎毫不懷疑他的答案。最後，她揮手要他安靜。

「信裡還有什麼值得一提的嗎？」布魯娜問。

「她想要再派個學徒來向妳學習。」黎莎說。布魯娜臉色一沉。

「我有個學徒，薇卡，即將完成訓練。」黎莎讀道。「根據妳的來信，妳也一樣。如果妳不願意接受新人，請考慮和我交換熟手。」黎莎訝異極了，馬力克露出會心一笑。

「我沒叫妳停下來。」布魯娜刺耳地道。

黎莎輕輕喉嚨。「薇卡潛力無窮，」她唸。「醫術足以應付伐木窪地的需求，也有能力接受睿智的布魯娜的訓練。當然黎莎也可以在我診所的病患身上學到不少經驗。拜託，我懇求妳，在睿智的布魯娜辭世前多讓一個人傳承她的知識。」

布魯娜沉默了好一會兒。「我要好好想想才能回覆此事。」她終於說道。「去鎮上巡巡，女孩。我們等妳回來後再談。」她對馬力克說：「明天給你答覆，黎莎會為你準備酬勞。」

信使鞠躬，在布魯娜靠回椅背、閉上雙眼時退出屋外。黎莎感到心跳加速，但她知道不該打擾老太婆回溯數十年的記憶，為小男孩尋求醫療之道。她拿起藥籃，外出前往鎮上巡視。

黎莎出門後，馬力克在門外等她。

「你早就知道那封信裡寫些什麼。」黎莎指控道。

「當然，」馬力克承認。「她寫信時我在場。」

「你竟然沒有對我說。」黎莎道。

馬力克微笑。「我說要送妳高領禮服，」他說。「這個提議依然有效。」

「看看囉。」黎莎微笑，拿出一袋錢幣。「你的酬勞。」她說。

「我寧願妳付我一個吻。」他說。

「太榮幸了，你竟然認為我的吻比金幣還要值錢。」黎莎回道。「恐怕我必須令你失望了。」

馬力克大笑。「親愛的，如果我不畏黑夜裡的惡魔，勇敢地自安吉爾斯前來此地，卻只帶了妳的吻回去，還是會讓所有路過伐木窪地的信使羨慕到死。」

「好吧，既然這樣，」黎莎笑著說道。「我想我會繼續保留我的吻，等價錢高一點再拿來付帳。」

「妳傷了我的心。」馬力克說，伸手撫摸胸口。黎莎將錢袋丟給他，他身手矯健地接下。

「至少，我是否有榮幸護送藥草師前往鎮上？」他微笑詢問。他一腿屈膝，伸出手臂請她勾握；黎莎忍不住微笑。

「我們伐木窪地的步調沒有那麼快。」她說著看看他的手臂。「但是你可以幫我提藥籃。」她將藥籃掛在他伸出來的手臂上，朝鎮上前進，任由他在身後凝望自己的背影。

當他們抵達鎮上時，史密特的市集已經人聲鼎沸。黎莎喜歡早點來市集挑菜，以免最好的菜被人挑光，並且先向屠夫道格訂肉，然後才去巡視鎮上的病患。

「早安，黎莎。」楊．葛雷說，他是伐木窪地最老的人。他那把作爲驕傲象徵的灰鬍子，比大多數女人的頭髮都長。楊曾是身強體壯的伐木工，但晚年日漸瘦弱，必須依賴拐杖才能走動。

「早安，楊。」她回應。「關節還好嗎？」

「還是會痛。」楊回答。「特別是手掌，有時候幾乎握不住拐杖。」

「即使如此，你還是有辦法每次見面都對我毛手毛腳。」黎莎指出。

楊竊笑。「對我這樣的老頭而言，小女孩，再痛都值得。」

她把手探入藥籃，拿出一個小瓶子。「我又幫你做了一些敷藥。」她說。「你幫我省了送去的路。」

楊微笑。「我隨時歡迎妳來我家幫我塗藥。」他說著眨了眨眼。

黎莎試圖忍住笑，但還是笑出聲來。楊是個好色之徒，但是她還滿喜歡他的。和布魯娜同住讓她了解以豐富的人生經驗而言，歲月累積而成的怪癖只是微不足道的小缺點。

「恐怕你得自己想辦法。」她說。

「哈！」楊嘲弄似地揮舞拐杖。「好啦，妳考慮考慮。」他說。離開前，他看了馬力克一眼，點頭表達敬意。「信使。」

馬力克點頭回應，老人隨即離開。

市集中所有人都熱情地向黎莎打招呼，她會停下腳步詢問每個人的健康狀況，隨時都在工作，即使買菜時也不例外。

雖然她和布魯娜利用販售火焰棒之類的物品賺了不少錢，不過不管她買什麼都不會有人和她收錢。布魯娜治病從不收錢，所以其他人也不會向她收錢。

在她嫻熟地挑選蔬菜和水果的時候，馬力克一直緊跟在她身邊。他吸引了不少目光，但黎莎認為那是因為他和她走在一起，而不是因為市場上出現陌生人；伐木窪地常常會有信使來訪。

她看見了基特——史黛芙妮的兒子，但不是史密特的。這個孩子將近十一歲了，隨著一天天長大，他越長越像米歇爾牧師。這些年來史黛芙妮一直信守承諾，自從黎莎擔任學徒起就沒有說過她的壞話。在布魯娜看來，她的祕密不會洩露，但是站在史黛芙妮的角度來說，黎莎實在無法想像史密特怎麼可能不從這張每天都會在餐桌上看見的臉上看出眞相。

她比個手勢，基特連忙跑來。「有空就把這個袋子送去給布魯娜。」她說著將挑好的菜交給他。她向他微笑，偷偷在他手裡放了一卡拉。

基特眉開眼笑地看著他的禮物。大人絕不會向藥草師收錢，但黎莎總會給幫忙的孩童一點好處。伐木窪地的主要貨幣是安吉爾斯的亮面木幣，等到下次有信使來訪時，基特和他的兄弟就有錢買糖吃了。

正要離開時，她看見麥莉，於是走過去打招呼。她朋友這些年來十分忙碌，身後已經跟了三個小孩。一個名叫班恩的年輕玻璃匠離開安吉爾斯，試圖前往雷克頓或來森堡追尋財富。他在伐木窪地落腳，打算招攬顧客，賺點本錢，然後繼續旅程，但是後來他遇上了麥莉，那些計畫如同丟入熱茶中的糖般融化殆盡。

現在班恩在麥莉父親的畜棚中做生意，搞得有聲有色。他向從克拉西亞堡回來的信使購買一袋袋沙，將它們製造成實用又美觀的物品。伐木窪地從來沒有玻璃匠，所有人都想弄點玻璃製品回家。

黎莎也對這樣的發展感到高興，不久就請班恩製作一套布魯娜的書中提到的複雜蒸餾器具，讓她得以濾出藥草中的精華，製作鎮民前所未見的強力藥水。

不久後，班恩和麥莉結婚，又過了不久，黎莎就從麥莉雙腿間拉出了他們第一個孩子。另兩個孩子緊接而來，黎莎對他們視如己出。當他們將最小的孩子取名爲黎莎時，黎莎榮幸得掉下眼淚。

「早安，小淘氣們。」黎莎說，蹲下身去等待麥莉的孩子們衝入她懷中。她緊緊擁抱、親吻他們，起身前還塞給每個小孩一些用紙包裝的糖果。這些糖果都是她親手做的，另一項從布魯娜身上學到的手藝。

「早安，黎莎。」麥莉說，微微行了個屈膝禮。黎莎忍下皺眉的衝動。這些年來她和麥莉依然走得很近，但自從穿起藥草圍裙後，麥莉就以不同的目光看待她，而且不管她怎麼說都無法改變這一點。這個屈膝禮似乎已積習難改。

儘管如此，黎莎依然珍惜她們的友情。賽拉偷偷溜到布魯娜的小屋，向她懇求龐姆茶，導致她們的交情從此斷絕。聽鎮上的女人說起，賽拉的日子過得十分愜意。鎮上的半數男人都曾在不同的時間敲過她家大門，而她的錢總是比她母親和她縫補衣物賺得還多。

從某些角度來看，布莉安娜的情況比她更糟。過去七年間她沒和黎莎講過半句話，卻偏偏喜歡向所有人講黎莎的壞話。她開始請妲西幫忙，繼續與艾文亂來，很快就把肚子搞大。當米歐爾牧師質問她時，她不願獨自面對全鎮鎮民，於是宣稱艾文就是孩子的父親。

艾文在布莉安娜的父親拿乾草叉脅迫，同時又被她兄弟在旁挾持下娶了布莉安娜，接下來是布莉安娜和他們的兒子加倫災難的開始。

布莉安娜是個稱職的母親與妻子，但她一直沒有甩掉懷孕期間增加的體重，而黎莎十分清楚艾文的雙眼及雙手——會跑到什麼地方。根據傳言，他常常會去敲賽拉的門。

「早安，麥莉。」她說。「你見過信使馬力克嗎？」黎莎轉身介紹，卻發現他已不在自己身後。

「喔，不。」她說，看著他面對加爾德站在市集對面。

加爾德十五歲時就已經比全鎮的男人還高，只略矮於他父親。他現年二十二，已長成近七呎高、全身都是肌肉的巨人，在長年伐木生涯中變得健壯無比。人人都說他有密爾恩血統，因為從來沒有安吉爾斯人能長到這種身高。

他說謊的事情弄得全鎮皆知，之後，所有女孩都和他保持距離，不敢與他獨處。或許這就是他至今仍糾纏黎莎的原因，或許無論如何他都會糾纏黎莎。但加爾德並沒有從過去的經驗汲取教訓。他的自我隨著肌肉一同膨脹，已經成為所有人預料中的惡霸。嘲弄過他的男孩只要他一開口立刻膽顫心驚，而如果他對待他們的方式堪稱殘暴，他對待任何愚蠢到膽敢多看黎莎一眼的人簡直算是恐怖到極點。

加爾德依然在等她，一副黎莎遲早會突然醒悟，了解自己終究還是屬於他的模樣。他頑固得像木頭，完全聽不進任何人的勸誡。

「你不是本地人，」她聽見加爾德說，同時用力戳著馬力克的肩。「所以或許你不知道黎莎已經訂婚了。」他聳立在信使面前，如同成人站在孩童面前。

但馬力克毫不畏懼，也沒有被加爾德戳得後退。他動也不動地站在原地，一雙狼眼不曾離開加爾德的目光；黎莎希望他保有不要輕舉妄動的理智。

「她可不是這麼說的。」馬力克回應，黎莎的希望落空。她開始靠近他們，但他們身旁已圍了一圈人，阻擋她的去路。她希望自己有帶布魯娜的拐杖可以用來趕人。

「她有說要嫁給你嗎，信使？」加爾德大聲說道。「她說過要嫁給我。」

「我曉得。」馬力克回道。「我還聽說全伐木窪地只有你這個笨蛋以為婚約在你背叛她後還有效。」

加爾德大吼一聲，出手抓向信使，但是馬力克動作飛快，迅速閃到側面，拔出他的長矛，矛柄狠狠刺中伐木工的雙眼之間。他以流暢的動作甩動長矛，在加爾德向後跌開時攻擊他的膝蓋後方，讓他重重摔倒。

馬力克將長矛插在地上，一腳踏在加爾德身上，狼般的目光冷峻而充滿自信。「本來矛頭不是要插在地上。」他提醒道。「你最好記住這點，黎莎的事黎莎自己可以決定。」

圍觀群眾全看呆了，但黎莎繼續向前推進，因為她很了解加爾德，知道一切還沒結束。

「停止這種愚行！」她叫道。馬力克轉頭看她，加爾德趁機抓住他的矛底。信使立刻回頭，雙手緊握矛柄，試圖搶回長矛。

這是他最不該採取的舉動。加爾德擁有木惡魔般的力量，就算癱在地上，力氣依然無人能及。他壯健的手臂一抽，將馬力克拋入空中。

加爾德爬起身來，將六呎長矛如同樹枝般折成兩半。「看看沒有長矛可躲的情況下你要怎麼打架。」他說著將斷矛丟在地上。

「加爾德，不要！」黎莎尖叫，推開擋在前面的幾名觀眾，抓住他的手臂。他將她一把推開，目光沒有離開馬力克。這個簡單的動作將她甩回圍觀群眾中，撞在道格和尼可拉斯身上，眾人摔成一團。

「住手！」她無助地叫道，掙扎起身。

「沒有人可以擁有妳！」加爾德道。「妳只能接受我，不然就像布魯娜一樣孤獨終老！」他大步走向馬力克，信使才剛剛將自地上爬起。

加爾德朝信使揮出斗大的拳頭，然而再一次，馬力克動作比他還快。他輕易避開此拳，接著在加爾德大幅度轉身攻擊前迅速賞他兩拳。

如果加爾德有感受到那兩拳的威力，他絲毫沒有表現出來。他們再度展開攻擊，這次馬力克筆直擊中加爾德的鼻子。加爾德鼻血直流，哈哈大笑，使勁自鼻孔中擤出鼻血。

「你就這點能耐？」

馬力克低吼一聲，疾撲而上，連續擊中好幾拳。加爾德跟不上他的速度，根本沒有費心閃避，只是咬緊牙關護住要害，臉頰因爲憤怒而漲紅。

片刻後，馬力克向後退開，以一種類似貓咪備戰的姿勢站立，舉起雙拳，準備出擊。他的指節脫了一層皮，並發出濃重的喘息聲。加爾德似乎只受到一點皮外傷。馬力克的狼眼中首次浮現恐懼。

「你就這點本事？」加爾德問，再度邁步向前。

信使再度撲上，但這一次，他的動作不像之前那般矯健。他揮出一拳，兩拳，接著加爾德粗大的指頭緊抓他的肩膀，狠狠壓下。信使試圖後退，但他抓得很緊。

加爾德一拳捶入信使的肚子裡，腹內的空氣當場逸散。他再度出拳，這次打在頭上，馬力克如同一袋馬鈴薯般跌落地面。

「這下得意不起來了，是不是！」加爾德大吼。馬力克手腳撐地，掙扎起身，加爾德狠狠踢中他的腹部，令他翻身癱倒。

這時黎莎已經衝上前去，加爾德則跪在馬力克身上，不停重拳捶打。

「黎莎是我的！」他吼道。「任何膽敢反對的人都會……！」

他話才說到一半，黎莎已經灑了一把布魯娜的盲眼藥粉到他臉上。他的嘴巴本已張開，便反射性地吸入一大堆藥粉，在藥粉灼燒他的眼睛和喉嚨時放聲慘叫，他的靜脈緊縮，皮膚猶如被滾水燙傷。他自馬力克身上跌落滾向一旁，呼吸困難，不住抓臉。

黎莎知道自己灑太多藥粉了。只要用手指夾一點就能撂倒大部分的男人，一整把的量很可能會鬧出人命，導致對方被自己的痰給噎死。

她臉色一沉，推開圍觀群眾，提了一桶史黛芙妮用來清洗馬鈴薯的清水。她將水整桶倒在加爾德身上，他隨即不再抽搐。他會失明幾個小時，但她絕對不要看到他死在自己手上。

「我們的婚約已經解除。」她對他說。「永遠解除。我永遠不會成為你的妻子，就算這表示我會孤獨終老也無所謂，我寧願嫁給地心魔物也不要嫁給你！」

加爾德痛苦呻吟，似乎完全沒有聽見她說什麼。

她走到馬力克身邊，蹲下去扶他坐起。她取出乾淨的布輕拭他臉上的血跡。他已開始浮腫瘀青了。

「我想我們讓他知道我們的厲害了，呃？」信使輕聲竊笑問著，隨即又因為發笑引發的疼痛而皺眉。

黎莎在布上倒了些史密特在自家地窖裡釀造的烈酒。

「啊啊啊！」布才一碰到他，馬力克就倒抽一口氣。

「你活該。」黎莎說。「你本來可以避免這場爭鬥，不管你能不能打贏，你應該這麼做。我不需要你的保護，而且我也不可能喜歡以為和人打架可以贏得藥草師芳心的男人，就像我不會喜歡鎮上的惡霸。」

「是他起頭的！」馬力克抗議道。

「我對你很失望，馬力克大師。」黎莎說。「我以為信使不會如此愚蠢。」馬力克羞愧地垂下目光。

「帶他回史密特旅店的房間。」她對附近的幾個男人說道，他們立刻遵命行事。這些日子以來，伐木窪地大部分的男人都會聽從她的命令。

「如果你在明天早上前下床，」黎莎對信使道。「我會知道，然後我會更不高興。」

馬力克虛弱地微笑，眾人隨即扶著他離開。

「實在太了不起了！」麥莉在黎莎回去拿藥草籃時激動說道。
「沒什麼了不起，只是一件必須制止的愚行。」黎莎說道。
「沒什麼了不起？」麥莉問。「兩個男人像公牛一樣打成一團，而妳只灑一把藥草就能分開他們！」
「用藥草傷人容易，」黎莎說，很驚訝地發現自己竟然說出布魯娜會說的話。「困難的是治病。」

當黎莎巡完全鎮，回到布魯娜的小屋時已是中午過後。
「孩子們怎麼樣？」布魯娜在黎莎放下藥籃時問道。黎莎微笑。在布魯娜眼中，所有伐木窪地的居民都是她的孩子。
「很好。」她說著，過去坐在布魯娜椅子旁的矮凳上，讓年邁的藥草師可以清楚地看見自己。「楊・葛雷的關節依然痠痛，但他的心境還是和從前一樣年輕；我拿了點軟膏給他。史密特還是臥病在床，不過咳嗽減少了。我想最嚴重的關卡已過去。」她繼續描述鎮民的病情，老太婆則無聲點頭。如果有意見的話，布魯娜會打斷她；現在她很少這麼做了。
「就這樣？」布魯娜問。「小基特向我提到今天早上在市集發生了精彩的事？」
「比較像是愚蠢的鬧劇。」黎莎說。
布魯娜揮手打斷她。「男孩就是男孩。」她說。「就算變成男人也是一樣，聽起來妳應付得不錯。」
「布魯娜，他們本來可能會鬧出人命！」黎莎說。
「喔，去！」布魯娜說。「妳可不是第一個讓男人大打出手的美女。妳或許很難相信，但我在妳這個年紀的時候，一樣有不少男人為了我而斷了骨頭。」

「妳從來沒有像我這樣年輕過。」黎莎揶揄道。「楊・葛雷說他在學走路的時候，鎮民就已經叫妳『醜老太婆』了。」

布魯娜竊笑。「確實如此，確實如此。」她說。「但在那之前我的胸部和妳一樣豐滿圓潤，男人爲了搶著吸吮它們，會像地心魔物一樣大打出手。」

黎莎仔細打量布魯娜，試圖抹去歲月的痕跡，看見那個曾經美麗的女子，但這是不可能的事。就算不管所有加油添醋的誇大故事，布魯娜至少也一百多歲了。她從來不會提起自己確切的年紀，被逼問時只會說：「我過一百歲後就沒去算了。」

「總而言之，」黎莎說。「馬力克臉上可能多了點瘀青，但是明天仍可繼續上路。」

「那很好。」布魯娜說。

「所以妳想到醫治吉賽兒女士年輕病患的方法了嗎？」黎莎問。

「妳會怎麼對她說？」布魯娜反問。

「我很肯定我不知道。」黎莎說。

「眞的很肯定嗎？」布魯娜問。「我不這麼認爲。來吧，如果妳是我，妳會怎麼告訴吉賽兒？別假裝妳沒想過這個問題。」

黎莎深深吸了口氣。「淒根看來沒有和男孩的身體產生良好互動。」她說。「他需要停止服用淒根，至於膿腫必須切開抽膿。當然，接下來還得處理最初的病症。發燒和反胃可能只是普通感冒，但是瞳孔放大和嘔吐表示病情並不單純。我會用僧葉搭配仕女胸針和艾德樹皮，少量服用至少一星期。」

布魯娜凝視著她良久，然後點頭。

「整理行李，和大家道別。」她說。「妳要親口將妳的建議告訴吉賽兒。」

第十四章　前往安吉爾斯　326 AR

每天下午，從無例外，厄尼會造訪布魯娜的小屋。伐木窪地有六名魔印師，每個魔印師都有個學徒，但厄尼不願意將愛女的安危交在其他人手上。矮小的紙匠是伐木窪地最頂尖的魔印師，大家都知道這點。

他常常會帶來信使自遙遠的地方帶來的禮物：書籍、藥草及手工蕾絲。但這些禮物並非黎莎期待他來訪的原因。父親的強力魔印可以讓她安心入眠，而且眼看他過去七年都過得開心，就是最好的禮物了。伊羅娜依然讓他日子難過，但已經比從前好多了。

但是今天，黎莎看著太陽橫越天際，她發現自己害怕父親來訪。這件事會深深刺傷父親的心，同時也會傷她自己的心。厄尼是她遭遇困境時汲取支持與關愛的深井，少了他，她在安吉爾斯該怎麼辦？少了布魯娜該怎麼辦？那裡有任何人可以看穿藥草圍裙下的她嗎？

但不管她有多害怕前往安吉爾斯得面對的孤獨，都比不過內心另一種更大的恐懼：一旦見識過外界遼闊的世界，她將永遠無法回到伐木窪地。

直到看見自己父親出現在道路的另一邊，她才發現自己在哭。她擦乾眼淚，為他換上最燦爛的微笑，手忙腳亂地撫平自己的裙襬。

「黎莎！」父親伸出雙手叫道。她心懷感激地撲入父親懷中，心知這或許是他們最後一次在此擁抱。

「一切還好嗎？」厄尼問。「我聽說市集裡出了點事。」

伐木窪地這種小地方鮮少有人能夠保守祕密。「沒事。」她說。「我已經解決了。」

「妳幫伐木窪地所有人解決問題，黎莎。」厄尼說，用力抱她。「少了妳，我不知道大家該怎辦。」

黎莎開始哭泣。「好了，好了，不要這個樣子。」厄尼說著以食指自她臉上揩下一滴淚，輕輕彈開。

「擦乾淚水，回屋子裡去。我去檢查魔印，等妳端上一碗美味的燉肉後，我們再來談談困擾妳的事。」

黎莎微笑。「媽還是會把食物煮到燒焦？」她問。

「食物不是燒焦就是還在動。」厄尼點頭。黎莎大笑，讓父親檢查魔印，自己去準備晚餐。

「我要前往安吉爾斯。」黎莎在用餐完畢後說道。「去布魯娜從前的一名學徒那裡學習。」

厄尼沉默良久。「我知道了。」他終於說道。「什麼時候走？」

「和馬力克一起離開。」黎莎說。「明天。」

厄尼搖頭。「我女兒絕不能單獨和信使在野外相處一個星期。我來雇用車隊，這樣比較安全。」

「我會小心惡魔的，爸。」黎莎說。

「我擔心的不光是地心魔物。」厄尼意有所指地道。

「我能應付馬力克信使。」黎莎保證道。

「在黑夜中防止男人對妳上下其手，與在市集裡結束一場打鬥可不是同一回事。」厄尼說。「想要活著抵達目的地，妳不能弄瞎信使的眼睛。只要等幾個禮拜，我求妳。」

黎莎搖頭。「我必須立刻趕去治療一個孩子。」

「那我跟妳去。」厄尼說。

「你不能去，厄奈爾。」布魯娜插嘴道。「黎莎必須獨自面對這件事。」

厄尼轉向老女人，兩人展開目光與意志的對峙。但伐木窪地裡沒有人的意志比布魯娜更堅強，厄尼很快就偏開目光。

不久，黎莎送父親出門。他不想離開，她也不想送他走，但天色已晚，他得加快腳步才能安然返家。

「妳會離開多久？」厄尼問，緊握前廊的欄杆，遙望安吉爾斯的方向。

黎莎聳肩。「取決於吉賽兒女士有多少經驗可以傳承，以及她派來這裡的學徒薇卡要學多久，至少兩年吧。」

「我想如果布魯娜撐得了那麼久，那我也可以。」厄尼說。

「答應我，在我不在時幫忙檢查她的魔印。」黎莎說著輕觸他的手臂。

「當然。」厄尼轉身擁抱她。

「我愛你，爸。」她說。

「我也愛妳，小心肝。」厄尼說著緊緊將她摟在懷裡。「明天早上再來看妳。」他承諾道，隨即踏上陰暗的小路。

「妳父親倒是提到重點。」黎莎進屋後，布魯娜說道。

「喔？」黎莎問。

「信使和普通男人沒什麼不同。」布魯娜警告。

「這點我毫不懷疑。」黎莎說著，想起市集裡那場打鬥。

「年輕的馬力克大師現在或許冷靜沉著，笑容滿面，」布魯娜說。「但一上路，他就可以爲所欲爲，不須在乎妳的意願。抵達森林堡壘後，不管妳是不是藥草師，沒幾個人會選擇相信妳而不相信信使的話。」

黎莎搖頭。「他只會得到我願意給予的東西。」她說。「沒有別的了。」

布魯娜瞇起雙眼，咕噥一聲，對於黎莎了解即將面對的危險感到滿意。

第一道陽光灑落時，門上已經傳來敲門聲。黎莎應門，發現母親站在門外，伊羅娜自從被布魯娜拿掃把趕出去後就不曾來過這裡。她滿臉怒容地推開黎莎、進入屋內。

如果沒有她女兒在，四十出頭的伊羅娜仍堪稱伐木窪地最美麗的女人。然而與黎莎相較後的黯然失色並沒有讓她失去信心。她或許會咬牙切齒地在厄尼面前低頭，但在別人面前仍盛氣凌人。

「妳光是偷走我的女兒還不夠，妳還要把她送走？」她大聲問道。

「早安，母親。」黎莎說著關上房門。

「妳不要插嘴！」伊羅娜大叫。「老巫婆已經扭曲了妳的內心。」

布魯娜對著粥碗竊笑。黎莎趁著布魯娜推開粥碗、拿袖子擦嘴準備反脣相譏時，趕緊擋在兩人之間。

「吃完妳的早餐。」黎莎命令，將粥碗推回她的面前，然後轉頭面對伊羅娜。「我去是因爲我想去，母親。等我回來後，我會帶回自從布魯娜年老後就不曾在伐木窪地出現過的醫術。」

「這次又要多久呢？」伊羅娜問到。「妳已經將最佳懷孕年齡浪費在這些蒙塵的古書裡了。」

「我最佳的……！」黎莎張口結舌道。「母親，我才剛滿二十！」

「一點也沒錯！」伊羅娜大叫。「妳應該像妳那個稻草人朋友那樣，已經生下三個小孩了。結果呢，我只能乾瞪眼地看著妳從鎮上每個女人的子宮中拉出小孩。」

「至少她沒有蠢到用龐姆茶搾乾自己的子宮。」布魯娜喃喃說道。

黎莎立刻轉身。「我教妳吃妳的粥！」她說，布魯娜瞪大雙眼，一副想要回嘴的樣子，但最後只是咕噥一聲，繼續吃粥。

「我不是專門用來配種的母馬，母親。」黎莎說。「我的人生還有更重要的事。」

「還有什麼？」伊羅娜逼問。「還有什麼會比這個更重要？」

「我不曉得。」黎莎誠實回答。「但只要我找到，我就知道了。」

「在妳找尋的同時，妳就把伐木窪地的命運交給從未謀面的女孩和笨手笨腳的妲西，她差點就害死安迪，後來還有五、六人也差點死在她的手上。」

「我只是要去幾年。」黎莎說。「妳一直說我一無是處，而現在妳又要我相信伐木窪地少了我幾年不能過日子？」

「萬一妳出事了呢？」伊羅娜問道。「萬一妳死在路上？我該怎麼辦？」

「妳該怎麼辦？」黎莎問。「七年來，除了逼我原諒加爾德以外，妳對我根本不聞不問。妳已經完全不了解我了，母親。妳從來不曾費心了解我，所以不要假裝我的死會對妳造成任何損失。如果妳這麼想抱加爾德的孩子，妳自己去和他生。」

伊羅娜瞪大雙眼，做出黎莎童年不聽話時她的反應。「我不准妳這樣對我說話！」她大叫，順手一巴掌揮了下去。

但黎莎已經不是小孩。她與母親的體型相當，而且更加敏捷強壯。她抓住伊羅娜的手腕，緊緊箝制。

「妳的話能夠影響我的日子早就過去了，母親。」黎莎說。

伊羅娜試圖掙脫，但黎莎又抓了一會兒。在她終於放手後，伊羅娜搓揉手腕，輕蔑地看著自己女兒。

「妳總有一天會回來的，黎莎。」她發誓道。「聽清楚！到時候就有妳受的！」

「我認為妳該離開了，母親。」黎莎說著打開大門，剛好看到馬力克伸手準備敲門。伊羅娜怒吼一聲，把他推開，氣沖沖地踏上小徑。

「如果打斷了什麼還請見諒，」馬力克說。「我來聽取布魯娜女士的答覆，今天早上我就要出發前往安吉爾斯。」

黎莎打量馬力克。他的下巴瘀青，但黝黑的膚色將創傷隱藏得很好，而她塗在裂開的嘴唇和眼瞼上的藥膏發揮良好的消腫功效。

「你看起來復元得不錯。」她說。

「傷勢復元快的人幹我這一行會活得比較久。」馬力克說。

「那就去牽馬吧。」黎莎說。「一個小時內回來，我將親自傳達布魯娜的回覆。」

馬力克露出燦爛的笑容。

「此行對妳是件好事。」布魯娜在兩人終於獨處後說道。「伐木窪地對妳來說已經沒有任何挑戰，而妳還年輕，不該就此停滯不前。」

「如果妳認爲剛剛那樣不算挑戰，」黎莎說。「那妳顯然是恍神了。」

「算挑戰，或許。」布魯娜說。「但我從不懷疑妳們爭吵的結局，妳早已堅強到不須懼怕伊羅娜那種角色了。」

堅強，她心想。*我眞的變堅強了嗎？*大部分的時間，她並不覺得自己堅強，但事實上，伐木窪地裡已經沒有人能夠令她心生畏懼。

黎莎收拾了幾個袋子，都是小袋子，沒裝多少東西；幾件衣服和書籍、一些錢、她的藥草袋、一個睡袋，以及食物。她把自己的飾品、父親送給她的禮物以及其他心愛的東西留在布魯娜家。信使輕裝便行，馬力克不會喜歡看到自己的馬揹負太多行李。布魯娜說受訓期間吉賽兒會管吃管住，儘管如此，就即將展開全新生活的人而言，這些行李實在有點少。

全新的生活。這個想法帶來很大的壓力，同時也帶來興奮之情。黎莎讀過布魯娜收藏的所有書籍，但是吉賽兒的藏書更多；如果她能說服安吉爾斯的其他藥草師分享，必定還有更多書籍可讀。

一小時將過去時，黎莎覺得體內的空氣彷彿都被擠出體外。她父親去哪裡了？莫非他不來送行嗎？

「時間快到了。」布魯娜說。黎莎抬頭看她，這才發現自己眼眶濕潤。

「我們好好道別吧。」布魯娜說。「很可能再也沒有機會道別了。」

「布魯娜，妳在說什麼？」黎莎問。

「別裝傻，女孩。」布魯娜說。「妳知道我的意思。我已經多活了一倍的壽命，但我不可能不死。」

「布魯娜，」黎莎說。「我不是非去不可……」

「去！」布魯娜揮手說道。「我能教妳的，妳都已經學會了，女孩，所以就讓我剩下的歲月成為我送妳的最後禮物。去吧，」她推黎莎一把。「盡可能見見世面、增廣見聞。」

她張開雙臂，黎莎撲入她懷中。「只要保證在我離開後，妳會照顧孩子們。他們或許很愚蠢、很任性，但若是面臨困境，他們就會流露善良的本性。」

「我會的。」黎莎承諾道。「我會讓妳以我為傲。」

「妳永遠不可能讓我失望。」老女人說道。

黎莎在布魯娜粗糙的披肩上哽咽著。「我很害怕，布魯娜。」她說。

「妳如果不怕就太愚蠢了。」布魯娜說。「我見過不少世面，而我還沒遇上任何妳無法應付的事。」

不久，馬力克已經牽著馬匹走來。信使手中握著一根新矛，魔印盾則和號角一起掛在馬鞍上。如果昨天受的傷有對他造成任何影響，他絲毫沒有顯露出來。

「啊，黎莎！」他看到她後叫道。「準備展開妳的冒險了嗎？」

冒險。這個字劃開了悲傷與恐懼，在她體內注入興奮之情。

馬力克接過黎莎的袋子，在黎莎轉頭去看布魯娜最後一眼時將它們掛在高瘦的安吉爾斯駿馬背上。

「道別道個老半天不適合我這種歲數的人。」布魯娜說。「自己保重，女孩。」

老女人遞給她一個布袋，黎莎聽見其中傳來密爾恩錢幣的清脆聲，這些錢幣在安吉爾斯價值不菲。布魯娜在黎莎有機會抗議前轉身進屋。

她迅速將錢袋收入口袋中。在距離密爾恩如此遙遠的地方看見金屬錢幣可以引起任何男人的貪念，就連信使也不例外。他們走在馬身的兩側，沿著小徑前往鎮上，然後轉向大路，直通安吉爾斯。經過她家時，黎莎呼喚她的父親，但沒有回應。伊羅娜看見他們路過，隨即轉身入內，用力甩上家門。

黎莎垂頭喪氣，她很想在離開前再見父親一面。她想起自己每天面對的所有鎮民，想起自己沒有時間和他們好好道別；她留在布魯娜家的那些道別信無法道盡自己心中的不捨。

然而當他們抵達鎮中心時，黎莎深深吸了一大口氣。她父親在前等候，而全鎮鎮民都在他的身後夾道歡送。他們在她經過時一個個上前與她道別，有些親吻她，有些則往她手裡塞禮物。「記得我們、記得回來。」厄尼說，黎莎緊緊擁抱他，緊閉雙眼，不讓眼淚流下。

「伐木窪地的鎮民對妳十分愛戴。」馬力克在他們騎馬穿越樹林時說道。他們離開伐木窪地已數個小時，地上的影子已經開始逐漸拉長。黎莎坐在他身前寬敞的馬鞍上，這匹揹負著他們以及行李的駿馬似乎一點也不感到吃力。

「有些時候，」黎莎說，「我也如此認爲。」

「妳爲什麼不該如此認爲？」馬力克問。「一個能治百病而又如同黎明般美麗的女子，我懷疑有誰不會情不自禁地愛上妳。」

黎莎大笑。「如同黎明般美麗？」她問。「去找說這話的吟遊詩人，請他永遠別再講這句台詞了。」

馬力克大笑，雙手自後方環抱上來。「妳知道，」他在她耳邊說，「我們還沒討論護送妳的酬勞。」

「我有錢。」黎莎道，盤算著自己的錢能在安吉爾斯撐多久。

「我也有。」馬力克笑道。「我對錢不感興趣。」

「那你想要什麼酬勞，馬力克大師？」黎莎問。「又到了你索吻的時候了嗎？」

馬力克竊笑，狼眼綻放精光。「一個吻只是幫妳帶信的價錢。將妳本人帶往安吉爾斯的收費……可高多了。」他在她身後挪動臀部，意思再明顯不過。

「總是這麼猴急。」黎莎說。「你這趟可以獲得一個吻就已經很不錯了。」

「我們走著瞧。」馬力克說。

他們不久就開始紮營。黎莎準備晚餐，馬力克設置魔印。煮好菜後，她在端給馬力克的碗裡添加了一點額外的藥草。

「快吃。」馬力克說著接過碗，舀起一大匙菜往嘴裡塞。「妳會希望在地心魔物現身前進入帳篷，近距離面對它們很恐怖。」

黎莎看向馬力克搭的帳篷，幾乎只能容納一人。

「很小。」他眨眼。「但是我們可以在寒冷的夜裡爲彼此取暖。」

「現在是夏天。」她提醒他道。

「但是只要妳一開口，就會讓我感到一陣寒意。」馬力克竊笑。「或許我們可以想辦法化解這個問題。再說，」——他比向魔印圈外，地心魔物薄霧般的身影已經開始凝聚——「妳能跑到哪裡去。」

他比她強壯，她的抵抗就和拒絕一樣徒勞無功。在地心魔物的吼聲中，她痛苦地承受著他的親吻及挑逗，動作粗魯，肆無忌憚。當他發現自己無法勃起時，她溫柔地安慰他，提供只會令不舉症狀惡化的藥方。有時候他怒火中燒，她很害怕他會攻擊她。有時候他會哭泣，因爲他不知道無法播種的人算是什麼男人。黎莎默默忍受一切，因爲只要能夠抵達安吉爾斯，這樣的煎熬並不算多高的代價。

我這樣做是爲了他好，每當在他食物裡下藥時，她就這樣告訴自己，什麼樣的男人會想讓自己淪爲強暴犯？然而事實上，她的心中微感罪惡。她不喜歡利用自己的技能折斷他的武器，但是內心深處，她卻有一絲冷酷的滿足感，彷彿自從世上第一個男人強暴第一個女人開始，所有的女性祖先都認同她這種在被對方奪走第一次前搶先奪走他勃起能力的作法。

日子慢慢過去，每晚的挫折令馬力克的情緒在鬱悶和暴躁間遊走。最後一個晚上，他喝了很多酒，似乎隨時打算跳出魔印圈，讓惡魔殺掉算了。當森林堡壘出現在面前的樹林中時，黎莎終於鬆了一大口氣。她在高聳的城牆前讚歎不已，牆上漆的魔印強而有力，比伐木窪地的魔印大上好幾倍。

安吉爾斯的街道上鋪有一層木板，以防止惡魔自城內現身；整座城市就是巨大的木板平台。馬力克帶她深入城內，在吉賽兒的診所外放她下馬。他在她轉身離開前抓住她的手臂，使勁捏下，故意弄痛她。

「城牆外發生的事，」他說。「就留在城牆外。」

「我不會告訴任何人。」黎莎說。

「最好不要，」馬力克說。「如果妳亂說，我會殺了妳。」

「我保證。」黎莎說。「以藥草師的名聲發誓。」

馬力克咕噥一聲，放開她的手，緊扯馬勒，慢跑離開。

黎莎面露微笑，拿起行李，朝診所走去。

第十五章　拉小提琴賺錢　325 AR

他看見濃煙、大火，聽見女人的尖叫聲透過地心魔物的怒吼傳來。

我愛你！

羅傑突然在急遽的心跳中驚醒。太陽自安吉爾斯堡的高牆上升起，柔和的光線自窗葉縫隙間灑落。他完好的手掌緊握護身符，隨著天色逐漸明亮，他等待自己的心跳恢復正常。護身符是一個小娃娃，出自小孩子之手的木像，頭上頂著紅髮，那是母親唯一留給他的東西。

他不記得她的臉，因為當時煙霧瀰漫，也不記得當天晚上大部分的細節，但他記得她對他說的最後一句話。他在夢中一次又一次地聽見那句話。

我愛你！

他以大拇指和無名指輕撫娃娃上的頭髮。食指和中指的位置現在只剩下一條鋸齒狀的疤痕，因為母親的捨命相救，他保住了一條小命。

我愛你！

這個護身符是羅傑的祕密魔印，就連將自己視如己出的艾利克也不知道它的存在。它幫助他度過漫漫長夜，抵擋令他恐懼顫抖的地心魔物叫聲。

但是白晝到來，日光帶來安全感。他親吻小娃娃，放回自己在五顏六色的褲帶上縫的暗袋裡。光是知道它在暗袋裡就能令他充滿勇氣；他今年十歲。

羅傑自稻草床墊上起身，伸展四肢，搖搖晃晃地走出小房間，邊走邊打呵欠。看到艾利克醉倒在桌上時，他的心立刻向下一沉。他的老師趴在一只空酒瓶上，手緊握著瓶口，彷彿試圖擠出最後幾滴酒。

他們各自擁有屬於自己的護身符。

羅傑走過去，自老師的手中拿開酒瓶。

「誰？幹嘛？」艾利克問道，微微抬起腦袋。

「你又在桌上睡著了。」羅傑說。

「喔，是你呀，孩子。」艾利克嘟噥道。「我以為又是那個可惡的房東。」

「房租遲交了。」羅傑說。「我們今天早上預計要在小廣場表演。」

「房租，」艾利克抱怨道。「一天到晚要房租。」

「如果今天不付錢，」羅傑提醒道。「凱文先生保證會把我們趕出去。」

「那我們就去表演。」艾利克說著起身。他突然跌了一跤，試圖伸手扶住椅背，結果卻在摔倒後還讓椅子砸在自己身上。

羅傑過去扶他，但艾利克將他推開。「我沒事！」他叫，彷彿試圖挑釁羅傑頂嘴，踉蹌地站起身來。

「我還可以後空翻！」他說著回頭看看有沒有足夠的空間。他的眼神顯然在後悔自己誇下海口。

「我們應該等表演時再翻。」羅傑立刻說道。

艾利克轉回去看他。「你說得沒錯。」他同意，兩人同時鬆了一口氣。

「我口很渴。」艾利克說。「需要喝點東西才能唱歌。」

羅傑點頭，跑去水壺旁拿木杯倒水。

「不喝水。」艾利克說。「拿酒來，我需要我的惡魔給我一爪。」

「我們沒酒了。」羅傑說。

「那就出去買。」艾利克命令道。他跌跌撞撞走向錢袋，途中絆倒一次，幸好及時站穩。羅傑跑過去扶他。

艾利克在袋口摸索片刻，然後舉起整個錢袋，用力甩回木桌上。錢袋落在桌面上時沒有發出任何聲響，艾利克勃然大怒。

「一卡拉都沒有！」他沮喪叫道，甩開錢袋。這個動作令他失去平衡，他整整轉了一圈，試圖站穩腳步，結果還是重重摔在地上。

羅傑趕來時，他已經手腳撐地，卻突然張嘴嘔吐，在地上灑滿酒和膽汁。他雙手握拳，渾身顫抖，羅傑以爲他還要再吐，但片刻後，他才發現自己的老師在哭。

「我爲公爵當差時從來不曾這麼落魄。」艾利克呻吟道。「那時候，錢多到會從口袋裡掉出來。」

那是因爲公爵幫你支付酒錢，羅傑心想，但他沒蠢到將這話說出口，告訴艾利克他喝太多酒肯定會激怒他。

他幫老師清理乾淨，然後扶著沉重的男人回到床墊。等他在稻草墊上睡著後，羅傑拿起抹布擦地，今天他們無法表演了。

他不知道凱文先生會不會眞的把他們趕出去，以及如果眞趕的話，他們該何去何從。安吉爾斯的魔印城牆威力強大，但上空的魔印網還是有漏洞，風惡魔入城殺人的事時有耳聞。露宿街頭的想法令他恐懼。

他看向他們僅存的財產，盤算還有沒有東西可以變賣。之前手頭緊的時候，艾利克已經賣掉了傑若的馬和魔印盾，但信使的攜帶式魔印圈還在。它可以賣不少錢，偏偏羅傑不敢賣。艾利克會把錢拿去喝酒賭博，在他們終於被人掃地出門後，就沒有東西賴以過夜了。

羅傑也一樣懷念艾利克爲公爵當差的日子。艾利克深受林白克的妓女喜愛，而她們對待羅傑就像對待自己的孩子。他每天都會被十幾對灑滿香水的胸脯擁抱，而且她們還會給他糖吃，教他並且要他幫忙她們上妝。當時他沒有多少時間和老師相處，艾利克常常把他一個人留在妓院裡，自己前往偏遠村落出勤，將公爵的法令以甜美的嗓音頒布到偏遠地區。

但是某天公爵性慾大發，醉醺醺地步入自己最愛的妓女房內，卻在床上發現一個小鬼時，他大發雷霆，要趕走羅傑和艾利克。羅傑心知他們淪落到這個地步都是自己的錯。艾利克就像自己的父母，為了照顧他而付出一切。

但與自己父母不同的是，羅傑還有機會報答艾利克的恩情。

羅傑死命奔跑，希望觀眾還沒散去。即使到了現在，還是有不少人想要欣賞甜蜜歌的演出，但他們不會一直等待下去。

他肩膀上扛著艾利克的「驚奇袋」。就和他們的衣服一樣，這個袋子是以吟遊詩人專用的彩色補丁縫製而成，可惜不但已經褪色，還露出不少線頭。袋子裡裝滿吟遊詩人的道具。除了雜耍彩球之外，羅傑全部精通。

他長繭的赤腳踏在木板地上。羅傑有與表演服搭配的鞋子和手套，但是他沒穿。他喜歡腳趾緊貼地面的感覺，不喜歡尖端掛著鈴鐺、五顏六色的表演鞋鞋底，而且他痛恨手套。

艾利克在他右手手套的手指裡塞了棉花，以掩飾羅傑的斷指。他以細線將塡充指頭和完好的指頭相連，好讓它們可以一起彎曲。這是十分精巧的技術，但是每當羅傑將斷指的手掌套入手套時，他都會感到羞恥。艾利克堅持他必須戴手套，但他的老師總不能為了他不知道的事打他。

羅傑趕到時，小廣場上已經擠了一群鼓譟的觀眾；近二十個成年人，有些人帶著小孩。羅傑記得從前光是艾利克．甜蜜歌可能會出場就可以從城裡各處吸引上百名觀眾趕來捧場，甚至有人從附近的小鎮趕來。當時他可以在神廟裡為造物主歌唱，或是在公爵的露天劇場裡演出。現在小廣場是公會願意供他演出的最好場地，而觀眾連這裡都坐不滿。

但有錢賺總比沒錢賺好。只要有一打人賞給羅傑一卡拉，凱文先生或許會願意繼續收留他們一個晚上，前提是吟遊詩人公會沒有發現他在沒有老師陪同的情況下演出。萬一被他們發現，積欠房租將是他們最微不足道的麻煩。

他「呼」地一聲，手舞足蹈地穿越群眾，白袋中拋出 把把彩色的有翼豆莢。豆莢轉動，翩翩飛舞，在他身後形成一道道亮眼的色彩。

「艾利克的學徒！」觀眾中有人叫道。「甜蜜歌今天會出場表演！」

觀眾鼓掌叫好，羅傑胃部抽痛。他想要說實話，但是艾利克的第一個原則，就是永遠不要做或是說任何會影響觀眾好心情的事。

小廣場的舞台共分三層，最後一層是設計用來增強音量和防止表演者被雨淋濕的木頭隔板。這些木板上繪有魔印，但是斑剝凋零，年代久遠。羅傑盤算著如果被人趕出來，這裡可不可以當作他和老師晚上過夜的場所。

他快步跑上階梯，一個觔斗翻上舞台，手腕一抖，將收錢帽精準地拋在觀眾正前方。

羅傑平常會幫老師熱場，所以此時，他都在表演自己的例行演出，翻來翻去，講講笑話，耍耍魔術，模仿知名人士的小動作。笑聲。掌聲。慢慢地，觀眾越聚越多。三十人。五十人。但是也有越來越多人開始交頭接耳，對於艾利克．甜蜜歌遲遲沒有現身感到不耐。羅傑的胃越縮越緊，他輕觸暗袋中的護身符，以尋求力量。

他盡可能拖延無可避免的狀況，請小朋友上前，對他們講述大回歸的故事。故事講得十分精彩，有不少人點頭嘉許，但很多人臉上浮現失望的神情。通常這個故事不是都由艾利克吟唱的嗎？這不就是他們來此的原因嗎？

「甜蜜歌在哪裡？」後方有人叫道。他附近的觀眾教他閉嘴，但這句問話還是在空中飄蕩。等到羅傑向小孩們講完故事後，觀眾中已經浮現不滿的聲浪。

「我是來聽歌的！」之前那個男人叫道，這次其他人點頭附和。

羅傑知道自己絕不能答應這個要求。他的聲音不夠嘹亮，而且每次只要一拉長音就會破音。如果他開口唱歌，一定會立刻激怒群眾。

他轉向驚奇袋尋求替代方案，羞愧地跳過雜耍彩球。他可以用殘缺的右手拋球接球，但在缺乏中指轉動彩球，並且只有半隻手可以接球的情況下，他沒有辦法製造出兩手拋接那種令人眼花繚亂的效果。

「什麼樣的吟遊詩人不會唱歌又不會耍彩球？」有時候艾利克會大聲罵道。羅傑曉得，沒有這種吟遊詩人。

他對袋中的飛刀比較有把握，但是要挑選觀眾上台站在牆壁前讓他射刀需要公會發放的特殊執照。艾利克總是會挑選身材豐滿的女孩上台幫忙，而且通常在表演完畢後女孩還會幫到他的床上。

「我看他不會來了。」他聽見之前那個男人說道，羅傑無聲地詛咒他。

不少觀眾開始離席。其中幾人出於同情地丟了幾個卡拉到帽子裡，但如果羅傑不趕快想點辦法，絕對收不到足以滿足凱文先生的金額。他的目光停留在小提琴箱上，看到只剩下寥寥數名觀眾，他立刻動手取出提琴。他拉出琴弓，一如往常，琴弓與殘缺的手掌產生天生契合的感覺，這裡並不需要他那些缺席的手指。

琴弓碰上琴弦不久，動人的旋律立刻迴盪在廣場中。有些正要離去的人停下腳步聆聽，但是羅傑完全沒有注意他們。

羅傑對自己的父親沒有什麼印象，但他清楚地記得傑桑在艾利克彈奏小提琴時鼓掌叫好的模樣。演奏小提琴時，羅傑可以感受到父親的愛，就像緊握護身符時可以感受到母愛。在這股愛意中，他的恐懼消散，沉浸在琴弦溫柔的撫慰中。

通常他只有在為艾利克伴奏時演奏，但這次羅傑超越了伴奏的範疇，讓自己的音樂填滿甜蜜歌缺席造成的缺憾。完好的左手在琴柱上運指如飛，不久觀眾就開始隨著他的音樂拍打節奏。隨著節奏越拍越響，他也越拉越快，並且配合旋律在舞台上起舞。當他一腳踏上舞台上的一個台階，用力一撐，在沒有影響演奏的情況下表演一個後空翻時，觀眾群起歡呼。

歡呼聲令他回過神來，他這才發現廣場上已經水洩不通，就連場外都擠了不少人在聽他演奏。即使艾利克在場，他們也很久沒有吸引這麼多人潮了！羅傑在震驚中差點漏拉一個音節，隨即咬緊牙關持續彈奏，直到再度沉浸在音樂的世界。

「很棒的演出。」一個聲音在羅傑計算帽子裡的亮面木幣時恭賀他道。將近三百卡拉！足夠應付凱文一整個月了。

「謝謝……」羅傑開口，但是當他抬頭時，嗓音立刻啞了。站在他面前的是傑辛大師和伊頓大師，他們是公會成員。

「你的老師在哪裡，羅傑？」伊頓厲聲問道。他是頂尖的舞台劇及默劇演員，據說他的舞台劇可以吸引來森堡的人遠道前來欣賞。

羅傑用力吞了口口水，急得面紅耳赤。他低下頭，希望他們將他的恐懼和罪惡錯認為羞愧。「我……我不知道。」他說。「他應該要在這裡才對。」

「我敢說又喝醉了。」傑辛哼地一聲說道。此人綽號黃金嗓，傳說這個綽號是自封的，他是有點本事的演唱者，但更重要的是，他是林白克公爵總管大臣詹森的外甥，而且他想盡辦法讓全世界的人都知道這個身分。「老甜蜜歌最近狀況不佳。」

「他還沒丟掉他的執照眞是奇蹟。」伊頓說。「我聽說他在上個月的演出中拉屎在自己身上。」

「那不是眞的！」羅傑說。

「如果我是你，我會比較擔心我自己，孩子。」傑辛說，伸出修長的手指指向羅傑的臉。「你知道無照演出會受到什麼懲罰嗎？」

羅傑面無血色。艾利克會因爲這件事而被吊銷執照。如果公會將此事呈報執法當局，他們兩人都有可能淪落到戴著腳鐐砍木頭。

伊頓大笑。「別擔心，孩子。」他說。「只要公會有分到一點油水，」——他主動自羅傑的帽子裡取出一大把木幣——「我想我們就不須再提這件事。」

羅傑很識時務，沒有在對方將超過半數的錢幣對分收入自己口袋時提出任何異議；這些錢只有極少數會流入吟遊詩人公會的公庫。

「你很有天賦，孩子。」傑辛在他們轉身離開時說道。「你或許應該考慮換個比較有前途的老師。如果你不想繼續幫老臭酸歌收拾殘局，來找我。」

羅傑的失望只持續到他再度搖晃收錢帽。即使只剩一半，裡面的錢還是比他想像中要多很多。他迅速趕回旅店，途中只在一個地方稍做停留。他去找凱文先生，對方一看到他，臉上立刻蒙上陰霾。

「你最好不是來幫你老師求情的，孩子。」他說。

羅傑搖頭，交給對方一個小錢袋。「我老師說這裡的錢足夠支付十天的房租。」他說。

凱文舉起錢袋，聽見裡面傳來令人滿意的木幣撞擊聲，露出十分驚訝的表情。他遲疑片刻，咕噥一聲，聳了聳肩，將錢袋放入口袋。

當他回去時，艾利克還在沉睡。羅傑知道老師永遠不會發現房租已經付過了。他會想盡辦法避開房束，然後爲了撐過十天沒有付錢而沾沾自喜。

他將剩下的幾枚錢幣放入艾利克的錢袋中，他會告訴老師這些錢是在驚奇袋裡找到的。自從手頭變緊後，這種事情就很少發生了，但是一旦艾利克看見羅傑買給他的東西後，他就不會質疑自己的好運了。

羅傑將新買的酒瓶放在沉睡的艾利克身側。

第二天早上，艾利克比羅傑早起，拿一面破鏡子檢查自己臉上的妝。他已不再年少，但也還沒老到不能用吟遊詩人化妝盒裡的道具讓自己看起來較年輕。經歷風吹日曬的長髮，金色髮絲仍多於灰色，以染料染深的棕色鬍子掩飾了下巴日益增加的贅肉。化妝品和黝黑的皮膚均勻融合，完全看不見分布在藍眼四周的皺紋。

「昨天晚上我們走運，孩子。」他說著擠眉弄眼，確保化妝品不會脫落。「但是我們不能一直躲著凱文。那隻全身長毛的老獾遲早會抓到我們，等他找上門來的時候，我希望身上至少要有……」他伸手到錢袋中摸索，取出錢幣，拋入空中。「……多於六卡拉的財產。」他的雙手以肉眼難察的速度移動，自半空中接下錢幣，在他頭上以輕快的節奏反覆拋擲。

「有練習拋彩球嗎，孩子？」他問。

在羅傑開口回答前，艾利克已經向他拋來一枚錢幣。羅傑早就知道他會這麼做，但是不管有沒有準備，當以左手接下錢幣，隨即拋入空中時，他的心中還是浮現一股恐懼之情。艾利克接二連三地拋來更多錢幣，他努力控制它們，以殘缺的手掌接下錢幣，丟到另一隻手上，然後再度拋入空中。

要到四枚錢幣的時候，他已經嚇得膽戰心驚。當艾利克拋來第五枚錢幣時，羅傑已經手忙腳亂。艾利克知道不能再把第六枚錢幣丟給他，於是耐心等待。不久後，羅傑就在一片錢幣撞擊聲中摔倒在地。

羅傑畏畏縮縮地等著老師責罵，但艾利克只是深深嘆了口氣。「戴上手套。」他說。「我們必須出去賺錢。」

這聲嘆息比怒斥或責打更令羅傑傷心。生氣表示艾利克期待他做得更好，嘆氣卻表示老師已放棄他了。

「不。」他說。這個字在他來得及阻止自己前已經脫口而出，但是當它在兩人之間迴盪時，羅傑認為這個字來得非常恰當，就像琴弓和斷指手掌十分契合。

艾利克透過他的鬍子發出一陣低吼，對於這個孩子膽敢抗命十分震怒。

「我是指手套。」羅傑解釋道，接著發現老師的表情由憤怒轉為好奇。「我不想繼續戴著手套，我討厭手套。」

艾利克嘆氣，拔開新酒瓶的瓶塞，倒出一杯酒。

「我們不是討論過，」他說著以瓶口對準羅傑。「如果讓人知道你身有殘疾，人們會比較不願意雇用你嗎？」

「我們沒有討論過。」羅傑說。「你只是在某天突然教我戴上手套。」

艾利克輕笑。「我不想讓你認清事實，孩子，老師和學徒之間就是這個樣子。沒有人會想雇用殘廢的吟遊詩人。」

「所以我就是這樣了？」羅傑問。「一個殘廢？」

「當然不是。」艾利克說。「我不會拿你交換任何安吉爾斯的學徒，但不是每個人都能看透你的惡魔傷疤，認清隱藏在後的人。他們會給你取個嘲弄的綽號，你會發現他們在嘲笑你，而不是和你一起笑。」

「我不在乎。」羅傑說。「手套讓我覺得自己像個騙徒，而且我的手已經夠笨拙了，再加上假手指更是糟糕。只要他們願意付錢大笑一場，我又何必在乎他們爲什麼發笑？」

艾利克凝望他良久，輕拍自己的酒杯。「讓我看看你的手套。」他終於說道。

手套是黑色的，長度可達前臂的一半。末端繡有色彩明亮的三角布塊，布塊上還掛著鈴鐺。羅傑皺起眉，將它們丟給他的老師。

艾利克接過手套，凝望它們片刻，然後丟到窗外，接著拍了拍手，好像這副手套弄髒了他的手。

「穿鞋，我們走。」他說著將杯裡的酒一飲而盡。

「我也不是很喜歡我的鞋。」羅傑大膽說道。

艾利克對男孩微笑。「別得寸進尺。」他眨眼警告。

公會規章允許有執照的吟遊詩人在任一個街角表演，只要他們不會妨礙交通或是阻擋交易行爲。有些小販甚至會雇用他們將顧客吸引到攤位上，或是旅店的空房中。

艾利克的酗酒趕跑了酒館的生意，所以他們都在街上表演。艾利克起得晚，最好的表演位置早就被其他吟遊詩人佔去了。他們找了一個不太理想的位置，某個遠離主要街道的側巷巷口。

「這裡可以。」艾利克嘟囔道。「招攬觀眾，孩子，我來準備。」

羅傑點頭，跑到街上。只要看到有人聚集，他立刻來個車輪翻，或是倒立前進，縫在表演服上的鈴鐺隨即響起招攬觀眾的鈴聲。

「吟遊詩人演出！」他叫道。「來看艾利克．甜蜜歌表演。」

憑著他的特技及老師僅存的名聲，他吸引了不少人注意。有些人甚至跟在他身後行走，爲他滑稽的動作鼓掌叫好。

其中有個男人用手肘頂了頂他的妻子。「看，那是小廣場上的殘廢小子！」

「你確定嗎？」她問。

「看他的手就知道了！」男人道。

羅傑假裝沒有聽見，繼續尋找更多觀眾。他很快就帶著跟在自己身後的人們來到老師面前，只見艾利克以輕鬆的節奏同時拋擲屠刀、切肉刀、手斧、小板凳，以及弓箭，同時說笑話取悅逐漸聚集的人潮。

「我的助手來了。」艾利克對觀眾叫道。「羅傑．半掌！」

羅傑出場到一半，這才聽出名字不對勁。艾利克在幹什麼？

然而這時要停步已經太遲了，於是他張開雙臂，衝向前去，一個車輪翻，接著再來三個後空翻，最後停在距離老師數碼外的地方。艾利克從自己在耍的那堆致命道具中抽出屠刀，拋向羅傑。

這是排演好的動作，羅傑立刻轉身，以完好的左手輕鬆接下這把筆直飛來的沉重尖刀。一圈轉完後，他展開四肢，揮手出刀，屠刀隨即朝艾利克的腦袋急旋而去。

艾利克一樣迅速轉身，轉回來時已經將刀咬在嘴裡。觀眾鼓掌叫好，當屠刀再度加入其他不停拋擲的道具時，人們已經往帽子裡丟了不少硬幣。

「羅傑．半掌！」艾利克叫道。「儘管只有十歲以及八隻手指，但他耍刀的技術依然強過任何成人！」

觀眾鼓掌。羅傑高舉殘缺的手掌，讓所有人看清楚，觀眾隨即發出一陣喔喔啊啊的讚歎聲。艾利克說話的語調讓大部分的人以爲他剛剛是用殘缺的手掌接刀拋刀。他們會爭相走告，並且誇大其詞。爲了不讓羅傑被觀眾亂取綽號，艾利克決定搶先給他封個綽號。

「羅傑．半掌。」他低聲唸道，在自己的口中品味這個名字。

「留神！」艾利克叫，羅傑轉身，看見老師朝自己拋出弓箭。他兩掌在身前交擊，在弓箭插入臉中前將其夾住。他再度轉身，背對觀眾，用完好的手掌自兩腿間將箭回擲給他的老師，但當他做完動作，轉回來面對觀眾時，高舉的卻是殘缺的右掌。「留神！」他叫道。

艾利克假裝害怕，丟下他正在拋擲的道具，不過板凳卻剛好掉在他的腳上，弓箭準確無誤地插在正中央。艾利克震驚地打量板凳，彷彿不敢相信自己的好運。他拔出弓箭，輕抖手腕，弓箭突然變成一束鮮花，接著他把花送給在座最美麗的女人；更多錢幣落入帽中。

看著老師開始表演魔術，羅傑跑到驚奇袋去拿艾利克變魔術的道具。在他這麼做的同時，觀眾裡有人大聲喊叫。

「演奏你的小提琴！」一個男人叫道。他叫完後，不少人立刻隨聲附和。羅傑抬起頭來，看到昨天晚上大聲要求甜蜜歌上台表演的那個男人。

「大家想聽音樂，是不是？」艾利克詢問觀眾，完全掌握現場狀況。觀眾以一陣歡呼回應這個問題，於是艾利克走到驚奇袋前，取出小提琴，抵在下巴，轉身面對觀眾。但琴弓還沒搭上琴弦，剛剛的男人又說話了。

「不要你，要那個孩子！」他吼道。「讓半掌演奏！」

艾利克看向羅傑，在群眾的吶喊聲中浮現一絲不耐的神情。「半掌！半掌！」最後他聳聳肩，將樂器交給自己的學徒。

羅傑以顫抖的雙手接過小提琴。「永遠不要在台上蓋過老師的風采」是所有學徒一入門就要知道的。但是觀眾都在要求他演奏，而且少了那雙可惡的手套，琴弓在他手中是如此契合。他閉上雙眼，透過指尖感受琴弦的寧靜，接著拉弓發出一陣低沉的共鳴。觀眾安安靜靜地聽他演奏片刻，彷彿將琴弦當作貓咪的背脊般輕撫，讓貓發出慵懶的叫聲。

接著，小提琴彷彿活了過來，如同釣竿上的線圈釋放而出，甩動成一陣樂音的旋風。他忘掉觀眾，忘掉艾利克，獨自沉浸於音樂中，在持續演奏特定旋律的情況下嘗試全新曲調，隨著掌聲的節奏即興演奏，進入忘我的境界。

他不知道自己演奏了多久。他本來可以永遠待在那個世界，但是一下銳利的弦聲突然傳來，接著他的手掌感到一陣刺痛。他晃著腦袋，回到現實，抬頭看向目瞪口呆、安靜無聲的觀眾。

「弦斷了。」他羞怯地說。他偷覷老師一眼，發現他和所有觀眾一樣目瞪口呆。艾利克緩緩舉起雙手，開始鼓掌。

觀眾隨即跟著鼓掌，掌聲如雷貫耳。

「你可以用那把小提琴幫我們賺很多錢，孩子。」艾利克一邊數錢一邊說道。「很多錢！」

「多到足以支付積欠公會的會費嗎？」一個聲音問道。

他們轉身看見傑辛大師靠在一面牆上。他的兩名學徒，莎莉和艾伯倫站在他的身邊。莎莉擅長女高音，聲音清澈宜人，美妙的程度與她醜陋的長相形成強烈對比。艾利克曾開玩笑地說，她要是戴上有角的頭盔，觀眾會把她誤認爲石惡魔。艾伯倫擅長男低音，歌聲低沉渾厚到能讓木板街道震動。他身材高瘦，手大腳大。如果莎莉算是石惡魔，他肯定是木惡魔。

傑辛大師和艾利克一樣，是中音歌手，歌聲高昂純淨。他身穿上等藍色羊毛與金線縫製而成的昂貴服飾，與大多數同行穿的五彩表演服大異其趣，精心修剪的黑色長髮和小鬍子油亮動人。

傑辛的體型中等，但這並不表示他不像兩個學徒那麼危險。他曾在和另一名吟遊詩人爭奪演出地盤時刺瞎對方的眼睛。執法當局裁定爲正當自衛，但公會的學徒房裡可不是這樣傳的。

「我的會費和你無關，傑辛。」艾利克說著迅速將錢幣丟入驚奇袋中。

「你的學徒或許幫你頂替了昨晚缺席的演出，臭酸歌，但是他的小提琴不可能永遠幫你脫身。」他說話的同時，艾伯倫搶走羅傑手中的小提琴，往膝蓋上折成兩段。「公會遲早會吊銷你的執照。」

「公會絕對不會放棄艾利克．甜蜜歌。」艾利克說。「就算他們吊銷我的執照，傑辛依然只是人們口中的『二等歌』。」

傑辛皺起眉，因爲公會裡已經有不少人開始叫他這個綽號，而這位大師每次聽到這個綽號就會大發雷霆。他和莎莉朝艾利克逼近，艾利克立刻抱緊驚奇袋。艾伯倫把羅傑逼到一面牆上，不讓他過去幫他老師。

這不是第一次他們必須動手保護他們賺來的錢了。羅傑的身體沿著牆壁下滑，彈簧似地縮起身子，然後狠狠向上踢出一腳。艾伯倫慘叫一聲，低沉的嗓音轉眼變調。

「我以爲你的學徒是唱低音，不是高音。」艾利克說。當傑辛和莎莉的目光轉向夥伴身上時，他靈巧的雙手立刻伸入驚奇袋中，朝他們拋出一把旋轉不休的有翼豆莢。

傑辛衝過有翼豆莢，但艾利克向旁一讓，輕易地絆倒他，接著對準莎莉甩開驚奇袋，狠狠擊中這個壯碩女子的胸口。她本來或許不會跌倒，但是羅傑已經就定位，矮身蹲在她的後方協助老師。她重重摔倒，在他們三個有機會爬起來前，艾利克和羅傑早已逃之夭夭。

第十六章　依戀　323-325 AR

對亞倫而言，密爾恩公爵圖書館的屋頂是充滿魔法的地方。晴朗的日子裡，世界在他腳下延伸，一個不受圍牆和魔印束縛的世界，無止盡地向外擴張。這裡同時也是亞倫第一次用心凝視玫莉，並且眞正看見她的地方。

圖書館的工作即將完工，他很快就要回到卡伯的魔印店。他看著陽光在白雪覆頂的高山上嬉戲，接著沉入下方的深谷，試圖將這個景象永遠記在腦海裡。當他轉而望向玫莉時，他也想要永遠記住她。她今年十五歲，遠比高山和白雪更加美麗。

一年多來，玫莉一直都是他最要好的朋友，但亞倫從未對她有過任何非分之想。此刻，看著陽光照拂著她，寒冷的山風吹拂她臉上的長髮，雙手爲了禦寒而環抱在隆起的胸口前，他突然發現她是個女人，而自己是個年輕男子。當微風吹起她的裙襬，露出襯裙的蕾絲時，他感覺自己心跳加速。

他一言不發地看著她迎上前來，她看見他眼中的那種目光，隨即展顏微笑。「也該是時候了。」她說。

他試探性地伸手，以手背輕撫她的臉頰。她靠近他，他聞到她甜蜜的氣息，湊上前去輕輕一吻。一開始吻得很輕柔，很遲疑，但在她開始回應後變得狂野激情，彷彿這一吻有自己的生命，充滿了飢渴與熱情，是不知不覺間已經在他體內孕育一年多的東西。

一段時間過後，他們的嘴唇在一下輕輕的「啵」聲中分開，兩人隨即露出尷尬的微笑。他們擁抱彼此，瞭望密爾恩，在稚嫩的純愛光輝中分享心事。

「你總是在凝望山谷，」玫莉說。她手指滑過他的髮梢，在他腦側輕輕一吻。「告訴我在你雙眼出神遙望遠方時，心裡到底看見什麼樣的夢想？」

亞倫沉默片刻。「我夢想將世界自地心魔物的恐懼中解放。」他說。

這個意想不到的答案與她預想的完全不同，聽完後她不禁笑出聲來。她沒有惡意，但她的笑聲卻像鞭子般抽痛他的內心。「你把自己當作解放者？」她問。「你打算怎麼做？」

亞倫微微向後退，突然感到脆弱無力。「我不知道。」他承認道。「先從擔任信使做起，我已經存夠買護具和馬匹的錢。」

玫莉搖頭。「如果我們要結婚，那可不行。」她說。

「我們要結婚？」亞倫驚訝地問道，沒有料到自己竟會如此緊張。

「怎麼，我配不上你嗎？」玫莉問完憤怒地推開他。

「不是！我沒說……」亞倫立刻辯解。

「好吧，那麼，」她說。「擔任信使或許能夠帶來財富與榮耀，但太危險了，特別是等我們生了孩子以後。」

「這下我們又要生孩子了？」亞倫尖聲叫道。

玫莉看他的眼神彷彿把他當作白痴。「不，那樣不行。」她繼續說，完全不理會他，自顧自地想道。「你必須成為魔印師，就像卡伯。你還是有機會與惡魔對抗，但你會安安全全地與我在一起，而不是騎馬穿越地心魔物橫行的荒野道路。」

「我不想當魔印師。」亞倫說。「繪製魔印只是手段，無法達到目標。」

「什麼目標？」玫莉問。「死在路邊？」

「不。」亞倫說。「那種事不會發生在我身上。」

「有什麼事是當信使可以做而當魔印師不能做的？」

「逃離。」亞倫想也不想地說道。

玫莉陷入沉默。她轉過身去迴避他的目光，片刻後，放開他的手臂。她默不作聲地坐在原地，亞倫發現哀傷的神情讓她看來更加美麗。

「逃離什麼？」她終於問道。「我嗎？」

亞倫看著她，沉浸在他才剛剛開始了解的愛情中，一時間無言以對。留下來眞的有這麼糟糕嗎？他有多少機會再度遇上一個像玫莉這樣的女孩？

但這樣就夠了嗎？他從來沒有想過要成家，家人是他不需要的負擔。如果他想要結婚生子，乾脆就留在提貝溪鎭和瑞娜一起生活算了；他以爲玫莉有所不同……

亞倫的腦海浮現過去三年支持自己一路走來的景象，看著自己騎馬上路，無拘無束地探索世界。一如往常，這個想法令他內心激盪，直到他再度轉頭看向玫莉。他的幻想消失殆盡，此刻他滿腦子只想親吻她。

「不是妳。」他說著握起她的雙手。「我不會想離開妳。」他們嘴唇再度交會，此時此刻，他腦中沒有其他任何想法。

「我要去哈爾登園一趟。」瑞根說，那是距離密爾恩堡一天路程的小村落。「你想陪我一起去嗎，亞倫？」

「瑞根，不行！」伊莉莎叫道。

亞倫看她一眼，但瑞根在他開口前抓住他的手臂。「亞倫，可以讓我和我妻子獨處片刻嗎？」他輕聲問道。亞倫擦了擦嘴，離開餐桌。

瑞根在他離去後關上房門，但亞倫拒絕讓其他人決定自己的命運，於是他穿越廚房，來到僕役走道偷聽。廚師看著他，但亞倫也回瞪他，於是對方繼續去做自己的事。

「他太年輕了！」伊莉莎說道。

「莉莎，他在妳眼中永遠都太年輕了。」瑞根說。「亞倫已經十六歲，有能力參與一天的旅程了。」

「你在慫恿他！」

「妳很清楚亞倫根本不需要我慫恿。」瑞根說。

「那你是在給他機會。」伊莉莎叫道。「他在這裡比較安全！」

「他和我在一起也很安全。」瑞根說。「在有人指導的情況下開始最初的幾趟旅程不是比較好嗎？」

「我寧願他根本不要開始什麼旅程，」伊莉莎不悅了。「如果你關心他，就應該有同樣的想法。」

「黑夜呀，莉莎，我們不會遇上任何惡魔。我們會在黃昏前抵達哈爾登園，天亮後再展開回程。每天都有許多普通人往返兩地之間。」

「我不在乎。」伊莉莎說。「我不要他去。」

「這不是妳能決定的。」瑞根提醒她道。

「我不准！」伊莉莎吼道。

「妳不能不准！」瑞根吼回去。亞倫從未見過他對她大聲說話。

「你等著看，」伊莉莎怒道。「我會給你的馬下藥！我會把所有長矛砍斷！我會把你的護甲丟到井裡，讓它爛掉！」

「隨便妳拿走多少工具，」瑞根咬牙切齒地道。「亞倫和我們明天一定要去哈爾登園，必要的話，我們用走的。」

「那我就離開你。」伊莉莎冷冷說道。

「什麼？」

「你聽到了。」她說。「帶亞倫出城，回來你就見不到我了。」

「妳不會是認眞的。」瑞根說。

「我這輩子從來沒有這麼認眞過。」伊莉莎說。「帶他走，我就離開。」

瑞根沉默片刻。「聽著，莉莎，」他終於開口。「我知道妳對於沒有懷孕一事耿耿於懷……」

「我不准你把那件事扯進來！」伊莉莎大叫。

「亞倫不是妳兒子！」瑞根也大叫。「不管妳再怎麼疼他，也不可能讓他變成妳兒子！他是我們的客人，不是我們的孩子！」

「他當然不是！」伊莉莎叫。「我每次排卵你都在外送信，他怎麼可能會是我們的孩子？」

「妳嫁給我時就知道我是幹什麼的。」瑞根提醒道。

「我知道。」伊莉莎回答。「而我現在了解當年應該聽我媽的。」

「妳說這話是什麼意思？」瑞根大聲質問。

「就是我再也無法忍受的意思。」伊莉莎說著開始哭泣。「不斷地等待，不知道你到底還會不會回家；每次回家你身上總有許多你宣稱沒什麼大不了的傷疤；期待寥寥幾次的做愛可以讓我在年老前懷孕；而現在，你居然要帶亞倫出門！」

「結婚時我知道你是做什麼的，」她泣道。「而我也以爲我有辦法接受這樣的生活。但是現在……瑞根，我實在不能同時失去你們兩個。我不能！」

一隻手突然放上亞倫的肩膀，嚇了他一大跳。瑪格莉特站在後方，神情十分嚴峻。「你不該偷聽他們說話。」她說，亞倫對於偷聽被抓感到十分慚愧。正要離開時，他聽見信使的話。

「好吧，」瑞根說。「我會告訴亞倫他不能一起去，從此再也不慫恿他。」

「眞的？」伊莉莎哽咽道。

「我保證。」瑞根說。「等我從哈爾登園回來後，」他補充。「我就休幾個月假，好好給妳灌溉施肥，一定要讓妳體內長出東西不可。」

「喔，瑞根！」伊莉莎破涕爲笑，亞倫聽見她撲入他的懷裡。

「妳說得對。」亞倫對瑪格莉特說。「我沒有權利偷聽這些。」他壓抑心中的怒意。「但是他們一開始就沒有權力討論這些事。」

他回到樓上的房間，開始收拾行李。他寧願睡在卡伯店裡的硬草墊上，也不要犧牲決定自己命運的權利去換取一張舒服的軟床。

接下來幾個月，亞倫一直避開瑞根和伊莉莎。他們常常會路過卡伯的店去探望他，卻一直沒有辦法見到他。他們派遣僕役先行知會，但結果還是一樣。

亞倫不願使用瑞根的馬廄，於是自己買了一匹馬，到城外的原野上練習騎術。玫莉和傑克常常會陪他去，三人的友情日益增長。玫莉不喜歡看他練習騎馬，但他們都還年輕，光是在原野上奔馳的快感就能令她拋開內心的不悅。

亞倫開始在卡伯的店裡獨立工作，在不須督導的情況下接待新客戶並且外出作業。他開始在魔印師的圈子裡建立起自己的名聲，卡伯的營收蒸蒸日上。他雇用僕役，招收更多學徒，然後把他們交給亞倫訓練。

多數傍晚，亞倫會和玫莉一起散步，欣賞天際的色彩。他們的吻越來越飢渴，兩個人都想要更進一步，但玫莉總是在緊要關頭把他推開。

「再過一年你就可以學成出師。」她總是這麼說。「如果你願意，我們可以隔天就結婚，到時候你每天晚上都可以和我做愛。」

有一天早上，卡伯不在店裡，伊莉莎來訪。亞倫當時忙著與顧客交談，發現她時已經來不及躲了。

「哈囉，亞倫。」她等顧客離開後說道。

「哈囉，伊莉莎女士。」他回道。

「沒有必要這麼正式。」伊莉莎說。

「我認爲不這麼正式的話會混淆我們之間的關係。」亞倫回應。「我不希望再犯同樣的錯誤。」

「我已經一再道歉了，亞倫。」伊莉莎說。「你要怎麼樣才肯原諒我？」

「眞心道歉。」亞倫答道。工作檯後的兩名學徒對看一眼，同時起身離開。

伊莉莎不理會他們。「我是眞心的。」

「妳不是。」亞倫回道，拿起櫃檯上的幾本書放回原位。「妳對我偷聽到你們談話並且大發雷霆感到歉疚、妳對於我離開妳家感到歉疚、而妳唯一沒有感到歉疚的是妳自己做的事，逼迫瑞根拒絕帶我遠行。」

「那是一趟危險的旅程。」伊莉莎小心翼翼地說道。

亞倫用力放下書，首次直視伊莉莎的目光。「過去六個月裡，我已經往返兩地十幾次了。」他說。

「亞倫！」伊莉莎倒抽一口涼氣。

「我還去過公爵的礦場，」亞倫繼續。「以及南採石場。距離密爾恩一天內的地方我統統去過。我已經建立起自己的聲望。自從提出入會申請以來，信使公會就一直在評量我，帶我前往任何我想去的地方。妳做的一切都沒有意義。我不會被困在這裡，伊莉莎。不會受困於妳，也不會受困於任何人。」

「我從來都沒打算困住你，亞倫，我只是想要保護你。」伊莉莎柔聲說道。

「妳無權管我。」亞倫說著繼續手邊的工作。

「或許沒有，」伊莉莎嘆氣。「但我之所以這麼做只是因為我在乎，因為我愛你。」

亞倫停下動作，但拒絕轉頭看她。

「眞的有這麼糟嗎，亞倫？」伊莉莎問。「卡伯年紀不小了，他把你當成自己兒子。接手他的生意，和我見過的那個美麗女孩結婚，眞的有這麼糟嗎？」

亞倫搖頭。「我不會成為魔印師的，永遠不會。」

「等你像卡伯一樣退休後呢？」

「我不會活到退休年齡。」亞倫說。

「亞倫！你怎麼能說這種話！」

「為什麼不能？」亞倫問。「這是實話，任何持續工作的信使都不可能壽終正寢。」

「你既然知道這個工作會害死你，為什麼還要去做？」伊莉莎問道。

「因為我寧願以自由之身在世數年，也不要在監獄中苟延殘喘數十年。」

「密爾恩稱不上監獄，亞倫。」伊莉莎說。

「它是。」亞倫堅持。「我們說服自己相信密爾恩就是全世界，但它不是；我們告訴自己外面沒有任何城裡沒有的東西，但是外面有。妳以為瑞根為什麼還要繼續送信？他擁有一輩子都花不完的財富。」

「瑞根在為公爵服務。這是他的職責，因為沒有其他人可以頂替他的地位。」

亞倫嗤之以鼻。「城裡還有其他信使，伊莉莎，而且在瑞根眼中，公爵和一隻蟲沒什麼兩樣。他不是為了忠誠或榮耀而做，他這麼做是因為他知道眞相。」

「什麼眞相？」

「外面的世界有很多這裡沒有的東西。」亞倫說。

「我懷孕了，亞倫。」伊莉莎說。「你認爲瑞根可以在別的地方讓他妻子懷孕嗎？」

亞倫頓了片刻。「恭喜。」他最後說道。「我知道妳有多想懷孕。」

「你只有這些話可說？」

「我想妳會希望瑞根退休。一個父親不能外出冒險，是不是？」

「要對抗惡魔還有其他方法，亞倫。每個孩子的出生都是我們的勝利。」

「妳聽起來和我父親一模一樣。」亞倫說。

伊莉莎瞪大雙眼。自從認識他以來，她從來不曾聽他提起自己的雙親。

「聽起來他是個睿智的男人。」她輕聲說道。

話一出口，伊莉莎就知道自己說錯話了。亞倫露出她從未見過的冷峻神情，某種令人害怕的神情。

「他一點也不睿智！」亞倫大叫，將一個裝刷子的杯子甩到地上。杯子化爲碎片，在地上灑開黑色顏料。

「他是個懦夫！他任由我母親死去！他讓她死……」他的五官痛苦扭曲，身體搖晃，緊緊握拳。伊莉莎連忙跑到他的身前，不知道該做什麼或是該說什麼，只知道自己很想擁抱他。

「他任由她死去，因爲他恐懼黑夜。」亞倫低聲道。他在她雙臂環抱而來時試圖抗拒，但是她緊緊地將淚流不止的他擁在懷中。

她抱了他良久，輕輕撫摸他的頭髮。最後，她輕聲說道：「回家吧，亞倫。」

學徒生涯的最後一年，亞倫住在瑞根和伊莉莎家裡，但他們的關係已經改變了。現在他是獨立的男人，就連伊莉莎也不再抗拒這個事實。令她訝異的是，放棄抗拒後卻讓他們兩人更加親近。隨著她的肚子越來越大，亞倫的關愛越來越甚，他和瑞根兩個人錯開遠行的時程，不會把她一個人留在家裡。

亞倫同時也花了很多時間和伊莉莎的藥草師接生婆相處。瑞根說信使必須涉獵藥草師的知識，於是亞倫幫藥草師尋找生長在城牆外的植物和樹根，而她則教導他藥草方面的技能。

那段日子裡，瑞根一直待在密爾恩附近，而當他的女兒瑪雅出生後，他就將長矛束之高閣。他和卡伯喝酒慶祝了一整晚。

亞倫和他們坐在一起，但他凝視著自己的酒杯，迷失在自己的思緒裡。

「我們應該擬訂計畫。」一天傍晚，玫莉在與亞倫一同散步前往她父親住所時說道。

「計畫？」亞倫問。

「計畫婚禮呀，呆頭鵝。」玫莉笑道。「我父親絕不會讓我嫁給學徒，但等你成為魔印師後，他就不會多說什麼了。」

「信使。」亞倫糾正她道。

玫莉看著他良久。「該是你停止旅行的時候了，亞倫，」她說。「你很快就會當爸爸了。」

「旅行和這有什麼關係？」亞倫問。「很多信使都有孩子。」

「我不會嫁給信使。」玫莉冷冷說道。「你知道的，你一直都知道。」

「就像妳一直都知道我註定會成為信使。」亞倫回道。「但妳還是和我在一起。」

「我以爲你會改變。」玫莉說。「我以爲你會忘掉這種受困、自以爲須以身犯險尋求自由的妄想，我以爲你愛我！」

「我當然愛妳。」亞倫說。

「但沒有愛到放棄當信使。」她說，亞倫悶不吭聲。

「你如果愛我，怎麼還能做出這種事？」玫莉問道。

「瑞根深愛伊莉莎，」亞倫道。「兩者兼顧是可行的。」

「伊莉莎痛恨瑞根的職業。」玫莉反駁。「這是你自己說的。」

「而他們已經結婚十五年了。」亞倫說。

「你打算讓我過那種生活？」玫莉問。「獨守深閨，難以入眠，無從得知你到底還會不會回家？擔心你死了沒有，或是你有沒有在其他城市認識什麼蕩婦？」

「不會有那種事。」亞倫說。

「你說的一點也沒錯，」玫莉說完，眼淚沿著臉頰滾下。「我不會讓這種事情發生，我們結束了。」

「玫莉，拜託。」亞倫說著對她伸出雙手，但她後退一步，不讓他碰。

「我們沒什麼好說了。」她轉身朝父親的住所跑去。

亞倫呆立良久，凝望她離去的方向。陰影逐漸拉長，太陽開始沉入地平線下，但他仍站在原地，就連最後的晚鐘響起也沒離開。他在石板地上摩擦鞋底，希望地心魔物穿越石板而來，就此吞噬他。

「亞倫！造物主呀，你在這裡做什麼？」伊莉莎大叫，在他進入屋內時向他快步迎去。「太陽下山後，我們以為你今天會住在卡伯那裡！」

「我只是需要一點時間思考。」亞倫喃喃說道。

「在黑漆漆的外面？」

亞倫聳肩。「整座城市都有魔印守護，附近沒有任何地心魔物。」

伊莉莎張嘴欲言，但在看到他的眼神後，便把斥責的言語吞了回去。「亞倫，怎麼了？」她柔聲問。

「我把對妳說的話告訴玫莉，」亞倫麻木地笑道。「她的反應很強烈。」

「我記得我的反應也很強烈。」伊莉莎說。

「那妳就知道我在說什麼了。」亞倫說著朝樓上走去。他回到他的房間，打開窗戶，呼吸夜晚寒冷的空氣，凝望窗外的黑暗。

第二天早上，他去找馬爾坎公會長。

當天早上，天還沒亮瑪雅就已經開始哭鬧，但是她的哭聲不會帶來心煩，只會讓伊莉莎感到寬慰。她曾聽說小孩在夜晚死去的故事，而這個想法在她腦中揮之不去，以致於每晚睡覺時都要有人自她手中搶走女兒她才肯放手，而且她睡得很不安穩。

伊莉莎翻身下床，穿上拖鞋，露出一邊乳房餵小孩吃奶。瑪雅會吸得她的乳頭發疼，但她對這種痛楚甘之如飴，因為這表示她親愛的孩子身強體壯。「就是這樣，我的太陽，」她無限愛憐地說道。「好好喝，快快長大。」

她一邊餵奶一邊走動，已經在擔心冇一大會和她分開。瑞根安安穩穩地在睡夢中打呼。只不過退休幾個禮拜，他已經睡得比先前好多了，越來越少作惡夢，而她和瑪雅讓他在白天忙得不可開交，或許他再也不會受到城外道路的誘惑了。

瑪雅終於喝飽，心滿意足地打了個嗝，隨即沉沉睡去。伊莉莎親親她，把她放回搖籃，朝門口走去。瑪格莉特在門外等她，一如往常。

「早安，伊莉莎母親。」女人說道。這個頭銜及對方真誠的語氣令伊莉莎滿心喜悅。儘管瑪格莉特是她的僕人，但在密爾恩人的觀念裡，直到現在她才擁有與瑪格莉特平起平坐的地位。

「聽到小寶貝在哭。」瑪格莉特說。「哭聲很洪亮。」

「我要出門。」伊莉莎說。「請幫我準備洗澡水，然後拿出藍色裙裝和貂皮斗篷。」女人點頭，伊莉莎隨即回到孩子身邊。沐浴更衣後，她才不捨地將孩子交給瑪格莉特，在她丈夫起床前出門。瑞根如果知道她管這閒事一定會責罵她，但伊莉莎曉得亞倫已經站在懸崖邊緣，她絕不會因爲自己沒有採取行動而讓他跌落谷底。她東張西望，深怕被亞倫看見自己進入圖書館。她沒有在任何隔間或書櫃附近看到玫莉，但是她並不意外。與許多亞倫的私事相同，他鮮少提起玫莉，但是只要有提，伊莉莎就會用心去聽。她知道這個對他們兩人有特殊意義的地方，也知道那個女孩一定就在那裡。

伊莉莎在圖書館屋頂上找到玫莉，她在哭。

「伊莉莎母親！」玫莉驚訝說道，連忙擦乾臉上的淚水。「妳嚇了我一跳！」

「很抱歉，親愛的。」伊莉莎說著走到她的身邊。「如果妳想要我離開，我會離開，但我想妳或許需要找個人談談。」

「亞倫叫妳來的嗎？」玫莉問。

「不是。」伊莉莎答。「但是我看到他很難過，我知道妳一定也非常難過。」

「他很難過？」玫莉抽噎問道。

「他在黑暗的街頭遊蕩了好幾個小時。」伊莉莎說。「我擔心死了。」

玟莉搖頭。「他就是一定要找死。」她喃喃道。

「我的看法正好相反。」伊莉莎說。「我認爲他渴望找尋活著的感覺。」玟莉好奇地看著她，她在女孩身旁坐下。

「許多年來，」伊莉莎說，「我都不能理解我丈夫爲什麼覺得自己有必要遠離家園、面對地心魔物，爲了幾個包裹和郵件以身犯險。他賺的錢足夠我們舒舒服服地過兩輩子了，爲什麼還要繼續下去？」

「人們會用職責、榮譽及自我犧牲等字眼去形容信使，他們相信這些就是信使要擔任信使的原因。」

「不是嗎？」玟莉問。

「我本來以爲是，」伊莉莎說。「但現在我看得比較清楚。生命中有些時刻會讓我們體驗到強烈活著的感覺，而那些時刻過去後，我們會感到……殘缺。在這種時候，我們就會不顧一切想找回那種感覺。」

「我從來不曾感到殘缺。」玟莉說。

「我也沒有，」伊莉莎回道。「直到我懷孕後。突然間，我必須爲自己體內的生命負責。我吃的每個東西、我做的每件事都會影響到她。就像許多我這個年紀的女人，我等待太久，深怕我會失去這個孩子。」

「妳又沒多老。」玟莉辯道，伊莉莎只是微笑。

「我可以感受到瑪雅的生命在我體內脈動，」伊莉莎繼續道。「我的生命與她和諧共處。我從來不曾有過這種感覺。現在孩子出世了，我深怕自己永遠無法再度擁有那種感覺。我無時無刻不與瑪雅黏在一起，但這種親密感就是與之前的感覺不同。」

「這一切和亞倫又有什麼關係？」玟莉問。

「我只是在告訴妳我認爲信使遠行的時候是什麼感覺。」伊莉莎說。「對瑞根而言，我認爲以身犯險讓他更珍惜生命，並且激發體內一種永遠不讓他死去的本能。」

「對亞倫而言，卻又有所不同。地心魔物奪走他很多東西，玫莉，而他認爲那都是自己的錯。我覺得，在內心深處，他甚至痛恨自己。他仇視地心魔物，因爲它們讓他有這種感覺，只有與它對抗，他才能找到內心的平靜。」

「妳是怎麼辦到的，母親？」玫莉問。「妳是如何忍受這麼多年嫁給信使的日子？」

伊莉莎嘆氣。「因爲瑞根心腸好，同時又很堅強，而我知道這樣的男人多麼稀有。因爲我從來不曾懷疑他對我的愛，不曾懷疑他會回家。最重要的是，和他短暫的相聚勝過所有分隔兩地的時光。」

她伸手搭在玫莉肩上，緊緊摟著她。「給他一些回家的理由，玫莉。我想亞倫終究會了解自己的生命有一定的價值。」

「我一點也不希望他遠行。」玫莉低聲說道。

「我知道。」伊莉莎同意。「我也是。但就算他經常遠行，我覺得我對他的愛並不會因而減少。」

玫莉嘆氣。「我也是。」她說。

當天早上傑克離開磨坊的時候，亞倫在外面等他。他牽著自己的馬，一匹名叫黎明跑者的黑鬃栗色駿馬，並帶著他的護具。

「怎麼了？」傑克問。「要去哈爾登園？」

「不只，」亞倫說。「公會委任我前往雷克頓。」

「雷克頓？」傑克倒抽一口涼氣。「那要走好幾個禮拜才能到。」

「你可以和我同去。」亞倫提議。

「什麼？」傑克問。

「當我的吟遊詩人。」亞倫說。

「亞倫，我還沒準備好……」傑克開口。

「卡伯說最好的學習方式就是放手去做。」亞倫打斷他道。「跟我走，我們一起學！你打算一輩子待在磨坊工作嗎？」

傑克低頭看向石板地面。「在磨坊工作也沒什麼不好。」他說著不斷移動雙腳，改變重心。

亞倫凝望他片刻，點了點頭。「你自己保重，傑克。」他說著跨上黎明跑者。

「什麼時候回來？」傑克問。

亞倫聳肩。「我不知道。」他說著看向城門。「或許再也不回來了。」

當天早上稍晚時，伊莉莎和玫莉回到瑞根宅邸，等待亞倫回家。「不要輕易放棄。」伊莉莎邊走邊道。「妳可不想放棄所有權力。讓他盡力爭取妳，否則他永遠不會了解妳的價值。」

「妳認爲他會爭取嗎？」玫莉問。

「喔，」伊莉莎微笑。「我知道他會。」

「你今天早上有見到亞倫嗎？」到家的時候，伊莉莎問瑪格莉特。

「有的，母親，」女人回答道。「幾個小時前。和瑪雅玩了一會兒，然後帶了一個袋子離開。」

「袋子？」伊莉莎問。

瑪格莉特聳肩。「或許是去哈爾登園之類的地方。」

伊莉莎點頭，對於亞倫選擇離城一、兩天並不感到訝異。「他至少要到後天才會回來。」她對玫莉道。「離開前先上來看看孩子。」

她們上樓。伊莉莎在接近瑪雅的搖籃時發出逗弄的聲音，迫不及待地想要抱抱自己的女兒，但是當看見女兒身體下方壓著一張摺起來的紙時，她立刻停下腳步。

伊莉莎雙手顫抖，拿起那封信大聲唸道：

親愛的伊莉莎和瑞根：

我接受了信使公會委任前往雷克頓。當你們看到這信時，我已經上路了。我很抱歉沒有辦法迎合所有人的期待。

謝謝你們爲我做的一切，我永遠不會忘記你們。

——亞倫

「不！」玫莉叫道。她轉身衝出房間，迅速離開瑞根家。

「瑞根！」伊莉莎叫。「瑞根！」

她丈夫連忙趕到她身邊，讀完信後，他悲哀地搖了搖頭。「總是在逃避自己的問題。」他喃喃說道。

「怎麼樣？」伊莉莎問道。

「什麼怎麼樣？」瑞根問。

「去找他！」伊莉莎叫道。「帶他回來！」

瑞根嚴肅地看著妻子，兩人在沉默中爭論。伊莉莎自一開始就知道爭不過他，不久就低下頭去。

「太快了，」她低聲說道。「他爲什麼不願意多等一天？」瑞根在她開始哭泣時伸手抱住她。

「亞倫！」玫莉邊跑邊叫。所有裝出來的冷靜全消失，什麼假裝強硬，讓亞倫爭取自己的想法全拋到腦後。此刻她唯一想做的就是找到他，告訴他自己有多愛他；不管他選擇要做什麼，自己都不會停止愛他。

她以破紀錄的速度抵達城門，喘到幾乎筋疲力竭，但是太遲了。守衛回報他已經離開好幾個小時了。

玫莉心裡清楚他永遠不會回來了。如果想要和他在一起，她就必須去找他。她會騎馬。她可以去向瑞根借馬，然後騎馬去追他。第一天晚上他肯定會在哈爾登園住宿。只要快馬加鞭，她還是可以及時趕到。

她衝回瑞根家，深怕失去他的恐懼提供她支撐下去的力量。「他走了！」她叫道。「我要借馬！」

瑞根搖頭。「已經過中午了。妳不可能及時趕到，妳會在半路上被地心魔物撕成碎片。」他說。

「我不在乎！」玫莉哭道。「我非去不可！」她衝向馬廄，但是瑞根攔住她。她大哭大叫，伸手打他，但是他毫不讓步，不管她怎麼做都無法掙脫。

突然間，玫莉了解亞倫爲什麼說密爾恩是座監獄，同時也了解所謂的殘缺是什麼感覺了。

卡伯看到夾在櫃台帳本裡的簡信時，天色已經晚了。信中，亞倫爲了在七年期限到期前離開而道歉。他希望卡伯可以了解。

「造物主呀，亞倫，」他說。「我當然了解。」

接著他哭了。

第三部
克拉西亞

328 AR

第十七章 廢墟 328 AR

你在做什麼，亞倫？他在火把搖曳不定的火光中順著階梯深入下方的黑暗時，自問道。太陽即將西下，營地距離這裡還有數分鐘的路程，但這道台階對他散發出一種難以言喻的誘惑。

卡伯和瑞根都曾警告他這種情況。某些信使無法抗拒在廢墟中尋獲寶藏的引誘，願意去冒不必要的風險、愚蠢的風險。亞倫知道自己就是這種信使，但他一直無法抗拒探索「地圖上失落的地點」，一如朗奈爾牧師所說。他利用擔任信使賺取的財富展開這些旅程，有時候會前往遠離道路數日路程的地方。但不管耗費多大的工夫，他一直沒有多少斬獲。

他的思緒回到那疊他還來不及翻閱，便在他手中化爲灰燼的舊世界古籍、劃破自己手臂並導致傷口感染灼痛的鏽劍、突然坍塌導致他受困三日，最後憑藉自己的力量重見天日，卻連一瓶酒都沒帶出來的酒窖。探索廢墟從來沒有帶來任何好處，而且他曉得總有一天這些廢墟將是自己的葬身之處。

回去，他催促自己。吃點東西、檢查魔印，然後休息一下。

「黑夜會害死你。」亞倫詛咒自己，然後步下台階。

儘管自怨自艾，亞倫依然難忍心中的興奮。他感受到自由城邦無法提供的自由與活力，這就是他立志成爲信使的理由。

他抵達台階底端，以衣袖擦拭自己汗濕的額頭，拿出水袋喝了一小口水。在這種高溫下，他實在很難想像日落後沙漠的氣溫竟然會降到足以凍死人。

他沿著一條滿是碎石和砂礫的走廊前進，火把在牆壁上如同暗影惡魔般翻飛。世界上有暗影惡魔嗎？他心想。照我的運氣來看應該是有的，他嘆氣，世上存在著太多他不知道的事。

過去三年中，他學會了很多，如同海綿般吸收來自其他文明的知識及對抗地心魔物的經驗。在安吉爾斯森林裡，他花了幾個禮拜研究木惡魔。在雷克頓，他見識到比提貝溪鎮雙人獨木舟還大的船隻，為了滿足對水惡魔的好奇，手臂上多了道突起的疤痕。他當時很幸運，可以站穩腳步拉扯水惡魔的觸角將它拖離水面。由於無法忍受陸地的空氣，恐怖的怪物放開亞倫竄回湖中。他在那裡停留好幾個月研究水系魔印。

來森堡和他的家鄉很像，不太像是一座城市，比較類似農村聚落，人人互助合作，減少穿越魔印樁而來的地心魔物造成的損失。

但沙漠之矛克拉西亞堡，才是亞倫最喜愛的城市。克拉西亞終年颼風、白晝炎熱，而冰冷的夜晚則會召喚來自沙丘的沙惡魔。

克拉西亞，仍在頑強抵抗的城市。

克拉西亞的男人不允許自己向絕望屈服。他們每晚都將女人和小孩鎖在家中，拿起長矛和大網與地心魔物作戰。他們的武器和亞倫攜帶的一樣難以刺穿地心魔物堅硬的外殼，但它們可以刺痛惡魔，足以將它們逼入魔印陷阱，然後等到太陽升起，把它們化為灰燼。他們堅定的信念十分鼓舞人心。

但學得越多只有讓亞倫渴望更多。每座城市都教會他一些其他城市不能教他的事物，世上一定有某個地方存在著他尋求的答案。

於是他踏入這座廢墟。這座一半埋在沙裡，除了幾幅克拉西亞地圖幾乎已被遺忘的廢墟安納克桑城，已數百年無人造訪。地表上的結構大部分已在風沙的侵蝕下坍塌風化，但下方的樓層，深入地底的部分，至今仍保存完好。

亞倫走過轉角，突然屏住呼吸。透過搖曳幽暗的火光，他看見前方走道兩旁的石柱上刻滿符號；是魔印。

亞倫拉近火把仔細打量它們。這些魔印年代久遠，非常古老，散發數百年累積下來的腐敗味。他自背包中拿出紙張和炭筆開始拓印，接著用力吞嚥口水，繼續前進，盡量不激起陳年的積塵。

他來到走道盡頭的一扇石門前。門上繪有斑剝褪色的魔印，亞倫只認得其中幾個。他取出筆記本，抄下還可以辨識的魔印，然後開始研究這扇門。

它比較類似石板，不太像門，亞倫很快就發現除了本身的重量，他並沒有任何東西可供支撐。他拿出長矛充當槓桿，將矛頭插入牆面和石板間的縫隙，然後使勁一推；矛頭立時折斷。

「黑夜呀！」亞倫咒罵。在距離密爾恩如此遙遠的地方，金屬十分昂貴且稀有。他拒絕在此受阻，自背包中取出鑿子和榔頭開始挖鑿牆壁。他輕易地鑿落沙石，不久就挖穿足以將矛柄伸入後方房間的缺口。矛柄又粗又硬，而且這一次亞倫將全身重量頂上，大石板隨即微微鬆動。儘管如此，大石板還是太重，木柄會在推開大石板前折斷。

亞倫利用鑿子撬開石門下方的地板石塊，挖出一條足以將鑿尖插入的鑿溝。既然有辦法移動這塊石板，便可利用它本身的慣性讓它繼續移動。

回到長矛前，他再度使勁去推。石板紋風不動，但亞倫咬緊牙關持續施壓。最後，在震耳欲聾的撞擊聲中，石板坍倒在地，於牆面上留下一條狹窄的裂縫，塵土四下飛揚。

亞倫進入一間看起來像是墓穴的房間。空氣瀰漫著陳年的腐味，但新鮮空氣已經開始自外面的走道湧入。他高舉火把，發現牆上畫滿許多別有風格的小人圖像，描繪出無數人類與惡魔作戰的景象。

而且似乎是人類處於優勢的作戰景象。

房間中央放置一座黑曜石棺，粗略雕刻成男子手持長矛的形狀。亞倫來到石棺前，注意到整座棺身刻滿魔印。他伸手觸摸它們，這才發現自己的手在顫抖。

他知道離太陽下山只剩一點點時間，但此刻就算所有地心魔域的惡魔都爬出來找他，他也無法轉身離開。他深吸口氣移動到石棺頭部，用力推開棺蓋，試圖在不摔碎棺蓋的情況下使其傾斜在棺側。亞倫知道自己應該先抄錄棺蓋上的魔印，但現在先抄錄魔印表示明天才有時間開啟棺蓋，他沒辦法等那麼久。

沉重的石棺蓋緩緩移動，亞倫推到滿臉通紅，肌肉糾結賁起。身後的牆面距離他很近，所以他一腳頂在牆上施力。在一聲迴盪於走廊上的吼叫聲中，他竭盡全力向前一推，棺蓋滑開、掉落在地。

亞倫毫不理會棺蓋，只是凝望著石棺中的景象。裡面的屍體保存良好，但屍體無法吸引他的目光。亞倫眼裡只看到它包滿布條的手中所握的物品，一根金屬長矛。

亞倫虔敬地將武器自屍體頑固的手掌中取下，對它的輕盈感到萬分訝異。這根長矛從頭到尾足有七呎長，矛柄直徑超過一吋。矛頭在塵封多年後仍銳利得足以傷人。亞倫不曾見過這種金屬，但這個想法並沒有在他的腦海中停留，因為有另一件事吸引了他的目光。

這根長矛刻有魔印。魔印沿著整根銀色的柄身刻蝕，一種在這個年代裡已經失傳的技術。這些魔印與他從前接觸的魔印大不相同。

當亞倫了解到這是多麼重大的發現時，同時也察覺到自己的處境有多危險。太陽正在地表上西落。如果他沒有辦法活著將這裡的發現帶回文明世界，那麼這一切將沒有任何意義。

亞倫抓起火把，衝出墓穴，跑過走廊，一次跨越三階台階上樓。他憑藉本能穿梭在迷宮般的走道中，暗自祈禱自己沒有轉錯彎。

最後，他看見出口外的塵封街道，但門外沒有絲毫日光灑落。來到門口時，他發現天空還有些微色彩。太陽才剛剛下山。營地已印入眼簾，地心魔物才剛開始現身。

亞倫沒有絲毫遲疑，拋開火把、衝出建築、左彎右拐地閃避沙惡魔，腳下激起一片沙霧。

沙惡魔是石惡魔的表親，體型較小，動作比較靈巧，但在眾地心魔物裡仍屬於最強壯而且外殼最硬的品種之一。它們有小巧尖銳的鱗片，呈骯髒的黃色，在沙漠中看來毫不顯眼，與它們的表親石惡魔身上的深灰色大型甲殼大不相同，而且它們以四肢著地行走，而石惡魔則以雙腳站立。

但它們的長相一模一樣；兩排銳利的牙齒如同動物的口鼻般突出於下顎，鼻孔向旁分開，相隔甚遠，十分接近上方沒有眼瞼的大眼。額頭上隆起堅硬的骨骼，一開始向前延伸，接著彎曲向後，如同尖銳的獸角般突起於鱗片間。在行進間它們的頭會不停甩動，藉以甩落永不止歇的風沙。

而比體型巨大的表親更可怕的地方在於，沙惡魔集體獵食。它們會攜手合作，不殺死他誓不罷休。

亞倫心跳急促，完全將剛剛的發現拋在腦後，以極快的速度和敏捷的動作穿越廢墟，跳過坍塌的石柱和破碎的石塊，同時左右閃避逐漸凝聚形體的惡魔。

惡魔需要一點時間才能釐清地表上的狀況，而亞倫充分利用這點，朝自己的魔印圈衝去。他踢中一頭惡魔的膝蓋後方，令它短暫倒地，隨即迅速通過。接著他筆直衝向另一頭惡魔，直到最後關頭才向旁閃開，惡魔的利爪劃過空蕩蕩的空氣。

隨著魔印圈逐漸接近，亞倫全速前進，但一頭惡魔擋在他的面前，已經閃躲不及。對方近四呎高，已經度過剛現身的迷惘階段。它四肢伏地，嘴中發出充滿憎恨的嘶嘶聲，準備攻擊朝它直衝而來的獵物。

亞倫已經十分接近目的地了——他寶貴的魔印圈就在數呎外。他現在能做的就是與小型惡魔來個硬碰硬，然後在它殺死自己前滾入魔印圈內。

他一撲而上，本能地在撞倒惡魔時刺出自己的新矛。長矛擊中惡魔時發出一道閃光，亞倫重重落地，隨即在一片沙塵中起身，頭也不回地繼續衝刺。他跳入魔印圈內，終於遠離危險。

亞倫一面猛喘，一面抬起頭來，透過沙漠暮色下的輪廓看著將他團團圍住的沙惡魔。它們嘶嘶吼叫，攻擊他的魔印，利爪在力場上激盪出耀眼的魔光。

透過其中一道閃光，亞倫看見剛剛被他撞倒的惡魔。它正一步步緩緩遠離亞倫以及它的同伴，在沙地中留下一條深黑色的痕跡。

亞倫瞪大雙眼。慢慢地，他低頭凝望依然握在自己手中的長矛。

矛頭上沾滿了惡魔的膿汁。

亞倫壓抑下大笑的衝動，回頭看向受傷的惡魔。一個接著一個，惡魔的同伴停止攻擊亞倫的魔印，開始嗅聞空氣。它們轉身，瞪著地上的膿汁痕跡，然後轉向受傷的惡魔。

眾惡魔發聲喊叫，撲向受傷的惡魔，將它撕成碎片。

沙漠夜晚的寒意終於強迫亞倫將目光自金屬長矛上移開。之前紮營時，他已經架好了一堆柴火，此刻他打了點火星進去，生起營火幫自己的身體取暖，順便熱熱晚餐。下午，亞倫已將黎明跑者綑綁在魔印圈中，覆蓋毛毯，刷過鬃毛並且餵食，然後才離開營地前去探索廢墟。

與過去三年的每個晚上一樣，獨臂魔在月亮升起後立刻現身，穿越沙漠，趕跑擋路的地心魔物，站在亞倫的魔印圈前。亞倫按照慣例雙掌交擊向它招呼，獨臂魔則朝他發出憎恨的吼叫聲。

剛離開密爾恩時，亞倫曾懷疑可能無法在獨臂魔攻擊魔印圈的巨響中入眠，但現在他對這種聲音已習以為常。這些年來，證明了他的魔印圈堅固耐用，亞倫也一直以虔誠的態度維修它、修補繩索、擦亮木牌。

他痛恨這頭惡魔，長年的相處並沒有讓他與密爾恩城牆守衛一樣對它產生親切感。就像獨臂魔記得手臂是被誰砍斷的，亞倫也從未忘記自己背上皺巴巴的傷痕是誰抓的，當年是誰差點奪走了自己的性命。他同時也記得密爾恩有九名魔印師、三十七名守衛、兩名信使、三名藥草師，以及十八名平民葬身在它手下。他冷冷地瞪著惡魔，下意識地拍打手中的新矛。如果他主動進攻會怎麼樣？這把武器刺傷了一頭沙惡魔，其上的魔印是否也能傷害石惡魔？

他竭盡全力抗拒跳出魔印圈去找出答案的衝動。

陽光將惡魔逐回地心魔域，亞倫幾乎徹夜未眠，但依然興致高昂地自地上爬起。用過早飯後，他取出筆記本，檢視長矛，專心一意地抄錄所有魔印，並且研究它們在矛柄和矛頭上相互連接的模式。

忙完後，太陽已高掛天際。他拿了另一支火把，回到地下陵寢拓印刻在石棺上的魔印。底下還有其他墓穴，他很想不顧一切搜光它們。但就算只多待一天，他的食物都會在抵達黎明綠洲前耗盡。他本來是抱著賭一賭的心態期待在安納克桑城裡找到水井，而他也找到了，但附近的植物稀疏且不宜食用。

亞倫嘆了口氣。這座廢墟已經聳立數百年了，下次再來的時候，它還是會在這裡，只希望到時候他是帶著一整隊克拉西亞魔印師同行。回到地上時，日頭已經逐漸西進。亞倫花點時間運動，餵黎明跑者，爲自己煮了一頓晚餐，靜心思考當前狀況。

克拉西亞人會要求證據，長矛可以殺死惡魔的證據。他們是戰士，不是廢墟探險家，他們不會在理由不夠充足的情況下騰出任何有戰鬥能力的人手參與遠征探險。

證據，他心想。當然應該由他提出。

距離日落只有一小時，亞倫開始準備營地。他再度綑綁馬匹，檢查圍在馬身邊的攜帶式魔印圈。他如同往常準備自己的十呎魔印圈，然後從背包裡取出許多魔印石，開始在魔印圈外架設一道直徑四十呎的大型魔印圈。他稍微放寬魔印石的間隔距離，仔細計算它們的位置。鞍袋裡還有一道攜帶式魔印圈——亞倫總是喜歡多準備一份——他將這道魔印圈也架設在營地中，位於外圈內側，沿著邊緣而設。

忙完後，亞倫跪坐在內圈裡，長矛擺在身側，深深呼吸，滌淨心靈。他並沒有張眼去看太陽西落、地平線的沙漠反射暮光，以及黑夜降臨的景象。

小型沙惡魔首先浮現，亞倫聽見外圈的魔印力場發出魔光及撞擊聲，阻擋它們的攻擊。片刻後，他聽見獨臂魔的叫聲，推開擋路的小惡魔，來到亞倫的外圈前。亞倫不理會它，繼續深呼吸，雙眼緊閉，定靜心神。這種缺乏反應的表現令獨臂魔憤怒不已，它開始使勁攻擊魔印圈。

一時間魔光大作，儘管緊閉雙眼依然可以看見光亮，但惡魔沒有立刻繼續攻擊。他張開雙眼，看到獨臂魔好奇地側頭打量。亞倫露出毫無笑意的冷笑。

獨臂魔再度攻擊魔印，接著再次靜止。這次，惡魔發出尖銳的吼叫，伸出魔爪，對著魔印力場揮出完好的手臂。惡魔身體前傾，彷彿在推擠一道看不見的玻璃牆，於痛苦的嘶吼聲中一再加強力道。它的魔爪與力場接觸的地方綻放出一張狂暴的魔法光網，隨著惡魔加強力道，魔印力場開始出現向內縮的現象。

在令亞倫膽戰心驚的聲響中，石惡魔挺直雙腳，踏穿魔印網，跌入兩道魔印圈之間。黎明跑者嘶聲哀鳴，試圖掙脫繩索。

亞倫與石惡魔同時起身，目光交會。弱小的沙惡魔拚命模仿獨臂魔的技巧，但魔法石的間隔十分精確，單憑沙惡魔的力量根本無法闖入。它們朝魔法力場發出沮喪的叫聲，退到一旁見證魔印圈內的衝突。

現在的亞倫已經比第一次見面時長大許多，但獨臂魔似乎還是和那個恐怖的夜晚裡同樣高大。石惡魔從頭到腳超過十五呎，比兩個男人加起來還高。亞倫必須抬起頭來才能直視地心魔物狠狠瞪視自己的雙眼。

獨臂魔張開血盆大口，露出兩排銳利的牙齒，口水直流，並且挑釁地伸展匕首般的利爪。它挺起堅硬的胸膛，上頭覆蓋一層武器無法穿透的黑色硬殼，長滿尖刺的尾巴前後甩動，力道足以將馬匹一擊斃命。它的身體因為穿越魔印而滿是焦痕、不斷冒煙，但這些明顯的創傷只有讓地心魔物看來更危險，如同因痛苦而瘋狂的巨人。

亞倫緊握金屬長矛，步出魔印圈。

第十八章 成年禮 328 AR

獨臂魔朝夜空吼叫，復仇的時刻終於到了。亞倫強迫自己深吸一口氣，竭力克制以免心臟跳出胸口。就算長矛上的魔法眞的可以傷害這頭惡魔——目前他只能一廂情願地如此希望——也未必足以贏得這場戰役，他需要投入所有機智及受過的一切訓練。

他緩緩滑開雙腳，擺出戰鬥姿勢。沙地會影響他的速度，但也會影響獨臂魔。他維持與惡魔目光接觸，不採取任何突如其來的舉動，任由地心魔物享受此刻。即使手持長矛，它的攻擊範圍還是比他廣多了，讓它採取主動。

亞倫覺得自己的一生彷彿是在潛意識中爲這一刻做準備。他不確定自己是否準備好接受考驗，但在被這頭惡魔糾纏十多年後，他認爲自己已不能繼續拖延下去。即使到了這個地步，他依然可以退入身後的魔印圈，避開石惡魔的攻擊。但他刻意遠離魔印圈，執意投入這次競技。

獨臂魔看著他繞圈，口鼻微開，齜牙咧嘴，喉嚨中發出一股低沉的隆隆聲。它的尾巴越擺越快，亞倫知道它已經準備好要進攻了。

惡魔大吼一聲，疾撲而來，利爪大張，劃破空氣。亞倫向前衝刺，閃過利爪，闖入地心魔物的攻擊範圍。他繼續狂奔，跑到它的雙腿間，就地一滾，將長矛插入它的尾巴。一道耀眼的強光閃過，惡魔在長矛刺穿硬殼、插入皮膚中時放聲吼叫。

亞倫料到惡魔會以尾巴反擊，但沒想到反擊竟然來得如此迅速。他就地撲倒，尾巴呼嘯而過，尖刺距離他的腦袋不過數吋。他翻身而起，但獨臂魔已轉身，利用尾巴的力道加速迴旋。這頭地心魔物的體型巨大，身手卻依然矯健。

獨臂魔再度出擊，亞倫無法及時閃避。他挺直矛柄試圖格擋，但他很清楚惡魔的力量根本擋無可擋。他被自己的情緒沖昏頭了，現在與獨臂魔對決還言之過早。他詛咒自己竟然如此愚蠢。

然而，當惡魔的利爪擊中金屬矛柄時，刻蝕在矛柄上的魔印立刻大放光明。亞倫幾乎沒有感受任何衝擊，獨臂魔卻如同擊中魔印力場般遭到反彈。惡魔在自身力道的反擊下向後跌開，不過很快就站穩腳步，毫髮無傷。

亞倫克制心中的訝異，隨即採取行動，心知剛剛的情況是怎麼一回事，並且決定要善用這項優勢。獨臂魔瘋狂進攻，決定要以蠻力突破這個全新的障礙。

在一陣塵土飛揚中，亞倫衝到一根石柱的殘骸後方，藉由石柱的掩護隨時準備向左或是向右閃避，端看惡魔從哪個方向攻擊。

獨臂魔狠狠撞上這根直徑將近四呎的石柱，將它撞成兩段，順手揮動肌肉發達的手臂，將一邊斷柱甩向一旁。惡魔的力量實在太駭人，亞倫衝向魔印圈，試圖爭取時間穩定心神。

惡魔預料到亞倫會有這個反應，雙腳一抖、騰空飛起，在亞倫和魔印圈中間落地。

亞倫赫然止步，獨臂魔再度發出勝利的叫聲。他已經測試過亞倫的鬥志，發現他的鬥志並不堅決。它敬畏長矛的威力，但當地心魔物前進時，眼中沒有流露絲毫恐懼。亞倫刻意放慢腳步緩緩後退，不希望以任何大動作激怒對方。他一路後退到魔印石組成的外圈邊緣，幾乎進入圍觀沙惡魔的攻擊範圍。

獨臂魔看出他的窘境，發出一聲怒吼，隨即以雷霆萬鈞之勢疾撲而來。亞倫站穩腳步，雙腳微屈。他並不打算舉起長矛阻擋攻擊。他豎起長矛，準備突刺。

石惡魔這一拳的力量足以擊碎獅子的頭骨，可惜沒有擊中目標。亞倫剛剛故意示弱，趁勢退入隱藏在沙堆中的備用魔印圈內。只見魔光大現，惡魔的攻擊遭受反彈，亞倫早已蓄勢待發，向前躍起，將他的魔印長矛插入惡魔腹中。

獨臂魔的叫聲劃破夜空，震耳欲聾、令人喪膽。在亞倫耳裡這聲慘叫宛如天籟。他試圖拔出長矛，但長矛卡在石惡魔的黑色硬殼中一時拔不出來。他再度猛力拉扯，這一次差點賠上性命，因為獨臂魔揮掌反擊，利爪深深插入他的肩膀和胸口。

亞倫身體急旋，他奮力轉向備用魔印圈，隨即癱倒在魔印守護中。他緊壓傷口，看著巨大的石惡魔跌跌撞撞。一次又一次，獨臂魔試圖抓住長矛，將它拔出體外，但一直被矛柄上的魔印彈開。而這段時間中，魔法持續運作，在傷口內閃閃發光，綻放致命的波動侵襲地心魔物的軀體。

亞倫面露微笑，眼看獨臂魔癱倒在地，不停掙扎。但當惡魔四肢甩動的幅度變小，逐漸變成抽搐後，他心中開始生起空虛的感覺。他曾無數次幻想這個場景、預想此刻的心情，自己會說些什麼，但現在的情況和自己想像中大不相同。他沒有興高采烈，反而感到沮喪茫然。

「這是為妳復仇，媽。」他在惡魔不再抽搐時低聲說道。他試圖回想她的長相，迫切地想要得到她的認同，但發現自己已想不起母親的容貌。他感到震驚與愧疚，放聲大叫，在星空下痛悟自己的不幸與渺小。

亞倫和惡魔保持距離，繞道回到自己的裝備前開始包紮傷口。他縫得很糟，但至少傷口不再外露；皮膚上的豬根泥膏發燙，不過會痛表示藥膏確實發揮藥效，傷口已開始感染了。

那天晚上他無法入眠。不光是因為傷口的疼痛以及內心的煎熬，同時還因為他生命中的一個階段即將走到盡頭，而他一定要親眼見證這個階段的結束。

當太陽自沙丘上升起時，陽光以一種只能在沙漠找到的速度照亮亞倫的營地。沙惡魔一看到日出的跡象立刻抱頭鼠竄，此刻已盡數消失。亞倫站起身來，面帶痛楚地踏出魔印圈，站在獨臂魔前，取回他的長矛。

當陽光灑落時，黑色硬殼開始冒煙，接著爆出火星、起火燃燒。不久，惡魔屍體成為焦黑的火葬堆，亞倫站在一旁，目不轉睛地凝視這一幕。當石惡魔化為灰燼在晨風中灰飛煙滅時，他看見人類的希望。

第十九章　克拉西亞第一勇士　328 AR

沙漠大道其實稱不上什麼道路，只是由許多古老路牌標出的路徑，以免旅人迷失方向，有些路牌上布滿爪痕和缺口，其他的則有一半深埋在沙丘中。一如瑞根所說，沙漠並非全是沙，但這裡的沙已經多到可以讓人行走數日仍看不見其他東西。沙漠邊緣還有蔓延數百哩的不毛之地，龜裂的地表只看得到一些太乾燥而腐爛不了的枯萎植物。除了一望無際的沙海中沙丘遮蔽出的陰影，完全沒有地方可以躲避炙熱的陽光，氣溫高到亞倫無法相信太陽與爲密爾恩堡帶來和煦光芒的是同一顆。風沙持續吹襲，他必須以布遮臉，以免吸入沙塵；他的喉嚨又乾又痛。

夜晚更難熬，太陽沉入地平面後，熱氣立刻自地表消失，變成一片寒冷荒地，迎接地心魔物的到來。但即使在這種地方，生命還是存在：蛇類和蜥蜴獵食小型囓齒動物。腐食鳥類找尋受地心魔物攻擊或無意間闖入沙漠、找不到路回家的生物屍體。沙漠裡起碼有兩座大型綠洲，聚積大量清水，於是附近的土壤滋長出茂密的可食用植物，並出現自岩石中冒出的細流，或直徑不超過人類一步距離的小水窪，孕育著一小叢發育不完全的植物以及小型動物。亞倫見過這些沙漠生物晚上將自己埋在沙裡，一方面利用殘留的熱氣禦寒，一方面躲避在沙漠中遊蕩的惡魔。

因爲獵物太稀少，沙漠裡沒有石惡魔。沒有東西可以燃燒，所以沒有火惡魔。缺乏樹幹讓木惡魔棲息，也沒有樹枝可供它們攀爬。水惡魔無法在沙中游泳，風惡魔找不到地方落腳。沙丘和荒原是沙惡魔獨霸的地盤，然而就連它們也鮮少會在沙漠深處出沒，大部分會待在綠洲附近，但火堆會將方圓數哩內的沙惡魔統統吸引過來。

來森堡與克拉西亞相距五個星期的路程，其中有超過一半的路途位於沙漠中，而這已超過大部分信使願意承受的極限。儘管北方商人願意提供優渥的報酬換取克拉西亞絲綢和香料，還是只有少數信使渴望冒險到——或是瘋狂到——願意鋌而走險前往克拉西亞。

在亞倫看來，這是一段平靜的旅途。白天最炎熱的時段他會睡在馬鞍下，全身裹在寬大的白布中。他經常餵馬喝水，晚上在魔印圈下鋪一層油布，以防魔印陷入沙中。他很想跳出去與圍在圈外的沙惡魔大戰一場，但他的傷勢導致握力不足，他知道萬一長矛脫離自己的掌握，只要颳起一陣普通的微風，就能讓它消失在沙漠中，這比藏在地下墓穴數百年更杳無蹤影。

儘管沙惡魔叫聲不斷，黑夜在亞倫耳中聽來仍十分寧靜，因為他已經習慣獨臂魔的叫聲。那些夜裡，他睡得比所有露宿野外的夜晚還要平靜。

生命中第一次，亞倫發現自己的未來不再侷限於一個受人敬重的跑腿差役。他一直都知道擔任信使並非自己的使命終點，他命中註定要挺身戰鬥。但現在他了解自己的使命不止於此，他命中註定要帶領眾人挺身戰鬥。

他很肯定自己可以製作更多魔印長矛，並且開始思考將魔印運用在其他武器上的方式；弓箭、手杖、投石器的石彈，可能性無窮無盡。

在他足跡所到處，只有克拉西亞人拒絕生活在地心魔物的恐懼下。基於這個理由，亞倫特別敬重他們。全世界就屬他們最有資格接受這份禮物。他會向他們展示長矛，而他們會提供他一切材料，製造足以扭轉戰局的武器。

看到綠洲時，亞倫回過神來。沙漠會反射藍天的色彩，誘使人類遠離道路，迎向根本不存在的水源，但當他的馬開始加快步伐時，亞倫可以肯定眼前所見並非幻覺，黎明跑者可以嗅出水氣。

他們的飲水在一天前就已耗盡，所以抵達小池塘時，亞倫和馬都已經渴到極限。他們同時將頭埋入水中盡情暢飲。

喝飽後，亞倫裝滿水袋，將它們放在無聲聳立於綠洲外圍的巨石陰影中。他檢查巨石上刻的魔印，確定它們都還完整，只是有點磨損的痕跡。終年吹襲的風沙一點一滴地侵蝕它們，逐漸風化魔印銳利的邊緣。他取出雕刻工具，加深筆畫，重刻邊緣，確保魔印網運作無礙。

黎明跑者吃起叢生的雜草和灌木的落葉，亞倫則忙著蒐集棗子、無花果以及其他綠洲樹木上的果實。他收起自用的分量，然後將剩下的放在陽光下晾乾。

綠洲的水源來自一條地下河道，在數不盡的歲月中不斷有人挖開沙地，鑿穿底下的岩石，終於挖到流動的河道。亞倫沿著石階下行，來到一座清涼的地下石窟，拿起放在那裡的魚網撒入河水中。他帶著豐富的漁獲離開洞窟，他挑出幾條自用，清理剩下的魚，以食鹽醃製，然後和水果放在一起晾乾。

他自綠洲的儲藏庫中取出一根長叉，於岩石附近搜尋，最後在沙地上找到一條洩露行蹤的溝痕。不久，他就以長叉插起一條蛇，抓住牠的尾巴，如同鞭子般甩上岩石，將其擊斃。附近多半藏有蛇蛋，但他沒有費心去找。在綠洲中取用過量的資源是可恥的行為。他再次收起部分蛇肉，將剩下的拿去晾乾。

在其中一座砂岩上某個人工挖鑿、周遭繪有許多信使印記的隱密角落中，亞倫取出一堆之前信使遺留下來的堅硬水果乾、魚乾，以及肉乾，裝滿他的馬鞍袋。等剛剛蒐集到的食物晾乾後，他也會為下一名路過此地的信使添滿補給。

想要在不路過黎明綠洲的情況下穿越沙漠是不可能的事。這裡是方圓百哩內唯一的水源，往來沙漠所有旅人的目的地。大多數旅人都是信使，這也表示他們都是魔印師，多年來這個獨特的族群在這裡的岩石上留下他們到此一遊的痕跡。數十個名字刻在岩石表面，有些只是潦草的字跡，有些則是大師級的美麗字體。許多信使不只留下他們的名字，有些還會列出他們去過的城市，有些則會標示他們路過黎明綠洲的次數。

這是亞倫第十一次穿越沙漠，他早就刻過自己的名字和到過的城市，但他從未停止探索，所以他總是有更多東西可以補充。亞倫使用美麗的渦卷形字體，緩慢地、虔敬地在他曾造訪的廢墟清單上刻下「安納克桑」。在綠洲留名的信使都不曾宣稱自己造訪此地，這讓他感到滿心驕傲。

第二天，亞倫繼續補充綠洲的庫存。在離開綠洲時留下比抵達時還多的食物對信使而言是項榮耀，以免有人在負傷或中暑的情況下抵達綠洲，沒有能力自行採集食物。

那天晚上，他寫了一封信給卡伯。他寫下很多信給卡伯；它們全都好好地放在他的鞍袋裡沒有寄出。他每次寫給卡伯，都覺得無法彌補自己半途而廢的行為，但這個消息實在太重要，一定要告知他。他精確無誤地在信裡畫下矛頭上的魔印，心知卡伯會立刻對密爾恩所有魔印師公開這些知識。

第二天早上天一亮，他就離開黎明綠洲，朝西南方前進。接下來的五天裡，他除了遍地黃沙和沙惡魔什麼也沒看到。但第六天一早，籠罩在後方的群山間的沙漠之矛克拉西亞堡終於映入眼簾。

遠遠看來，它與普通沙丘沒什麼兩樣，砂岩城牆融合在附近的自然景觀中。這座城市沿著一座比黎明綠洲大上許多倍的綠洲而建。根據古老地圖的說法，兩座綠洲的水源都來自同一條地下河道。城牆上的魔印是用刻的而不是用漆的，傲然聳立於太陽下。城市之巔飄揚著克拉西亞旗幟，其上繪有兩根長矛交叉插在升起的太陽上。

城門守衛身穿黑色戴爾沙羅姆之袍，克拉西亞戰士階級專屬服裝，臉上包覆面紗以對抗無情的風沙。儘管體型不如密爾恩人高大，克拉西亞人還是比一般安吉爾斯人或雷克頓人約高上一個頭，而且全身都是結實的肌肉；亞倫路過時朝他們點頭招呼。

守衛高舉長矛回禮。依照克拉西亞人的習俗，這是最基本的禮儀，但亞倫可是花了很大的工夫才贏得這一點點尊重。在克拉西亞，一個男人的價值取決於他身上傷疤的多寡，以及他殺過的阿拉蓋——地心魔物——的數量。外來者，或是克拉西亞人口中的青恩，即使是信使，都被視為放棄戰鬥的懦夫，不值得任何戴爾沙羅姆的敬重。「青恩」這個字本身有侮辱意味。

出乎克拉西亞人意料之外的是，亞倫竟然要求與他們並肩作戰，他教導他們的戰士許多新的魔印，並且協助他們除掉許多惡魔，現在他們稱呼他為「帕爾青恩」，意即「勇敢的外來者」。他們永遠不會將他視為地位相等的同輩，但至少戴爾沙羅姆已經不再朝他的腳吐口水，而且他甚至結交了幾個真正的朋友。

穿越城門後，亞倫進入大迷宮，這是介於城牆和城市內牆間的遼闊內庭，其中布滿高牆、壕溝及深坑。每天晚上，戴爾沙羅姆都將家人鎖在內牆中，與惡魔展開阿拉蓋沙拉克，所謂的聖戰。他們引誘地心魔物進入大迷宮，以埋伏奇襲的戰術將它們困入魔印深坑，然後等待陽光的到來。傷亡人數很高，但克拉西亞人相信在阿拉蓋沙拉克中戰死的人都有資格伴隨在艾弗倫，也就是造物主的身側，所以他們都樂於赴死。

再過不久，亞倫心想，死在這裡的就只有地心魔物了。

位於主城門後的是大市集，商人站在數百輛滿載貨物的推車後高聲叫賣，空氣中瀰漫著濃厚的克拉西亞香料、焚香以及奇特香水的氣味。地毯、布匹、繪有美麗圖案的陶器、各式各樣的水果和吵雜的牲畜在同一場地販售。這是個喧囂擁擠的地方，到處都是討價還價聲。

亞倫見過的所有市集統統擠滿男人，只有克拉西亞大市集裡幾乎清一色是女人，個個從頭到腳都包在黑色厚布中。她們吵吵鬧鬧地交易、互相大吼大叫，最後一臉怨懟地拿出陳舊的金幣付帳。

珠寶和華麗的服飾在大市集裡銷路很好，但亞倫從沒看過任何人拿出來穿戴。男人告訴他女人都將珠寶華服穿在黑袍裡，但只有她們的丈夫才知道真相。

幾乎所有超過十六歲的克拉西亞男人都是戰士。少數人會成為達馬，克拉西亞的聖徒兼世俗領導人。其他職業都是不榮譽的職業。工匠被稱為卡非特，屬於低賤的階級，在克拉西亞的地位只比女人高一點點。城內從務農、煮菜到照顧小孩等所有日常生活事務都由女人打理，她們挖掘黏土，製作陶器，建造並修葺房屋，訓練並且屠宰牲畜，還要上市集去討價還價。簡單說來，除了戰鬥，所有事情都是女人負責。

儘管整天忙得要死要活，她們對男人還是百依百順。男人的妻子和未嫁的女兒就是他的財產，他可以對她們為所欲為，就算殺掉她們也沒人可管。一個男人可以娶很多妻子，但女人就算只是讓其他男人看見自己沒戴面紗的模樣，都有可能——通常也會——被誅殺。克拉西亞女人被視為消耗品，男人不是。

亞倫知道，少了他們的女人，克拉西亞男人將會無所適從，但大多數的女人都很尊敬男人，對於她們的丈夫更是近乎崇拜。她們每天早上都會出門搜尋前一天晚上戰死於阿拉蓋沙拉克的戰士，在她們的男人屍體身上嚎啕慟哭，將自己寶貴的淚水收集在小玻璃瓶裡。在克拉西亞，水就是錢，戰士的身分地位可以由死時獲得的淚瓶數量加以衡量。

如果一名男子戰死沙場，他的兄弟或朋友會出面接收他的妻子，讓她們永遠有個男人可以服侍。曾經有一次，在大迷宮中，一名垂死的戰士躺在亞倫懷裡，要求他接收自己的三名妻子。「她們很美麗，帕爾青恩，」他保證道。「也很能生，她們可以幫你生下很多兒子。答應我你會接收她們！」

亞倫承諾會照顧她們，然後另外找人接收她們。他很好奇克拉西亞女人的黑袍下究竟有些什麼，但沒有好奇到願意拿他的攜帶式魔印圈交換一間黏土房舍，也不打算拿自己的自由去換取一個家庭。

幾乎所有女人身後都跟著好幾個身穿褐色服飾的小孩；女孩的頭髮包在布裡，男孩則戴破布帽。十一歲後，女孩就會開始嫁人，改穿代表女人的黑色服裝，男孩則在更年輕時就被帶往訓練場。大多數男孩都會換上戴爾沙羅姆的黑袍。少數人會穿上達馬的白袍，用自己的一生服侍艾弗倫。無法擔任以上兩種職業的人將會淪為卡非特，直到老死都必須穿著代表恥辱的褐色服飾。

女人看著亞倫騎馬穿越市集，紛紛開始語氣興奮地交頭接耳。他饒富興味地打量她們，因為沒有任何女人接觸他的目光或是上前攀談。她們會圖他鞍袋中的物品——上等來森羊毛、密爾恩珠寶、安吉爾斯紙，以及其他來自北方的寶藏——但他是男子，更糟糕的是他是青恩，她們不敢上前攀談。達馬的眼線無處不在。

「帕爾青恩！」一個熟悉的聲音叫道，亞倫轉身看見他的朋友阿邦朝自己迎來，這名肥胖的商人一拐一拐地拄著拐杖前進。

阿邦從小瘸腿，是個卡非特，沒有資格與戰士並肩作戰，也沒有能力成為聖徒。不過，透過與來自北方的信使交易，他的日子倒是過得不錯。他的鬍子刮得很乾淨，頭戴褐帽，身穿卡非特上衣，但外面又加穿色彩鮮艷的包頭巾、背心，以及亮眼的絲質馬褲，繡有許多彩色花邊。他宣稱自己妻子們的容貌可以與任何戴爾沙羅姆的妻子比美。

「看在艾弗倫的份上，眞高興見到你，傑夫之子！」阿邦以標準的提沙語招呼道，同時在亞倫肩膀上拍了一下。「每當你大駕光臨，陽光比往常更耀眼！」

亞倫希望自己從沒告訴對方自己父親的名字。在克拉西亞，一個男人父親的名字比他本身的名字意義更重大。他很好奇如果他們知道他父親是個懦夫會怎麼想。

但他只是輕拍阿邦的肩膀，露出眞誠的微笑。「我也很高興見到你，朋友。」他說，要不是這個瘸腿商人的幫助，他絕不可能學會克拉西亞語，也無法了解此地奇特而危險的文化。

「來，來！」阿邦說。「來我的攤位歇歇腳，用我的水滋潤你的喉嚨。」他領著亞倫進入位於他推車後方的鮮艷帳篷。他拍一拍手，妻子和女兒們——亞倫一直無法分辨誰是誰——立刻跑出來掀開帳門，照料黎明跑者。亞倫心知男人公然勞動在克拉西亞人眼中是很不得體的行為，所以只能強忍出手幫忙的衝動，眼睜睜看著她們卸下沉重的鞍袋搬入帳篷。其中一名女子伸手去拿掛在鞍角上，用布纏起的魔印長矛，但亞倫搶先一步取走長矛。她深深鞠躬，深怕自己做了什麼侮辱對方的舉動。

帳篷裡放滿色彩鮮艷的絲綢枕頭以及圖案繁複的針織地毯。亞倫將積塵的靴子留在門邊，然後深深吸了一口清涼芳香的空氣。他靠在地上的枕頭堆裡休息，阿邦的女人端著清水和水果跪在他面前。

清洗完畢後，阿邦再度拍手，女人端出熱茶和蜂蜜糕餅。「穿越沙漠的旅程還順利嗎？」阿邦問。

「喔，順利。」亞倫微笑。「非常順利。」

接著他們閒聊了一會兒。阿邦從來不會跳過形式上的客套，但他的目光不時飄向亞倫的鞍袋，同時會不由自主地摩拳擦掌。

「來談生意吧？」亞倫認爲客套夠了，立刻問道。

「當然，帕爾青恩是大忙人。」阿邦同意，輕彈手指。女人們迅速搬出一大堆香料、香水、絲綢、珠寶、地毯，以及其他克拉西亞名產。

阿邦檢視來自亞倫北方客戶的貨物，亞倫則仔細研究對方打算交易的商品。阿邦皺著眉挑剔每樣貨物。「你穿越沙漠就只是爲了交易這種東西？」他看完後一臉厭惡地道。「你跑這趟根本不值得。」

亞倫強忍笑意，與他一同坐下，等待女人端上新茶。討價還價通常都是這樣開場。

「胡說八道。」他回道。「就算是瞎子也看得出來我帶來的是整個提沙最頂級的寶物，比你的女人拿出來這些可憐的玩意要好多了。我希望你還藏著更多好東西，因爲——」他指向一塊地毯，紡織工藝的頂級產物——「就連泡在廢墟裡腐爛的地毯都比這玩意好。」

「這話太令我傷心了！」阿邦叫道。「虧我提供你清水和庇蔭！我眞是太悲哀了，帳篷裡的客人竟然會用這種態度對待我！」他悲嘆。「我的妻子們日以繼夜地操作紡紗機，使用上等羊毛編織出這塊地毯！你絕不可能看到更好的地毯！」

在那之後，雙方就各顯身手展開議價，亞倫從來沒有忘記很久以前從老霍格和瑞根身上學到的技巧。一如往常，這場議價以兩人表面上都一副被搶了，實際上心裡都自認佔了便宜收場。

「我女兒會幫你收拾貨物，暫時保存到你要離開。」阿邦終於說道。「今晚願意與我們共進晚餐嗎？我的妻子們準備了一桌你們北方人做不出來的好菜！」

亞倫遺憾地搖頭。「我今晚要參與聖戰。」他說。

阿邦也搖頭。「你太融入我們的習俗了，帕爾青恩，你尋求和我們一樣的死法。」

亞倫繼續搖頭。「我一點也不想死，也不期待來世進入天堂。」

「啊，我的朋友，沒有人願意年紀輕輕就回歸艾弗倫的懷抱，但參與阿拉蓋沙拉克的人必須面對這樣的命運。還記得從前克拉西亞人與沙漠中的沙一樣多，但現在……」他傷心地搖頭。「這裡幾乎已經算是空城。每個妻子的肚皮都塞了小孩，但夜晚死去的人還是多於白天出生的人。如果不改變作風，十年後克拉西亞將會深埋在沙漠中。」

「如果我告訴你我是來改變克拉西亞的處境呢？」亞倫問。

「傑夫之子的心意真誠，」阿邦說。「但達馬基不會聽你說話。艾弗倫要求我們作戰，他們說，沒有青恩可以改變他們的心意。」達馬基是克拉西亞的統治議會，由十二個克拉西亞部族地位最高的達馬組成。他們服侍克拉西亞的最終決策者，艾弗倫最寵愛的達馬安德拉。

亞倫微笑。「我不可能要求他們停止阿拉蓋沙拉克，」他同意道。「但我能幫助他們打贏這場戰爭。」他解開包裹長矛的布匹，舉到阿邦面前。

阿邦微微張大眼睛，看著這把壯麗非凡的武器，接著揚起手掌，搖頭說道：「我是卡非特，帕爾青恩。我的手掌污穢，不配碰觸這根長矛。」

亞倫收回武器，鞠躬道歉。「我沒有不敬的意思。」他說。

「哈！」阿邦大笑。「你或許是唯一向我鞠躬的男人！就算是帕爾青恩，也不須擔心對卡非特不敬。」

亞倫皺眉。「你和大家一樣都是男人。」他說。

「這種想法註定你一輩子都只是個青恩。」阿邦說，但面帶微笑。「你不是第一個在長矛上繪製魔印的人。」他說。「沒有古老的戰鬥魔印，這樣做並沒有多大意義。」

「這些就是古老魔印。」亞倫說。「我在安納克桑廢墟裡找到的。」

阿邦臉色蒼白。「你找到失落之城了？」他問。「那份地圖真的那麼精確？」

「你爲什麼這麼驚訝？」亞倫問。「我以爲你保證那份地圖精確無誤！」

阿邦咳嗽。「是呀，這個，」他說。「我相信商品來源，當然，但已經三百年沒有人踏足那座古城了。誰敢說那份地圖能有多精確呢？」他微笑。「再說，就算我弄錯了，你也不太可能回來要求退費。」兩人同時大笑。

「看在艾弗倫的份上，這是很棒的故事，帕爾青恩。」阿邦在亞倫說完失落古城的冒險故事後說道。「但如果你還在乎自己的小命，就不要讓達馬基知道你找到了安納克桑聖城。」

「我不會。」亞倫保證。「但無論如何，他們都會認同這根長矛的價值。」

阿邦搖頭。「就算他們同意讓你在議會發言，帕爾青恩，」他說，「而我對這點保持懷疑，他們還是不會認同任何青恩帶來的物品會有什麼價值。」

「你說的或許沒錯，」亞倫說。「但至少我得嘗試。反正我也有訊息要帶去安德拉宮殿，陪我走走。」

阿邦舉起拐杖。「宮殿距離這裡很遠，帕爾青恩。」他說。

「我走慢點。」亞倫說，心知拐杖只是不願去的藉口。

「你不會希望在市集外的地方被人看見和我走在一起的，我的朋友。」阿邦警告道。「光是這樣就能讓你在大迷宮中努力贏得的尊敬前功盡棄。」

「那我就再多贏一點。」亞倫說。「如果不能和朋友走在一起，受人尊敬又怎樣？」

阿邦深深鞠躬。「有一天，」他說，「我眞希望能夠親眼見識，究竟是怎樣的土地能孕育出傑夫之子這樣高貴的人。」

亞倫微笑。「當那天到來時，阿邦，我會親自帶你穿越沙漠。」

阿邦抓住亞倫的手臂。「別再前進。」他命令道。

亞倫立刻照做，儘管沒看出任何不妥，他仍信任朋友的判斷。他看到街上有一群身扛重物的女人，還有一群戴爾沙羅姆走在她們前面。另一隊人馬自另一個方向而來，雙方各由一名白袍達馬率領。

「卡吉部族，」阿邦說著，揚起下巴比向面前的戰士。「另一邊是馬甲部族。我們最好先在這裡等一等。」

亞倫瞇起眼睛打量兩邊人馬。雙方都身穿黑衣，手中的長矛簡單樸實、沒有標記。「你怎麼分辨得出來？」他問。

阿邦聳肩。「你怎麼分辨不出來？」他反問。

在他們眼前，一邊的達馬對另一邊的達馬大聲說了句話。兩人走近對峙，開始爭辯。「你想他們在吵些什麼？」亞倫問。

「總是那麼回事。」阿邦說。「卡吉達馬認爲沙惡魔住在地獄第三層，風惡魔住在第四層。馬甲達馬認爲正好相反。伊弗佳在這個部分並沒有明確的記載。」他補充道，伊弗佳是克拉西亞的人神聖卡農經。

「這有什麼不同？」亞倫問。

「位於越下層地獄的惡魔距離艾弗倫就越遠。」阿邦說。「應該先殺。」

這時，達馬越吵越烈，雙方的戴爾沙羅姆都已在盛怒下舉起長矛，隨時準備保護各自的領導人。

「他們會爲了應該先殺哪種惡魔而自相殘殺？」亞倫難以置信地問道。

阿邦啐了一口。「卡吉部族會爲了更微不足道的事與馬甲部族大打出手，帕爾青恩。」

「但太陽下山後會一起面對眞正的敵人！」亞倫反駁道。

阿邦點頭。「到時候卡吉與馬甲部族會團結一致。」他說。「就像我們說的，『夜晚來臨，我們的敵人成為我們的兄弟。』但太陽還要好幾個小時才會下山。」

其中一名卡吉戴爾沙羅姆拿矛柄戳打一名馬甲戰士，將對方擊倒。數秒過後，雙方的戰士已經打成一團。他們的達馬站在路邊，對於暴力衝突漠不關心，也不干涉，只是繼續與對方爭吵。

「為什麼放任這種事？」亞倫問。「安德拉不能嚴令禁止嗎？」

阿邦搖頭。「理論上安德拉應該在部族間嚴守中立。但事實上，他一直偏袒自己所屬的部族。就算他真的中立，也不可能平息克拉西亞所有的世仇。你不能禁止男人去做男人會做的事。」

「他們的行為比較像小孩。」亞倫說。

「戴爾沙羅姆只會耍長矛，達馬只懂伊弗佳。」阿邦悲傷地同意道。

戰士們沒有使用矛頭……目前還沒，但暴力行為越演越烈。如果沒人出面制止，很快就會鬧出人命。

「不要亂來。」阿邦說，在亞倫提步前進時抓住他的手臂。

亞倫轉身想要爭辯，但他的朋友看著他的身後，突然一腳屈膝跪倒。他拉扯亞倫的手臂要他照做。

「如果你還珍惜生命，快跪下。」他嘶聲說道。

亞倫環顧四周，發現阿邦的恐懼來源。一名女子沿街走來，身上裹著神聖的白布。「達馬丁。」他喃喃說道。克拉西亞的神祕藥草師鮮少在公開場合現身。

他在她通過時低下頭，但沒有下跪。這其實沒有差別，她根本沒有注意到他們，只是沉著地迎向混亂現場，眾人直到她來到身邊才察覺。兩名達馬一看到她立刻嚇得臉色發白，隨即朝部下大吼大叫。打鬥停止，戰士們拜倒，清出一條路讓達馬丁通過。在她通過後，戰士與達馬一哄而散，路上的交通恢復正常，彷彿沒有任何不尋常的事。

「帕爾青恩，你到底是勇敢，還是瘋了？」阿邦等她離開後問道。

「從什麼時候開始，男人要向女人下跪？」亞倫疑惑問道。

「男人不須向達馬丁下跪，但如果卡非特和青恩夠聰明，他們就該這麼做。」阿邦說道。「就連達馬和戴爾沙羅姆也怕她們。傳說她們可以看穿未來，知道哪些男人可以安度夜晚，哪些會戰死沙場。」

亞倫聳肩。「那又怎樣？」他語帶疑惑地問道。第一次進入大迷宮那晚曾有達馬丁施術預測他的未來，但當時的經歷並不足以讓他相信她眞能預見未來。

「對達馬丁不敬就等於是對命運不敬。」阿邦的語氣彷彿把亞倫當作笨蛋。

亞倫搖頭。「我們創造自己的命運，」他說。「就算達馬丁可以拋擲骸骨預測未來也一樣。」

「好吧，如果你惹火了達馬丁，我可不會羨慕你的命運。」阿邦說。

他們繼續前進，很快就抵達安德拉宮殿，一座由與這座城市一樣古老的白石建造而成的巨大圓頂建築。宮殿的魔印是以金漆漆成，在照亮雄偉尖塔的陽光下閃閃發光。

但在他們還沒踏上宮殿石階前，一名達馬已從上方跑到他們面前。「滾，卡非特！」他叫道。

「很抱歉。」阿邦道歉，深深鞠躬、凝望地面並向後退開。亞倫站在原地。

「我是傑夫之子亞倫，來自北方的信使，人稱帕爾青恩。」他以克拉西亞語說道。他將長矛插在地上，即使用布包覆，還是一看就知道是什麼東西。「我爲安德拉及他的官員帶來信件與禮物。」亞倫舉起背袋，繼續說道。

「你既然會說我們的語言，就不該與這種人走在一起，北方人。」達馬說，仍怒瞪著阿邦，阿邦已經卑躬屈膝地伏倒在地。

亞倫心下大怒，但只能忍氣吞聲。

「帕爾青恩需要人帶路，」阿邦對著地面說道。「我只是指引他……」

「我沒叫你說話，卡非特！」達馬大吼，對著阿邦的身側狠狠踢下。亞倫肌肉緊繃，但在朋友警告的目光下隱忍不發。

達馬彷彿沒事似地轉回身來。「把信交給我就好了。」他說。

「來森堡的公爵要求我親自將禮物呈交給達馬基。」亞倫放膽說道。

「只要我還活著，就不會放青恩與卜非特進入宮殿。」達馬嘲笑道。

這個回覆令人失望，但並不令人意外。亞倫從沒見過任何達馬基。他交出信件與包裹，皺眉看著達馬走上台階。

「我早就告訴過你了，我的朋友。」阿邦說道。「我和你一起來只會讓情況更糟，但我沒說錯，達馬基絕不會接見任何外來者，就算是你們來森公爵親臨也不例外。他們會禮貌性地請你等待，然後躺在某個絲質枕頭中忘掉你，讓你丟臉。」

亞倫咬牙切齒。他在想瑞根造訪沙漠之矛時是如何應對，他的老師難道可以忍受這種侮辱嗎？

「現在你願意與我共進晚餐嗎？」阿邦問。「我有個剛滿十五歲的女兒，非常漂亮。她會在北方做你盡職的妻子，在你出遠門時幫你持家。」

什麼家？亞倫暗想，憶起安吉爾斯堡那間堆滿書籍、已經一年沒有回去的小屋。他看向阿邦，心知不管在任何情況下，這個詭計多端的朋友感興趣的，都是他女兒在北方可以建立起的貿易關係，而不是她的快樂或幫亞倫持家。

「你讓我深感榮幸，我的朋友。」他回覆道。「但我還不打算放棄。」

「我也這樣想。」阿邦嘆氣。「我想你是要去找他？」

「沒錯。」亞倫說。

「他和達馬一樣不能忍受我在場。」阿邦警告道。

「他了解你的價值。」亞倫不認同。

阿邦搖頭。「他是因為你的關係才忍受我的存在。」他說。「自從你第一次隨軍進入大迷宮，沙羅姆卡就一直想學北方人的語言。」

「而阿邦是克拉西亞堡內唯一懂得北方語的人。」亞倫說。「這就讓他在第一武士眼中成為有價值的人，儘管他是卡非特。」阿邦點頭，但並不信服。

他們朝距離宮殿不遠處的訓練場前進。城市中央是所有部族的中立區，他們聚集在那裡拜神，並為阿拉蓋沙拉克作戰前準備。

當時已近黃昏，營地裡人馬雜沓。亞倫與阿邦首先路過武器匠和魔印師的工坊，這裡產的工藝品是唯一夠格讓戴爾沙羅姆使用的東西。再過去的一大片開闊空地，則是訓練官大呼小叫與戰士接受訓練的校場。校場的另一端坐落著凱沙羅姆宮，是沙羅姆卡與他手下軍官的宮殿。這座雄偉的圓頂建築只比安德拉宮殿小一點，是在戰場上一再證明自己勇猛善戰，而成為全城最光榮的男人的住所。相傳宮殿下方是一座大後宮，專供這些戰士為未來的世代留下優良血脈。

當阿邦拄著拐杖蹣跚路過校場時，人群中傳來許多不滿的目光與咒罵聲，但沒有人膽敢阻擋他們的去路，阿邦身受沙羅姆卡的守護。

他們路過一排排以整齊一致動作練習刺矛的男人，另一些人則練習殘暴但極有效率的沙魯沙克，克拉西亞肉搏術。戰士們練習投矛的精準度，或瞄準不停移動的持矛男孩，對他們拋擲網子，為了當晚即將到來的戰鬥磨練技巧。校場中央有一座大營帳，賈迪爾就在裡面和他的手下籌謀戰略。

阿曼恩．阿蘇．霍許卡敏．安賈迪爾是克拉西亞的沙羅姆卡，這個頭銜翻譯成提沙語，就是「第一武士」。他的身材高大、超過六呎，全身黑衣、頭裹白布。根據某個亞倫不太理解的習俗，沙羅姆卡同時也是有宗教意義的頭銜，白頭巾代表他的宗教地位。

他的膚色深銅，雙眼的色澤如同漆黑的髮色，頭髮則以髮油後梳，垂在脖子上。他的黑鬍左右對稱、修剪整齊，卻沒有絲毫文弱氣息。他的舉手投足間都有猛禽的氣勢，身手矯健、充滿自信，寬大的袖子向上捲起，露出堅硬結實、表面布滿傷疤的手臂；他才二十歲出頭。

一名營帳守衛看見亞倫和阿邦接近，於是彎下腰去在賈迪爾耳邊低語。第一武士的目光隨即離開以粉筆書寫的石板上。

「帕爾青恩！」他招呼道，張開雙臂起身迎接他們。「歡迎回到沙漠之矛！」他說的是提沙語，字彙和口音都比亞倫上次來訪時進步許多。他熱情地擁抱亞倫，親吻他的臉頰。「我不知道你回來了，今晚阿拉蓋會害怕得發抖！」

第一次造訪克拉西亞時，第一武士之所以對亞倫感興趣，完全是出於好奇，但後來他們在大迷宮中爲彼此流血奮戰，而這在克拉西亞代表了一切。

賈迪爾轉向阿邦。「你怎麼敢來這裡與男人站在一起，卡非特？」他一臉厭惡地問道。「我沒有傳喚你。」

「他是跟我來的。」亞倫說。

「他不必再跟著你了。」賈迪爾冷冷說道。阿邦深深鞠躬，以他的瘸腿能達到最快的速度離開。

「我不知道你幹嘛在那個卡非特身上浪費時間，帕爾青恩。」賈迪爾啐道。

「在我的家鄉，人們不只以長矛來評斷男人的價值。」亞倫說。

賈迪爾大笑。「帕爾青恩，在你的家鄉，人們根本不會去碰長矛。」

「你的提沙語比之前進步多了。」亞倫注意道。

賈迪爾咕噥一聲。「你們青恩的語言真不好學，當你不在時，我還得去找個卡非特來練習。」他看著阿邦一拐一拐地離開，對他亮眼的絲衣不以爲然。「看看那傢伙，打扮得像個女人。」

亞倫看著廣場對面一名黑衣女子提水而過。「我可沒看過女人穿成那個樣子。」他說。

「那是因爲你不肯讓我幫你找個可以讓你揭開面紗的老婆。」賈迪爾笑道。

「我懷疑達馬會讓你們的女人嫁給不屬於任何部族的青恩。」亞倫說。

賈迪爾揮手。「胡說八道。」他說。「我們曾一起在大迷宮中揮灑熱血，我的兄弟。如果我要你加入我們部族，就連安德拉本人也不敢表示任何意見！」

亞倫可不敢肯定這點，但他沒有開口爭論。在克拉西亞人吹牛時提出質疑可能會導致對方暴力相向，況且他未必是在吹牛。賈迪爾的地位至少可以與達馬基平起平坐。戰士們會毫不猶豫地遵從他的命令，甚至會爲了他違背達馬的命令。

但亞倫並不打算加入賈迪爾的部族，或是任何其他部族，他令克拉西亞人不自在；一個參與阿拉蓋沙拉克，同時又結交卡非特的青恩。加入部族可以化解這種不自在的情緒，但一旦加入，他就歸該部族的達馬基管轄，捲入所有部族間的世仇，並且永遠不能離開克拉西亞堡。

「我現在還不打算結婚。」他說。

「好吧，別等太久，不然大家會以爲你是普緒丁。」賈迪爾說著哈哈大笑，在亞倫肩上推了一把。亞倫不確定這個字是什麼意思，但他還是點了點頭。

「你進城多久了，我的朋友？」賈迪爾問。

「才幾個小時。」亞倫說。「我剛把信送到宮殿。」

「然後你就帶著長矛前來助陣啦！看在艾弗倫的份上，」賈迪爾對手下叫道，「帕爾青恩體內一定流著克拉西亞的血！」他的手下和他一起大笑。

「隨我走走。」賈迪爾說著，一手搭上亞倫的肩，遠離其他人。亞倫知道賈迪爾已開始盤算他今晚適合在什麼位置作戰。「巴金部族昨晚折損了一名深坑魔印師，」他說。「你可以取代他的位置。」

深坑魔印師是克拉西亞戰士中最重要的角色，負責爲囚禁地心魔物的深坑繪製魔印，並確保魔印會在惡魔墜入後立刻啓動。這個工作十分危險，因爲萬一掩飾陷阱的油布沒有完全落下，徹底露出其下的魔印，魔印師就必須在沙惡魔隨時可能爬出深坑殺害自己的情況下負責揭開魔印。只有一個職務的死亡率比深坑魔印師更高。

「我比較想當推進兵。」亞倫回道。

賈迪爾搖頭，但面帶微笑。「你總是想擔任最危險的職務。」他指責道。「如果你死了，誰幫我們送信？」

儘管賈迪爾的口音很重，亞倫還是聽出這話挖苦的意味。信件對他而言沒有多大意義，戴爾沙羅姆根本沒幾個人識字。

「今晚沒那麼危險。」亞倫說。他難掩興奮，拉開包裹新武器的布條，驕傲地舉在第一武士面前。

「有帝王氣勢的武器，」賈迪爾低頭道。「但帕爾青恩，擊敗黑夜的是戰士，不是長矛。」他一手搭上亞倫的肩，凝望他的雙眼。「不要太信任你的武器。我看過比你更經驗老到的戰士在武器上繪製魔印，結果還是面對淒慘的下場。」

「這根長矛非我所製。」亞倫說。「我是在安納克桑廢墟裡找到的。」

「解放者的誕生地？」賈迪爾大笑。「卡吉之矛是虛無縹緲的神話，帕爾青恩，失落之城早已深埋在沙漠下。」

亞倫搖頭。「我去過了。」他說。「我還可以帶你去。」

「我是沙漠之矛的沙羅姆卡，帕爾青恩。」賈迪爾回道。「我不能就這麼打包行李，騎頭駱駝深入沙漠，只爲了尋找一座存在於古老文獻中的城市。」

「我想入夜後我就能說服你。」亞倫說。

賈迪爾耐心地微笑。「向我保證你不會嘗試任何愚蠢的行爲。」他說。「不管有沒有魔印長矛，你都不是解放者，埋葬你會讓我非常傷心。」

「我保證。」亞倫說。

「那就好！」賈迪爾拍拍他的肩。「來，我的朋友，天色已晚。今晚應該在我的宮殿用餐，然後一起前往沙利克霍拉集結！」

晚餐有香料肉、落花生，以及克拉西亞女人將濕麵團放在熱騰騰岩石上烘烤出來的薄麵包。亞倫坐在賈迪爾身旁的榮譽座上，身邊圍繞著凱沙羅姆，接受賈迪爾本人的妻子們服侍。亞倫一直不懂賈迪爾爲什麼如此禮遇他，但在安德拉宮殿外遭受那種待遇後，他很樂意接受這種盛情款待。

男人們要求他講故事，指明要聽獨臂魔失去手臂的故事，他們早就聽過很多遍了。他們總是要聽獨臂魔的故事，或是阿拉蓋卡的故事，他們如此稱呼獨臂魔。石惡魔在克拉西亞十分罕見，當亞倫開始講述這個故事時，聽眾都聽得如痴如醉。

「你上次來訪後，我們建造了一台新的巨蠍。」一名凱沙羅姆在喝餐後花蜜時對他說道。「它可以利用長矛擊穿一座石牆，我們遲早會找出方法穿透阿拉蓋卡的外殼。」

亞倫輕笑搖頭。「恐怕今晚你們不會見到獨臂魔了。」他說。「永遠都不會，它見過太陽了。」

凱沙羅姆瞪大雙眼。「阿拉蓋卡死了？」其中一個問道。「你怎麼殺死它的？」

亞倫微笑。「今晚戰勝後，我再向各位述說這個故事。」他說。他說話的同時輕拍身旁的長矛，第一武士注意到了。

第二十章　阿拉蓋沙拉克　328 AR

「偉大的卡吉，艾弗倫之矛，今晚你的戰士以你之名參與聖戰，請賜予戰士的手臂力量，爲他們的心靈灌注勇氣。」

亞倫不自在地移動身體，等待達馬基爲戴爾沙羅姆授與第一任解放者卡吉的祝福。在北方，宣稱解放者只是凡人會招來一頓毒打，但不會觸法。在克拉西亞，這種異端邪說會被處以死刑。卡吉是艾弗倫的使徒，降世團結人類，共同對抗阿拉蓋。他們稱他爲沙達馬卡，第一武士祭司，宣稱當他們找回沙拉克卡，第一次大戰時的美德後，有天他會再度下凡團結世人。任何對此抱持異議的人，都會面臨迅速殘暴的死法。

亞倫沒有愚蠢到將自己對於解放者神性的質疑說出口，但這些聖徒依然令他頗不自在。他們似乎隨時都在想辦法逼他這個外來者去冒犯他們，而在克拉西亞冒犯聖徒，通常只有死路一條。

不管亞倫在達馬基面前感到多不自在，來到沙利克霍拉，艾弗倫的雄偉圓頂神廟，總是令他誠心讚歎。沙利克霍拉字面上的意思是「英雄骸骨」，代表古人達成的成就，壯觀之勢令亞倫見過的所有建築皆相形失色。與它相比，密爾恩的公爵圖書館簡直微不足道。

沙利克霍拉令人歎服的不只是規模。它代表了超脫死亡的勇氣，因爲它的外觀是以所有在阿拉蓋沙拉克中陣亡的戰士骸骨裝飾。這些骸骨支撐樑柱，組成窗框。大聖壇完全是由骸骨搭建，長椅則是以腿骨爲材料。參拜者用以飲水的聖杯是一顆空心顱骨，杯座是兩個骷髏手掌，座架是一根前臂骨，座底是一雙腳掌。每盞巨大的吊燈都是由十幾顆顱骨與數百根肋骨組成，而距離地面兩百呎高的巨大圓頂，則鑲滿古老克拉西亞戰士的頭顱，俯視下方、評斷後人並索求榮耀。

亞倫曾試圖計算大廳用了多少戰士的骸骨，但最後放棄了。所有提沙城市與小村莊的人口加在一起，或許約二十五萬個靈魂，都不夠用來裝飾沙利克霍拉的一角。克拉西亞的人口曾多到數不清。

現在所有克拉西亞戰士的總數或爲四千左右，已無法塡滿沙利克霍拉。他們每天會在這裡集合兩次，黎明一次，黃昏一次，向艾弗倫表達敬意；感謝祂守護他們剷除前一天晚上的地心魔物，並且祈求祂賜予力量，繼續當晚的殺戮。但最重要的是，他們祈求沙達馬卡重返人間，展開沙拉克卡。到時候他們會隨他一同前往地心魔域。

尖叫聲隨著沙漠之風傳到埋伏區中焦急等待地心魔物闖入的亞倫耳中。他身邊的戰士不斷改變站姿，向艾弗倫禱告。阿拉蓋沙拉克已在大迷宮中某處展開。

他們聽見駐守城牆的梅丁部族射擊武器，將沉重的石塊與巨矛投入惡魔陣地中的聲音。有些投擲武器擊中沙惡魔，擊斃惡魔或對惡魔造成足以讓夥伴轉而攻擊它們的傷勢，但遠程攻擊的眞正目的是要激怒地心魔物，令它們陷入瘋狂。惡魔很容易激怒，一旦被激怒，就會在看見獵物時如同趕羊般被趕往伏擊點。

地心魔物陷入狂怒後，外城城門開啓，外圍的魔印網也被解除。沙惡魔與火惡魔衝鋒入城，風惡魔則從天而降。通常他們會放數十頭惡魔入城，然後關閉城門，重啓魔印。

一群戰士等在城門內側，以長矛敲擊盾牌。這些人是所謂的誘餌兵，大多數都是老弱殘兵，是戰略上的犧牲者，但他們死後可得到無上光榮。他們大吼大叫，分散惡魔的攻勢，以安排好的路線引誘惡魔，分頭散入大迷宮深處。

城牆上的觀察兵以流星錘與巨網擊落風惡魔。當風惡魔墜落地面後，木樁兵立刻離開小小的藏身處，在它們來得及掙脫前，將它們釘在地上，以鐐銬鎖住四肢，拴在魔印樁上，以免它們藉由遁回地心魔域躲避黎明。

同一時間，誘餌兵繼續前進，引誘沙惡魔以及少數火惡魔迎向它們的死亡之路。惡魔奔行的速度較快，但在大迷宮中不像人們那般熟門熟路。如果有人快被追上，觀察兵就拋擲巨網，拖慢惡魔的速度。這種作法常常成功，但也常常失敗。

聽見誘餌兵的叫聲逐漸接近，亞倫與其他推進兵開始緊張。「注意！」一名觀察兵在上方叫道。「我看到九頭惡魔！」

九頭沙惡魔比起正常情況的兩到三頭更多。誘餌兵會分頭逃跑，試圖減少它們的數量，盡量不讓一支埋伏部隊面對五頭以上的惡魔。亞倫在其他戴爾沙羅姆興奮地瞪大雙眼時緊握魔印長矛。在阿拉蓋沙拉克中戰死，等於得到進入天堂的門票。

「點火！」上面的聲音叫道。誘餌兵引誘惡魔進入伏擊點的同時，觀察兵點燃耀眼的火盆，透過調好角度的鏡子，將整個區域照耀得如同白晝。

這一下出其不意，地心魔物尖叫退縮。火光傷不了它們，但為筋疲力竭的誘餌兵提供逃亡的契機。他們對強光早有準備，訓練有素地繞過惡魔深坑，散入淺淺的魔印壕溝。

沙惡魔迅速自驚嚇中恢復，繼續展開衝刺，沒有緊跟剛剛誘餌兵所採取的路徑。三頭惡魔直接衝上一張掩蓋兩條惡魔深坑的沙色油布，在慘叫聲中墜入二十呎深的深坑。

推進兵從伏擊區一擁而上，朝惡魔大叫推進，將長矛與圓形魔印盾牌平舉在前，將地心魔物逼入深坑。

亞倫大吼一聲，拋開恐懼，與其他人一同衝刺，感染了克拉西亞迷人的瘋狂氣氛。這是他幻想中古代戰士該做的事，在衝鋒陷陣間盡情地吶喊，奮不顧身地投身戰場。一時間，他忘了自己是誰及身在何處。

然而，接著他的長矛擊中一頭沙惡魔，上面的魔印人放光明，惡魔身上隨即爆出銀色閃電。它痛苦慘叫，但隨即被亞倫身旁的長矛甩開。在耀眼的防禦魔光中，其他人根本沒有注意到這件事。

亞倫的隊伍將剩下的兩頭惡魔趕入他們這一側伏擊點的深坑。坑口繪有單向魔印，是克拉西亞人的不傳之祕。惡魔可以進入魔印圈，但無法逃脫。深坑的地面鋪有人工開鑿的石塊，防止它們逃回地心魔域，藉此將它們困於坑內，直到黎明到來。

亞倫抬頭看向伏擊點另一邊，發現戰況並不樂觀。油布落入深坑時被突起的木樁卡住，導致某些魔印仍被遮蔽。在深坑魔印師有機會扯下油布前，原先墜入深坑的兩頭地心魔物已經爬出深坑，並將他殺害。位於伏擊點另一邊的推進兵已陷入一團混亂，不僅捕捉惡魔的深坑失效，且正力戰五頭沙惡魔。該推進部隊只有十人，惡魔闖入隊伍中狂咬猛抓。

「退回伏擊區。」亞倫這邊的凱沙羅姆下令道。

「我死也不退！」亞倫大叫一聲，衝往另一邊，協助那裡的人。眼看外來者展現這種勇氣，眾戴爾沙羅姆立刻跟進，留下指揮官一個人在後方大叫。

亞倫停步片刻，踢開卡在惡魔深坑上的油布，啟動魔印圈。一瞬間，他已經加入混戰，將手中魔印長矛揮舞得虎虎生風。

他刺穿第一頭惡魔的身側，這次所有人都看見武器擊中惡魔時發出的魔光。沙惡魔立即摔倒，傷勢致命，亞倫隨即感到一股奔放的能量竄入體內。

他以眼角餘光察覺動靜，順勢轉身，以長矛架住另一頭沙惡魔的利齒。在地心魔物有機會咬下前，矛身上的防禦魔印已啟動，將它的血盆大口固定成張開的姿勢。亞倫旋轉矛身，魔光大作，擊碎惡魔的下巴。

第三頭惡魔疾衝而來，但亞倫全身充滿力量。他揮出長矛下半部，該處的魔印隨即擊落地心魔物的半張臉。在肉塊落地的同時，他拋開盾牌，扭轉手中的長矛，順勢狠狠插入惡魔的心臟。

亞倫大吼一聲，轉頭尋找其他對手，但剩下的惡魔已被趕入深坑。四周的戰士都敬畏地凝望著他。

「我們在等什麼？」他吼道，衝入大迷宮中。「獵殺阿拉蓋！」

戴爾沙羅姆口呼：「帕爾青恩！帕爾青恩！」隨著他衝鋒陷陣。

他們首先遇上一頭從天而降的風惡魔，將一名亞倫追隨者的喉嚨一爪撕爛。在惡魔有機會返回天際前，亞倫拋出長矛，在一片火星中射穿地心魔物的腦袋，將它擊落。

亞倫取回武器，繼續前進，長矛上的狂野魔法讓他化身神話中的狂暴戰士。隨著他的隊伍席捲大迷宮，跟在他身後的人數越來越多，而隨著亞倫一隻接著一隻砍殺惡魔，口呼「帕爾青恩！帕爾青恩！」的人也越來越多。

魔印伏擊區與逃生溝被徹底遺忘，對於黑夜的恐懼與敬畏煙消雲散。手持金屬長矛的亞倫似乎所向無敵，而他散發出來的自信如同毒品般在克拉西亞人之間蔓延。

亞倫的臉龐因勝利的快感而紅潤，感覺如同破繭而出，藉由古老的武器獲得新生。儘管已奔跑戰鬥了數小時，他絲毫不覺得疲憊。儘管身上滿是碎布條與傷口，他仍不覺得疼痛。他的思緒完全集中在下一名對手，下個即將死亡的惡魔。每當他感受到魔法的力量刺穿地心魔物外殼時，腦中就會浮現一個想法。

所有人都該擁有一根。

賈迪爾出現在他面前，亞倫全身沾滿惡魔膿汁，高舉長矛向第一武士行禮。「沙羅姆卡！」他叫道。「今晚沒有惡魔可以活著離開大迷宮！」

賈迪爾大笑，高舉自己的長矛回禮。他走過來，如同兄弟般擁抱亞倫。

「我低估你了，帕爾青恩。」他說。「我不會再犯同樣的錯誤。」

亞倫微笑。「你每次都這麼說。」他回道。

賈迪爾指向亞倫剛剛砍殺的兩頭沙惡魔。「這一次，肯定不會。」他保證道，回應亞倫的笑容。接著他轉向跟隨亞倫的戰士。

「戴爾沙羅姆！」他叫道，指向地心魔物的屍體。「蒐集這些噁心的東西，拖到外城牆上。我們的投石部隊需要練習！讓城外的地心魔物看看攻擊克拉西亞堡的蠢蛋會有什麼下場！」

戰士們歡聲雷動，迅速領命而去。他們離開的同時，賈迪爾轉向亞倫。「觀察兵回報某個東伏擊點附近的戰鬥還沒結束，」他說。「你還有力氣作戰嗎，帕爾青恩？」

亞倫面露野獸般凶狠的微笑。「帶路吧。」他回應，兩人隨即出發，將其他人留在後方。

他們狂奔一陣子，抵達大迷宮最偏遠的角落。「就在前面。」賈迪爾在他們轉過轉角，進入某個伏擊點時叫道。亞倫沒有注意到四周的寂靜，耳中只聽得到自己的腳步及血液奔騰的聲響。

當他轉過轉角時，側面突然冒出一條腿，在他腳下一絆，將他摞倒。他著地翻滾，手中緊握寶貴的武器，但當他再度起身時，伏擊點的唯一出口已遭人封鎖。

亞倫迷惘地環顧四周，沒有看見任何惡魔及戰鬥跡象。確實有人埋伏，但目標不是地心魔物。

第二十一章 只不過是個青恩 323 AR

沙羅姆將亞倫團團圍起，那是賈迪爾的精英部隊。亞倫全認得，都是當晚與他共進晚餐、共同歡笑，並且曾多次並肩作戰的男人。

「這是幹嘛？」亞倫問，其實他心裡十分明白。

「卡吉之矛屬於沙達馬卡，」賈迪爾一邊走來一邊說道。「你不是他。」

亞倫緊握長矛，彷彿深怕長矛會自動脫手。現在圍上來的人，都是幾小時前與他一同用餐的人，但此刻他們眼中沒有半點情誼。賈迪爾成功分化了他與他的支持者。

「沒有必要走到這個地步。」亞倫邊說邊退，直到腳跟抵到伏擊點中央的惡魔深坑。他隱約聽見坑中傳來沙惡魔的嘶吼聲。

「我可以製造很多這種長矛。」他繼續道。「每個戴爾沙羅姆都將擁有一根，這是我此行的目的。」

「這種事我們也有能力辦到。」賈迪爾微笑，鬍子下的臉透露冰冷的氣息，牙齒在月光下閃閃發光。

「你不能成爲我們的救世主，你不過是個青恩。」

「我不想和你動手。」亞倫道。

「那就不要，我的朋友。」賈迪爾輕聲說道。「交出武器，去牽你的馬，天一亮立刻離開，永遠不要回來。」

亞倫遲疑片刻。他絕不懷疑克拉西亞的魔印師有能力複製這根長矛。要不了多久，克拉西亞人就可以逆轉聖戰的戰局。數千條性命將會獲救，數千頭惡魔將會死亡。功勞是誰的眞的如此重要嗎？

但誰的功勞並非此時唯一的重點。這根長矛不該只是克拉西亞人獨享的恩賜，它應該屬於全人類。克拉西亞人願意與其他人分享知識嗎？依照眼前的狀況來看，亞倫不這麼認爲。

「不，」他說。「我想我要多保留它一會兒。讓我爲你製作一把，然後我就離開。你永遠不會再見到我，而且你也會得到你想要的東西。」

賈迪爾輕彈手指，眾人朝亞倫逼近。

「拜託，」亞倫懇求。「我不想傷害你們。」

賈迪爾的精英部隊哈哈大笑，他們都對那根長矛勢在必得。

不過亞倫也是。

「地心魔物才是敵人！」他在他們進攻時叫道。「我不是！」即使在抗辯的同時，他已迅速轉身，轉動武器擋下兩根長矛，狠狠踢中一名戰士的肋骨，將對方踢到另一人身上。他說打就打，衝入敵陣，如同揮動木杖般旋轉長矛，拒絕以矛頭傷人。

他以矛柄重擊一名戰士的臉頰，對方下顎碎裂，然後順勢傾身，以揮舞木棒的手法打中另一人的膝蓋。戰士尖叫倒地的同時，一根長矛自他頭上呼嘯而過。

而與對抗地心魔物不同的是，這根長矛現在在亞倫手中沉重萬分，支持他縱橫大迷宮的活力蕩然無存。對抗人類，它只是一根長矛。亞倫以長矛撐地，躍入空中，一腳踢中一名男子的喉嚨。長矛矛柄擊中另一人的腹部，撂倒對方。矛頭劃破第三名男子的大腿，逼使他鬆開武器，護住傷口。亞倫自眾人的反擊中撤退，位置維持在惡魔深坑之前，以免遭對手包圍。

「我再次低估你了，雖然我向自己承諾不會再犯這個錯。」賈迪爾說道。他揮揮手，更多戰士加入戰局。

亞倫竭力掙扎，但此戰的戰果早已註定。一根矛柄掃中他的腦側，將他擊倒，所有戰士瘋狂擁上，拳打腳踢，直到他放開長矛，移動手臂擋在頭上。

長矛一脫手，眾人立刻不再毆打。兩個身材魁梧的戰士拉起亞倫，將他的雙手固定在身後，他則眼睜睜看著賈迪爾彎腰撿起長矛。第一武士緊握到手的寶物，直視亞倫的雙眼。

「眞的很抱歉，我的朋友。」他說。「我希望事情不是如此收場。」

亞倫一口啐在他的臉上。「艾弗倫把你的背叛都看在眼裡！」他大叫。

賈迪爾只是微笑，擦拭臉上的口水。「不准你提艾弗倫的聖名，青恩。我是祂的沙羅姆卡，你不是。少了我，克拉西亞會淪陷。誰會想念你，帕爾青恩？你連一個淚瓶都裝不滿。」

他轉向箝制亞倫的戰士。「丟到坑裡去。」

在亞倫自墜地的撞擊中恢復過來前，賈迪爾的上等長矛已經筆直地插在他眼前的沙土中，兀自抖動。抬頭望向二十呎高的坑壁，他看見第一武士站在上面俯視他。

「你光榮地度過一生，帕爾青恩。」賈迪爾說。「所以你可以帶著你的榮譽死去。奮戰至死，你將在天堂獲得重生。」

亞倫咬牙切齒，轉頭看向深坑另一邊的沙惡魔弓身而起。它發出低沉的吼叫，露出尖銳的牙齒。

亞倫站起身來，忽視身上的瘀傷及疼痛。他緩緩伸手拔矛，直視惡魔的雙眼。他的一舉一動既不具威脅性，也沒有絲毫恐懼的情緒，令惡魔困惑。它四腳著地，來回踱步，不確定該採取什麼行動。

使用沒有繪製魔印的長矛殺死沙惡魔，並不是不可能。它們的眼睛很小，沒有眼瞼，通常以額頭上的骨脊守護，而在展開攻擊時會張大。只要精確地刺入這個弱點，力道又猛烈到足以貫穿眼眶後的腦部，就有可能瞬間擊斃它。但惡魔自我療癒的速度極快，如果沒有刺準，或是沒有直接貫穿腦袋，就會進一步激怒它們。在缺乏盾牌，且只有月光及洞口黯淡的油燈照明的情況下，想要完成這個動作簡直是不可能的事。

趁著惡魔困惑迷惘的時機，亞倫緩緩於沙土中拖行矛頭，在所在位置前繪製魔印，那是地心魔物最有可能攻擊的方向。對方很快就會繞道而行，但這樣可以爲他爭取一點時間。一筆一畫，他在沙上畫下符號。

沙惡魔退回坑壁旁，上方油燈光線投射陰影的最暗處。它深褐色鱗片融入周遭的泥土色，幾乎看不見蹤跡，唯一看得到的，是一雙反射周遭微弱光線的黑眼。

亞倫在對方動手前已經看出端倪。惡魔的肌肉賁起扭曲，後腿壓低。他小心翼翼地移動到畫好的魔印後方，隨即偏開目光，彷彿認命地投降了。

地心魔物低吼一聲，隨即放聲大叫，朝他直撲而來，尖牙利爪，肌肉堅硬，體重超過一百磅。亞倫按兵不動，看著對方撞上魔印力場，隨即在魔印綻放魔光的瞬間，對準惡魔的眼珠刺出長矛，藉由惡魔的衝勢加強此擊的力道。

在洞口圍觀的克拉西亞人爆出一陣熱烈的歡呼。

亞倫感覺矛頭深入對方頭顱，但還沒貫穿腦袋前，惡魔就已經被魔印和長矛衝擊的力道反彈回去，於尖叫聲中跌落到深坑的另一邊。亞倫打量長矛，發現矛頭已經折斷。惡魔忍住疼痛，站起身來，亞倫透過月光看見矛頭在對方眼中閃閃發光。它利爪一揮，拔出矛頭，傷口隨即不再流血。

地心魔物低吼一聲，腹部在泥濘中拖行，爬越坑底而來。亞倫不去理它，迅速繪製半圓形的魔印圈。惡魔再度攻擊，臨時趕工出來的魔印力場再度發光，阻擋它的去路。亞倫再度出矛，這一次試圖將斷矛自它口中插入，進而接觸喉嚨中比較柔軟的肌肉。地心魔物動作飛快，一口咬住亞倫的長矛，趁著反彈的勢道奪走他的武器。

「黑夜呀。」亞倫咒罵。他的魔印圈尚未完工，少了長矛，他根本沒有指望完工。

趁著沙惡魔尚未自衝擊中恢復過來，亞倫跳出魔印力場，自它身後出手勾住它的雙臂。上方，圍觀眾人大聲叫好！

地心魔物又抓又咬，但亞倫身手矯健，在它身後迅速移動，上臂穿越它的腋下，十指緊扣它的後頸。他直立而起，將惡魔提離地面。

亞倫的體型比沙惡魔高大，體重也較重，但力量一直不敵掙扎中的地心魔物。它的肌肉感覺像是密爾恩採石場的纜繩，而它的利爪隨時可能將他的雙腳撕成碎片。他用動惡魔的軀體，撞向深坑的坑壁。在它自衝擊中恢復前，再次甩去撞牆。怪物猛烈掙扎，他箝制對方的力量逐漸衰弱。於是他再度甩動惡魔，將它拋向自己的魔印。魔光照亮深坑，衝擊惡魔，亞倫抄起地上的長矛，在惡魔起身前衝回魔印後方。

憤怒的惡魔不斷攻擊魔印，但亞倫迅速完成一道半圓形的魔印力場。魔印網中存在漏洞，但他希望這些漏洞小到讓惡魔找不到也擠不進來。

不久後，希望破滅，地心魔物跳上坑壁，利爪深深陷入黏土中。它沿著坑壁朝亞倫逼進，牙齒外露，口水直流。

亞倫倉促間繪製而成的魔印力場威力不大，守護的範圍也小，只比惡魔跳躍的高度高上一點點。地心魔物不久就會發現可以自上方突破力場。

在鬥志激勵下，亞倫伸出一腳放在最接近坑壁的魔印上方，隔絕上方的魔力。他將腳掌保持在距離地面一吋的高度，確保不會刮花魔印。他等待惡魔撲來，然後向後退開，露出其下的魔印。

力場在惡魔通過一半時重新啓動，瞬間將地心魔物一分爲二。半截身體墜入魔印圈中，另外半截掉在圈外。

儘管少了下半截身軀，地心魔物依然連抓帶咬。亞倫翻身閃避，以手中長矛阻止它繼續逼近。他穿越魔印圈，將沙惡魔的上半身困在圈內，任其一邊抽搐一邊分泌黑色膿汁。

亞倫抬起頭來，看著克拉西亞人目瞪口呆地瞪視自己。他滿臉怒容，將長矛在膝蓋上折成兩段。受到之前惡魔的啓發，他將矛柄插入坑壁，鼓起肌肉使勁拉扯，身體上升，接著他舉起另一手，將矛頭插入更上方的坑壁。

一手接著一手，亞倫爬上二十呎高的深坑。他不在乎之後必須面對什麼情況，有什麼在上面等待著他。他將全副精力放在眼前的問題，完全忽略肌肉的灼痛以及皮膚的撕裂感。

爬到洞口時，克拉西亞人瞪大雙眼，向後退開。其中有不少人口唸艾弗倫，伸手觸摸自己的額頭與心口，其他人則在身前平空比劃魔印，彷彿將他當作惡魔。

亞倫四肢痠軟，掙扎起身，透過模糊的視線看向第一武士。「如果你想要殺我，」他怒道。「你必須親自動手，大迷宮中已經沒有剩下的地心魔物可以代勞。」

賈迪爾向前跨出一步，但在聽見部屬中發出不滿的聲浪時停下腳步。亞倫已經證明自己是戰士，現在動手殺他將是可恥的行爲。

亞倫就指望這點，但在其他人有時間決定立場前，賈迪爾已經迎上前，以魔印長矛的矛柄擊中他的腦側。

亞倫摔倒在地，腦中轟隆作響，世界天旋地轉，但他吐口口水，雙手撐地，掙扎起身。他抬起頭來，只見賈迪爾再度出手。他感到長矛擊中自己臉頰，隨即不省人事。

第二十二章　浪跡小村莊　329 AR

羅傑手舞足蹈地向前邁進，四顆亮眼的彩色木球在他頭上翻轉。他沒有能力站在原地耍球，但羅傑·半掌必須維護自己的名聲，於是他學會用別的辦法彌補自己的不足，腳下如同行雲流水般移動，將殘缺的手掌保持在適合接球拋球的位置。

儘管已經十四歲，他的個子依然矮小，僅超過五呎，留著蘿蔔色紅髮，綠色雙眼，臉形圓潤，面色白皙，布滿雀斑。他縮身、挺立、迅速迴旋，腳步隨彩球的節奏移動。五指分開的軟鞋上布滿灰塵，揚起的塵土在他身邊飄動，每口呼吸都夾雜著乾土的氣味。

「如果你不能原地耍球，還值得這樣練習嗎？」艾利克不耐地問道。「你看起來很不專業，而且觀眾和我一樣不喜歡吃灰塵。」

「我又不會在路上表演。」羅傑說。

「在小村莊表演時或許就會。」艾利克不同意。「那種地方沒有木板地。」

羅傑亂了節奏，艾利克立刻沉默下來，看著男孩手忙腳亂地試圖挽救局面。他最後終於再度找回節奏，但艾利克還是嘖聲不斷。

「沒有木板地，他們要怎麼阻止惡魔在城牆內出沒？」羅傑問。

「也沒有城牆。」艾利克說。「就算只是一座小村莊，還是需要十幾名魔印師才能維持城牆運作。如果一座村莊擁有兩個魔印師外加一個學徒，已經算是非常幸運了。」

羅傑吞下湧入口中的膽汁，感到些微頭暈。十年前的慘叫聲再度浮現腦中，他絆了一跤，背部著地，球紛紛落在他頭上。他氣呼呼地揚起殘缺的手掌拍打地面。

「最好把彩球交給我耍，專心練習其他技巧。」艾利克說。「如果你把練習耍球的時間分一半去練習唱歌，或許可以唱三個音節後才開始破音。」

「你總是說『不會耍球的吟遊詩人根本不算吟遊詩人。』」羅傑說。

「別管我說什麼！」艾利克大聲道。「你以爲天殺的傑辛．黃金嗓會耍球嗎？你擁有某種天賦。等你建立起自己的名聲，你就可以招收學徒幫你耍球。」

「我爲什麼想要別人幫我耍球？」羅傑問，撿起彩球，放回掛在腰間的布袋。做這些事時，他順便摸了摸褲帶旁令他心安的物品，也就是安安穩穩地收在暗袋裡的護身符，以從中獲取力量。

「因爲眞正賺錢的不是雜耍特技，孩子。」艾利克說著，舉起永不離手的酒袋喝了一口。「吟遊詩人表演就是爲了賺錢。建立你的名聲，你就會賺進大把密爾恩黃金，就像我從前一樣。」他又喝一口，這一次更加大口。「但想要建立名聲，你就得去小村莊演出。」

「黃金嗓從來沒有在小村莊演出。」羅傑說。

「一點也沒錯！」艾利克叫道，比了一個大幅度的手勢。「他的叔叔或許有辦法在安吉爾斯呼風喚雨，但他沒有能力影響小村莊。等我們打造出你的名聲，我們就可以親手埋葬他！」

「他不是甜蜜歌和半掌的對手。」羅傑立刻說道，刻意將老師的名號放在前面，儘管最近安吉爾斯街頭巷尾都把這兩個名字的順序倒過來講。

「沒錯！」艾利克高叫，迅速踢踏鞋跟，跳了一段捷格舞。

羅傑及時轉移艾利克的怒氣。過去幾年裡，他的老師變得越來越易怒，酒也越喝越多。羅傑的鋒頭越來越健，他的名號則越來越不響亮。他的歌聲不再甜蜜，他很清楚這點。

「離蟋蟀坡還有多遠？」羅傑問。

「明天午餐前就會抵達了。」艾利克說。

「我以為兩座村莊相距不超過一天的路程？」羅傑問。

艾利克咕噥一聲。「公爵法令規定，兩座村莊之間不能超過男人騎馬趕路一天的距離。」他說。「徒步行走就會比較遠。」

羅傑的希望落空。艾利克真的打算光靠傑若的舊攜帶式魔印圈露宿野外道路，而這道魔印圈已有十年沒拿出來用過了。

但安吉爾斯對他們來說已經不再安全。隨著他們的聲望提升，傑辛大師開始刻意騷擾他們。去年他的學徒打斷了艾利克的手臂，並且數次在大型演出後奪取他們的財物。在被搶以及艾利克酗酒和嫖妓的習慣下，他和羅傑還是常常身無分文。或許小村莊真的可以讓他們賺更多錢也未可知。

在小村莊中建立名聲是吟遊詩人必經的考驗，而且當他們安全地待在安吉爾斯時，這看來似乎是段偉大的冒險旅程。羅傑望向天空，用力嚥下一口口水。

羅傑坐在一塊大石上，在斗篷上繡著一塊白色補丁。就和他其他衣服一樣，最初那塊布料早已爛光，必須一次又一次地縫縫補補，直到整件衣服都只看得到補丁。

「弄完就去鋪設魔印圈，孩子。」艾利克搖搖晃晃地說道，他的酒袋差不多見底了。羅傑看著西沉的太陽，一臉恐懼，連忙開始鋪設魔印圈。

魔印圈很小，直徑約十呎，只夠讓兩個男人在中間隔著一堆營火的情況下平躺。羅傑在營地中央插了一根木棍，然後取出一條五呎長的線套於其上，在泥土上畫下一個平滑的圓圈。他沿著圓圈鋪好魔印圈，拿一根直木棍確保魔印牌間等距相隔，然而他不是魔印師，根本不敢保證自己做得對不對。

鋪好後，艾利克晃了過來，檢查他的成果。

「看起來沒錯了。」他的老師含糊不清地道，根本也沒有仔細檢查。羅傑感到背上傳來一股涼意，於是從頭到尾再檢查一遍，確定自己沒有做錯，然後再檢查一遍，為求心安。儘管如此，他在生火打理晚餐時心裡一直發毛，太陽逐漸西沉。

羅傑從沒見過惡魔，至少在記憶中沒有。闖入自家大門的利爪永遠烙印在他的心中，但當天其他的景象，包括咬斷他手指的那頭地心魔物，在他腦中只剩下模糊不清的濃煙、利齒，以及魔角。

當樹木開始在道路上灑落長長的陰影時，他感覺全身血液都要凝結了。不久後，一抹鬼魂般的形體自他們營火附近的地面緩緩浮現。木惡魔的體型與正常男人差不多，結實的肌肉外覆蓋一層類似樹皮的外殼，其上布滿樹瘤。惡魔看見他們的營火，大聲吼叫，揚起長角的腦袋，露出森白的牙齒。它摩拳擦掌，準備獵食。營火邊緣逐漸聚集其他形體，緩緩包圍他們。

羅傑的目光飄向艾利克，只見他正就著酒袋大口喝酒。他本來期望老師會表現得比較冷靜，畢竟他曾在魔印圈中過夜，但艾利克眼中的恐懼顯然表示不是這麼一回事。羅傑伸出顫抖的手，在暗袋中摸索，取出自己的護身符，緊緊握在手中。

木惡魔壓低魔角，展開攻擊，羅傑的心中突然浮現一個畫面，一段壓抑許久的回憶。轉眼間他回到三歲時，越過母親的肩膀看見死亡逼近。

那一刻，一切統統浮出水面。他父親拿起撥火棒，與傑若一起挺身而出，為帶著他逃命的母親還有艾利克爭取時間。艾利克推開他們，衝向暗門。奪走他手指的一咬，他母親的犧牲。

我愛你！

羅傑緊握護身符，感受母親的靈魂如同一股實質的存在般伴隨他的身邊。在地心魔物的攻擊中，他相信護身符比魔印圈更能守護自己。

惡魔狠狠攻擊魔印力場。魔光閃動時，羅傑和艾利克都被嚇得跳了起來。傑若的魔印網綻放銀色火焰，將地心魔物反彈而出，一時動彈不得。

他們短暫地鬆了口氣。聲音和魔光吸引其他木惡魔的注意，它們輪流進攻，從四面八方測試魔印網。但傑若的亮面魔印牌毫不動搖。一個接著一個，有時甚至是一群，惡魔紛紛反彈而出，只能憤怒地沿著營地繞圈，徒勞無功地尋找魔印網的弱點。

然而在惡魔不斷朝自己撲來的時候，羅傑的思緒早已飛奔到別處。一次又一次，他看見父母死亡，他的父親深陷火海，母親將惡魔壓入碗槽，然後把自己塞入暗門。一次又一次，他看見艾利克推開他們。艾利克害死了他的母親，和他親手殺害沒有什麼兩樣。羅傑將護身符拿到嘴前，親吻她的紅髮。

「你拿的是什麼？」在確定惡魔無法闖入魔印圈後，艾利克輕聲問道。

如果是其他情況下，羅傑會因爲護身符曝光而驚慌失措，但現在他的心根本不在這裡，而是重回當年的夢魘中，迫切地試圖釐清這一切代表什麼意義。艾利克十年來和他情同父子，這些記憶是真的嗎？

他攤開手掌，讓艾利克看見手中的紅髮木娃娃。

「我媽。」他說。

艾利克悲傷地凝視娃娃，臉上的表情明白流露羅傑想知道的一切。他的回憶是真的。憤怒的言語堆積在舌間，他全身緊繃，準備撲向自己的老師，將他推出魔印圈，任憑地心魔物處置。

艾利克垂下目光，清清喉嚨，放聲歌唱。儘管歌聲因長年酗酒而大不如前，他吟唱旋律輕柔的搖籃曲時仍有幾分昔日的甜美，而這首搖籃曲就和木惡魔的景象一樣觸動羅傑的回憶。突然間，他想起當年在同一個魔印圈內，艾利克將自己抱在懷中，於河橋鎮的火海中吟唱同一首搖籃曲。

一如他的護身符，搖籃曲將羅傑籠罩其中，提醒著他當天晚上這首歌爲他帶來的安全感。艾利克是個懦夫，這是事實，但他沒有辜負卡莉託他照顧羅傑的要求，他爲此丟掉王室的差事，並毀了他的事業。

羅傑將護身符塞回暗袋中，凝望眼前的黑暗，心裡不斷浮現十年前的回憶，絕望地想要釐清思緒。

最後，艾利克歌聲漸弱，羅傑回過神來，開始準備煮菜用具。他們用小平底鍋烤了香腸和馬鈴薯，搭配硬皮麵包吃。晚餐過後，他們練習演出。羅傑拿出小提琴，艾利克則喝酒潤喉。他們相對而坐，竭盡所能地忽略魔印圈外的地心魔物。

羅傑開始演奏，當琴弦的震動成為他的世界時，所有的疑慮與恐懼統統消失。他先演奏一段旋律，準備好後點點頭。艾利克隨著他的旋律輕哼曲調，等他再度點頭後開始引吭高歌。他們演唱了一段時間，沉醉在多年的練習和演出經驗營造出來的和諧氣氛。

一段時間過後，艾利克突然不再歌唱，環顧四周。

「怎麼了？」羅傑問。

「從我們開始練習後，似乎就沒有惡魔攻擊魔印了。」艾利克說。

羅傑停下演奏，凝望外界的黑夜。他發現老師說得沒錯，不了解自己之前怎會沒有注意到這種現象。木惡魔蹲伏在營地四周，毫無動靜，但當羅傑與它的目光接觸時，對方立刻疾撲而上。

羅傑驚叫一聲，在地心魔物撞上魔印力場並彈開時連忙後退。其他惡魔都自恍惚中回神，四面八方開始綻放魔光。

「是音樂的關係！」艾利克說。「音樂令它們裹足不前。」

眼看男孩一臉困惑，艾利克清清喉嚨，開始唱歌。

他的聲音嘹亮，遠遠傳開，蓋過惡魔的吼叫，卻沒有造成迷惑的效果。相反地，地心魔物吼得更大聲，不斷攻擊魔印力場，彷彿迫切地要他閉嘴。

艾利克的濃眉皺起，改變曲調，唱起剛剛與羅傑搭配的最後一首歌。但地心魔物依然攻擊魔印。羅傑感到強烈的恐懼，萬一惡魔在魔印力場中找到弱點怎麼辦，就像當年……

「小提琴，孩子！」艾利克叫道。羅傑目光呆滯地低頭看向握在手中的小提琴和琴弓。「演奏它，笨蛋！」艾利克命令道。

但羅傑殘缺的手掌不住顫抖，琴弓在琴弦上拉出一陣尖銳的聲響，如同指甲刻劃石板。地心魔物放聲尖叫，向後退開。羅傑精神一振，演奏更多刺耳難耐的音調，將惡魔越趕越遠。它們大聲吶喊，利爪堵住耳朵，彷彿十分痛苦。

但它們沒有逃跑。惡魔緩緩自魔印圈旁退開，一直退到足以忍受這種聲音的距離。它們在那裡靜靜等待，黑色的眼珠反射營火的光芒。

這種景象令羅傑毛骨悚然。它們知道他不可能永遠演奏下去。

艾利克聲稱他們在小村莊會受到英雄式的款待，並不是誇大其詞。蟋蟀坡沒有自己的吟遊詩人，而且許多居民都還記得十年前艾利克身為公爵使者時的演出。

當地有一間專供過往車夫及往來林盡鎮與牧羊谷的農夫借宿的旅店，店主人熱情地款待他們，住宿伙食完全免費。全鎮居民統統趕來欣賞他們的演出，光是酒錢就足以支付旅館的一切費用。事實上，一切都十分順利，直到他們開始傳遞收錢帽。

「一簇玉米穗！」艾利克大叫，把東西拿在羅傑面前搖晃。「我們要這玩意做什麼？」

「我們可以吃。」羅傑提議道。他的老師瞪他一眼，然後繼續踱步。

羅傑喜歡蟋蟀坡。這裡的人都很單純，也很好心，知道該如何享受生活。在安吉爾斯，觀眾全擠上來聽他演奏，不停點頭，拍打節奏，但他從沒見過有人像蟋蟀坡鎮民一樣翩翩起舞。小提琴還沒完全拿出琴盒，人們已開始後退，清出一大塊空地。演奏開始不久，他們已經旋轉舞動，放聲歡笑，完全沉浸在他的音樂中，徜徉在音樂中。

他們會在艾利克吟唱悲傷歌曲時縱情哭泣，在講述低俗笑話和表演默劇時瘋狂大笑。在羅傑眼中，他們是世上最好的觀眾。

表演結束後，「甜蜜歌與半掌！」的呼聲震耳欲聾。人們請他們到家裡作客，食物和美酒源源不絕。羅傑被兩名黑眸女孩推入稻草堆，一直親到他頭昏眼花。

艾利克就沒他這麼開心了。

「我怎會忘掉在這種地方表演會是這種情況？」他悲嘆道。

他是指收錢帽的事。小村落裡沒有錢幣，或只有少許錢幣。僅有的錢幣要用來購買生活必需品，種子、工具以及魔印樁。帽子最下方有兩枚木卡拉，但這點錢連支付艾利克從安吉爾斯前往此地途中的酒錢都不夠。大多數的蟋蟀坡鎮民都在收錢帽中投入穀物，偶爾會有小袋食鹽或香料。

「以物易物！」艾利克說這個詞的語氣，彷彿那是詛咒。「安吉爾斯沒有酒商會收大麥！」

蟋蟀坡鎮民不只用穀物付錢，他們還會贈送醃肉和新鮮麵包，一塊奶油或一籃水果之類的禮物。溫暖的被套，乾淨的補丁，他們會心懷感激地提供任何多餘的物品和服務。自從離開公爵的宮殿後，羅傑就沒有吃過這麼豐富的大餐了，在這種情況下，他實在無法了解老師的沮喪。錢有什麼好，不過就是用來購買蟋蟀坡人提供給他們的這些東西嗎？

「至少他們有酒。」艾利克喃喃說道。羅傑緊張兮兮地看著老師的酒袋一眼，心知喝酒只會加深艾利克的沮喪，但他沒多說什麼。喝再多酒對艾利克造成的沮喪，都不會比有人告誡他不該喝酒還嚴重。

「我喜歡這裡。」羅傑大膽說道。「我希望我們可以待久一點。」

「你懂什麼？」艾利克大聲道。「你只是個愚蠢的孩了。」他呻吟一聲，彷彿十分痛苦。「林盡鎮不會比這裡好到哪裡去，」他繼續悲嘆，遙望道路。「牧羊谷則是這些村落裡面最糟糕的一座！我到底在想什麼，重蹈這種愚蠢的覆轍？」

他踢了寶貴的魔印板一腳，魔印圈歪向一旁，但他似乎沒有注意到，也毫不在乎，醉醺醺地在營火附近踱步。

羅傑倒抽一口涼氣。太陽就要下山了，但他什麼也沒說，只是衝到踢歪的魔印板旁，手忙腳亂地將它放回原位，一臉恐懼地望向地平線。

他及時修好魔印圈。還在鋪平繩子時，地心魔物已開始現身。他在第一頭地心魔物撲來的同時跌向後方，於耀眼的魔光中驚聲尖叫。

「可惡！」艾利克朝撲向自己的惡魔叫道。醉醺醺的吟遊詩人輕蔑地昂起下巴，發出母雞般的叫聲，看著地心魔物撞上魔印網。

「老師，拜託。」羅傑哀求道，抓起艾利克的手臂，將他拉向營地中央。

「喔，這下子半掌什麼都懂？」他大哼一聲，甩開自己的手臂，差點跌倒。「可憐的醉鬼甜蜜歌不知道要遠離地心魔物的爪子嗎？」

「不是這樣的。」羅傑反駁道。

「不然是怎樣？」艾利克大聲問。「你以爲因爲觀眾高呼你的名字，你就不需要我了嗎？」

「不是。」羅傑說。

「當然不是！」艾利克嘀咕道，又拿起酒袋喝了一大口酒，然後跌跌撞撞地走開。

羅傑喉嚨一緊，伸手到暗袋裡尋找護身符。他以大拇指撫摸木娃娃光滑的表面及柔順的髮絲，試圖從中尋求力量。

「沒錯，去找你媽！」艾利克大叫，轉過身來指著小娃娃。「忘掉是誰把你養大，是誰教你一身本事！我為了你放棄了我自己的生命！」

羅傑緊握護身符，感受到母親的存在，聽見她的臨終言語。他再度想起艾利克推倒母親的情景，一股怒意凝聚在喉嚨。「不，」他說。「你是唯一沒有為我放棄生命的人。」

艾利克皺起眉，朝男孩逼近。羅傑向後退，但魔印圈很小，根本無路可退。魔印圈外，惡魔飢渴地來回踱步。

「把那玩意給我！」艾利克怒氣沖沖地吼道，抓起羅傑的手掌。

「它是我的！」羅傑大叫。他們爭奪片刻，但艾利克較高壯，而且雙手完好。最後他終於搶走護身符，順手拋入火堆。

「不！」羅傑大叫，衝向火堆，但太遲了。紅髮瞬間著火，在他找到樹枝挑出護身符前，木娃娃已經燒了起來。羅傑跪著，眼睜睜地看它燃燒、目瞪口呆。他的雙手開始顫抖。

艾利克不去理他，跌跌撞撞地來到蹲在外面攻擊魔印圈的木惡魔面前。「這一切都是你的錯！」他吼道。「我會淪落到丟掉飯碗，和一個忘恩負義的孩子在一起，都是你的錯！你的錯！」

地心魔物對他吼叫，露出兩排白森森的利齒。艾利克大吼回去，將酒袋甩在惡魔臉上。酒袋破裂，在他們倆身上灑滿血色紅酒及皮革碎片。

「我的酒！」艾利克大叫，突然領悟自己做了什麼。他跨越魔印圈，彷彿自己有能力補救這個錯誤。

「老師，不！」羅傑大叫。他連滾帶爬地衝去，一邊踢向老師的膝蓋後方，一邊高舉完好的手掌，抓住艾利克的馬尾。艾利克被扯回魔印圈內，重重摔在學徒身上。

「把你的髒手拿開！」艾利克叫道，沒意識到羅傑剛剛救了自己一命。他爬起身來，一把抓住男孩的上衣，將他推到魔印圈外。

那一刻，兩人與地心魔物都僵在原地。隨著惡魔發出勝利的歡呼，艾利克終於明白自己做了什麼，但眾惡魔已朝男孩一擁而上。

羅傑驚叫倒地，完全不指望能及時衝回魔印圈。他揚起雙手，徒勞無功地試圖抵擋惡魔的攻擊，但在惡魔撲到前，他聽見一聲吶喊，看到艾利克截下地心魔物，將它撞向一旁。

「快回圈子裡去！」艾利克叫道。惡魔怒吼一聲，重重反擊，吟遊詩人隨即騰空而起。他墜地後再度彈起，手臂一甩，勾到攜帶式魔印圈的繩子，扯亂了魔印木牌的位置。

空地上的地心魔物開始朝魔印缺口衝來。羅傑意識到他們倆都死定了。第一頭惡魔再度對他撲來，但艾利克再次抓住它，將它甩到旁邊。

「你的小提琴！」他叫道。「你可以逼退它們！」然而話剛出口，地心魔物的利爪已經深深插入他的胸口，他的口中立刻冒出血泡。

「老師！」羅傑驚叫。他猶疑地望向小提琴。

「救你自己！」艾利克在惡魔撕爛他的喉嚨前叫道。

黎明將惡魔趕回地心魔域時，羅傑完好手掌上的指頭已鮮血淋漓。他使盡全身的力氣，才能伸直手指，放開小提琴。

他演奏了整整一個晚上，營火熄後就蜷縮在黑暗中，拉出不協調的音調，趕跑那些潛伏在黑暗中的地心魔物。

演奏小提琴時，他沒有感受到任何音律的美妙，只有難聽的尖銳噪音；沒有任何東西幫助他忘卻四面八方的恐懼。但現在，在看到他老師僅存的血腥屍塊和殘破衣衫後，一股全新的恐懼湧上心頭，使他跪倒在地，不斷嘔吐。

一段時間過後，他的情緒稍微平復，看著自己血肉模糊的僵硬雙手，試圖停止顫抖。他覺得全身漲紅發熱，但臉頰在晨風中冰涼而毫無血色。他的胃部持續翻攪，但已吐不出任何東西。他揚起彩色衣袖擦拭嘴角，然後強迫自己站起身來。

他試圖收集艾利克的殘骸加以埋葬，但根本找不到多少東西可埋。一撮頭髮、一只破破爛爛的靴子，裡面的肉都被吃光；還有鮮血。惡魔不忌諱內臟和骨骼，而且它們搶得很凶。

根據牧師的教誨，地心魔物會吞噬受害者的身體以及靈魂，但艾利克總是說聖徒比吟遊詩人還會說謊，而他的老師說謊的本事可大了。羅傑想起他的護身符，以及母親的靈魂守護自己的感覺。如果她的靈魂遭受吞噬，他怎麼可能感受得到她呢？

他轉向營火的冰冷灰燼。小娃娃還在裡面，黑漆漆地滿是裂痕，很快就在他手中化爲碎片。不遠處，艾利克的馬尾殘骸靜靜躺在泥土上。羅傑撿起頭髮，只見其中灰髮比金髮多上許多。他將頭髮放入自己口袋。

他要再做一個護身符。

林盡鎮在黃昏前映入眼簾，羅傑終於鬆了一大口氣。他覺得自己沒有力氣在野外多撐一晚。

他考慮過折返蟋蟀坡，懇求路過的信使帶他回安吉爾斯，但這樣就得向人解釋事發經過，而羅傑還沒準備好這麼做。再說，安吉爾斯有什麼值得留戀的地方？沒有表演執照，他根本不能演出，而艾利克又得罪了所有可以幫他完成學徒訓練的吟遊詩人。最好還是待在世界的這一邊，沒有人認識他，公會也管不到他。

就像蟋蟀坡一樣，林盡鎮裡滿是願意張開雙臂迎接吟遊詩人的單純好人，完全不會想要去質疑爲鎮上帶來娛樂消遣的人。

羅傑心存感激地接受他們的款待。他覺得自己像個騙徒，因爲他只是沒有執照的學徒，卻宣稱自己是吟遊詩人，但他認爲就算林盡鎮的鎮民得知眞相也不會在乎。難道他們會因此拒絕隨著他的音樂起舞，或是在他耍寶時笑得比較不痛快嗎？

但羅傑不敢去碰驚奇袋中的彩球，也不敢開口唱歌。他用後空翻、翻觔斗、倒立行走等特技取代耍球，盡其所能地掩飾自己的不足之處。

林盡鎮民沒有逼他表演彩球，暫時而言這樣就夠了。

第二十三章　重生　328 AR

耀眼的陽光令亞倫恢復意識。他抬起頭來，風沙吹拂他的臉頰，他吐出細小的砂礫。他掙扎起身，環顧四周，舉目所及一片黃沙。

他們將他丟在沙漠中等死。

「懦夫！」他大叫。「讓沙漠奪走我的性命不會免去你的罪孽！」

他跪在地上，膝蓋顫抖，試圖起身，然而疲弱的身軀只能躺在地上，慢慢等死。他感到天旋地轉。他此行是爲了幫助克拉西亞人，他們怎麼能夠這樣背叛他？

不要騙自己了，腦中的聲音說道。你自己也常常背叛他人。你在父親最需要你時離開他，在受訓期滿前拋下卡伯，在一個擁抱都沒有的情況下丟下瑞根和伊莉莎；還有玫莉……

「誰會想念你，帕爾青恩？」賈迪爾如此問道。「你連一個淚瓶都裝不滿。」

他說得沒錯。

如果他就此死去，亞倫知道，唯一會注意到他死去的人，大概就是關心自身損失大於他的性命的商人。或許這就是他背叛所有愛過他的人必須付出的代價，或許他該就這麼躺下去等死。

他雙腳發軟。沙地似乎在拉扯他，召喚他投入它的懷抱。正當他打算放棄時，有什麼吸引了他的目光。

數呎外的沙地上有只水袋。是賈迪爾良心發現了嗎？還是他的一名手下同情被背叛的信使而留下的？

亞倫爬到水袋旁，如同救生索般緊緊抓住它；或許還是有人會爲了他的死亡哀悼。

但這並不能改變什麼。就算他回去克拉西亞，也沒有人會相信青恩的話，而不相信沙羅姆卡。只要賈迪爾一聲令下，戴爾沙羅姆會毫不猶豫地擊斃亞倫。

*就這樣讓他們拿走你冒著生命危險取得的長矛？*他自問道。*讓他們拿走黎明跑者、攜帶式魔印圈，以及所有你的東西？*

想到這裡，亞倫不禁摸向腰部，接著鬆了一口氣，發現自己並沒有失去一切。他的腰上還掛著在大迷宮中作戰時隨身攜帶的皮袋，其中放有一套小型魔印工具、他的藥草袋……以及他的筆記本。

這本筆記本改變了整個局勢。亞倫失去了其他書籍，但所有書籍加在一起都不如這本筆記本來得重要。自從離開密爾恩那天開始，亞倫就把自己學到的新魔印統統抄錄在這本筆記中。

包括長矛上的魔印。

*就讓他們留著那根天殺的長矛，既然他們那麼想要，*亞倫心想。*我可以再造一根。*

他挺身站起，撿起水袋，喝了一小口，然後掛在自己肩膀上，爬上最近的一座沙丘。

他抬手遮眼，隱約看見遠方如同海市蜃樓般的克拉西亞堡，以釐清通往黎明綠洲的方向。少了他的馬，這段旅途需要在沒有魔印守護的情況下於沙漠中行走一個星期。他的水在他抵達前就會耗盡，但他覺得水不會是最大的問題；沙惡魔會在他渴死前奪走他的性命。

亞倫邊走邊嚼豬根草。藥草很苦，還會讓胃翻攪，但他身上都是惡魔的抓傷，豬根可以防止感染。此外，在沒有食物的情況下，噁心感總比飢餓引發的腹痛要好。

儘管口乾舌燥、喉嚨腫脹，他水喝得很少。他將上衣綁在頭上遮陽，導致背部嚴重曬傷。他的皮膚因為之前被毆打而青一塊紫一塊，而瘀青上又有曬紅的痕跡。每跨出一步都令他痛苦不堪。

亞倫持續前進，直到太陽即將西下。他感覺自己彷彿完全沒有前進，但身後在風沙中逐漸消失的足跡卻長得令他吃驚。

黑夜降臨，帶來地心魔物以及酷寒。兩者都不足以置他於死，亞倫躲起來，將自己埋入沙地，一方面維持體溫，一方面躲避惡魔。他自筆記本中撕下一頁白紙，捲成細長的呼吸管，但埋在沙裡依然讓他覺得快要窒息，且深怕自己會被地心魔物發現。當太陽升起，溫暖沙地時，他爬出沙墳，繼續跌跌撞撞地前進，感覺好像根本不曾休息。

他不斷行走，日復一日，夜復一夜。在缺乏食物、休息以及少量飲水的情況下，他的身體逐漸虛弱。他的皮膚龜裂滲血，但他視而不見，繼續前進。日光越來越熾，地平線一直遠在天邊。

他的鞋不知道在什麼地方掉了。他不確定什麼時候掉的、怎麼掉的。他的腳掌直接踏在滾燙的沙地上，鮮血淋漓，長滿水泡。他撕下上衣的衣袖，將腳掌包紮起來。

他越來越常跌倒，有時候立刻爬起，有時候會喪失知覺，於數分鐘或數小時後醒來。有時候，他會在跌倒後一路滾下沙丘。筋疲力竭的他將這種情況視為好運，因為這樣可以讓他減輕下坡的痛苦。

飲水耗盡時，他已經忘記自己走多少天了。他依然走在沙漠大道上，但對於還有多遠沒有半點頭緒。他的嘴巴乾裂，就連傷口和水泡都不再分泌膿汁，彷彿體內所有液體統統蒸發了。

他再度跌倒，接著努力為自己找尋再度爬起的理由。

亞倫突然驚醒，滿臉汗濕。天黑了，這個事實應該令他心驚膽跳，但他根本沒有力氣害怕。他低下頭，發現自己的臉浸在黎明綠洲的池畔，他的手泡在水裡。

他不知道自己是如何抵達的。他最後記得的是……他根本不知道自己記得的最後一件事是什麼。他不曉得自己如何穿越沙漠，但他並不在乎。他成功了，這才是重點。身處綠洲尖塔的魔印守護下，他安全了。

亞倫貪婪地飲用綠洲池水。片刻後，他開始嘔吐，接著強迫自己小口喝水。口渴的問題解決後，他再度閉上雙眼，一個多星期以來第一次，他安心入睡。

起床後，亞倫前往綠洲儲藏庫大肆搜刮。除了食物，他還拿了許多補給裝備：床單、藥草、一組備用魔印工具。由於身體虛弱，接下來的幾天他都在吃曬乾的食物、飲用清水、清理傷口的程序中度過。幾天過後，他可以自行採集新鮮水果。一個星期後，他有力氣捕魚。兩個星期後，他可以在不感到疼痛的情況下站立，伸展四肢。

綠洲中存放著足以幫他離開沙漠的補給品。或許他會半死不活地爬出沙漠邊緣的貧瘠荒漠，但換個角度來看，那也算是半活不死。

綠洲儲藏庫中還有幾根長矛，但與他遺失的偉大的金屬長矛相比，這些尖銳的木棍簡直令人感到可悲。在缺乏亮漆補強魔印的情況下，刻在木柄上的符號一旦刺中地心魔物堅硬的外殼，立刻就會損毀。

那該怎麼辦？他有足以燒竭惡魔性命的魔印，但缺乏可刻在上面的武器，這些魔印根本毫無用武之地。

他考慮在石頭上繪製攻擊魔印。他可以拋擲石頭，甚至徒手拿石頭捶打地心魔物……

亞倫哈哈大笑。如果他要跟惡魔接近到那個地步，乾脆把魔印畫在自己手上算了。

他頓住，認真考慮這個想法。可以這麼做嗎？如果可以，他就等於擁有沒有人可以奪走的武器，沒有地心魔物可以擊落或是趁他空手時偷襲的武器。

亞倫取出筆記本，研究位於矛頭以及矛尾上的魔印。這些是攻擊性魔印，刻於矛身上的是防禦性魔印。他注意到矛尾上的魔印沒有與其他魔印連結，矛頭上的魔印也是如此。這些魔印各自獨立，同樣的符號不斷重複，刻滿一圈，矛尾的底端也有。或許它們各代表劈砍與猛擊兩種不同方式。

隨著太陽西沉，亞倫在沙地上繪製猛擊魔印，反覆練習，直到自覺有把握。他自魔印工具中取出刷子和漆碗，小心翼翼地將魔印漆在左手掌心。他輕輕對著魔印吹氣，直到漆完全乾了。

畫右手就難多了，但根據經驗，亞倫知道只要聚精會神，左手繪製魔印的功力不比右手遜色，只是要花比較長的時間。

隨著黑暗降臨，亞倫輕輕活動手掌，確保這些動作不會造成魔印漆龜裂或脫落。覺得滿意後，他走到守護綠洲的魔印尖塔旁，看著惡魔圍在力場外，聞著無法染指的獵物所發出的氣味。

發現他的第一頭地心魔物並沒有什麼特殊之處：身長約四呎的沙惡魔，前肢修長，後肢肌肉賁起。長刺的尾巴在與亞倫目光接觸時前後甩動。

片刻後，它朝魔印網疾撲而來。在它跳起的同時，亞倫向旁一讓，伸手蓋住兩個魔印。魔印網局部失效，地心魔物跌向他的身邊，因為沒有遇上反抗的力場而感到困惑。他迅速抽回手掌，重新建立魔印網。無論如何，這頭惡魔必死無疑。不是死在亞倫手中，就是在殺了他後因為無法逃離綠洲的魔印而死在陽光下。

惡魔恢復平衡，轉過身來，口中嘶嘶作響，露出滿嘴利齒。它圍著亞倫繞圈，肌肉緊繃，尾巴急速甩動。接著，伴隨一下如同貓科動物的吼叫聲，它再度躍起。

亞倫迎上前去，雙掌推出，他的雙手比惡魔的前肢要長。地心魔物布滿鱗片的胸口撞上魔印，綻放出魔光以及一聲慘叫，身軀隨即向後盪開。它重重跌落地面，胸口與亞倫掌心接觸的地方冒出縷縷白煙。亞倫微微一笑。

惡魔翻身而起，再度開始繞圈，這次比之前更謹慎。它不習慣應付會反擊的獵物，但很快就恢復勇氣，再度撲上來攻擊。

亞倫抓住地心魔物的前爪，身體後傾，踢中對方的腹部，將它甩向身後。一與對方接觸，掌心魔印隨即發光，他可以感覺到魔法的運作。魔光對他沒有影響，卻令地心魔物的外殼滋滋作響，不過他的掌心浮現微微刺痛的能量，彷彿它們找不到宣洩管道。這種感覺向上延伸，讓他的手臂顫抖不已。

他們同時翻身，亞倫以一聲吼叫回應地心魔物的怒吼。惡魔舔舔焦黑的手腕，試圖減緩灼痛的感覺，亞倫自它眼中看出一絲敬意，敬佩又恐懼。這次，他才是掠食者。

他的自信差點招來死亡。惡魔大叫一聲，猛撲而來，而這次，亞倫反應過慢。黑色爪子在他試圖側身閃避的同時劃過他的胸口。

他不顧一切地揮拳反擊，忘記魔印是畫在掌心。地心魔物粗糙的鱗片磨破他的指節，撕裂他的皮膚，但這一拳沒有任何效果。惡魔反爪回擊，將亞倫摺倒。

亞倫面臨生死關頭，連滾帶爬地閃避惡魔的利爪、尖牙以及帶刺的尾巴。他試圖起身，但惡魔挺身撲到他的身上，再度將他壓回地面。亞倫縮起膝蓋，將雙腳頂在惡魔與自己之間，阻擋惡魔的壓制，但它口中熱呼呼的臭氣噴在他臉上，牙齒與他的臉頰相距不過一吋。

亞倫咬緊牙關，抓起惡魔的雙耳。魔光大作，地心魔物慘叫，但亞倫緊緊抓住對方。魔光越來越耀眼，惡魔雙耳開始冒出白煙。它瘋狂掙扎，利爪亂揮，不顧一切地試圖逃跑。

但亞倫已經抓住它了，說什麼也不肯放手。他抓得越久，掌心中的刺痛感就越甚，彷彿在其手中累積能量。他雙掌向內擠壓，驚訝地發現掌心擠得越近，惡魔的頭骨彷彿變得越軟，開始液化。

地心魔物的力道轉弱，亞倫向旁一翻，反將惡魔壓在地上。惡魔的爪子無力地抓住他的手臂，試圖拉開它們，但徒勞無功。

最後亞倫奮力一擠，雙掌交擊，惡魔腦漿迸裂，整顆腦袋炸成碎片。

第二十四章 刺青 328 AR

當天晚上，亞倫輾轉難眠，不過不是傷口疼痛的緣故。他一輩子都在幻想成為吟遊詩人故事中的英雄，身穿盔甲，手持魔印武器，對抗惡魔。找到那根長矛的時候，他以為夢想即將成眞，但當他迎向夢想時，夢想卻自指尖滑落，而意外地讓他發現另一種全新體驗。

沒有什麼可以與赤手和惡魔搏鬥，並在魔法燒盡對方生命時，皮膚感受到那刺痛的能量相比，就連在大迷宮中所向無敵的感覺也與之並論。他渴望再度體會那種感覺，那渴望為他從前的夢想帶來全新的希望。

回想造訪克拉西亞的情景，亞倫發現自己根本不像原先想得那般崇高。他告訴自己，他絕不會滿足於當個武器匠，或是成為眾多戰士中的一員。他想要追求榮耀和名聲，他想要名垂青史，成為帶領人類再度對抗惡魔的男人。

他甚至想要成為解放者？

這個想法令他不安。人類的救贖若要有意義且延續下去，須靠全人類通力合作，不能單靠一人之力。但人類眞的想要獲得救贖嗎？他們有這個資格嗎？亞倫不知道。有些人像他父親一樣失去戰鬥意志，只想躲在魔印後面。至於他在克拉西亞的所見所聞，以及現在對自己的了解，亞倫不禁懷疑願意戰鬥的人究竟抱持什麼樣的動機。

亞倫與地心魔物之間絕不可能和平共處。亞倫心裡明白，現在有了新的選擇，他已無法躲在魔印後面，眼睜睜看著惡魔在外耀武揚威。但有什麼人會願意站在他身邊，與他並肩作戰？傑夫為了這種想法打他，伊莉莎為此訓斥他，玫莉為此疏離他，克拉西亞人甚至試圖除掉他。

自從他親眼見識傑夫站在安全的前廊上，眼睜睜看著妻子慘遭惡魔毒手的那晚開始，亞倫就發現地心魔物最大的武器是恐懼。當時他並不了解恐懼有許多形式，儘管他想盡辦法證明自己毫不畏懼，其實他還是非常害怕孤獨。他希望有人能夠相信他的所作所為，任何人都好；一個能夠與他並肩作戰的人，一個值得自己為之而戰的人。

但他的生命中沒有這樣的人，現在他看清這點了。如果想要有人陪伴，他必須回到城市，按照他們的期望過活。如果他想要戰鬥，他必須孤軍奮戰。

力量與興奮感剛剛還在他心頭縈繞不去，現在已蕩然無存。他緩緩坐起身，環抱自己的膝蓋，凝望遼闊的沙漠，尋找實際上並不存在的道路。

亞倫與太陽一同起身，信步走到池塘旁，清洗自己的傷口。昨晚睡覺前他已縫好傷口並且敷藥，但對待地心魔物造成的傷口還是小心為妙。在洗臉時，他突然注意到自己的紋身。

所有信使身上都有紋身，標示他們來自哪座城市。那是他們旅程距離的標記。亞倫還記得瑞根對他展示自己的紋身那天，那是一座位於群山中的城市，其上掛有密爾恩的旗幟。完成第一件差事時，亞倫本來想要刺個一樣的紋身。他去找刺青師，準備在身上留下信使的標記，但他遲疑了。密爾恩堡在很多方面來講都是他的家，但並不是他的家鄉。

提貝溪鎮沒有旗幟，於是亞倫挑了提貝溪男爵的徽章，一條河道貫穿肥沃的田園，流入一座小湖。刺青師拿起刺針，在亞倫的肩膀上留下永恆的家鄉標記。

永恆。這個想法在亞倫心中揮之不去。他當時曾仔細觀察刺青師工作。對方的技巧與魔印師並沒有多大的不同：精準地描繪草稿，絕不容許出錯的空間。亞倫的藥草包裡有針，魔印工具裡有墨。

亞倫生了一小堆火，回想在刺青師店裡的所有細節。他將針在火上烤炙，然後在小碗中倒了一些黏稠墨水。在針上纏了一圈線，以免自己刺得太深，接著仔細研究自己左掌的輪廓，留意伸展時所有掌紋的位置變化。準備好後，他拿起一根針，沾了點墨水，開始刺青。

這個過程十分緩慢。他常常得暫停片刻，擦乾手上的血跡及沾到的墨水。反正他什麼都沒有，就是時間多，所以他刺得十分仔細，而且手很穩。到了中午，他心滿意足地欣賞自己刺的魔印。他在掌心塗藥，小心包紮，然後開始補充綠洲的存貨。當天剩下的時間，他都努力蒐集食物，隔天也一樣，因爲他知道自己離開時必須盡量多帶點補給。

亞倫在綠洲中又住了一個星期，早上用來刺魔印，下午蒐集食物。手掌的刺青迅速癒合，但亞倫並未就此打住。想到揮拳攻擊沙惡魔時指節打得皮開肉綻，他又在左手指節上刺下魔印，然後等待右手指節的痂脫落後，也在上面刺了一組。從此，再也沒有地心魔物能夠不痛不癢地挨他一拳。

他一邊工作，一邊反覆回想自己與沙惡魔的那一戰，回想它的動作、力量、速度、攻擊方式，以及採取行動前的徵兆。他仔細思索，用心鑽研，思考自己應該採取什麼更好的反應。他絕不容許自己再度犯錯。

克拉西亞人將殘暴且精確的沙魯沙克肉搏術提升到藝術的境界。他開始運用肉搏術的技巧去配合自己手中魔印的位置，進一步提升兩者結合的威力。

亞倫離開黎明綠洲後，不走沙漠大道，直接穿越沙漠，前往失落古城安納克桑。他盡其所能地攜帶乾燥食物。安納克桑有水井，但沒有食物，而他打算在那裡逗留一段時間。

即使在離開時，亞倫也很清楚自己的飲水並不足以撐到安納克桑。綠洲中沒有多少多餘的水袋，徒步旅行可能須走上兩個星期才能抵達，而他的水連一個星期都不夠喝。

但他完全沒有回頭。*我的過去什麼也沒有*，他心想。*我只能朝未來邁進*。

當黃昏爲沙漠帶來黑暗時，亞倫深深吸了一口氣，然後繼續前進，連紮營都省了。沙漠的夜空晴朗無雲，所有星星清晰可見，要維持方向感並不困難；事實上，比白天還要容易。

鮮少有地心魔物會在如此深入沙漠的地方出沒。它們習慣聚集在有獵物的地方，貧瘠的荒漠沒有多少獵物。亞倫在月光下行走了好幾個小時，才被一頭惡魔盯上。他大老遠就聽見對方的吼叫，但他沒有逃跑，因爲他知道惡魔有能力追蹤自己；他也沒有試圖躲藏，因爲當晚他還要趕很多路。他站在原地不動，等待惡魔穿越沙丘而來。

在看見亞倫沉靜的目光時，地心魔物遲疑片刻，茫然困惑。它對他高聲嚎叫、張牙舞爪，但亞倫只是微笑。它發出挑釁的叫聲，但亞倫沒有任何反應。他將注意力集中在周遭環境：視線所及的任何動靜；風中與沙地上的細微聲響；冰冷空氣中的氣味。

沙惡魔習慣成群獵食。亞倫從未見過落單的沙惡魔，他懷疑眼前這頭惡魔並沒有落單。一點也沒錯，正當他的注意力被大吼大叫的惡魔吸引時，另兩頭惡魔已分別自左右兩側繞來，在黑暗中近乎隱形，如死神般寂靜。亞倫假裝沒有發現它們，盯著前方逐步逼近的地心魔物。

一如預期，攻擊並非來自面前惺惺作態的沙惡魔，而是來自從側面偷襲的兩頭惡魔。亞倫對於這些地心魔物狡詐的程度感到驚訝。亞倫心想，在沙漠中這種一望無際、任何細微聲響都會隨風傳出數哩之遙的環境，想要捕食獵物，必須發展出這類欺敵的本能。

儘管亞倫尚未成爲稱職的獵人，他也不是容易得手的獵物。兩頭沙惡魔分別自兩旁展開攻擊，各自揮出前爪，亞倫突然向前疾衝，迎向著負責欺敵的惡魔。

兩頭突襲的惡魔及時改變方向，差點撞成一團，面前的惡魔則在驚訝中連忙後退。它動作迅速，但快不過亞倫的左勾拳。指節上的魔印大放光明，一拳將惡魔擊倒，但亞倫並未就此罷手。他對準地心魔物的臉揮出右掌，將掌心的魔印貼上惡魔雙眼。魔印啓動、焚燒，惡魔大聲慘叫，盲目揮爪。

亞倫預料到對方的反應，立刻向後退。他倒地翻身，隨即在距離盲目惡魔數呎之處再度起身，面對另兩頭朝自己撲來的地心魔物。

亞倫再次留下深刻的印象，爲了避免重蹈覆轍，兩頭地心魔物沒有同時進攻，錯開攻擊的時機，不讓他再耍一次互撞的把戲。

然而這個策略反而對惡魔不利，爲亞倫製造將它們各個擊破的機會。第一頭惡魔來襲時，他欺身而上，避開它的利爪，雙掌壓住它的雙耳。魔法的威力將惡魔震倒，它痛苦扭曲、抱頭尖叫。

第二頭惡魔緊接而來，亞倫沒時間閃躲或攻擊。他想起上次面對惡魔時用過一招，扣住惡魔的手腕，背部著地，將惡魔提到身上，兩腳隨即狠狠踢出。沙惡魔腹部的尖銳鱗片刺穿包在他腳上的布料，插入他的腳掌，但亞倫還是利用它本身的撲勢將它遠遠踢開。失明的惡魔繼續胡亂揮爪，但已無法構成威脅。

趁被踢出去的惡魔捲土重來前，亞倫跳到在地上掙扎的惡魔身上，膝蓋抵住它的背脊，全然不顧鱗片刺體的疼痛。他一手緊握對方喉嚨，另一手使勁壓入對方後腦。他感到魔法開始凝聚，但被踢走的地心魔物再度來襲而被迫放手，滾向一旁。

亞倫翻身而起，謹慎地與沙惡魔繞圈而行。對方疾撲而來，亞倫膝蓋微屈，準備側身閃避魔爪，但惡魔突然停步，勇猛強健的身軀如同皮鞭般側身甩來，粗厚的尾巴擊中亞倫身側，將他摺倒。

他倒地後立刻翻身，惡魔沉重的尾脊隨即抽中剛剛他腦袋所在之處。他又滾回原位，勉強避開緊接而來的一擊。趁沙惡魔收回尾巴，準備繼續攻擊時，亞倫一把抓住它。他使勁一握，掌心因魔印的魔力作用感到刺痛，並在魔力凝聚時感到逐漸發熱。惡魔掙扎怒吼，但亞倫動作迅速，另一手隨即握上。他快步移動，閃避惡魔的利爪，雙掌中的魔法越聚越強，終於燒透惡魔的尾巴，炸斷末端的尾脊，爆出一大灘膿汁。

亞倫向後跌開，地心魔物重獲自由，立刻轉身展開攻擊。亞倫以左手抓住對方手腕，右肘頂入惡魔的喉嚨，但沒刺魔印的手肘無法發揮多大的效果。惡魔強壯的手臂一甩，亞倫向後飛出。

眼看惡魔疾撲而來，亞倫逼出體內最後一絲力氣與它正面衝突，雙掌緊扣對方喉嚨，將它向後推開。地心魔物的爪子撕裂他的手臂，但亞倫的手比它的前肢長，它抓不到他。他們重重摔落，亞倫提起膝蓋，頂住地心魔物的前肢關節，利用體重將它壓在地上，繼續掐它喉嚨，感覺手中魔力隨著時間增強。

地心魔物死命掙扎，但亞倫越掐越深，燒穿它的鱗片，接觸底下軟弱的皮膚。一陣骨骼碎裂聲過後，他的雙掌完全密合。

他自無頭惡魔身前站起，轉向另兩頭惡魔。

被擊中雙耳的惡魔虛弱無力地爬行離去，鬥志蕩然無存。盲眼惡魔不知所蹤，但亞倫並不在乎。他覺得這頭殘廢惡魔回到地心魔域後不會有好下場，它的同伴多半會把它撕成碎片。

他解決了在沙漠中爬行的可悲惡魔，並包紮傷口。休息片刻後，他拿起裝備，繼續朝安納克桑前進。

亞倫日以繼夜地趕路，趁日正當中時躲在沙裡睡覺。整段旅程中只有另兩個夜晚必須動手戰鬥；一次對抗另一組沙惡魔、一次對抗一隻獨自獵食的風惡魔。其他夜晚則都風平浪靜。

少了太陽炙曬，他晚上行走的距離比白天還要長。離開綠洲後第七天，他全身被風颳得到處是擦傷，腳上鮮血淋漓，起滿水泡，飲水也喝到一滴不剩，但當安納克桑映入眼簾時，他的體內隨即充滿活力。

亞倫從少數還能使用的水井裡重新裝滿水袋，喝了一大口水，然後開始在通往地下墓穴的建築外圍繪製魔印。附近坍倒的廢墟有許多木柱暴露在外，由於沙漠乾燥而未腐爛。亞倫拆下那些木頭，外加一些零散的木屑充當生火用的木柴。光靠綠洲裡拿來的三支火把和魔印工具裡的幾根蠟燭撐不了多久，墓穴中沒有任何天然光線。

他謹慎地分配僅存的食物。沙漠邊緣以及最近可以補充食物的地方，距離安納克桑至少須徒步走上五天，如果日夜趕路或許可以在三天內抵達。他的時間不多，而這裡有很多事要做。

接下來一個星期，亞倫探索地下墓穴，一找到新的魔印立刻仔細記載下來。他找到更多石棺，但都沒有第一座石棺中的武器。儘管如此，石棺和石柱上還是刻有大量魔印，壁畫中也有不少。亞倫看不懂壁畫中的象形文字，但他看得懂畫中人物的肢體語言和表情。圖案細緻得戰士武器上的魔印都清晰可見。

這些壁畫裡還有不曾見過的地心魔物品種。有一系列圖像是描繪人類遭受除了利爪和尖牙，外型與人類幾乎無異的惡魔屠殺。其中一幅畫有四肢細長、胸口骨瘦如柴、腦袋大到不成比例的地心魔物，站在一整群惡魔前。那個地心魔物與身穿長袍的人類相對而立，男子身後也跟了一群數量與惡魔相當的人類戰士。惡魔與男人五官都扭曲，彷彿以意志力對抗彼此，但相隔甚遠。他們身邊籠罩著光圈，雙方人馬則在旁靜觀。

或許這幅壁畫最令人印象深刻的地方，在於男子手中沒有武器。他身邊的光芒似乎是發自他額頭上的魔印——刺青？亞倫轉向下一幅壁畫，只見惡魔與手下落荒而逃，人類則勝利地高舉長矛。

亞倫仔細將男人額頭上的魔印抄錄到筆記本上。

日子一天天過去，食物一天天減少。繼續待在安納克桑，他可能會在補充食物前挨餓一段時間。他決定天一亮就往來森堡出發。抵達城市後，他可以兌換一張銀行票卷，購買馬匹和補給，然後回來。

但他實在不想在才剛剛開始探索安納克桑時就得匆忙離去。許多通道都崩塌了，需要時間挖通它們，而且還有不少建築物中可能存在通往地下墓穴的入口。這片廢墟是摧毀惡魔一族的關鍵，而這已是第二次他迫於飢餓，不得不離開此地了。

地心魔物在他沉思時現身。儘管缺乏獵物，它們還是成群結隊地出現在安納克桑。或許它們認爲這些建築物總有一天會吸引人類前來，也可能它們喜歡佔據曾試圖反抗它們的城市。

亞倫起身走到魔印圈邊緣，看著地心魔物在月光下舞動。他的肚子發出飢餓聲，他不禁好奇，這些惡魔的本質爲何；這不是他第一次感到好奇了。它們是魔法生物，不是人、不會死。它們摧毀一切，但不會創造任何東西。就連它們的屍體都會化爲灰燼，不會留下來滋潤土壤。但他看過它們進食，看過它們拉屎撒尿。它們的存在是否完全超出自然界定律？

一頭沙惡魔對他張牙舞爪。「你是什麼東西？」亞倫問，但惡魔只是攻擊魔印，沮喪地低吼一聲，在魔印的光芒中緩緩退開。

亞倫看著它離開，浮現黑暗的想法。「管它那麼多。」他低喃道，跳出魔印圈。地心魔物隨即轉頭，亞倫恰好一拳揮下。魔印加持的指節雷霆般擊中毫無防備的惡魔，惡魔在察覺被什麼打中前就已死去。

其他地心魔物聞聲而來，但它們移動得十分謹慎，讓亞倫有時間跳回魔印守護的建築，並暫時撤除魔印，把惡魔的屍體拖進去。

「來看看你能不能對自然界有所貢獻。」亞倫說道，拿漆有切割魔印的黑曜石將沙惡魔開膛破肚，驚訝地發現硬殼下的皮膚與自己的一樣柔軟。它的肌肉和肌腱堅硬結實，但與一般野生動物沒什麼不同。

惡魔身上散發出很濃的臭味。代表惡魔血液的黑色膿汁臭得令亞倫窒息作嘔，淚流滿面。他屏住呼吸，自惡魔身上切下一塊肉，用力甩掉沾在上面的體液，然後放到火堆上燒烤。膿汁化作白煙，終於燒乾，烤過的肉味終於不再那麼難聞。

烤好後，亞倫拿著烏黑噁心的惡魔肉，耳畔突然響起許多年前，可琳·特利格在提貝溪鎮和他講過的一段話。那天他抓到一條魚，但魚鱗呈棕色，看起來十分噁心，於是藥草師叫他把魚丟回水裡。「不要吃任何外表噁心的東西，」可琳說。「你吃的東西都會成爲你身體的一部分。」

*這塊肉也會變成我身體的一部分嗎？*他心想。他看向惡魔肉，鼓起勇氣，放入嘴中。

第四部

伐木窪地

331-332 AR

第二十五章　新舞台　331AR

雨越下越大，羅傑加快腳步，咒罵自己的厄運。他老早已計畫要離開牧羊谷了，但完全沒料到會在如此倉促與不快的情況下離開。

他覺得自己不能責怪牧羊人。沒錯，那個男人花在牧羊的時間比陪伴妻子的時間還長，而且也是她採取主動。但當男人為了躲雨而提早回家，發現老婆跟一個男孩躺在床上，會突然失去理智，也是情有可原的事。

從某個角度來看，他很感激這場雨。要不是下雨，那個男人一定會召集半數村民來追捕他。牧羊谷的居民有強烈的佔有慾，或許是因為他們出外牧羊時經常會把妻子獨自留在家中。牧羊人都很嚴肅看待他們的羊群及妻子，侵犯任何一樣的話……

在屋子裡瘋狂追逐幾圈後，牧羊人的妻子終於跳到丈夫背上，讓羅傑有時間抓起行李、衝出屋外。羅傑的行李早已打包完畢，這點艾利克有教過他。

「黑夜呀。」他的靴子踩入一堆泥濘，他不禁喃喃說道。濕冷的泥漿立刻滲入柔軟的皮革，但他還是不敢停下來紮營生火。

他拉緊自己的彩色斗篷，不明白自己為什麼總是在逃跑。過去兩年，他幾乎每到季節交替時就必須換地方落腳，蟋蟀坡、林盡鎮和牧羊谷都至少已經分別停留過三次，但仍感覺自己是外人。大多數村民一輩子都沒有離開過他們的村子，且都勸羅傑不要離開。

娶我。娶我的女兒。住在我的旅舍，我們把你的名字漆在門上吸引顧客。趁我丈夫上工時給我溫暖。幫我們收割穀物，留下來過冬吧。

他聽過一百種不同的說詞，但都是相同的意思。「放棄旅行，在這裡扎根。」每當有人這麼說，他就會再度上路。被人需要的感覺很好，但別人需要他作什麼？丈夫？父親？農場工人？羅傑是吟遊詩人，沒有辦法想像自己不是吟遊詩人的樣子。第一次幫忙收割或幫忙追趕走失的羊時，他立刻就知道自己很快會再上路，盡可能地脫離這種生活。

他摸摸放在暗袋裡的金髮護身符，感受艾利克的靈魂在守護自己。他知道如果自己脫下彩色斗篷，一定會讓老師非常失望。艾利克到死都是吟遊詩人，而羅傑也打算追隨他的腳步。

艾利克說得沒錯，小村落的歷練增進了羅傑的技巧，兩年的常態演出讓他學會許多小提琴和翻觔斗以外的把戲。少了艾利克主導，羅傑不得不提升演出內容，想些有創意的方式去娛樂大眾。他不斷強化自己的魔術和音樂技巧，但除了小提琴和小戲法，他說故事的能力也讓人津津樂道。

所有小村落的村民都喜歡聽故事，特別是充滿異國情調的故事。羅傑順應觀眾要求，談論他去過，以及從未踏足的地方：位於山丘另一端的小鎮，以及只存在於他想像中的大城。每講一次，他就加油添醋一番，觀眾的心思隨著栩栩如生的角色前往世界各地冒險。傑克．鱗片嘴，一個會說惡魔語的男人，永遠都在用謊言欺騙那些愚蠢的惡魔。馬可．流浪者，一個翻越密爾恩山脈，在山的另一邊找到一片富饒土地的男人，地心魔物在那裡被人當作神祇般崇拜。當然，還有魔印人的傳說。

公爵的吟遊詩人每年春天都會路過各小村落宣導政令，而今年的吟遊詩人帶來一個故事，有關在荒野中徘徊、獵殺惡魔並吞噬惡魔屍體的野人故事。他宣稱這個故事是從幫這人刺青的刺青師那裡聽來的，還有其他人可以證實他所言不虛。當晚觀眾聽得如痴如醉，後來鎮民要求羅傑再說一次這個故事，他順應眾人的要求，並且大大地加油添醋一番。

觀眾喜歡提出問題，並且試圖找出他的說法前後矛盾的地方，但羅傑憑藉三寸不爛之舌，用些稀奇古怪的故事將這些鄉下人唬得一愣一愣。

諷刺的是，最難讓觀眾信服的故事，反而是他有能力憑小提琴讓地心魔物聞之起舞的故事。當然，他隨時都可以證明自己的說法，但就像艾利克常說的：「只要你向觀眾證實了一件事，他們就會期待你證實所有的事。」

羅傑抬頭望望天色。*再過不久就要演奏提琴趕跑地心魔物了*，他心想。今天一整天烏雲蔽日，這時天色開始越來越暗。在城市裡，高聳的城牆使得大多數人從未見過任何地心魔物，人們普遍相信惡魔會從烏雲中現身，但在城牆外的小村落生活兩年後，羅傑確定沒有這回事。大多數惡魔會等到太陽完全下山後才出現，但如果烏雲夠厚，一些勇敢的惡魔會搶先出來測試黑夜是否真的來臨。

羅傑又濕又冷，沒有心情冒險，於是開始找尋適合紮營的地點。如果明天可以抵達林盡鎮就算他幸運了。照這種情況看來，他可能要在野外露宿兩晚。這種想法令他反胃。

而且林盡鎮也不會比牧羊谷好到哪裡去。真要說起來，蟋蟀坡也差不多。他遲早會把某個女人的肚子搞大，或是更糟糕，陷入愛河，接著在他察覺以前，小提琴就只有在節慶的日子裡才有機會拿出來拉了。先決條件是他沒有為了修犁或購買種籽而把琴賣掉，到時候他就會變成和大家一樣的普通人。

或者他也可以回家。

羅傑常常在考慮回安吉爾斯，但每次都能想出理由拖延。畢竟，城市生活有什麼好？狹窄的街道，到處擠滿人和牲畜，木板地不斷散發糞便和垃圾的氣味。乞丐、扒手，以及永遠無法擺脫的財務問題。人們忽視彼此的能力已到了藝術的境界。

普通人，羅傑心想，輕嘆一聲。小村居民總是想要知道鄰近地區的事，他們會毫不猶豫地為陌生人敞開大門。他很欽佩這種處世態度，但內心深處，羅傑一直是個城市男孩。

回去安吉爾斯表示他必須再度面對公會。沒有執照的吟遊詩人在城市裡是混不下去的，但聲譽良好的公會成員卻能常保衣食無缺。他在小村落的演出經驗應該足以為他贏取執照，如果能夠找個公會成員為他出頭更好。艾利克得罪了大多數公會成員，但只要搬出老師淒慘的下場，羅傑或許可以找到同情他的人。

他挑選一棵可以稍微遮雨的大樹，鋪好魔印圈後，他在樹枝下方找到一些乾柴，生了一小堆營火。他苦心維持火堆，但不久風雨就把火給弄熄了。

「該死的小村落。」羅傑在黑暗降臨的同時說道，偶爾會有惡魔測試他的魔印，發出陣陣魔光。

「該死的全世界。」

安吉爾斯自從他離開後並沒有多少變化。整座城市看起來似乎變小了點，那是因為羅傑在遼闊的地方住過一段時間，而且也比離開前長高了幾吋。現在他十六歲了，從任何標準來看都已是男人。他在城外站了一段時間，凝望城牆，懷疑自己的做法是否明智。

他身上只有幾枚硬幣，幾年間汲汲營營從收錢袋中收集而來，為了將來回來城市時會有用得到的一天。另外，他的袋子裡還有點食物，這些財物並不算多，但至少可以讓他幾天內不必去擠收容所。

如果我只想要有地方住、有東西吃，再回小村落去就好了，他心想。他可以轉而向南，前往農墩鎮或伐木窪地，或往北走，前往公爵在分界河安吉爾斯領地上重建的河橋鎮。

如果，他對自己強調，隨即鼓起勇氣，穿越城門。

他找到便宜的旅店，取出最好的表演服，換好衣服立刻出門。吟遊詩人公會位於城鎮中央，住在那裡距離城內任何地點都很近。所有有執照的吟遊詩人都可以住在公會裡，只要他們願意毫無怨言地接受任何公會指派的工作，並將一半的收入繳交公會。

「白痴。」艾利克如此喚他們。「為了遮風蔽雨和三餐而交出一半收入的人，都不配叫作吟遊詩人。」

這話說得沒錯。只有年紀老邁及技巧太差的吟遊詩人會住在公會裡，接受各式各樣沒有人願意接的工作。儘管如此，還是比窮得沒飯吃好，也比公有收容所安全。公會會館的魔印威力強大，住在裡面的人也比較不會搶奪彼此的財物。

羅傑前往會館住宿區，問了幾個人後，他來到某扇門前敲門。

「呃？」一個老人打開房門，瞇起眼睛凝望走廊。「是誰？」

「羅傑．半掌。」羅傑說，在發現對方不認得自己後，又補充道：「我是艾利克．甜蜜歌的學徒。」

對方臉色一變，伸手就要關門。

「傑卡伯大師，拜託。」羅傑說著出手擋在門上。

老人嘆了口氣，但不再關門，只是走回小房間內吃力地坐了下來。羅傑跟著進屋，反手關上房門。

「你想幹嘛？」傑卡伯問。「我老了，沒時間和你拐彎抹角。」

「我需要贊助人幫我申請公會執照。」羅傑說。

傑卡伯一口啐在地板上。「艾利克變成負擔了？」他問。「他的酗酒阻礙你的發展，所以你就自立門戶，留他一人自生自滅？」他咕噥一聲。「活該。二十五年前對我做出那種事，註定他今天會有這種報應。」

他抬頭看向羅傑。「但不管活不活該，如果你以為我會幫你背叛……」

「傑卡伯大師，」羅傑說著，伸出雙手阻止對方說教。「艾利克死了。在前往林盡鎮的途中死在惡魔手上，他已經去世兩年了。」

「背挺直點，孩子。」傑卡伯在走廊上邊走邊道。「記得要直視公會長的目光，除非有人問你，不然不要說話。」

這些話他已經說過十幾遍了，羅傑只是點頭。他年紀太輕，不能取得自己的執照，但傑卡伯大師說公會歷史上有人取得執照時的年紀比他還小。執照的取得端看天賦及技巧，年齡並非重點。

想要見公會長一面並不容易，即使有贊助人也一樣。傑卡伯已經很多年沒有力氣演出了，儘管公會成員都禮貌性地尊重他的經驗，但公會會館公務區人員通常不太願意理他。

公會長的書記讓他們在辦公室外等待數個小時，無助地看著其他人來來去去。隨著窗外灑落的光影在地板上緩緩移動，羅傑挺直背脊坐在椅子上，竭力抗拒改變姿勢或垂頭喪氣的慾望。

「喬爾斯公會長現在可以接見你們了。」書記終於說道，羅傑回神。他迅速起身，伸手去扶傑卡伯。

自從離開公爵宮殿後，羅傑就沒見過像公會長辦公室如此富麗堂皇的地方。地上鋪有一層厚重溫暖的地毯，圖案美麗、色彩明亮，橡木牆板上掛著作工細緻的油燈，燈外蓋著一層彩色玻璃，旁邊還有描繪戰爭、美女，以及靜態物品的畫像。辦公桌由漆黑亮眼的胡桃木所製，上面擺著小巧精細的雕像當作紙鎮，且屋裡的檯座上放著許多與這些小雕像一模一樣的大型雕像。辦公桌後的牆面上掛著吟遊詩人公會的標誌：三顆彩球。

「我沒有多少時間，傑卡伯大師。」喬爾斯公會長說道，目光甚至沒有離開桌上的文件。他是個年過五十的胖子，身穿商人或貴族慣穿的刺繡華服，而不是吟遊詩人的演出彩服。

「這個孩子值得佔用你的時間。」傑卡伯道。「艾利克．甜蜜歌的學徒。」

喬爾斯終於抬起頭，斜眼瞪了傑卡伯一眼。「我不知道你和甜蜜歌還有聯絡。」他說，完全沒有理會羅傑。「聽說你們當年不歡而散。」

「時間可以沖淡一切。」傑卡伯語氣僵硬，說出算是謊言的說詞。「我已經和艾利克言歸於好。」

「你大概是唯一願意和他合好的人。」喬爾斯竊笑道。「這棟屋子裡大多數的人都是一看到他就想把他掐死。」

「有點太遲了。」傑卡伯說。「艾利克死了。」

喬爾斯登時肅然。「很難過聽到這個消息。」他說。「每個會員都是公會寶貴的資產。結果是酗酒害死他的嗎？」

傑卡伯搖頭。「地心魔物。」

公會長皺起眉，對著辦公桌旁的銅盆吐了一口口水。這個銅盆除了讓他吐口水似乎沒有其他用途。

「什麼時候？死在哪裡？」他問。

「兩年前，在前往林盡鎮的途中。」

喬爾斯悲傷地搖頭。「我記得他的學徒是拉小提琴的。」他說著終於望向羅傑。

「沒錯。」傑卡伯說。「他的本事不僅於此，這位就是羅傑．半掌。」羅傑鞠躬。

「半掌？」公會長問，終於有點興趣了。「我聽說西方村落出了一個名叫半掌的吟遊詩人，就是你嗎，孩子？」

羅傑難以置信地瞪大雙眼，但只是點點頭。艾利克說過在小村落建立起的名聲會迅速傳開，但聽到公會長這麼說，還是令他十分驚訝。他很想知道自己的名聲究竟是好是壞。

「別得意得太早。」喬爾斯彷彿看穿他的心思般說道。「鄉下人很喜歡誇大其詞。」

羅傑點頭，與公會長保持目光接觸。「是的，先生。我了解。」

「那好，這就來吧。」喬爾斯說。「露點本事給我瞧瞧。」

「這裡？」羅傑遲疑問道。會長辦公室又大又安靜，在這些厚地毯和昂貴家具前似乎不太適合翻觔斗和耍飛刀。

喬爾斯不耐地揮揮手。「你和艾利克演出多年，我想你應該會雜耍和唱歌，」他說。羅傑嚥下一大口水。「想要贏得執照必須讓我看看你的拿手絕活。」

「演奏小提琴，孩子，就像你說服我的時候。」傑卡伯自信十足地說道。羅傑點頭，雙手微微顫抖地自琴盒中取出小提琴，但當他的手指握住光滑的木頭表面時，所有恐懼如同澡盆中的塵埃散去。他開始演奏，沉浸在音樂中，將公會長完全拋到腦後。

他才演奏不久，就被一聲吼叫打斷。琴弓滑開琴弦，現場死寂片刻，接著門外傳來洪亮的聲音。

「我不會等什麼一無是處的學徒完成測驗！給我滾開！」門外傳來一陣推擠聲，接著大門被人撞開，傑辛大師闖了進來。

「很抱歉，公會長，」書記道歉。「他不肯等。」

喬爾斯揮手遣走書記，傑辛大剌剌地走到他的面前。「你把公爵的舞會交給伊頓演出？」他大聲問道。「十年來公爵的舞會都是由我負責！我叔叔絕對不會善罷干休！」

喬爾斯毫不退讓，雙手環抱胸前。「公爵親自要求換人。」他說。「如果你叔叔對此不滿，建議他去找公爵閣下抗議。」

傑辛皺眉，總管大臣詹森不太可能會為了一場舞會而去找公爵求情。

「如果你來只是為了這件事，傑辛，那就先出去吧。」喬爾斯繼續道。「年輕的羅傑正在接受執照測驗。」

傑辛的目光突然移到羅傑身上，顯然還認得出他。「看來你終於甩掉那個酒鬼了。」他語氣不屑。「希望你不是為了這個老古董而背叛他。」他揚起下巴比向傑卡伯。「我的提議依然有效，過來幫我工作。

現在換艾利克求你賞賜一點剩飯，是不是？」

「艾利克大師兩年前已死在惡魔手中。」喬爾斯說道。

傑辛將目光轉回公會長臉上，接著哈哈大笑。「太棒了！」他叫道。「這個消息讓失去公爵舞會的演出變得無關緊要，眞是太好啦！」

羅傑撲上去就是一拳。

直到站在大師身上，拳頭傳來濕潤和刺痛感時，他才發現自己做了什麼。擊中傑辛鼻梁時，他聽見一陣骨碎聲，清楚明瞭取得執照的機會就此消失，但當時他一點也不在乎。

傑卡伯一把抓住他向後拉開，傑辛一躍而起，瘋狂揮拳。

「我要殺了你，你這個小……」

喬爾斯立刻擋在兩人之間。傑辛試圖掙扎，但公會長單靠體型就足以阻止他。「夠了，傑辛！」他吼道。「你不能殺任何人！」

「你看到他做了什麼！」傑辛大吼，鼻血直流。

「我也聽到你說了什麼！」喬爾斯吼回去。「我都想要動手打你了！」

「我杜樣今俺怎摸唱鍋？」傑辛大聲問道。他的鼻子已開始腫脹，讓人聽不太懂他在講什麼。

喬爾斯臉色一沉。「我會找人代你演出。」他說。「公會會負責你的損失。大衛！」書記自門口探頭進來。「送傑辛大師去看藥草師，把帳單拿回公會報帳。」

大衛點頭，走過去協助傑辛大師。大師一把將他推開。「這件訴情不會這模散囉！」他離開前對羅傑說道。

門關上後，喬爾斯長嘆一聲。「好了，孩子，這下子你麻煩大了。我實在不願意見到任何人樹立這種敵人。」

「他早就是我的敵人了。」羅傑說。「你也聽到他說了什麼。」

喬爾斯點頭。「我有聽到。」他說。「但你應該克制自己。下次要是你的觀眾侮辱你怎麼辦？或是公爵本人？公會成員不能隨便毆打任何觸怒我們的人。」

羅傑低下頭去。「我了解。」他說。

「不過，你讓我損失了一大筆錢，」喬爾斯說道。「接下來幾個禮拜，我都得不斷丟錢給傑辛，並且爲他安排最好的表演時段才能哄他開心。既然你的小提琴演奏得這麼好，我如果不給你機會把錢賺回來就太愚蠢了。」

羅傑滿懷希望地抬起頭來。

「試用執照。」喬爾斯說著，取出白紙和鵝毛筆。「你只能在有公會大師到場監督的情況下演出，而且必須自掏腰包支付大師佣金，所賺的錢有一半要繳交公會庫房，直到我認爲你還清欠債。聽懂了嗎？」

「沒有問題，先生！」羅傑興奮地說道。

「還有必須克制脾氣。」喬爾斯說。「不然我就撕爛這份執照，你這輩子別想在安吉爾斯演出。」

羅傑手裡演奏小提琴，眼角卻不斷飄向傑辛的壯碩學徒艾伯倫。傑辛通常會派一名學徒監視羅傑的演出。這種情況令他不安，心知他們是在幫老師傑辛監視自己，而他們的老師對他不安好心，不過發生在公會長辦公室的事已經過去幾個月了，對方似乎沒有採取任何報復行爲。傑辛大師的傷勢迅速痊癒，不久就再度登台演出，在安吉爾斯各大高級社交場合贏得熱烈的迴響。

如果不是這些學徒每天都出現，羅傑會以爲事情已經落幕。有時夾雜在觀眾裡的是木惡魔艾伯倫，有時是石惡魔莎莉靠在酒館後方喝飲料，但不管表面上看來有多人畜無害，他們會出現在那裡絕不是巧合。

羅傑以誇張的動作結束表演，將琴弓甩入空中，好整以暇地鞠了個躬後，起身及時接住琴弓。觀眾報以熱烈的掌聲，傑卡伯拿著收錢帽在人群中走動，羅傑敏銳的雙耳聽見錢幣落袋聲，他滿心歡喜，老吟遊詩人充滿朝氣。

整理道具時，羅傑瞄向散場的群眾，艾伯倫已經消失了。儘管如此，他們依然迅速打包，繞道趕回旅店確保不會被跟蹤。太陽很快就下山了，街上的行人迅速減少。冬天即將過去，但木棧道上還殘留零星的冰雪，人們沒事不會出門。

「就算扣掉喬爾斯的抽成，未來幾天的房租也不成問題。」傑卡伯說著，輕搖他們的錢袋。「等欠債還清後，你就發財了！」

「我們就發財了！」羅傑糾正道，傑卡伯大笑，腳下踢踏了一會兒，然後在羅傑的背上拍了一下。

「看看你，」羅傑搖頭說道。「幾個月前老態龍鍾地前來應門的老先生跑哪去了？」

「是再度演出的關係。」傑卡伯說，咧開無牙的嘴巴微笑。「雖然沒有唱歌或丟飛刀，但光是傳遞收錢帽就足以點燃我早已熄滅二十年的滿腔熱血。我覺得我甚至可以……」他說著偏開目光。

「可以什麼？」羅傑問。

「就是……」傑卡伯說。「我不知道，或許講個故事？或是在你講笑話時站在旁邊搭腔？我不想搶奪你的風采……」

「當然，」羅傑說。「我本來就想問你，但我覺得把你大老遠拖來監督我的演出已經請你幫太多忙了。」

「孩子，」傑卡伯說。「我都不記得上次這麼開心是什麼時候了。」

他們笑著走過轉角，差點撞到艾伯倫和莎莉。傑辛笑容滿面地站在他們身後。

「很高興見到你，我的朋友。」傑辛說，艾伯倫對準羅傑的肩膀狠狠拍下。羅傑體內的空氣逸出，弓身彎腰，整個人摔在結冰的木板道上。莎莉在他爬起前一腳踹中他的下巴。

「不要打他！」傑卡伯大叫，朝莎莉撲去。壯碩的女高音只是大笑，一把將他提起，狠狠撞向後方的牆壁。

「也有你好受的，老頭！」傑辛在莎莉狠狠毆打羅傑時說道。羅傑聽見骨頭碎裂聲，以及大師口中發出的虛弱喘息。如果不是靠牆而立，他早就倒地不起了。

手下的木板地旋轉不休，羅傑掙扎起身，雙手握緊琴頸用力揮出這把臨時木棒。「你們逃不過法律制裁的！」他叫道。

傑辛大笑。「你要去找誰提告？」他問。「執法官會相信一個街頭藝人的明顯誣告，還是相信總管大臣的外甥？去找警衛隊，他們會吊死的人是你。」

艾伯倫輕易地接下小提琴，使勁扭轉羅傑的手臂，膝蓋頂上他的股間。羅傑在鼠蹊部灼痛不堪的情況下依然感受到手骨斷裂的痛楚，接著小提琴狠狠擊中他的後腦勺、支離破碎，羅傑倒地不起。

儘管雙耳嗡嗡作響，羅傑還是聽得見傑卡伯的痛苦呻吟。艾伯倫站在他的身上，滿臉獰笑地舉起一根沉重的木棒。

第二十六章　安吉爾斯　332 AR

「吉賽兒！」史考特在老藥草師帶著碗來到身邊時叫道。「何不讓妳的學徒來幫我擦一下？」他朝正在幫另一名男子更衣的黎莎點頭。

「哈！」吉賽兒笑道。她是個壯碩的女人，有著短短的灰髮和洪亮的聲音。「如果我讓她幫病人擦澡，一個禮拜內安吉爾斯起碼有半數人口都要生病了。」

黎莎在屋裡其他人哈哈大笑時搖搖頭，不過她也笑了。史考特沒有惡意。他是在城外摔下馬背的信使，能保住性命是非常幸運的事，因爲他在斷了兩條胳臂的情況下還是有辦法找回自己的馬、爬回馬鞍上。他沒有可以照顧他的妻子，所以信使公會出資讓他住在吉賽兒的診所直到傷勢痊癒。

吉賽兒將抹布浸泡在盛有溫肥皂水的碗裡，掀開對方的床單，動作熟練地開始擦澡。信使在她擦完的同時發出尖叫，吉賽兒忍不住笑道：「幸好是我幫你擦澡。」她大聲說道，目光瞄向下方。「我們可不想讓可憐的黎莎失望。」

其他床上的病人全都哈哈大笑。病床全住滿了，所有病人都閒得發慌。

「我想如果是她擦澡，大小就差多了。」史考特咕噥道，臉紅耳赤，吉賽兒只是又笑了笑。

「可憐的史考特對妳有意思。」吉賽兒稍晚在藥室中磨藥時對黎莎說道。

「有意思？」最年輕的學徒凱蒂笑道。「他不只是有意思，他根本已經陷入愛河！」

「我認爲他很可愛。」朗妮參與討論。

「妳認爲所有人都很可愛。」黎莎說。朗妮初經剛來，看到男人就會發騷。「但我希望妳的品味不會差到去愛上一個苦苦哀求妳幫他擦澡的男人。」

「別灌輸她一些亂七八糟的想法。」吉賽兒說。「朗妮已經如魚得水，診所裡所有男病人都讓她擦過了。」所有女孩咯咯嬌笑，就連朗妮也沒有反駁。

「至少要知道臉紅呀。」黎莎告訴她道，女孩們再度嬌笑。

「夠了！妳們這些傻笑的女孩統統出去！」吉賽兒笑道。「我要和黎莎單獨談談。」

「幾乎所有來這裡的男人都對妳有意思，」吉賽兒等其他人出去後說道。「和他們聊聊身體狀況之外的話題又不會死。」

「妳聽起來像我媽。」黎莎說。

吉賽兒猛然將碾杵放在檯面上。「我一點也不像妳媽，」她說，因為這些年來她聽過所有伊羅娜的事。「我只是不希望妳為了報復她而以老處女的身分死去，喜歡男人不是罪。」

「我喜歡男人。」黎莎抗議。

「看不出來。」吉賽兒說。

「所以我應該主動去幫史考特擦澡？」黎莎問。

「當然不是，」吉賽兒說。「至少不要在大庭廣眾下這麼做。」她眨眼補充道。

「這下妳聽起來像布魯娜了。」黎莎呻吟道。「光靠那些淫言穢語還不足以贏得我的芳心。」史考特這種要求黎莎聽多了。她擁有她母親的身材，這點對男性而言有無比的吸引力，不管她喜不喜歡。

「那到底要怎樣？」吉賽兒說。「什麼樣的人可以通過妳的芳心魔印？」

「值得我信任的男人。」黎莎說。「一個我可以放心親吻臉頰，不必擔心第二天他會跑去和朋友吹噓自己如何在畜棚裡盡情搞我的男人。」

吉賽兒哼了一聲。「遇上友善地心魔物的機會還比較高一點。」她說。

黎莎聳肩。

「我認爲妳只是害怕。」吉賽兒指責道。「妳等待失去童貞的時間太長，導致妳在一件單純自然，每個女孩都會做的事上築了一座高不可攀的石牆。」

「太荒謬了。」黎莎說。

「是嗎？」吉賽兒問。「我看過妳在女人前來詢問床事問題時的反應，緊張兮兮、胡亂猜測、臉紅得和什麼一樣。妳對自己的身體一無所知，有什麼資格去指導他人？」

「我很肯定要把什麼東西放入什麼地方。」黎莎冷冷說道。

「妳知道我的意思。」吉賽兒說。

「那妳有什麼建議？」黎莎問道。「隨便找個男人，咬咬牙就過去了？」

「如果非要這樣不可。」吉賽兒說。

黎莎瞪視著她，但吉賽兒堅定地回應她的目光。「妳守護妳的花朵太久，眼中已經看不到任何值得信賴的男人。」她說。「一朵花再怎麼美，藏起來不給人看又有什麼意義？等到花朵凋零後，誰還會記得它的美麗？」

黎莎突然嗚咽一聲，吉賽兒立刻迎上前，在她哭泣時緊緊擁抱著她。「好了，好了，小寶貝，」她撫摸黎莎的秀髮柔聲安慰。「其實也沒有那麼糟啦。」

用過晚餐，檢查完魔印，將學徒統統送回書房後，黎莎和吉賽兒終於有時間煮一壺藥茶，打開早上信使送來的包裹。桌上擺著一盞油燈，灌滿可用很久的燈油。

「白天看病、晚上看信，」吉賽兒嘆氣。「似乎我們藥草師都不必睡覺。」她倒過信袋，將信件攤在桌上。

她們很快就分好寫給病人的來信，接著吉賽兒隨手拿起一疊信，看看收信人。「這些是妳的。」她說著將信交給黎莎，然後拿起另一疊打開來閱讀。

「這封是晶柏寫來的，」不久後她說道。晶柏是吉賽兒送走的另一名學徒，人在距離城南一天路程的農墩鎮。「製桶匠的疹子越來越嚴重，而且又開始擴散了。」

「她煮藥的方法不對，我敢說又是這個問題。」黎莎咕噥道。「她總是不肯把藥草泡久一點，然後還懷疑藥效為什麼不足。如果要我去農墩鎮幫她煮藥，我一定會狠狠捶她的腦袋！」

「她知道這點。」吉賽兒笑道。「所以這次她才寫信給我！」

這種笑聲具有感染力，黎莎忍不住跟著一起大笑。黎莎喜歡吉賽兒。必要時她和布魯娜一樣固執，不過她總是很愛笑。

黎莎非常想念布魯娜，而這股思念將她的注意力轉回手中的信。當天是第四日，信使自農墩鎮、伐木窪地，以及其他南方地點而來。想當然爾，整疊信中擺在最上面的信是父親寫來的。

其中也有薇卡的來信，黎莎先打開來看，雙手一如往常地緊握，直到肯定老得不能再老的布魯娜依然安好才終於放心。

「薇卡生了。」她說道。「男孩，名叫傑姆。六磅十一盎斯。」

「這是第三胎？」吉賽兒問。

「第四胎。」黎莎說。薇卡抵達伐木窪地不久就嫁給了約拿輔祭——現在的約拿牧師——而且立刻開始幫他生孩子。

「那她大概不太可能再回安吉爾斯了。」吉賽兒嘆息道。

黎莎大笑。「我在她生第一胎後就覺得她不會再回來了。」

很難想像她與薇卡交換學習至今已七年。原先短期的安排已變成永久的定局，而黎莎對此並沒有太大的不滿。

不管黎莎怎麼做，薇卡都會留在伐木窪地，而且她的人緣比布魯娜、黎莎和妲西三個人加起來還好。這爲黎莎帶來一種從未夢想過的自由。她曾承諾有天會回去伐木窪地，確保鎮上有個稱職的藥草師，然而造物主已經幫她安排好了；她的未來完全屬於自己。

她父親的信中提到自己受了點風寒，但薇卡正在照顧他，應該短期內就會康復。下一封信是麥莉寫來的，她的大女兒已經月經來潮，而且訂婚了，麥莉很快就要當祖母了。黎莎嘆了口氣。

那疊信中還有兩封信。黎莎幾乎每個星期都寫信給麥莉、薇卡及父親，她母親很少來信，而且語氣通常都很糟糕。

「沒事吧？」吉賽兒問，目光離開自己的信件，看著皺眉的她。

「是我媽。」黎莎讀信說道。「語氣好多了，但內容還是一樣：『趁造物主還沒有奪走妳的生育能力前回來生孩子。』」吉賽兒咕噥一聲，搖了搖頭。

伊羅娜的信裡還附帶另一張字條，理論上是加爾德寫的，不過是她媽的字跡，因爲加爾德不識字。不管她花了多少心思讓信的內容看起來像是加爾德的口述，黎莎很肯定至少有一半是她母親自己編的，搞不好都是。這張字條的內容與她母親寫來的信一樣從沒變過。加爾德很好、加爾德想她、加爾德在等她、加爾德愛她。

「我媽一定以爲我非常愚蠢。」黎莎一邊看信，一邊冷冷說道。「才會相信加爾德會試圖寫詩，而且還是一首完全沒有押韻的詩。」

吉賽兒大笑，但在發現黎莎沒有跟著笑時立刻收斂笑聲。

「萬一她說得沒錯呢？」黎莎突然問道。「雖然伊羅娜沒什麼值得可取的想法，但我將來確實想要有個孩子，而妳不需要身為藥草師也知道我能生孩子的時間越來越少了，妳自己也說過我在浪費最佳的生育時間。」

「我根本不是這麼說的。」吉賽兒答道。

「但這仍是事實。」黎莎黯然說道。「我從來沒有費心尋找男人；他們總是有辦法找到我，不管我願不願意。我只是一直以為有一天會有個能適應我的男人找上門來，而不是一個期待我去適應他的男人。」

「我們都曾有過這樣的美夢，親愛的。」吉賽兒說。「當妳獨自凝望牆面時，那是不錯的幻想，但是人不能把希望寄託在幻想上。」

黎莎輕捏掌心，手上的信紙微縐。

「所以妳在考慮回去故鄉，嫁給這個加爾德？」

「喔，造物主呀，不！」黎莎叫道。「當然不是！」

吉賽兒咕噥一聲。「很好，這樣我就不用費神捶妳腦袋了。」

「不管我多麼渴望小孩，」黎莎說。「我就算到死都是處女也不要懷加爾德的種，問題在於他會教訓伐木窪地裡任何試圖讓我懷孕的男人。」

「這好解決。」吉賽兒說。「在這裡生就好了。」

「什麼？」黎莎問。

「伐木窪地有薇卡在。」吉賽兒說。「她是我親手訓練的，而且她的心完全屬於那裡。」她湊上前，伸出肥厚的手掌放在黎莎手上。「留下來，」她說。「把安吉爾斯當作自己家鄉，等我退休後接手診所。」

黎莎瞪大雙眼，張開嘴卻說不出話來。

「這些年來，妳教我的東西和我教妳的一樣多。」吉賽兒繼續說道。「我不放心把診所交給別人，就算薇卡明天就回來也一樣。」

「我不知道能說什麼。」黎莎勉強回應道。

「不用急著做決定。」吉賽兒說，輕拍黎莎的手掌。「我短時間內還不打算退休，妳考慮考慮。」

黎莎點頭。吉賽兒張開雙手，黎莎投入她的懷抱，緊緊擁抱年長的藥草師。分開後，屋外傳來的叫聲將她們兩人嚇了一跳。

「救命！救命！」有人叫道。她們同時轉向窗外，天色已經黑了。

在安吉爾斯，入夜後開啓窗葉是可以處以鞭刑的罪行，但黎莎和吉賽兒想也不想就拉開窗閂，看著三名守衛自木板道上奔來，其中兩人身上各扛著一名男子。

「診所裡的人！」領頭守衛叫道，看見窗葉後流洩的燈火。「開門！幫忙！我們需要避難和醫療！」

黎莎和吉賽兒同時衝向樓梯，差點撞成一團滾下樓去。時值冬季，儘管城內的魔印師努力清理魔印網上的積雪、冰塊及枯葉，每晚還是會有幾頭風惡魔潛入城內獵食無家可歸的乞丐，並且等待大膽觸犯法令、違抗宵禁的蠢蛋深夜出門。風惡魔可以無聲無息地從天而降，然後突然張開爪翼撕裂獵物的內臟，再以後爪抓起屍體，遁入空中。

她們衝到樓下，打開屋門，看著外面的男人逐漸接近。門框繪有魔印，就算開門也不會危及她們和病患的安全。

「出了什麼事？」凱蒂大叫，自二樓陽台探出頭來。其他學徒跟在她身後湧出房間。

「穿回圍裙，立刻下樓！」黎莎命令道，年輕的女孩們連忙照做。

外面的人距離尚遠，但奔行甚疾。聽見天上傳來尖銳的叫聲，黎莎感到腹部一陣緊縮。附近的風惡魔已被光線和人聲吸引而來。

守衛接近的速度很快，黎莎本來以爲他們可以毫髮無傷地抵達診所，直到其中一名守衛在冰上滑了一跤，重重跌倒。他背上的男子隨即摔到木板地上。

肩上扛著一人的守衛對另一名守衛大叫，然後低下頭加速前進。沒扛人的守衛回頭衝向倒地的同伴。在一陣突如其來的翅翼拍擊聲中，不幸的守衛腦袋掉落，在木板地道上急速滾動。凱蒂尖聲大叫。傷口開始噴血前，風惡魔已狂嘯一聲，抓著屍體一飛沖天。

扛人的守衛穿越魔印，放下身上的人。黎莎回頭看向還在外面掙扎起身的男人，露出堅定的神情。

「黎莎，不要！」吉賽兒大叫，出手抓她，但是黎莎側身避開，踏上木板道。

她迂迴前進，冰冷的夜空中傳來風惡魔的叫聲。一頭地心魔物疾衝而至，但完全沒有碰到她，其間相差不過數吋之遙。惡魔重重摔在木板道上，但很快就爬起身來，衝擊力道完全被厚重的外殼吸收。黎莎連忙轉身，在它臉上灑了一把布魯娜的盲目藥粉。惡魔發出痛苦的吼叫，黎莎繼續前進。

「救他，不要救我！」守衛在他接近時叫道，指向一動也不動躺在地上的男人。守衛的腳踝呈現不自然的角度，顯然已折斷。黎莎看向另一名俯臥的男子。她沒有辦法同時揹負兩人。

「不要救我！」守衛在她走近時再度叫道。

黎莎搖頭。「我扶你回診所的機會比較大。」她以不容爭辯的語調說道。她攙起他的手臂，用力扶起對方。

「身體放低。」守衛喘氣說道。「風惡魔比較不會攻擊太接近地面的獵物。」

黎莎盡可能彎腰行走，因為男人的體重而跌跌撞撞，她知道不管身體有沒有壓低，以這種速度前進，他們絕不可能抵達診所。

「現在！」吉賽兒大叫，黎莎抬頭看見其他學徒衝出門外，手持白色床單的邊角遮在頭上。到處都是翻飛的床單，風惡魔沒有辦法確認目標的位置。

在床單的掩護下，吉賽兒和第一名守衛迅速來到他們身邊。吉賽兒幫助黎莎，守衛扛起昏迷不醒的男人。恐懼給予他們力量，他們迅速衝過剩下的距離進入診所中，緊緊關閉屋門。

「這個人死了。」吉賽兒說，語氣冰冷。「我判斷他死亡超過一個小時。」

「我為了一個死人差點送命？」腳踝扭斷的守衛喊道。黎莎不去理他，走到另一個受傷的男子身前。從對方布滿雀斑的圓臉與纖瘦的身材來看，他比較像是男孩而不是男人。他遭受嚴重的毆打，但還在呼吸，而且心跳強勁。黎莎迅速檢查他的傷勢，剪開鮮豔的補丁彩服摸索斷骨，尋找表演服染有大量血跡的原因。

「出了什麼事？」吉賽兒一邊檢視受傷守衛的腳踝一邊問道。

「我們在巡邏完畢返回哨所途中發現這兩人，」守衛咬緊牙關說道。「看打扮是吟遊詩人，躺在木板道上，一定是表演完遭人打劫。他們都還活著，但傷勢很重。當時天色已晚，但兩個人看起來都必須立刻就醫，不然絕對熬不過今晚。我想起這間診所，於是盡快趕來，沿著屋簷行走，試圖躲避風惡魔的目光。」

吉賽兒點頭。「你們做得很對。」她說。

「去對可憐的強辛說。」守衛道。「造物主呀，我要怎麼對他的妻子交代？」

「那個明天早上再來擔心。」吉賽兒說，拿起燒瓶放到男人嘴邊。「喝下去。」

守衛懷疑地看著她。「這是什麼？」他問。

「幫助睡眠的東西。」吉賽兒說。「我必須幫你接骨，而我向你保證你絕不希望在清醒的情況下讓我接骨。」

守衛立刻吞下藥水。

黎莎幫年輕傷患清理傷口時，對方突然喘息驚醒，坐起身來。他一隻眼睛腫到無法睜開，但另一隻眼是亮眼的綠色，睜開後立刻東張西望。「傑卡伯！」他大叫。

他用力掙扎，黎莎、凱蒂及最後一名守衛合力才將他壓回床上。他轉動完好的眼珠凝望黎莎。「傑卡伯在哪裡？」他問。「他還好嗎？」

「和你在一起的老人？」黎莎問，他點頭。

黎莎遲疑片刻，考慮該怎麼說，但這種反應已回答了對方。他放聲尖叫，再度掙扎。守衛用力壓著他，直視他的雙眼。

「你有看到動手的人嗎？」他問。

「他的狀況不適合……」黎莎才剛開口，守衛即怒目相向。

「今晚我損失一名弟兄。」他說。「我沒有耐心等待。」他轉頭面對男孩。「有看到嗎？」他問。

男孩看著他，眼中充滿淚水。最後他搖搖頭，但守衛仍壓制著他。「你一定有看到什麼。」他逼問。

「夠了。」黎莎說著抓起守衛的手腕，用力拉扯。他抗拒片刻，最後放開男孩。「去隔壁房等。」黎莎命令道。他皺起眉，但遵命行事。

黎莎回到男孩身邊，只見對方放聲大哭。「把我丟回街上，」他說著，舉起一隻殘缺的手掌。「我很久以前就該死了，所有試圖救我的人最後統統死了。」

黎莎握起殘缺的手掌，凝望他的雙眼。「我願意冒這個險。」她說著，輕捏他的手掌。「我們這些死裡逃生的人一定要互相照顧。」她將安眠藥水放到他嘴邊，然後握著他的手給予他力量，直到他閉上雙眼。

小提琴的音樂洋溢在診所中。病患們打著節拍，學徒們則一邊忙著做事一邊跳舞。就連黎莎和吉賽兒都覺得步伐輕快不少。

「年輕的羅傑竟然還會擔心自己沒有辦法付帳。」吉賽兒一邊準備午餐一邊說道。「我還想等他傷好後付錢請他來娛樂病患呢。」

「病患和女孩們都很喜歡他。」黎莎同意道。

「我發現妳以爲沒人在看時也會跳舞。」吉賽兒說。

黎莎微笑。不拉小提琴時，羅傑會讓所有學徒圍在他的床邊聽他講故事，或是教她們一些自稱從公爵的妓女那邊學來的化妝技巧。吉賽兒常常對他流露母親般的關懷，學徒們則個個都很寵愛他。

「那就給他一塊特別厚的牛肉吧。」黎莎說著切下一塊牛肉，放在擺滿馬鈴薯和水果的餐盤上。

吉賽兒搖頭。「眞不知道那個男孩的食物都吃到哪裡去了。」她說。「妳和其他女孩已經餵他吃了一個多月的大餐，但他還是瘦得像根蘆薈。」

「午餐！」她喝道。女孩們紛紛走進來端餐盤。朗妮直接走向疊得最滿的那個餐盤，但黎莎端起來不給她拿。「這一盤我自己端。」她說，笑嘻嘻地望向廚房裡所有失望的臉孔。

「羅傑需要休息片刻，吃點東西，而不是妳們幫他切牛肉，他就要講故事給妳們聽。」吉賽兒說。「妳們可以晚點再去討好他。」

「中場休息！」黎莎走入病房時叫道，其實不必叫，她一出現，琴弓就已經自琴弦上滑開，發出一下尖銳的聲響。羅傑微笑揮手，在放下小提琴的同時撞倒了一個杯子。他折斷的手指和手臂都已痊癒，但腳上的石膏依然掛在床上，因此無法順暢地將小提琴放到床頭櫃。

「你今天一定餓壞了。」她笑道，將餐盤放在他的腿上，接過他的小提琴。羅傑一臉懷疑地看著餐盤，然後抬頭對她微笑。

「妳應該會幫我切肉吧？」他說著，舉起殘缺的手掌。

黎莎揚起眉。「你的手指拉小提琴時似乎十分靈活。」她說。「怎麼吃飯就不行了?」

「因爲我討厭一個人吃飯。」羅傑笑道。

黎莎微笑，在床側坐下，拿出刀叉。她切下一塊厚厚的牛肉，沾沾肉汁和馬鈴薯，然後才放入羅傑口中。他微微一笑，肉汁自嘴角流下，看得黎莎不住輕笑。羅傑感到不好意思，原先蒼白的臉頰紅到與髮色相互輝映。

「我可以自己拿叉子。」他說。

「要我幫你切好肉就離開嗎?」黎莎問，羅傑用力搖頭。「那就閉嘴。」她說，又叉了一塊肉放到他嘴裡。

「這不是我的小提琴，」一陣沉默過後，羅傑看著樂器說。「這是傑卡伯的。我的在那天就壞了……」

黎莎在他聲音逐漸變小後皺起眉。事情已經發生一個月了，他依然不肯談論當時的情況，就算在守衛的逼迫下也不肯透露。他請人去拿他的財物，但據她所知，他甚至沒有與吟遊詩人公會聯絡，告知他們發生了什麼事。

「那不是你的錯。」黎莎看著他的目光飄向遠方，於是說道。「打他的人不是你。」

「和我親自動手沒什麼兩樣。」羅傑說。

「什麼意思?」黎莎問。

羅傑偏開目光。「我是說……是我逼他復出。他根本不會死，如果沒有……」

「你說他告訴過你，自退休生涯中復出是二十年來他做過最開心的事。」黎莎辯道。「從來沒有人能夠無怨無悔地去見造物主。我們活在世上的時間有長有短，但無論長短，我們必須感到滿足。」

「但和我扯上關係的人似乎都很早死。」羅傑嘆氣。

「我見過很多早死的人從來沒有聽過羅傑．半掌的名號。」黎莎說。「你打算把他們的死也怪到自己頭上嗎？」

羅傑凝視她，她把另一口食物塞入他的嘴。「因爲良心不安而封閉自己的生活，並不會讓死者好過一點。」她說。

信使抵達時，黎莎滿手衣物前去應門。她將薇卡的信塞入圍裙，將其他的信放到一旁。她收好換洗衣物，然後學徒跑過來告訴她一名病患剛剛咳血。在那之後，她接好了一條手臂，然後向學徒們上課。

在她發現前太陽已下山，學徒們統統上床睡覺。她壓低燈芯，將油燈調成微弱的橘光，然後巡了一輪病床，在上樓休息前確保病人安然入眠。她在路過時與羅傑目光交會，他比手勢請她過去，但她微笑搖頭。她指著他，雙手合十做出禱告狀，手掌靠上臉頰，然後閉上雙眼。

羅傑皺起眉，但她假裝沒看見，然後離開，心知他不會跟來。他的石膏已移除，傷勢已痊癒，但羅傑仍宣稱傷口疼痛、身體虛弱。

走回房間，她好整以暇地爲自己倒了一杯水。當晚是個溫暖的春夜，水壺上凝結了一層水珠。她心不在焉地在圍裙上擦擦手，接著聽見紙張弄縐的聲響。她想起薇卡的來信，便自圍裙中取出信件，以大拇指打開封口，一邊喝水一邊將信紙側向油燈。

片刻後，水杯自她手中掉落。她沒有注意到，也沒聽見陶杯粉碎聲。她緊握信紙衝出房間。

羅傑找到她的時候，黎莎獨自躲在黑暗的廚房中哭泣。

「妳沒事吧？」他輕聲問道，重心倚靠在他的拐杖上。

「羅傑？」她哽咽一聲。「你下床做什麼？」

羅傑沒有回答，走過去坐在她身邊。「來自家鄉的壞消息？」他問。

黎莎凝視他片刻，然後點頭。「我父親受了風寒，」她說道，等待羅傑點頭表示知道此事。「本來已經好轉了，但後來復發得更嚴重。結果發現那是一種在伐木窪地間傳染的流感。大多數人似乎得過就沒事了，但比較虛弱的人……」她再度開始啜泣。

「有妳認識的人嗎？」羅傑問，話一出口立刻暗自咒罵自己。當然有她認識的人，小村落裡所有人都彼此認識。

黎莎沒有注意到他的失言。「我的老師布魯娜，」她說，斗大的淚滴墜下圍裙。「其他幾個人，還有兩個我還沒有機會認識的孩子。總數超過十人，而鎮上還有半數人臥病在床；我父親是病得最重的。」

「我很抱歉。」羅傑說。

「不要同情我，這是我的錯。」黎莎說。

「為什麼？」羅傑問。

「我應該待在鎮上。」黎莎問。「我早就不是吉賽兒的學徒了。我承諾過學成後會回去伐木窪地。如果我信守承諾，我現在就會在鎮上，或許……」

「我在林盡鎮見過有人死於流感。」羅傑說。「妳要把那些人的死也算在自己頭上嗎？還有那些死在這座城市裡的人，因為妳沒有能力醫治所有人？」

「那不一樣，你很清楚。」黎莎說。

「不一樣嗎？」羅傑問。「妳自己說過因爲良心不安而封閉自己的生活，並不會讓死者好過一點。」

黎莎看著他，雙眼濕潤。

「妳打算怎麼做？」羅傑問。「浪費時間哭泣，還是開始打包？」

「打包？」黎莎問。

「我有一道信使的攜帶式魔印圈。」羅傑說。「我們一早就可以出發前往伐木窪地。」

「羅傑，你連路都走不穩！」黎莎說。

羅傑舉起拐杖，放在料理檯上，穩穩地站在原地。他僵硬地走了幾步，但不須拐杖輔助。

「爲了一張溫暖的床鋪和寵愛你的女人而假裝腳痛？」黎莎問。

「才不是！」羅傑臉紅。「我只是……還沒準備好再度上台演出。」

「你有辦法一路走到伐木窪地？」黎莎問。「不騎馬的話要走一個星期。」

「在路上又不用表演後空翻。」羅傑說。「我辦得到。」

黎莎雙手抱胸，搖了搖頭。「不，我禁止你這麼做。」

「我不是妳的學徒，妳不能禁止我去做任何事。」羅傑說。

「你是我的病人。」黎莎反駁。「我可以禁止你做任何會影響病情的事，我會雇用信使帶我去。」

「祝妳好運。」羅傑說。「每週南下的信使今天已出發，而現在這種時節大多數信使都被雇走了。要說服信使放下手邊的工作帶妳前往伐木窪地可得花費一大筆錢，再說，我可以用小提琴驅趕地心魔物，沒有信使可以做到這點。」

「我肯定你可以，」黎莎說，不過語氣聽起來卻不是這麼一回事。「但我需要的是信使的快馬，不是魔法小提琴。」她忽視他的抗議，把他趕回床上，然後上樓收拾行李。

「妳確定要回去？」第二天早上吉賽兒問道。

「我非回去不可。」黎莎說。「薇卡和妲西應付不來。」

吉賽兒點頭。「羅傑似乎認為他要帶妳去。」她說。

「我不要他帶。」黎莎說。「我要雇用信使。」

「他一整個早上都在收拾行李。」吉賽兒說。

「他的傷才剛好。」黎莎說。

「哈！」吉賽兒說。「已經快三個月了。今天早上我看他根本沒用拐杖，我認為他留在這裡只是為了找理由接近妳。」

黎莎瞪大雙眼。「你認為羅傑……？」

吉賽兒聳肩。「我只是說說，不是每個男人都會願意為妳出城面對地心魔物。」

「吉賽兒，我的年紀可以當他媽！」黎莎說。

「哈！」吉賽兒嘲弄道。「妳才二十七歲，羅傑說他二十了。」

「羅傑的話有很多都不是事實。」黎莎說。

吉賽兒再度聳肩。

「妳說妳和我媽不同。」黎莎說。「但妳們都有本事將生活中的每場悲劇與我的愛情生活扯在一起。」

吉賽兒開口欲言，但黎莎伸手打斷她。「如果妳不介意，」她說。「我還要去雇用信使。」她氣沖沖地離開廚房，而羅傑躲在門口偷聽，差點沒能及時溜到一旁躲藏。

憑著她父親給的錢加上吉賽兒那邊的酬勞，黎莎自公爵銀行裡提出一張一百五十密爾恩金陽幣的票券。對一般安吉爾斯居民而言，這是作夢都不敢想像的大錢，但信使並不會為錢犯險。她希望這些錢就夠了，但羅傑的話就像預言，甚至可說是詛咒。

春天是貿易繁忙的時期，就連最不可靠的信使都有人雇用。史考特已經出城了，信使公會的書記直接拒絕她的要求。他們最多只能為她安排下週例行南下的信使，而那還要再等六天。

「那樣的話我，自己走去就好了！」她對書記大叫。

「那我建議妳現在就出發。」對方冷冷回道。

黎莎壓抑怒火，氣沖沖地離開。如果要再等一個星期才能出發，她認為自己一定會瘋掉。如果她父親在這個星期去世……

「黎莎？」身後傳來一個聲音。她倏然止步，緩緩轉身。

「真的是妳！」馬力克叫道，舉起雙手大步迎來。「我不知道妳還在城裡！」黎莎在震驚中任由他擁抱自己。

「妳來公會會館做什麼？」馬力克問，後退一步，以欣賞的目光打量她。他依然英俊而目光如狼。

「我需要有人護送我回伐木窪地。」她說。「鎮上流行傳染病，他們需要我的幫助。」

「我想我可以帶妳去。」馬力克說。「我得找人代我接下明天前往河橋鎮的工作，應該不是問題。」

「我有錢。」黎莎說。

「妳知道我當護花使者是不收錢的。」馬力克說著湊上前去，色迷迷地看著她。「我只對一種付帳方式感興趣。」他雙手繞到她的身後，在她屁股上捏了一把，黎莎壓抑推開他的衝動。她想到需要自己的那些人，還有吉賽兒所說關於美麗的花朵無人得見的言語。或許今天與馬力克重逢就是造物主的安排。她用力嚥下口水，對他點了點頭。

馬力克將黎莎推到走廊旁的陰暗壁龕，把她壓在一座木頭雕像後方的牆上深深地吻她。片刻後，她開始回應他的吻，雙手環抱他的肩，他的舌在她嘴中帶來一陣暖意。

「我這次不會再有之前那種問題。」馬力克保證道，拉她的手放上自己堅挺的下體。

黎莎羞怯地微笑。「我傍晚去你的旅社找你。」她說。「我們可以……一起過夜，天亮後出發。」

馬力克左顧右盼，接著搖了搖頭。他再度將她壓向牆壁，一手向下解開她的皮帶。「我已經等太久了。」他喃喃說道。「我現在準備好了，絕不會錯過這次機會！」

「我不要在走廊上做！」黎莎低聲說道，將他推開。「會被人看見。」

「不會有人看到。」馬力克說，再度湊上去親她。他拉出堅挺的傢伙，開始撩起她的裙襬。「妳的出現彷彿夢境，」他說。「而這次我也在夢裡。妳還需要什麼？」

「隱私？」黎莎問。「一張床？一對蠟燭？隨便什麼都可以！」

「要不要吟遊詩人在外面唱歌？」馬力克嘲弄道，手指在她雙腿間探索入口。「妳聽起來像個處女。」

「我是處女！」黎莎低聲叫道。

馬力克將她推開，傢伙依然握在手中，輕蔑地看著她。「所有伐木窪地的人都知道妳和那隻猩猩加爾德搞過至少十幾次，」他說。「都這麼久了妳還要說謊？」

黎莎臉色一沉，膝蓋對準他的下體狠狠頂上，趁馬力克還在地上呻吟時衝出公會會館。

「沒人願意護送妳？」當晚羅傑問道。

「除了必須用我的身體去換的人。」黎莎咕噥一聲，沒提起自己眞的打算這麼做。即使到了現在，她還在擔心自己是不是犯了大錯。她心中有點希望讓馬力克得逞，但就算吉賽兒說得沒錯，就算她的第一次不是世上最珍貴的東西，至少也不該在走廊上失去。

她太晚閉上雙眼，擠出了本來不希望落下的淚水。羅傑伸手觸摸她的臉頰，她看著他。他微微一笑，伸手向前，動作像是從她耳朵後方取出亮眼的手帕。她忍不住笑出聲，接過手帕擦眼淚。

「我還是可以護送妳去。」他說。「我曾經從牧羊谷徒步走來這裡。既然那不成問題，自然可以送妳前往伐木窪地。」

「眞的？」黎莎抽噎問道。「不是什麼類似傑克·鱗片嘴那種瞎掰出來的故事，或是你可以用小提琴迷惑地心魔物什麼的？」

「眞的。」羅傑說。

「你爲什麼願意爲我這麼做？」黎莎問。

羅傑微笑，將她的手握入自己殘缺的手掌。「我們都曾死裡逃生，不是嗎？」他問。「有人告訴我死裡逃生過的人應該要互相照顧。」

我瘋了嗎？離開安吉爾斯城門後，羅傑問自己道。黎莎為了這趟旅程購買了一匹馬，但羅傑沒有騎馬的經驗，而黎莎只會一點。他坐在她身後，她則駕馬，以僅比兩人步行稍快的速度前進。

儘管僵硬的腿被馬震到疼痛難當，羅傑並沒有開口抱怨。如果他在安吉爾斯離開視線範圍前抱怨任何事，黎莎一定會決定折返。

你本來就該折返，他心想。你是吟遊詩人，不是什麼信使。

但黎莎需要他，自從第一眼看見她起，他就知道自己沒辦法拒絕她的任何要求。他知道在她眼中自己不過是個孩子，但等他平安護送她回家，她就會改觀。她會知道他並不只是孩子，他有能力照顧自己，也有能力照顧她。

再說，安吉爾斯有什麼值得他留戀的東西？傑卡伯死了，吟遊公會應該認為他也死了，而這種情況或許比較好。「去找守衛隊，他們會吊死的人是你。」傑辛如此說。而羅傑心裡明白，如果讓黃金嗓知道自己沒死，他絕對沒有機會把眞相告訴任何人。

然而望向前方的道路時，他感到腹部一陣絞痛。就像蟋蟀坡，騎馬只要一天就能抵達農墩鎮，但伐木窪地就遠多了，就算騎馬也要四個晚上。羅傑頂多只有連續兩晚露宿野外的經驗，而且還只有一次。艾利克死時的情形歷歷在目。如果連黎莎也死了，他能夠承受打擊嗎？

「你還好嗎？」黎莎問。

「什麼？」羅傑回應。

「你的手在抖。」黎莎說。

他看向放在她腰上的雙手，發現她說得沒錯。「沒什麼。」他說道。「我只是突然感到一陣寒意。」

「我最討厭那樣了。」黎莎說，但羅傑幾乎沒有聽見。他凝視自己的雙手，試圖用意志力征服它們。

你是演員！他暗罵自己。表演勇敢！

他想起自己故事中的勇敢探險家馬可・流浪者。羅傑講述這個男人事蹟的次數多到數不清，對他的人格特質和言談舉止一清二楚。他挺直背脊，雙手不再顫抖。

「累了和我說。」他道。「把韁繩交給我。」

「我以爲你沒有騎過馬。」黎莎說。

「身體力行是最好的學習方式。」羅傑說，引述每當馬可・流浪者遇上新奇事物時會說的台詞。馬可・流浪者從來不會懼怕任何自己未做過的事。

韁繩交到羅傑手中後，他們趕路的速度變快了。儘管如此，他們還是差點沒能趕在黃昏前抵達農墩鎮。他們將馬安頓在馬廄中，然後朝旅店走去。

「你是吟遊詩人？」旅店主人看著羅傑的表演服問道。

「羅傑・半掌，」羅傑說。「來自安吉爾斯，以及西方小鎮。」

「沒聽說過。」旅店主人咕噥道。「但只要你願意演出，我可以提供免費住宿。」

羅傑轉向黎莎，看到她聳肩點頭後，他面露微笑，取出驚奇袋。

農墩鎮是個小地方，由許多沿著魔印木棧道而建的建築和房舍組成。與羅傑造訪過的其他城鎮不同，農墩鎮民夜晚也會出門，任意行走於各建築物之間——只是步調較快。

因此，導致旅店中擠滿欣賞演出的人，羅傑感到十分開心。這是數個月來他第一次演出，但一切都很自然，不久所有觀眾就開始鼓掌大笑，聽他講述傑克・鱗片嘴和魔印人的故事。

回到座位後，黎莎的臉頰因爲喝酒而微顯紅潤。「你表演得太棒了。」她說。「我就知道你是個很棒的吟遊詩人。」

羅傑眉開眼笑，正打算說點什麼，兩個男人帶著好幾杯酒走了過來。他們將一杯酒遞給羅傑，另一杯遞給黎莎。

「謝謝你們的演出。」帶頭的男人說道。「我知道一杯酒算不了什麼……」

「很好喝，謝謝你。」羅傑說。「請和我們一起坐吧。」他比向桌旁兩張空位。兩名男子坐下。

「你們路過農墩鎮有什麼事嗎？」第一名男子問道。他身材矮小，鬍鬚濃密。他的夥伴比較高壯，不太說話。

「我們要去伐木窪地。」羅傑說。「黎莎是藥草師，要趕去那裡幫助他們治療傳染病。」

「伐木窪地路途遙遠，」黑鬍子男人說道。「你們晚上要怎麼辦？」

「不用為我們擔心。」羅傑說。「我們有道信使的魔印圈。」

「攜帶式魔印圈？」男人訝異地問道。「那一定花了你們不少錢。」

羅傑點頭。「比你想像中還多。」他說。

「好吧，我們不耽誤你們休息了。」男人道，與他的夥伴一同起身。「你們一早還要趕路。」他們離開，走到另一桌與第三個人會合，羅傑和黎莎把酒喝完，回房休息。

第二十七章　黑夜降臨　332 AR

「看看我！我是吟遊詩人！」一個男人說道，將繫有鈴鐺的五彩帽戴在頭上沿著道路跳來跳去。黑鬍子男人哈哈大笑，但第三名男子，身材比其他兩人加起來還要高大，什麼也沒說只是微笑。

「我真想知道那個巫婆在我身上灑了什麼。」黑鬍子男人說道。「我把整顆腦袋浸到河裡，眼睛還是好像要燒起來。」他舉起攜帶式魔印圈和馬韁，咧嘴而笑。「儘管如此，這麼容易得手的獵物一輩子只能遇上一次。」

「這下子可以休息好幾個月了，」戴彩帽的男人同意，輕甩手中的錢袋。「而且我們完全沒有受傷！」他跳了一下，雙腳踢踏。

「你是沒有受傷。」黑鬍子男人竊笑道。「但我背上倒有不少抓傷！那個屁股簡直和魔印圈一樣值錢，雖然我滿眼藥粉什麼都沒看清楚。」頭戴彩帽的男人大笑，沉默的壯漢笑嘻嘻地鼓鼓掌。

「應該帶她一起來，」彩帽男子說道。「那個爛山洞裡可冷了。」

「不要傻了。」黑鬍子男人說道。「我們現在擁有一匹馬和信使魔印圈，根本不必繼續待在山洞，這實在太好了。農墩鎮的人說公爵的守衛已注意到旅人一離鎮就遭受攻擊。我們明天一早就出發南下，不要讓林白克的守衛盯上了。」

三人忙著討論，沒有注意到朝他們騎馬而來的男人，直到對方接近到十幾碼的距離外時才赫然驚覺。在黯淡的光線下，他看起來如同鬼魅，全身包在飄逸的長袍中，跨坐在黑馬上，沿著森林大道旁的樹蔭前進。

注意到對方後，三人臉上的笑意全消，換上挑釁的神色。黑鬍子男人將攜帶式魔印圈拋在地上，自馬背上取下沉重的短棍，朝陌生男子迎去。他的身材矮胖結實，雜亂的長鬍子上長有稀疏的毛髮。在他身後，沉默男子舉起小樹般的巨棍，彩帽男則是揮舞著長矛，矛頭滿是裂痕，黯淡無光。

「這條路是我們的，」黑鬍子男人對陌生人解釋道。「我們願意分享，但要抽稅。」

陌生人的回應是掉轉馬頭，步出樹蔭。

他的馬鞍鞍側掛著一袋沉重的箭袋，長弓就綁在觸手可及之處。一根長矛插在另一邊的鞍帶上，矛旁放有圓盾。馬鞍後方以皮帶綁著幾根短矛，矛頭在夕陽的照射下綻放詭異的光芒。

陌生人並未伸手拿取任何武器，只是任由兜帽向後滑開。三個男人瞪大雙眼，領頭的人立刻後退，一把抓起地上的魔印圈。

「這次就讓你通過。」他立刻改口，目光飄向身後的兩個夥伴，就連巨漢也嚇得臉色發白。他們沒有放下武器，小心翼翼地繞過那匹巨馬，沿著道路退開。

「最好不要再讓我們在路上看見你！」等走遠後，黑髮男回頭大叫。

陌生人毫不理會，繼續前進。

隨著他們的聲音逐漸遠去，羅傑慢慢戰勝自己的恐懼。他們告訴他如果再爬起來，他們就會殺了他。他伸手到暗袋中尋找他的護身符，結果只摸到一堆破碎木頭及一撮灰黃頭髮；一定是被沉默巨漢踢碎的。他任由殘骸自其指尖滑落，墜入泥濘。

黎莎的啜泣聲如同刀割般劃過他的耳朵，他根本不敢抬頭去看。他之前已犯過這樣的錯誤，當巨漢自他背上跳下，跑過去強暴黎莎的時候。另一個男人迅速接替巨漢的位置，坐在羅傑的背上欣賞輪暴的樂趣。

巨漢眼中沒有多少智慧，就算不像同伴一樣喜歡虐待女人，他的淫慾本身就是十分駭人的景象；野獸般的慾望，石惡魔般的軀體。如果挖掉自己的眼睛能把巨漢趴在黎莎身上的情景自腦中移除，羅傑絕不會有絲毫遲疑。

他是蠢蛋，大肆宣揚他們的路徑及財物。他在西方村落生活太久，已經忘記城市人那種不輕信陌生人的本能。

馬可．流浪者絕對不會相信他們，他心想。

但這種說法不完全正確。馬可每次都會上當受騙或是腦袋中棍，躺在路邊等死。他之所以能生存下來都是憑藉事後記取的教訓。

他之所以能存活下來，是因為那只是編造的故事，結局操在你的手裡。羅傑提醒自己道。

但馬可．流浪者掙扎起身，拍掉身上塵土的畫面在他腦中揮之不去，於是最後，羅傑鼓起力量和勇氣，強迫自己自地上跪起。全身發疼，但他覺得對方沒有打斷任何骨頭。他的左眼腫到只能看見一條縫，發脹的嘴唇中傳來血腥味。他身上到處都是瘀青，但他曾被艾伯倫打得更慘。

然而，這次沒有路過的守衛可以將他扛到安全的地方，沒有母親或老師出面擋在他和惡魔之間。

黎莎再度啜泣，罪惡感襲來。他試圖捍衛她的貞操，但對方有三個人，都拿武器，也都比他強壯。他還能怎麼辦呢？

我真希望死在他們手上，他垂頭喪氣地想道。我寧願死也不想看到……

懦夫，腦後一個聲音吼道。起來，她需要你。

羅傑搖搖晃晃地爬起身來，環顧四周。黎莎蜷縮在森林人道的塵土中不住啜泣，就連拿衣服遮蔽自己身體的力氣也沒有；強盜已經不知所蹤。

當然，強盜在哪根本不重要。他們搶走了攜帶式魔印圈，少了它，他和黎莎就和死了沒什麼分別。農墩鎮距離這裡近一天的路程，而未來幾天的距離內完全杳無人煙。一個小時後天就會黑了。

羅傑奔向黎莎，跪倒在她身邊。「黎莎，妳還好嗎？」他問，接著暗地咒罵自己顫慄的語調。他必須為她堅強。

「黎莎，請回答我。」他哀求，輕壓她的肩膀。

黎莎不理會他，緊縮在地，邊哭邊抖。羅傑輕拍她的背低聲安慰，輕輕地將她的衣服拉回原位。不管她的內心在煎熬中逃離到什麼地方，她顯然還不打算離開。他試圖將她擁入懷中，但她激動地將他推開，再度蜷縮起來，淚流滿面。

羅傑離開她身邊，在塵土中摸索，收拾僅存的一點行李。強盜搜刮他們的行李，搶走想要的財物，將剩下的丟在地上，一邊嘲弄他們，一邊砸爛他們的東西。黎莎的衣物散落在道上，艾利克鮮豔的驚奇袋攤在泥濘中，袋中的物品不是被搶走就是被砸爛。木製彩球卡在泥巴裡，羅傑任它們留在原地。

羅傑在沉默男子在道路上踐踏之處找到他的小提琴盒，暗自希望它們安然無恙。他衝了過去，發現木盒被人撬開。琴身看起來只要換弦調音就可以修復，但琴弓已不在裡面。

羅傑一直找到不敢再找下去。他驚慌地推開四面八方的落葉，翻開矮木叢，但怎麼找也找不到。琴弓不見了。他將小提琴放回琴盒，將黎莎的一件長裙攤開，把剩下的可用物品綑成一包。

一陣強風打破周遭的寧靜，吹得樹葉沙沙作響。羅傑抬頭望著逐漸西沉的太陽，突然間以從來不曾體驗的方式領悟到他們將面對死亡。死亡降臨時，身旁有沒有無弓的琴或一包衣物到底有什麼差別呢？

他搖搖頭。他們還沒死，而且只要保持警覺，避開地心魔物一晚並不是不可能。他抱緊琴盒並鼓勵自己。如果能夠活過今晚，他就可以剪下一撮黎莎的長髮製作新琴弓。只要小提琴在手，地心魔物就沒有辦法傷害他們。

道路兩旁，森林逐漸變暗、危機四伏，羅傑心知在眾多動物中，地心魔物最喜愛的獵物還是人類。它們會沿路搜尋人類的蹤跡。想要找藏身地或適合繪製魔印圈的隱密地點，深入樹林是他們的最佳選擇。

怎麼找？腦袋中惱人的聲音再度響起。你從來不肯費心去學。

他回到黎莎身旁輕輕蹲下。她還在顫抖，無聲哭泣。「黎莎，」他低聲說。「我們得離開大道。」

她不理他。

「黎莎，我們必須找地方藏身。」他搖晃她。

依然沒有反應。

「黎莎，太陽要下山了！」

啜泣突然止住，黎莎一臉驚慌，猛然起身。她看向他傷痕累累、憂心忡忡的臉，隨即又哭了起來。

羅傑知道自己短暫找回她的理智，於是絕不輕易放手。他可以想到幾件比發生在她身上更慘的事，被地心魔物撕成碎片是其中之一。他抓起她的肩膀用力搖晃。

「黎莎，妳要振作起來！」他叫道。「不盡快找到地方藏身，等太陽升起我們的屍體已散落一地！」

這句話勾勒了鮮明的畫面。羅傑故意這麼做，並且達到預期的效果。黎莎開始大口吸氣，呼吸急促，但至少不再啜泣。羅傑以衣袖擦乾她的眼淚。

「我們該怎麼辦？」黎莎尖聲問道，緊握他的雙手。

羅傑再次召喚馬可．流浪者的形象，這次他已準備好該說什麼。「首先，我們離開大道。」他說，儘管茫然無助，仍故作自信，雖毫無對策，卻仍一副胸有成竹的模樣。黎莎點頭，任由他扶起自己。她痛苦呻吟，而他心如刀割。

在羅傑的扶持下，他們跌跌撞撞地離開道路進入樹林。在林蔭中，僅存的日光異常昏暗，地上的枯枝和落葉發出吵雜的聲響，空氣中瀰漫著腐敗植物的噁心甜味；羅傑討厭樹林。

他回想所有旅人在毫無防護的情況下度過黑夜的故事，試圖分辨其中細節的眞僞，尋找能夠幫助他們的知識，任何知識都好。

洞穴是最好的選擇，這是所有故事的共識。地心魔物喜歡在寬闊的地方狩獵，只要在洞穴入口畫下簡單的魔印，就能達到很好的效果。羅傑至少記得三個魔印圈上的連續魔印，或許足以用來防禦洞口。

但羅傑根本不知道附近哪裡有洞穴，也不清楚該從何找起。他漫無頭緒地四下搜尋，忽然聽見一陣流水聲。他立刻拉著黎莎朝水源前進。地心魔物會利用視覺、聽覺及嗅覺追蹤獵物。在缺乏實質庇護所的情況下，躲避惡魔最好的方法就是遮蔽這些東西。或許他們可以在河岸上挖坑藏身。

當他找到水聲來源時，卻發現那只是一條小山澗，根本沒有河岸可挖。羅傑自水中拾起一顆圓石用力拋擲，沮喪地大聲吼叫。

他轉身發現黎莎蹲在深及腳踝的溪水中，一邊哭泣一邊舀水清洗自己。洗臉、洗胸、洗下體。

「黎莎，我們必須走了……」他說著，伸手去拉她的手臂，但她尖叫閃避，繼續彎腰舀水。

「黎莎，我們沒時間搞這個！」他吼道，使勁地拉起她。他將她拖回樹林，卻完全不知自己在找什麼。

最後他放棄搜尋，看著眼前的一小片空地。這裡沒有地方躲藏，所以他們唯一的希望就是在地上繪製魔印圈。他放開黎莎，跑到空地上掃開一堆枯葉，清出一片潮濕的土壤。

黎莎看著羅傑清理地上的落葉，模糊的目光逐漸恢復焦點。她沉重地傍樹而立，雙腿依然痠軟無力。

不過幾分鐘前，她還認定自己永遠無法走出被強暴的陰影，但即將現身的地心魔物是極度迫切的危機，她幾近感激地發現這個危機讓自己不必一直在腦中重播當時的畫面，而自從那些男人快活完離開後，她就一直處於這種狀況。

她蒼白的臉頰沾滿泥土及淚水。她試圖撫平破爛的衣衫找回一點尊嚴，但兩腿間的疼痛不斷提醒她，自己的尊嚴已經留下永遠的疤痕。

「天就要黑了！」她呻吟道。「我們該怎麼辦？」

「我會在地上畫魔印圈。」羅傑說。「不會有事，我會想辦法度過難關。」他承諾道。

「你知道該怎麼畫嗎？」她問。

「當然……我想。」羅傑的語氣毫無說服力。「我帶著那個攜帶式魔印圈好多年了，我記得上面的符號。」他撿起樹枝開始在地上畫線，不時抬頭看向越來越暗的天色。

他在爲她展現勇氣。黎莎看向羅傑，因爲拖他下水而感到內疚。他宣稱自己二十歲，但她很肯定他離二十還差好幾年。她根本不該帶他踏上如此危險的旅程。

他看起來和她第一次見到他時很像，臉頰腫大，滿是瘀青，口鼻中滲出鮮血。他以衣袖擦血，假裝自己的傷勢不算什麼。黎莎輕易看穿他的僞裝，心知他和自己一樣緊張，但無論如何，他的努力都爲她帶來安撫的作用。

「我認爲不該這樣畫。」她來到他的身後說道。

「沒問題的。」羅傑大聲說道。

「我相信地心魔物會喜歡你的魔印。」她向後退開，不喜歡他那種輕蔑的語調。「因爲它根本不會構成任何干擾。」她環顧四周。「我們可以爬到樹上。」她建議道。

「地心魔物比我們還會爬樹。」羅傑說。

「找地方躲呢？」她問。

「我們已經找很久了。」羅傑說。「現在畫這道魔印圈都快來不及了，但它應該足以守護我們的安全。」

「我懷疑。」黎莎看著地上歪七扭八的線條說道。

「如果我有小提琴在手……」羅傑開口。

「不要再提那種鬼話了，」黎莎大叫，突如其來的不耐驅走了所有羞辱和恐懼感。「光天化日下向學徒們吹噓你能用小提琴迷惑惡魔是一回事，但帶著謊言進入墳墓對你有什麼好處？」

「我沒有說謊！」羅傑堅持道。

「隨便你。」黎莎嘆氣，雙手環抱胸前。

「不會有事的。」羅傑再度說道。

「造物主呀，你可不可以別再說謊，就算一下子也好？」黎莎叫道。「怎麼不會有事！你很清楚這一點！地心魔物不是強盜，羅傑。它們不會滿足於……」她低頭看向自己破爛的裙襬，聲音細不可聞。

羅傑五官糾結，一臉痛楚，黎莎知道自己話說得太重了。她需要宣洩情緒，於是將事情全怪到羅傑和他名不符實的承諾上。但內心深處她知道這一切都是自己的錯。他是爲了她而離開安吉爾斯的。

她望向陰暗的天際，不曉得自己有沒有機會在慘遭碎屍萬段前向他道歉。

身後樹林傳來一陣騷動，兩人同時驚恐轉身。一名身穿灰色長袍的男子步入空地。他的五官隱藏在兜帽的陰影下，儘管沒有攜帶武器，黎莎還是可以從他的動作裡看出他是個危險人物。如果馬力克是狼，眼前的男人就是一頭獅子。

她提高警覺，再度想起被侵犯時的景象，不禁懷疑究竟哪樣比較淒慘：二度被強暴，還是遇上惡魔。

羅傑立刻起身，抓起她的手臂擋在她身前。他將樹枝如同長矛般舉在身前，表情猙獰。

男人毫不理會兩人，走過去檢視羅傑的魔印。「你這裡、這裡和這裡都有漏洞。」他邊指邊說。「至於這個，」他在一個粗製濫造的符號旁踢了一腳。「這個根本不是魔印。」

「你可以修補嗎？」黎莎滿懷希望地問道，甩開羅傑的手朝對方走去。

「黎莎，不要。」羅傑急切地低聲說道，但她不理他。

男人甚至沒有看她一眼。「沒時間了。」他說著，指向開始在空地邊緣凝聚形體的地心魔物。

「喔，不。」黎莎臉色發白，哽咽說道。

第一個現形的是風惡魔。它一看到他們立刻放聲嘶吼，壓低身形作勢欲撲，但男人根本沒有給它任何時間。在黎莎難以置信的目光下，他跳到地心魔物面前，抓緊它的雙爪阻止它展開雙翼。惡魔的皮膚在他手中嘶嘶作響，冒出白煙。

風惡魔尖聲慘叫，張開大口露出滿嘴針頭般尖銳的利齒。男人向後仰頭，甩開兜帽，然後一頭頂下，光頭的前額撞上惡魔口鼻。一道強光閃耀，惡魔向後飛出。它墜落地面、動彈不得。男人張開五指，插入地心魔物的喉嚨。另一道魔光閃動，黑色膿汁噴入空中。

男人突然轉頭，甩甩手指上的膿汁，大步走過羅傑和黎莎身旁。現在她可以看清他的容貌，看起來不太像人。他的頭髮全剃光，眉毛也沒了，而原先生長毛髮的地方紋滿刺青。眼眶四周、頭頂上、耳朵旁、臉頰上到處都是，就連下巴和嘴唇也不放過。

「我的營地就在附近，」他說，忽視他們的目光。「想要看見黎明就隨我來。」

「遇到惡魔怎麼辦？」黎莎在他們跟上去的同時問道。彷彿回應這個問題般，兩頭身上滿是樹瘤和樹皮的木惡魔出現在他們前方。

男人拉下長袍，全身只剩遮蔽下體的纏腰布，黎莎這才發現刺青並不限於他的頭部。他的手臂和雙腳上刺滿複雜難明的魔印，手肘和膝蓋上的特別大。他的背上刺有一道魔印圈，強健的胸口中央還有一個大型魔印。他身上的每吋皮膚都覆蓋在魔印下。

「他是魔印人。」羅傑喘氣說道。黎莎依稀記得聽過這個名號。

「惡魔交給我。」男人道。「幫我拿。」他命令道，將長袍交給黎莎。

他衝向地心魔物，凌空翻滾，雙腳踢出，腳跟同時擊中兩頭惡魔的胸口。魔光激盪，兩頭木惡魔頓時飛出。

他們迅速穿越樹林，沿途景象模糊不清。魔印人奔行甚速，完全不受從四面八方撲向他們的地心魔物影響。一頭木惡魔自樹林中衝向黎莎，但男人擋在中間，魔印手肘狠狠撞入對方腦袋。一頭風惡魔俯衝而來，朝羅傑揮出利爪，但被魔印人一把抱住，揮拳打穿它的翅膀令它無法展翅飛翔。

在羅傑有機會道謝前，魔印人再度開始狂奔，領著他們穿越樹林。羅傑扶著黎莎前進，幫忙扯開卡住她裙襬的樹叢。

他們衝出樹林，黎莎看見道路對面生了一堆營火：魔印人的營地。然而他們和營地之間還有一群地心魔物擋路，包括一頭八呎高的巨型石惡魔。

石惡魔大吼一聲，舉起巨大的拳頭擊打自己的胸口，長角的尾巴前後甩動。它甩開其他地心魔物，意欲獨吞所有獵物。

魔印人毫不畏懼地迎向怪物。他吹了一聲口哨，雙腳站定，蓄勢待發，等待惡魔的攻擊。但在石惡魔發動攻勢前，兩根巨大的尖角自它胸口穿出，綻放魔法的光芒。魔印人迅速出擊，魔印腳跟狠狠踢中地心魔物的膝蓋，將它踢倒。

惡魔倒地的同時，黎莎看見一頭巨大的黑色猛獸聳立在它後方。只見猛獸向後退開，拔出頭上的尖角，隨即一聲嘶鳴，馬蹄踹入地心魔物的背部，發出震耳欲聾的魔法巨響。

魔印人衝向剩下的惡魔，但眾地心魔物四下散開。一頭火惡魔朝他狂吐唾液，男人攤開手掌，火焰透過他的魔印指尖隨即化為一陣風徐徐消散。羅傑和黎莎在恐懼顫抖中隨他來到營地，步入魔印圈的守護，終於鬆了一大口氣。

「黎明舞者！」魔印人叫道，再度吹了聲口哨。巨馬不再攻擊地上的惡魔，朝他們疾奔而來，躍入魔印圈中。

如同牠的主人般，黎明舞者的外型活像來自惡夢中的怪物。這頭種馬體型巨大，比黎莎這輩子見過的馬都要高大。牠的毛皮烏黑亮麗，身上披有一套魔印金屬護具。頭上的護甲頂著兩根金屬利角，其上刻有魔印，就連黑色馬蹄上都刻著魔法符號，並以銀漆描繪。這匹巨獸看起來不太像馬，比較像惡魔。

黑色皮革馬鞍上掛有各式各樣的武器，包括一把紫杉弓以及一袋箭矢、幾把長刃匕首、流星錘，以及各種尺寸的長矛。一面閃亮的金屬盾牌，外型渾圓，中央微凸，掛在鞍角上隨時可以取用。盾牌邊緣刻有複雜的魔印。

黎明舞者站在原地，安靜地等待魔印人幫牠檢視傷勢，似乎完全不把潛伏在數呎外的惡魔放在眼裡。確定坐騎毫髮無傷後，魔印人轉向黎莎和羅傑，只見兩人緊張兮兮地站在營地中央，還沒有從震驚中恢復過來。

「加點柴火，」男人對羅傑道。「我有些肉可以烤，還有條麵包。」他輕揉肩膀，朝自己的裝備走去。

「你受傷了。」黎莎說，自震驚中恢復過來，趕過去檢視他的傷勢。他的肩膀上有一道傷口，大腿上還有一道更深的。他的皮膚堅硬，布滿傷疤，觸感粗糙，但摸起來還不至於很不舒服。與他的身體接觸時，她的指尖傳來一陣輕微的刺痛，如同地毯上的靜電。

「不礙事。」魔印人說。「有時候會有幸運的地心魔物在魔印驅走它前抓破我的皮肉。」他試圖甩開她，伸手去拿長袍，但她不肯放手。

「惡魔造成的傷勢不會『不礙事』。」黎莎說。「坐下，我幫你包紮傷口。」她命令道，指示他前往一塊大石旁坐下。說實話，她對此人的恐懼幾乎和地心魔物不相上下，但她將一生奉獻在幫助傷患上，而且做擅長的事可以驅走心中揮之不去的夢魘。

「我的鞍袋裡有藥草包。」男人說著比向鞍袋。黎莎打開鞍袋，找到藥草包，俯身就著火光檢視其中的藥草。

「你應該沒有龐姆葉吧？」她問。

男人看她一眼。「沒有。」他說。「要那幹嘛？藥包裡有很多豬根。」

「沒什麼。」黎莎嘟噥道。「我敢發誓，你們信使把豬根當作萬靈丹。」她拿起藥草包、研缽、碾杵，以及一袋清水，在男人身邊蹲下，將豬根混合其他藥草磨成一團藥草糊。

「妳為什麼以為我是信使？」魔印人問。

「有什麼人會獨自一個人出外旅行？」黎莎問。

「我不幹信使已經很多年了。」男人說道，毫不退縮地任由她清理傷口，塗抹刺痛的藥草糊。羅傑瞇起雙眼看著她在他粗壯的肌肉上塗抹藥草糊。

「妳是藥草師？」魔印人問，看著她在火堆上烤針，將縫線串入針眼。

黎莎點頭，但目光集中在手邊的工作，將一綹髮絲撥到耳後，開始縫合他大腿上的傷口。在發現魔印人沒有繼續提問後，她抬起目光望向對方的雙眼。他的眼眸漆黑，眼眶旁的魔印營造出憔悴深邃的感覺。黎莎沒有辦法直視他的雙眼太久，很快就將目光偏開。

「我是黎莎。」她說。「正在做晚餐的是羅傑，他是吟遊詩人。」男人朝羅傑點頭，就和黎莎一樣，羅傑也沒有辦法直視他的目光。

「謝謝你救了我們。」黎莎說。男人只是輕哼回應。她安靜片刻，等待對方自我介紹，但男人並沒有這麼做。

「你沒有名字嗎？」黎莎終於問道。

「我好一陣子沒用名字了。」男人回答。

「但你有名字。」黎莎逼問。男人只是聳肩。

「那我們該怎麼稱呼你？」她問。

「我認為你們沒有必要稱呼我。」男人回應。他注意到她已經縫好，於是離開她身邊再度以灰色長袍將自己包得密不透風。「你們沒有虧欠我什麼，我會出手幫助任何陷入你們那種處境的人。明天我會護送你們前往農墩鎮。」

黎莎看了火堆旁的羅傑一眼，然後轉回魔印人。「我們剛剛離開農墩鎮，」她說。「我們必須趕去伐木窪地，你可以帶我們去嗎？」灰色兜帽搖了搖頭。

「回農墩鎮至少會浪費我們一個星期的時間！」黎莎叫道。

魔印人聳肩。「那不是我的問題。」

「我們可以付錢。」黎莎脫口而出。男人看她一眼，她慚愧地偏過頭。「當然不是現在。」她改口道。「我們在道上遇上強盜。他們搶走我們的馬匹、魔印圈、財物，甚至連食物也不放過。」她越說越小聲。「他們奪走了……一切。但是抵達伐木窪地後，我就可以付錢給你。」

「我不需要錢。」魔印人說。

「拜託！」黎莎懇求。「我有急事！」

「抱歉。」魔印人說。

羅傑走到他們旁邊，一臉不悅。「沒關係，黎莎。」他說。「如果這個冷血的傢伙不願意幫忙，我們還是可以自己想辦法。」

「什麼辦法？」黎莎大聲問道。「在你試圖用愚蠢的小提琴抵擋惡魔時被殺的辦法嗎？」

羅傑轉過頭去，一臉受傷，但黎莎不理他，回頭面對男人。

「拜託。」她哀求，在他轉頭不想理她的時候抓住他的手臂。「三天前有信使路過安吉爾斯，帶來伐木窪地傳染病肆虐的消息。已有十幾個人因而死亡，包括了世上最偉大的藥草師。鎮上僅存的藥草師沒有能力照顧所有人，他們需要我的協助。」

「所以妳不只是要我放下手邊的事，還要陪妳前往傳染病肆虐的城鎮？」魔印人問道，聽起來一點意願都沒有。

黎莎開始哭泣，抓著他的長袍跪倒在地。「我父親病得很重。」她輕聲道。「如果我不盡快趕到，他會死的。」

魔印人伸出手臂，動作遲疑，手掌搭在她的肩上。黎莎不確定自己是怎麼打動他的，但她感覺得出來對方已經動搖了。「拜託。」她再度說道。

魔印人凝望她良久。「好吧。」他終於說道。

伐木窪地位於安吉爾斯森林外圍邊緣，距離安吉爾斯堡騎程約六天。魔印人宣稱還要四個晚上才能抵達鎮上。如果他們努力趕路縮短時間也要三天。他騎馬跟在他們身旁，降低馬速配合他們行走的速度。

「我先到前面探路。」他走了一會兒後說道。「大概一個小時左右回來。」

黎莎感到一股恐懼的寒意，看著他腳踢馬腹疾行而去。魔印人帶給她的恐懼與強盜和地心魔物沒什麼兩樣，但至少有他在場時，其他兩種威脅都不能傷害她。

她昨晚一夜沒睡，嘴唇陣陣抽痛，因為她得緊咬雙唇阻止自己尖叫。她在其他人睡著後仔細擦拭身體每個部位，但依然擦不掉骯髒感。

「我聽說過關於此人的傳言。」羅傑說。「我自己也曾講述他的故事。我以爲他只是傳說人物，但世上不可能有其他人把身體紋成那樣，並且赤手空拳擊斃地心魔物。」

「你叫他魔印人。」黎莎回想道。

羅傑點頭。「那是他在傳說中的封號，沒有人知道他的本名。」他說。「我是一年前在西方村落自公爵吟遊詩人口中聽說他的故事。我本來以爲他只是酒後閒談的鄉野傳奇，看來公爵的吟遊詩人並非胡謅。」

「他怎麼說？」黎莎問。

「他說魔印人徘徊於黑夜中，到處獵殺惡魔。」羅傑說。「他拒絕與人接觸，只有在需要補給時進入村鎮，以遠古的錢幣付帳。人們不時會聽說他在路上拯救路人的事蹟。」

「好吧，這點我們可以證實。」黎莎說。「但如果他能殺死惡魔，爲什麼沒有人試圖學習他的祕密？」

羅傑聳肩。「根據傳說，沒有人敢。就連各城的公爵都怕他，特別是在雷克頓事件過後。」

「怎麼回事？」黎莎問。

「相傳雷克頓的船務官員派遣間諜竊取他的戰鬥魔印，」羅傑說。「十幾個人，個個全副武裝。沒有當場身亡的全被打到終身殘廢。」

「造物主呀！」黎莎倒抽一口涼氣，摀住自己的嘴。「我們究竟是和什麼樣的怪物同行？」

「有人說他擁有惡魔的血統，」羅傑同意道。「地心魔物在道上強暴人類女子生下的雜種。」

他突然心裡一驚，在發現自己說了什麼後臉色漲紅，但這種不經大腦的言語意外造成反效果，反而消弭她內心的恐懼。「這太荒謬了。」她搖頭說道。

「有人說他絕不是惡魔，」羅傑繼續說道。「而是解放者本人，爲了結束大瘟疫而降臨人間。牧師會向他祈禱，求他賜福。」

「我認爲他是混血惡魔的可能性比較大。」黎莎說，雖然語氣不太肯定。

他們在尷尬的沉默中繼續前進。一天前，黎莎說什麼也沒有辦法讓羅傑安靜片刻，吟遊詩人不斷試圖以故事和音樂來取悅她，但現在他垂頭喪氣，沉默不語。黎莎知道他心靈受創，很想要安慰他，但她自己比他更需要安慰。她沒有辦法安慰別人。

不久，魔印人騎馬回來。「你們兩個走太慢了。」他說著翻身下馬。「如果不想在野外連待四個晚上，今天必須趕三十哩路。你們兩個騎馬，我用跑的。」

「你不應該跑步。」黎莎說。「大腿傷口的縫線會裂開。」

「傷口已經痊癒了。」魔印人說。「我只需要休息一晚。」

「胡說八道。」黎莎說。「那傷口足足有一吋深。」爲了證明自己所言不虛，她走到他身旁，蹲下身去撩起寬鬆的長袍，露出紋滿刺青的粗壯大腿。

但在移除繃帶，檢視傷口後，她驚訝地瞪大雙眼。傷口上已長出粉紅色新肉，縫線突出在看起來十分健康的皮膚上。

「不可能。」她說。

「只是擦傷。」魔印人說著取出利刃，將縫線逐一挑出。黎莎開口欲言，但魔印人已起身走回黎明舞者身旁，拿起韁繩，牽到她面前。

「謝謝。」她愣愣地說，接過韁繩。那一刻她開始質疑自己一輩子所學的醫療知識。這個男人是誰？他是什麼東西？

黎明舞者慢跑前進，魔印人毫不費力地跟在旁邊，以一雙魔印腿輕鬆地奔跑無數哩路。他們休息是因爲羅傑和黎莎需要休息，與他無關。黎莎仔細觀察他，尋找疲憊的跡象，但什麼也看不出來。當他們終於紮營時，他依然臉不紅氣不喘地餵馬，而她和羅傑則是一邊呻吟，一邊搓揉痠痛的手腳。

營地陷入一陣尷尬的沉默。天已經黑了，魔印人肆意地在營地附近走動，撿拾木柴，卸下黎明舞者的護具，梳理種馬的馬毛，從馬匹所在的魔印圈走到他們的魔印圈內，全然不顧四周的木惡魔。一頭惡魔自樹叢中疾撲而來，但魔印人毫不理會，任由惡魔撞上距離他身後不及一吋的魔印力場。

黎莎準備晚餐，羅傑則弓著雙腿，一拐拐地沿著魔印圈內行走，試圖紓緩一整天騎馬下來造成的僵硬。

「我覺得我的睪丸都快被馬震碎了。」他呻吟道。

「需要的話我可以幫你看看。」黎莎說。魔印人輕哼一聲。

羅傑沮喪地看著她。「我沒事。」他說，接著繼續繞圈。片刻後他突然止步，看著道路的另一頭。他們全抬頭，在火惡魔尚未進入視線範圍前已看見對方眼睛和嘴巾綻放出來的詭異橘光。對方尖聲吼叫，四肢著地奔跑。

「火惡魔爲什麼不會把森林全燒光？」羅傑看著惡魔身後拖曳的火光問道。

「你很快就會知道答案。」魔印人說。羅傑認爲這種微帶消遣的語調比他一貫的冷淡更令人不安。

話剛說完，他們就聽見遠方傳來一群木惡魔的叫聲，只見三頭高大壯碩的木惡魔在火惡魔身後追趕而來，其中一頭的嘴裡還咬著另一頭火惡魔癱軟的屍體，不斷滴落黑色膿汁。

火惡魔忙著逃命，沒注意到其他聚集在路旁樹叢中的木惡魔，直到其中一頭突然撲出，將這頭可憐的怪物壓倒，順勢一爪開膛破肚。火惡魔尖聲慘叫，黎莎忍不住摀起耳朵。

「木惡魔痛恨火惡魔。」魔印人在一切結束後說道，眼中洋溢著殺戮的快感。

「為什麼？」羅傑問。

「因為木惡魔無法抵抗惡魔之火。」黎莎說。魔印人一臉驚訝地抬頭看她，接著點了點頭。

「那火惡魔為什麼不放火燒了它們？」羅傑問。

魔印人大笑。「有時候它們會這麼做。」他說。「不管燒不燒得起來，世上沒有一頭火惡魔打得過木惡魔。木惡魔的力量僅次於石惡魔，而且在樹林中近乎隱形。」

「造物主的精心安排。」黎莎說。「相互牽制，保持平衡。」

「鬼扯。」魔印人說。「如果火惡魔燒光一切，世上就沒有東西可供它們獵食。是自然界自行找出方法解決這個問題。」

「你不相信造物主？」羅傑問。

「剛才的問題已經夠多了。」魔印人回答，表情明白地顯示他不打算繼續這個話題。

「有些人認為你是解放者。」羅傑大膽說道。

魔印人嗤之以鼻。「不會有什麼解放者降世拯救我們，吟遊詩人。」他說。「想要除掉世界上的惡魔，你必須親自動手。」

彷彿呼應這句話般，一頭風惡魔撞上黎明舞者的魔印網，四周突然大放光明。巨馬狂踢腳下的沙土，似乎渴望跳出魔印圈大打一場，但牠待在原地，耐心等待主人的命令。

「為什麼你的馬不會害怕？」黎莎問。「就連信使也會在夜間綑綁馬匹，以防牠們受驚亂跑，但你的馬似乎渴望戰鬥。」

「黎明舞者自小開始接受我的訓練。」魔印人說。「牠出生後就處於我的魔印守護中，從來不曾懼怕任何地心魔物。牠的父母都是我見過最高大勇猛的猛獸。」

「但我們騎牠時卻又十分溫馴。」黎莎說。

「我教牠控制凶悍的脾氣，」魔印人說，冰冷的語氣難掩驕傲。「你對牠好，牠就會對你好，但如果牠面臨威脅，或是我面臨威脅，牠會毫不遲疑地攻擊。牠曾將一頭差點吃掉我的野豬踩得腦殼迸裂。」

解決掉火惡魔後，木惡魔將營地團團圍起，緩緩逼近。魔印人取出紫杉弓，拿起箭頭沉重的箭袋，不理會不斷遭到魔印彈回的惡魔。吃完晚餐後，他挑出一支乾淨的箭矢，自魔印工具組中取出一把刻蝕工具，緩緩在箭身上刻劃魔印。

「如果我們沒有和你在一起……」黎莎問。

「我就會跳出去，」魔印人回答，沒有抬頭看她。「狩獵。」

黎莎點頭，沉默片刻凝望著他。羅傑扭動身體，對於她深受魔印人吸引感到不滿。

「你有去過我的家鄉嗎？」她輕聲問道。

魔印人好奇地看著她，但沒有回應。

「如果你自南方來，一定曾路過伐木窪地。」黎莎說。

魔印人搖頭。「我盡量避開小村莊。」他說。「村民看到我會立刻拔腿就跑，不久再帶一群手持乾草叉的憤怒村民回來找我。」

黎莎想反駁，但她很清楚伐木窪地居民的反應多半和他描述的一樣。「他們只是害怕。」她心虛地說。

「我知道。」魔印人說。「所以我不去招惹他們。除了小村落和大城市，世上還有很多地方可去，如果想要保有其一就得放棄另一方……」他聳肩。「讓人們躲在自己家裡，像孩童般關在籠中。懦夫並不值得同情。」

「那你爲什麼自惡魔手中解救我們？」羅傑問。

魔印人聳肩。「因爲你們是人，它們是惡魔。」他說。「也因爲你們直到最後一刻都在努力求生。」

「我們還能怎麼做？」羅傑問。

「你絕對無法想像有多少人會放棄求生，躺在地上等死。」魔印人說。

離開安吉爾斯的第四天，他們趕了不少路。魔印人和他的馬似乎不知疲憊為何物，黎明舞者輕鬆跟隨主人的步伐前進。

當晚紮營後，黎莎利用魔印人剩下的食物煮了鍋稀湯，但大家都沒吃飽。「食物的問題如何解決？」她在羅傑喝下最後一口湯時問道。

魔印人聳肩。「我只準備一人份的食物。」他說著靠向後方，仔細在指甲上繪製魔印。

「要在沒東西吃的情況下趕兩天路可不容易。」羅傑嘆息道。

「想要縮短時程也行，」魔印人說著，開始吹乾指甲上的魔印漆。「我們可以連夜趕路。黎明舞者跑得比大多數地心魔物都快，剩下的交給我處理就行了。」

「太危險了。」黎莎說。「我們如果死了，就幫不了伐木窪地的村民。我們必須空著肚子上路。」

「我不打算在晚上離開魔印圈。」羅傑同意道，遺憾地搓揉肚子。

魔印人指著逼近營地的一頭地心魔物。「我們可以吃那玩意。」他說。

「你不是認真的！」羅傑一臉厭惡地道。

「光是想到就令人作嘔。」黎莎附和。

「沒那麼難吃，真的。」男人說。

「你真的吃過惡魔？」羅傑問。

「爲了生存，我不擇手段。」男人回應道。

「好吧，總之我絕不會吃惡魔。」黎莎說。

「我也不會。」羅傑附和。

「那好吧，」魔印人嘆了口氣，站起身來，拿起長弓、一筒箭矢，以及長矛。他脫掉長袍，露出魔印身軀，然後朝魔印邊緣走去。「我去打獵。」

「你沒必要……！」黎莎叫道，但男人毫不理會。片刻後，他消失在黑暗中。

一個多小時後，他揪著兩隻胖兔子的耳朵回來。他將兔子交給黎莎，然後回到原來的位子，拿出一枝較小的魔印畫筆。

「你懂音樂？」他問羅傑。他才剛重新拉好琴弦，正在調整張力。

羅傑嚇了一跳。「是……是的。」他擠出回應。

「可以彈奏一曲嗎？」魔印人問。「我都不記得上一次聽音樂是什麼時候了。」

「我很樂意，」羅傑哀傷說道。「但強盜把我的琴弓踢碎了。」

男人點了點頭，沉思片刻。接著他突然起身，拿出一把大匕首。羅傑畏懼退縮，只見男人再度步出魔印圈。一頭木惡魔對他嘶吼，魔印人對它吼回去，惡魔便逃之夭夭。

不久，他帶著一根樹枝回來，以那把駭人的匕首削開樹皮。「多長？」他問。

「十……十八吋。」羅傑顫抖道。

魔印人點點頭，將樹枝切成大概的長度，然後朝黎明舞者走去。巨馬默默站在原地，任由他自馬尾割下一段尾毛。他在樹枝兩端刻下缺口，先將一端綁緊。他蹲在羅傑身邊，微微彎曲樹枝。「張力對了就告訴我。」他說，羅傑隨即伸出殘缺的手指搭上馬毛。當羅傑覺得沒問題後，魔印人綁緊另一端，將琴弓交給他。

羅傑眉開眼笑地看著禮物，先在上面漆一層樹脂，然後取出小提琴。他將樂器放在下巴下，以新琴弓輕拉幾下。音色並不完美，但他越來越有自信。他停下來調一調音，然後正式開始演奏。

他那技巧高超的手指在夜色中奏出如夢似幻的音樂，黎莎的思緒逐漸飄往伐木窪地，暗自擔心家鄉目前的情況。薇卡的信是一個禮拜前寄到的，當她抵達鎮上時會是什麼情形？或許流感已過去，沒有奪走更多人的性命，而這趟艱鉅的旅途就會變得毫無意義。

又或許鎮民比之前更需要她。

她注意到，音樂同時也對魔印人造成影響，因爲他放下了手邊的工作轉而凝望黑夜。陰影遮蔽他的五官，隱去其上的刺青，透過他悲傷的神情，她看出他曾有一張英俊的面孔。到底是什麼樣的苦難把他逼到這個地步，作賤自己的身體，拒絕和人接觸，整天與地心魔物爲伍？雖然他身上沒有任何創傷，但她發現自己迫切地想要治療他。

男人突然搖頭，彷彿想要甩開腦中的回憶，嚇得黎莎自幻想中回神。他指向黑暗中。「看，」他低聲道。「它們在跳舞。」

黎莎滿臉驚愕地望去，的確，地心魔物已不再測試魔印，甚至不再嘶吼與尖叫。它們圍在營地外，隨著音樂的節奏擺動身體。火惡魔跳躍旋轉，四肢拖曳出旋轉不休的火焰殘影，風惡魔在天上盤旋俯衝。木惡魔離開森林的掩護，沒有理會火惡魔，完全沉浸在音樂的旋律。

魔印人看向羅傑。「你是怎麼做到的？」他讚歎地問道。

羅傑微笑。「地心魔物的耳朵對音樂十分敏感。」他說。接著站起身來，走到魔印邊緣。惡魔聚集在該處專注地看著他。他開始沿著魔印圈內緣走動，惡魔如痴如醉地隨著他移動。他停下腳步，一邊演奏一邊搖晃身體，地心魔物一絲不苟地模仿他的動作。

「我以前都不相信你。」黎莎輕聲道歉。「你眞的可以迷惑它們。」

「不只如此。」羅傑吹噓。琴弓一個轉折，發出一系列尖銳的音階，旋律走調；原先悅耳的音樂變得難聽又不協調。突然間，地心魔物再度開始尖叫，以利爪摀住耳朵，跌跌撞撞地遠離羅傑。音樂持續攻擊，它們越退越遠，消失在營火外的陰影。

「它們沒有走遠。」羅傑說。「我一停止演奏，它們就會回來。」

「你還能做什麼？」魔印人輕聲問道。

羅傑微笑，爲兩名觀眾演出和爲一大群觀眾演出同樣能滿足他。曲調再度轉爲輕柔，狂亂的旋律行雲流水般地變回如夢似幻的音樂。地心魔物再度現身，再度被音樂吸引。

「看好了。」羅傑提示，接著再度變換曲調，聲音尖銳刺耳，就連黎莎和魔印人都忍不住咬緊牙關向旁退開。

地心魔物的反應更激烈。它們憤怒無比，高聲尖叫，發狂似地衝撞魔印力場。一次又一次，魔光閃動，震退惡魔，但惡魔不肯罷休，繼續撞擊魔印網，瘋狂地攻擊羅傑所在之處，試圖要他永遠無法拉出任何音樂。

兩頭石惡魔加入暴動，推開其他惡魔，猛力捶打魔印力場，還有更多惡魔不斷湧來。魔印人自羅傑身後默默起身，伸手撥開他的琴弓。

弦音猶然繞耳，一根重頭箭矢如同閃電般插入最接近的石惡魔胸口，周遭隨即大放光明。魔印人朝惡魔一下又一下地射箭，動作快得難以看清。魔印箭矢驅散地心魔物，幾頭中箭後再度爬起的惡魔很快地被同伴撕成碎片。

羅傑和黎莎驚恐地看著這場屠殺。吟遊詩人眼睜睜地看著魔印人攻擊惡魔，琴弓不知不覺地滑落琴弦，垂在他殘缺的掌中。

惡魔吼叫不歇，但叫聲中充滿痛苦與恐懼，攻擊魔印的慾望隨著音樂一同消失。但魔印人並不罷手，持續射箭，直到所有箭矢都射光。他抄起長矛，猛力擲出，筆直插入一頭木惡魔的背。

現場一片混亂，僅存的地心魔物絕望地試圖逃生。魔印人脫下長袍打算跳出魔印圈，徒手殺光惡魔。

「不，拜託！」黎莎大叫，撲到他的身上。「它們已經在逃跑了。」

「妳要饒了它們？」魔印人吼著，轉頭瞪她，五官憤怒扭曲。她嚇得向後退開，但仍直視他的雙眼。

「求求你，」她哀求道。「不要出去。」

黎莎深怕他會毆打她，但他只是凝視著她大口喘息。在一陣近乎永恆的沉默後，他終於冷靜下來，撿起長袍，再度遮蔽身上的魔印。

「有必要那樣做嗎？」她打破沉默問道。

「魔印圈不能同時承受那麼多的地心魔物攻擊。」魔印人說，恢復之前冷淡的語調。「我不確定它撐不撐得住。」

「你可以叫我別拉了。」羅傑說。

「沒錯。」魔印人同意道。「我可以。」

「那爲什麼不那麼做？」黎莎問。

魔印人沒有回答。他走出魔印圈，開始拔出惡魔身上的箭矢。

當晚黎莎睡著後，魔印人走到羅傑身邊。吟遊詩人凝視著滿地的惡魔屍體，在男人蹲下時嚇得跳起來。

「你有能力支配地心魔物。」他說。

羅傑聳肩。「你也有。」他說。「比我強大許多。」

「你能教我嗎？」魔印人問。

羅傑轉頭，面對男人謹慎的目光。「爲什麼？」他問。「你可以直接殺死惡魔，我的能力怎能和你比？」

「我以爲我了解敵人。」魔印人說。「你卻讓我看見它們的另一面。」

「你的意思是它們會欣賞音樂，或許並非都那麼壞？」羅傑問。

魔印人搖頭。「它們不是藝術愛好者，吟遊詩人。」他說。「一旦你停止演奏，它們會毫不遲疑地將你殺死。」

羅傑點頭，承認這種說法。「那爲什麼要學？」他問。「學習演奏小提琴去迷惑那些你可以輕易殺死的惡魔是曠日費時的工程。」

魔印人臉色一沉。「你到底願不願意教我？」他問。

「願意……」羅傑盤算片刻，說道。「但我要有所回報。」

「我有很多錢。」魔印人保證道。

羅傑輕蔑搖手。「賺錢對我而言不是問題。」他說。「我要更有價值的東西。」

魔印人沉默不語。

「我要和你一同旅行。」羅傑說。

魔印人搖頭。「絕不可能。」他說。

「小提琴不是一夜之間就可以學會的。」羅傑爭辯道。「光是入門就要幾個星期，而想要迷惑地心魔物，光是會點皮毛絕對不夠。」

「這樣對你有什麼好處？」魔印人問。

「我可以獲得很多足以讓公爵的露天劇場場場爆滿的故事題材。」羅傑說。

「她怎麼辦？」魔印人問，轉身指向黎莎。羅傑看向藥草師，只見她的胸口於睡夢中緩緩起伏，而魔印人看出隱藏在這目光後的意義。

「她請我護送她回家，如此而已。」羅傑終於說道。

「如果她請你留下來呢？」

「她不會的。」羅傑低聲說道。

「我的道路和馬可．流浪者的故事大不相同，小鬼。」魔印人說。「我可不想被會在夜晚藏首縮尾的人拖累。」

「我修好小提琴了。」羅傑鼓起勇氣說道。「我不怕。」

「光靠勇氣是不夠的。」魔印人說。「在野外，不是殺戮就是被殺，我指的不光是惡魔。」

羅傑挺直背脊，吞了一口口水。「所有試圖保護我的人最後都難逃一死，」他說。「該是我學習保護自己的時候了。」

魔印人向後一傾，打量年輕的吟遊詩人。

「跟我來。」他終於起身說道。

「到魔印圈外？」羅傑問。

「如果連這點都做不到，你對我就沒有用處。」魔印人說，眼看羅傑神色遲疑地左顧右盼，他補充道：「方圓數哩內的地心魔物都聽說過我對它們同伴做的事，今晚我們應該不會遇上任何惡魔。」

「黎莎怎麼辦？」羅傑問道，緩緩起身。

「必要時，黎明舞者會保護她。」男人說。「來吧。」他走出魔印圈，消失在夜色中。

羅傑暗罵一聲，抓起小提琴隨對方一同離去。

羅傑緊抱琴盒，穿越樹林。他本來想要直接把琴拿在手上，但魔印人揮手要他放回盒中。

「你會吸引不必要的注意。」他低聲道。

「我以為你說今晚應該不會遇上地心魔物。」羅傑低聲回應，但魔印人不理他，繼續行走於黑暗中，簡直就和白晝趕路沒什麼兩樣。

「我們要去哪裡？」羅傑彷彿已經問了不下百次。

他們爬上一塊小高地，魔印人趴在地面，指著下方。

「看那邊。」他對羅傑道。高地下，羅傑看見三個異常熟悉的男子身影和一匹馬睡在看起來更熟悉的攜帶式魔印圈內。

「那些強盜。」羅傑低聲說道。一陣強烈的情緒襲來——恐懼、憤怒，以及無助——他的腦海中再度浮現對方強加在他以及黎莎身上的暴行。沉默巨漢在睡夢中翻身，羅傑大驚失色。

「遇上你們後，我就一直在追蹤他們。」魔印人說。「今晚狩獵時，我發現了他們的營火。」

「為什麼帶我來這裡？」羅傑問。

「我想你或許想要取回你的魔印圈。」魔印人說。

羅傑回望他。「如果我們趁他們熟睡時偷走魔印圈，地心魔物會在他們弄清楚狀況前殺死他們。」

「附近沒幾頭惡魔。」魔印人說。「他們活命的機會比你高。」

「即便如此，你為什麼會認為我想冒這個險？」羅傑問。

「我察言觀色，」男人說。「用心聆聽。我知道他們對你……還有黎莎做了什麼。」

羅傑沉默一段時間。「對方有三個人。」他終於說道。

「這裡是野外。」魔印人說。「如果你想過安全的日子，回城裡去。」他一字字緩緩吐出，彷彿那是什麼詛咒。

但羅傑知道城裡也不是什麼安全的地方。他眼前不期然浮現傑卡伯躺在地上的景象，並且聽見傑辛的笑聲。他本來可以在遭受攻擊後嘗試討回公道，但結果他選擇逃亡。他永遠都在逃亡，任由其他人代他死去。他凝望營火，探手摸向已不在的護身符。

「我的想法錯了嗎？」魔印人問。「我們應該回營地嗎？」

羅傑吞嚥口水。「等我取回屬於我的東西。」他決定道。

第二十八章　祕密　332 AR

黎莎在一聲輕柔的馬嘶聲中醒來。她張開雙眼，看見羅傑正幫自己在安吉爾斯購買的褐馬刷毛，一時間，她以爲過去兩天的遭遇都是一場夢。

但接著黎明舞者進入她的眼簾，巨大種馬聳立在母馬身前，嚇得牠連忙後退。

「羅傑，」她輕聲問道。「我的馬是打哪來的？」

羅傑開口欲言，但魔印人剛好帶著兩隻小兔子及一堆蘋果回到營地。「我昨晚發現妳朋友的營火，」他解釋道。「我想大家都騎馬的話，趕起路來比較快。」

黎莎沉默一段時間，思考這話中隱藏的意義。十幾種不同的情緒襲來，大多令她感到羞恥與骯髒。羅傑和魔印人給她時間冷靜，她對此心懷感激。「你殺了他們？」她終於問道。她心中有一部分期望聽見他說是，儘管這種想法有違她所有的信念；布魯娜曾教導她的一切。

魔印人直視她的眼。「沒有。」他說，黎莎鬆了一大口氣。「我引開他們，牽走馬匹，如此而已。」

黎莎點頭。「我們日後再請路過伐木窪地的信使將他們的事轉告公爵執法官。」

她的藥草毯被綑成一團綁在馬鞍上。她將它攤開檢視，在看到大多數藥瓶和藥袋都還在後鬆了一大口氣。他們抽光了她的潭普草，但這種草並不難找。

用過早餐後，羅傑騎母馬，黎莎坐在魔印人身後共騎黎明舞者。他們加速趕路，因爲烏雲越來越濃，眼看暴雨將至。

黎莎覺得自己應該害怕。強盜都還活著，而且位於他們前方。她還記得黑鬍子男人橫眉豎目的模樣，以及他同伴沙啞的笑聲。最可怕的是，她記得沉默巨漢沉重的身軀，以及愚蠢暴力的獸慾。

她應該要感到害怕，但她不怕；魔印人給她的安全感多過布魯娜。他不會疲累、不會恐懼。她毫不懷疑只要身處他的守護下，自己絕不會受到任何傷害。

守護。這種感覺很古怪，需要被守護，彷彿是來自上輩子的概念。她守護自己太久，已經忘記需要他人守護是什麼感覺。她的技能和機智足以幫助她在文明世界度過任何難關，但那些東西在野外根本毫無用處。

魔印人移動坐姿，她這才發現自己抱他的腰抱得太緊，身體緊貼著他，頭靠他的肩膀。她立刻難堪地起身，尷尬得差點沒有發現橫陳在路旁樹叢間的一隻手掌。

當她發現時，她放聲尖叫。

魔印人停下巨馬，黎莎跳下馬背，衝向手掌。她推開旁邊的雜草，倒抽一口涼氣，只見那隻手掌後沒有任何東西；它是被一口咬斷的。

「黎莎，怎麼回事？」羅傑在和魔印人一同趕來時叫道。

「他們是在這附近紮營嗎？」黎莎舉起斷掌問道。魔印人點頭。「帶我去。」黎莎命令。

「黎莎，這樣做有……」羅傑開口，但黎莎不理會他，目光停留在魔印人身上。

「帶、我、去。」她說。魔印人點頭，釘下一根木樁，將母馬的馬韁綁在上頭。

「守護牠。」他對黎明舞者說道，巨馬嘶鳴回應。

他們不久就找到營地，鮮血淋漓，屍塊滿地。黎莎撩起圍裙，摀住口鼻藉以抵擋難掩的氣息。羅傑乾嘔幾聲，跑出空地。

但鮮血對黎莎而言如同家常便飯。「只有兩個人。」她一邊檢視殘骸一邊說道，心中五味雜陳，難以分辨情緒。

魔印人點頭。「安靜的那個不在這裡。」他說。「那個巨漢。」

「沒錯。」黎莎說。「魔印圈也不在。」

「魔印圈也不在。」不久後，魔印人同意道。

烏雲在他們回去找馬的途中持續聚集。「十哩外有座信使洞窟。」魔印人說。「如果加緊趕路，跳過午餐，我們應該可以在開始下雨前趕到。我們得找地方度過這場暴雨。」

「赤手空拳屠殺地心魔物的男人竟然會怕一點小雨？」黎莎問。

「只要雲層夠厚，地心魔物有可能提早現身。」魔印人說。

「我們從什麼時候開始害怕地心魔物了？」黎莎繼續問道。

「在雨中對抗惡魔既愚蠢又危險。」魔印人說。「雨會把泥土變成泥巴，泥巴會遮蔽魔印，同時導致魔印圈根基不穩。」

他們才剛抵達洞窟，天上就已降下暴雨。傾盆大雨將道路化作一片泥漿，天色迅速轉暗，只能偶爾看見閃電的光芒。狂風怒吼，不時夾雜幾道震耳的雷鳴。

洞口大部分的地方已布有魔印，有魔力的符號深深刻劃在岩石上，魔印人迅速以洞內存放的魔印石補好魔印圈的缺口。

正如魔印人所料，幾頭惡魔在夜色的假象中提早現身。他冷眼看著它們自樹林最陰暗的角落爬出，享受著提早離開地心魔域的快意。它們在雨中嬉戲，瞬間消逝的閃電照亮它們畸形的輪廓。

它們試圖闖入洞窟，但魔印力場牢不可破。跑得太近的惡魔嚐到苦頭，因爲有個一臉不悅的魔印人出矛招呼。

「你幹嘛這麼生氣？」黎莎邊問邊自袋中取出碗瓢，羅傑則在一旁忙著生火。

「它們晚上出沒已經夠糟了。」魔印人啐道。「它們沒有資格在白天現身。」

黎莎搖頭。「接受現實會讓你比較開心一點。」她勸道。

「我不想開心。」他回答道。

「所有人都喜歡開開心心地過日子。」黎莎嘲諷道。「鍋子哪去了？」

「在我的袋子裡。」羅傑說。「我去拿。」

「不用。」黎莎說著起身。「看好火，我去拿。」

「不！」羅傑大叫一聲，甚至翻身而起，但還是太遲了。黎莎滿臉驚訝地拿出他的攜帶式魔印圈。

「但……」她結結巴巴地道，「魔印圈被他們搶走了！」她轉向羅傑，發現他的目光飄向魔印人。她轉向他，但在陰暗的兜帽底下什麼也看不出來。

「有人打算解釋嗎？」她大聲問道。

「我們……把它拿回來了。」羅傑膽怯地說。

「我知道你們拿回來了！」黎莎大叫，一把將交纏的繩索和木牌甩向洞窟的地面。「怎麼拿回來的？」

「我牽馬時一併拿回來的。」魔印人突然說道。「我不希望妳爲此良心不安，所以沒有告訴妳。」

「你用偷的？」

「是他們先搶走的。」魔印人更正道。「我只是拿回來。」

黎莎凝視他一段時間。「你是在晚上拿走的。」她輕聲說道。

魔印人沉默以對。

「當時他們正在使用它嗎？」黎莎咬牙問道。

「野外道路沒有這些人就已經夠危險了。」魔印人回答道。

「你謀殺了他們！」黎莎說，驚訝地發現自己眼中充滿淚水。不管遇上多壞的人，她的父親說過，每天晚上妳還是能在窗外看見更糟糕的東西。再壞的人都不該喪身在地心魔物口中，就連這些人也一樣。

「你怎麼可以這麼做？」她問。

「我沒有謀殺任何人。」魔印人說。

「沒有差別！」

男人聳肩。「他們也對你們做過同樣的事。」

「這樣就可以問心無愧嗎？」黎莎吼道。「看看你！你根本不在乎！至少兩人因此喪生，而你晚上還能安心入眠！你是怪物！」她衝到他的身前，試圖出拳打他，但他抓住她的手腕，面無表情地看著她掙扎。

「妳為什麼在乎這種事？」他問。

「我是藥草師！」她尖叫。「我曾經宣誓！我宣誓要治療一切，而你——」她冷冷看著他。「你的所作所為只有不停殺戮。」

不久後，她精疲力竭，向後退開。「你藐視我代表的一切。」她說著坐倒，凝視洞窟地面好幾分鐘。接著她抬頭看向羅傑。

「你說『我們』。」她譴責道。

「什麼？」吟遊詩人問，試圖矇混過關。

「剛才，」她把話講清楚。「你說『我們把它拿回來』，而且魔印圈放在你的袋子裡。你和他一起去的？」

「我……」羅傑支支吾吾。

「不准說謊，羅傑！」黎莎怒道。

羅傑低頭看向地面。片刻後，他點點頭。

「他剛剛說的是實話。」羅傑承認。「他只有牽馬，我趁強盜去追他時拿走魔印圈和妳的藥袋。」

「爲什麼？」黎莎問，聲音微微顫抖。語調中的失望令年輕的吟遊詩人心如刀割。

「妳知道爲什麼。」羅傑低聲回應。

「爲什麼？」黎莎再度問道。「爲了我？爲了我的貞節？告訴我，羅傑。告訴我你是以我之名動手殺人！」

「他們必須付出代價，」羅傑堅決說道。「他們必須爲了所作所爲付出代價，他們罪無可逭。」

黎莎哈哈大笑，聲音中毫無笑意。「你以爲我不知道嗎？」她大叫。「你以爲我堅守童貞二十七年只是爲了失身於一群強盜嗎？」

洞穴中一片死寂，最後一道雷響打破沉默。

「堅守童……」羅傑覆誦。

「沒錯，你這惡魔養的！」黎莎大叫，臉上淌滿憤怒的淚水。「我是處女！難道因爲這樣你們就可以名正言順地把他們送入惡魔口中嗎？」

「送入？」魔印人覆誦。

黎莎猛然轉身。「當然是送入！」她大叫。「我肯定你的惡魔朋友會愛死你贈送的小禮物，世上它們最愛做的事就是屠殺人類。我們數量不多，我們是稀有的享受！」

魔印人瞪大雙眼，瞳孔反映火光。這是黎莎在他臉上看過最有人性的表情，而這個景象令她短暫忘卻滿腔的憤怒。他看起來恐懼萬分，自他們身邊退開，一路退到洞口。

就在此時，一頭地心魔物撲向魔印網，洞內籠罩在一道閃亮的銀光中。魔印人轉身朝惡魔吼叫，黎莎從來不曾聽過這種聲音，但她認得這個聲音代表的意義，是那晚她被壓在路旁時內心眞實的感受。

魔印人拔起長矛，一把擲入雨中。長矛擊中惡魔發出魔法爆破聲，將對方炸入泥濘。

「去死！」魔印人狂吼，撕下長袍跳入暴雨。「我發誓絕不自願交給你們任何東西！什麼都不行！」他自後方撲到一頭木惡魔背上，緊緊抱住對方。他胸口的大魔印光芒大作，即使雨勢猛烈，地心魔物仍隨即起火燃燒。他在惡魔劇烈掙扎時一腳踢開它。

「過來！」魔印人朝其他惡魔吼道，雙腳陷入泥濘中。地心魔物應聲而上，連抓帶咬，但男人就像惡魔，眾惡魔則像秋天的落葉在狂風中四下飛散。

洞穴深處，黎明舞者嘶聲鳴叫，試圖掙脫腳上的繩子，想要出去與主人並肩作戰。羅傑走過去安撫巨馬，一臉困惑地看向黎莎。

「他沒辦法對付所有惡魔。」黎莎說。「在泥濘中不行。」此時，男人身上已有多處魔印遭泥巴遮蔽。

「他想死。」她說。

「我們該怎麼辦？」羅傑問。

「你的小提琴！」黎莎叫道。「趕跑它們。」

羅傑搖頭。「風聲和雷聲會蓋過我的琴聲。」他說。

「我們不能眼睜睜地看著他自殺。」黎莎對他吼道。

「妳說得對。」羅傑同意。他衝向魔印人的武器，取出輕矛及魔印盾牌。在明白他打算做什麼後，黎莎連忙上前阻止，但他趕在她之前步出洞窟，奔往魔印人身旁。

一頭火惡魔朝羅傑吐出火唾液，但火焰被雨勢阻擋，轉眼墜落。地心魔物疾撲而上，他舉起魔印盾牌，震退惡魔。他將所有注意力集中在前方，沒有注意到身後另一頭火惡魔。地心魔物一躍而起，但魔印人平空抓起這頭三呎長的惡魔，掌心滋滋作響，順手將它拋入遠方。

「回洞裡去！」男人命令道。

「你不回去我就不回去！」羅傑回吼。他的紅髮濕淋淋地蓋在臉上，在狂風暴雨中就連眼睛也睜不開，但他毫不畏懼地面對魔印人，一點也不打算退讓。

兩頭木惡魔衝向他們，魔印人就地一撲，順勢掃倒羅傑的雙腳。利爪沒揮中跌向地面的吟遊詩人，魔印人的拳頭隨即逼退它們。然而其他地心魔物已開始聚集，受到戰鬥的閃光和聲音吸引而來。數量多得完全無法與之對抗。

魔印人看向躺在泥濘中的羅傑，眼中狂態隨即收斂。他伸出一手，吟遊詩人立刻握住。兩人一起衝回洞中。

「你們到底在想什麼？」黎莎在包紮最後一條繃帶時大聲問道。「兩個都一樣！」

羅傑和魔印人坐在營火旁，縮在毛毯中，沉默地承受她的責罵。一段時間過後，她罵累了，於是弄了一鍋熱騰騰的藥草蔬菜肉湯，一言不發地端給他們兩人。

「謝謝。」羅傑說道，這是他回到洞裡後說的第一句話。

「我還在生你的氣。」黎莎看都不看他一眼，說道。「你欺騙我。」

「我沒有。」羅傑辯駁。

「你有事瞞著我不說。」黎莎說。「那和騙我一樣。」

羅傑看著她一段時間。「妳爲什麼離開伐木窪地？」他問。

「什麼？」黎莎說。「不要轉移話題。」

「既然這些人對你而言意義重大，讓妳願意不顧一切、無所畏懼地趕回去幫忙，」羅傑繼續問道。「當初為什麼要離開？」

「為了學習……」黎莎開口。

羅傑搖頭。「逃避問題是我的專長，黎莎，」他說。「我看得出來理由不只如此。」

「我認為這和你無關。」黎莎說。

「妳覺得我現在為什麼要待在荒野中，外頭有地心魔物環伺的洞穴裡等待暴雨過去？」羅傑問。

黎莎看著他一段時間，接著嘆了口氣，抗拒的意志軟化。「我想你很快就會聽說這些傳言。」黎莎說。「伐木窪地的鎮民向來不會保守祕密。」

她把一切都告訴他們。她並不打算這麼做，但濕冷的洞窟化身為牧師的告解室，而她開始後再也停不下來；她的母親、加爾德、各式傳言、布魯娜的庇佑，以及放逐者般的生活。當她提起布魯娜的液態惡魔火時，魔印人湊上前來開口欲言，但最後還是閉上嘴巴，坐回原位，決定不要打斷她。

「就這樣了。」黎莎說。「我本來希望能夠留在安吉爾斯，但看來造物主另有安排。」

「妳應該擁有更好的生活。」魔印人說。

黎莎點頭，看向他。「你為什麼要跑出去？」她輕聲問道，揚起下巴比向洞口。

魔印人垂頭喪氣，凝視自己的膝蓋。「我違背了承諾。」他說。

「就這樣？」

他抬頭看她，這是她第一次沒看見他臉上那些刺青，只看見他的雙眼，而那雙眼睛深深打動她的心。

「我發誓永遠不會自願交給它們任何東西。」他說。「就算為了拯救我自己的性命也不行，但結果我把所有的人性統統給了它們。」

「你沒有給它們任何東西。」羅傑說。「魔印圈是我拿的。」黎莎雙手緊握湯碗，但沒有出聲。

魔印人搖頭。「因爲我你才拿得到。」他說。「我了解你的感受，把他們交給你，等同於把他們交給地心魔物。」

「他們從此不能襲擊旅人。」羅傑說。「少了他們，世界會更美好。」

魔印人點頭。「但這不是把他們送給惡魔的藉口。」他說。「我可以與他們正面衝突，輕易奪回魔印圈——甚至在光天化日下殺死他們——」

「所以你今晚是因爲罪惡感而跑出去？」黎莎說。「那以前呢？爲什麼要和地心魔物開戰？」

「妳不會還沒注意到，」魔印人回應。「地心魔物已經和我們開戰好幾個世紀了。主動出擊有什麼不對？」

「你把自己當作解放者？」黎莎問。

魔印人皺眉。「等待解放者降世讓人類軟弱了三百年。」他說。「解放者只是傳說，他不會降臨世間。該是人們認清這點、開始爲自己挺身而出的時候了。」

「傳說有力量。」羅傑說。「不要急著否定它們。」

「你從什麼時候開始變成有信仰的男人了？」黎莎問。

「我相信希望。」羅傑說。「我這輩子都是吟遊詩人，如果我在這二十三年的歲月裡有學會任何事，那就是人們大聲要求我講的故事、在他們心頭縈繞不去的故事往往是能夠提供希望的故事。」

「二十。」黎莎突然說道。

「什麼？」

「你對我說你二十歲。」

「我這麼說？」

「你根本還不到二十，對不對？」她問。

「我有！」羅傑堅持。

「我不愚蠢，羅傑。」黎莎說。「我認識你不過三個月，你已經長高兩公分多了。二十歲的人不可能長那麼快。你到底幾歲？十六？」

「十七。」羅傑叫道。他拋下湯碗，剩下的肉統統灑出來。「這下妳高興了嗎？妳和吉賽兒說妳的年紀足以當我媽一點也沒錯。」

黎莎凝視著他。她張嘴想要回嘴，但最後還是閉了起來。「我很抱歉。」結果她說道。

「你呢，魔印人？」羅傑轉身問道。「你會在我不該和你同行的理由清單加上『太年輕』這項嗎？」

「我是在十七歲那年成爲信使的。」男人回道。「而在更小的時候就已經跟著其他人四處旅行了。」

「那魔印人又多大了？」羅傑問。

「魔印人是在四年前出生於克拉西亞沙漠。」他回道。

「身處魔印後方的男人呢？」黎莎問。「他死的時候幾歲？」

「他活了多久無關緊要。」魔印人說。「他是個愚蠢、天真的小鬼，懷抱著一個根本無法實現的夢想。」

「這就是他非死不可的原因嗎？」黎莎問。

「他是被殺死的。而且是的，那是他的死因。」

「他叫什麼名字？」黎莎輕聲問道。

魔印人沉默良久。「亞倫，」他終於說道。「他名叫亞倫。」

第二十九章　黎明前的曙光　332 AR

亞倫醒來時，暴雨正好短暫停歇，但天上還是烏雲密布，顯然雨還沒有下完。他看向洞窟，魔印眼輕易穿透黑暗，看到兩匹馬和熟睡中的吟遊詩人，然而黎莎不在其中。

天色尚早，黎明尚未眞的到來。儘管大多數地心魔物都已逃回地心魔域，但在濃密的烏雲下，誰也不能肯定。他站起身來撕掉黎莎前晚纏上的繃帶，傷口已痊癒。

藥草師的足跡在濃稠的泥巴地裡清晰可見，不久他發現黎莎跪在地上採集藥草。她高高撩起裙襬，避免被泥巴弄髒，光滑白皙的大腿看得他臉紅心跳。她在黎明前的光線中顯得格外美麗。

「妳不該出來。」他說。「太陽還沒升起，外面不安全。」

黎莎轉頭看他，微微一笑。「你有資格教訓我不顧自己的生命安全嗎？」她揚起一邊眉毛問道。「再說，」她在看他沉默以對後繼續說道，「你在這裡，有什麼惡魔傷得了我？」

魔印人聳肩，在她身旁蹲下。「潭普草？」他問。

黎莎點頭，拿起一株葉片粗糙、花苞叢生的植物。「用菸管抽，可以鬆弛肌肉，使心情愉快。搭配天英草，我可以製造出足以讓憤怒的獅子昏迷不醒的強力安眠藥水。」

「對惡魔有效嗎？」魔印人問。

黎莎皺眉。「你的腦子裡就只有這件事嗎？」她問。

魔印人一臉受傷。「不要自認了解我。」他說。「我是愛殺地心魔物，正因爲如此，我去過早就被世人遺忘的地方。要我背誦翻譯自古洛斯可遺跡中的詩篇嗎？把安納克桑的壁畫畫給妳看？對妳描述可抵二十人之力的古代機器長什麼樣子？」

黎莎一手搭上他的手臂，他隨即住嘴。「我很抱歉。」她說。「我不該評判你，我了解守護古老世界知識的壓力。」

「妳的話並沒有傷到我。」魔印人說。

「但那並不表示我說得對。」黎莎說。「現在回到你之前的問題，我真的不知道。地心魔物會吃曼陀拉，理應可以對其下藥。我的老師說藥草師在惡魔戰爭裡扮演了重要的角色，我這裡有些天英草。如果你想要，我可以在抵達伐木窪地後幫你熬些安眠藥水。」

魔印人熱切地點頭。「也可以幫我熬點別的嗎？」他問。

黎莎嘆氣。「我還在想你什麼時候才要開口，」她說。「我不會幫你製作液態惡魔火。」

「為什麼不？」魔印人問。

「因為男人會濫用火焰的祕密。」黎莎說著，轉頭面對他。「如果我教你，你就會使用，就算會因此燒掉半個世界也毫不在乎。」

魔印人凝視著她，不發一言。

「再說，你有什麼需要它的理由？」她問。「你的力量已經超越藥草和化學能提供的一切。」

「我只是個男人……」他開口說道，但黎莎打斷他。

「惡魔屎，」她說。「你的傷口迅速癒合，奔跑的速度可比快馬，而且跑一整天都不會累。你可以把惡魔當成小孩一樣抓起來摔，在黑暗中視物宛如白晝。你不『只是』個男人。」

魔印人微笑。「什麼都瞞不過妳的眼睛。」他說。

他說這話的語氣令黎莎感到不寒而慄。「你天生就是這樣嗎？」她問。

他搖頭。「是魔印的效果。」他說。「魔印的運作基礎在於回饋。妳聽過這個字嗎？」

黎莎點頭。「古世界的科學書籍裡面常用這個字。」她說。

魔印人咕噥一聲。「地心魔物是魔法的產物，」他說。「防禦性魔印會吸收它們的魔法，利用它們來形成魔法屏障。惡魔越強壯，反擊的力道就越強。攻擊性魔印也是同樣的運作方式，一方面削弱地心魔物的外殼，一方面強化使用者的攻擊。無生命的東西無法儲存魔力太久，很快就會消散。但不知爲什麼，每當我擊中一頭惡魔，或是遭受惡魔攻擊，我就能吸收一點對方的力量。」

「第一天晚上接觸你的皮膚時，我感受到一股刺痛。」黎莎說。

魔印人點頭。「當我在皮膚上刺下魔印時，變得……不像人的並非只有我的外表。」

黎莎搖頭，雙手捧起他的臉頰。「界定人性的並非我們的肉體。」她低聲道。「只要你願意，你可以重新取回人性。」她湊上前去，輕輕吻他。

他一開始全身僵硬，但震驚之情迅速消逝，他開始回應她的吻。她閉起雙眼，爲他張開嘴唇，雙手撫摸他光滑平坦的腦袋。她感覺不到刺於其上的魔印，手中只有他的溫暖以及傷疤。

我們都有各自的傷疤，她心想。只是他把傷疤攤在太陽底下。

她向後仰，將他拉向自己。「我們會沾到泥巴。」他警告道。

「我們已經沾到泥巴了。」她說完著地躺下，讓他趴在自己身上。

在魔印人的熱吻下，黎莎耳中傳來陣陣血液鼓動聲。她的雙手在他堅硬的肌肉上滑動，雙腿張開，臀部挺向他的下體。

這才是我的第一次，她心想。那些人已經死了、消失了，他可以抹除他們在我身上留下的疤痕。我此刻是出於己願和他一起的。

但她很害怕。吉賽兒說得沒錯，她心想。我根本不該等待這麼久，我不知道該怎麼做，所有人都以為我知道該怎麼做，偏偏我不知道，而他也會期待我懂，因為我是藥草師……

喔，造物主呀，萬一我無法取悅他怎麼辦？她擔心。萬一他跑去對別人說呢？

她強迫自己拋開這種想法。他不會告訴任何人，這就是我選擇他的原因，註定就是他。他和我一樣，一名外來者，他和我走在相同的道路上。

她在他的長袍中摸索，解開他的纏腰布，釋放他的下體。他在她將陽具抓在手中輕扯時出聲呻吟。

他知道我是處女。她提醒自己，撩起裙襬。他硬了，我濕了，還在等什麼？

「萬一我讓妳懷孕呢？」他低聲問道。

「我希望你讓我懷孕。」她回應道，讓他進入自己體內。

還在等什麼？她再度心想，弓起背脊，肆意歡愉。

在黎莎的親吻下，魔印人如遭電擊。不久前，他才在欣賞她的大腿，但他從來沒有想過她會對自己抱持好感。他沒有想過任何女人會對自己抱持好感。

他僵硬片刻，全身麻痹。但一如往常陷入危機時，他的身體會自動反應，因此他一把將她緊緊抱起，飢渴地回應她的親吻。

距離上次接吻有多久了？陪玫莉散步回家，獲知她永遠不願成為信使的妻子那晚，至今已經多久了？

黎莎在他的長袍中摸索，他知道她打算做到自己從來不曾接觸的地步。恐懼襲來，一種久未體會的情緒。他不知道該怎麼做，不知道如何取悅女人。她是否期待他擁有她欠缺的經驗？她是否認定自己的床上工夫與戰鬥技巧一樣強悍？

事實或許眞的如此，因爲儘管思緒紊亂，他的身體還是依照著自從天地初開就深植在所有生命體內的本能繼續動作。呼喚他挺身作戰的那股本能。

但眼前並非作戰，眼前面對的是截然不同的事。

*她就是我命中註定的女人嗎？*這個想法在他腦海中迴盪。

爲什麼是她，而不是瑞娜？如果他是其他人，此刻他已經結婚十五年，養育一大堆小孩成人了。他已不是第一次在心裡幻想瑞娜現在的容貌，發育完全的肉體，那曾是他的，只屬於他。

爲什麼是她，而不是玫莉？玫莉，自己本來打算要娶的女人，只要她願意成爲信使的妻子。他會爲了愛情而在密爾恩紮根，就像瑞根一樣。如果他和玫莉結婚，現在肯定會過著更好的生活。他現在了解這點了。瑞根做得沒錯，他擁有伊莉莎……

他拉下黎莎的上衣，露出柔軟的胸部時，他想起伊莉莎的身影。想起看見伊莉莎掏出乳房餵食瑪雅，自己短暫地希望吸吮奶頭的是他而不是嬰孩。事後他感到無比羞愧，但那個畫面一直在他腦中揮之不去。

黎莎就是他命中註定的女人嗎？世上是否眞有命中註定這種事？一個小時前，他會對這種想法嗤之以鼻，但現在他看著黎莎，如此美麗，如此積極，對他的了解如此透徹。如果他顯得笨拙，搞不清楚該碰哪裡或如何愛撫，她可以理解。黎明前晨曦中泥濘的地面與結婚的喜床大不相同，但此時此刻，泥濘地彷彿比瑞根豪宅中的羽毛床墊還要舒服。

然而他一直無法擺脫內心的遲疑。

孤家寡人在黑夜中冒險是一回事，他沒有什麼好損失，沒有人會悼念他。如果他死了，連一個淚瓶都裝不滿。但如果有黎莎在家裡等他，他是否還能外出冒險？他會不會放棄戰鬥，變成他父親那種人？從此畏首畏尾，永遠無法挺身而出？

小孩需要父親，他聽見伊莉莎說道。

「萬一我讓妳懷孕呢？」他趁接吻的空檔低聲問道，自己也不清楚希望她如何回應。

「我希望你讓我懷孕。」她低聲回道。

她拉出他的下體，彷彿要撕裂他整個世界，但她給予的回報更豐富，於是他毫不遲疑地把握機會。

接著他進入她體內，感覺自己的一生完整無缺。

一時間，世上除了血液脈動及皮膚摩擦聲什麼也聽不見；心靈開啓後，他們的身體自然地交合。他的長袍滑向一旁，她的裙子在腹部縐成一團。他們在泥濘中扭動呻吟，眼中除了彼此什麼也看不見。

直到木惡魔突然來襲。

地心魔物受到他們野獸般的喘息吸引，無聲無息地接近而來。它深知黎明迫在眉梢，可恨的太陽即將升起，但這麼多裸露在外的人肉激起它強烈的食慾，於是它一躍而出，試圖帶著熱騰騰的血液和新鮮的人肉回去地心魔域。

惡魔狠狠擊中魔印人裸露的背。背上的魔印大放光明，將地心魔物反彈而出，同時令兩人的腦袋撞在一起。

木惡魔靈活而頑強，迅速恢復行動能力，落地時縮成一團，隨即翻身而起，再度展開攻擊。黎莎尖叫，魔印人身體扭動，雙手抓起對方的利爪。他轉身迴旋，利用惡魔的衝勢將其拋入泥濘。

他毫不遲疑，離開黎莎的身體，乘勝追擊。他赤身裸體，但這對他來說沒什麼。自從以魔印強化身體後，他就一直裸體面對惡魔。

他整整迴轉一圈，腳跟擊中地心魔物的下顎。沒有魔光閃動，泥巴遮蔽了他的魔印，但被他強化的力量一踢，惡魔就和被黎明舞者給踢中沒什麼兩樣。惡魔向後跌開，魔印人吼叫撲上，心中十分清楚如果給它機會喘息會有什麼後果。

這個地心魔物在同類中體型堪稱巨大，身長將近八呎，如果比拚蠻力，魔印人不是它的對手。他拳打腳踢，輔以肘擊，但身上到處都是泥巴，所有的魔印幾乎都有缺口。惡魔樹皮般的外殼撕裂他的皮膚，他所有攻擊都無法造成持續的效果。

惡魔突然轉身，尾巴甩中魔印人的腹部，他體內的空氣急洩而出，身體隨即翻倒。黎莎再度驚叫，叫聲引來惡魔的注意。惡魔大吼一聲，朝她急奔而去。

魔印人跌跌撞撞地緊跟在後，在它撲到黎莎身上前抓住它的腳踝。他用力拉扯，扳倒惡魔，兩者在泥濘中瘋狂扭打。最後，他終於一腳勾住對方的腋下和喉嚨，另一腳緊緊鎖下，開始使勁擠壓。他以雙手箝制惡魔的一條腿，防止惡魔掙扎起身。

地心魔物劇烈掙扎，不停揮爪，但魔印人佔了上風，惡魔怎麼也無法逃脫。他們在地上滾來滾去，一直纏在一起，最後太陽終於自地平面上探頭而出，晨曦透過烏雲縫隙灑落。樹皮般的外殼開始冒煙，惡魔掙扎得更劇烈。魔印人加強掌心的力道。

只要再撐一下就可以了……

接著，難以想像的事發生了。周遭的世界化作迷霧，虛幻縹緲。地底傳來一股強大的吸力，他和惡魔隨即開始下沉。

一條感官的通道在他面前開啟，地心魔域在呼喚他。

在恐懼與厭惡中，地心魔物將他拖往地獄。手中的惡魔依然存在，儘管整個世界都已變成黑影。他猛地抬頭，只見寶貴的太陽逐漸消失。

他如同溺水的人緊握救生索般抓住這道影像，解開腿鎖使勁拉扯惡魔的腳，將它朝著陽光的方向拖去。地心魔物瘋狂掙扎，但恐懼為魔印人帶來全新的力量，他在一陣堅定的無聲吼叫中將惡魔再度扯回人間。

太陽在天上迎接他們，明亮聖潔，隨著惡魔化身烈焰，魔印人感覺自己的身體再度凝聚。惡魔試圖逃入地底，但他緊抓不放。

終於放開焦黑的屍體時，他全身上下血肉模糊。黎莎連忙趕來，但被尚未自恐懼中恢復的他一把推開。他竟然可以進入通往地心魔域的通道，他到底是什麼東西？難道他已經變成地心魔物了嗎？他污穢的種籽將會產下什麼樣的怪物？

「你受傷了。」她說著，再度伸出雙手。

「我會好的。」他說著，再度將她推開。幾分鐘前那個溫柔平和的聲音已經消失，再度恢復魔印人慣常的冷淡語調。許多較小的傷口已開始癒合。

「但是……」黎莎爭辯。「那我們……？」

「我很久前就已做出選擇，我選擇了黑夜。」魔印人說。「剛剛我以為我可以收回它，但是……」他搖頭。「我沒有機會回頭了。」

他撿起長袍，走向附近的小山澗清洗傷口。

「你這地心魔物養的！」黎莎在他身後大叫。「詛咒你和你那瘋狂的執念！」

第三十章 瘟疫 332AR

他們回洞時，羅傑還在睡覺。他們一聲不響地換掉髒兮兮的衣服，彼此背對背，接著黎莎搖醒羅傑，魔印人則將馬鞍搬上馬背。他們一言不發地吃著冰冷的早餐，接著在太陽剛剛升起不久就踏上旅程。羅傑坐在黎莎身後共騎她的母馬，魔印人獨自騎在巨馬背上。天上烏雲密布，肯定還會下雨。

「我們走這麼久，不是該遇上幾個北行的信使嗎？」羅傑問。

「你說得對。」黎莎說。她抬頭看向道路另一端，一臉憂慮。

魔印人聳肩。「我們中午前就會抵達伐木窪地。」他說。「把你們送到後，我就離開。」

黎莎點頭。「我想這樣最好。」她同意道。

「就這樣？」羅傑問。

魔印人側過腦袋。「你還期待什麼，吟遊詩人？」

「在我們共同經歷過那麼多後？黑夜呀，我當然有所期待！」羅傑大叫。

「很抱歉令你失望。」魔印人回道。「但我還有事要忙。」

「造物主不允許你一天晚上不殺任何東西。」黎莎嘀咕道。

「那我們之前講好的呢？」羅傑繼續問道。「我與你一同旅行？」

「羅傑！」黎莎大叫。

「我認爲那是個壞主意。」魔印人告訴他道。他看了黎莎一眼。「既然你的音樂無法殺死惡魔，對我來說就沒有用處。我最好還是獨自上路。」

「我非常同意。」黎莎說道。羅傑皺眉看她，她滿臉通紅。他們不該如此對他，她知道，但此刻她必須竭盡所能強忍淚水，根本無法提供任何安慰或解釋。

她了解魔印人是個怎樣的人。儘管她期待事情的發展能有不同，但她一直很清楚他不會長久地敞開心門，很清楚他們只能擁有短暫的情感；但她渴望擁有那段短暫的情感！她渴望在他懷抱中感受安全，感受他進入自己的體內。她下意識地輕撫自己肚子。如果他在她體內播種，令她懷孕，她將會珍惜那個孩子，永遠不會質疑孩子的父親是誰。但現在……她的行李裡有足夠的龐姆葉來解決接下來的問題。

他們無言趕路，冷漠之情顯而易見。不久，他們轉過一個彎道，伐木窪地終於映入眼簾。

儘管距離遙遠，他們還是看出鎮上已淪為一片煙霧瀰漫的廢墟。

羅傑在顛簸的馬背上緊抱黎莎。黎莎一看到濃煙立刻踢馬疾行，魔印人緊跟在後。儘管大雨剛過，伐木窪地的火勢依然猛烈，向空中噴出大量黑煙。全鎮都已淪為廢墟，羅傑心中再度浮現河橋鎮大火的景象。他大口喘氣，伸手摸索暗袋，接著才想起護身符已破碎遺失。馬兒突然劇震，他立刻將手放回黎莎腰間以免飛身墜馬。

他們看見密密麻麻的倖存者站在遠方團團亂轉。「他們爲什麼沒救火？」黎莎問，但羅傑只是緊抱著她，沒有答案。

進入鎮上後，他們停在路旁，麻木地打量周遭的慘狀。「有些房舍已經燃燒多日。」魔印人說，轉頭指向曾經溫暖舒適的房舍廢墟。的確，不少房舍已淪爲焦黑廢墟，只剩下一些地方還在冒煙，而其他毫無動靜的已是冰冷的灰燼。史密特的旅店曾是鎮上唯一兩層樓高的房子，現在完全坍崩倒塌，有些橫梁還在燃燒。其他建築有些沒了屋頂，有些缺了整面牆。

黎莎深入鎮心，看著一張張染滿煙垢和淚水的面孔，每個人她都認得。所有人都忙著哀悼自己的損失，沒有注意到一行路過的旅人。她緊咬雙唇，忍住淚水。

鎮民將死者集中在鎮中心。黎莎心痛不已地看著眼前的景象：至少一百具屍體，甚至沒有用被單遮掩起來。可憐的尼可拉斯、賽拉和她母親、米歐爾牧師，以及史帝夫。她從未謀面的孩子，認識一輩子的長者。有些被燒死，有些被咬死，但大多數人身上都沒有外傷，是病死的。

麥莉跪在屍堆旁，對著一個小包裹哭泣。黎莎喉嚨一緊，但還是努力地翻身下馬，迎向前去，伸手放在麥莉肩膀上。

「黎莎？」麥莉難以置信地問道。片刻後她猛然起身，緊緊擁抱藥草師，無法自制地啜泣。

「是艾爾佳。」麥莉哭道。艾爾佳是她最小的女兒，還不滿兩歲。「她……她走了！」

黎莎緊抱著她，嘴裡發出安慰的聲音，因爲她說不出話來。其他人開始注意到她，但都保持一段距離，讓麥莉抒發悲慟之情。

「黎莎，」他們低語道。「黎莎回來了，感謝造物主。」

最後，麥莉終於冷靜下來，向後退開，撩起沾滿煙垢和塵土的圍裙拭淚。

「怎麼回事？」黎莎輕聲問道。麥莉看著她，瞪大雙眼，淚水再度決堤。她渾身顫抖，無法言語。

「瘟疫。」一個熟悉的聲音說道，黎莎轉過身去，看見約拿拄著拐杖走來。牧師長袍的一條褲管被割掉，小腿上有夾板，包著一層染血的繃帶。黎莎上前擁抱，若有所思地望向那條小腿。

「脛骨折斷。」他說，輕蔑地揮了揮手。「薇卡治療過了。」他臉色一沉。「這是她倒下前做的最後幾件事之一。」

黎莎瞪大雙眼。「薇卡死了？」她語氣驚訝。

約拿搖頭。「還沒，但她染上流感，高燒不退、神智不清。她時日無多了。」他環顧四周。「或許我們都時日無多了。」他壓低音量，只讓黎莎一人聽見。「恐怕妳選錯了歸鄉的時機，黎莎，或許這也是造物主的安排。要是再晚一天，妳大概無鄉可歸了。」

黎莎神色一凜。「我不要再聽到這種鬼話。」她斥責道。「薇卡在哪？」她轉了一圈，看著少數圍觀人群。「造物主呀，大家都在哪裡？」

「在聖堂。」約拿說。「病患都在那裡。已經痊癒的人，或是運氣好到沒有染病的人，就出來蒐集屍體，或是爲死者哀悼。」

「那我們就前往聖堂。」黎莎說，伸手攙起約拿的手臂，扶著他前進。「現在告訴我出了什麼事，統統告訴我。」

約拿點頭。他臉色蒼白、目光空洞，全身被汗水浸濕，顯然失血過多，純粹憑著一股意志力苦苦壓抑痛楚。羅傑和魔印人一言不發地跟在他們身後，大多數看見黎莎回來的鎮民也是。

「瘟疫是幾個月前開始傳染的。」約拿說道。「但薇卡和妲西以爲只是普通風寒，沒有放在心上。當時感染的人中，年輕力壯的迅速痊癒，但不少人臥病好幾個星期，而有些人病逝。即使如此，我們仍認爲它只是普通流感，直到疫情突然加重。健康的鎮民染病後迅速惡化，一夜之間變得虛弱無力，語無倫次。」

「火災就是從這時開始的。」他說。「人們在手持蠟燭以及油燈時突然昏倒，或病得太重無法檢查魔印。由於你父親和大多數魔印師都臥病在床，全鎮的魔印網開始出問題，尤其是在空氣中煙霧瀰漫、不時遮蔽魔印的情況下。我們竭盡所能努力救火，但生病的人越來越多，人力嚴重短缺。」

「史密特盡可能將倖存者集結在距離火場較遠的幾棟魔印建築，希望能夠守護眾人的安全，但這樣做導致瘟疫迅速蔓延。賽拉在昨晚暴雨來襲時突然昏迷，打翻油燈，火勢轉眼間吞噬整座旅店。人們必須逃入黑夜中……」他說到這裡嗚咽一聲，黎莎輕拍他的背，沒必要繼續聽下去。她可以想像接下來出了什麼事。

聖堂是伐木窪地唯一完全石造的建築，不受空氣中高熱灰燼影響，昂然獨立於廢墟之間。黎莎穿越聖堂大門，訝異地倒抽一口涼氣。長木椅都被清空，幾乎每吋地板上都鋪有稻草墊，草墊間相隔極近。約有兩百來人躺在地上呻吟，許多人汗如雨下、扭動掙扎，而其他本身也因爲生病而十分虛弱的人則試圖將他們壓在原地。她看見史密特在草墊上昏迷不醒，薇卡則躺在距離他不遠處。此外還有兩名麥莉的孩子，以及很多其他人，但她沒有看見父親。

一名女子在他們進入時抬起頭來。此人一副未老先衰的模樣，形容憔悴、愁眉苦臉，但黎莎立刻認出她壯碩的身影。

「感謝造物主！」妲西一看到她立刻說道。黎莎放開約拿，連忙走過去與妲西交談。數分鐘後，她回到約拿身邊。

「布魯娜的小屋還完好嗎？」她問。

約拿聳肩。「據我所知依然完好。」他說。「自從她去世後，就沒有人去過那裡。至今近兩個星期了。」

黎莎點頭。布魯娜小屋距離鎮上甚遠，而且位於樹林中。煙灰多半沒有遮蔽她的魔印。「我必須過去一趟拿些補給。」她說著再度步出聖堂。雨又開始下了，天色陰暗，完全看不見希望。

羅傑和魔印人站在門外，旁邊還圍了一圈鎮民。

「眞的是妳。」布莉安娜衝上前去擁抱黎莎。艾文站在不遠的後方，手裡牽著一個小女孩，未滿十歲但身材高大的加倫則站在他身邊。

黎莎熱情地回應對方的擁抱。「有人看見我父親嗎？」她問。

「他在家，那也是妳該在的地方。」一個聲音說道。黎莎轉身看見母親迎上前來，身後跟著加爾德。

黎莎不曉得該對這個畫面感到欣慰還是擔憂。

「妳寧願先來探望鎮民也不願意回家看看家人？」伊羅娜大聲問道。

「媽，我只是……」黎莎開口，不過隨即被她母親打斷。

「只是這個、只是那個！」伊羅娜叫道。「每次都有理由背棄妳的家人！妳父親一腳已經踏入棺材了，而妳竟然還在這裡……！」

「誰在陪他？」黎莎插嘴問道。

「他的學徒。」伊羅娜道。

黎莎點頭。「教他們把他帶來這裡。」她說。

「我絕不會這麼做！」伊羅娜吼道。「把他從舒適的羽毛墊上拖到瘟疫肆虐的大房間裡，躺在稻草墊上？」她抓起黎莎的手臂。「妳現在就給我去看看他！妳是他女兒！」

「妳以爲我不知道嗎？」黎莎大聲說道，一把甩開她的手。淚水沿著臉頰流下，她沒有費心擦拭。「妳以爲我拋下安吉爾斯的一切趕回來時，心裡除了父親還有別人嗎？但他不是鎮上唯一的人，母親！我不能爲了一個人而背棄所有人，就算是我父親也不行！」

「如果妳認爲這些人還沒死，那妳就是傻瓜。」伊羅娜說，群眾中隨即傳來一陣低呼。她指向聖堂的石牆。「今晚那些魔印能夠抵擋地心魔物嗎？」她問，所有人的目光隨著她的手而轉向石牆，只見牆面因爲濃煙和灰燼而漆黑一片。沒錯，魔印幾乎已看不見了。

她湊到黎莎身邊，刻意壓低音量。「我們家與鎮上相隔甚遠。」她低聲道。「或許算是伐木窪地最後一棟擁有魔印的房舍。它容不下所有人，但可以守護我們，只要妳回家就好！」

黎莎一掌甩出，不偏不倚地打在她媽臉上。伊羅娜摔倒在泥濘中，目瞪口呆地坐在地上，手掌摀著紅通通的臉頰。加爾德一副想要撲到黎莎身上，將她架走的模樣，但在被她冷冷一瞪後僵在原地。

「我不會畏首畏尾，把朋友交給地心魔物！」她叫道。「我們會想辦法補好聖堂的魔印，然後在這裡堅守到底。我們要團結一致！如果惡魔膽敢前來搶奪我的孩子，我會用火焰的祕密將它們燒出這個世界！」

我的孩子，黎莎在接下來一陣突如其來的死寂中想道。將鎮民視為我的孩子，這下我變成布魯娜了嗎？她環顧四周，凝望每張恐懼、骯髒的面孔，沒有人出聲說話。這時她才了解，所有人的心裡已把自己當成布魯娜。現在她成為伐木窪地的藥草師了。有時這表示她要醫病療傷，而有時……

有時這表示要在他人眼中灑點辣粉，或是在自家後院焚燒木惡魔。

魔印人踏步向前。人們開始竊竊私語，因為稍早前完全沒人注意到這個身穿長袍兜帽，有如鬼魅般的身影。

「你們必須面對的不只是木惡魔。」他說。「火惡魔會放火燒村，風惡魔則會盤旋天際。從你們鎮上殘破的情況來看，或許還會引來山丘上的石惡魔。太陽下山後，它們就會傾巢而出。」

「我們都死定了！」安迪大叫，黎莎感到恐慌在人群裡迅速蔓延。

「關你什麼事？」黎莎大聲質問魔印人。「你信守承諾，已將我們安然送達目的地！現在就給我爬上那嚇人的巨馬離開這裡！讓我們面對我們自己的命運！」

但魔印人搖頭。「我曾發誓絕不自願交給地心魔物任何東西，而我絕不會再違背誓言。要我交出伐木窪地，我寧願葬身地心魔域。」

他轉向群眾，拉下兜帽。人群裡傳來驚訝和恐懼的聲音，然而逐漸擴大的恐慌暫時停止蔓延。魔印人把握稍縱即逝的機會。「今晚地心魔物進攻聖堂時，我會挺身戰鬥！」他宣稱。人們同聲驚呼，接著許多鎮民眼中浮現認出此人的目光。即使在伐木窪地，人們也聽過滿身刺青的男人屠殺惡魔的故事。

「有人願意與我並肩作戰嗎？」他問。

男人們懷疑地互相凝望。女人們則抓起他們的手臂，以目光暗示男人不要發表任何愚蠢的意見。

「除了送死，我們能做什麼？」安迪叫道。「沒有什麼可以殺死惡魔！」

「你錯了。」魔印人說著，走到黎明舞者身邊，拉開一捆魔印布袋。「就連石惡魔都殺得死。」他說完打開一塊纏起的布，將一根長長彎彎的東西丟到鎮民面前的泥濘。

那東西從寬大的斷口到尖銳的頂端約三呎長，表面光滑，呈醜陋的黃棕色，如同蛀爛的牙齒。在眾目睽睽下，一道微弱的陽光破雲而出灑落其上。儘管躺在泥巴裡，該物的表面依然開始冒煙，蒸乾灑落上頭的綿綿細雨。

片刻後，石惡魔的魔角起火燃燒。

「所有惡魔都殺得死！」魔印人叫道，自黎明舞者身上拉出一根魔印長矛，拋擲而出，插在燃燒的魔角上。只見魔光閃動，魔角如同慶典煙火般炸成碎片。

「仁慈的造物主呀。」約拿說著，伸手平空比劃魔印。許多鎮民紛紛照做。

魔印人雙手抱胸。「我可以製作足以傷害地心魔物的武器，」他說。「但沒有人使用的武器毫無價值，所以我再問一次，有誰願意與我並肩作戰？」

一段漫長的沉默過後，一個聲音說道：「我願意。」魔印人轉頭，驚訝地看到羅傑走過來站在自己身邊。

「還有我。」楊．葛雷說著大步向前。他全身的重量都壓在拐杖上，但目光堅定。「七十多年來，我一直看著它們帶走我們，一個接一個。如果今晚是我的最後一夜，我一定要在死前對著地心魔物的眼睛吐口水。」

其他伐木窪地鎮民愣愣地待在原地，接著加爾德站了出來。

「加爾德，大白痴，你想幹嘛？」伊羅娜大聲問道，抓住他的手臂，但巨漢將她甩開。他遲疑地伸手拔出插在地上的魔印長矛。他凝神觀看，仔細打量矛身上的魔印。

「昨晚惡魔殺了我爸，」加爾德以低沉憤怒的聲音說道。他緊握魔印武器，抬頭看向魔印人，咬牙切齒。「我不打算忍氣吞聲。」

他的話刺激了其他人。一個接著一個，一群接著一群，有些人出於恐懼，有些人出於憤怒，更多人出於絕望，伐木窪地的鎮民挺身面對即將到來的夜晚。

「蠢蛋！」伊羅娜啐道，轉身離開。

「你沒必要這麼做。」黎莎說，雙手環抱在他腰間，與他一同騎著黎明舞者前往布魯娜的小屋。

「如果幫不了其他人，空有瘋狂的執念有什麼用？」他回道。

「早上我是在氣頭上。」黎莎說。「我不是那個意思。」

「妳就是那個意思。」魔印人向她說明。「而且妳說得沒錯。我一直執著於我戰鬥的對象，卻忘了自己一開始是為了什麼而戰。我這輩子唯一的夢想就是屠殺惡魔，但光殺那些待在野外的惡魔，卻不理會這些每晚在鎮上獵殺人類的地心魔物，又有什麼用？」

他們停在小屋前，魔印人翻身下馬，對她伸出手。黎莎微笑，任他協助自己下馬。「屋子安然無恙，」她說。「我們需要的東西應該都在裡面。」

他們進入小屋，黎莎本想直接前往布魯娜的儲藏室，但屋內熟悉的景象令她心悸。她突然了解自己從此再也見不到布魯娜了，再也聽不見她的咒罵，不能責備她在地上吐痰，再也無法聽到她的教誨或她的猥褻笑話。她生命中的那一部分已結束了。

但現在不是哀悼的時刻，於是黎莎將傷感拋到腦後，大步走向配藥室挑選瓶瓶罐罐，將其中一些塞入自己的圍裙，其他的則交給魔印人拿到黎明舞者身上。

「看不出這裡有什麼需要我的地方。」他說。「我該現在就開始製作魔印武器，我們只剩幾小時。」

她將最後一批藥草交給他，東西全裝載在馬上後，她領著他來到房間中央，拉開地毯，露出一個暗門。魔印人幫她開門，底下是通往黑暗的木板階梯。

「要我去拿根蠟燭嗎？」他問。

「千萬不要！」黎莎叫道。

魔印人聳肩。「反正我看得見。」他說。

「抱歉，我不是故意大聲的。」她說，伸手到圍裙口袋取出兩罐封口塞住的小藥瓶。她將其中一瓶的藥水倒入另一瓶，用力搖一搖，瓶子隨即發出微光。她舉起藥瓶，領頭走下發霉的階梯，來到塵封的地窖。牆上積著厚厚一層灰，梁柱上繪有魔印。這個小地窖中擺滿儲物箱、存放瓶罐的櫥櫃，以及大木桶。

黎莎走到櫃子前，取出一盒火焰棒。「火焰可以燒傷木惡魔，」她邊想邊道。「強力溶劑呢？」

「我不知道。」魔印人說。黎莎將盒子丟給他，然後彎腰蹲下，在下方的櫃子裡翻來翻去。

「我們會知道答案。」她說著，又將一人罐裝有透明液體的玻璃瓶交給他。瓶塞也是玻璃製，以一圈鐵絲緊緊固定瓶口。

「油脂和燃油會令它們站立不穩。」黎莎喃喃說道，繼續翻找。「而且就算在雨中，還是會產生猛烈的火勢……」她又交給他兩個以蜜蠟封口的陶罐。

接著她又翻出更多東西。雷霆棒，通常用以炸開盤根錯節的樹幹，還有一箱布魯娜的慶典煙火：節慶爆竹、火焰飛哨，以及手甩炮。

最後，她領著他來到在地窖後方一個大水桶前。

「打開它。」黎莎對魔印人說道。「輕一點。」

他照做，發現水裡飄著四個陶罐。他轉向黎莎，好奇地凝望著她。

「那個，」她說。「就是液態惡魔火。」

黎明舞者輕快的魔印蹄轉眼間就把他們帶到黎莎父親的家門口。過去的景象再次衝擊黎莎的內心，而她再次將那些感慨拋到腦後。日落前還有多少時間？不多了。這點可以肯定。

小孩和老人開始抵達，聚集在院子裡。布莉安娜和麥莉已開始安排他們蒐集工具。麥莉雙眼無神，望著院子裡的小孩。說服她把兩個孩子留在聖堂並不容易，但最後理性還是取得勝利。他們的父親留在他們身邊，如果出了什麼差錯，其他孩子也會需要母親。

伊羅娜在他們抵達時衝出屋子。

「這是妳的主意嗎？」她大聲問道。「把我們家變成畜棚？」

黎莎一把推開她，魔印人緊跟在旁。伊羅娜別無他法，只能跟在他們身後進入屋內。「是的，母親，」她說。「這是我的主意。我們或許容納不下所有人，但不管發生什麼事，至今尚未染病的小孩和老人待在這裡應該會很安全。」

「我不同意！」伊羅娜大叫。

黎莎轉身面對她。「妳沒得選擇！」她大叫。「妳說得沒錯，我們家就是鎮上僅存有魔印守護的房子，所以妳要嘛就是和大家一起擠在這裡，不然就和其他人一起挺身作戰。但看在造物主的份上，小孩和老人今晚會受到父親的魔印庇護。」

伊羅娜瞪著她。「要不是妳父親病了，妳絕對不敢這樣對我說話。」

「要是他沒病，他會親自邀請他們前來避難。」黎莎毫不退讓地說道。

她轉向魔印人。「穿過這些門就是造紙店。」她指門說道。「那裡有足夠的空間供你工作，你可以使用我父親的魔印工具。孩子們在蒐集鎮上的所有武器，待會就會拿來給你。」

魔印人點頭，接著一言不發地消失在門後。

「妳是上哪去找來這個傢伙？」伊羅娜問。

「他在路上自惡魔口中解救我們。」黎莎說著，走向父親的房間。

「我不知道這樣做對不對，」伊羅娜警告道，伸手抵住房門。「接生婆妲西說一切要看造物主的意思。」

「胡說八道。」黎莎說，步入屋內直接來到父親身旁。他的臉色發白、全身冒汗，但她毫不畏懼。她伸手放在他的額頭上，接著輕輕觸摸他的喉嚨、手腕，以及胸口。她一邊診斷，一邊向母親詢問他有哪些症狀、出現多久，還有她和接生婆妲西做過什麼處理。

伊羅娜絞著手掌，盡可能地回答所有問題。

「很多病人都比父親嚴重。」黎莎說。「爸比妳想像中要堅強許多。」

這是伊羅娜第一次沒有出言貶低父親。

「我會爲他煮鍋藥茶。」黎莎說。「他需要持續服用，至少三小時一次。」她取出一張羊皮紙，迅速地書寫用藥指示。

「妳不留下來陪他？」伊羅娜問。

黎莎搖頭。「聖堂還有近兩百人需要我，媽。」她說。「很多人的病情都比爸嚴重。」

「他們有妲西就夠了。」伊羅娜爭辯道。

「妲西看起來就像自從流感開始就不曾闔上眼。」黎莎說。「她已經筋疲力竭了，就算她狀況甚佳，我也不認爲她有能力應付這種疾病。只要妳陪在爸身邊，依照指示用藥，他比大多數鎮民更有機會看見明天的太陽。」

「黎莎？」她父親呻吟道。「是妳嗎？」

黎莎衝到他身旁，坐在床沿握起他的手。「是的，爸。」她說著淚如泉湧。「是我。」

「妳回來了。」厄尼低聲說道，嘴角緩緩地彎成微笑的弧度。他手掌無力地握了握黎莎。「我就知道妳會回來。」

「我當然會。」黎莎說。

「但妳又必須離開。」厄尼嘆息道。黎莎無言以對，他輕拍她的手心。「我聽見妳剛才說的話了，去做妳該做的事。光是見到妳就爲我帶來了全新的力量。」

黎莎忍不住哽咽，但試圖掩藏在笑聲中。她親吻他的額頭。

「情況很糟糕嗎？」厄尼輕問。

「今晚會死很多人。」黎莎說。

厄尼掌心一緊，挺身坐起。「那妳要盡力降低死亡人數，」他說。「我爲妳驕傲，我愛妳。」

「我也愛你，爸。」黎莎說著，緊緊擁抱他。接著她擦乾眼淚，離開房間。

羅傑在臨時診所的狹窄走道上來回走動，比手畫腳地講述前幾天夜裡魔印人現身搭救的故事。

「但接下來，」他繼續說道。「我們和營地間出現了一頭我這輩子見過最高大的石惡魔。」他跳上一張桌子，雙手高舉過頭，來回擺動，表示光是這樣還是沒有對方高。

「它足足有十五呎高。」羅傑說。「牙齒利如長矛，尾巴沉重到足以砸碎馬匹。黎莎和我赫然止步，但魔印人有半點遲疑嗎？沒有！他繼續前進，彷彿第七日早晨般冷靜，筆直凝視惡魔的光眼。」

羅傑享受著圍繞在四周的目光，暫停片刻，營造沉默的緊張氣氛，接著叫了聲「碰！」同時用力擊掌。所有人都嚇了一跳。「就這樣，」羅傑說。「魔印人的馬，如同黑夜般漆黑，外型有如惡魔化身，挺起兩根長角狠狠刺穿惡魔的背脊。」

「那匹馬有長角？」一個老人問道，揚起松鼠尾巴般濃密的灰色眉毛。他自草墊上撐起身體，右腿上的繃帶完全被斷口處的鮮血浸濕。

「是的。」羅傑肯定地說道，伸出手指比在雙耳後方，看得觀眾又咳又笑。「閃閃發光的金屬巨角，緊緊綑綁在馬勒兩旁，尖銳無比，上面刻有強力魔印！絕對是你見過最壯觀的猛獸，我敢保證！牠的馬蹄如同閃電般給予惡魔重擊，就在牠撞倒惡魔的同時，我們衝入魔印圈，總算安全了。」

「那馬呢？」一個小孩問道。

「魔印人吹了聲口哨——」羅傑伸出手指擺在嘴前，發出尖銳的聲響——「他的馬立刻穿越地心魔物，躍過魔印進入魔印圈內。」他雙掌拍擊大腿，佯裝巨馬衝刺的蹄聲，身體一躍而起，提供觀眾生動的畫面。

病人聽得瞠目結舌，一時間把身上的疾病和即將面臨的黑夜全拋到腦後。更棒的是，羅傑知道自己為他們帶來希望：黎莎可以治好他們的希望、魔印人可以守護他們的希望。

他希望他也可以為自己帶來希望。

黎莎命令小孩清洗父親用來製作紙漿的大水缸，然後用它們來熬煮自己從沒一次煮過如此大量的藥水。就連布魯娜的囤貨都很快就煮光了，於是她傳話給布莉安娜，要求小孩四下找尋豬根及其他藥草。

她的目光不時會飄向自窗外灑落的陽光，看著光線逐漸越過紙店地板。太陽已開始偏西了。

不遠處，魔印人以相似的速度迅速工作，雙手精確熟練地在斧頭、尖嘴鎬、長矛、箭矢和投石彈上繪製魔印。孩子們把所有可以當作武器的東西都拿來，一等魔印漆乾透就取走武器堆在屋外的馬車上。

每隔一段時間，就會有人跑進來傳訊給黎莎或魔印人。他們迅速地指示信差，派遣他們回覆訊息，然後繼續回去工作。

距離日落只剩下兩小時，他們在綿綿細雨中駕駛馬車回到聖堂。村民一看到馬車，紛紛放下手邊的工作迅速趕來幫助黎莎搬運解藥。其中有些人走向魔印人，想要幫忙搬運武器，但被他瞪了一眼後全跑光。

黎莎帶著一個沉重的石罐走到他身前。「潭普草和天英草，」她說著，將石罐交給他。「混在三頭母牛的飼料中，確定牠們把它全吃掉。」魔印人接過石罐，點了點頭。

當她轉頭進入聖堂時，他抓住她的手臂。「帶著這個。」他說著，遞出一根自己的長矛。這根矛有五呎長，以輕盈的灰木所製。金屬矛頭上刻有力量魔印，矛刃磨得十分鋒利。矛柄同樣刻有防禦魔印，表面光亮堅硬，矛底鑲有魔印金屬。

黎莎懷疑地看著這把武器，並沒有伸手去接。「你給我這種東西做什麼?」她問。「我是藥草……」

「現在不是背誦藥草師誓詞的時候。」魔印人說，將武器塞到她手中。「妳的臨時診所魔印脆弱。如果戰線崩潰，這根矛或許是唯一擋在地心魔物和病患之間的東西。到時候妳的誓詞又能做些什麼?」

黎莎一臉不悅，不過還是接下武器。她試圖在他眼中尋找更多情緒，但他的魔印回到原位，她已無法觸及他的內心。她想要丟下長矛，將他擁入懷中，但她無法忍受再次遭到拒絕。

「那麼……祝好運。」她努力擠出這句話來。

魔印人點頭。「妳也是。」他轉身邁向馬車，黎莎凝視他的背影，只想放聲大叫。

魔印人走開後，緊繃的肌肉終於鬆懈下來。他發揮最大的意志力才迫使自己轉身離去，今晚他們絕對不能混淆彼此的關係。

他將黎莎的身影逐出腦海，把思緒集中在即將到來的戰鬥。克拉西亞聖典伊弗佳中記載了第一任解放者卡吉的征戰事蹟。在學習克拉西亞語時他仔細研究過這段記載。

卡吉的戰爭哲學被克拉西亞人視爲神聖法則，帶領他們的戰士與地心魔物夜夜征戰數百年。戰場有四大法則：統一的信念及領導，在我方選擇的時間與地點作戰，適應無法控制的狀況並做好萬全準備，以及攻其不備、找出並利用敵人的弱點。

一名克拉西亞戰士自從出生開始，就被灌輸屠殺阿拉蓋是通往救贖之路的觀念。當賈迪爾命令他們跳出魔印圈的守護時，他們會抱著必死的決心，不會有絲毫遲疑，因爲他們是爲艾弗倫而戰，將在死後世界獲得獎勵。

魔印人深怕伐木窪地的鎮民缺乏同等強大的信念，沒有辦法全心作戰。但看著他們忙進忙出，盡力備戰，他心想或許自己低估了他們。即使在提貝溪鎮，遇到困難時人們也會出面幫助鄰居。這就是小村落可以在缺乏魔印高牆守護的情況下持續存在的原因。只要他讓村民都有事做，在惡魔出現時沒有時間感受絕望，或許他們就可以齊心合力對抗惡魔。

如果不行，今晚聖堂裡不會留下任何活口。

克拉西亞抵抗惡魔的實力大部分奠基在卡吉的第二法則，慎選戰場，因爲戰場本身也是戰士。克拉西亞大迷宮專門設計用來提供戴爾沙羅姆層層守護，同時將惡魔引往埋伏地。

聖堂有一邊面向樹林，屬於木惡魔的勢力範圍，此外還有兩邊面向殘破的街道和房舍的廢墟。太多地方可以提供地心魔物掩護和藏身。而穿越聖堂大門的石板地後方是廣場，如果可以把惡魔集中在這裡，他們或許就有希望。

他們沒有辦法清洗石牆上油膩的灰燼，也無法在雨中繪製魔印，所以他們將窗戶和大門以木板釘死，然後在木板上繪製臨時魔印。出入限制在一扇小側門，並在門框附近放置魔印石；這樣惡魔比較容易自正面來襲。

光是人類出現在黑夜中就足以吸引惡魔聚集，儘管如此，魔印人仍耗費許多心力確保地心魔物不會自聖堂側面來襲，只留下一條抵抗力最薄弱的道路，引誘它們自廣場的方向進攻。根據他的指示，鎮民在聖堂四周擺放障礙物，並且架設臨時魔印樁，在上面繪製迷惑魔印。任何試圖路過這些魔印攻擊聖堂的惡魔都會忘記原先的目的，最後被廣場的騷動吸引。

廣場的一邊是牧師豢養牲畜的畜欄。畜欄很小，但新的魔印樁威力強大。幾頭牲畜圍在於其中架設避難棚的人們身旁。

廣場另一側挖了幾條迅速被泥濘雨水淹沒的壕溝，藉以控制火惡魔的前進路徑。水面上浮了厚厚一層黎莎提供的燃油。

鎮民忠實奉行卡吉的第三法則，做好萬全的準備。持續降雨導致廣場濕滑，堅硬的地上逐漸形成一層泥巴。鎮民依照魔印人的指示在戰場上架設信使魔印圈，作為伏擊及撤退地點。此外他們還挖了一道深坑，並在洞口鋪設泥濘的油布。地上的石頭上用掃把塗了一層又厚又黏的油脂。

至於第四法則，攻其不備，他們就不必多費心了。

因為地心魔物根本不會料到他們會挺身反抗。

「你吩咐的事我都辦好了。」一個男人在他打量地勢時走過來說道。

「呃？」魔印問說。

「我是班恩，先生，」男人說。「麥莉的丈夫。」魔印人只是看著他。「玻璃匠。」他繼續解釋，魔印人終於認出他來。

「拿出來看看。」他說。

班恩拿出一個小玻璃瓶。「很薄，就像你要求的一樣，」他說。「很容易碎裂。」

魔印人點頭。「你和你的學徒趕製了多少個？」他問。

「三打。」班恩說。「可以請問要拿來做什麼嗎？」

魔印人搖頭。「你很快就會知道了。」他說。「帶過來，再幫我找點碎布。」

接著走來的是羅傑。「我看到黎莎的長矛。」他說。「我來拿我的。」

魔印人搖頭。「你不會出戰。」他說。「你要和傷患待在一起。」

羅傑瞪視著他。「但你告訴黎莎……」

「給你長矛等於奪走你的力量。」魔印人打斷他。「你的音樂會被室外的喧囂淹沒，但在室內它將比一打魔印長矛更具威力。如果地心魔物突破戰線，就得靠你拖延它們直到我趕來。」

羅傑一臉不悅，不過還是點點頭，然後走回聖堂。

還有更多人在等著找他。魔印人聆聽他們的進度報告，指示他們執行更迫切的任務。鎮民動作迅速，如同一群隨時準備逃命的野兔。

統統分派完畢後不久，史黛芙妮帶著一群憤怒的女人氣呼呼地來到他的面前。「你爲什麼叫我們前往布魯娜的小屋？」女人大聲問道。

「那裡的魔印強大。」魔印人說。「聖堂和黎莎家都沒有空間容納妳們。」

「我們不管那個，」史黛芙妮說。「我們也要作戰。」

魔印人凝視著她。史黛芙妮個頭嬌小，身高五呎多一點，瘦得像根蘆薈。她已經五十幾歲了，皮膚乾癟粗糙如同陳舊皮革，就連最矮小的木惡魔也比她高大。

但她的眼神明白表示這一切不代表什麼，不管他怎麼說她都要上場作戰。克拉西亞人或許不允許女人作戰，但那是他們的損失。他絕不會拒絕任何願意挺身對抗黑夜的人。他自馬車上拿起一根長矛給她。「我們會幫妳安排據點。」

史黛芙妮本來以爲要大吵一場，看他這麼合作反而有點退縮，但她還是接下武器點頭離開。其他女人輪流上前，他發給她們一人一根長矛。

一看魔印人開始發放武器，男人們連忙擠了過來。伐木工取回他們自己的斧頭，懷疑地看著剛剛漆上的魔印；從來沒人曾用斧頭砍穿木惡魔的外殼。

「不需要這個，」加爾德說著交還魔印人的長矛。「我不擅長揮舞長矛，但是斧頭我就駕輕就熟。」其中一名伐木工帶著一個年約十三的女孩來到他面前。「我叫弗林，先生。」伐木工說。「我的女兒汪妲偶爾會和我一起打獵。我不希望她出來外面作戰，但如果你讓她持弓待在魔印後方，我保證她會箭無虛發。」

魔印人看著女孩。她的身材高大、相貌平平，繼承了她父親的體格和力量。他走到黎明舞者身邊，取下自己的紫杉弓和重箭。「今晚我用不到這些。」他對她說，伸手指向聖堂頂樓的窗口。「看看妳能不能撬開木板，從那裡發箭。」他建議道。

汪妲接過弓箭快跑離開。她父親鞠了個躬，向後退走。

約拿牧師一拐拐地步出聖堂。

「你應該待在裡面，你的腿需要休息。」魔印人說，他在聖徒面前就會渾身不自在。「如果你不能搬重物或挖掘壕溝，那你在這裡就只有礙事。」

約拿牧師點頭。「我只是想要看看防禦工事。」他說。

「應該守得住。」魔印人以自覺太過自信的語氣說道。

「守得住的。」約拿說。「造物主不會遺棄在聖堂中避難的人們，這就是他派你來的原因。」

「我不是解放者，牧師。」魔印人說著皺起眉。「沒有人派我來，今晚的事絕對不是註定的。」

約拿微笑不語，彷彿面對不懂事的孩子。「那麼你剛好在我們最需要幫助時出現完全只是巧合？」他問。「我沒有資格斷定你是不是解放者，但你出現在這裡就和我們其他人一樣，是因為造物主要你出現在這裡，而祂做任何事都有祂的理由。」

「祂讓半數村民死於瘟疫也有理由？」魔印人問。

「我不會假裝了解造物主的安排。」約拿平靜地說。「但我知道造物主確實有祂的安排。有一天當我們回顧從前，會想不透為什麼當初我們無法猜透祂的安排。」

黎莎進入聖堂時，妲西正倦睏地蹲在薇卡身旁，試圖用濕毛巾降低她額頭的高溫。

黎莎直接朝她們走去，自妲西手中接過毛巾。「去睡一會兒。」她說，在妲西的眼中看見疲憊不堪的情緒。「太陽即將下山，到時候有我們忙的了。去吧，趁有機會休息休息。」

妲西搖頭。「等我死了就會休息，」她說。「在那之前我會繼續工作。」

黎莎打量她一會兒，然後點頭。她伸手到圍裙中取出以蠟紙包裹的膠狀物體。「嚼這個。」她說。「明天妳會很不舒服，但它可以幫妳撐過今晚。」

妲西點頭，將膠狀物體放入口中，黎莎則彎腰檢視薇卡。她自肩膀上取下水袋，拔下瓶塞。「扶她坐起來一點。」她說，妲西照做，扶起薇卡讓黎莎餵藥。她咳出一點，但妲西按摩她的喉嚨幫助她吞嚥，直到黎莎餵完。

黎莎站起身來，看著滿室數不盡的傷患。在前往布魯娜小屋前，她已按照病情分類，治療傷勢最嚴重的病人，但還有很多人需要照顧，很多骨頭要接，很多傷口要縫，更別提要幫數十名昏迷不醒的病人灌藥。

只要有時間，她很肯定自己可以驅趕瘟疫。或許有些人已經病入膏肓，可能造成長久的影響甚至死亡，但大多數的孩子都會痊癒。

只要他們撐過今晚。

她召集自願者、分配藥物，指示他們在外面的傷者開始湧入時該做什麼處理。

羅傑看著黎莎和其他人忙進忙出，一邊調整琴音，一邊感覺自己像個懦夫。內心深處，他知道魔印人說得沒錯：他應該把握自己的優勢，就像艾利克以前常說的那樣。但這個想法並不能美化躲在石牆後看著其他人奮勇戰鬥的行為。

不久前，他還無法接受放下小提琴、舉起武器的想法，但現在的他實在不想繼續畏首畏尾，眼看他人代他赴死。

如果他能夠活下來講述這個故事，他認為「伐木窪地之役」的故事會在他的孫子出世後仍流傳世間。但他自己在故事中扮演什麼角色呢？躲在安全的地方演奏小提琴，根本不值得用一句話去描述，更別提是一個章節了。

第三十一章　伐木窪地之役　332 AR

站在廣場最前線的是伐木工。砍樹和搬運木材的生涯讓他們擁有粗壯的胳臂和寬厚的胸膛，但有些伐木工早已過了最佳狀態，像是楊・葛雷。而其他人還沒有完全長大成人，像是倫的兒子林德。他們全聚集在一個攜帶式魔印圈內，緊握潮濕的斧頭柄，等待天色逐漸陰暗。

伐木工身後，伐木窪地三頭最肥的母牛被綁在廣場中央的木樁上。牠們吃了黎莎下過藥的晚餐，正躺在地上呼呼大睡。

母牛後方是最大的魔印圈。裡面的人不如伐木工強壯，但人數眾多。其中近一半是女人，最年輕的只有十五歲。她們神情冷峻地站在自己的丈夫、父親、兄弟與兒子身旁。屠夫道格的妻子，身材魁梧的梅倫手持魔印屠刀，一副隨時可以揮刀殺敵的模樣。

他們身後是鋪著油布的深坑，接著是第三道魔印圈，位於聖堂大門正前方。史黛芙妮及其他年紀太大或身體太虛，不適合在泥濘廣場中亂跑的鎮民手持長矛立於其中。

所有鎮民都有魔印武器。其中有些武器最短的人還會攜帶以水桶蓋改造而成的木盾，上面繪有禁忌魔印。魔印人只做了一面這種木盾，但其他人仿製得分毫不差。

一群遠程炮手站在畜欄的柵欄邊緣、魔印樁後方，全是十來歲的小孩，手持弓箭和投石器。幾個成人拿著寶貴的雷霆棒或班恩的薄玻璃瓶，瓶口塞有濕布。更小的孩子手持油燈，頭戴兜帽遮雨，負責點燃武器。拒絕作戰的人們躲在他們後方的遮棚，和牲畜擠在一起，而遮棚裡還放著布魯娜的慶典煙火。

有不少人本來打算作戰後來卻又反悔，寧願被鎮民奚落也要躲在魔印後，像是安迪。當魔印人騎著黎明舞者巡視廣場時，他看見不少人熱切地望向畜欄，臉上滿是恐懼。

地心魔物現形時，尖叫聲此起彼落，很多人忍不住後退一步，信念瞬間動搖。戰鬥還沒開始，恐懼幾乎已擊垮伐木窪地鎮民。魔印人提示的惡魔弱點在一輩子的恐懼前根本產生不了什麼鼓舞的作用。

魔印人注意到班恩在發抖。他的一條褲管突然濕掉，並且沿著顫抖的大腿向下擴散，顯然不是被雨淋的。他翻身下馬，站在玻璃匠身旁。

「你爲什麼站在外面，班恩？」他提高音量，讓所有人都聽見自己的問話。

「我的……我的女兒們。」班恩說著指向聖堂。他手中的長矛幾乎快要自掌心震脫。

魔印人點頭。大多數伐木窪地的鎮民都是爲了守護無助地躺在聖堂中的家人而戰。若非如此，他們多半都會躲入畜欄。他比向在廣場上凝聚形體的地心魔物。「你怕他們？」他問，聲音依然洪亮。

「是……是的。」班恩努力回道，臉上雨淚交織。其他人紛紛跟著點頭。

魔印人脫掉長袍。鎮民沒有見過他脫掉衣服的模樣，所有人都瞪大雙眼看著他渾身上下無所不在的刺青。「看著。」他對班恩說道，但其實是要所有人都聽見。

他步出魔印圈，大步迎向一頭剛開始凝聚形體的七呎木惡魔。他回頭一望，盡可能與伐木窪地的鎮民目光相對。眼看他們的注意力都集中在自己身上，他叫道：「這就是你們恐懼的東西！」

魔印人突然轉身，猛力出擊，一掌擊中地心魔物下顎，在一陣魔光中擊倒恰好成形的惡魔。惡魔痛苦尖叫但迅速躍起，身體一縮，準備出擊。鎮民呆立原地，目不轉睛，所有人都肯定魔印人必死無疑。

木惡魔一撲而上，但魔印人踢掉一只草鞋，轉身迴旋，近距離踢向地心魔物。他的魔印腳跟擊中惡魔胸口的硬殼，發出雷鳴般的聲響，惡魔再度向後跌出，胸口一片焦黑。

一頭體型較小的木惡魔趁他追擊獵物時疾衝而來，但魔印人一把抓住它的手臂，閃入它的身後，挺起魔印大拇指插入對方雙眼。只聽見一陣滋滋作響，地心魔物放聲大叫，伸爪抓臉，向旁跌開。

眼看盲眼惡魔團團亂轉，魔印人再度衝向第一頭惡魔，正面迎接對方下一波攻勢。他迴旋側身，在地心魔物衝過身旁時一躍而上，魔印手臂緊扣對方腦袋。他使勁擠壓，完全忽略惡魔試圖擺脫他的掙扎；他等待魔力迅速聚集。最後在一股魔力爆發的力道中，惡魔腦漿迸裂，與魔印人一同跌入泥巴。

魔印人自屍體旁起身，其他惡魔都與他保持距離，口中嘶嘶作響，搜尋他的弱點。魔印人朝它們大吼一聲，站得近的幾頭惡魔立刻後退。

「該害怕的不是你，玻璃匠班恩！」魔印人叫道，聲音如同暴風。「該害怕的是它們！」

伐木窪地的鎮民都不作聲，但不少人下跪，伸手在身前比劃魔印。他走回班恩身旁，只見對方已不再顫抖。「下次心生恐懼時，」他說著撿起長袍，擦拭身上的泥巴。「記住這點。」

「解放者。」班恩喃喃說道，其他人紛紛跟著低聲唸誦。

魔印人使勁搖頭，雨水四下飛散。「你就是解放者！」他吼道，用力戳著班恩的胸口。「還有你！」他大叫，轉身抓起一個跪在自己腳邊的男人。「你們都是解放者！」他奮力吼叫，揮手比向所有站在黑夜中的人們。「如果地心魔物懼怕一個解放者，就讓它們面對一百個解放者！」他揮舞拳頭，鎮民齊聲鼓譟。

這個場面讓剛剛成形的惡魔遲疑片刻，它們前後遊走，低聲吼叫。它們很快就放慢腳步，一個接著一個壓低身形，肌肉賁起。

魔印人轉向左翼，魔印眼透視黑暗。火惡魔避開積水的壕溝，但木惡魔絲毫不以爲意，沿著壕溝而行。

「點火。」他指向壕溝叫道。

班恩以拇指摩擦一根火焰棒，掌心遮蔽風雨，點燃一根火焰飛哨的引信。引信滋滋作響，班恩手臂一揚，將火焰飛哨拋向壕溝。

引信在半空中燒盡，火焰飛哨的一端爆出火光。厚紙管化作火輪迅速旋轉，在擊中壕溝上的燃油泥漿時發出尖銳的呼嘯聲。

木惡魔在腳下及膝的水面突然化作火海時尖聲慘叫。它們立刻後退，驚慌失措地拍打火焰，導致燃油四濺、火勢延燒。

火惡魔歡天喜地地躍入火海，完全忘記隱藏其下的雨水。魔印人微笑地看著它們在雨水沸騰時尖叫。

火焰將廣場籠罩在搖曳不定的火光中，在看見眼前惡魔湧出的數量後，鎮民們紛紛倒抽一口涼氣。風惡魔劃破天際，在風雨中依然迅捷。靈活的火惡魔四下鑽動，雙眼和口中綻放紅光，照亮位於敵陣外圍的巨大石惡魔輪廓。還有木惡魔，很多很多木惡魔。

「好像森林裡的樹木挺身對抗伐木工。」楊．葛雷語氣敬畏地說道，許多伐木工都一臉恐懼地點頭。

「這輩子還沒碰過一棵我砍不斷的樹。」加爾德低聲吼道，舉起斧頭。這話激起伐木工的鬥志，人們士氣大振。

地心魔物迅速恢復戰意，張牙舞爪地撲向伐木工。魔印圈的力場擋下它們的攻勢，伐木工高舉斧頭準備攻擊。

「忍住！」魔印人叫道。「牢記戰略！」

眾人隱忍不發，任由惡魔徒勞無功地衝撞力場。地心魔物沿著魔印圈外圍遊走，試圖找尋弱點，不久伐木工的身影就淹沒在惡魔形成的樹皮潮浪中。

第一個發現母牛的是體型不比貓大的火惡魔。它尖叫一聲，跳到一頭母牛的背上，利爪深陷其中。母牛猛然驚醒，在小惡魔咬下一塊皮時痛苦哀號。

這個聲音讓其他地心魔物忘記伐木工。它們撲向母牛，將牠們撕成碎片，血肉模糊。牛血濺入空中，混雜著雨水墜入泥濘地面。甚至還有一頭風惡魔俯衝而下，咬走一塊牛肉，隨即遁回天際。

轉眼間，母牛屍骨無存，但似乎沒有一頭地心魔物心滿意足。它們朝下一道魔印圈前進，攻擊魔印力場，濺起魔法火星。

「忍住！」魔印人在身邊的人情緒緊繃時再度叫道。他將長矛移往身後，目不轉睛地觀察惡魔。靜靜等待。

接著他看見了。一頭惡魔腳步踉蹌，失去平衡。

「現在！」他大吼，跳出魔印圈，一矛刺穿一頭惡魔的頭顱。

伐木窪地的鎮民在一陣原始的吼叫聲中展開攻擊，撲到被下藥的地心魔物身上，肆意狂砍猛刺。惡魔放聲尖叫，但在黎莎的迷藥作用下，反應十分遲鈍。鎮民依照指示成群進攻，趁惡魔轉移注意時自後方突刺。魔印武器光芒大作，而這次灑入空中的是惡魔的膿汁。

梅倫用屠刀乾淨俐落地砍下一頭木惡魔的手臂，而她丈夫道格則以切肉刀插入惡魔腋下。剛剛吃了藥牛的風惡魔墜落在廣場上，班恩將長矛插下使勁扭轉，在魔印矛頭的魔光中刺穿地心魔物的硬皮。

持盾的鎮民發現，惡魔爪無法攻破木盾上的魔印，頓時信心大增，加速攻擊頭昏腦脹的地心魔物。

但不是所有惡魔都有吃藥牛，位於後方的惡魔開始向前進逼。魔印人一直等到奇襲的效果消失，然後才開口叫道：「炮手！」

畜欄中的孩童齊聲喊叫，將玻璃瓶裝入投石器，瞄準擠在伐木工魔印圈前方的惡魔投射而出。薄玻璃在木惡魔樹皮般外殼前粉碎，灑下連雨水也沖刷不掉的液體。惡魔高聲大叫，但無法突破小畜欄的魔印樁。

趁著地心魔物發狂時，油燈手忙碌奔走，點燃包著瀝青碎布的箭頭及布魯娜煙火的引信。他們沒有依照指示同時發射，但結果沒有多大差別。第一支火箭射出，點燃一頭木惡魔背上的液態惡魔火，惡魔淒聲慘叫，撞上另一頭木惡魔，對方跟著也起火燃燒。慶典爆竹、手甩炮，以及火焰飛哨夾雜在火箭中，強光和巨響嚇退了某些惡魔，並點燃其他惡魔。黑夜因爲燃燒的惡魔而大放光明。

其中一支火焰飛哨擊中伐木工魔印圈前方的淺溝，而這條淺溝橫跨整座廣場。火星點燃溝中的液態惡魔火，火勢隨即一發不可收拾，數頭木惡魔旋即著火，剩下的惡魔則被擋在火線外。

而在魔印圈之間及遠離火場的地方，雙方已打得難分難解。吃了藥牛的惡魔迅速倒地，但它們的夥伴讓武裝鎮民膽戰心驚。隊伍開始走散，有些鎮民因恐懼而不住後退，提供地心魔物突破戰線的機會。

「伐木工！」魔印人在刺死一頭火惡魔的同時叫道。

現在沒有後顧之憂，加爾德和其他伐木工齊聲喊叫，跳出魔印圈，自後方攻擊包圍魔印人部隊的惡魔。就算沒有魔法守護，木惡魔的外殼依然如同老樹皮般堅硬，但砍樹皮對伐木工來說是家常便飯，而他們斧頭上的魔印徹底驅逐強化惡魔外殼的魔力。

加爾德是第一個感受到惡魔體內的魔法震撼，並利用地心魔物本身的力量來對抗它們的伐木工。魔法的衝擊沿著斧柄而上，導致他的手臂短暫刺痛，同時也感到難以言喻的喜悅。他一斧砍下惡魔的腦袋，接著大吼一聲，迎向第二頭惡魔。

惡魔腹背受敵、大受打擊。數百年的強勢經驗讓它們認定如果人類眞的抵抗，根本不足爲懼，所以在遭受抵抗時措手不及。聖堂唱詩班樓座窗口後的汪妲箭無虛發，每支魔印箭矢如同閃電般貫穿惡魔的血肉。

空氣中瀰漫著濃厚的血腥味，痛苦的慘叫聲遠遠傳開。遠方傳來地心魔物回應的戰呼。敵方的援軍即將抵達，而伐木窪地沒有任何援軍。

惡魔不久便突破劣勢。即使少了刀槍不入的外殼，世上還是沒有多少人能夠與木惡魔正面衝突。即使是最弱小的惡魔，力量也與加爾德相當，一般人根本無法與惡魔的力量相比。

梅倫衝向體型和大狗差不多的火惡魔，屠刀染滿惡魔膿汁。她將木盾舉在前，屠刀在後，準備出擊。地心魔物大吼一聲，對她吐出火焰唾液。她舉起木盾防禦，但盾牌上的魔印不能防火，木盾起火燃燒。梅倫在手臂燒傷時大聲尖叫，著地撲倒，在泥濘中翻滾。惡魔一撲而上，但被她丈夫道格擋下。壯碩的屠夫把火惡魔當作肉豬般開膛破肚，但在對方熔岩般的血液點燃他的皮圍裙時放聲慘叫。

一頭木惡魔四腳著地，弓身閃過艾文的利斧，趁他不注意時一躍而起，將他撲倒。眼看惡魔張口就要咬下，他尖聲大叫，接著聽見一陣狗叫，他的獵狼犬自側面撲來，撞開惡魔。艾文立刻起身，對著地上的地心魔物一斧砍下，不過有頭獵狼犬慘遭惡魔毒手。艾文放聲怒吼，補上一斧，隨即轉身面對另一頭惡魔，雙眼綻放狂野的目光。

正在此時，淺溝中的惡魔火燃燒殆盡，受困在另一邊的木惡魔再度向前推進。

「雷霆棒！」魔印人在駕馭黎明舞者踐踏一頭石惡魔時大聲叫道。

收到命令後，炮手中最年長的人們取出最珍貴也最強力的武器。雷霆棒總數不到一打，因為布魯娜不願意多做。她擔心如此強力的武器會遭濫用。

他們點燃引信，將雷霆棒拋向直逼而來的惡魔。其中一名鎮民手滑，雷霆棒掉落泥地。他迅速彎腰撿起，但來不及了。雷霆棒在他手中爆炸，將他和油燈座炸成碎片，旁邊好幾人都被震倒而痛苦慘叫。

一根雷霆棒在兩頭木惡魔間爆炸。惡魔摔在地上，身受重創。其中一頭樹皮外殼起火燃燒，無力起身。另一頭則在泥濘中撲熄火勢，抽搐幾下後一爪抵地、掙扎起身。它體內的魔法已開始自我療癒。

另一根雷霆棒飛向一頭九呎高的石惡魔，被惡魔一把抄起，湊過頭去，好奇地打量棒身，眼睜睜地看著棒子爆炸。

當煙霧消散後，惡魔卻神態自若地站在原地，繼續朝廣場上的鎮民前進。汪妲朝它射了三支重箭，但它只是吼叫幾聲，怒不可抑地繼續衝刺。

加爾德在它攻擊其他人前迎上前去，扯開喉嚨與它對吼。高大的伐木工低頭避過惡魔的攻擊，一斧砍入它的胸口，手臂上隨即傳來魔法流竄的快感。惡魔最後終於倒地，加爾德得站在它身上才能自從那厚重的外殼中拔出武器。

一頭風惡魔俯衝而來，長有倒鉤的利爪差點將弗林切成兩半。唱詩班樓座上的窗口傳來一陣尖叫，汪妲一箭擊斃地心魔物，但傷害已造成，她的父親倒地不起。

一頭木惡魔一爪揮落，將倫斬首，腦袋飛離屍體。在他的斧頭墜入淤泥的同時，他兒子林德已將這頭惡魔的手臂砍斷。

右翼畜欄附近，楊·葛雷與惡魔的利爪擦身而過，但這一擊已將老人撂倒。地心魔物緊追著在地上掙扎爬行的老人，但安迪突然嗚咽一聲，跳出魔印畜欄，撿起倫的斧頭狠狠埋入惡魔的背。

其他人紛紛跟了出來，完全將恐懼拋到腦後，離開畜欄的守護，撿起陣亡者的武器，或將傷者拖往安全的地方。基特在最後一瓶惡魔火上塞入碎布，點燃後拋向一頭木惡魔，以掩護他的姊姊們將一個男人拖入畜欄。木惡魔起火燃燒，基特振臂歡呼，直到一頭火惡魔跳上燃燒的地心魔物身上，在烈焰中歡聲尖叫。基特拔腿就跑，但火惡魔竄到他的背上，將他壓倒。

魔印人在戰陣中遊走，有時以長矛砍殺惡魔，有時赤手空拳屠戮對手。黎明舞者跟在他身邊，以巨蹄和尖角參與混戰。他們看見哪裡戰況激烈就往哪裡衝，驅散地心魔物，然後把它們留給鎮民宰殺。他已無數次阻擋惡魔的致命一擊，讓它們的對手有機會再度起身，繼續作戰。

兵荒馬亂之際，一群地心魔物闖過廣場中線，穿越第二道魔印圈，踏上油布，墜入深坑底部的魔印長釘上。大多數惡魔猛烈抽搐，深陷致命魔法的影響下，但其中一頭惡魔避開長釘，爬回洞口。一把魔印利斧在它有機會回到戰場或試圖逃亡時砍下它的腦袋。

然而地心魔物不斷湧現，在深坑曝光後，它們開始繞道而行。一聲尖叫過後，魔印人隨即轉身，只見聖堂門口已陷入苦戰。地心魔物可以聞到聖堂中病人和傷患的味道，瘋狂地想要突破防線，展開屠殺。現在就連畫在木板上的魔印都被不停落下的雨水沖刷褪去。

聖堂門外石板地上塗抹的油脂降低了地心魔物進攻的速度。好幾頭惡魔摔倒在地，或是撞上第三道魔印圈的力場。但它們張開利爪插入地面，繼續前進。

門口的女人躲在魔印圈內以長矛攻擊惡魔，暫時阻擋惡魔的攻勢，但史黛芙妮的矛頭卡在一頭惡魔的外殼中，整個人被拉出魔印圈，她的一條腿則在掙扎時纏上攜帶式魔印圈的繩索。魔印牌位置一亂，魔印網旋即崩潰。

魔印人以最快的速度趕去，躍過十二呎寬的深坑，但即使是他也沒有辦法在屠殺展開前趕到。當他衝入戰局，大打出手時，聖堂門口已屍塊飛散，血流成河。

混戰結束後，他和僅存的幾名女子氣喘吁吁地站在原地，令人驚訝的是，史黛芙妮竟然還沒倒下。她全身濺滿膿汁，但似乎沒有什麼大礙，她的眼中流露堅定的信念。

一頭高大的木惡魔疾衝而來，他們同時轉身，堅守陣地，但地心魔物在進入攻擊範圍前突然蹲下，一躍而起，跳過她們的頭頂，竄上聖堂的石牆。它的利爪輕易地在牆面找到空隙，在魔印人有機會抓住它的尾巴前沿牆而上。

「小心！」魔印人對汪妲叫道，但對方專心瞄準，根本沒有聽見他的警告。惡魔將她一把抓起，隨即拋到腦後，彷彿她只是什麼擋路的東西。魔印人疾衝而出，滑過地上的油脂和泥巴，在她落地前接住血肉模糊的身軀，但就在他這麼做的同時，惡魔已跳入窗口，進入聖堂。

魔印人衝向側門，但一過轉角立刻停步，看著面前十幾頭身中迷惑魔印而茫然呆立原地的惡魔。他大吼一聲，衝向惡魔，心裡明白自己絕不可能及時進入聖堂。

聖堂的石牆內迴盪著痛苦的呻吟，而門外傳來的惡魔吼叫聲更是讓所有人精神緊繃。聖堂中，有些人放聲哭泣，有些人緩緩搖晃、恐懼顫抖；有些人翻來覆去、胡言亂語。

黎莎努力讓大家保持冷靜，安慰神智清醒、用藥輕微的人，不讓他們撕扯自己的縫線，或是防止神智不清的人在盛怒下自殘。

「我可以戰鬥！」史密特堅持，強壯的旅店主人不顧羅傑的勸阻，拖著可憐的吟遊詩人行走。

「你身體不適！」黎莎衝上前去大叫。「你出去會送命！」她一邊走，一邊將小瓶子裡的藥粉倒入一塊碎布。只要將碎布壓在他臉上，藥粉立刻就能讓他昏迷。

「我的史黛芙妮在外面！」史密特叫道。「我的兒子和女兒！」他趁黎莎揚起碎布時一把抓住她的手腕，用力將她推向一旁。她跌到羅傑身上，兩人摔成一團。他伸手去抬大門門閂。

「史密特，不要！」黎莎叫。「你會放惡魔進來，把我們全害死！」

但神智不清的旅店主人毫不理會她的警告，兩手抓起門閂，使勁上抬。

妲西抓住他的肩，將他轉過身來，隨即一拳擊中他的下頦。這拳打得史密特再轉一圈後便癱倒。

「有時候最直截了當的方法比藥草和針線更有效。」妲西一邊說著，一邊甩手以減輕刺痛感。

「我終於知道布魯娜爲什麼老拿根拐杖了。」黎莎同意道，兩人攙起史密特的手臂將他抬回草墊。大門後，打鬥聲突然大作。

「聽起來好像地心魔域的所有惡魔都在試圖破門而入。」妲西喃喃說道。

樓上傳來撞擊聲，緊接著是汪妲的尖叫。唱詩班樓座的欄杆粉碎，木梁倒塌，壓死位於正下方的男人，同時還壓傷另一人。一個龐大的身軀跳入人群，落在一個病人身上，嚎叫一聲，在病人還沒搞清楚狀況前扯斷她的喉嚨。

木惡魔立起，高大駭人，黎莎感覺心跳快要停止。她和妲西僵在原地，史密特變成兩人間致命的負擔。魔印人給她的魔印矛靠在牆上，距離甚遠，就算帶在身邊，她也懷疑自己有沒有辦法阻擋這頭巨大的地心魔物。惡魔朝她們吼叫，她覺得自己的膝蓋快化爲一灘清水。

接著羅傑出現了，擋在她們和惡魔之間。地心魔物對他嘶吼，他則大力嚥下一口口水。所有本能都教他拔腿就跑，但他將小提琴抵上下巴，將琴弓搭上琴弦，憂傷哀怨的旋律隨即迴盪在聖堂中。

地心魔物對著吟遊詩人張牙舞爪，牙齒又尖又利，如同尖刀，但羅傑繼續演奏，木惡魔佇足不前，側著腦袋好奇地凝望著他。

不久後，羅傑開始左右搖晃。惡魔的目光集中在小提琴上，和他做出同樣的動作。

羅傑信心大增，朝左方踏出一步。

惡魔照做。

他又踏回右方，地心魔物還是照做。

羅傑繼續演奏，緩緩沿著木惡魔外圍繞圈。著魔的惡魔亦步亦趨地跟隨他的腳步，直到它遠離驚慌恐懼的病人。

這時黎莎已放下史密特，取回她的魔印矛。使用小如荊棘的魔印矛攻擊惡魔可能輕易遭高大的惡魔反擊，但她還是義無反顧地迎上前，心知這樣的機會稍縱即逝。她咬緊牙關，加速衝刺，使盡全力將魔印矛埋入地心魔物的背心。

她看到一道強光，感受魔力竄上手臂，接著整個人向後彈開。她看著惡魔尖叫掙扎，試圖拔出仍在它背上閃閃發光的魔印矛。羅傑閃向一旁，躲開惡魔死前的最後一擊。惡魔撞開聖堂大門，隨即倒地身亡。

眾惡魔高聲歡呼，衝向大門，接著被羅傑的音樂阻擋。他不再演奏之前寧靜催眠的曲調，改拉尖銳刺耳的單音，迫使地心魔物摀住雙耳，跌跌撞撞地倒退出去。

「黎莎！」側門突然被撞開，黎莎轉身看見全身滿是惡魔膿汁和自身鮮血的魔印人衝入聖堂，瘋狂地四下張望。他看見木惡魔的屍體躺在地上，接著轉頭面對她的目光，關懷之情顯而易見。

她很想要衝入他的懷中，但他已經轉身衝向破碎的大門。羅傑一夫當關，他的音樂如同魔印網般阻擋惡魔的去路。魔印人踢開木惡魔的屍體，拔出魔印矛擲回黎莎手中，接著又衝入黑夜。

黎莎就著大門望向廣場中的殺戮現場，心頭突然一緊。數十名她的孩子或死或傷地躺在泥濘中，而戰事有越演越烈的趨勢。

「妲西！」她大叫，妲西衝到她身旁，兩人隨即奔入黑夜，開始將傷者拖入聖堂。

黎莎趕到時，汪妲正躺在地上大口喘息，惡魔抓傷的地方衣衫破碎、染滿鮮血。一頭木惡魔在她和妲西彎腰抬她時疾撲而來，但黎莎自圍裙中取出藥瓶順勢拋出，在惡魔的臉上化爲碎片。溶劑吞噬惡魔的雙眼，痛得惡魔高聲尖叫，兩名藥草師連忙抬著傷患離去。

她們將女孩抬入聖堂放下，黎莎對助手大聲吩咐幾句，接著再度衝入廣場。羅傑站在門口，不斷拉出難聽的音階，形成一道音牆，維持通路淨空，守護著黎莎及其他幫忙搬運傷患的人們。

一整個晚上戰事起起伏伏，讓疲憊的鎮民有機會跑回魔印圈或進入聖堂喘口氣，甚至喝口水。其中有一小時內完全沒有看見半頭惡魔，而在那之後的一小時他們得對抗一群顯然從數哩外趕來支援的惡魔。雨停了，但沒有人確切記得是什麼時候停的，他們的心思都放在攻擊惡魔或是救助傷患。伐木工在聖堂門口形成人牆，羅傑則在廣場上逡巡，以小提琴驅趕惡魔好讓鎮民救助傷患。

第一道晨曦劃破地平線時，廣場上的泥巴已和人血和惡魔膿汁混合成噁心的爛泥，到處是屍體和殘肢。很多人都在陽光照射惡魔屍體，使得它們的血肉突然起火燃燒時嚇得跳了起來。一如散布廣場四周的液態惡魔火，太陽終結這場戰役，將僅存幾頭還在掙扎的惡魔燒成灰燼。

至少還有半數與役的戰士倖存。魔印人望著他們，驚訝地在他們臉上看見強大的力量及決心。他實在很難相信他們和不到一天前還驚恐得毫無鬥志的鎮民是同批人。他們或許在昨夜失去許多，但伐木窪地的鎮民從來不曾像此刻般堅強。

「感謝造物主。」約拿牧師說，拄著拐杖步入廣場，看著惡魔在晨曦中化爲灰燼，於身前平空比劃魔印。他走向魔印人，在他面前站定。

「這一切都是你的功勞。」他說。

魔印人搖頭。「不，是你們的功勞，」他說。「所有人的功勞。」

約拿點頭。「沒錯。」他同意道。「但這是因爲你出現在鎮上教導我們作戰。難道你至今依然懷疑這點嗎？」

魔印人皺起眉。「把這場勝利歸功於我個人，等於是貶低昨晚戰死者的犧牲。」他說。「不要再提那些預言了，牧師，這些人不需要它們。」

約拿深深鞠躬。「如你所願。」他說，但魔印人知道這件事不會就此打住。

第三十二章　伐木窪地不再　332 AR

黎莎揮手招呼自道上騎馬而來的羅傑和魔印人，在他們翻身下馬時將魔印刷放回門廊旁的碗中。

「妳學得很快。」魔印人說，上前打量她繪在欄杆上的魔印。「這些魔印能抵擋一大群地心魔物。」

「很快？」羅傑問。「黑夜呀，這種說法太含蓄了。不到一個月前，她還分不清楚風魔印和火魔印的差別。」

「他說得沒錯。」魔印人說。「我見過出師五年的魔印師都畫不出妳這種線條。」

黎莎微笑。「我的學習能力向來很強，而你和我父親都是好老師，眞希望我以前有花時間學。」

魔印人聳肩。「最好我們都能回到過去，根據即將發生的事改變我們做過的決定。」

「那我想我會過著截然不同的一生。」羅傑同意道。

黎莎大笑，帶領他們進入小屋。「晚餐就快好了。」她說著朝爐火走去。「鎭議會開得怎麼樣？」她一邊攪拌熱騰騰的鍋子一邊問道。

「一群白痴。」魔印人咕噥道。

她再度大笑。「那麼順利？」

「鎭議會投票決定將鎭名改爲解放者窪地。」羅傑說。

「不過是個名字罷了。」黎莎說著，來到餐桌旁幫他們倒茶。

「名字不是問題，問題在於名字代表的意義。」魔印人說。「我說服鎭民不要當面稱呼我爲解放者，但他們背著我還是這樣叫。」

「只要你接受這個稱號就不會這麼困擾了。」羅傑說。「你沒辦法阻止人們流傳這樣的故事，此刻克拉西亞沙漠以北所有的吟遊詩人都在傳誦這個故事了。」

他搖頭。「我不會爲了減輕困擾而說謊假扮其他人，如果我想過無憂無慮的日子……」他沒說下去。

「重建工作如何？」黎莎問，在他陷入回憶前將他拉回現實。

羅傑微笑。「鎮民服用妳的藥水後身體已無大礙，現在鎮上幾乎是以一天一棟新房的速度重建。」他說。「再過不久妳就可以搬回鎮上去住了。」

黎莎搖頭。「這棟小屋是布魯娜唯一留下的東西，今後這裡就是我家。」

「這裡距離鎮上太遠，妳會遠離禁忌魔印圈的守護範圍。」魔印人警告道。

她聳肩。「我了解你將新街道規劃爲魔印狀的用心。」她說。「但身處禁忌魔印圈外也有好處。」

「喔？」魔印人問，揚起一道魔印眉毛。

「住在惡魔可以輕易踏足的土地上能有什麼好處？」羅傑問。

黎莎啜飲熱茶。「我媽也拒絕搬家，」她道。「她說有了你的新魔印，加上那些伐木工看到惡魔就砍，根本就沒有搬家的必要。」

魔印人皺眉。「我知道表面上看來我們趕跑了惡魔，但根據惡魔戰爭的歷史來看，它們肯定不會就此作罷。它們會捲土重來，而我希望伐木窪地做好準備。」

「解放者窪地。」羅傑更正道，笑嘻嘻地看著魔印人瞪他。

「只要你留在這裡，他們就會做好準備。」黎莎說，刻意忽略羅傑，繼續喝茶。她透過杯緣仔細觀察魔印人。

看他欲言又止後，她放下茶杯。「你要離開。」她說。「什麼時候？」

「等鎮民準備好後。」魔印人回答，沒有否認她的結論。「我已經浪費了很多年，私藏這些能讓自由城邦名副其實的魔印。我虧欠所有提沙境內的城市和村莊，沒讓他們取得足以對抗黑夜的力量。」

黎莎點頭。「我們想要幫你。」她說。

「你們已經在幫了。」魔印人說。「伐木窪地有妳照顧，我就可以放心離開。」

「你需要更多幫助。」她說。「要有人教其他藥草師製作火藥和毒藥、治療地心魔物造成的傷害。」

「妳可以寫下來。」魔印人說。

黎莎輕哼一聲。「把火焰的祕密交給男人？不太可能。」

「我無論如何都不可能寫下小提琴的演奏方式。」羅傑說。「就算我識字也不可能。」

魔印人遲疑片刻，搖搖頭。「不。」他說。「你們兩個只會拖慢我的腳步。我在野外一待就是數星期，你們無法承受那種旅程。」

「無法承受？」黎莎問。「羅傑，把窗葉關起來。」她命令道。

兩個男人好奇地看著她。

「關起來。」她下令，羅傑起身照做，遮蔽陽光，屋內隨即陷入昏暗。黎莎已開始搖晃一個藥水瓶，全身籠罩在一道燐光中。

「暗門。」她說。魔印人拉起通往存放惡魔火的地窖暗門，空氣中隨即瀰漫化學藥劑味。

黎莎高舉玻璃瓶，領頭步入黑暗。她來到牆上的燭台前，將磷光藥水倒入玻璃罐，而魔印人能於黑暗中視物如同白晝的魔印眼早在磷光照亮地窖前瞪得老大。

地窖中多了好幾張沉重的大桌，而那些桌上擺了五、六具處於不同解剖階段的地心魔物屍體。

「造物主呀！」羅傑驚叫，窒息作嘔。他衝上樓梯，隨即傳來大口喘氣的聲音。

「好吧，或許羅傑暫時還無法承受。」黎莎笑著承認道。她轉向魔印人。「你知道木惡魔有兩個胃嗎？一個疊在另一個上面，形狀類似沙漏。」她拿起工具，剝開惡魔屍體的層層皮膚開始解說。

「它們的心臟不在中央，而是位於胸腔右下方。」她繼續道。「但在第三根和第四根肋骨間有一條縫隙。我認為這是試圖給予惡魔致命一擊的人應該具備的知識。」

魔印人訝異地看著她指的地方。再度望向黎莎時，表情彷彿初次見到她。「妳是打哪弄來……」

「我吩咐你派來巡邏這附近的伐木工們幫我弄來的。」黎莎說。「他們很樂意為我提供實驗品。我還有其他發現，這些惡魔沒有性器官，它們全是中性。」

魔印人滿臉驚訝地看著她。「這怎麼可能？」他問。

「這在昆蟲界算是十分常見的現象。」黎莎說。「有從事勞動和防禦的勞工階級，也有負責控制巢房的有性階級。」

「巢房？」魔印人問。「妳是指地心魔域？」

黎莎聳肩。

魔印人皺眉。「安納克桑的墓室中有些壁畫，描繪第一次惡魔戰爭的壁畫，畫裡有些我從來不曾見過的地心魔物品種。」

「不意外。」黎莎說。「我們對惡魔所知甚少。」

她伸手握住他的雙手。「我這輩子一直有種感覺，覺得自己在等待某件比煎煮藥水和接生小孩更有意義的事。」她說。「這是幫助更多人的機會。你認為大戰即將來臨？羅傑和我可以幫你贏得這場戰爭。」

魔印人點頭，輕捏她的掌心。「妳說得對。」他說。「鎮民能夠撐過第一天晚上不只是我的功勞，同時也是妳和羅傑的功勞。我如果不接受你們的幫助，那就太愚蠢了。」

黎莎迎上前去，將手探入兜帽中。她的掌心冰涼，他輕輕在她的手上挨了一會兒。「這間小屋睡得下兩個人。」她低聲道。

他瞪大雙眼，她感覺到他全身緊繃。

「這比面對惡魔更令你害怕嗎？」她問。「你這麼討厭我嗎？」

魔印人搖頭。「當然不是。」他說。

「那是爲什麼？」她問。「我不會阻止你作戰。」

魔印人沉默片刻。「兩個人在一起，很快就會冒出第三個人。」他終於說道，同時放開她的手。

「那有什麼不好嗎？」黎莎問。

魔印人深深吸一口氣，移動到另一張桌旁，迴避她的目光。「那天早上和惡魔搏鬥時……」他說。

「我記得。」黎莎見他欲言又止，鼓勵他道。

「那頭惡魔試圖逃回地心魔域。」他說。

「並且試圖拖你一起回去。」黎莎說。「我看到你們兩個化爲煙霧，沉入地底。我嚇壞了。」

魔印人點頭。「我比妳更害怕。」他說。「通往地心魔域的通道爲我而開，呼喚著我、拉扯著我。」

「那和我們有什麼關係？」黎莎問。

「因爲那不是惡魔幹的，是我幹的。」他說。「是我在控制當時的轉變，是我把惡魔拖回太陽下。即使現在，我還能感受到地心魔域的召喚。只要願意，我隨時能和其他地心魔物一起進入萬劫不復的深淵。」

「你的魔印……」黎莎開口。

「和魔印無關。」他搖頭說道。「我告訴妳，是我的關係。這些年來我吸收太多它們的魔力，我根本已經不是人了，誰知道我會生下什麼樣的怪物？」

黎莎湊上前去，雙手捧起他的臉頰，就和他們做愛那天早上一樣。「你是個好人。」她說，眼中閃爍著淚光。「不管魔法對你造成多少影響，這點一直沒有改變，其他的一切都不重要。」

她上前吻他，但他心意已決，將她推開。

「對我很重要。」他說。「除非我知道自己是什麼，不然不能和妳在一起，不能和任何人在一起。」

「那我一定會查出你是什麼。」黎莎說。「我保證。」

「黎莎，」他說。「妳不能……」

「不要告訴我不能做什麼事！」她叫道。「我這輩子已經聽夠這種話了。」

他舉起雙手作投降狀。「我很抱歉。」他說。

黎莎抽噎著，雙手放在他的手上。「不要抱歉。」她說。「這是需要診斷及治療的疾病，就像其他任何疾病。」

「我沒生病。」魔印人道。

她哀傷地看著他。「我知道。」她說。「但你不知道你沒病。」

克拉西亞沙漠地平面上一陣騷動。數千人一排排湧出，身裹寬鬆的黑袍，遮蔽臉龐以抵擋刺人的風沙。前鋒部隊由兩組騎兵組成，人數較少的裝備輕盈，騎乘快馬，人數較多的騎適合橫越沙漠的駝背猛獸。他們身後跟著一列列步兵，而步兵身後跟著一望無際的車隊與補給。每名戰士都攜帶刻有複雜魔印的長矛。

位於部隊最前方的是身穿白袍的男人，騎著匹毛皮光滑的純白戰馬。他揚起一手，身後的大軍不再前進，無聲佇立，凝視著眼前的安納克桑廢墟。

與手下戰士攜帶的木矛或鐵矛不同，這個男人手持由閃亮的無名金屬鑄成的遠古武器。他是阿曼恩·阿蘇·霍許卡敏·安賈迪爾，但他的人民已經好幾年不曾以這個名字稱呼他。

他們稱他為沙達馬卡，解放者。

《魔印人》完　敬請期待續集《沙漠之矛》

國家圖書館出版品預行編目資料

魔印人／彼得．布雷特（Peter V. Brett）著；戚建邦譯
.——初版.——台北市：蓋亞文化，2011.07-
冊；公分.——（Fever；FR015）
譯自：The Warded Man
ISBN 978-986-6157-32-5（平裝）.——

874.57　　100006053

Fever 015

魔印人 THE WARDED MAN

作者／彼得．布雷特（Peter V. Brett）
譯者／戚建邦
封面插畫／Larry Rostant　　地圖插畫／爆野家
封面設計／克里斯
出版／蓋亞文化有限公司
地址◎台北市103承德路二段75巷35號1樓
電話◎（02）25585438　　傳真◎（02）25585439
網址◎www.gaeabooks.com.tw
電子信箱◎gaea@gaeabooks.com.tw
投稿信箱◎editor@gaeabooks.com.tw
郵撥帳號◎19769541　戶名：蓋亞文化有限公司
法律顧問／宇達經貿法律事務所
總經銷／聯合發行股份有限公司
地址◎新北市新店區寶橋路二三五巷六弄六號二樓
電話◎（02）29178022　　傳真◎（02）29156275
港澳地區／一代匯集
電話◎（852）27838102　　傳真◎（852）23960050
地址◎九龍旺角塘尾道64號龍駒企業大廈10樓B&D室
初版五刷／2021年12月　　定價／新台幣 399 元
Printed in Taiwan

GAEA ISBN／978-986-6157-32-5

Gaea

GAEA